岩 波 文 庫
30-143-1

太 平 記

(一)

兵藤裕己校注

岩 波 書 店

凡　例

一、本書の底本には、京都の龍安寺所蔵(京都国立博物館寄託)の西源院本『太平記』を使用した。西源院本は、応永年間(十五世紀初め)の書写、大永・天文年間(十六世紀前半)の転写とされる『太平記』の古写本である(本書・第四分冊「解説」参照)。

一、西源院本は、昭和四年(一九二九)の火災で焼損しているが(第三十八―四十巻は焼失)、東京大学史料編纂所に、大正八年(一九一九)制作の影写本がある。本文の作成にさいして、龍安寺所蔵本、東京大学史料編纂所蔵影写本を用い、影写本の翻刻である鷲尾順敬校訂『西源院本太平記』(刀江書院、一九三六年)、影写本の影印である黒田彰・岡田美穂編『軍記物語研究叢書』第一―三巻(クレス出版、二〇〇五年)を参照した。

一、本文は読みやすさを考え、つぎのような操作を行なった。

1　章段名は、底本によったが、本文中の章段名と目録のそれとが異なるときは、本文中の章段名を採用した(一部例外はある)。また、「并」「付」「同」によって複数の内容をあわせ持つ章段は、支障がないかぎり複数の章段にわけた(たとえば、第六巻の「楠出天王寺事并六波羅勢被討事同宇都宮寄天王寺事」は、「楠天王寺に出づる事」「六波羅勢討たるる事」「宇都宮天王寺に寄する事」の三章段にわけた)。なお、各章段には、アラビア数字で章段番号を付けた。

2 本文には、段落を立て、句読点を補い、会話の部分は適宜「　」を付した。

3 底本は、漢字・片仮名交じりで書かれているが、漢字・平仮名交じりに改めた。

4 仮名づかいは、歴史的仮名づかいで統一し、助動詞の「ん」「む」の混在は、用例の多い「ん」に統一した。底本にある「ゝ」「ゞ」「〱」等の繰り返し記号(踊り字)は用いず、仮名を繰り返して表記した。なお、仮名の誤写は適宜改めた(アとナ、カとヤ、スとヌ、ソとヲ、など)。

5 漢字の旧字体・俗字体は、原則として新字体・正字体または通行の字体に改めた。また、誤字や当て字は、適宜改めた(接家→摂家、震襟→宸襟、など)。なお、用字の混用は、一般的な用字で統一したものがある(芳野→吉野、宇津宮→宇都宮、打死→討死、城責め→城攻め、など)。

6　漢字の送り仮名は、今日一般的な送り仮名の付け方に従った。振り仮名は、現代仮名づかいによって、校注者が施した。

7　漢文表記の箇所は、漢字仮名交じり文に読みくだした。返り点などの読みは、可能なかぎり底本の読みを尊重したが、誤読と思われる箇所は、他本を参照して改めた。

8　底本に頻出する漢字で、仮名に改めたものがある(有→あり、此→この、然り→しかり、為→ため、我→われ、など)。また、仮名に漢字をあてたものもある。

9　底本の脱字・脱文と思われる箇所は、他本を参照して、(　)を付して補った。使用した本は、神田本、玄玖本、神宮徴古館本、簗田本、天正本、梵舜本、流布本などである。

一、校注にさいしては、岡見正雄、釜田喜三郎、後藤丹治、鈴木登美恵、高橋貞一、長谷川端、増田欣、山下宏明の諸氏をはじめとする先学の研究を参照させていただいた。また、藤本正行(武具研究)、川合康三(中国古典学)両氏からご教示をえた。ここに記して感謝申し上げる。

目　次

第二巻

第三巻

第六巻

第七巻

第八巻

付　録

地図

全巻目次

第一巻

第二巻

第三巻

第四巻

第五巻

第六巻

(以上、第一分冊)

第十五巻

（以上、第二分冊）

第十六巻

第十七巻

第十八巻

第十九巻

第二十巻

第二十一巻

（以上、第三分冊）

第二十二巻（欠）

第二十三巻

第二十四巻

第二十五巻

第二十六巻

第二十七巻

第二十八巻

第二十九巻

（以上、第四分冊）

第三十巻

第三十一巻

第三十二巻

第三十三巻

第三十四巻

第三十八巻

第三十九巻

第四十巻

（以上、第六分冊）

太平記　第一巻

第一巻 梗概

源頼朝《みなもとのよりとも》が開いた鎌倉幕府は、北条氏の歴代の善政によって天下を治めたが、北条時政《ほうじょうときまさ》から九代目の高時《たかとき》の失政によって政権にかげりがみえた。文保《ぶんぽう》二年(一三一八)に三十一歳で即位した後醍醐帝《ごだいごてい》は、記録所を再興するなど意欲的に政務にとりくみ、すぐれた皇子にもめぐまれて、朝廷の政治が回復するきざしがみられた。帝《みかど》は、中宮禧子《きし》の御産の祈禱にことよせて幕府調伏の祈禱を行い、側近の日野資朝《ひのすけとも》、日野俊基《ひのとしもと》らと謀って、内々に倒幕の計画をすすめた。日野俊基は籠居と偽り、山伏姿で諸国を下見に歩いた。何人かの有力武士を味方につけた帝は、無礼講の寄合を行なって、倒幕の謀議をめぐらしたが、寄合の席に呼ばれた玄恵僧都《げんえそうず》は、韓愈《かんゆ》が罪をえて配流される詩を講じたため、人々の不興をかった。元亨《げんこう》四年(正中《しょうちゅう》元年、一三二四)九月、謀反に与した土岐頼員《ときよりかず》が、妻に計画を漏らしたことがきっかけで、倒幕の企てが露顕してしまう。九月十九日、土岐頼時《ときよりとき》、多治見国長《たじみくになが》が、六波羅探題《ろくはらたんだい》の軍勢に宿所を包囲されて討たれた。日野資朝、日野俊基は捕らえられて、鎌倉へ送られた。後醍醐帝は、万里小路宣房《までのこうじのぶふさ》を勅使とし、詫び状の告文を北条高時のもとへ送って、なんとか事を収めることができた(いわゆる正中の変)。

序

蒙竊《もうひそ》[1]かに古今《こきん》の変化《へんか》を探《さぐ》つて、安危《あんき》[2]の所由《しょゆう》を察《み》るに、覆《おお》[3]つて外《ほか》なきは天の徳なり。明君《めいくん》これに体《てい》して国家《こっか》を保つ。載せて棄《す》つることなきは地の道なり。良臣《りょうしん》これに則《のっと》つて社稷《しゃしょく》[4]を守る。若《も》しその徳欠くる則《とき》は、位《くらい》ありと雖《いえど》も持《たも》たず。所謂《いわゆる》夏《か》[5]の桀《けつ》は南巣《なんそう》に走り、殷《いん》[6]の紂《ちゅう》は牧野《ぼくや》に敗《やぶ》る。その道違《たが》ふ則は、威《い》ありと雖も保たず。曾《かつ》て聴《き》く、趙高《ちょうこう》[7]は咸陽《かんよう》に死し、禄山《ろくざん》[8]は鳳翔《ほうしょう》に亡《ほろ》ぶと。ここを以て、前聖慎《せんせいつつし》[9]んで法《のり》[10]を将来に垂《た》るることを得たり。後昆顧《こうこんかえり》[11]みて誡《いまし》[12]めを既往《きおう》に取らざらんや。

序

1　著者の謙称。

2　平和と戦乱の由来。

3　「覆つて外なきは天也。…載せて棄つるなきは地也」(古文孝経・三才・注)。天は万物に慈愛を垂れ、地は万物をはぐくみ載せる意。

4　土地の神(社)と五穀の神(稷)。転じて朝廷、国家。

5　夏王朝最後の王。殷の湯王に南巣(安徽省の地)で滅ぼされた。

6　殷王朝最後の王。周の武王に牧野(河南省の地)で滅ぼされた。

7　秦の宦官。始皇帝の長子と二世皇帝を殺したが、まもなく秦の都咸陽(陝西省西安市)で殺された。

8　安禄山。唐の玄宗皇帝に叛して長安を占領したが、息子の安慶緒に殺された。

後醍醐天皇《ごだいごてんのう》武臣《ぶしん》を亡《ほろ》ぼすべき御企《おんくわだ》ての事　1

ここに、本朝《ほんちょう》[1]人皇《にんおう》の始め神武天皇《じんむてんのう》より九十六代の帝《みかど》、[2]後醍醐天皇の御宇《ぎょう》に、武臣[3]相模守平高時《さがみのかみたいらのたかとき》と云ふ者ありて、[4]上《かみ》には君《きみ》の徳に違ひ、下《しも》には臣の礼を失ふ。これによつて、[5]四海《しかい》大いに乱れて、一日も未だ安からず。[6]狼煙《ろうえん》天を翳《かく》し、鯨波《げいは》地を動かす、今に至るまで三十余年、一人として未だ[7]春秋《しゅんじゅう》に富めることを得ず、万民《ばんみん》[8]手足を措《お》くに所なし。

つらつらその[9]濫觴《らんしょう》を尋ぬれば、禍《わざわ》ひ一朝一夕《いっちょういっせき》の故《ゆえ》にあらず。[10]元暦《げんりゃく》年中に、鎌倉の右大将頼朝卿《うだいしょうよりともきょう》、平家を追討して功ありし時、[11]後白河院《ごしらかわいん》、[12]御感《ぎょかん》の余りに、[13]六十六ヶ国の惣追捕使《そうついぶし》に補《ふ》せらる。これより、武家始めて立つて、諸国に守護《しゅご》を置き、庄園《しょうえん》に地頭《じとう》を補《ふ》す。かの頼朝の長男左衛門督頼家《さえもんのかみよりいえ》、次子右大臣実朝公《うだいじんさねともこう》、

9　昔の聖人。
10　「法を将来に垂る」(杜預・春秋左氏伝序)。
11　後世の人。　12　過去の例に学ばねばならない。

1

1　神代の後、人代の天皇。
2　在位一三一八―三九年。後宇多院皇子。
3　北条高時。第十四代執権。北条氏最後の得宗(家督)。本姓は平氏。
4　帝においては。
5　天下。国内。
6　のろしの煙が天を覆い、鬨(とき)の声が地を揺るがす。
7　長生きすることができない。春秋は、年齢。
8　安心して暮らせない。「論語」子路篇の句。
9　物事の始まり。
10　一一八四―八五年。
11　在位一一五五―五八年。

相続《あいつ》いで、皆征夷将軍《せいいしょうぐん》の武将に備はる。これを三代将軍と号す。しかるに、頼家卿は、実朝公のために討たれ、実朝公は、頼家の子悪禅師《あくぜんじ》公暁《くぎょう》のために討たれて、源氏の世、わづかに四十二[14]年にして尽《つ》きぬ。

頼朝卿の舅《しゅうと》[15]遠江守《とおとうみのかみ》平《たいらの》時政《ときまさ》が子息、前陸奥守《さきのむつのかみ》義時《よしとき》朝臣《あそん》、自然《しぜん》に天下の権柄《けんぺい》を執《と》つて、勢ひ漸《ようや》く四海に覆《おお》はんとす。この時の[16]太上天皇《だじょうてんのう》は[17]後鳥羽院《ごとばいん》、武威《ぶい》下《しも》に振るはば、[18]朝憲《ちょうけん》上《かみ》に廃《すた》れん事を歎《なげ》き思《おぼ》し召《め》して、義時を亡ぼさんとし給ひしに、[19]承久《じょうきゅう》の乱出で来て、天下暫《しばら》くも静かならず。つひに[20]旌旗《せいき》日を掠《かす》めて、[21]宇治《うじ》、勢多《せた》にして相戦ふ。その闘《たたか》ひ未だ一日を終へざるに、官軍忽《たちま》ちに敗北せしかば、後鳥羽院は、隠岐国《おきのくに》へ遷《うつ》されさせ給ひて、義時、いよいよ[22]八荒《はっこう》を掌《たなごころ》の内に握る。それより後《のち》、[23]武蔵《むさしの》守泰時《かみやすとき》、修理亮時氏《しゅりのすけときうじ》、武蔵守経時《むさしのかみつねとき》、相模守時頼《さがみのかみときより》、右馬権頭時《うまのごんのかみとき》宗《むね》、相模守貞時《さがみのかみさだとき》、相続いで七代[24]、[25]政《まつりごと》武家より出でて、[26]徳窮《きゅう》

鳥羽院皇子。
12　たいそう感心なさって。
13　全国。文治元年(一一八五)、頼朝が諸国に惣追捕使を置いたことをさす。
14　頼朝挙兵(一一八〇年)から実朝の死(一二一九年)まで足掛け四十年。
15　北条時政。初代執権。頼朝の妻政子の父。
16　上皇。　17　在位一一八三—九八年。高倉院皇子。
18　朝廷の法規。
19　承久三年(一二二一)、朝廷と幕府が戦った事件。
20　戦いの旗が日(天子)を遮り。
21　宇治川(京都府宇治市)と瀬田川(滋賀県大津市)。
22　天下。
23　泰時以下六代の系譜は、付録の系図、参照。
24　北条氏得宗(家督)の七代目の意。執権の代数では

民《みん》を慰するに足《た》れり。威を万人の上に被《こうぶ》らしむと云へども、位《くらい》[27]四品《しほん》の間を超えず。謙に居て仁恩《じんおん》を施し、己れを責めて礼儀を正しうす。ここを以て、[28]高しと雖《いえど》も危ふからず、満てりと雖も溢《あふ》れず。

[29]承久《じょうきゅう》元年より以来《このかた》、[30]儲王摂家《ちょおうせっけ》の間に、[31]理世安国《りせいあんこく》の器《き》に相当《あいあ》たり給へる宮を一人、鎌倉へ申し下し奉つて、[32]将軍と号す。武臣皆[33]拝趨《はいすう》の礼を刷《かいつくろ》ふ。同じき三年に、始めて洛中《らくちゅう》に[34]両人の一族を置いて、六波羅《ろくはら》と号して、西国《さいごく》の沙汰を執《と》り行はせ、[35]永仁《えいにん》元年より、鎮西《ちんぜい》に一人の探題《たんだい》を下して、九州の成敗《せいばい》を司《つかさど》らしめ、異国襲来《いこくしゅうらい》の備へを堅うす。されば、天下普《あまね》くかの[36]下知《げじ》に順《したが》はずと云ふ所なく、四海《しかい》の外《ほか》も斉《ひと》しくその権勢に服せずと云ふ者なかりけり。

[37]朝陽《ちょうよう》犯さざれども、残星《ざんせい》光を奪はるる習ひなれば、必ずしも武家《ぶけ》の輩《ともがら》、公家《くげ》を[38]褊《さみ》し奉らんともなかりしかども、[39]所には、

ない。
25 幕府が政治を行なって。
26 困窮する民。
27 朝廷の位階の四位どまりで、公卿(三位以上)には列しなかった。
28 「高けれども危ふからず。…満つれども溢れず」(古文孝経・諸侯)。
29 一二一九年。
30 親王と摂関家。
31 世を治め国を安んずる。底本「利世」を改める。
32 実朝の死後、四・五代の将軍は九条家から、六―九代は皇室から迎えた。
33 参仕の礼を尽くす。
34 二人の北条一門を、六波羅の南北両探題としたこと。探題は、地域の政務・軍事を司る幕府の役所。
35 一二九三年、北条兼時を鎮西探題とし、九州、壱岐、対馬の政務・軍事にあ

地頭《じとう》強くして領家《りょうけ》は弱く、国には、守護《しゅご》重くして国司《こくし》は軽《かろ》し。この故《ゆえ》に、朝廷《ちょうてい》は年々に衰へて、武家は日々に昌《さか》んなり。これによつて、代々の聖主《せいしゅ》、遠くは承久[40]の宸襟《しんきん》を休めんがため、近くは[41]朝儀《ちょうぎ》の廃《すた》れぬる事を歎《なげ》き思《おぼ》し召《め》して、[42]東夷《とうい》を亡ぼさばやと、常に[43]叡慮《えいりょ》を廻《めぐ》らされしかども、或いは勢ひ微《び》にして叶《かな》はず、或いは時未だ到《いた》らずして黙《もだ》し給ひける処《ところ》に、時政《ときまさ》九代の後胤《こういん》、前《さきの》相模守《さがみのかみ》平《たいらの》高時《たかとき》入道《にゅうどう》崇鑑《そうかん》が時に至つて、行跡《こうせき》甚《はなは》だ軽《かろ》くして人の哢《あざけ》りを顧《かえり》みず、政道正しからずして民の弊《つい》えを思はず、ただ日夜に[44]逸遊《いつゆう》を事として、[45]前烈《せんれつ》を地下に辱《じょく》し、朝暮《ちょうぼ》に奇物《きぶつ》を翫《もてあそ》んで、[46]傾廃《けいはい》を生前《しょうぜん》に致さんとす。[47]衛《えい》の懿公《いこう》が鶴を乗せし楽しみ、早く尽《つ》き、[48]秦《しん》の李斯《りし》が犬を牽《ひ》きし恨み、今に来たりなんとす。見る人眉《まゆ》を顰《ひそ》め、聞く人[49]舌《した》を翻《ひるがえ》す。

この時の帝《みかど》、後醍醐天皇《ごだいごてんのう》と申ししは、後宇多院《ごうだいん》の第二の皇子、[50]談天門院《だってんもんいん》の御腹《おんはら》にておはせしを、相模守が計らひとして、御

たらせた。 36 命令。
37 朝日が上がると、暁の星はおのずと光を失う。
38 軽んじる。
39 荘園では。
40 承久の乱で敗れた朝廷の恨み。宸襟は、帝の心。
41 朝廷の儀礼。
42 東国武士の蔑称。鎌倉幕府、北条氏をさす。
43 帝の思慮。
44 気ままな遊び。
45 先祖の偉業。
46 権勢の衰退を存命中に招く。 47 衛の懿公が、鶴を車に乗せて逸楽にふけり、外敵に滅ぼされた故事(春秋左氏伝・閔公二年、史記・衛康叔世家)。
48 秦の宰相李斯が讒せられて処刑される前に、もう一度犬を連れて狩をしたいと嘆いた故事(史記・李斯列伝)。やがて滅ぼされる

年三十一の時、始めて御位《おんくらい》に即《つ》け奉る。御在位《ございい》の間、内には、[51]三綱五常《さんこうごじょう》の儀を正しうして、[52]周公孔子《しゅうこうこうし》の道に順《したが》ひ、外には、[53]万機《ばんき》百司《はくし》の政《まつりごと》に懈《おこた》らせ給はず、[54]延喜《えんぎ》天暦《てんりゃく》の跡を追はれしかば、[55]四海《しかい》風《ふう》を臨《のぞ》んで悦《よろこ》び、万民徳《とく》に帰して楽しむ。すべて[56]諸道《しょどう》の廃《すた》れたるを興し、一事の善をも賞せられしかば、寺社《じしゃ》[57]禅律《ぜんりつ》の繁昌《はんじょう》、ここに時を得《え》、[58]顕密儒道《けんみつじゅどう》の碩才《せきさい》も、皆望みを達せり。誠《まこと》に天に受くる聖主《せいしゅ》、地に奉じたる明君《めいくん》なりと、その徳を称し、その[59]化《か》に誇らぬ者はなかりけり。

それ[60]四境七道《しきょうしちどう》の関所は、国の大禁《たいきん》を知らしめ、時の非常を誡《いまし》めんためなり。しかるに、今は隴断《ろうだん》の利によつて、商売往来《しょうばいおうらい》の弊《つい》え、年貢《ねんぐ》運送《うんそう》の煩《わずら》ひありとて、[61]大津《おおつ》、葛葉《くずは》の外《ほか》は、悉《ことごと》く所々《しょしょ》の新関《しんせき》を止《とど》めらる。また、[62]元亨《げんこう》二年の夏、[63]大旱《たいかん》地を枯らして、[64]甸服《でんぷく》の外《ほか》百里の間、[65]空しく赤土《せきど》のみあつて、青苗《せいびょう》なし。餓莩《がひょう》岐《ちまた》に満ちて、飢人《きじん》地に倒る。この年、銭《ぜに》三百を以て粟《あわ》一斗《と》を買

北条高時が犬を好んだことから引く(第五巻・5)。
49 非難した。
50 参議五辻忠継の娘忠子。
51 君臣・父子・夫婦の道と、仁義礼智信の徳。
52 周公旦(周の武王の弟)や孔子が説いた聖人の道。
53 すべての政務。
54 延喜は醍醐帝、天暦は村上帝の治世。後に聖代とされた。 55 国中が帝の治政を歓迎し、全ての民が帝徳に帰服して喜こんだ。
56 もろもろの学問・芸道。
57 禅宗と律宗。
58 顕教と密教、儒教と道教の大学者。
59 徳による教化。
60 都の四方の境と諸国七道。以下、国の大禁(重い禁制)、隴断(利益の独占)、餓莩(餓死者)の典拠は、いずれも「孟子」。

ふ。君、遥《はる》かに天下の飢饉《ききん》を聞こし召して、「[66]朕不徳《ちんふとく》ならば、天子予《われ》一人を罪《つみ》すべし。庶民《しょみん》何の咎《とが》ありてか、この災《わざわ》ひにあへる」と、自ら帝徳《ていとく》の天に背《そむ》ける事を歎《なげ》き思《おぼ》し召《め》し、[67]朝餉《あさがれい》の供御《ぐご》を止《とど》められて、飢人窮民《きじんきゅうみん》の[68]施行《せぎょう》に引かれけるこそありがたけれ。

　これもなほ、万人《ばんにん》の飢《う》ゑを助くべきにあらずとて、[69]検非違使《けびいし》の別当《べっとう》に仰せて、富有《ふゆう》の輩《ともがら》が利倍《りばい》のために蓄《たくわ》へ積《つ》める米穀《べいこく》を点検して、二条町《にじょうまち》に仮屋《かりや》を建てられ、検使《けんし》、自ら[70]断《ことわ》りて、直《あたい》を定めて売らせらる。されば、商売ともに利を得て、人皆[71]九年《くねん》の蓄へあるがごとし。訴訟《そしょう》の人出で来たる時は、下《しも》の情上《こころかみ》に通ぜざる事もやあらんとて、[72]記録所《きろくしょ》へ出御《しゅつぎょ》なつて、直《じき》に訴へを聞こし召し明らめ、理非《りひ》を決断せられしかば、[73]虞芮《ぐぜい》の訟《うった》へ忽《たちま》ちに停《や》んで、[74]刑鞭《けいべん》も朽ちはて、諫鼓《かんこ》も打つ人なかりけり。[75]一部の大綱この一句にあり。心を付けてこれを見れば、誠に治世安民《ちせいあんみん》の政《まつりごと》、もし[76]機巧《きこう》に付いてこれを見れば、

61　滋賀県大津市と大阪府枚方市楠葉(くずは)。
62　一三二二年。流布本「元亨元年」。
63　はげしい干魃。
64　都の周囲の地。畿内。底本「田服」。
65　「空しく赤土…」「銭三百を以て…」は、白居易「蝗(いなご)を捕らふ」による。
66　唐の太宗の言(貞観政要・論仁惻)をふまえる。
67　帝の朝食。　68　衣食の施し。　69　非違を検する役所の長官。
70　判断して。
71　国には九年分の備蓄が必須とされた(礼記・王制)。
72　荘園の訴訟処理の役所。後醍醐帝の代に復活した。
73　虞・芮両国の人が、周の善政を見て国境の争いをやめた故事(史記・周本紀)。
74　刑鞭は、罪人を打つむ

[77]命世亜聖《めいせいあせい》の才とも称しつべし。ただ恨むらくは、[78]斉桓《せいかん》覇を行ひ、[79]楚《そ》人《ひと》弓を遺《わす》れしに、叡慮《えいりょ》少しき似たる事を。これ則ち、[80]草《そう》創《そう》は一天を并《あわ》すと雖《いえど》も、守文《しゅぶん》は三載《さんさい》を超えざる所以《ゆえん》なり。

中宮御入内《ちゅうぐうごじゅだい》の事 2

[1]文保《ぶんぽう》二年八月三日、[2]後西園寺《のちのさいおんじ》太政大臣《だじょうだいじん》実兼公《さねかねこう》の[3]御女《おんむすめ》、后妃《こうひ》の位《くらい》に備はつて、[4]弘徽殿《こきでん》へ入らせ給ふ。この家に[5]女御《にょうご》を立てられたる事、すでに五代、これも承久《じょうきゅう》以後、相模守《さがみのかみ》、[6]代々西園寺の家を尊崇《そんすう》せしかば、一家の繁昌恰《はんじょうあた》かも天下の耳目《じぼく》を驚かせり。されば、[7]君も関東の聞こえ宜《よろ》しかるべしと思《おぼ》し召《め》して、取り分け立后《りっこう》の御沙汰《おんさた》もありけるにや。御齢《おんよわい》はすでに[8]二八《にはち》にして、[9]金鶏障《きんけいしょう》の下《もと》に冊《かしず》かれて、[10]玉楼殿《ぎょくろうでん》の内に入り給へば、[11]夭桃《ようとう》の春に傷《いた》める粧《よそお》ひ、また垂柳《すいりゅう》の風を含め

ち、諫鼓は、君を諫めて打つ太鼓(和漢朗詠集・帝王)。 75 底本は本文と続け書き。「一部」は全巻。 76 才知。 77 誉れ高い聖人に次ぐ人。孟子をさす(趙岐・孟子題辞)。 78 斉の名君桓公(かんこう)が覇道(武力)で国を治めたこと。 79 楚の名君恭王(きょうおう)が楚の民のことしか考えず、志が狭小だった故事(孔子家語・好生)。 80 帝は世を創り改めて天下を制したが、文による統治は三年を超えなかった。唐の太宗に草創と守文のいずれが難しいかと問われた魏徴は、守文が難しいと答えた(貞観政要・君道)。

2

1 一三一八年。 2 公相の子。底本「実

る御形《おんかたち》、[12]毛嬙《もうしょう》、西施《せいし》も面《おもて》を恥ぢ、絳樹《こうじゅ》、青琴《せいきん》も鏡を掩《おお》ふ程なれば、君の御覚《おんおぼ》えも定めて類《たぐ》ひあらじと覚えしに、[13]君恩《くんおん》葉よりも薄かりしかば、[14]一生空しく玉顔《ぎょくがん》に近づかせ給はず、深宮《しんきゅう》の内に向かつて、春の日の暮れがたき事を歎き、秋の夜の長き恨みに沈ませ給ふ。[15]金屋《きんおく》に人なくして、皎々《こうこう》たる残《のこん》の燈《ともしび》の壁に背《そむ》きたる影、[16]薫籠《くんろう》に香《か》消えて、蕭々《しょうしょう》たる暗き雨の窓を打つ声、物ごとに皆御涙《おんなみだ》を添ふる媒《なかだち》となれり。[17]「人《ひと》生まれて婦人の身と作《な》ること勿《な》かれ。百年の苦楽《くらく》は他人に因《よ》る」と、[18]白楽天《はくらくてん》が書きたりしも、理《ことわ》りなりと覚えたり。

その比《ころ》、[19]阿野中将公廉《あののちゅうじょうきんかど》の女《むすめ》に、[20]三位殿《さんみどの》の御局《みつぼね》と申しける女房、中宮の御方《おんかた》に候はれけるを、君一度《ひとたび》御覧ぜられて、他《た》に異《こと》なる御覚えありて、[21]三千の寵愛一身《ちょうあいいっしん》にありしかば、六宮《りくきゅう》の粉黛《ふんたい》は顔色《がんしょく》なきが如くなり。[22]惣《すべ》て三夫人《ふじん》、九嬪《ひん》、二十七の世婦《せいふ》、八十一の女御《にょうご》、及び後宮《こうきゅう》の美人と云へども、天子、[23]顧眄《こべん》の御心を

衡」に「実兼イ」と傍書。
3 後京極院禧子（き）。
4 清涼殿北の后妃が住む殿舎。 5 帝の妃。立后して中宮(皇后)になる。
6 承久の乱は、西園寺公経が後鳥羽院の陰謀を幕府方に知らせたため、幕府方の勝利に終わった。
7 後醍醐帝。
8 十六歳。
9 天上の金鶏を描いたついたて(白居易・胡旋の女)の中で大切に育てられて。
10 美しい宮殿(白居易・長恨歌)に入内したので。
11 若い桃の花が春を恥じらう風情(詩経・周南・桃夭)。
12 毛嬙から青琴まで、古代中国の伝説上の美女。
13 帝のお情けは木の葉より薄かったので。
14 以下、老宮女の嘆きを

付けられず。ただ[24]殊艶尤態《しゅえんゆうたい》の、独《ひと》りよくこれを致すのみにあらず、蓋《けだ》し[25]善巧嬖妾《ぜんぎょうへいしょう》、叡旨《えいし》に先だつて奇を争ひしかば、[26]花の下《もと》の春の遊び、月の前の秋の宴《えん》、駕《が》すれば[27]輦《てぐるま》をともにし、幸《みゆき》すれば席を専《もっぱ》らにし給ふ。

[28]これより君王《くんおう》、朝政《あさまつりごと》をし給はず。つひに[29]准后《じゅごう》の宣旨《せんじ》を下されしかば、[30]人皆皇后元妃《こうごうげんぴ》の思ひをなせり。忽《たちま》ちに見る、[31][32]光彩《こうさい》の始めて門戸《もんこ》に生《な》れる事を。この時に天下の人、皆男を生める事を軽《かろ》くして、女を生む事を重くせり。されば、御前《おんまえ》の評定《ひょうじょう》、雑《ざっ》訴《そ》の沙汰《さた》までも、准后の[33]御口入《ごこうじゅ》とだに云ひてければ、上卿《しょうけい》も忠なきに賞を与へ、奉行《ぶぎょう》も理《り》あるを非とせり。[34]関雎《かんしょ》は楽しんで淫《いん》せず、悲しんで傷《やぶ》らず、詩人採《と》つて后妃の徳とす。[35]傾城傾国《けいせいけいこく》の乱れ、今にありぬと覚えて、あさましかりし事どもなり。

うたう白居易「上陽白髪の人」をふまえる。
15 黄金で飾った家(長恨歌)。
16 衣類に香をたきしめる時に用いるかご。
17 白居易「太行の路」。
18 白居易。楽天は字(あざな)。中唐の詩人。その詩は平安時代以来愛誦された。
19 公仲の子。実冬の養子。
20 阿野廉子。元亨元年(一三二一)従三位。
21 以下「長恨歌」の句。六宮は後宮、粉黛は白粉と黛(まゆずみ)で粧った美女達。
22 以下、陳鴻「長恨歌伝」をふまえた文。夫人、嬪、世婦、女御は、中国の後宮の女官の位。
23 目をかけること。
24 すぐれてあでやかな姿。
25 言葉巧みで気に入りのめかけ。「善巧便佞」(長恨

皇子《おうじ》達《たち》の御事　3

螽斯《しゅうし》[1]の化《か》行はれて、皇后元妃の外《ほか》、君恩《くんおん》[2]に誇る宮女《きゅうじょ》、甚《はなは》だ多かりしかば、宮々《みやみや》次第に御誕生ありて、十六人までぞおはしましける。

中にも、第一宮中務卿親王《だいいちのみやなかつかさきょうのしんのう》[3]は、御子左大納言為世卿《みこひだりだいなごんためよきょう》[4]の女《むすめ》、贈従三位為子《ぞうじゅさんみためこ》の御腹《おんはら》にてぞおはせしを、吉田内大臣定房公《よしだないだいじんさだふさこう》[5]、養《よう》君《くん》にし奉りしかば、志学《しがく》[6]の歳《とし》の始めより、六義《りくぎ》[7]の道に長ぜさせ給へり。されば、富緒川《とみのおがわ》[8]の清き流れを酌《く》み、浅香山《あさかやま》の古き跡を踏みて、風[9]に嘯《うそぶ》き月を弄《もてあそ》びて、御心を傷《いた》ましめ給ふ。

第二宮《だいにのみや》[10]も、同じき御腹にてぞおはしましける。総角《あげまき》[11]の御時《おんとき》より、妙法院《みょうほういん》[12]の御門跡《ごもんぜき》に御入室《ごにゅうしつ》ありて、釈氏《しゃくし》[13]の教へを承《う》けさせ給ふ。これも、瑜伽三密《ゆがさんみつ》[14]の暇《ひま》には、歌道数奇《かどうすき》の翫《もてあそ》びありしかば、

歌伝)。叡旨は帝のお心。
26 春の花、秋の月をめでる風雅の遊宴。
27 車輪の付いた、人が引く輿。皇族・大臣の乗用。
28 「長恨歌」の句。
29 太皇太后・皇太后・皇后に准ずる位。廉子が准后となったのは、史実では建武二年(一三三五)。
30 皆が廉子を皇后扱いした。元妃は、皇后に同じ。
31 底本「アル」を改める。
32 一門が繁栄したこと。以下「女を生む事を重くせり」まで「長恨歌」。
33 お口添え。
34 「論語」八佾篇の句。みさご(関雎)の雌雄は、楽しんでも悲しんでも度を過ごさない。廉子の過分の寵愛を批判したもの。
35 美女が国を滅ぼすこと。

15高祖大師《こうそだいし》の旧業《きゅうぎょう》にも恥ぢず、16慈鎮和尚《じちんかしょう》の風雅にも将《はた》超えたり。

17第三宮《だいさんのみや》は、18民部卿三位殿《みんぶきょうさんみどの》の御腹《おんはら》なり。御幼稚《ごようち》の時より、利根《りこん》聡明《そうめい》におはせしかば、君、位をばこの宮にこそと思し召《おぼしめ》したりしかども、19御治世《ごちせい》は、大覚寺殿《だいかくじどの》と持明院殿《じみょういんどの》と、替はる替はるに持《たも》たせ給ふべしと、後嵯峨院《ごさがいん》の御時《おんとき》より定められしかば、今度の20東宮《とうぐう》をば、持明院《じみょういん》方に立てまゐらせらる。天下の事、小大《なに》となく皆関東の計らひとして、叡慮《えいりょ》にも任《まか》せられざりしかば、御《ご》元服《げんぷく》の儀を改められ、21梨本《なしもと》の門跡《もんぜき》に御入室《ごにゅうしつ》ありて、22承鎮親王《じょうちんしんのう》の御門弟《ごもんてい》とならせ給ひにけり。一を聞いて十をさとる御器量《ごきりょう》、世にまた類《たぐ》ひもなかりしかば、23一実円頓《いちじつえんどん》の花の薫《にお》ひを、荊渓《けいけい》の風に分かち、24三諦即是《さんだいそくぜ》の月の光を、玉泉《ぎょくせん》の流れに浸せり。されば、消えなんとする法燈《ほっとう》を挑《かか》げ、絶えなんとする25恵命《えみょう》を継《つ》がん事、ただこの26門主《もんしゅ》の御時なるべしと、27一山《いっさん》掌《たなごころ》を合はせて悦《よろこ》び、28九院頭《きゅういんこうべ》を傾《かたぶ》けて仰ぎ奉る。

3

1 螽斯は、いなご。後宮の女たちが互いに嫉妬せず、いなごのように子孫が次々と増えること（詩経・周南・螽斯）。
2 帝に寵愛された宮女。
3 尊良（たかよし）親王。
4 二条為氏の子。歌人。
5 経長の子。帝の近臣。
6 十五歳（論語・為政）。
7 「詩に六義あり」（詩経・大序）。ここは、歌の道。
8 ともに歌道を学ぶこと。「古今和歌集」の真名序・仮名序をふまえる。
9 風雅の道に心を尽くす。
10 尊澄（そんちょう）法親王。還俗して宗良（むねよし）親王。
11 少年の頃より。総角は童の髪型。
12 延暦寺の門跡寺（当時、京都市下京区にあった）。

[29]第四宮《だいしのみや》も、同じ御腹にてぞおはしける。これは、[30]聖護院二品親王《しょうごいんのにほんしんのう》の御[31]附弟《ふてい》にておはせしかば、法水《ほっすい》を[32]三井《みい》の流れに酌《く》み、[33]記莂《きべつ》を慈尊《じそん》の暁に期《ご》し給ふ。

この外《ほか》の[34]儲君儲王《ちょくんちょおう》の撰び、竹苑椒庭《ちくえんしょうてい》の備へ、誠《まこと》に王業再興《おうぎょうさいこう》の運、[35]福祚《ふくそ》長久《ちょうきゅう》の基《もとい》、時を得たりとぞ見えたりける。

関東調伏《かんとうちょうぶく》の法行《ほうおこな》はるる事　4

[1]元亨《げんこう》二年の春の比《ころ》より、中宮御懐妊《ちゅうぐうごかいにん》の御祈りとて、諸寺諸山の貴僧、高僧を召され、様々《さまざま》の[2]大法《だいほう》、秘法《ひほう》を行はせらる。中にも、[3]法勝寺《ほっしょうじ》の円観上人《えんかんしょうにん》、[4]小野《おの》の文観僧正《もんかんそうじょう》二人《にん》は、別して勅《ちょく》を承りて、[5]金闕《きんけつ》に壇《だん》を構へ、[6]玉体《ぎょくたい》に近づき奉りて、肝胆《かんたん》を砕《くだ》いてぞ祈られける。[7]仏眼《ぶつげん》、金輪《こんりん》、五壇《ごだん》の法、一宿五返孔雀経《いっしゅくごへんくじゃくきょう》、七仏《しちぶつ》薬師《やくし》、烏瑟娑摩変成男子《うすさまへんじょうなんし》の法、五大虚空蔵《ごだいこくうぞう》、六観音《ろくかんのん》、六字訶《ろくじか》

13　釈迦の教え。
14　身・口・意の働きを仏と一致させる密教の修行。
15　伝教大師最澄。
16　天台座主慈円。歌人。
17　尊雲(そんうん)法親王。還俗して護良(もりよし)親王。
18　北畠師親(もろちか)の娘、親子。異説もある。
19　後嵯峨院の皇子、後深草・亀山帝の時代から皇統が持明院統と大覚寺統に分かれ、交互に帝位についた。
20　皇太子。後伏見院皇子量仁(かずひと)親王。後の光厳帝。
21　比叡山延暦寺の門跡寺、梨本坊円徳院(今の三千院)。
22　順徳帝の曾孫。梶井宮ともよばれる。
23　唯一真実で完全な法華経の教えを、荊渓(中国天台中興の祖湛然〈たんねん〉の住んだ地)のように伝え。
24　天台の真理(三諦)を玉

梨帝母《りていも》、八字文殊《はちじもんじゅ》、普賢延命《ふげんえんみょう》、金剛童子《こんごうどうじ》の法なり。[8]護摩《ごま》の煙《けぶり》は内苑《ないえん》に満ち、振鈴《しんれい》の声は掖殿《えきでん》に響《ひび》き、いかなる悪魔《あくま》、怨霊《おんりょう》なりとも、[9]障碍《しょうげ》なし難《がた》しとぞ見えたりける。

かやうに功を積み、日を重ねて、御祈りの[10]精誠《せいぜい》を尽《つ》くされけれども、三年《みとせ》まで御産《ごさん》の御事《おんこと》はなかりけり。後《のち》に子細《しさい》を尋ぬれば、関東《かんとう》[11]調伏《ちょうぶく》のために、事を中宮《ちゅうぐう》の御産に寄せて、かやうに秘法を修《しゅ》せられけるとなり。

俊基資朝朝臣《としもとすけともあそん》の事　5

これ程の重事《ちょうじ》を思《おぼ》し召《め》し立《た》たれけれども、事多聞《たぶん》に及ばば、漏れ聞こゆる事もこそあれと思し召されける間、[1]深慮智化《しんりょちか》の老《ろう》臣《しん》、近侍《きんじ》の人にも、仰せ合はせらるる事もなし。ただ[2]日野中納《ひののちゅうな》言資朝《ごんすけとも》、[3]蔵人右少弁俊基《くろうどうしょうべんとしもと》、[4]四条中納言隆資《しじょうちゅうなごんたかすけ》、[5]尹大納言師賢《いんのだいなごんもろかた》、

泉寺(天台大師智顗が止住した寺)の法流に受ける。
25 仏法の命脈。
26 門跡寺の住職。
27 比叡山全山。
28 延暦寺を構成する九院。
29 静尊(じょうそん)法親王。
30 後嵯峨院皇子、覚助(かくじょ)法親王。聖護院は、三井寺を総本山とする天台宗寺門派の門跡寺。 31 弟子。
32 三井寺園城寺。
33 仏となる認可(記莂)の実現を、弥勒菩薩が現れる龍華三会(りゅうげさんえ)に期す。
34 皇太子・皇子が多くそろい、皇族・後宮も整い。
35 皇位長久の基礎。

4
1 一三二二年。
2 密教の重要な修法(しゅほう)。
3 京都市左京区岡崎法勝寺町にあった天台宗寺院。

[6]平宰相成輔《へいさいしょうなりすけ》ばかりに、ひそかに仰せ合はせられて、さりぬべき兵を召されけるに、[7]錦織判官代《にしごりほうがんだい》、[8]足助次郎重成《あすけのじろうしげなり》、[9]南都北嶺《なんとほくれい》の衆徒《しゅと》少々、[10]勅定《ちょくじょう》に応じてけり。

かの俊基は、[11]累葉《るいよう》の儒業《じゅぎょう》を継いで、[12]才学優長《さいがくゆうちょう》なりしかば、顕《けん》職《しょく》に召《め》し仕《つか》はれて、[13]官蘭台《らんだい》に至り、職職事《しきじ》を司《つかさど》れり。しかる間、出仕事繁《しゅっしことしげ》くして、[14]籌策《ちゅうさく》に暇《ひま》なかりければ、いかにもして暫《しばら》く籠《ろう》居《きょ》し、謀叛《むほん》の計略《けいりゃく》を運《めぐ》らさんと思はれける処《ところ》に、山門《さんもん》[15]横川《よかわ》の衆徒《しゅと》、奏状《そうじょう》を捧げて[16]禁庭《きんてい》に訴ふる事あり。俊基、かの奏状を読《とく》進《しん》しけるが、読み誤りたる体《てい》にて、[17]楞厳院《りょうごんいん》を慢厳院《まんごんいん》とぞ読みたりける。座中《ざちゅう》の諸卿《しょきょう》、これを聞いて、「[18]相の字をば、偏《へん》についても旁《つくり》についても、もくとこそ読むべかりけれ」と、おのおの目を合はせてぞ笑はれける。俊基、大きに恥ぢたる気色《けしき》にて、面《おもて》を赤めて退出す。

それより、恥辱《ちじょく》に逢うて籠居《ろうきょ》すと披露《ひろう》して、半年ばかり出仕《しゅっし》

円観は、字（あざな）恵鎮（えちん）、比叡山の戒律復興に努め、「太平記」の成立に関与したとされる（難太平記）。
4　京都市山科区小野の随心院（真言宗）。文観は、討幕勢力の動員に暗躍した真言僧。
5　皇居に修法の壇を作り。
6　中宮のお体。
7　以下は、中宮御産のときに行われる密教の修法。
8　護摩木を焚く修法の煙は宮中の庭（内苑）に満ち、僧の振る金剛鈴の音は後宮（掖殿）に響く。　9　御産の邪魔。　10　まごころ。
11　祈禱し降伏（ごうぶく）させること。

5

1　思慮深く知恵のある老臣や側近の人にも相談されなかった。

を止《とど》め、山伏《やまぶし》の形に身を易《か》へて、大和《やまと》、河内《かわち》に行きて、城になるべき所々《しょしょ》を見置き、東国《とうごく》、西国《さいごく》に下《くだ》つて、国の風俗《ふうぞく》、人の分[19]《ぶん》限《げん》をぞ伺《うかが》ひ見《み》られける。

土岐十郎《ときのじゅうろう》と多治見四郎《たじみのしろう》と謀叛《むほん》の事、付《つけたり》 無礼講《ぶれいこう》の事 **6**

ここに、美濃国《みののくに》の住人に、[1]土岐《とき》伯耆十郎頼時《ほうきのじゅうろうよりとき》、[2]多治見四郎《たじみのしろう》次郎国長《じろうくになが》と云ふ者あり。ともに清和源氏《せいわげんじ》の後胤《こういん》として、武勇の聞こえありしかば、資朝《すけとも》、様々《さまざま》の縁を尋ねて昵《むつ》び近《ちか》づかれけり。朋友《ほうゆう》の交はり、すでに浅からざりけれども、これ程の一大事を[3]左右《そう》なく知らせん事、いかがあるべからんと思はれければ、なほもよくよくその心を伺ひ見んために、[4]無礼講と云ふ事を始められける。その人数《にんじゅ》には、尹大納言師賢《いんのだいなごんもろかた》、四条中納言隆資《しじょうちゅうなごんたかすけ》、[5]洞院左衛門督実世《とういんさえもんのかみさねよ》、蔵人右少弁俊基《くろうどうしょうべんとしもと》、[6]伊達三位游雅《だてのさんみゆうが》、[7]聖護院《しょうごいん》

2 俊光の子。正中の変(一三二四)で佐渡に流され、元弘二年(一三三二)に斬られる。阿新(第二巻・6)はその子。
3 日野種範の子。正中の変で囚われるが赦され、元弘二年に再度囚われ処刑。底本「左少弁」は誤写。後に「右少弁」とある。
4 隆実の子。南朝の重臣となる。
5 花山院師信の子。弾正台の長(尹)を兼ねる大納言。
6 平惟輔の子。
7 滋賀県大津市錦織町に住んだ武士。清和源氏。
8 愛知県豊田市足助町に住んだ武士。清和源氏。
9 興福寺と延暦寺。
10 帝の仰せ。
11 家代々の儒学の業。
12 学才に秀でていたので。
13 官は弁官(太政官の書

庁法眼玄基《ちょうのほうげんげんき》、足助次郎重成《あすけのじろうしげなり》、土岐伯耆十郎頼時、同じき[8]左近《さこん》蔵人頼員《くろうどよりかず》、多治見四郎国長等《ら》なり。

その交会遊飲《ゆういん》の体《てい》、見聞耳目《けんぶんじぼく》を驚かせり。献盃《けんぱい》の次第、上下《じょうげ》を云はず、男は、烏帽子《えぼし》を脱《ぬ》いで[9]髻《もとどり》を放ち、法師は、衣を着《ちゃく》せずして[10]白衣《びゃくえ》なり。年十七、八なる女の、みめ貌《かたち》好《いつくし》く、膚《はだえ》殊に清らかなるを二十余人に、[11]編《すずし》の単《ひとえ》ばかりを着せて、酌《しゃく》を取らせたれば、雪の膚《はだえ》透《す》き通《とお》つて、[12]太液《たいえき》の芙蓉《ふよう》新たに水を出でたるに異ならず。山海《さんかい》の珍《ちん》を尽《つ》くし、[13]旨酒《ししゅ》泉の如くに湛《たた》へて、遊《あそ》び戯《たわぶ》れ舞ひ歌ふ。その間には、ただ[14]東夷《とうい》を亡ぼすべき企ての外《ほか》は、他事《たじ》なし。[15]その事となく常に会合せば、人の思《おも》ひ咎《とが》むる事もこそあれとて、事を[16]文談《ぶんだん》に寄せんがために、その比《ころ》、才学無双《さいがくぶそう》の聞こえありける[17]玄恵僧都《げんえそうず》と云ふ[18]文者《ぶんじゃ》を請《しょう》じて、[19]昌黎文集《しょうれいぶんじゅう》の談《だん》義《ぎ》をぞ行はせける。

記官)となり、実際の職務は蔵人となった。
14 謀をめぐらす暇がない。
15 比叡山三塔の一。
16 宮中。　17 比叡山横川の中堂、首楞厳院。
18 (楞の字が万を含むからマンと読めるなら)木と目からなる相の字はモクと読めてしまう。
19 財力や軍事力の程度。

6

1 美濃の豪族。古本系「頼時」は、土岐系図にみえないが、頼貞の子か。流布本「頼貞」は誤り。
2 多治見国純の子。岐阜県多治見市に住んだ。多治見は、土岐一族。
3 たやすく。
4 礼(身分の秩序)を無視して行う宴。
5 公賢の子。南朝の重臣

昌黎文集談義《しょうれいぶんじゅうだんぎ》の事 7

かの僧都《そうず》、謀叛《むほん》の企てとは夢にも知らず、会合の日ごとにその席に臨《のぞ》んで、[1]玄《げん》を談じ理《り》を分かつ。かの文集に、「昌黎 [2]潮《ちょう》州《じゅう》に赴《おもむ》く」と云ふ長篇《ちょうへん》あり。この所に至つて、談義を聞く人々、「これは不吉の事なり。[3]呉子《ごし》、[4]孫子《そんし》、[5]六韜《りくとう》、[6]三略《さんりゃく》なんどこそ、しかるべき[7]当用《とうよう》の文《ぶん》なれ」とて、昌黎文集の談義をば止《や》めてけり。

かの韓昌黎《かんしょうれい》と申すは、晩唐《ばんとう》の末に出でて、文才優長《ぶんさいゆうちょう》の人なりけり。詩は、[8]杜子美《としみ》、李太白《りたいはく》に肩を較《なら》べ、文章は、漢《かん》、魏《ぎ》、晋《しん》、宋《そう》の間に傑出せり。かれが[9]猶子《ゆうし》に、韓湘《かんしょう》と云ふ者あり。これは文学をも嗜《たしな》まず、詩篇《しへん》にも携はらず、ただ[10]道士《どうし》の術を学んで、[11]無為《ぶい》を業とし、[12]無事《ぶじ》を事とす。

となる。
6 不詳。「祐雅法師」(花園院宸記)。南朝に仕えた(第三十巻・16)。
7 不詳。聖護院の寺務を司る法眼(僧都に相当)。
8 頼重の子。後出、本巻・8。 9 髻をさらし。
10 下着の白衣。僧官に応じた色の上衣を着ないこと。
11 練らない絹で織った、裏のない薄い肌着。
12 長安の宮園にあった太液池の蓮(長恨歌)。
13 うまい酒。
14 東国武士の蔑称。鎌倉幕府、北条氏をさす。
15 用事もなしに。
16 文学・文章の講義。
17 比叡山の学僧。後醍醐の朝廷や足利直義に用いられ、「太平記」の成立に関与したとされる(難太平記)。
18 文章家。広く学者。

或る時、昌黎、韓湘に向かつて申しけるは、「汝《なんじ》、[13]天地の中《うち》に化生《かせい》して、[14]仁義《じんぎ》の外《ほか》に逍遥《しょうよう》す。これ君子の恥づる処《ところ》、小人《しょうじん》のする処なり。われ常に、汝がためにこれを悲しむこと切なり」と教訓《きょうくん》しければ、韓湘、大きにあざ笑つて申しけるは、「[15]仁義は大道《たいどう》の廃《すた》るる処に出でて、学教《がっきょう》は大偽《たいぎ》の起こる時に盛《さか》んなり。われ無為の境《さかい》に優游《ゆうゆう》して、[16]是非の外《ほか》に自得す。されば、[17]真宰《しんさい》の臂《ひじ》を掣《さ》いて、壺中《こちゅう》に天地を蔵《おさ》め、[18]造化《ぞうか》の工《たくみ》を奪つて、橘裏《きつり》に山《さん》川《せん》を峙《そばだ》つ。却《かえ》つて悲しむらくは、公のただ[19]古人《こじん》の糟粕《そうはく》を甘んじて、空しく一生を[20]区々《くく》の中《うち》に誤《あやま》る事を」と答へければ、昌黎、重ねて曰《い》はく、「汝が云ふ処、われ未だ信ぜず。今[21]則《すなわ》ち造化の工を奪ふことを得んや」と問ふに、韓湘答ふる事なくして、前に置ける[22]瑠璃《るり》の盃《さかずき》を打ち伏せて、やがてまた引きあふのけたるを見れば、忽然《こつぜん》として、碧玉《へきぎょく》の花の[23]嬋娟《せんけん》たる一枝《いっし》あり。昌黎、驚いてこれを見るに、花の中に金字に書きたる一聯《れん》の句あり。

19　韓愈の文集。韓愈(字《あざな》は退之)は中唐の詩人、河北省昌黎出身のため昌黎とも号した。唐宋八家の一。

7

1　深遠な道理を説く。

2　広東省の東部。韓愈が配流された地。

3　衛の呉起(前四世紀)の撰とされる兵法書。

4　春秋時代の呉の孫武の撰とされる兵法書。

5　周の太公望呂尚(りょしょう)の撰とされる兵法書。

6　黄石公(こうせきこう)が張良(漢の高祖の臣)に授けたという兵法書。以上、いずれも日本中世に広く用いられた。

7　さしあたって有用な。

8　杜甫(盛唐の詩人。字は子美)と李白(盛唐の詩人。字は太白)。

9　兄弟の子。韓湘は、韓

雲 [24]秦嶺《しんれい》に横たはつて家何《いずく》にか在る
雪 [25]藍関《らんかん》を擁《よう》して馬前《すす》まず

昌黎《しょうれい》、不思議《ふしぎ》の思ひをなし、これを読むに、再三詠吟《えいぎん》するに[26]句の優美《ゆうび》遠長《えんちょう》なる体製《ていせい》のみあつて、その趣向落着《しゅこうらくちゃく》の処《ところ》を知《し》り難《がた》し。手に取つてこれを見んとすれば、忽然《こつぜん》として消え失せぬ。これよりしてこそ、韓湘《かんしょう》[27]仙術《せんじゅつ》の道を得たりとは、天下の人に知られたり。

その後《のち》、昌黎、仏法《ぶっぽう》を破りて儒教《じゅきょう》を貴《たっと》ばるべき由《よし》、[28]奏状《そうじょう》を奉りける咎《とが》によつて、潮州《ちょうじゅう》へ流さる。日暮《く》れ、馬[29]泥《なず》んで、前途《ぜんと》程《ほど》遠し。遥《はる》かに故郷《こきょう》の方《かた》を顧《かえり》みれば、秦嶺に雲横たはつて、来たりし方も覚えず。[30]悼《いた》んで万仞《ばんじん》の坂に上《のぼ》れば、藍関に雪満ちて、行くべき末《すえ》の道もなし。進退歩《しんたいほ》を失つて、頭《こうべ》を廻《めぐ》らす処に、いづくより来たれるとも思はず、韓湘、[31]悖然《ぼつぜん》として傍《かたわ》らにあり。昌黎、悦《よろこ》びて馬より下《お》り、韓湘が袖をひかへて、涙の中に申し

愈の兄の孫。
10 道教に説く神仙の術。
11 人為でない自然のまま。「聖人は無為の事に処(お)り、不言の教へを行ふ」(老子・二章)。
12 人為を加えないこと。
13 この世に生まれて。
14 人たるべき道を外れて。
15 「大道廃れて仁義あり。智恵出でて大偽あり」(老子・十八章)。
16 善悪の人為的価値を離れた境地に入る。
17 天(真宰)のなす所に干渉して、壺中に別天地を造り。費長房(ひちょうぼう)が壺中に入り、別天地を見た故事(後漢書・方術列伝)。
18 造化の神の業をわが物とし、橘の実の中に山川を造る。橘の実を割ると、中で二人の老人が談笑していたという故事(幽怪録)。

けるは、「前年《せんねん》、碧玉《へきぎょく》の花の中に見えたりし一聯《れん》の句は、汝《なんじ》、われに予《あらかじ》め左遷《させん》の愁《うれ》へを告げ知らしめけるなり。今また汝ここに来たれり。[32]料《はか》り知《し》んぬ、われつひに謫居《たっきょ》に愁《うれ》へ死《し》して、帰る事を得じと。[33]再会期《さいかいご》なくして、遠別《えんべつ》に遇《あ》ふ。豈《あ》に悲しむに堪《た》へんや」とて、[34]前の一聯に六句を続《つ》いで、韓湘に与ふ。

[35]一封朝《いっぷうあした》に奏す九重《きゅうちょう》の天
夕《ゆうべ》に潮陽《ちょうよう》に貶《へん》せらる路《みち》八千
本《もと》より聖明《せいめい》の為《ため》に弊事《へいじ》を除かんとす
豈《あ》に衰朽《すいきゅう》を将《も》つて残年《ざんねん》を惜《お》しまんや
雲秦嶺に横たはつて家何《いずく》にか在る
雪藍関を擁して馬前《すす》まず
知りぬ汝が遠く来たること須《すべから》く意有るべし
好《よ》し吾《わ》が骨《こつ》を瘴江《しょうこう》の辺《ほと》りに収めよ

韓湘、この詩を袖に入れて、泣く泣く東西へ別れにけり。

19　古人の言い古した説（荘子・天道）。
20　細々したこと。
21　すぐさま。
22　青い宝玉の盃。
23　あでやかなさま。
24　長安の南にある嶺。
25　長安の東南にある関。
26　詩句は情趣の尽きない風体のみあり、意味の落ち着き先がわからない。
27　神仙の術。
28　唐の元和十四年（八一九）、憲宗に上奏した「仏骨を論ずる表」。
29　行きなやんで。
30　悲しんで非常に高い山に登ると。一仞は七尺。
31　突然。
32　私にもわかる、私は流罪の身のまま憂え死んで、帰ることはできぬと。
33　再会はできず、遠く離れて別れる。

誠《まこと》なるかな、「[36]痴人《ちじん》の面前に夢を説かず」と云ふ事を。この談義《だんぎ》を聞きける人々の、忌《い》み思《おも》ひけるこそ愚かなれ。

謀叛露顕《むほんろけん》の事 8

謀叛人《むほんにん》の[1]与党《よとう》、土岐左近蔵人頼員《ときさこんくろうどよりかず》は、六波羅《ろくはら》の[2]奉行《ぶぎょう》、[3]斎藤太《さいとうた》郎左《ろうざ》衛門尉《えもんのじょう》利行《としゆき》が息女《そくじょ》に嫁《か》して最愛《さいあい》したりけるが、世の中すでに乱れて、合戦出で来たらば、千に一つも討死《うちじに》せずと云ふ事あるまじと思ひける間、かねて名残りや惜しかりけん、或る夜の寝覚《ねざ》めの物語りに、「[4]一樹《いちじゅ》の陰《かげ》に寄り、同じ流れを酌《く》むも、皆多生《たしょう》の縁《えん》浅からずとこそ承《うけたまわ》れ。況《いわ》んや、相馴《あいな》れ奉ってすでに三年《みとせ》になりぬ。[5]なほざりならぬ志の程をば、気色《けしき》に付けて、折に触れても、思ひ知り給ひぬらん。さても、定めなきは人間《にんげん》の習ひなれば、相逢ふ中の契りなれば、今もしわが身はかなく

34 韓愈「左遷されて藍関に至りしとき姪孫の湘に示す」。韓湘が成した一聯に、韓愈が左遷の際に「筆を続(つ)い」だ話は、「韓昌黎集」巻十にみえ、「酉陽雑俎」「詩人玉屑」等の諸書に引かれる。

35 一つの封事(天子への意見書)を朝に奏上し、夕べには潮陽(潮州県)に左遷され、八千里の道をたどる。天子のため弊害を除こうとしたのだから、どうして老年の身で余命を惜しもうか。雲は秦嶺にたなびき、来し方のわが家は見えない。行く手の藍関は雪に閉ざされて馬も進まない。お前がやって来たのは、私を思うからだろう。この上はお前の手で私の骨を瘴江(毒気のある入江)の傍らに埋めてほしい。

なりぬと聞きたまふ事あらば、亡からん跡までも、貞女《ていじょ》の心を失はで、わが後《のち》の世《よ》を弔《とぶら》ひ給へ。[6]人間に帰つては、二度《ふたたび》夫婦の契《ちぎ》りをなし、浄土《じょうど》に生まれば、[7]同じ蓮《はちす》の台《うてな》に半座《はんざ》を分けて待つべし」と、その事となく掻《か》き口説《くど》き、涙を流してぞ申しける。

女、つくづくと聞いて、「あやしや、何事の侍《はんべ》るぞや。明日《あす》までの[8]契りの程も知らぬ浮世《うきよ》の中に、[9]後世《ごせ》までのあらましは、忘れんとての情《こころ》にてこそ侍らめ。さらでは、かかるべしとも覚えず」と、歎き恨みて問ひければ、男は心浅く、「さればとよ、われ[10]不慮《ふりょ》の勅命《ちょくめい》を承つて、君に憑《たの》まれ奉る間、辞《じ》するに道なくして、謀叛に与《くみ》しぬる間、千に一つも命の生きんずる事難《かた》しと、[11]あぢきなく存ずる程に、近づく別れの悲しさに、[12]かねてはかやうに申すなり。この事、[13]あなかしこ、人に知らせ給ふな」と、よくよく口をぞ堅《かた》めける。

かの女性《にょしょう》、心さかしき女なりければ、[14]夙《つと》に起きて、つくづく

36　「無門関」「五燈会元」等の諸書に引かれ、宋代の諺だったか。

8

1　仲間の者。土岐頼員は、本巻・6に前出。

2　引付衆（訴訟処理の役職）や評定衆（政務を合議する役職）をいう。

3　基行の子。利仁流藤原氏。

4　「説法明眼論」（聖徳太子仮託の書）に「一樹の下に宿り、一河の流れを汲む。…皆是れ先世の結縁なり」とある。同じ木の下に雨宿りし、同じ川の水を飲むのも、前世から定められた宿縁である意。

5　私のひとかたならぬ愛情の程を、日ごろの態度から。

6　再び人間界に生まれて

とこの事を思ふに、君の御謀叛《ごむほん》[15]事《こと》ならずは、[16]憑《たの》うだる男、忽《たちま》ちに誅《ちゅう》せらるべし。もしまた武家亡ばば、わが親類《しんるい》、誰《たれ》か一人も残るべき。さらば、これを父の利行《としゆき》に語つて、左近蔵人《さこんくろうど》を[17]返《かえ》り忠《ちゅう》の者になし、これをも助け、親類をも助けんよと思ひて、急ぎ父がもとへ行きて、忍びやかにこの事をありのままにぞ語りける。斎藤《さいとう》、大きに驚いて、[18]やがて左近蔵人を呼び寄せて、

「かかる思ひも寄らぬ不思議の事を承《うけたまわ》るは、誠《まこと》にて候ふやらん。今の世にかやうの事を思《おも》ひ企《くわだ》て給はんは、ひとへに[19]石を抱《いだ》いて淵《ふち》に入《い》る者にて候ふべし。もし他人の口より漏《も》れなば、われわれに至るまで、皆誅《ちゅう》せらるべきにて候へば、利行、急ぎ[20]御辺《ごへん》の告げ知らせたる由《よし》を、[21]六波羅殿《ろくはらどの》に申して、ともにその咎《とが》を遁《のが》れんと思ふは、いかが計らひ給ふ」と問ひければ、これ程の一大《いちだい》事《じ》を女性《にょしょう》に知らする程の心にて、[22]なじかは仰天《ぎょうてん》せざるべき。

「ただともかくも、身の咎を助くるやうに、御計らひ候ふべし」

帰ったら。
7 一つの蓮の上に座を半分にわけて。
8 約束。
9 来世までの約束とは、私を捨てようと思ってのお情けでしょう。そうでなくては、こんなことをおっしゃろうとは思えない。
10 思いもかけない帝のご命令をお受けして、帝から頼りにされました上は。
11 苦々しく。
12 あらかじめ。
13 絶対に。
14 早朝。
15 成功しなければ。
16 頼りの夫は即座に罰せられるだろう。
17 味方を裏切って敵に忠をつくすこと。
18 すぐさま。
19 無謀ゆえに身を滅ぼす者のたとえ。「石を負うて

とぞ申しける。

　夜未だ明けざるに、斎藤、急ぎ六波羅殿へ参つて、事の子細《しさい》を委《くわ》しく告げ申しければ、[23]則《すなわ》ち、京中洛外《きょうじゅうらくがい》の武士どもを、六波羅殿へ召し集めて、先《ま》づ[24]着到《ちゃくとう》をぞ付けられける。

　その比《ころ》、摂津国《つのくに》[25]葛葉《くずは》と云ふ所に、[26]地下人等《じげにんら》[27]本所《ほんじょ》の代官《だいかん》を背《そむ》き、合戦に及ぶ事あり。かの本所の[28]雑掌《ざっしょう》を、六波羅の沙汰として、[29]庄家《しょうけ》にし居《す》ゑんために、[30]四十八ヶ所の篝《かがり》、并《なら》びに在京人《ざいきょうにん》を催《もよお》さるる由を披露《ひろう》せらる。これは、謀叛の輩《ともがら》を逃《のが》さじがための謀《はかりごと》なり。土岐《とき》も多治見《たじみ》も、わが身の上とは思ひも寄らざりければ、明日は葛葉へ向かふべき用意して、皆己《おの》が宿所にぞ居たりける。


淵に赴くは、行の難き者也」(説苑・説叢)。
20　貴殿。
21　六波羅探題の長官。六波羅探題は、朝廷を監視する幕府の役所。南庁と北庁に分かれ、鴨川の東、松原通の南、七条通の北にあった。　22　どうしてひどく慌てないことがあろう。
23　即座に。
24　来着の者を記す帳簿。
25　葛葉(大阪府枚方市楠葉)は、河内国。
26　在地の武士。
27　公家・寺社など、荘園の所有者。
28　荘園の管理や種々の雑事にあたる代官。
29　荘園の在地領主。
30　四十八か所の篝屋(京都の要所を警固する番所)の武士と、在京の御家人を召集する旨の触れを出した。

土岐《とき》多治見《たじみ》討《う》たるる事 9

さる程に、明くれば[1]元亨《げんこう》四年九月十九日の[2]卯刻《うのこく》に、軍勢雲霞《うんか》の如く六波羅へ馳《は》せ集《あつ》まるを、[3]小串《おぐし》三郎左衛門《さぶろうざえもん》範行《のりゆき》、山本九郎《やまもとのくろう》時綱《ときつな》、[4]御紋《ごもん》の旗を給はつて、[5]六条河原《ろくじょうがわら》へ打ち出で、三千余騎を二手《ふたて》に分けて、多治見《たじみ》が宿所《しゅくしょ》、[6]錦小路《にしきこうじ》高倉《たかくら》、土岐十郎《ときのじゅうろう》が宿所、[7]三条堀河《さんじょうほりかわ》へ押し寄せけるが、時綱、[8]かくてはいかさま、大事の敵を討ち漏らしぬと思ひけるにや、大勢《おおぜい》をばわざと[9]三条河原《さんじょうがわら》に止《とど》めて、山本九郎ただ一騎、[10]中間《ちゅうげん》二《に》人《にん》に長刀《なぎなた》持たせて、忍びやかに土岐が宿所へ馳せて行く。

門前に馬を乗り捨てて、[11]小門《こもん》より内へつと入り、[12]中門《ちゅうもん》の方《かた》を見れば、[13]殿居《とのい》したる者どもよと覚えて、[14]物具《もののぐ》、太刀、枕元《まくらもと》に取り散らし、高いびきかいて寝入りたり。厩《うまや》の後ろを廻つて、い

9

1 一三二四年。
2 午前六時頃。
3 小串は、六波羅の北探題北条(常盤)範貞の被官(家来)で、篝屋守護人。山本も、北条被官で、近江源氏。
4 北条の三鱗形(みついろこがた)の紋。

三 鱗

5 六条大路東端の鴨川の河原。
6 錦小路と高倉小路の交点。
7 三条大路と堀川小路の交点。

づくにか逃《に》げ路《みち》のあると見れば、後ろは[15]築地《ついじ》にて、門より外《ほか》は道もなし。さては心安しと思ひて、[16]客殿《きゃくでん》の奥なる[17]二間《ふたま》を、さつと引き開《あ》けたれば、土岐十郎、ただ今起きたりと覚えて、鬢《びん》の髪《かみ》を撫《な》で上《あ》げて結《ゆ》ひけるが、山本九郎をきつと見て、「心得たり」と云ふままに、枕に立てたる太刀を取り、傍《そば》なる[18]障子《しょうじ》を一《ひと》間《ま》踏み破り、六間《むま》の客殿へ跳《おど》り出《い》でて、天井《てんじょう》に太刀を打ち付けじと、[19]払い切りにぞ切つたりける。

時綱は、わざと敵を広庭《ひろにわ》へおびき出し、透《す》き間《ま》あらば生け取らんと志《こころざ》して、打ち払つては退《しさ》り、受け流しては飛びのき、人《ひと》交《ま》ぜもせず戦うて、後ろをきつと見返つたれば、[20]後陣《ごじん》の人大勢《おおぜい》一千余騎、[21]二の関《きど》より込み入つて、同音《どうおん》に[22]時《とき》をどつと作る。土岐十郎、これを見て、虜《いけど》られじとや思ひけん、元の寝所《しんじょ》へ走り帰つて、腹十文字《じゅうもんじ》に掻《か》き切《き》つて、[23]北枕《きたまくら》にこそ臥したりけれ。中門に寝たりつる[24]若党《わかとう》ども、皆思ひ思ひに討死《うちじに》して、遁《のが》るる者

8　これではきっと。
9　三条大路東端の鴨川の河原。
10　侍と下部（しもべ）の中間の者。
11　表門（正門）の脇にある小さい門。
12　表門から主殿にいたる中間の門。
13　泊まりこんでの警固。
14　鎧・兜などの武具。
15　土塀。
16　来客と対面する建物（主殿）。
17　柱と柱の間を一間（ひとま）として、二間四方の部屋。
18　間仕切りの襖（ふすま）障子。
19　横ざまに切ること。
20　二番手の軍勢。
21　第二の門。
22　関（とき）の声。
23　頭を北に向け死ぬこと。
24　若く身分の低い家来。

一人《いちにん》もなかりければ、首を取つて鋒《きっさき》に貫き、山本九郎時綱《やまもとのくろうときつな》は、これより六波羅《ろくはら》へ馳《は》せ帰《かえ》る。

　多治見《たじみ》が宿所へは、小串三郎左衛門尉範行《おぐしさぶろうざえもんのじょうのりゆき》を先として、二千余騎にて押し寄せたり、多治見は、終夜《よもすがら》の酒に飲み酔《え》ひて、前後も知らず臥したりけるが、時の声に驚いて、「これは何事ぞ」と周章《あわ》て騒ぐ。傍《そば》に臥したる遊君《ゆうくん》[25]、物馴《ものな》れたる女なりければ、枕[26]なる鎧を取つて打ち着せ、上帯《うわおび》[27]を強くしめさせて、なほ寝入りたる者どもをぞ、忍びやかに引き起こしける。

　小笠原孫六《おがさわらまごろく》[28]、傾城《けいせい》[29]に驚かされて、太刀ばかりを取つて中門《ちゅうもん》に走り出でて、目をすり開《あ》けて、四方をきつと見たれば、車の輪《わ》[30]の旗二流《ふたなが》れ、築地《ついじ》の上より見えたれば、孫六、内へ走り入つて、「六波羅《ろくはら》より討手《うって》の向かうて候ひけるぞや。この間《あいだ》の御謀叛《ごむほん》、早や顕《あらわ》れたりと覚え候ふ。面々《めんめん》[31]思ひ切らせ給へ」とて、腹巻《はらまき》[32]取つて肩に投げ懸け、二十五[33]差いたる胡簶《えびら》と、繁籐《しげどう》[34]の弓とを提《ひっさ》げ

25　遊女。
26　枕元の鎧。
27　鎧の胴を巻きしめる白帯。
28　多治見の家来。甲斐源氏か。
29　遊女に起こされて。
30　車輪の紋(小串の紋か)の旗が二本。
31　(死を)覚悟なさい。
32　腹に巻きつけ右脇で合わせた略式の鎧。

腹巻

33　二十五本の矢を差した簶(腰に帯びる矢入れ)。

て、門の上なる櫓《やぐら》[35]へ走り登り、中差《なかざし》[36]取つて打ち番《つが》ひ、狭間《さま》[37]の板《いた》を八文字に押し開いて、「あな事々《ことごと》しの大勢や。討手の大将には、誰《たれ》と云ふ人の向かはれ候ふぞ。近づいて矢一筋《ひとすじ》受けて御覧候へ」と云ふままに、十二束三伏《そくみつぶせ》[38]、忘るる[39]ばかり引きしぼりて、ちやうど放つ。

真前《まっさき》に進んだりける狩野下野前司《かののしもつけのぜんじ》[40]が若党《わかとう》に、衣摺助房《きぬずりすけふさ》[41]が甲《かぶと》[42]の真向《まっこう》より鉢付《はちつけ》[43]の板まで、矢先《やさき》白く射通して、馬より倒《さかさま》に射落とす。これを始めとして、鎧《よろい》の袖、草摺《くさずり》[44]、兜《かぶと》の鉢とも云はず、指《さ》し下《お》ろして思《おも》ふやうに射ける間、面《おもて》に立つたる兵二十四人、矢の下《もと》に射て落とす。今一筋胡簶に残つたる矢を引き抜いて、胡簶をば櫓より下へからりと投げ落とし、「この矢一つをば、冥途《めいど》の旅の用心《ようじん》に持つべし」と云つて、「日本一《にっぽんいち》の剛《こう》[45]の者の、謀叛起こして自害《じがい》する有様、見置いて人に語れ」と高声《こうしょう》に呼ばはつて、太刀の鋒《きっさき》を口にくはへ、櫓より倒《さかさま》に飛び落ちて、貫か

箙

34　重籐。籐で繋く巻き固めた弓。

35　屋敷や城の門や塀の上に設けた物見櫓。

36　箙に差す矢のうち、二本の上差（うわざし）＝鏑矢〈かぶらや〉）に対して、中に差す実戦用の征矢（そや）。

37　塀、櫓に設けて、矢を放つための小窓。

38　矢の長さ。束は一握りで親指以外の指四本、伏は指一本の幅。十二束を標準とした。

39　矢の長さを忘れるぐらい、いっぱいに。

40　伊豆の豪族。藤原南家。前司は、前任の国司。

41　系譜等、未詳。

れてぞ死にける。

この間《あいだ》に、多治見《たじみ》を始めとして、一族若党二十余人の者ども、[46]物具《もののぐ》ひしひしとし堅め、[47]大庭《おおにわ》に跳《おど》り出《い》でて、門の[48]関《かん》の木《き》を差して待ちかけたり。寄手《よせて》、雲霞《うんか》の如くなれども、[49]思ひ切つたる者どもが、死《し》に狂《ぐる》ひせんと引《ひ》き籠《こ》もりたるが強《こわ》さに、内へ切つて入らんとする者もなかりける処《ところ》に、[50]伊藤彦次郎《いとうひこじろう》父子兄弟四人、門の扉《とびら》の少し破れたる所より、這《は》うて内へぞ入りたりける。志《こころざし》の程は[51]武《たけ》けれども、待ち受けたる敵の中へ、這うて抜け入りたる事なれば、敵に[52]打《う》ち違《ちが》ふるまでもなくて、皆門の脇にて討たれにけり。

寄手、これを見て、いよいよ近づく者もなかりける間、内より門の扉を押し開いて、「討手《うって》を承《うけたまわ》る程の人達の、[53]きたなうも見えられ候ふものかな。早やこれへ御入《おんい》り候へ。われらが首ども、[54]引出物《ひきでもの》に進《まいら》せ候はん」と、[55]恥ぢしめてこそ立つたりけれ。

42 兜の正面。
43 兜の鉢に付ける錣（しころ）の一番上の板。

兜

44 鎧の胴の下に垂れ下げ、太腿をおおう部分。
45 強く勇敢な者。
46 鎧をしっかりと身につけ。
47 客殿の前の広庭。

寄手の兵ども、これを聞いて、五百余人、[56]馬を踏み放ち歩立《かちだち》になり、喚《おめ》いて庭へ込み入る。多治見四郎《たじみのしろう》、とても遁《のが》れじと思ひ切つたる事なれば、いづくへか一足《ひとあし》も引くべき、二十余人の者ども、[57]大勢《おおぜい》の中へ面《おもて》も振らず切つて廻《まわ》るに、前懸《さきがけ》の寄手五百余人、散々《さんざん》に切り立てられて、また門より外へさつと引く。されども、寄手大勢なれば、前陣《せんじん》引けば、二陣の[58]荒手《あらて》また喚《おめ》いて懸け入る。懸け入れば追ひ出だし、追ひ出だせば懸け入り、[59]辰《たつの》刻《こく》の始めより午時《うまのとき》の終りまで、[60]火出づる程こそ戦うたれ。

かやうに[61]大手《おおて》の軍強《いくさこは》かりければ、[62]佐々木判官《ささきほうがん》が[63]手の者、千余騎後ろへ廻つて、錦小路《にしきこうじ》より、[64]在家《ざいけ》を打ち破つて乱れ入る。多治見、今はこれまでと思ひければ、門の関の木を差し、中門《ちゅうもん》に並《な》み居《い》て、二十二人の者ども、互ひに差し違へ差し違へ、[65]算《さん》を散らせる如くにぞ臥したりける。大手の寄手どもが門を打ち破りけるその間に、[66]搦手《からめて》の勢《せい》ども乱れ入り、首を取つて、六波羅《ろくはら》

48 かんぬき。
49 死を覚悟した者どもが死にもの狂いで戦おうと。
50 伊豆出身の武士。藤原南家。玄玖本「伊東」。
51 勇ましい。
52 (刀などを)打ち合わせる。
53 卑怯にも。
54 贈り物。
55 あざけって。
56 馬を捨て徒歩になり。
57 わき見せず真正面に。
58 新手。ひかえの新しい軍勢。
59 午前八時前後から正午頃まで。
60 火花が散る程激しく戦った。
61 正面の戦い。
62 佐々木(六角)時信。宇多源氏。頼綱の子。近江守護。
63 手下の兵。

へ馳《は》せ帰《かえ》る。二時《ふたとき》[67]ばかりの合戦に、手負《ておい》、死人の着到《ちゃくとう》[68]、二百七十三人なり。

俊基資朝召《としもとすけともめ》し取《と》られ関東下向《かんとうげこう》の事 **10**

土岐《とき》、多治見《たじみ》討たれ、資朝、俊基の隠謀《いんぼう》、次第に露顕《ろけん》したりければ、東使《とうし》[1] 長崎孫四郎左衛門尉泰光《ながさきまごしろうざえもんのじょうやすみつ》[2]、南条次郎左衛門尉《なんじょうじろうざえもんのじょう》[3]宗直《むねなお》、二人上洛《ににんしょうらく》して、正中《しょうちゅう》[4]二年五月十日、資朝、俊基両人を召し取り奉る。土岐が討たれし時、生取《いけどり》の一人《いちにん》もなかりしかば、白状はよもあらじ、さりともわれらが事は顕《あらわ》れじと、はかなき憑《たの》みに油断して、かつてその用意もなかりければ、妻子《さいし》東西に逃げ迷うて、身を隠さんとするに所なし。財宝《ざいほう》は大路《おおじ》に引き散らされて、馬の蹄《ひづめ》の塵《ちり》となりにけり。

かの資朝卿は、日野《ひの》[5]の一門にて、職大理《だいり》[6]を経て、官中納言《ちゅうなごん》

64 民家。
65 易(えき)で使う算木(さんぎ)を散らかしたように。
66 大手に対し、敵を背後や側面から攻める軍。
67 四時間。
68 帳簿に記された数。

10

1 鎌倉の使者。この時の東使は、史実では、工藤右衛門二郎と諏訪三郎兵衛。
2 高泰の子。円喜のいとこ。
3 南条は、長崎とともに北条得宗家の被官。
4 一三二五年。史実は正中元年九月。
5 藤原冬嗣(ふゆつぐ)の兄、真夏(まなつ)を祖とする一門。日野(京都市伏見区)に法界寺を創建し、日野を家名とした。
6 検非違使別当の唐名。

に至りしかば、君の[7]御覚《おんおぼ》えも他《た》に異《こと》にして、家の繁昌《はんじょう》時を得たりき。俊基朝臣は、身[8]儒雅《じゅが》の下《もと》より出でて、[9]望み勲業《くんぎょう》の上に達せしかば、[10]同官《どうかん》も肥馬《ひば》の塵《ちり》を望み、長者《ちょうじゃ》も残盃《ざんぱい》の冷《すさま》じきを啜《すす》る。宜《むべ》なるかな、「[11]不義《ふぎ》にして富み且《か》つ貴《たっと》きは、われに於て浮かべる雲の如し」と云へる事、これ孔子《こうし》の善言《ぜんげん》、[12]魯論《ろろん》の記《き》する処《ところ》なれば、なじかは少しも違《たが》ふべき。[13]夢の中の楽しみ忽《たちま》ちに尽《つ》きて、眼の前の悲しみここに来たれりと、これを見聞《みき》ける人ごとに、[14]盛者必衰《じょうしゃひっすい》の理《ことわ》りを知らでも袖を干《ほ》しあへず。

同じき二十七日、東使両人、資朝、俊基を[15]具足《ぐそく》し奉つて、鎌倉に下着《げちゃく》す。この人々は、殊更《ことさら》謀《む》叛《ほん》の[16]帳本《ちょうぼん》たれば、やがて誅《ちゅう》せられんと覚えしかども、ともに朝廷《ちょうてい》の近臣《きんしん》として、才学優長《さいがくゆうちょう》の人たりしかば、世の譏《そし》り、君の御憤《おんいきどお》りを憚《はばか》つて、[17]嗷問《ごうもん》の沙汰《さた》にも及ばず、ただ尋常《よのつね》の[18]召人《めしうど》の如くにて、[19]侍所《さぶらいどころ》にぞ預《あず》け置《お》かれける。

7　寵愛。
8　儒家の流れで、文の道に優れた家柄。
9　出世の望みは功績以上に達したこと。
10　同僚も立派な馬の後塵を拝し、金持ちも飲み残しの冷たい酒を甘んじて啜る。「朝(あした)には富児の門を扣(たた)き、暮(ゆうべ)には肥馬の塵に随ふ。残盃と冷炙(れいしゃ)と、到る所に潜(ひそ)かに悲辛す」(杜甫・韋左丞丈に贈り奉る二十二韻)。
11　「論語」述而篇の句。
12　「論語」のこと。魯の国の人が伝えたという。
13　「楽しみ尽きて哀しみ来たる」(長恨歌伝)。
14　栄えた者も必らず衰える道理。
15　召し連れて。
16　首謀者。
17　拷問。

主上御《しゅしょうご》告文関東《こうぶんかんとう》に下《くだ》さるる事 11

七月七日の夜は、牽牛《けんぎゅう》[1]、織女《しょくじょ》の二星《じせい》、烏鵲《うじゃく》の橋を渡つて、一年の懐抱《かいほう》[2]を解く夜なれば、宮人《みやびと》の風俗、竹竿《ちくかん》[3]に願糸《がんし》を懸け、庭《てい》前《ぜん》に嘉菓《かか》[4]を列《つら》ねて、乞巧奠《きっこうでん》[5]を修《しゅ》せらるる夜なれども、世上《せじょう》騒がしき折節《おりふし》なれば、詩歌《しいか》を奉る騒人《そうじん》[6]もなく、絃管《げんかん》を調《しら》ぶる伶倫《れいりん》[7]もなし。庭上《ていしょう》[8]に上臥《うえぶし》[9]仕《つかまつ》りたる月卿雲客《げっけいうんかく》[10]も、何となく世の中の乱れ、また誰《た》が身の上にか来たらんずらんと、魂《たましい》[11]を消し、肝《きも》を冷やす時分《おりふし》なれば、皆眉《まゆ》を顰《ひそ》め、面《おもて》を低《た》れてぞ候ひける。

夜《よ》いたく深《ふ》けて、「誰《たれ》か候ふ」と仰せられければ、吉田中納言《よしだちゅうな》[12]言冬方《ごんふゆかた》、「候ふ」とて、御前《おんまえ》に参ぜられたり。主上、席を進めて仰せられけるは、「資朝《すけとも》、俊基《としもと》が囚《とら》はれし後《のち》、東風《とうふう》[13]なほ未だ静かならずして、中夏《ちゅうか》[14]常に危ふきを踏む。この上にまた、いか[15]

18 捕らわれ人。囚人のこと。
19 御家人の統制・検断にあたる幕府の役所。

11
1 牽牛と織女の二星が、年に一度、かささぎ(烏鵲)の渡した天の川の橋を渡って逢うという中国の伝説。
2 胸の思いをはらす。
3 竹竿に五色の糸をかけ、子女が願い事をする。
4 りっぱな菓子。
5 たなばた祭。
6 風雅の士。
7 楽人。
8 宮中。庭は、朝庭(廷)。
9 宮中に宿直すること。
10 公卿と殿上人。
11 驚き恐れ。「肝を冷やす」に同じ。
12 経長の子。定房の弟。
13 鎌倉の様子。

なる沙汰《さた》をか致さんずらんと、叡慮《えいりょ》更に穏やかならず。いかがしてか、先《ま》づ東夷《とうい》の心を静むる謀《はかりごと》を仰せ下さるべき」と勅問《ちょくもん》ありければ、冬方、謹《つつし》んで申されけるは、「資朝、俊基が白状《はくじょう》ありとも承《うけたまわ》り候はねば、武臣《ぶしん》、この上の沙汰には及び候はじと存じ候へども、近日、東夷の行ふ事、楚忽《そこつ》[16]の儀多く候へば、御油断《ごゆだん》はあるまじきにて候ふ。先づ告文[17]を一紙《いっし》下され候ひて、相模入道《さがみのにゅうどう》[18]が怒りを静め候はばや」と申されければ、主上、げにもとや思《おぼ》し召《め》されけん、「さらば、やがて[19]冬方書け」と仰せられければ、則ち御前にして草案《そうあん》をして、これを奏覧《そうらん》す。主上、暫《しばら》く叡覧《えいらん》あつて、御涙の告文の上にはらはらと懸かりけるを、御袖にて押《お》し拭《のご》はせ給へば、御前に候ひける老臣《ろうしん》、皆悲啼《ひてい》[20]を含まぬはなかりけり。

　やがて万里小路中納言宣房卿《までのこうじちゅうなごんのぶふさきょう》[21]を勅使《ちょくし》にて、この御告文を関東へ下さる。相模入道、秋田城介《あいたのじょうのすけ》[22]を以て告文を請け取つて、則

14　東夷の鎌倉に対する中夏(中華)。ここでは(京都の)朝廷が危機にあること。
15　幕府がどのような手を打つかと。
16　軽率で無礼。
17　言動に偽りがないことを神仏に誓い、相手に表明する文書。起請文。
18　北条高時。
19　ただちに。
20　悲嘆の涙。
21　資通の子。建武新政下、吉田定房、北畠親房とともに重用された(三房という)。
22　安達高景。時顕の子。秋田城介は、出羽介が秋田城を兼管した呼称。安達氏が世襲した。引付頭人。

ち披見《ひけん》せんとしけるを、[23]二《に》階堂出《かいどうで》羽入道道蘊《わのにゅうどうどううん》、堅く諫《いさ》めて申しけるは、「天子、武臣に対して直《じき》に御告文《ごこうぶん》を下されたる事、異朝《いちょう》にもわが朝《ちょう》にも、未だその例を承《うけたまわ》らず。しかるを、等閑《なおざり》に披見せられん事、[24]冥見《みょうけん》につけてその恐れあり。ただこの文箱《ふんばこ》を披《ひら》かれずして、勅使《ちょくし》に返しまゐらせらるべきか」と、[25]再往《さいおう》申しけるを、相模入道《さがみのにゅうどう》、「何か苦しかるべき」とて、[26]斎藤太郎左《さいとうたろうざ》衛門尉利行《えもんのじょうとしゆき》に読みまゐらせさせけるに、「[27]叡心《えいしん》の偽らざるの処《ところ》、天の[28]照鑑《しょうかん》に任《まか》す」と遊ばされたる所を読みける時、利行、俄《にわ》かに[29]目暮《く》れ、鼻血《はなぢ》垂《た》りければ、読みはてずして退出したりけるが、その日より、喉《のんど》の下に[30]悪瘡《あくそう》出でて、七日《なぬか》が中《うち》に血を吐いて死ににけり。

時[31]澆季《ぎょうき》に及んで、[32]道塗《と》炭《たん》に落ちぬと云へども、君臣上下《くんしんじょうげ》の礼違《たが》ふ時は、さすが仏神《ぶつじん》の罰《ばち》もありけると、これを聞きける人ごとに、懼《お》ぢ恐《おそ》れぬはなかりけり。「[33]いかさま資朝《すけとも》、俊基《としもと》の隠《いん》

23　俗名貞藤。藤原南家。行藤の子。引付頭人、政所執事などを勤め、「太平記」で賢才の士とされる。
24　神仏のご照覧を思うにつけて畏れ多い。
25　くりかえし。
26　前出、本巻・8では、六波羅探題の奉行とある。
27　帝の心中。
28　神仏などがご覧になること。照覧。
29　めまいがして。
30　悪性のできもの。
31　道徳が衰微し、人情が浮薄な末世。
32　人道が廃れて、泥水(塗)にまみれ、炭火に焼かれる。
33　きっと。

謀《ぼう》、叡慮より出だされし事なれば、たとひ告文を下されたりと云へども、それには[34]依《よ》るべからず。主上《しゅしょう》をば遠国《おんごく》へ遷《うつ》し奉るべし」と、初めは評定一決《ひょうじょういっけつ》したりけれども、勅使宣房卿《のぶふさきょう》の申さるる趣《おもむき》、げにもと覚ゆる上、告文読みたりし利行が、俄《にわ》かに血を吐いて死にたりけるに、諸人、皆舌《した》を巻いて口を閉《と》づ。相模入道も、さすが[35]天慮《てんりょ》その憚《はばか》りありけるにや、「御治世《ごちせい》の御事《おんこと》は、[36]朝儀《ちょうぎ》に任《まか》せ奉る上は、武家[37]綺《いろ》ひ申すべきにあらず」と、勅答《ちょくとう》申して、御告文をば返しまゐらせらる。宣房、則ち帰洛《きらく》して、この由《よし》を奏し申されけるにこそ、[38]宸襟《しんきん》始めて解けて、群臣《ぐんしん》色をば直されけれ。

さる程に、俊基朝臣は、[39]罪の疑はしきを軽《かろ》くして、赦免《しゃめん》せられ、資朝卿は、[40]死罪一等《しざいいっとう》を宥《なだ》められて、佐渡国《さどのくに》へぞ流されける。

34　帝の告文を信じることはできない。

35　天の思し召しに憚ったのだろうか。

36　朝廷のはからい。

37　干渉する。

38　帝の不安はやわらぎ、臣下も皆安堵して顔色を取り戻した。

39　罪の証拠が不十分ということで赦され。「罪の疑はしきはこれ軽くし、功の疑はしきはこれ重くす」(書経・大禹謨)。

40　死罪となるべきところを一段軽くして。

太平記 第二巻

第二巻　梗概

元徳《げんとく》二年(一三三〇)春、後醍醐帝《ごだいごてい》は南都北嶺に行幸した。寺院勢力を倒幕の企てに参加させるのが目的だった。後醍醐帝の皇子でときの天台座主、大塔宮尊雲法親王《おおとうのみやそんうんほっしんのう》は、帝《みかど》の企てに応じて武芸の修練にはげんだ。この噂が鎌倉に聞こえ、東使が上洛し、元徳三年(元弘元、一三三一)五月、帝の側近の僧侶、円観《えんかん》、文観《もんかん》、忠円《ちゅうえん》が捕らえられて流罪に処された。ともに捕らえられた二条為明《にじょうためあきら》は、一首の和歌を詠んで拷問をまぬがれた。七月、日野《ひの》俊基《としもと》が再度捕らえられ、鎌倉へ送られた。鎌倉では、内管領長崎高資《ながさきたかすけ》の強硬意見で衆議一決し、後醍醐帝・大塔宮の流罪と、日野《ひの》資朝《すけとも》・俊基の処刑が決まった。五月二十九日、正中《しょうちゅう》の変《へん》以来佐渡に流されていた日野資朝が斬られたが、佐渡へ渡った資朝の子阿新《くまわか》は、父を斬った本間三郎《ほんまのさぶろう》を刺し殺して仇を討った。日野俊基は、七月に鎌倉の葛原ヶ岡《くずはらがおか》で斬られた。八月に東使が上洛すると、大塔宮の進言によって内裏を脱出した後醍醐帝は、南都へ向かい、笠置山《かさぎやま》に臨幸し、花山院師賢《かさんのいんもろかた》を身代わりとして比叡山に登らせた。延暦寺の衆徒は、東坂本一帯で佐々木《ささき》時信《ときのぶ》らの六波羅勢《ろくはらぜい》とはげしく戦ったが、帝が身代わりであることを知って、多くの者が六波羅に降参した。手勢を率いて戦っていた大塔宮は十津川《とつがわ》の奥へ、妙法院宮《みょうほういんのみや》は笠置山へ落ちていった。

南都《なんと》北嶺《ほくれい》行幸《ぎょうこう》の事　1

元徳《げんとく》[1]二年二月四日、別当《べっとう》[2]万里小路《までのこうじ》中納言《ちゅうなごん》藤房卿《ふじふさきょう》を召し、来月八日、東大興福《とうだいこうふく》両寺に行幸《ぎょうこう》あるべしと、仰せ出ださる。則ち古《いにしえ》へを尋《たず》ね、例を考へて、供奉《ぐぶ》[3]の行粧《ぎょうそう》、路次《ろし》の行列《ぎょうれつ》を定めらる。三公九卿《さんこうきゅうけい》[4]相随ひ、百司《はくし》[5]千官列《せんかんれつ》を引く、言語道断《ごんごどうだん》[6]の厳儀《げんぎ》なり。

東大寺と申すは、聖武天皇《しょうむてんのう》の御願《ごがん》[7]、閻浮《えんぶ》[8]第一の盧舎那仏《るしゃなぶつ》[9]、興福寺は、これ大織冠《たいしょっかん》[10]、淡海公《たんかいこう》の御願、藤氏《とうし》尊崇《そんすう》の大伽藍《だいがらん》なり。されば、代々の聖主《せいしゅ》[11]、御志《おんこころざし》ありと云へども、一人《いちじん》[12]の御幸《ごこう》容易ならざるによつて、多年臨幸《りんこう》の儀もなかりしを、この御代《みよ》に至つて、絶《た》えたるを継《つ》ぎ、廃《すた》れたるを興《おこ》して、鳳輦《ほうれん》[13]を廻《めぐ》らされしかば、衆徒《しゅと》[14]歓喜の掌《たなごころ》を合はせ、霊仏威徳《れいぶついとく》の光を耀《かかや》かす。されば、春日山《かすがやま》[15]の嵐《あらし》の音も、今より万歳《ばんぜい》を呼《よ》ばふかと怪《あや》しまる。北[16]

1

1　一三三〇年。
2　宣房の子。後醍醐帝の忠臣。別当は、検非違使別当。
3　お供する行列の装いとその順序。
4　太政大臣・左右大臣と公卿の中国風の呼称。
5　多くの役人。
6　言葉に尽くせない程。
7　勅願で建った寺。御願寺。
8　仏教語で、人間の世界。
9　華厳宗の本尊で大日如来をさす。　10　藤原鎌足と不比等。　11　帝。
12　天子。　13　帝の車。
14　多くの一般の僧。
15　奈良の東にある山。藤原氏の氏神を祭る春日神社がある。
16　藤原氏の嫡流、藤原北

の藤浪千代《ふじなみちよ》かけて、花を折《たお》る春の景《けい》深し。

同じき三月二十七日に、比叡山《ひえいざん》に行幸《ぎょうこう》なつて、大講堂供養《だいこうどうくよう》あり。かの御堂《みどう》と申すは、17深草天皇《ふかくさのてんのう》の御願《ごがん》、18大日遍照《だいにちへんじょう》の尊像《そんぞう》なり。19中興《ちゅうこう》の後、未だ供養を遂《と》げずして、20星霜《せいそう》すでに古《ふ》りにければ、21甍《いらか》破れては霧不断《ふだん》の香を焼《た》き、扉《とぼそ》落ちては月常住《じょうじゅう》の燈《ともしび》を挑《かか》ぐ。されば、満山《まんざん》歎いて年を経《ふ》る処《ところ》に、忽《たちま》ちに修造《しゅぞう》の大功《たいこう》を遂げられ、速やかに供養の儀式を調《ととの》へ給ひしかば、22一山《いっさん》眉《まゆ》を開き、23九院首《きゅういんこうべ》を傾《かたぶ》く。24呪願《じゅがん》は、時の座主《ざす》、大塔《おおとう》の25尊雲法親王《そんうんほっしんのう》、26導師は、妙法院《みょうほういん》の27尊澄法親王《そんちょうほっしんのう》にてぞおはしける。28称揚讃仏《しょうようさんぶつ》の砌《みぎり》は、鷲峰《じゅほう》の花薫《にお》ひを譲り、29歌唄頌仏《かばいじゅぶつ》の処は、魚山《ぎょさん》の嵐響《あらしひび》きを添ふ。30伶倫遏雲《れいりんあつうん》の曲を奏し、舞童《ぶどう》31廻雪《かいせつ》の袖を翻《ひるがえ》せば、32百獣《ひゃくじゅう》も率《そっ》し舞ひ、鳳鳥《ほうちょう》も来《く》るばかりなり。

33住吉《すみよし》の神主津守国夏《かんぬしつもりのくになつ》、大鼓《たいこ》の役に登山《とうざん》したりけるが、宿坊《しゅくぼう》の柱に一首の歌をぞ書き付けたる。

家の繁栄をことほぐ。

17 仁明(にんみょう)帝(在位八三三—八五〇年)。史実は、天長元年(八二四)淳和帝の勅願で義真が開いた。

18 大日如来。

19 永仁六年(一二九八)焼失。円観が建立供養に尽力。

20 年月。

21 割れた屋根瓦から入る霧は、たえることのない香の煙となり、壊れた扉からさす月光は、常夜の燈明となる(平家物語灌頂巻に類句)。

22 比叡山のすべての僧は、心配事がなくなって晴れやかな顔になり。

23 延暦寺を構成する九院。延暦寺の僧全体をさす。

24 施主の福利を願う呪願文を読む僧。

25 還俗して護良(もりよし)親王。法勝寺大塔付近に門室があ

[34]契《ちぎ》りあればこの山も見つ阿耨多羅三藐三菩提《あのくたらさんみゃくさんぼだい》の種《たね》や植《う》ゑけん

これは[35]伝教大師《でんぎょうだいし》、当山草創《とうざんそうそう》の古《いにし》へ、「[36]わが立つ杣《そま》に冥加《みょうが》あらせ給へ」と、三藐三菩提の仏達《ほとけ》に祈り給ひし古事《ふるごと》を思ひて、詠める歌なるべし[37]応永三年講堂供養の時、[38]津守国久、伝へこし道。のたむけに我までも阿耨菩提の種や植ゑけん

そもそも元亨《げんこう》以後は、[39]主愁《しゅうれ》へ、臣辱《はず》かしめられて、天下安からざる時に、[40]折節《おりふし》こそ多かるに、今、[41]南都北嶺《なんとほくれい》の行幸、叡願《えいがん》何事ぞと尋ぬるに、近年、[42]相模入道《さがみのにゅうどう》の振る舞ひ、日来《ひごろ》に超過《ちょうか》せり。[43]蛮夷《ばんい》の輩《ともがら》は、武命《ぶめい》に順《したが》ふものなれば、召せども勅定《ちょくじょう》に応ずべからず。ただ山門《さんもん》、南都の[44]大衆《だいしゅ》を語らひて、[45]東夷《とうい》を征罰《せいばつ》せられんための御謀《おんはかりごと》とぞ聞こえし。これによつて、[46]大塔の二品親《にほんしん》王《のう》は、時の[47]貫首《かんじゅ》にておはせしかども、今は[48]行学《ぎょうがく》ともに捨てはてさせ給ひて、明け暮れは、ただ武勇の御嗜《おんたしな》みの外《ほか》は他事《たじ》なし。[49]御好みある験《しるし》にや、[50]早業《はやわざ》は、[51]江都《こうと》の巧み、軽捷《けいしょう》にも超えたれば、

った。
26 法会を主宰する僧。
27 還俗して宗良（むねよし）親王。
28 仏を称える声は、釈迦が説法した霊鷲山（鷲峰）の花の香にもまさり。
29 仏徳賛美の歌声は、魚山の響きにも似る。魏の曹植が魚山（山東省）で梵天の声を聞き、声明（しょうみょう）を作ったという故事。
30 楽人は、流れる雲を止めるほどの見事な曲を奏し（列子・湯問）。
31 袖を翻えして舞うさま（白居易・胡旋の女）。
32 音楽に感応して動物も舞い踊り、瑞鳥の鳳凰もやってくる（書経・益稷）。
33 住吉神社（大阪市）の神主で、南北朝期の歌人。
34 伝教大師は至高の悟りの種をこの山にまいておい

七尺《しちせき》の屏風《びょうぶ》必ずしも高しとせず、[52]打物《うちもの》は、[53]子房《しぼう》が兵法《ひょうほう》を得たまへば、[54]一巻《いっかん》の秘書《ひしょ》、尽《つ》くさせずと云ふ事なし。天台座主《てんだいざす》始まつて、[55]義真和尚《ぎしんかしょう》より以来《このかた》一百余代、未だかかる不思議の門主《もんしゅ》はおはしまさず。後《のち》に思ひ合はするにぞ、ただ東夷《とうい》征罰《せいばつ》のために、御身《おんみ》を習はされける武芸の道とは知られける。

誠《まこと》に[56]善事《ぜんじ》は囲みを越えず、悪事《あくじ》は千里を走る理《ことわ》りにて、大《おお》塔宮《とうのみや》の御振る舞ひ、[57]禁裏《きんり》に調伏《ちょうぶく》の法《ほう》行はれし事ども、一々に関東に聞こえてけり。相模入道《さがみのにゅうどう》大きに怒つて、「さては、この君御在位《ございい》の間は、天下静まるまじ。所詮《しょせん》[58]承久《じょうきゅう》の例に任《まか》せて、君を遠国《おんごく》へ遷《うつ》し奉り、大塔宮を死罪に処し奉るべし。先《ま》づ、[59]龍顔《りょうがん》に咫尺《しせき》して、当家調伏し給ひける法勝寺《ほっしょうじ》の[60]円観上人《えんかんしょうにん》、小《お》野《の》の文観僧正《もんかんそうじょう》、南都の[61]智教《ちきょう》、[62]教円《きょうえん》、[63]浄土寺《じょうどじ》の忠円僧正《ちゅうえんそうじょう》を召し取つて、子細《しさい》を相尋《あいたず》ぬべし」とて、[64]二《に》階堂《かいどう》下野《しもつけの》判官《ほうがん》、[65]長井《ながい》遠江守二《とおとうみのかみに》人《にん》、関東より上洛《しょうらく》す。

たのだろう。機縁があって私もこうして叡山の盛儀を見ることができた。
35 日本天台宗の開祖、最澄。
36 上の句は「阿耨多羅三藐三菩提の仏たち」(新古今和歌集)。
37 底本は本文と続け書き。
38 南北朝・室町期の歌人。国量の子。住吉社権神主。
39 「主憂(うれ)ふれば臣は労し、主辱めらるれば臣は死す」(史記・越王勾践世家)。
40 折もあろうに。
41 奈良の興福寺・東大寺と比叡山延暦寺。
42 北条高時。
43 東国武士を卑しめた語。
44 衆徒。
45 東国武士の蔑称。鎌倉幕府、北条氏をさす。
46 尊雲法親王(護良親王)。
47 天台座主。

両使すでに京着《きょうちゃく》せしかば、またいかなる沙汰《さた》をか致さんずらんと、主上《しゅしょう》、[66]宸襟《しんきん》を悩まし給ひける処《ところ》に、[67]五月十一日の暁《あかつき》、[68]雑賀隼人佐《さいがはやとのすけ》を以て、円観上人、文観僧正、忠円僧正三人を、六波羅《ろくはら》へ召し取り奉る。この中に、忠円は、[69]顕宗《けんしゅう》の碩徳《せきとく》なりしかば、調伏の人数《にんじゅ》には入《い》らざりしかども、君に近づき奉つて、講堂供養の事、具《つぶ》さに万《よろ》づ直《じき》に申し沙汰せしかば、衆徒《しゅと》[70]与力《よりき》の事、この僧正存知《ぞんち》せぬ事あらじとて、同じく召し取られ給ひけり。

為明卿歌《ためあきらきょううた》の事 2

また、[1]二条三位《にじょうさんみ》為明《ためあきら》は、歌道《かどう》の達(者)にて、月の夜、雪の朝《あした》、[2]褒貶《ほうへん》の歌合《うたあわせ》の御会《ごかい》に召されて、[3]宴《えん》に侍る事隙《ひま》なかりしかば、「叡慮《えいりょ》の趣《おもむき》、知らぬ事あらじ。尋《たず》ね聞《き》くべし」とて、先づ召し

48 修行と学問。
49 お好きであった結果であろうが。
50 すばやい身ごなしの武芸。
51 唐の江都王。「江都が勁捷を好むや、七尺の屏風それ徒らに高かりき」(和漢朗詠集・親王)。 52 剣。
53 張良。字(あざな)は子房。漢の高祖の臣で三傑の一人。
54 黄石公が張良に伝えたとされる兵法書「三略」。
55 初代の天台座主。最澄の弟子。 56 「好事は門を出でず、悪事は千里を行く」(北夢瑣言)。
57 宮中で怨敵降伏の修法を行なったこと(第一巻・4)。 58 承久の乱で、後鳥羽院を流罪にし、近臣を処罰した先例。
59 帝の側近く仕えて。龍顔は、帝の顔。

取つて、斎藤《さいとう》[4]に仰せ付け、「嗷問《ごうもん》[5]して白状《はくじょう》あらば、関東へ注進《ちゅうしん》すべし。自余《じよ》の僧達は、関東にて尋ねらるべければ、ここにては差し置くべし」と、六波羅《ろくはら》の北の坪《つぼ》[6]に、炭を起こし、鑊湯炉《かくとうろ》[7]壇《だん》の如くにて、その上に青竹《あおだけ》を破《わ》つて並べ敷き、隙《ひま》あきたるより、猛火《みょうか》炎を吐いて烈々《れつれつ》たり。朝夕雑色《じょうじゃくぞうしき》[8]、左右に立ち並んで、為明《ためあきら》の手を引つ張り、猛火の上を歩かせ奉らんと支度《したく》したる有様、ただ四重五逆《しじゅうごぎゃく》[9]の罪人の、焦熱大焦熱《しょうねつだいしょうねつ》[10]の炎に身を焦がし、牛頭馬頭《ごずめず》[11]の呵責《かしゃく》に逢ふらんも、かくこそと覚えて、見るに肝《きも》は消えぬべし。

為明卿、これを見給ひて、一念を動かさず、時の天災《てんさい》[12]力なしとて、少しも色を損ぜず、その気色《けしき》冷《すず》しくぞ見え給ひける。「さて硯《すずり》や候ふ」と尋ねられければ、白状《はくじょう》のためかと心得て、硯を出だす。白状にてはあらで、一首の歌を書かれけり。

思[13]ひきやわが敷島《しきしま》の道ならで浮世《うきよ》の事を問はるべしとは

60 円観、文観は、前出、第一巻・4。
61 西大寺の律僧。
62 慶円。唐招提寺の律僧。
63 京都市左京区浄土寺町にあった天台宗寺院。
64 時元。行元の子。
65 長井は、大江広元の子孫。幕府重臣。
66 帝の心。
67 本巻巻頭のつながりからいうと元徳二年のことだが、史実は元徳三年。
68 和歌山市雑賀町出身の武士。 69 教えを明示する仏教。天台宗・浄土宗など。密宗(密教)の対。碩徳は、学徳の高い僧。
70 味方する事。

2

1 為藤の子。「新拾遺和歌集」撰者。
2 左右相互に批評しあう

[14]常盤駿河守《ときわするがのかみ》、この歌を見て、感歎肝《かんたんきも》に銘じければ、涙を流して理《り》に服《ふく》す。東使《とうし》両人も、これを読んで、もろともに袖を濡《ぬ》らしければ、為明、[15]水火《すいか》の責めを遁《のが》れて、咎《とが》なき人になりにけり。

詩歌《しいか》は朝庭《ちょうてい》の翫《もてあそ》ぶ処《ところ》、弓馬《きゅうば》は武家の嗜《たしな》む道なれば、その習《しゅう》俗《ぞく》、必ずしも[16]六義数奇《りくぎすき》の道に携《たずさ》はらずと云へども、[17]法性《ほっしょう》正しく言《げん》に顕《あらわ》れて、感応《かんおう》の道起こり、時の災難を脱《のが》れけるは、この歌一首の徳によれり。されば、嗷問の責めを止《とど》めける、東夷《とうい》の心の中《うち》こそやさしけれ。「[18]力をも入れずして、天土《あめつち》を動かし、目に見えぬ鬼神《きじん》をもあはれと思はせ、夫婦の中をも和《やわ》らげ、猛《たけ》きもののふの心をも慰むるは歌なり」と、紀貫之《きのつらゆき》が古今《こきん》の序に書きたりしも、理《ことわ》りなりと覚えたり。

衆議判の歌合。
3　いつも宴席に伺候していたので。
4　正中の変で土岐謀叛をあばいた斎藤利行の同族。
5　拷問。　6　中庭。
7　鍋に煮えたぎる熱湯と、炉に真赤に燃える炭火。炉壇は炉炭が正しい。
8　雑役を務める下役人。昼夜雑色ともいう。
9　仏教でいう四重禁(殺生・偸盗・邪淫・妄語)と、五逆罪(父・母・阿羅漢を殺す、僧団の和合を乱す、仏身の血を流す)。
10　八大地獄の第六と第七。
11　地獄の獄卒で、頭が牛・馬の形の鬼。
12　やむなし。
13　思ってもみなかった、私の従う和歌の道のことではなく、俗世のことで詰問されようとは。

両三《りょうさん》の上人《しょうにん》関東下向《かんとうげこう》の事 3

[1]同じき年の六月八日、東使《とうし》、三人の僧達を具足《ぐそく》し奉つて、関東に([2]下向《げこう》す)。

忠円僧正《ちゅうえんそうじょう》と申すは、浄土寺《じょうどじ》[3]慈勝僧正《じしょうそうじょう》の門弟《もんてい》として、[4]十題判断《じゅうだいはんだん》の登科《とうか》、一山無双《いっさんぶそう》の碩学《せきがく》なり。

文観僧正《もんかんそうじょう》と申すは、播磨国《はりまのくに》[5]法花寺《ほっけじ》の住侶《じゅうりょ》なりしが、壮年の比《ころ》より、[6]醍醐寺《だいごじ》に移住して、[7]真言《しんごん》の大阿闍梨《だいあじゃり》なりしかば、[8]東寺《とうじ》の長者《ちょうじゃ》、醍醐の座主《ざす》に補《ふ》せられて、[9]四種三密《ししゅさんみつ》の棟梁《とうりょう》たり。

円観上人《えんかんしょうにん》と申すは、元は[10]山徒《さんと》にてぞおはしける。顕密《けんみつ》両宗の才、一山に光あるかと疑はれ、智行兼備《ちぎょうけんび》の誉《ほま》れ、諸寺に人なきが如し。かかりけれども、[11](久しく山門澆漓《さんもんぎょうり》の風《ふう》に随はば、情《じょう》慢《まん》の幢《はたほこ》高うして、つひに天魔掌握《てんましょうあく》の中《うち》に落ちぬべし。)如《し》か

14 北条(常盤)範貞。時範の子。勅撰集入集歌人。元亨元年から元徳二年(一三二一―三〇)まで六波羅北探題。元徳三年当時の北探題は、北条仲時。
15 水責めと火責め。
16 (武士は)和歌の風雅の道に関係しなくとも。
17 真実(法性)は正しく和歌にあらわれて人の心を動かし。
18 以下、「古今和歌集」仮名序をふまえた文。

3

1 元徳三年(一三三一)。
2 他本により補う。
3 第百八代天台座主。
4 多くの題を判じる論議に合格し、叡山で並ぶ者のない大学者。登科は、科挙(中国の官吏登用試験)に合格すること。

じ、[12]公請論場《くしょうろんじょう》の声誉《せいよ》を捨てて、[13]高祖大師《こうそだいし》の旧規《きゅうき》に帰らんにはと、一度《ひとたび》[14]名利《みょうり》の轡《くつばみ》を返して、永く寂寞《じゃくまく》の苔の扉《とぼそ》を閉ぢ給ふ。初めの程は、[15]西塔《さいとう》の黒谷《くろだに》と云ふ所に居《きょ》を占《し》めて、[16]三衣《さんえ》を荷葉《かよう》の秋の霜に重ね、一鉢《いっぱつ》を松花《しょうか》の朝《あした》の風に任《まか》せ給ひけるが、徳[17]孤《こ》ならず、必ず隣《となり》あり。[18]大明《たいめい》光を蔵《かく》さざりしかば、つひに[19]五代聖主《ごだいせいしゅ》の国師《こくし》として、[20]三聚浄戒《さんじゅじょうかい》の太祖《たいそ》たり。かかる[21]有智《うち》高行《こうぎょう》の尊宿《そんしゅく》たりと云へども、時の横災《おうさい》にやかかりけん、また[22]前世《せんぜ》の宿業《しゅくごう》にや引かれけん、[23]遠蛮《えんばん》の囚《とら》はれとなりて、逆旅《げきりょ》の月にさまよひ給ふぞ、不思議なりし事どもなる。

円観上人ばかりにこそ、宗印《そういん》、円照《えんしょう》、常勝《じょうしょう》とて、[24]如影随形《にょようずいぎょう》の御弟子《おんでし》三人、輿《こし》の前後に供《とも》し奉りけれ。その外《ほか》の僧達には、相順《あいしたが》ふ者一人《いちにん》もなし。[25]怪しげなる輿《こし》に乗せられ、見馴れぬ武士に打ち囲まれて、未だ夜深きに、[26]鳥が鳴く東《あずま》の旅に出で給ふ、心の中《うち》こそあはれなれ。[27]下《くだ》しも着けず、道にて失ひ奉るべしと

5　兵庫県加西市にある法華山一乗寺。
6　京都市伏見区にある真言宗醍醐派の本山。
7　修法を主宰する高僧。
8　京都市南区にある真言宗東寺派の本山、教王護国寺。長者は、長官。文観が東寺長者、醍醐寺座主になったのは、元弘三年（一三三三）、硫黄島から帰洛後のこと。
9　真言密教の四種の曼荼羅と、身・口・意の秘密。棟梁は統率者。
10　比叡山の僧侶。
11　神田本により補う。長く叡山の軽薄（澆漓）な風潮に順ったなら、慢心してついには仏法を背く外道に落ちるだろう。
12　僧を請じて法を論じさせる公の場での名声。
13　伝教大師最澄。

聞こえしかば、かの宿《しゅく》に着きても、今や限り、この山に休まば、ここや限りと、露《つゆ》の命のある程も、心は先に消えつべし。昨日《きのう》も過ぎ、今日《きょう》も暮れぬと行く程に、[28]われとは急がぬ道なれど、日数《ひかず》積もれば、六月二十四日に、鎌倉にこそ着き給ひけれ。

円観上人《えんかんしょうにん》をば、[29]佐介越前守《さすけえちぜんのかみ》、文観上人《もんかんしょうにん》をば、佐介遠江守《さすけとおとうみのかみ》、忠円僧正《ちゅうえんそうじょう》をば、[30]足利讃岐守《あしかがさぬきのかみ》にぞ預けられける。

両使帰参《きさん》して、[31]かの僧達の本尊《ほんぞん》の形、炉壇《ろだん》の様《よう》、画図《えず》に写して注進《ちゅうしん》す。俗人なんどの見知るべき事ならねば、[32]佐々目《ささめ》の頼宝《らいほう》僧正《そうじょう》を請《しょう》じ、これを見するに、「本尊に於ては、[33]子細《しさい》なき調伏《ちょうぶく》の法の[34]具足《ぐそく》なり」と申されければ、「さらば、この僧達を嗷問《ごうもん》せよ」とて、[35]侍所《さぶらいどころ》に渡して、水火《すいか》の責めをぞ致しける。

文観僧正を問ひければ、暫《しばら》くが程は落ち給はざりけれども、[36]水問度重《すいもんたびかさ》なりければ、「勅定《ちょくじょう》によつて、調伏の法行ひたりし条、子細なし」と白状《はくじょう》せられけり。その後《のち》、忠円僧正を嗷問せ

14 名誉や利欲を捨て、一人静かに仏道修行する。
15 比叡山三塔の一。
16 蓮の葉に霜が降りる寒い日も僧衣(三衣)を着て修行し、鉢一つを持って松の花が朝風に漂うように托鉢に出る。
17 「論語」里仁篇の句。徳備われば必ず他人に及ぶ。
18 太陽。底本「大光明」。
19 後伏見・花園・後醍醐・光厳・光明の五代。国師は、帝に仏法を伝授する高僧。
20 仏法に基づく三種の戒を保つ第一人者。
21 智行兼備の高僧(尊宿)であっても、不慮の災難に遇ったのだろうか。
22 先世の業の報い。
23 東国のえびすの囚人となり、旅の空にさすらう。
24 影の如く従う弟子。

んとするに、この僧、天性臆病《てんせいおくびょう》の人にて、責められぬ先に、主《しゅ》上山門《しょうさんもん》を御語らひありし事、大塔宮《おおとうのみや》の御振る舞ひ、俊基《としもと》の陰《いん》謀《ぼう》なんど、ある事をもなき事まで、残る所なく白状一巻に載せられたり。この上は、何の疑ひかあるべきなれども、「同罪の人なれば、閣《さしお》くべきにあらず。円観上人をも明日問ひ奉るべし」と評定《ひょうじょう》ありける。

その夜、相模入道《さがみのにゅうどう》の夢に、比叡山《ひえいざん》の東坂本《ひがしさかもと》[37]より、猿[38]ども二、三千疋《びき》群がり来たつて、この上人を守護し奉る体《てい》にて並び居たりと見給ふ。夢の告げ、ただ事ならずと思ひければ、未だ明けざるに、預人《あずかりうど》[39]のもとへ使者をつかはし、「上人嗷問の事、暫《しばら》く閣くべし」と下知《げじ》[40]せられける処《ところ》に、預人、遮《さえぎ》[41]つて相模入道の方《かた》に来たつて申しけるは、「上人嗷問の事、この暁、すでにその沙汰《さた》を致し候はんがために、上人の御座《ぎょざ》の方《かた》へ参つて候へば、燈《ともしび》を挑《かか》げて、観法定座《かんぼうじょうざ》[42]せられて候ふ。御影背《おんかげうしろ》の障子《しょうじ》に映《うつ》つて、

25 みすぼらしい輿。
26 東（あずま）の枕詞。
27 鎌倉に着く前に道中で。
28 自ら進んでは。
29 佐介は、鎌倉市佐助に住んだ北条一族。
30 貞氏。尊氏の父。
31 僧達の祈禱した本尊の形や、護摩壇の様子。
32 鎌倉市笹目町にあった遺身院（真言宗）の僧か。他本「頼禅」。
33 紛うことなき。
34 道具。
35 御家人の統制・検断にあたる幕府の役所。
36 水責めの拷問。
37 比叡山の東麓の地。
38 猿は比叡山の守護神日吉山王権現の使い。
39 罪人を預かる人。
40 命令。
41 自分から先に。
42 心に真理を念じて座禅

[43]「不動明王《ふどうみょうおう》の皃《かたち》に見えさせ給ひ候ひつる間、驚き存じて、先《ま》づ事の子細を申し入れんために、参つて候ふなり」とぞ申しける。[44]夢想と云ひ、示現《じげん》と云ひ、不思議一つならざりければ、ただ人にあらずとて、嗷問《ごうもん》の沙汰を止《とど》められけり。

同じき七月十三日、三人の僧達、[45]遠流《おんる》の在所《ざいしょ》定まつて、文観《もんかん》僧正《そうじょう》は、[46]硫黄島《いおうがしま》、忠円僧正《ちゅうえんそうじょう》は、越後国《えちごのくに》へ流さる。

円観上人《えんかんしょうにん》ばかりをば、遠流《おんる》一等を宥《なだ》め、[47]結城《ゆうき》上野入道《こうずけのにゅうどう》に預けられければ、奥州《おうしゅう》へ具足《ぐそく》し奉つて、長途《ちょうど》の旅にさそらひ給ふ。左遷《させん》、遠流と云はぬばかりなり。遠蛮《えんばん》の外《ほか》に遷《うつ》され給へば、これも、ただ同じ旅寝《たびね》の思ひにて、[48]肇法師《じょうほうし》が刑戮《けいりく》の中《うち》に苦しみ、[49]一行阿闍梨《いちぎょうあじゃり》の火裸国《からこく》に流されし[50]水宿山行《すいしゅくさんぎょう》の悲しみも、かくやと思ひ知られたり。[51]名取川《なとりがわ》を過ぎさせ給ふとて、上人一首の歌をぞ吟《ぎん》じ給ふ。

[52]みちのくの憂き名取川流れきて沈みや終《は》てむ瀬々《せぜ》の埋《むも》れ木

する。

43 五大明王の第一。大日如来が変化し悪魔降伏の相を現した姿。

44 夢のお告げといい、不動明王の出現といい、不思議なことがいくつも起こったので。

45 遠い辺地への流罪。

46 鬼界ヶ島とも。鹿児島県鹿児島郡。

47 道忠。俗名宗広。祐広の子。秀郷流藤原氏。後に後醍醐方となる。

48 中国三論宗の僧。後秦の王に刑せられたとされる。

49 唐代の密教の高僧。火羅国に流された話は、日本にのみ伝わる(宝物集、平家物語巻二)。

50 水辺や山中を行く旅。

51 宮城県を流れる川。歌枕。

52 憂き名を取るという名

されば にや、この[53]三界不自在《さんがいふじざい》の中にしては、[54]大権《だいごん》の聖者《しょうじゃ》も災難を脱《のが》るる事なきは、自然《しぜん》の理《ことわ》りなり。[55]これ仮《け》に出でて、心あらん人に不自在の謂《い》はれを尋ね習ふべき子細《しさい》なり。[56]

俊基朝臣《としもとあそん》重《かさ》ねて関東下向《かんとうげこう》の事　4

俊基朝臣は、[1]前年《せんねん》土岐十郎頼時《ときのじゅうろうよりとき》が討たれし後《のち》、召し取られて鎌倉まで下りたりしかども、様々《さまざま》に陳じ申されし趣《おもむき》、げにもとて赦免《しゃめん》せられたりけるが、また、今度《このたび》の白状《はくじょう》どもに、専《もっぱ》ら陰《いん》謀《ぼう》の企《くわだ》てかの俊基にありとて、七月十一日、六波羅《ろくはら》へ召し取られて、関東へ下り給ふ。[2]再犯赦《さいほんゆる》さざるは、則ち法令の定むる所なれば、何と陳謝《ちんしゃ》すとも、今度《このたび》はよも赦されじ、路次《ろし》にて失はるるか、鎌倉にて斬らるるか、二つの間をば離れじと、思《おも》ひ設《もう》けてぞ出でられける。

の奥州の名取川まで流され、川瀬の埋れ木のようにここに身を沈めるのだろうか。

53　煩悩から逃れられない衆生(不自在)が、生死輪廻する迷いの世界(三界)。

54　仏が仮に人の姿をとって、この世に現れたもの。

55　これは、迷いの凡夫の世界(仮)ゆえに生じることであり、思慮ある人に、凡夫が仏の自在の徳をもたない由来を尋ね学ぶべき理由である。

56　他本はここに、天竺波羅奈国の王と沙門の説話が入る。

4

1　正中元年(一三二四)。俊基赦免のことは、第一巻巻末に語られる。

2　「再犯容(ゆる)さず」(碧巌録)。

[3]落花《らっか》の雪に道紛《まが》ふ、片野《かたの》の春の桜狩り、[4]紅葉《もみじ》の錦《にしき》を着て帰る、嵐の山の秋の暮《くれ》、一夜を明かす程だにも、旅宿《たびね》となれば懶《ものう》きに、[5]恩愛《おんあい》の契り浅からぬ、故郷《ふるさと》の棲家《すみか》を出でて、互ひに悲しき妻子をば、行末《ゆくえ》も知らず思ひ置き、住《す》み馴《な》れし[6]九重《ここのえ》の帝都《ていと》をば、今を限りと顧《かえり》みて、思はぬ旅に出で給ふ、心の中《うち》ぞあはれなる。

嵐《あらし》の風に[7]関《せき》越えて、[8]打出《うちで》の浜《はま》より、澳《おき》を遥《はる》かに見渡せば、[9]塩ならぬ海に[10]こがれ行く、身を浮舟《うきふね》の浮き沈み、[11]駒《こま》も轟《とどろ》に踏みならし、勢多《せた》の長橋《ながはし》打ち渡り、行き合ふ人に[12]近江路《おうみじ》や、世を[13]宇禰《うね》の野に鳴く鶴《たず》だにも、子を憶《おも》ふかとあはれなり。時雨《しぐれ》もいたく[14]杜山《もりやま》の、木《こ》の下道《したみち》に袖濡《ぬ》れて、篠《しの》に露《つゆ》散る[15]篠原《しのはら》や、小竹《ささ》分くる道を過ぎ行けば、[16]鏡《かがみ》の山《やま》はありと云へども、涙に陰《くも》りて見え分かず。物を思へば夜《よ》の間《ま》にも、[17]老蘇《おいそ》の森《もり》の下草《したくさ》に、馬を止《とど》めて返り見る、故郷《こきょう》を雲や隔《へだ》つらん。

[18]番馬《ばんば》、醒井《さめがい》、柏原《かしわばら》、[19]不破《ふわ》の関屋《せきや》は荒れはてて、なほ漏るもの

3　散る花を雪にたとえる。「またや見ん交野（かたの）のみ野の桜狩り花の雪散る春のあけぼの」（新古今和歌集・藤原俊成）。片野は、大阪府枚方市の桜の名所。以下、俊基東下りの道行き。
4　「朝まだき嵐の山の寒ければ紅葉の錦きぬ人ぞなき」（拾遺和歌集・藤原公任）。京都の嵐山は、紅葉の名所。
5　夫婦・親子の愛情。
6　皇居のある帝都。
7　逢坂山の関。滋賀県大津市内。
8　大津市の琵琶湖西岸。
9　淡水の琵琶湖のこと。
10　漕がれ（焦がれ）行く浮舟は、憂きわが身の上。
11　「勢多の唐橋駒もとどろに踏み鳴らし」（平家物語巻十・海道下り）。勢多の長橋は、琵琶湖の南端、瀬

は秋の雨、塩干《しおひ》に今や鳴海潟《なるみがた》[20]、傾《かたぶ》く月に道見えて、明けぬ暮れぬと行く路《みち》の、いつかわが身の尾張《おわり》[21]なる、熱田《あった》の八剣《やつるぎ》[22]伏し拝《おが》み、末はいづくぞ遠江《とおとうみ》[23]、浜名《はまな》[24]の橋《はし》の夕塩《ゆうじお》[25]に、引く人もなき捨《す》て小船《おぶね》の、沈みはてぬる身にあれば、誰《たれ》かあはれと夕暮《ゆうぐれ》[26]の、入相《いりあい》[27]なれば今はとて、池田《いけだ》[28]の宿《しゅく》に着き給ふ。

元暦《げんりゃく》[29]元年の比《ころ》かとよ、重衡中将《しげひらのちゅうじょう》[30]の東夷《とうい》のために囚《とら》はれて、この宿に着き給ひしに、

東路《あずまじ》[31]やはにふの小屋のいぶせさに故郷《ふるさと》いかに恋しかるらん

と長者《ちょうじゃ》[32]が女《むすめ》が詠みたりし、その古《いにし》へのあはれまでも、思ひ残さぬ愁涙《しゅうるい》に、旅館《りょかん》の燈《ともしび》幽《かす》かなり。

鶏鳴暁《けいめいあかつき》を催《もよお》せば、疋馬《ひつば》[33]の風に嘶《いば》へて、天龍川《てんりゅうがわ》を打ち渡り、小夜《さよ》[34]の中山《なかやま》越え行けば、白雲路《はくうんみち》を埋《うず》みて、そこと も知らぬ夕暮に、家郷《かきょう》[35]の天《そら》を望みても、昔西行法師《さいぎょうほうし》が、「命《いのち》[36]なりけり」と詠じつつ、二度《ふたたび》越えし跡までも、うらやましくぞ思はれける。

田川にかかる橋。
12　会ふと近江(おうみ)の掛詞。
13　憂しと宇爾(滋賀県近江八幡市内)の掛詞。「近江より朝立ちくればうねの野に鶴ぞ鳴くなる明けぬこの夜は」(古今和歌集・大歌所御歌)。
14　時雨が漏ると杜山(滋賀県守山市)の掛詞。
15　滋賀県野洲市篠原。「時雨れていたく守山の篠に露ちる篠原の　小竹分くる袖も」(宴曲集・海道)。
16　滋賀県蒲生郡竜王町内。
17　近江八幡市安土町。
「老蘇の森の下草の　茂みに駒を留めても」(宴曲集・海道)。
18　滋賀県米原市内。
19　岐阜県不破郡関ヶ原町。
20　成ると鳴海(名古屋市緑区)の掛詞。
21　身のと美濃、終りと尾

[37]隙《ひま》行く駒の足はやみ、日すでに[38]亭午《ていご》に上《のぼ》れば、[39]餉《かれい》勧《すす》むる程とて、輿《こし》を庭に舁《か》き止《とど》む。[40]轅《ながえ》を叩《たた》いて警固《けいご》の武士を近づけ、宿《しゅく》の名を問ふに、「[41]菊川《きくかわ》と申すなり」と答へければ、承久合戦《じょうきゅうかっせん》の時、[42]院宣《いんぜん》書きたりし咎《とが》によつて、[43]光親卿《みつちかきょう》、関東へ召し下されしが、この宿《しゅく》にて誅《ちゅう》せられし時、

　[44]昔は南陽県《なんようけん》の菊水《きくすい》
　下流を汲《く》んで齢《よわい》を延ぶ
　今は東海道《とうかいどう》の菊川
　西岸《せいがん》に宿《しゅく》して命を終る

と書きたりし、遠き昔の筆《ふで》の跡、今はわが身の上になり、あはれやいとど増《ま》さりけん、一首の歌を詠じて、宿の柱にぞ書かれける。

　[45]古《いにし》へもかかるためしを菊川の同じ流れに身をや沈めん

[46]大井《おおい》川《がわ》を過ぎ給へば、[47]都にありし名を聞いて、[48]亀山殿《かめやまどの》の行幸《ぎょうこう》、

張の掛詞。
22 名古屋市熱田区の熱田神宮内の八剣宮。
23 問ふと遠江（とおとうみ）の掛詞。
24 浜名湖から海に注ぐ浜名川にかかっていた橋。
25 夕方に満ちてくる潮。
26 言ふと夕暮の掛詞。
27 日没の鐘が鳴れば。
28 静岡県磐田市内。
29 一一八四年。
30 平清盛の息。一谷合戦で囚われ鎌倉へ送られた（平家物語巻十・海道下り）。
31 東国への旅路で泊まる陋屋のむさ苦しさに、どれほど故郷の京都が恋しいことでしょう。
32 遊女の長の娘。
33 一頭の馬が風に嘶き。
34 静岡県掛川市内。
35 ふるさと。
36 命があるおかげだ。

嵐の山の花盛り、[49]龍頭鷁首《りょうどうげきしゅ》の舟に乗り、詩歌《しいか》管絃《かんげん》の宴《えん》に侍りし事も、今二度《ふたたび》見ぬ夢となりぬと思ひつづけ給ひつつ、前《さき》は[50]島田《だ》、藤枝《ふじえだ》に懸かりて、[51]岡部《おかべ》の真葛《まくず》うら悲しき夕暮に、[52]宇津《うつ》の山《やま》辺《べ》を越え行けば、蔦楓《つたかえで》はいとど茂《しげ》りて道もなし。昔、[53]業平《なりひら》の中将の、住所《すみどころ》求めんとて、東《あずま》の方《かた》へ下るとて、「[54]夢にも人に逢はぬなりけり」と詠みたりしも、かくやと思ひ知られたり。

[55]清見潟《きよみがた》を過ぎ給へば、都に帰る夢をさへ、[56]通《とお》さぬ波の関守《せきもり》に、いとど涙を催《もよお》され、向かひはいづく[57]見尾崎《みおがさき》、奥津《おきつ》、神原《かんばら》打ち過ぎて、富士《ふじ》の高峰《たかね》を見給へば、[58]雪の中より立つ煙《けぶり》、上《うえ》なき思ひに比《くら》べつべし。明くる霞《かすみ》に松見えて、[59]浮島《うきしま》が原《はら》を過ぎ行けば、塩干《しおひ》や浅き舟浮《う》けて、下《お》り立つ[60]田子《たご》の自らも、浮世《うきよ》に廻《めぐ》りし[61]車返《くるまがえ》し、[62]竹《たけ》の下道《したみち》行きなやむ、[63]足柄山《あしがらやま》の峠《とうげ》より、[64]大磯小磯《おおいそこいそ》見下ろして、袖にも波は[65]こゆるぎの、[66]急ぐとしもはなけれども、日数《ひかず》積もれば、七月二十六日の暮《くれ》程に、鎌倉にこそ着き給ひけ

「年たけてまた越ゆべしと思ひきや命なりけり小夜の中山」(新古今和歌集・西行)。

37　時の過ぎるのは馬の足のように早く。

38　正午。　39　食事。

40　輿を舁くための棒。

41　静岡県島田市菊川。

42　上皇や法皇の命令をうけて出す文書。

43　藤原光親。承久の乱で首謀者の一人として捕らえられ、鎌倉に護送された。ただし、菊川で辞世の頌(じゅ)を詠んだのは、藤原宗行(承久記)。

44　昔南陽県(中国河南省)の民は、菊水の水を飲んで長寿を得た(和漢朗詠集・九日付菊)。今私は東海道の菊川の西岸に泊まって、命を終わろうとしている。

45　古えもそのような人が

れ。

その日、やがて[67]南条左衛門佐高直《なんじょうさえもんのすけたかなお》請け取《と》り奉つて、[68]諏訪左衛《すわさえ》門《もん》に預けらる。[69]一間《ひとま》なる所に、[70]蜘蛛手《くもで》きびしく結ひて押し籠《おこ》め奉る有様、ただ地獄《じごく》の罪人の閻魔《えんま》の庁《ちょう》を渡されて、頸《くび》かせ、手かせを入れられ、罪の軽重紏《きょうじゅうただ》さるらんも、かくやと思ひ知られたり。

長崎新左衛門尉《ながさきしんざえもんのじょう》異見《いけん》の事　5

[1]当今御謀叛《とうぎんごむほん》の事露顕《ろけん》の後《のち》、御位《おんくらい》はやがて[2]持明院殿《じみょういんどの》へぞ進《まい》らんずらんと、近習《きんじゅう》の人々、[3]青女房《あおにょうぼう》達に至るまで悦《よろこ》び合《あ》へる処《ところ》に、その儀もなし。土岐《とき》が討たれし後《のち》も、かつてその沙汰《さた》なし。今また、俊基《としもと》召し下されぬれども、御位の事については、いかなる沙汰ありとも聞こえざりければ、持明院殿方の人々、案に相

いると聞くが、同じ菊川で私も命を終わるのだろう。聞くと菊川の掛詞。
46　遠江と駿河の境。
47　京都の大堰川（おおいがわ）は嵐山の麓を流れる。
48　嵯峨野に後嵯峨院が造った離宮。今の天龍寺の地。
49　龍の頭と水鳥の鷁（げき）の首で船首を飾った二艘一対の船。
50　静岡県島田市と藤枝市。藤枝にさしかかると、藤の花が枝に懸かるを掛ける。
51　岡部（藤枝市岡部町）と岡の辺り、葛の葉裏とうら悲しを掛ける。
52　静岡市駿河区宇都ノ谷。
53　在原業平。
54　上の句は「駿河なる宇津の山べのうつつにも」（伊勢物語九段）。
55　静岡市清水区興津清見寺町付近の海岸。

違して、[4]五噫《ごい》を詠《うた》ふことのみ多かりける。

さる程に、申し勧むる人のありけるによつて、持明院殿より内々《ないない》関東へ御使ひを下され、「当今御謀叛の企《くわだ》て、近日《きんじつ》事すでに急なり。武家速やかに糺明《きゅうめい》の沙汰なくんば、天下の乱れ近きにあるべし」と仰せられたりければ、相模入道《さがみのにゅうどう》、げにもと驚いて、[5]宗徒《むねと》の一門、并《なら》びに[6]頭人《とうにん》、[7]評定衆《ひょうじょうしゅう》等を集めて、「この事いかがあるべき」と、おのおのの所存を問はる。

しかれども、或いは他《た》に譲《ゆず》つて口を閉じ、或いは己れを顧《かえり》みて言《ことば》を出ださざる処に、[8]執事《しつじ》長崎入道《ながさきにゅうどう》が子息[9]新左衛門尉《しんざえもんのじょう》高資《たかすけ》、進み出でて申しけるは、「前年《せんねん》、土岐十郎《ときのじゅうろう》が討たれし時、御位を改め申さるべかりしを、[10]朝憲《ちょうけん》に憚《はばか》つて、その沙汰緩《ゆる》なりしによつて、この事なほ未だ休《や》まず。乱を撥《はら》つて治《ち》を致すは、[11]武《ぶ》の一徳《いっとく》なり。速やかに当今を遠国《おんごく》に遷《うつ》しまゐらせ、大塔宮《おおとうのみや》を[12]不《ふ》返《へん》の遠流《おんる》に処し奉り、俊基《としもと》、資朝《すけとも》以下《いげ》の乱臣《らんしん》を、一々に誅《ちゅう》せら

56 関守のように夢をも見させない波の音。
57 静岡市清水区内の三保の松原と興津。庵原（いはら）郡の蒲原（かんばら）。
58 「富士の嶺（ね）の煙もなほぞ立ち登る上なきものは思ひなりけり」（新古今和歌集・藤原家隆）。
59 静岡県沼津市愛鷹山（あしたかやま）南麓の低湿地。
60 田子（農夫）と田子の浦、自らと水の掛詞。
61 沼津市内の地名。憂き世をめぐる苦しみを掛ける
62 静岡県駿東郡小山町。
63 足と足柄山（駿河と相模の境）を掛ける。
64 神奈川県大磯町の地。
65 波が越ゆると地名のこゆるぎ（大磯付近の海岸の古称）を掛ける。
66 急ぐわけではないけれど。

るるより外《ほか》の儀は、あるべしとも存じ候はず」と、憚《はばか》る所《ところ》なく申しけるを、[13]二階堂出羽《にかいどうでわの》入道道蘊《にゅうどうどううん》、暫《しばら》く思案して申されけるは、「この儀、尤《もっと》もしかるべく聞こえ候へども、退いて愚案《ぐあん》を廻《めぐ》らすに、武家、権《けん》を抱《と》ってすでに百六十余年、威四海《しかい》に及び、運[14]累葉《るいよう》を耀《かかや》かすこと、更に他事《たじ》なし。ただ[15]上一人《かみいちじん》を仰ぎ奉りて、忠貞《ちゅうてい》に私なく、[16]下百姓《しもはくせい》を撫《な》でて、政《まつりごと》に施《ほどこ》しあるゆゑなり。しかるに今、君の寵臣《ちょうしん》一両人召し置かれ、御帰依《ごきえ》の高僧《こうそう》両三人流罪《るざい》に処せらるる事、武《ぶ》臣悪行《しんあくぎょう》の専一《せんいつ》と云ひつべし。この上にまた、主上《しゅしょう》を遠国《おんごく》へ遷《うつ》しまゐらせ、[17]天台座主《てんだいざす》を流罪に行はれん事、[18]天道驕《てんとうおご》りを悪《にく》むのみならず、[19]山門《さんもん》いかでか憤《いきどお》りを含まざるべき。神怒り、人背《そむ》かば、武運の危ふきこと近かるべし。「[20]君《きみ》君たらずと雖《いえど》も、臣以て臣たらずんばあるべからず」と云へり。御謀叛《ごむほん》の事、君、たとひ思《おぼ》し召《め》し立《た》つとも、武威盛《ぶいさか》りならん程は、与《くみ》し申す者あるべからず。これにつけても、武家いよいよ

67　伊豆国田方郡南條(伊豆の国市南條)の武士。得宗被官。
68　諏訪下社の社家。得宗被官。
69　柱と柱の間を一間(ひとま)とし、一間四方の狭い所。
70　木を蜘蛛の足のように交叉させ打ちつけたもの。

5

1　今上帝(後醍醐帝)。
2　後深草院の皇統。当時は皇太子量仁(かずひと)親王(後の光厳帝)が持明院統。
3　若く身分の低い女房。
4　嘆息すること。「恨み伯鸞に同じ　五噫を歌ってまさに去りなんとす」(和漢朗詠集・述懐)。伯鸞(はくらん)は後漢の梁鴻(りょうこう)の字(あざな)。梁鴻が都を通った時、宮殿の広大さに、造った人民の労苦を思い、五つの噫

慎《つつし》んで勅命《ちょくめい》に応ぜば、君もなどか思し召し直す御事《おんこと》なからん。かくてこそ、国家《こっか》を太平《たいへい》ならしめ、武運《ぶうん》の長久《ちょうきゅう》にては候はんずれと存ずるは、面々《めんめん》いかが思し召し候ふ」と申しけるを、長崎《ながさき》新左衛門《しんざえもん》、また自余《じょ》の意見をも待たず、[21]以《もっ》ての外《ほか》に気色《けしき》を損じ、重ねて申しけるは、「文武《ぶんぶ》[22]揆《おもむき》一つなりと云へども、[23]用捨《ようしゃ》時に異なるべし。静かなる世には、文《ぶん》を以て治め、乱れたる時には、武《ぶ》を以て静む。ゆゑに、戦国《せんごく》の時は、[24]孔孟《こうもう》用ゐるに足らず。太平の世は、[25]干戈《かんか》用ゐるなきに似たり。事すでに急《きゅう》に当たれり。武を以て治むべき時なり。異朝《いちょう》には、[26]文王《ぶんおう》、武王《ぶおう》、臣として無《ぶ》道《とう》の君を討ちし例あり。わが朝《ちょう》には、[27]義時《よしとき》、泰時《やすとき》、下《しも》として不《ふ》善《ぜん》の主《しゅ》を流す例あり。されば、古典に、「[28]君《きみ》、臣《しん》を視《み》ること土《ど》芥《かい》の如くする則《とき》は、臣、君《きみ》を視ること寇讎《こうしゅう》の如し」と云へり。事停滞《ことていたい》して、[29]武家《ぶけ》追罰《ついばつ》の宣旨《せんじ》を下されなば、後悔すとも益《えき》あるべからず。ただ速やかに君を遠国に遷しまゐらせ、大塔宮《おおとうのみや》を

《ああ》（＝嘆く声）の字を入れた詩を歌った（後漢書・逸民列伝、蒙求・梁鴻五噫）。

5　主だった北条一門。

6　鎌倉幕府で訴訟審理にあたる引付衆の首席。

7　政務や裁判を合議する鎌倉幕府の最高議決機関。

8　北条得宗家の執事（家老）。長崎入道は円喜、俗名高綱。

9　父高綱の跡を継いで内管領となり、幕政の実権を握っていた。

10　朝廷の法規。

11　暴を禁じ、兵を収め、大を保ち、功を定め、民を安んじ、衆を和し、財を豊かにするという武の七徳中の一（春秋左氏伝・宣公十二年）。

12　終身の流罪。

13　俗名貞藤。行藤の子。前出、第一巻・11。

硫黄島《いおうがしま》へ流し奉り、陰謀《いんぼう》の逆臣《ぎゃくしん》、資朝《すけとも》、俊基《としもと》を誅《ちゅう》せらるるより外に、事あるべからず。かくてこそ、武家の安泰《あんたい》、万世《ばんせい》に及び候はんずれ」と、居長高《いたけだか》になつて申されける間、[30]当座《とうざ》の頭人《とうにん》、評定衆《ひょうじょうしゅう》、権勢にや恐れけん、また思案にや落ちけん、皆[31]この儀に同《どう》じければ、道蘊《どううん》、[32]再往《さいおう》の忠言《ちゅうげん》に及ばず、眉《まゆ》を顰《ひそ》めて退出す。

阿新殿《くまわかどの》の事 6

「[1]宗《むね》と君の御謀叛《ごむほん》を勧め申しけるは、[2]源中納言具行《げんちゅうなごんともゆき》、右少弁《うしょうべん》俊基《としもと》、日野中納言資朝《ひののちゅうなごんすけとも》なり。おのおの死罪《しざい》に行はるべし」と、評定一途《いちず》に定まつて、先《ま》づ、[3]去んぬる年流しつる佐渡国《さどのくに》の資朝卿を斬り奉るべしと、その国の守護、[4]本間山城入道《ほんまやましろのにゅうどう》に下知《げじ》せらる。

14 代々の子孫。
15 上は天子を仰ぎ。
16 下は人民を慈しみ。
17 大塔宮。
18 「先王は驕りを疾(に)くむ、天道は満つるを毀(か)く」(古文孝経・諸侯・注)。
19 比叡山延暦寺。
20 「君君たらずと雖も、臣以て臣たらざるべからず」(孔安国・古文孝経序)。この前後、二階堂道蘊の進言は、平重盛の父清盛に対する諫言をふまえたもの(平家物語巻二・教訓状)。
21 非常に怒って。
22 方向。
23 どちらを用いどちらを捨てるか。
24 孔子・孟子の言。
25 楯と鉾(ほこ)。武器。
26 周の武王が暴君の殷の紂王を滅ぼしたこと。文王は武王の父。

この事、京都に聞こえければ、この資朝の子息 [5]邦光中納言《くにみつちゅうなごん》、その比《ころ》は阿新殿とて、未だ十三歳にておはしけるが、父資朝[6]召人《めしうど》になられしより、[7]仁和寺《にんなじ》辺に隠れて居《い》給ひたるが、父誅《ちゅう》せられさせ給ふべき由《よし》を聞いて、今は何事にか命を惜しむべき。父とともに斬られて、冥途《めいど》の旅の供をもし、また最後の御有様《おんありさま》をも見奉るべしと思ひ立ち、母に暇《いとま》をぞ乞《こ》はれける。

母、頻《しき》りに諫《いさ》めて留《とど》め給ひけるは、「一日路《ひとひじ》、二日路《ふたひじ》の国にてもなし。佐渡とやらんは島国にて、万里《ばんり》が澳《おき》[8]にあんなるに、[9]かひがひしき若党《わかとう》をも連れずして、ただ独《ひと》り尋ね下らんに、行き着くまでもあるまじ。道にて、思《おも》ひの外《ほか》なる事あつて命を失ふか、また[10]人を売り買ふ所なれば、売られて人の僕《しもべ》になつて、[11]習はぬ業《わざ》に使はれん時は、いかに歎き悲しむとも、叶《かな》ふまじ。その時の悔《く》やしさをば、何とし給ふべき。父をも見ず、母にも離れて、[12]身を徒《いたず》らになし給はん事こそ、うたてけれ。[13]資朝にこ

27 北条義時・泰時父子が、承久の乱で後鳥羽院・土御門院・順徳院を流罪に処したこと。
28 「孟子」離婁下の句。君王が臣下を土・芥(あくた)のように扱うときは、臣下は君王を仇敵のように恨み憎む。
29 北条氏追討の帝の命令を伝える文書。
30 その場に居た。
31 意見に賛同したので。
32 繰り返し忠告することなく。

6

1 主として。
2 北畠師行の子。村上源氏。
3 日野資朝が佐渡に流されたのは、正中二年(一三二五)。第一巻巻末に語られる。

そ別れたりとも、[14]それにかくてましませば、資朝《すけとも》の忘れ形見ともなり、また世静まる事あらば、父の跡を継《つ》ぎ、菩提《ぼだい》をも弔《とぶら》ひ給ふべしと、憑《たの》もしく覚え侍りしに」と、[15]掻《か》き口説《くど》き止《とど》め給ひければ、阿新殿《くまわかどの》、母の教訓を承《うけたまわ》つて、「[16]子細《しさい》候はず。罷《まか》り止《とど》まるにて候ふ」と返事申す。

傍《そば》にただ独《ひと》り召し使ふ[17]譜代《ふだい》の中間《ちゅうげん》を近づけ、「われ思ひ立つ[18]子細《しさい》あり。汝《なんじ》をひとへに憑《たの》むぞ。父資朝のおはします佐渡島《さどのしま》へ尋ね下つて、父御存命《ごぞんめい》の間に、御顔色をも見まゐらせ、また[19]見え奉らんと思ふなり。いかが思ふ」と曰《のたま》ひければ、「何事か候ふべき。早や御下向《ごげこう》候へ。御供仕《つかまつ》り候はん」と申しければ、阿新殿喜びて、主従忍びやかに出で立ちけり。母儀《ぼぎ》、これを聞き、「力なき事、何と留《とど》むると云ふとも、叶《かな》はじ。さらば、道の程の用意なくては」とて、その沙汰《さた》を致しければ、阿新殿、[20]履《は》きも習はぬ草鞋《わらんじ》に、菅《すげ》の小笠《おがさ》傾け、未だ明けざるに、主従

4 佐渡守護大仏貞直の被官で、守護代。
5 南朝に仕え、中納言となる。
6 囚人。
7 京都市右京区にある真言宗御室派の本山。
8 あるというのに。
9 頼りになる若い家来。
10 説経節「さんせう太夫」、謡曲「婆相天」にみるように、北陸の日本海沿岸には人買商人が横行したらしい。
11 慣れない仕事。
12 身を滅ぼしなさるのはつらいことだ。
13 資朝(夫)を実名で呼ぶのは、母の一人称の語り(会話文)に、語り手の三人称の語りが混入した物語の文章。
14 あなたがこうしていらっしゃれば。

伴《ともな》ひて、住み馴れし花の都を立ち離れ、[21]越路《こしじ》遥《はる》かの旅の空、[22]行《ゆく》末《すえ》とても憑みなき、渡海《とかい》を差して下られける、心の中《うち》ぞあはれなる。

この人十二、三の人なれば、[23]未だ習はぬ小足《こあし》にて、急がんとすれど、足悩《なず》みて、都を出でては十日余りに、越前国《えちぜんのくに》[24]敦賀《つるが》の津《つ》にぞ着きにける。これより、商人船《あきんどぶね》に乗り、程なく佐渡国に下着《げちゃく》して、[25]人してかくと云ふべき便りなければ、自ら本間《ほんま》が館《たち》に行きて立つたりけるを、[26]折節《おりふし》、僧のありけるが立ち出でて、「これはいづくの人、いかなる御用にて、御立ち候ふぞ」と問ひければ、阿新殿、涙ぐみて、「これは、召人《めしうど》にてこれに居《す》ゑられて候ふ日野中納言《ひののちゅうなごん》の一子《いっし》にて候ふが、近き程に切られ給ふべしと聞こえ候ひし間、今一度《ひとたび》父《ちち》の卿《きょう》を見奉らんために、遥々《はるばる》と都より尋ね下つて候ふ。この由《よし》を、本間殿に、僧の御慈悲にて、子細《しさい》なきやうに申し入れて給はり候へ」と、打ちしほれて

15 繰り言をいう。
16 おっしゃるとおりにします。
17 代々仕える従者。
18 企て。
19 私の姿を(父に)お見せ申し上げよう。
20 (乗物にも乗らず)履き慣れぬわらじを履き、小さな菅笠をかぶり。
21 北陸路。
22 先行きもおぼつかない佐渡への渡航をめざして。
23 まだ旅なれない小さな足取りで、急ごうとするけれども足が疲れ。「コアシニアユム」(日葡辞書)。
24 福井県敦賀市の港。
25 人に伝言を頼むすべもなかったので。
26 ちょうどその時。

申されければ、この僧哀《あわ》れみて、先《ま》づ衣の袖をぞ濡《ぬ》らされける。

　さて、僧は、「[27]子細候はじ」とて、内に入《い》り、本間《ほんま》にこの由《よし》を語る。本間、あはれに思ひて、先づこの僧をして[28]持仏堂《じぶつどう》に請《しょう》じ入れ、[29]単皮《たび》、脛巾《はばき》脱《ぬ》がせ、足洗ひなんどして置き奉りければ、阿新殿《くまわかどの》、嬉《うれ》しく思ひながら、[30]疾《と》く父の卿を見せよかしと思はれけれども、その日もすでに暮れぬれども、[31]その沙汰なし。何として父の対面をばせさせぬやらんと、[32]しづ心なくぞ思はれける。資朝《すけとも》も、御子《おんこ》の遥々《はるばる》と尋ね下られたる事をば聞き給ひたれども、互ひに見る事なければ、「都に捨て置きしを歎き悲しむは、事の数ならず。未だ幼稚《ようち》の者ぞかし。いとけなき心に波路《なみじ》遥かに尋ね来て、[33]会はで空しく別れん事、譬《たと》へん方もなし」と曰《のたま》ひけるも、理《ことわ》りなり。されば、[34]四、五町隔《へだ》てたる所だにも、同じき浮世《うきよ》と云ひながら、[35]生《しょう》を隔てたる事の悲しさよ。ましてやいはん、[36]この世の別れとなりなば、[37]多生《たしょう》を経《ふ》とも、父子顔《かお》を

27　承知しました。
28　持仏や先祖の位牌を安置する堂。
29　皮製の足袋と脚絆。
30　早く父上の姿を見せよ。
31　父と対面させる措置もない。
32　落ち着かない気持で。
33　会わずに空しく別れるのは、たとえようもなく悲しい。
34　一町は、約一〇九メートル。
35　隔たった場所にいて会えないこと。
36　この世で死に別れたらなおさらのこと。
37　何度生まれ変わっても、父子が顔を合わせることはあるまいと、この世の外(来世)の運命まで思い知られて。
38　どうあっても今日か明日には処刑しなければなら

見る事あるまじと、外《よそ》までも思ひ知られて、涙流さぬ者ぞなき。

さても、本間、心強く親子の対面を許さぬ事は、[38]とても今日《きょう》明日《あす》の程に誅《ちゅう》し奉るべきに、[39]なかなか最後の様《さま》、互ひに見せて由《よし》なし。また、関東の聞こえもいかがと思案して、見せざりけるこそうたてけれ。

さる程に、五月二十九日の暮《くれ》程に、資朝卿を[40]籠《ろう》より出だし奉り、[41]「遥かに御湯召されぬに、御行水《おんぎょうずい》候ふべし」と申しければ、「さては、早や今を限りの命なりけり。さても、情けなき本間殿かな。いかに猛き武士《もののふ》も、父子の悲しみは深きものなるに、最後に一目見せざる心よ。[42]生辺絶《せいへんた》えたる事かな」とばかりにて、また物をも曰《のたま》はで輿《こし》に乗られけり。十町ばかりある河原に、輿を舁《か》き居《す》ゑたり。敷皮《しきがわ》の上に座して、辞世《じせい》の[43]頌《じゅ》を書き給ふ。

[44]五蘊仮《ごうんかり》に成ることを得《え》
四大《しだい》今空《くう》に帰《き》す

ないのに。

39　なまじっか最後の姿を互いに見せてはよくない。

40　牢。

41　長らく。

42　この世に生きる望みも絶えたことよ。生辺(世辺に同じ)は、俗世。

43　仏徳を称える経典中の韻文。転じて仏家(おもに禅宗)で作られる漢詩。偈(げ)、偈頌(げじゅ)とも。

44　五蘊が仮に形をなして人となることができたが、四大はいま本来の空(くう)に帰ってゆく。首を差し出せば、ただ白刃はつかの間の風(ふう)を断つのみである。五蘊は、心身を形成する色受想行識、四大は、万物を形成する地水火風。その一つ風は、動と関わる。なお、資朝の辞世の頌は、「景徳伝燈録」「禅林類聚」等所

首《こうべ》を将《も》つて白刃《はくじん》に当つ
截断《せつだん》す一陣《いちじん》の風を

年号月日の下に、名字《みょうじ》を書き、筆を差し置き給へば、太刀《たち》取《と》り後ろに廻ると見えしかば、御頸《おんくび》前に落ちけれども、[45]質《むくろ》はなほ、本《もと》の如くに座せられたり。

この程法談《ほうだん》して思ひを慰みし僧、葬礼形《かた》の如く取り行ひ、その遺骨《ゆいこつ》を阿新殿《くまわかどの》に奉りければ、阿新、これを一目見て、ともかくも物云ふ事なく、掻《か》き暮《く》れ涙しけるが、何とか思ひけん、一人の中間《ちゅうげん》に父の骨《こつ》を持たせて、「[46]高野《こうや》に籠《こ》むるべし」とて、都へ帰《かえ》し上《のぼ》せけり。さて、阿新は、「[47]違例《いれい》の心地あり。僧を憑《たの》み奉る。[48]身助けてたび候へ」とて、打ち伏してぞ寝たりける。阿新殿の[49]虚病《そらやまい》、いかなる子細《しさい》ぞと後《のち》に思ひ合はするに、さても、本間《ほんま》が余りに情けなく、父を一目見せざりつる事の恨めしさよ、悪《にく》き者かなと、骨髄《こつずい》徹《とお》りて思はれければ、今は、父の別れは次

載の肇法師（後秦の王に刑せられた。前出、本巻・3）の頌をもとに作られたもの。「増鏡」久米の皿山に異文でのる。

45 死骸。

46 和歌山県伊都郡の高野山。空海が開いた霊場。

47 病気。

48 私を助けてください。

49 仮病。

にして、ひたすら本間を恨み、思ひ知らせてくれんずるものをと、幼稚の心に思ひ企てけるをば、これを知る者ぞなかりける。

　かくて、阿新は、四、五日は[50]労《ろう》する由《よし》にて、夜に入りければ、[51]便暇《びんひま》を伺《うかが》ひて、本間が寝所《しんじょ》を見置き、[52]父子の間《あいだ》に一人差し殺して、無念を散《さん》ずべしと、狙《ねら》ひける程に、或る夜、雨風烈《はげ》しくて、[53]番衆《ばんじゅ》ども[54]遠侍《とおさぶらい》に臥したり。今夜《こよい》こそよき隙《ひま》よと思ひ、本間入道が常の[55]臥処《ふしど》を見るに、本間は見えず。さてはいづくに臥したるらんと見廻せば、[56]二間《ふたま》の障子《しょうじ》の中に、燈《とぼしび》の影あり。隙《ひま》より覗《のぞ》きて見れば、資朝《すけとも》の頸《くび》切り奉りたりし本間三郎《ほんまのさぶろう》なり。

　これこそ親の敵《かたき》よ。子の頸は親の頸なり。これこそ幸ひよ。同じくは、子を殺して、父本間に物を思はせ、わが親に別れたる悲しさを思ひ知らすべしと悦《よろこ》びて、障子を開《あ》けんとしけるが、燭《とぼしび》明らかなり。見れば、枕に太刀も刀もあり。われはもとより太刀、刀は持たず。敵の太刀こそわが物よと思ひければ、太

50　患うふりをして。
51　隙をみては。
52　本間父子の内のどちらか一人でも。
53　交替で番に当たる者。
54　主殿から離れた所にある侍の詰め所。
55　寝所。
56　二間四方の部屋。

刀取らんに、もし[57]驚きては仕損《しそん》ずべし。あはれ、燈《ともしび》が滅《き》えよかしと待つ所に、蛾《が》と云ふ虫の、障子の明らかなるに付いて、内へ入らんとす。[58]究竟《くっきょう》の事かなと思ひ、障子を玉唾《つばけ》にて濡《ぬ》らし、穴を開《あ》けて、蛾を内へ入れたりけるに、案の如く、燈を滅《け》しければ、阿新殿《くまわかどの》は、内に入り、本間三郎《ほんまのさぶろう》が枕に立つたる刀を取つて、腰に差し、太刀を取つて、[59]鞘をはづし、三郎が胸を突《つ》き通《とお》し、返す太刀にて喉笛《のどぶえ》を切つて、心閑《しず》かに後ろの竹原に陰《かく》れにけり。

　本間三郎が一の太刀に胸を通されし時、「あつ」と云ふ音《こえ》を、番衆《ばんじゅ》の中に聞き付けたる者あつて、怪しく思ひ、[60]傍輩《ほうばい》を起こし、火を[61]とぼして、先《ま》づ本間三郎が寝所《しんじょ》を見るに、血流れたり。こはいかにと憤《いきどお》つて、「[62]細入《ほそいり》ありて、三郎殿を害し奉りたり」と呼ばはりければ、若党《わかとう》、中間《ちゅうげん》集まつて、先づ堀の内を残る所なく捜しけれども、怪しき者なし。「さては、持仏堂《じぶつどう》なる少《おさな》き人

57　目を醒ましたら。
58　都合のよいことよ。
59　底本「柄」を改める。
60　同僚。
61　ともして。
62　盗賊。

を見よ。幼稚なりとも、[63]人の子の心をば知《し》り難《がた》きものを。この間《あいだ》見るに、児《ちご》の眼差《まなざし》は、所存一つ持つべき者と見えつるぞ。[64]所労《しょろう》とて、下人《げにん》を上《のぼ》せてありつるも、[65]すべて怪しく思はざりつるこそ、こなたの不覚にてはあれ」とて、持仏堂に参つて、僧を呼び出だして児を尋ぬるに、案の如く見えず。[66]さればこそとて、手々《てんで》に火をともし、天井《てんじょう》、縁《えん》の下《した》まで捜せども、見えざりければ、「こはいかに。堀は広くて水深し。門は高くて[67]鎖子《えび》差したり。鳥にあらざれば、空を翔《かけ》らじ。魚《うお》にてなければ、水を潜《くぐ》らじ。さりと云ふとも、門を開《あ》けて、方々《ほうぼう》へ追つて見よ」と[68]訇《ののし》り、沙汰《さた》しける間に、阿新殿は、親の敵《かたき》をば討ちつ、今は遁《のが》れつべき程ならば逃げて、命[69]恙《つつが》なくば、法師になり、[70]父の菩提《ぼだい》をこそ弔《とぶら》はめと思ひなつて、[71]口《くち》二丈《じょう》の堀の上へ覆《おお》ひ懸《か》かる大竹の末[72]へ、登《のぼ》り挙《あ》がると等[73]しく、竹の末堀の向かひの岸に傾《かたぶ》きければ、飛び下りて地に着く。

63 親を思う子の心は理解しかねるものだから。この間見たところ、稚児の目つきは腹に一物ある者のように見えたぞ。
64 病気。
65 全く怪しく思わなかったのは、われらの失敗だった。
66 さては、思ったとおり阿新のしわざだ。
67 海老錠のこと。鍵をかける部分が海老状に半円形に曲がった錠。
68 大声で騒ぎ指図する間に。
69 無事であるならば。
70 父上の死後の冥福を祈ろう。
71 幅約六メートルの堀。
72 先端。
73 同時に。

夜は未だ[74]五更《ごこう》なり。嬉《うれ》しと思ひ、先《ま》づ湊《みなと》の方《かた》へ歩み行く。夜も早や明けければ、追手《おって》定めて来たるらん、[75]人に見合うて(は)告げられぬべし、日の暮れん程陰《かく》るべしと思ひて、麻の中、藪《やぶ》の繁りたる中に隠れたり。案の如く、追手ども百四、五十騎、馳《は》せ来《き》たつて、[76]「もしそなたへ、十二、三ばかりなりつる児《ちご》や通りつる」と問ひければ、道に行き合うたる者、「さる人は見え候はず」と答へければ、追手、「さては、この道へ懸かつては逃げざりける」と、引つ返す音《こえ》しけり。阿新殿《くまわかどの》は、嬉しく思ひて、よくよく休みて日を暮らし、夜にも入りければ、また湊《みなと》の方へぞ急がれける。

ここに、山伏《やまぶし》一人行き合うたり。この児の様《さま》を見て、人の手を逃ぐる者なり、[77]なにさま児法師《ちごほうし》の法なればと思ひ、言《ことば》をぞ懸けける。「何として、未だ幼稚に御渡り候ふに、ただ独《ひと》り御跣《おんはだし》にて歩ませ給ひ候ふぞ」と申しければ、[78]「これは大事あつて、

74　日没から日の出までを五等分した最後の時刻。午前三時頃から五時頃。
75　人と顔を合わせたら告げられてしまうだろう。日が暮れるまでのあいだ隠れていよう。
76　ひょっとしてそちらへ十二、三歳ぐらいの稚児が通ったか。
77　いかにも寺院に仕える少年と法師のしきたりだからと思い。
78　私は重大な用があって、師僧が暇をくれないので逃げている者です。
79　折よく出る船。

暇《いとま》を乞ひかねて、師のもとを逃ぐる者にて候ふ。山伏の御房《ごぼう》を平《ひら》に憑《たの》み申すなり。[79]便船《びんせん》尋ねて、乗せて給はり候へ。越後《えちご》までにて候ふ」と打《う》ち憑《たの》みければ、「子細《しさい》候ふまじ。[80]是非に於て憑まれ奉るべし」とて、児を肩に乗せて、程なく湊に着く。

船を尋《たず》ぬるに、この順風に皆出でて、一艘《そう》(も)なし。いかがせんと走《はし》り廻《まわ》りける程に、大船《たいせん》一艘、順風に檣《ほばしら》を立てけるあり。[81]「優曇花《うどんげ》」と喜びて、山伏、手を挙げて、「その船寄せてたべ。[82]便船申さん」と呼ばはりけり。大船の出船《でぶね》、もとより澳《おき》にありけるが、「[83]定《じょう》こそ遥《はる》かなる磯へ寄せ(よ)てふ。耳にな聞き入れそ」とて、帆を引いて漕ぎ出だす。山伏、大きに怒つて、「その儀ならば、いで思ひ知らせん」とて、[84]三匝《そう》半の[85]大いらたかの数珠《じゅず》を、さらさらと押し揉んで、「南無《なむ》[86]軍陀利夜叉明王《ぐんだりやしゃみょうおう》、南無《なむ》[87]金剛夜叉明王《こんごうやしゃみょうおう》、南無《なむ》[88]金剛蔵王明王《こんごうざおうみょうおう》、南無《なむ》[89]大威徳明王《だいいとくみょうおう》、南無《なむ》[90]中央大聖不動明王《ちゅうおうだいしょうふどうみょうおう》、[91]行者加護猶如薄伽梵《ぎょうじゃかごゆうにょばがぼん》、況《いわ》んや、[92]大峯《おおみね》に

80　事情がどうあれ力になりましょう。
81　これ幸い。憂曇花は、三千年に一度仏が出現するときに開く花。極めてまれな好運のたとえ。
82　乗船したい。
83　必定、あの遠い磯辺へ船を寄せよというのだろう。耳に聞き入れるな。
84　三めぐり半。
85　玉が角立ち、揉むと大きな音を立てる数珠。
86　南方の魔を除く、密教の五大明王の一。
87　北方の五大明王の一。
88　役行者が吉野金峯山で感得した修験道の本尊。
89　西方の五大明王の一。
90　五大明王の主尊。
91　行者を加護することあたかも仏のごとし。薄伽梵は仏を意味する梵語。
92　奈良県の修験道の霊場。

入《い》る事七度、[93]三僧祇《さんそうぎ》の苦行を契満《けいまん》し、[94]那智《なち》の滝に打たるる事三度、[95]二世の悉地《しつじ》成就《じょうじゅ》して、[96]金伽羅《こんがら》、誓多伽《せいたか》両童子、[97]摩頂印可《まちょういんか》を蒙《こうぶ》つたる[98]勤行《ごんぎょう》、薫習《くんじゅ》、行業《ぎょうごう》の功空《むな》しからんや。諸大明王《しょだいみょうおう》の[99]本誓《ほんぜい》誤らんや。[100]権現《ごんげん》、金剛童子《こんごうどうじ》、[101]天《てん》、龍《りゅう》、夜叉《やしゃ》、八大龍王《はちだいりゅうおう》、[102]猛風《みょうふう》にてこなたへ吹きもどし給へ。[103]行者の願行《がんぎょう》、忽《たちま》ち水中に入り、毒《どく》龍《りゅう》となつて怨《あた》をなさん」と、肝胆《かんたん》を砕《くだ》き、黒煙《くろけぶり》を立てて、はね跳《おど》りけるを、舟人《ふなうど》、これを見て、「あれは何事する山伏《やまぶし》ぞ。[104]軽《きょう》骨《こつ》なる者かな」とて、どつと笑ひける処《ところ》に、俄《にわ》かに悪風《あくふう》向かつて、船を吹きもどさんとするに、[105]帆《ほ》つきかねて、この船、忽《たちま》ちに覆《くつが》へらんとす。

その時、舟人ども、[106]色を損じ、周章《あわ》て騒いで、山伏の方《かた》へ向かひ、舟人ども手を合はせ、腰をかがめて、「さりとては、われら御助け候へ。船を寄せて、乗せまゐらせ候ふべし」と、面々に手をすりけれども、[107]山伏は、人の物云ふかとだに思ひげ

93　菩薩が仏になるほどの長期間(三僧祇)の苦行の誓いを果たし。
94　和歌山県東牟婁郡の熊野那智大社の滝。
95　現世と来世の悟りの修行(悉地)を成就して。
96　不動明王に仕える八大童子の第七の矜羯羅童子と第八の制吒迦童子。主尊不動明王の左右に侍す。
97　修行を終えた僧に与えられる証明。
98　修行や善根を長年積んだ行いの功徳。
99　衆生を救済する誓い。
100　熊野権現。金剛童子は、密教の忿怒形の護法神。
101　仏法を守護する八部衆の天、龍、夜叉と八大龍王。
102　はげしい風でその船をこちらへ吹きもどしてください。
103　私の祈念が、たちどこ

もなくて、[108]外目《よそめ》つかつて、そら知らずしてぞ立つたりける。舟人ども、陸《くが》へ上がつて、山伏の柿[109]の衣の裳《も》に取りすがりて、「[110]さりとては、早や御船に召され候へ。われらこそ愚痴《ぐち》にして、情けをも知らぬ者どもにて候へ。山伏の御事は、[111]御智恵《おんちえ》、慈悲《じひ》も渡り給ひ候へばこそ、[112]諸天《しょてん》、龍神《りゅうじん》の伽護《かご》あつて、かやうに双《なら》びなき[113]効験《こうげん》をも顕《あらわ》し給ひ候へば、見まゐらせ聞きまゐらせん衆《しゅ》生《じょう》の、[114]いかでか随喜《ずいき》申さぬ者候ふべき。この不思議の[115]験徳《げんとく》も、われらが不得心《ふとくしん》の振る舞ひによつてこそ、かかる威徳をも顕《あらわ》し給ひて候へ。われらは却《かえ》つて、御山伏の御ためには、忠の者にてこそ候はんずれ」と、[116]口を噤《すく》めて申しければ、山伏、[117]気を揚げて、「いやいや、それまでも候ふまじ。乗り候ふべし」とて、児《ちご》と山伏、船に乗りければ、風また元の順風になつて、遥《はる》かの澳《おき》に漕ぎ出だしけり。

その後《のち》、追手《おって》また百四、五十騎、馳《は》せ来《き》たつて、遠浅《とおあさ》にひか

ろに水中に入り、邪悪な龍に変じて危害を加えよう。
104　愚かしい人よ。
105　帆を操作できずに。
106　顔色が青ざめて。
107　山伏は、全く耳に入れる様子もなくて。
108　よそ事のように見て、知らないふりをして立っていた。
109　山伏が着る柿渋で染めた衣。その裳裾。
110　どうか早く船にお乗りください。
111　智恵と慈悲をお持ちでいらっしゃればこそ。
112　仏法を守護する天上の神々と龍神。
113　祈禱のききめ。
114　どうして有難く思わない者はおりましょうか。
115　この不思議な祈禱の力も、われらの不心得な振る舞いがあってこそ威力を発

へて、「あの船よ」と招きけれども、舟人《ふなうど》、これを見ぬ由《よし》にて、順風に帆を揚げ、その日の暮《くれ》程に、越後《えちご》の[118]府《こう》にぞ着きにける。阿新《くまわか》は、[119]山伏《やまぶし》の勤験《きんげん》によつて、鰐《わに》の口を遁《のが》れて、恙《つつが》なく京都に上《のぼ》りけり。

俊基朝臣《としもとあそん》を斬《き》り奉《たてまつ》る事 7

俊基朝臣は、[1]殊更《ことさら》謀叛《むほん》の[2]張本《ちょうぼん》なれば、遠国《おんごく》に流さるるまでもあるべからず、近日鎌倉中にて斬り奉るべしとぞ定められたる。この人は、多年《たねん》の所願《しょがん》ありて、[3]法華経《ほけきょう》を六百部自ら読誦《どくじゅ》し奉るべきが、今二百部残りけるを、[4]六百部に満《まん》ずる程の命を許され、読誦し給ひける、命の暮《くれ》こそあはれなれ。

俊基の郎従《ろうじゅう》に、[5]後藤左衛門尉助光《ごとうさえもんのじょうすけみつ》と云ふ者あり。俊基召し取られ給ひし後は、北の方に付きまゐらせ、[6]嵯峨《さが》の奥に忍びて

揮なさったのです。
116 へつらっていうしぐさ。
117 機嫌を直して、「いやいや、それ程でもあるまいが、それでは船に乗りましょう」。
118 国府。直江津（新潟県上越市）。
119 山伏が祈禱につとめたことで、鰐の口に入ったような危地を逃れて無事に。

7
1 とりわけ。
2 首謀者。
3 大乗仏教の重要経典の一。天台宗の根本経典で、鳩摩羅什訳の八巻が一般に用いられた。
4 六百部読誦の誓いが満願となるまでの命を許され。
5 「尊卑分脈」によれば、左衛門尉康景の子。
6 京都市右京区嵯峨。

候ひけるが、俊基、関東へ召し下され給ふ由《よし》を[7]聞き給ひて、堪《た》へぬ思ひに臥し沈みて、歎き悲しみ給ひけるを見奉るに悲しくて、北の方の御文《おんふみ》を給はつて、助光、忍びて鎌倉へぞ下りける。今日明日の程と聞こえしかば、今は早や斬られもやし給ひつらんと、行き逢ふ人に問ひ問ひ、程なく鎌倉にぞ着きにける。

右少弁俊基《うしょうべんとしもと》のおはする傍《そば》に宿《やど》借りて、[8]いかなる便りがな。事の子細《しさい》申し入れんと窺《うかが》ひけれども、叶《かな》はずして日を過ぐしける処《ところ》に、「今日こそ、京都よりの召人《めしうど》は斬られ給ふべきなれ。あなあはれや」なんど[9]沙汰《さた》しければ、助光、こはいかがせんと肝《きも》魂《たましい》を消し、ここかしこに立つて、見聞きければ、俊基すでに[10]張輿《はりごし》に乗せられ、[11]けはい坂へ出で給ふ。ここにて、[12]工藤次郎《くどうじろう》左衛門尉《ざえもんのじょう》請け取《と》つて、[13]葛原岡《くずはらがおか》に大幕《おおまく》引いて、敷皮《しきがわ》の上に座し給へり。これを見ける助光が心の中《うち》、譬《たと》へて云はん方もなし。[14]目も暮《く》れ、足も蹇《な》へて、絶《た》え入《い》るばかりにありけれども、泣

7　主語は、北の方。
8　どのような便宜でもあればよい。事情を申し入れよう。
9　うわさが聞こえたので。
10　畳表で周囲を張った粗末な輿。
11　化粧坂。鎌倉七口の一。扇ガ谷（おうぎがやつ）と佐助を結ぶ切通しで、藤沢へ至る要路。
12　高景。伊豆の豪族で、幕府の有力御家人。
13　化粧坂の坂上から北側のあたり一帯の丘。
14　目もくらみ、足の力もなえて。

く泣く工藤《くどう》が前に進み出でて、「これは、右少弁殿《うしょうべんどの》の[15]伺候《しこう》の者にて候ふが、最後の御様《おんさま》、見奉り候はんがために、遥々《はるばる》と参つて候ふ。[16]しかるべく候はば、御免《ごめん》を蒙《こうぶ》つて、御前《おんまえ》に参り、北の方の御文《おんふみ》の候ふをも[17]見参《げんざん》に入れ候はん」と申しければ、工藤、あはれに思ひて、「[18]子細《しさい》候ふまじ。早や幕の内へ御参り候へ」とぞ許しける。

助光《すけみつ》、幕の内に入《い》りて、御前に跪《ひざまず》く。俊基《としもと》は、助光を打ち見て、「いかにや」と曰《のたま》ひて、涙に咽《むせ》び打ち伏し給ふ。助光、「北の方の御文にて候ふ」とて、御前に差し置きたるばかりにて、これも涙に暮れて、顔をも持ち上げず啼《な》き沈《しず》みたり。俊基、涙を押《お》し拭《のご》ひ、文を見給へば、「[19]消えわびぬる露《つゆ》の身、置き所なきにつけても、[20]いかなる御事《おんこと》とか聞こえんずらんと、暮《くれ》を待つたびごとに、悲しみの心胸に満ちて、歎きの涙、[21]御推《おんお》し量《はか》りもなほ浅くやなりなん」と、詞《ことば》少なに、思ひの色深く書かれたり。

15 お側仕えの者。
16 できることならば、お許しをいただいて。
17 ご覧に入れましょう。
18 さしつかえあるまい。
19 消えそうで消えかねている露のように、はかない私の身の上をもてあますにつけても。
20 あなた様のどのような便りが聞こえてくるだろうかと、毎日夕暮れを待つ時分になりますと、悲しみが胸に満ち。
21 とうていご想像できますまい。

俊基いとど涙に暮れて、読みかね給へる気色《けしき》、見る人、袖を濡《ぬ》らさぬはなかりけり。「硯《すずり》やある」と曰《のたま》へば、取り出だす。硯の中なる小刀《こがたな》にて、鬢《びん》を少し押し切つて、北の方の文に巻き添へ、[22]引き返し一筆《ひとふで》書いて、助光が手に渡し給へば、助光、懐《ふところ》に入れて泣き沈みたる有様、理《ことわ》りなりとあはれなり。

工藤左衛門《くどうさえもん》、幕の中《うち》に入りて、「[23]余りに時の移る」と勧むれば、俊基、[24]畳紙《たとうがみ》取り出だし、頸《くび》の廻《まわ》り押し拭ひ、その紙を押し開いて、辞世《じせい》の[25]頌《じゅ》を書き給ふ。

[26]古来一句《こらいいっく》
　死も無く生《しょう》も無し
　万里《ばんり》雲尽《つ》きて
　長江《ちょうこう》水清し

筆を閣《さしお》いて、鬢の髪[27]そそけたるを、撫《な》で上《あ》げ給ふ程こそあれ、太刀影《たちかげ》後ろに光れば、頸は前に落ちけるを、自ら頸を抱《いだ》いて臥

22　折り返し。

23　あまりにも遅くなる。

24　折り畳んで懐中に入れる紙。文(みふ)や詩歌を記す用紙や鼻紙として用いた。

25　仏家(おもに禅宗)で作られる漢詩。偈(げ)とも。

26　古来からの(経典の)一句に、死生は存在しないと説く。遥か万里の雲の尽きるところまで、揚子江の水は清く流れている。私の心境もそれと同じである。

27　ほつれていたのを。

し給ふ。これを見奉りける助光《すけみつ》が心の中《うち》、譬《たと》へて云はん方もなし。さて、泣く泣く死骸《しがい》を葬《そう》し奉り、空しき遺骨《ゆいこつ》を頸《くび》に懸け、形見《かたみ》の御文《おんふみ》身に添へて、泣く泣く京へぞ上《のぼ》りける。

北の方は、助光を[28]待ち付けで、[29]弁殿《べんどの》の行末《ゆくえ》を聞かん事の嬉《うれ》しさに、人目も憚《はばか》らず、簾《みす》より外へ出で迎ひ、「いかにや、弁殿は、いつ比《ごろ》に御上《おのぼ》りあるべしとの御返事《ごへんじ》ぞ」と問ひ給へば、助光、はらはらと涙をこぼして、「早や斬られさせ給ひて候ふ。これこそ、今はの際《きわ》の御返事にて候へ」とて差し上げたり。北の方、形見の文と骨《こつ》を見給ひて、内へも入り給はず、縁《えん》に倒れ伏し、[30]消え入り給ひぬと驚く程に見え給ふ。理《ことわ》りや、[31]一樹《いちじゅ》の陰《かげ》に宿り、一河《いちが》の流れを汲《く》む程も、[32]知られ知られぬ人にだに、別れとなれば、名残りを惜しむ習ひなるに、況《いわ》んや、[33]連理《れんり》の契《ちぎ》り浅からずして、十《と》年《とせ》余りになりぬるに、[34]夢より外《ほか》はまたも見ぬ、[35]この世の外《ほか》の別れと聞きなし、絶《た》え入《い》り悲しみ給ふも理《ことわ》りなり。

28 待ちきれないで。
29 右少弁俊基のこと。
30 息が絶えてしまったかと周囲が驚く程に。
31 同じ木の下に雨宿りし、同じ川の水を飲むのも、前世からの定められた宿縁(説法明眼論)。第一巻・8、参照。
32 おたがいに面識のない人でさえも。
33 それぞれの枝がつながる二本の木のような、男女の堅い契り。「地に在りては願はくは連理の枝とならん」(長恨歌)。
34 夢でしか会うことができない。
35 現世からの離別。
36 流布本により補う。
37 髪をおろし、濃い墨色

[36](四十九日と申すに、形《かた》の如く仏事《ぶつじ》を営みて、北の方、様《さま》[37]を変へ、濃き墨染《すみぞめ》に身をやつし、)柴《しば》の[38]庵《いおり》の明け暮れは、亡夫《ぼうふ》の[39]菩提《ぼだい》を弔《とぶら》ひ給へば、助光は、発心《ほっしん》して高野山《こうやさん》に閉ぢ籠もり、ひとへに亡君《ぼうくん》の[40]後生《ごしょう》をぞ祈り奉りける。夫婦の契り、君臣《くんしん》の道、亡き跡までも忘れずして、弔《とぶら》ひけるこそあはれなれ。

東使《とうし》上洛《しょうらく》の事　8

[1]嘉暦《かりゃく》二年の春の比《ころ》、南都《なんと》の[2]大乗院《だいじょういん》の禅師《ぜんじ》房《ぼう》と、[3]六方《ろっぽう》の大衆《だいしゅ》と、[4]確執《かくしつ》の事あつて、合戦に及ぶ。剰《あまっさ》へ[5]金堂《こんどう》、講堂《こうどう》、南円堂《なんえんどう》、西《さい》金堂《こんどう》、忽《たちま》ちに兵火《ひょうか》の余煙《よえん》に焼失す。また、[6]元弘《げんこう》元年四月十三日、山門《さんもん》[7]東塔《とうとう》の北谷《きただに》(より)、[8]天火《てんび》出で来て、[9]四《し》王院《おういん》、延命院《えんめいいん》、大《だい》講堂《こうどう》、法華堂《ほっけどう》、常行堂《じょうぎょうどう》、一時に[10]灰燼《かいじん》となりぬ。

これらをこそ、天下の災難《さいなん》をかねて知らする処《ところ》の[11]前相《ぜんそう》かと、

の法衣を着て尼となること。
38　流布本「扉(とぼそ)」。
39　成仏を祈ること。
40　死後の極楽往生。

8

1　一三二七年。
2　興福寺に属し、一乗院と並ぶ摂関家の門跡寺。禅師房はその子院。
3　興福寺の六組に属する主要な末寺。大衆は、一般の僧徒(衆徒に同じ)。
4　不和。
5　以下、興福寺の主要な建物。
6　一三三一年。史実は元弘二年。
7　比叡山三塔の一。
8　天がもたらす火災。
9　以下、東塔と西塔の建物。
10　灰と燃えかす。
11　前兆。

人皆魂《たましい》を冷《ひ》やしけるに、同じき年七月三日、大地震《だいじしん》ありて、紀伊国《きのくに》[12]千里《せんりの》(浜《はま》)の遠潟《とおひがた》、俄《にわ》かに陸地《くがち》になる事二十[13]余町なり。また、同じき七日[14]酉刻《とりのこく》に、地震ありて、富士の[15]禅定《ぜんじょう》、崩るる事数百町なりと。

[16]卜部宿禰《うらべのすくね》、[17]大亀《たいき》を焼《や》いて占《うらな》ひ、[18]陰陽博士《おんようはかせ》、占文《せんもん》を啓《ひら》いて見るに、「国王位《くらい》を易《か》へ、大臣災《わざわ》ひに遭《あ》ふ」とあり。「[19]勘文《かんもん》の面《おもて》、穏やかならず。尤《もっと》も御慎《おんつつし》みあるべし」と密奏《みっそう》す。寺々《てらでら》の火災、所々《しょしょ》の地震、ただ事にあらず、[20]今や不思議出で来たると、人々心を驚かしける処《ところ》に、はたしてその年八月二十二日、[21]東使《とうし》両人、三千余騎にて上洛《しょうらく》すと聞こえしかば、何事とは知らず、京都にまたいかなる事やあらんずらんとて、近国《きんごく》の軍勢《ぐんぜい》、われもわれもと馳《は》せ集《あつ》まる。京中[22]何事となく、以《もっ》ての外《ほか》に騒動す。

両使すでに京着《きょうちゃく》して、[23]文箱《ふんばこ》をも未だ発《ひら》かざる先に、[24]いかがして聞こえけん、「今度《このたび》、東使の上洛は、主上《しゅしょう》を遠国《おんごく》へ遷《うつ》しまゐ

12 和歌山県みなべ町の海岸。
13 一町は、約一〇九メートル。
14 午後六時頃。
15 霊山の頂上。玄玖本、流布本「数百丈」。神田本、底本に同じ。
16 卜部は、神祇官に属して卜占を掌る家。宿禰は、朝臣に次ぐ姓(かばね)。
17 亀の甲を焼いてその割れ具合から占う。
18 陰陽寮に属して天文・暦数・卜筮を司る官。
19 吉凶をうらなった文。
20 近いうちに想像もつかないことが出来するかと。
21 鎌倉からの二人の使者。
22 事情は不明のままに、はなはだしく騒動する。
23 書状を入れる箱。
24 どのようにして洩れ聞こえたのか。

らせ、大塔宮《おおとうのみや》[25]を死罪に行ひ奉らんためなり」と、山門《さんもん》[26]に披露《ひろう》ありければ、八月二十四日の夜に入りて、大塔宮より、ひそかに御使ひを以て、主上へ申させ給ひけるは、「東使上洛の事、内々承《ないないうけたまわ》り候へば、皇居を遠国へ遷し奉り、尊雲《そんうん》を死罪に行はんためにて候ふなる。今夜《こよい》、急ぎ南都《なんと》[27]の方《かた》へ御忍び候ふべし。城郭《じょうかく》未だ調《ととの》はず、官軍馳《は》せ参《まい》らざる前《さき》に、凶徒《きょうと》[28]もし皇居に寄せ来たらば、御方《みかた》、防き戦ふに利を失ひ候はんか。且《かつ》は京都の敵を遮《さえぎ》り止《とど》めんがため、また衆徒《しゅと》の心を見んがために、近習《きんじゅう》[29]を一人《いちにん》、天子の号を許されて、山門へ上《のぼ》せられ、臨幸《りんこう》[30]の由《よし》を披露候はば、敵軍、定めて叡山に向かひ、合戦を致し候はんか。さる程ならば、衆徒、わが山[31]を思ふゆゑに、防き戦ふに身命《しんみょう》を軽《かろ》んじ候ふべし。凶徒、力疲れ、合戦数日《すじつ》に及ばば、伊賀《いが》、伊勢《いせ》、大和《やまと》、河内《かわち》の官軍を以て、却《かえ》つて京都を攻められんに、凶徒[32]の誅戮《ちゅうりく》、踵《くびす》を廻《めぐ》らすべからず。国家の安危《あんき》、ただこの一挙《いっきょ》にある

25 大塔宮尊雲法親王。護良親王のこと。
26 比叡山延暦寺に知らされたので。
27 奈良の興福寺。
28 凶悪な者ども。
29 側仕えの一人に天子の称号を許して。
30 天子が行幸してその場所に臨むこと。
31 自分たちの山(比叡山)を大切に思うゆえ、身命を捨てて防戦するだろう。
32 凶徒を誅殺するのに、踵(かかと)を向け変えるほどの時間もかかるはずがない。
33 途方に暮れる。

べく候ふなり」と申されたりける間、主上《しゅしょう》、ただ[33]あきれさせ給へるばかりにて、何の御沙汰《おんさた》にも及ばせ給はず。

主上南都《しゅしょうなんと》潜幸《せんこう》の事 9

[1]尹大納言《いんのだいなごん》師賢《もろかた》、万里小路《までのこうじ》中納言《ちゅうなごん》藤房《ふじふさ》、同じき舎弟季房《すえふさ》、三、四人[2]上臥《うえぶし》したりけるを、御前《おんまえ》に召して、「この事、いかがあるべき」と仰せ出だされければ、藤房卿、前《すす》んで申されけるは、「逆臣《ぎゃくしん》、君を犯し奉らんとする時、暫《しばら》くその難《なん》を避けて、還《かえ》つて国を保つは、[3]前蹤《せんしょう》皆佳例《かれい》にて候ふ。所謂《いわゆる》[4]重耳翟《ちょうじてき》に奔《はし》り、[5]太《たい》王豳《おうひん》に行く。ともに王業をなして、子孫[6]無窮《ぶきゅう》に光栄し候ひき。とかくの御思案《ごしあん》に及び候はば、夜も深《ふ》け候ひなん。早や御忍び候へ」とて、御車を差し寄せ、[7]三種《さんじゅ》の神器《じんぎ》を取つて乗せ、[8]下《した》簾《すだれ》より[9]出絹《いだしぎぬ》出だして、女房車《にょうぼうぐるま》の体《てい》に見せ、主上を扶《たす》け乗《の》せまゐ

9

1 花山院師信の子。
2 宮中の宿直。
3 先蹤。先例。佳例は、めでたい先例。
4 晋の献公の子。父の愛妃驪姫(きり)の讒言を恐れて翟に走り、献公の死後、難をさけたが、覇者となって晋の文公となった(史記・晋世家、第十二巻・10)。
5 戎狄に攻められた古公亶父(ここうたんぽ＝周の文王の祖父。太王はその尊称)が、いくさで民を死なすに忍びず、豳(陝西省の地)を去ると、民はその徳を慕い移住したという故事(史記・周本紀)。
6 限りなく。
7 皇位継承のしるしである鏡・剣・玉の三種の宝器。
8 牛車の前後の簾の内側に掛け垂らす布。

らせて、[10]陽明門《ようめいもん》よりなし奉る。

御門《ごもん》の守護の武士ども、御車を押さへて、「誰《たれ》にて御渡り候ふぞ」と問ひ申しければ、藤房、季房二人《ににん》、御車に随《したが》つて供奉《ぐぶ》したりけるが、「これは[11]中宮《ちゅうぐう》の、夜に紛《まぎ》れて[12]北山殿《きたやまどの》へ行啓《ぎょうけい》ならせ給ふぞ」と曰《のたま》ひたりければ、「[13]さては、子細《しさい》候はじ」とて、御車をぞ通しける。かねて用意やしたりけん、[14]源中納言具行《げんちゅうなごんともゆき》、[15]按察大納言公敏《あぜちだいなごんきんとし》、[16]六条少将忠顕《ろくじょうしょうしょうただあき》、[17]三条河原《さんじょうがわら》にて追つ付き奉る。ここより御車をば止《とど》められ、怪しげなる張輿《はりごし》に召し替へさせまゐらせたれども、俄《にわ》かのことにて[18]駕輿丁《かよちょう》もなければ、[19]大《だい》膳大夫重康《ぜんのだいぶしげやす》、[20]楽人兼秋《がくじんかねあき》、[21]随身秦久武《ずいじんはたのひさたけ》なんどぞ、御輿《おんこし》をば舁《か》き奉りける。供奉の諸卿《しょきょう》、皆[22]衣冠《いかん》を解いて、[23]折烏帽子《おりえぼし》に[24]直垂《ひたたれ》を着《ちゃく》し、[25]七大寺詣《しちだいじもうで》する[26]京家《きょうけ》の青侍《あおさぶらい》なんどの、女性《にょしょう》を具足《ぐそく》したる体《てい》に見せて、御輿の前後を供奉したりける。[27]木津《こづ》の石地蔵《いしじぞう》を過ぎさせ給ひける時、夜は早やほのぼのと明けにけり。ここにて、

9　牛車の簾の下から、女房の衣服の袖や裾を出して飾りにすること。
10　御所の東面の門からお車をお出しした。
11　中宮禧子（しき）。西園寺実兼の娘。
12　京都市北区金閣寺町にあった禧子の実家西園寺家の邸。　13　それでは差し支えございますまい。
14　前出、本巻・6。
15　洞院実泰の子。公賢の弟。
16　千種（ちくさ）忠顕。六条有忠の子。村上源氏。建武の功臣として、活躍。
17　三条大路東端の鴨川の河原。
18　輿を舁（か）く者。
19　饗膳を司る役所の長。
20　豊原兼秋。楽人は朝廷の楽事を司る者。
21　貴人の護衛として随従

[28]朝餉《あさがれい》の供御《ぐご》を進め申して、先《ま》づ南都《なんと》の[29]東南院《とうなんいん》へ入らせ給ふ。
[30]東南院僧正《とうなんいんのそうじょう》、もとより二心《ふたごころ》なき忠義《ちゅうぎ》を存ぜしかば、先づ、[31]西室《にしむろ》君の臨幸《りんこう》なりたるをば披露《ひろう》せで、衆徒《しゅと》の心を窺《うかが》ひ聞《き》くに、西室の[32]顕宝僧正《けんぽうそうじょう》は、関東の一族にて、[33]権勢《けんせい》の門主《もんしゅ》たる間、皆その威にや恐れたりけん、[34]与力《よりき》する衆徒もなかりけり。かくては、南都の皇居叶《かな》ふまじとて、翌日二十六日に、[35]和束《わつか》の鷲峰山《じゅぶせん》へ入らせ給ふ。ここはまた、余りに山深く、里遠くして、何事の計略《けいりゃく》も叶《かな》ふまじき所なれば、[36]用害《ようがい》に御陣《ごじん》を召さるべしとて、同じき二十七日、[37]潜幸《せんこう》の儀式を引きつくろひ、南都の衆徒少々召し具せられて、[38]笠置《かさぎ》の岩室《いわや》へ臨幸《りんこう》なる。

尹大納言師賢卿《いんのだいなごんもろかたきょう》主上《しゅしょう》に替《か》はり山門登山《さんもんとうざん》の事　10

尹大納言師賢卿は、主上、内裏《だいり》を御出《ぎょしゅつ》の夜、三条河原《さんじょうがわら》まで

する近衛府の舎人。
22　衣と冠で、貴族の装束。
23　上部を折り畳んだ軽装の烏帽子。侍烏帽子とも。
24　貴族や武士の平服。
25　奈良の東大・興福・薬師・法隆・西大・元興・大安の七大寺。
26　公家に仕える侍。
27　京都府木津川市山城町の泉橋寺（せんきょうじ）を木津の地蔵堂という。
28　帝の朝食。
29　東大寺南大門の東にあった門跡寺。
30　聖尋（しょうじん）。鷹司基忠の子。
31　大仏殿の北にあった東大寺の十二院家(門跡に次ぐ格式の寺)の一。
32　北条一門の僧。第十二巻・3、参照。
33　権勢ある住職なので。
34　味方する。

供奉《ぐぶ》せられたりしを、大塔宮《おおとうのみや》より様々《さまざま》[1]申されつる子細《しさい》あれば、「臨幸《りんこう》の由《よし》にて山門《さんもん》へ上《のぼ》り、衆徒の心をも伺《うかが》ひ、また勢《せい》をも付けて合戦を致せ」と仰せられければ、師賢、[2]法性寺《ほっしょうじ》の前より、忝《かたじけ》なくも[3]袞龍《こんりょう》の御衣《ぎょい》を着《ちゃく》し、[4]瑶輿《ようよ》に乗り奉つて、山門の[5]西塔《さいとう》院《いん》へ登り給ふ。四条中納言隆資《しじょうちゅうなごんたかすけ》、二条中将為明《にじょうちゅうじょうためあきら》、[6]中院左中《なかのいんさちゅう》将貞平《じょうさだひら》、皆衣冠《いかん》正しくして、供奉の体《てい》に相随ふ。事の儀式、誠《まこと》しくぞ見えたりける。

西塔《さいとう》の[7]釈迦堂《しゃかどう》を皇居となし、主上山門を御憑《おたの》みありて臨幸なりたる由、披露ありければ、[8]山上《さんじょう》、坂本《さかもと》は申すに及ばず、大津《おおつ》、[9]松本《まつもと》、[10]戸津《とづ》、比叡辻《ひえいつじ》、青木《あおき》、絹川《きぬがわ》、和仁《わに》、堅田《かただ》の者までも、われ前《さき》に馳《は》せ参《まい》る。その勢、[11]東西両塔《とうざいりょうとう》に充満して、雲霞《うんか》の如くに見えたりける。かかりけれども、六波羅《ろくはら》には、かつて未だこれを知らず。

明けければ、東使《とうし》両人、内裏《だいり》へ参つて先づ行幸《ぎょうこう》を六波羅へな

35　京都府相楽郡和束町にある鷲峰山金胎寺（こんたいじ）。
36　要害。
37　お忍びの行幸。
38　相楽郡笠置町の笠置山。山頂にある笠置寺は、真言宗寺院。

10

1　申された計略があるので。
2　九条河原東にあった寺。流布本は「法勝寺」(左京区岡崎法勝寺町)。
3　赤地に龍などの模様を刺繡した帝の礼服。
4　玉飾りのある帝の輿。
5　西塔。比叡山三塔の一。
6　定成の子。村上源氏。定平とも。
7　西塔の本堂。
8　山上は、比叡山山上の延暦寺、坂本は、鎮守の日吉社(滋賀県大津市坂本)。

し奉らんとて、[12]打つ立ちける処《ところ》に、[13]上林坊阿闍梨《じょうりんぼうのあじゃり》豪誉《ごうよ》がもとより、六波羅《ろくはら》へ使者を立てて、「今夜《こよい》の[14]寅刻《とらのこく》に、主上《しゅしょう》、山門を御憑《おたの》みありて臨幸《りんこう》なりたる間、三千の衆徒《しゅと》悉《ことごと》く馳《は》せ参《まい》り候ふ。近江《おうみ》、越前《えちぜん》の御勢《おんぜい》を待つて、明日は六波羅へ寄せらるべき由《よし》、評定あり。事の大《おお》きになり候はぬ先に、急ぎ[15]東坂本《ひがしさかもと》へ御勢を向けられ候へ。豪誉、[16]後攻《ごづ》め仕《つかまつ》つて、主上をば取り奉るべし」とぞ申したりける。

[17]両六波羅、大きに驚いて、先《ま》づ内裏へ参つて見奉るに、主上は御座《ぎょざ》なくて、ただ[18]局町《つぼねまち》の女房《にょうぼう》達、ここかしこにさし集《つど》ひて、泣く音《こえ》のみぞしたりける。「さては、山門へ落ちさせ給ひたる事子細《しさい》なし。勢《せい》付かぬ先に、山門を攻めよ」とて、[19]四十八ヶ所の篝火《かがり》に、[20]畿内《きない》五ヶ国の勢を添へて、五千余騎、[21]大手《おおて》の寄手《よせて》として、[22]赤山《せきさん》の麓《ふもと》、[23]下松《さがりまつ》の辺へ差し向けらる。[24]搦手《からめて》へは、[25]佐々木《ささき》三郎判官時信《さぶろうほうがんときのぶ》、[26]海東左近将監《かいとうさこんのしょうげん》、長井《ながい》丹後守宗衡《たんごのかみむねひら》、[27]筑後前司貞知《ちくごのぜんじさだとも》、

9 大津市松本。
10 以下、比叡山麓の琵琶湖西岸の地名。大津市坂本の東部。青木は仰木、和仁は和邇とも記す。
11 比叡山の東塔と西塔。
12 出発する。
13 西塔の悪僧(勇猛な僧)で、実在した人物。
14 午前四時頃。
15 比叡山の東麓の地。大津市坂本。
16 敵の背後から攻める勢。
17 六波羅北探題の北条仲時と、南探題の北条時益。
18 局(官女の部屋)が並んでいるのを町に見立てる。
19 京都市内四十八か所に置かれた篝屋(番所)に宿営して治安にあたった武士。
20 山城・大和・摂津・河内・和泉の五か国。
21 正面からの攻撃軍。
22 比叡山西麓の地。赤山

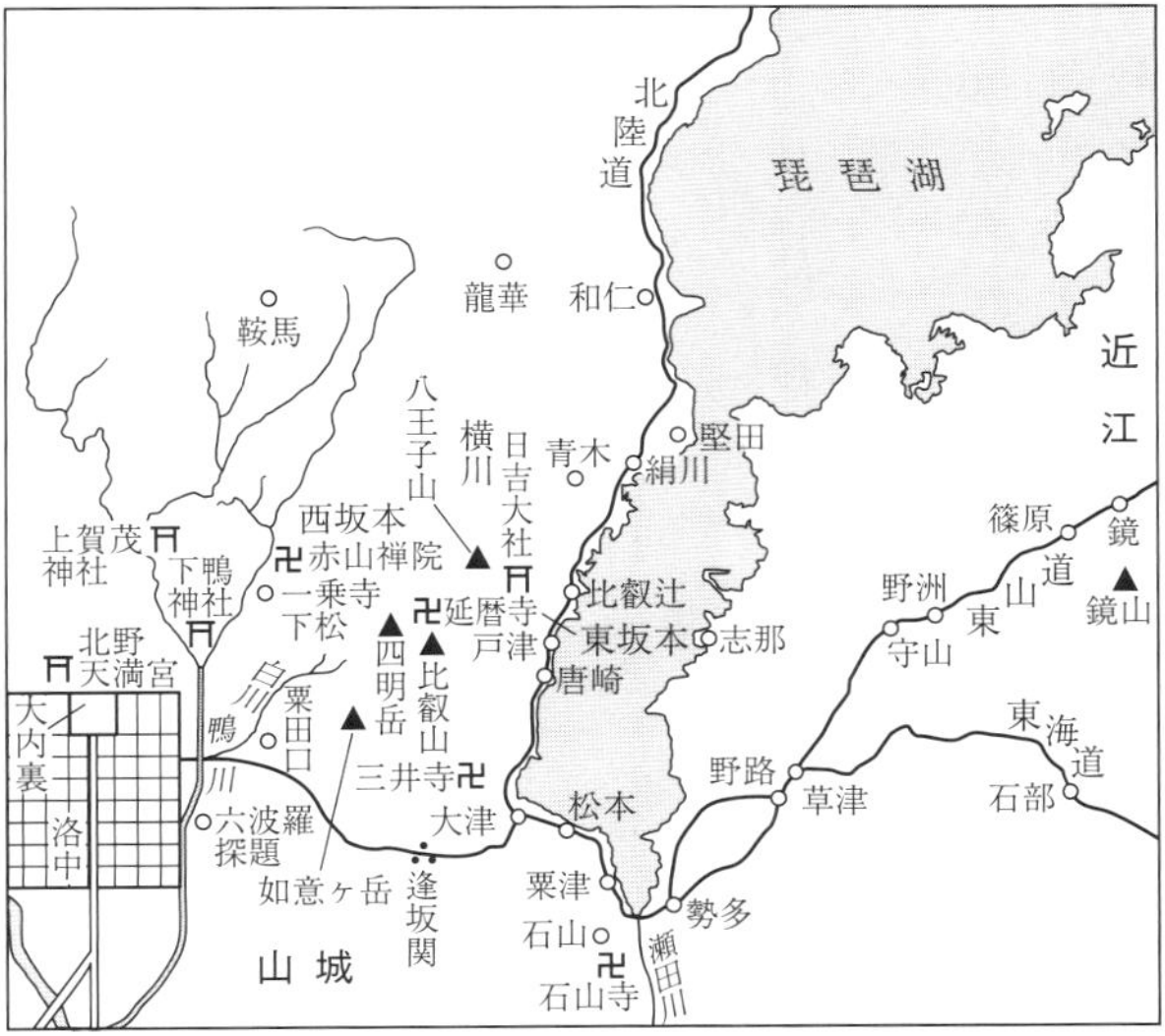
北陸道
琵琶湖
龍華
和仁
鞍馬
近江
八王子山
横川
日吉大社
青木
堅田
絹川
篠原
鏡
上賀茂神社
下鴨神社
西坂本
赤山禅院
一乗寺
下松
延暦寺
戸津
比叡辻
東坂本
志那
野洲
東山道
鏡山
北野天満宮
守山
四明岳
比叡山
唐崎
大内裏
白川
粟田口
鴨川
東海道
野路
三井寺
草津
石部
松本
大津
六波羅探題
洛中
如意ヶ岳
逢坂関
粟津
勢多
石山
瀬田川
山城
石山寺

比叡山周辺図

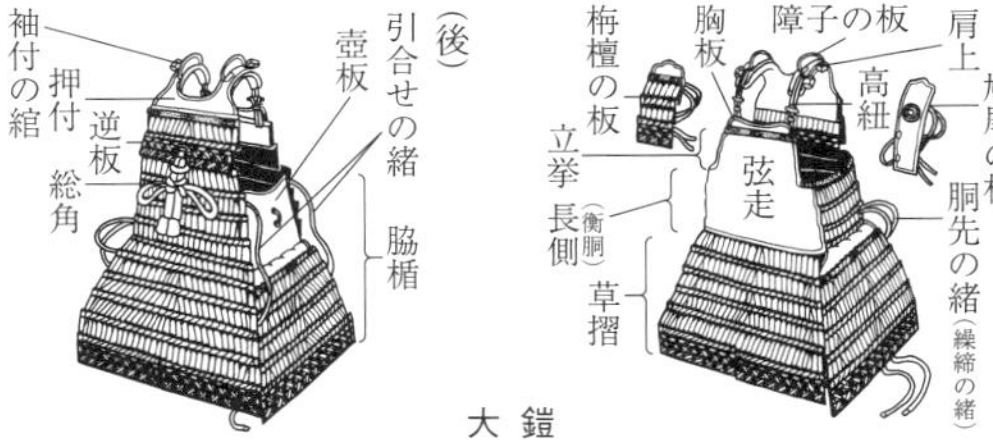
(後)
袖付の緒
押付
逆板
総角
壺板
引合せの緒
脇楯
(前)
梅檀の板
胸板
障子の板
肩上
高紐
鳩尾の板
立挙
長側(衡胴)
弦走
胴先の緒(繰締の緒)
草摺

大鎧

[28]波多野《はだの》上野前司《こうずけのぜんじ》宣道《のぶみち》、[29]常陸前司《ひたちのぜんじ》時朝《ときとも》、美濃《みの》、尾張《おわり》、丹波《たんば》、但馬《たじま》の勢《せい》を差し添へて、七千余騎、大津《おおつ》、松本《まつもと》を経て、[30]唐崎《からさき》の松の辺まで寄せ懸けたり。

坂本《さかもと》には、かねてより相図《あいず》を差したる事なれば、[31]妙法院《みょうほういん》、大塔宮両門主《おおとうのみやりょうもんしゅ》、宵《よい》より[32]八王寺《はちおうじ》へ御上がりありて、御旗《みはた》を上げられたるに、両門跡《りょうもんぜき》の[33]御門徒《ごもんと》、五百騎、三百騎、ここかしこより馳《は》せ参《まい》りける程に、一夜《いちや》の間に、御勢《おんぜい》六千余騎になりにけり。天台座主《てんだいざす》を始めて[34]、[35]解脱同相《げだつどうそう》の御衣《おんころも》を脱《ぬ》がせ給ひて、[36]堅甲利兵《けんこうりへい》の御貌《おんかたち》に替はる。[37]垂跡和光《すいじゃくわこう》の砌《みぎり》、忽《たちま》ちに変じて、勇士守禦《ゆうししゅぎょ》の場《にわ》となりぬれば、神慮《しんりょ》もいかがあらんと、測《はか》り難《がた》くぞ覚えたる。

坂本合戦《さかもとかっせん》の事　11

さる程に、六波羅勢《ろくはらぜい》すでに戸津《とづ》の[1]宿《しゅく》の辺まで寄せたりとて、

禅院(左京区修学院)がある。底本「赤坂」を改める。
23 京都市左京区一乗寺下り松。
24 敵の背後や側面からの攻撃軍。
25 佐々木(六角)時信。頼綱の子。近江守護。
26 海東・長井は、ともに大江広元の子孫で、幕府御家人。
27 小田貞知。知宗の子。六波羅の頭人(引付衆首席)。小田は、八田知家の子孫で、常陸守護。
28 宣茂の子。秀郷流藤原氏。
29 小田時知。貞知の兄。
30 大津市唐崎。
31 尊澄(還俗して宗良)親王と尊雲(護良)親王。
32 日吉山王七社の一。比叡山の尾根続きの八王子山にある。

坂本中《さかもとじゅう》騒動しければ、南岸円宗院《なんがんのえんじゅういん》[2]、中坊《なかのぼう》、勝行坊《しょうぎょうぼう》の早り雄《はやりお》[3]の同宿《どうじゅく》ども、取る物も取りあへず、唐崎の浜へ出で合ふ。その勢《せい》皆 歩立《かちだち》[4]にて、しかも三百人には過ぎざりけり。

海東《かいとう》、これを見て、「敵は小勢《こぜい》なりけるぞ。後陣《ごじん》の勢の重ならぬ前《さき》に、懸け散らさでは叶《かな》ふまじ。続けや者ども」と云ふままに、三尺七寸の太刀を抜いて、鎧《よろい》[5]の射向《いむけ》の袖をさしかざし、敵の渦巻いてひかへたる真中《まんなか》へ懸け入り、敵三人切《き》り臥《ふ》せ、波打ち際《ぎわ》にひかへて、続く御方《みかた》をぞ待ちたりける。岡本坊《おかもとぼう》の播磨《はりまの》竪者快実《りっしゃかいじつ》[6]と云ふ者、遥《はる》かにこれを見て、前に突き並べたる持《もち》[7]楯《だて》一帖《じょう》かつぱと踏み倒し、二尺八寸の小長刀《こなぎなた》、水車《みずぐるま》[8]に廻《まわ》して跳《おど》り懸《か》かる。海東、これを弓手《ゆんで》[9]に受け、冑《かぶと》[10]の鉢《はち》を真二《まっぷた》つに打ち破《わ》らんと、片手打ちに打ちけるが、打ちはづして、袖の冠《かぶり》の板《いた》[11]より菱縫《ひしぬい》[12]の方《かた》まで、片筋違《かたすじかい》[13]に懸けず切つて落とす。二《に》の太刀《たち》を余りに強く切らんとて、弓手の鐙《あぶみ》[14]を踏み折り、すでに落ちんとし

33 門弟の僧徒。
34 始めとして。
35 解脱(悟り)と同一相を現す衣。袈裟のこと。
36 堅固な鎧と鋭い武器を持つ精兵。
37 仏が威徳を和らげ隠し、神として現れて衆生を済度する場所。日吉社をさす。

11

1 宿場。
2 いずれも比叡山の坊舎。
3 血気にはやる、同じ宿坊の者たち。　4 徒歩。
5 鎧の左側の袖。
6 法会の論議で、問に答える役の僧。快実は、不詳。
7 携帯用の楯。
8 水車のように回して。
9 左手。
10 兜の頭を覆う部分。
11 鎧の袖の一番上の板。
12 鎧の袖の一番下の板で、

けるが、乗り直りける処《ところ》を、快実《かいじつ》、長刀《なぎなた》を取り延べ、[15]内冑《うちかぶと》へ[16]鋒《きっさき》挙《あ》がりに、二つ三つ透《す》き間《ま》もなく入れたりける程に、海《かい》東《とう》、あやまたず喉笛《のどぶえ》を突かれて、馬より真倒《まっさかさま》に落ちにけり。快実、やがて海東が[17]上巻《あげまき》の上に乗りかかり、[18]鬢《びん》の髪摑《かみつか》んで引《ひ》き挙《あ》げ、首掻《か》き切《き》つて刀を収む。「武家の大将一人は討ち取つたり。物始めよし」と悦《よろこ》びて、嘲笑《あざわら》うてぞ立つたりける。

ここに、何者とは知らず、見物衆《けんぶつしゅう》の中より、年の程十五、六ばかりなる小児《こちご》の、髪[19]唐輪《からわ》に挙《あ》げたるが、[20]麴塵《きじん》の胴丸《どうまる》に、[21]袴《はかま》のそば高く取り、[22]金作《こがねづく》りの小太刀《こたち》を抜いて、快実に走り懸かり、冑の鉢をしたたかに、三打ち四打ちぞ打つたりける。快実、きつと振り返りてこれを見るに、齢《よわい》[23]二八《にはち》ばかりなる小児の、[24]太《ふと》眉《まゆ》に鉄漿黒《かねぐろ》なり。「これ程の小児を討《う》ち止《とど》めたらんは、法師の身にとつては情けなし。討たじ」とすれば、走り懸かり、[25]手繁《しげ》く切つて廻《まわ》りける間、「よしよし、さらば、長刀の柄《え》にて太刀

糸を菱形に綴じた所。
13 斜めにたやすく切って落とす。
14 鞍の両脇に垂れ下げて足を乗せる馬具。
15 兜の内側。
16 長刀の刃先を上向きに。
17 鎧の背中の総角結(あげまきむす)びの飾り紐をつけた部分。一二一頁の大鎧図参照。
18 耳際の髪。
19 童の髪型。垂髪を行動しやすいように頭上に束ね、輪にして巻きこめた髪型。

唐輪

20 萌黄に近い青色(麴塵)の糸で威した胴丸鎧。胴丸

を打ち落として、組み止めん」と、廻り会ひける処を、比叡辻《ひえいつじ》の者どもが、[26]田の畔《くろ》に立ち渡りて射ける[27]横矢《よこや》に、この児の[28]胸板《むないた》をづんと射抜かれて、[29]矢庭《やにわ》に伏して死ににけり。後《のち》に誰《たれ》ぞと尋ぬれば、海東が嫡子《ちゃくし》に、幸若《こうわか》と云ひける小児、父が留《とど》め置《お》きけるによつて、軍《いくさ》の供《とも》をばせざりけるが、[30]なほもおぼつかなくや思ひけん、見物衆に紛《まぎ》れて、跡に付いて来たりけるなり。幸若、稚《おさな》しと云へども、武士の子に生まれたるゆゑにや、父が討たれけるを見て、同じく戦場に討死《うちじに》して、名を残しけるこそ、あはれなれ。

　海東が郎等《ろうどう》、これを見て、「二人の主《しゅ》を目の前に討たせ、剰《あまっさ》へ頸《くび》を敵に取らせて、生きて帰る者やあるべき」とて、三十六騎の者ども、[31]轡《くつばみ》を並べて懸け入り、主の死骸を枕にして討死《うちじに》せんと、なほ争ふ。快実、これを見て、からからと打ち笑ひ、「心得ぬものかな。御辺達《ごへんたち》、軍《いくさ》の習ひには、敵の首をこそ

は、胴を丸く囲んで背面で閉じた歩兵の略式鎧。

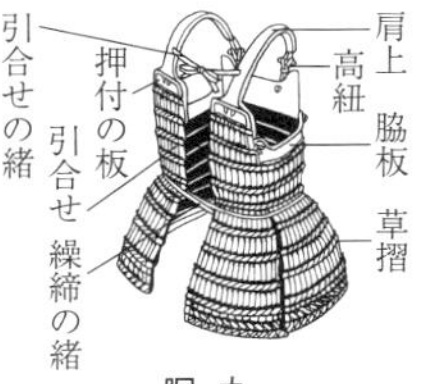

胴丸

21 袴の端。股立（ももだち）。
22 金の金具で細工した小ぶりの太刀。
23 十六歳。
24 まゆずみで眉を太く描き、歯をおはぐろで染めた稚児姿。
25 繰り返し繰り返し。
26 あぜ道に立ち並んで。
27 側面から射る矢。
28 鎧の胴の前面の最上部の板。一二一頁の大鎧図参

取らんとする事なるに、御方《みかた》の首を欲しがるは、武家自滅《ぶけじめつ》の相顕《あらわ》れたり。欲しからば、[32]すは、取らせん」と云ふままに、持つたる海東《かいとう》が首を、敵の中へかつぱと抛《な》げ懸《か》け、[33]坂本様《さかもとよう》の拝《おが》み切り、八方を払つて火を散らす。三十六騎の者ども、快実《かいじつ》一人に切り立てられて、馬の足をぞ立ちかねたる。

佐々木《ささき》三郎《さぶろう》判官《ほうがん》時信《ときのぶ》、後ろにひかへて、「御方《みかた》討たすな。続けや」と[34]下知《げじ》しければ、[35]伊庭《いば》、目堅《めかた》、木村《きむら》、馬淵《まぶち》三百余騎、呼《おめ》いて懸かる。快実すでに討たれぬと見えける処《ところ》に、[36]桂林坊《けいりんぼう》の悪《あく》讃岐《さぬき》、勝行坊《しょうぎょうぼう》の侍従《じじゅう》、竪者《りっしゃ》定快《じょうかい》、金蓮房《こんれんぼう》、伯耆《ほうきの》直源《じきげん》、中坊《なかのぼう》の小《こ》相模《さがみ》、四、(五)人左右より渡り合うて、鋒《きっさき》を差《さ》し合《あ》はせて切つて廻《まわ》る。その兵刃《へいじん》の交はる音、暫《しば》しも止《や》む時《とき》はなかりけり。敵あまたに取り籠《こ》められて、悪讃岐と直源と、同じ所にて討たれにければ、後陣《ごじん》の衆徒《しゅと》五千余人、続いてまた打つて懸かる。唐《から》崎《さき》の浜《はま》と申すは、東は湖にて[37]波地《なみじ》なり。西は[38]深田《ふけだ》に[39]汗馬《かんば》の足も

照。
29 すぐその場に。
30 やはり父のことを気がかりに思ったのだろうか。
31 馬の口にくわえさせ、手綱をつける馬具。
32 それ。
33 比叡山坂本流儀の拝む形の切り方。合掌した両手をまっすぐに振り下ろすものか。
34 命令。
35 いずれも佐々木配下の近江の武士。
36 いずれも実在した西塔の悪僧だろうが、不詳。
37 舟の通う路。
38 深い泥田。
39 汗をかいて疾駆する馬。

立たず。[40]平沙《へいさ》渺々《びょうびょう》として、道狭《せば》ければ、後ろへ廻《まわ》らんとするも叶《かな》はず、中に取り籠めんとするも叶はず。されば、衆徒も寄《よせ》手《て》も、互ひに[41]面《おもて》に立つたる者ばかり戦うて、後陣の勢《せい》は徒《いたず》らに見物してぞひかへたる。

すでに唐崎に軍《いくさ》始まりたりと聞こえければ、[42]御門徒《ごもんと》の勢三千余騎、[43]白井《しろい》の前を[44]今路《いまみち》へ向かふ。[45]本院《ほんいん》の衆徒七千余人、[46]三宮《さんのみや》林《ばやし》を降《お》り下《くだ》る。和仁《わに》、堅田《かただ》の者どもは、小船三百余艘《そう》に取り乗つて、敵の後ろを遮《さえぎ》らんと、大津《おおつ》を指して漕《こ》ぎ廻《まわ》す。

六波羅《ろくはら》勢《ぜい》これを見て、叶はじとや思ひけん、志賀《しが》の[47]閻魔王堂《えんまおうどう》の前を横《よこ》切れに、今路に懸かつて引つ返す。衆徒は、[48]案内者《あんないしゃ》なれば、ここかしこの[49]つまりつまりに落とし合うて、散々《さんざん》に射る。武士は皆、無案内《ぶあんない》なれば、堀、崖《がけ》とも云はず、馬を馳《は》せ倒《たお》して引きかねける間、後陣にひかへける海東が若党《わかとう》八騎、波多野《はだの》が郎等《ろうどう》十三騎、[50]平井四郎康景《ひらいのしろうやすかげ》主従八騎、[51]真野三郎《まののさぶろう》、平井又八《ひらいまたはち》以下《いげ》

40　平らな砂浜が遥かに続いて。
41　敵の正面に立つ者。
42　大塔宮・妙法院宮配下の僧兵。
43　大津市坂本の地。
44　京都市左京区修学院(西坂本)から延暦寺東塔を経て大津市坂本(東坂本)へ至る比叡山越えの道。
45　東塔のこと。
46　三宮は、日吉山王七社の一。八王子山にある。
47　大津市南滋賀にあった閻魔堂。
48　土地の地理に詳しい者。
49　要所要所。
50　近江(滋賀県愛知郡愛荘町平居)の武士。佐々木の家来。
51　尾張(愛知県津島市)の武士か。

三十余騎、谷底にして討たれにけり。佐々木判官《ささきほうがん》も、馬を射させて、[52]乗替《のりがえ》を待つ程に、大勢《おおぜい》左右より取り籠めて、[53]すはや討たれんと見えけるを、[54]名を惜しみ、命を軽《かろ》んずる郎等《ろうどう》ども、返し合はせ返し合はせ、所々《しょしょ》にて討死《うちじに》しけるその間に、[55]万死《ばんし》を出でて一生に会ひ、白昼に京へ引つ返す。

この比《ころ》までは、天下久しく閑《しず》かにして、軍《いくさ》と云ふ事はあへて耳にも触れざりしに、[56]俄《にわ》かなる不思議出で来ぬれば、人皆周章《あわ》て騒いで、天地もただ今打ち返さんずるやうに、[57]云《い》ひ沙汰《さた》せぬ所もなかりける。

世上乱れたる時節《おりふし》なれば、[58]野心《やしん》の者どもの取りまゐらせんとする事もやとて、昨日二十七日[59]巳刻《みのこく》に、持明院《じみょういん》の[60]本院《ほんいん》、[61]東宮《とうぐう》両御所、[62]六条殿《ろくじょうどの》より、六波羅《ろくはら》の[63]北方《きたのかた》へ御幸《ごこう》なる。供奉《ぐぶ》の人々には、[64]今出川前左大臣兼季公《いまでがわさきのさだいじんかねすえこう》、[65]三条大納言《さんじょうだいなごん》通顕《みちあき》、[66]西園寺大納言《さいおんじだいなごん》公宗《きんむね》、[67]日野前中納言資名《ひののさきのちゅうなごんすけな》、[68]坊城宰相経顕《ぼうじょうさいしょうつねあき》、日野宰相資明《ひののさいしょうすけあきら》、

52 乗りかえるため、用意しておく馬。
53 それ討たれてしまう。
54 典拠は、「死を軽んじ、気(義)を重んじ」(文選・張衡・西京の賦)。
55 死地を逃れ生き延びること。「万死を出でて一生に遇へり」(貞観政要・君道)。
56 突然の思いもかけない事態(合戦)。
57 うわさ。
58 叛心を抱く者たちが、持明院の上皇以下を奪うこともあるかと。
59 午前十時頃。
60 後伏見上皇。
61 量仁(かずひと)親王(翌年即位して光厳帝)。前出、本巻・5。
62 後白河院以来の上皇御所で、持明院統に伝わった。
63 六波羅北探題の庁舎。

皆[69]衣冠《いかん》にて、御車の前後に相順《あいしたが》ふ。その外の[70]北面《ほくめん》、[71]諸司《しょし》、[72]格勤《かくご》は、大略[73]狩衣《かりぎぬ》の下に、[74]腹巻《はらまき》を着透《きす》かしたるもあり、[75]平礼《へいれい》に風折《かざおり》を結《ゆ》うて、鎧を着《ちゃく》したるもあり。洛中[76]須臾《しゅゆ》に変化して、[77]六軍《りくぐん》[78]翠華《すいか》を警固《けいご》し奉る。[79]見聞耳《けんぶんじ》目《ぼく》を驚かせり。

山門《さんもん》の大衆《だいしゅ》、唐崎《からさき》の合戦に打ち勝つて、事始めよしと悦《よろこ》び合《あ》へる事[80]斜《なの》めならず。ここに、「西塔《さいとう》を皇居と定めらるる条、[81]本《ほん》院《いん》面目なきに似たり。[82]寿永《じゅえい》の古《いにし》へ、後白河院《ごしらかわいん》、山門を御憑《おたの》みありし時も、先《ま》づ[83]横川《よかわ》へ御登山《ごとうざん》ありしかども、やがて東塔南谷《とうとうみなみだに》、[84]円融房《えんゆうぼう》へこそ御遷《おんうつ》りありしか。且《かつう》は先蹤《せんしょう》なり、且は吉例《きちれい》なり、早く臨幸《りんこう》を、本院へなし奉るべし」と、西塔院《さいとういん》へ触れ告ぐる。

西塔の衆徒《しゅと》、理《り》に折れて、[85]仙蹕《せんぴつ》を促《うなが》さんために、皇居に[86]引参《いんざん》す。折節《おりふし》、[87]深山颪《みやまおろし》の烈《はげ》しくして、御簾《みす》を吹《ふ》き挙《あ》げたるより、[88]龍顔《りょうがん》を拝し奉りたれば、主上《しゅしょう》にてはおはしまさず、尹大納言《いんのだいなごん》師賢《もろかた》の、天子の[89]袞衣《こんえ》を着《ちゃく》し給へるにてぞありける。大衆これを

64 西園寺実兼の子。菊亭(今出川)家の祖。
65 通重の子。村上源氏。
66 実兼の孫、実衡の子。後に建武政権下で謀叛を企てて斬られる。
67 資名・資明は、俊光の子。資朝の兄弟。
68 定資の子。後に北朝の実力者となる。
69 束帯の略装。
70 上皇御所を守護する武士。
71 多くの役所の役人。
72 雑役を勤める侍。
73 公家が常用した略装。
74 腹に巻いて右脇で合わせる略式の鎧。
75 平礼烏帽子(ひれえぼし)。先端が折れてひらめくことから名づける。雑色のかぶり物。風折烏帽子に同じ。
76 少しの間。
77 古代中国で天子の率い

見て、「こはいかに、天狗《てんぐ》の所行《しょぎょう》か」と興を覚《さ》ます。それより後《のち》は、参る大衆一人《だいしゅいちにん》もなし。かくては、山門いかなる野心をか存ずらんと覚えければ、その夜の夜半《やはん》ばかりに、尹大納言《いんのだいなごん》師賢《もろかた》、四条中納言隆資《しじょうちゅうなごんたかすけ》、二条中将為明《にじょうちゅうじょうためあきら》、忍びて山門を落ちて、笠置《かさぎ》の岩室《いわや》へ参ぜらる。

さる程に、上林坊阿闍梨豪誉《じょうりんぼうのあじゃりごうよ》は、もとより武家へ心を寄せしかば、大塔宮《おおとうのみや》の執事《しつじ》[90]、安居院中納言法印澄俊《あぐいのちゅうなごんほういんちょうしゅん》を生け取って、六波羅《ろくはら》へこれを出だす。護正院僧都猷全《ごしょういんのそうずゆうぜん》[91]は、御門徒《ごもんと》[92]の中の大名《だいみょう》にて、八王子《はちおうじ》の一の木戸[93]を堅めたりしが、かくては叶《かな》はじとや思ひけん、同宿《どうじゅく》、手の者[94]引き連れて、六波羅へ降参す。これを始めとして、独《ひと》り落ち、二人落ち、落ち行きける程に、今は光林坊《こうりんぼう》[95]の源存律師《げんそんりっし》、妙光坊《みょうこうぼう》の小相模《こさがみ》、中坊《なかのぼう》の悪律師《あくりっし》、三、四人より外《ほか》は、落《お》ち止《とど》まる衆徒《しゅと》もなかりけり。

妙法院《みょうほういん》と大塔宮とは、その夜まで、なほ八王子に御座《ぎょざ》あり

た軍。諸侯の三軍の対。
78 古代中国で、かわせみの羽で飾った天子の旗。ここは持明院統の上皇たちをいう。
79 見聞きした者は非常に驚いた。
80 なみなみでない。
81 東塔。
82 寿永二年(一一八三)七月の平家都落ちに際して、後白河院が難を避けて比叡山に登ったこと(平家物語巻八・山門御幸)。
83 比叡山三塔の一、楞厳院(りょうごんいん)。
84 最澄が建立した坊舎で、梨本門跡発祥の地。
85 行幸の行列。蹕は、さきばらい。
86 連れ立って参る。
87 深山から吹き下ろす風。
88 帝の顔。
89 帝の礼服(衮龍の御衣

けるが、かくては悪《あ》しかりぬべし、[96]一《ひと》まども落ち延びて、君の御行末《おんゆくえ》をも承《うけたまわ》らばやと思《おぼ》し召《め》されければ、二十九日の夜半《やはん》ばかりに、八王子に篝火《かがりび》をあまた所に焼《た》かせて、未だ大勢《おおぜい》の籠《こ》もつたる由《よし》を見せ、戸津《とづ》の浜より、小舟《おぶね》に召され、落《お》ち止《とど》まる所の衆徒三人ばかり召し具せられて、先《ま》づ[97]石山《いしやま》へ落ちさせ給ふ。

ここにて、両門主《りょうもんす》、一所《いっしょ》へ落ちさせ給はん事は、[98]計略《けいりゃく》の遠からぬに似たる上、妙法院は[99]御行歩《ごぎょうぶ》もかひがひしからねば、ただ暫《しばら》くこの辺に御座あるべしとて、石山より二人引き別れさせ給ひて、妙法院は、笠置へ趣《おもむ》かせ給へば、大塔宮は、[100]十津川《とつがわ》の奥へと志して、先づ南都《なんと》の方《かた》へぞ落ちさせ給ひける。さしも[101]やごとなき一山《いっさん》の[102]貫長《かんちょう》の位を捨てて、未だ習はせ給はぬ[103]万里《ばんり》漂泊《ひょうはく》の旅に浮かれさせ給へば、[104]医王山王《いおうさんのう》の結縁《けちえん》も、これや限りと名残り惜しく、[105]竹園連枝《ちくえんれんし》の再会も、今はいつをか期《ご》すべきと、御心細く思《おぼ》し召《め》されければ、互ひに隔《へだ》たる[106]御影《おんかげ》の隠るるまでに顧《かえり》みて、

の略称)。
90 貴人の側近く仕えて事務を行う者。ただし、澄俊(安居院憲実の子)は、妙法院宮の執事。大塔宮の執事は、殿法印良忠。
91 大塔宮・妙法院宮に仕えた悪僧だが、不詳。
92 門弟の僧徒の中の有力者。
93 城門。
94 手下の者。
95 後出、第五巻・8では「光輪房源尊」。
96 ひとまず。
97 大津市石山。石山寺がある。
98 計略が浅はかな上。
99 歩行もはかばかしくできない。
100 奈良県吉野郡十津川村。底本「木津川」を改める。
101 高貴な。
102 貫首に同じ。天台座主

泣く泣く東西へ別れさせ給ふ、御心の中《うち》こそ悲しけれ。

そもそも今度《このたび》、主上《しゅしょう》誠《まこと》に山門《さんもん》へ臨幸《りんこう》ならざるによつて、大衆《だいしゅ》の心忽《たちま》ちに変じて、一旦《いったん》事ならずと云へども、つらつら[107]事の様《よう》を案ずるに、これ叡智《えいち》の浅からざる処《ところ》に出でたり。

昔[108]、[109]強秦《きょうしん》亡んで後《のち》、楚《そ》の項羽《こうう》と漢《かん》の高祖《こうそ》と、国を争ふ事[110]八ヶ年、軍《いくさ》を営む事七十余ヶ度なり。その戦ひの度ごとに、項羽、常に勝《かつ》に乗つて、高祖を甚《はなは》だ苦しめる事多し。或る時、高祖、[111]滎陽《けいよう》の城に籠《こ》もるに、項羽、兵を以て城を囲む事数百里《すひゃくり》なり。日を経て、城の中《うち》に粮《かて》尽《つ》き、兵疲れければ、高祖、戦はんとするに力なければ、ここに、高祖の忠臣に紀信《きしん》と云ひける者、高祖に向かつて申しけるは、「項羽今城を囲む事数百里、漢すでに食《じき》尽きて、士卒また疲れたり。もし兵を出だして戦はば、[112]漢必ず楚のために擒《とりこ》とならんか。ただ敵を欺《あざむ》いて、ひそかに城を逃《のが》れ出《い》でんには如《し》かじ。願はくは、臣、[113]今漢王《かんおう》の諱《いみな》を犯して

のこと。

103 遥か遠い漂泊の旅にあてもなく出る。

104 医王は、薬師如来で、延暦寺根本中堂の本尊。山王は、延暦寺の鎮守、日吉山王権現。医王・山王と仏縁を結ぶこと。

105 皇族の兄弟。

106 お姿。

107 よくよく。

108 以下の紀信の話は、「史記」項羽本紀による。

109 強い秦の国。

110 楚の項羽と漢の高祖(劉邦)の戦いが「八歳」「七十余戦」に及んだことは、「史記」項羽本紀。

111 河南省滎陽県。

112 底本「非レ漢」を改める。

113 おそれながら私が漢王の御名を名乗って。

楚の陣に降《くだ》らん。楚ここに囲みを解いて臣を得《え》ば、漢王、速やかに城を出でて、重ねて大軍を起こし、忽《たちま》ちに楚を亡ぼし給へ」と申しければ、紀信が忽ち楚に降つて殺されん事は悲しけれども、高祖、[114]社稷《しゃしょく》のために身を軽《かろ》くすべきにあらざれば、[115]力なく、涙を押さへて別れを慕ひながら、紀信が謀《はかりごと》に随ひ給ふ。

紀信、大きに悦《よろこ》びて漢王よりの御衣《ぎょい》を着し、[116]黄屋《こうおく》の車に乗り、[117]左纛《さとう》を付けて、「高祖罪を謝して、楚の大王に降る」と呼ばはつて、城の東面《とうめん》より出でたりけり。楚の兵、これを聞いて、四面の囲みを解いて、一所《いっしょ》に集まる。軍勢皆万歳《ばんぜい》を唱《とな》ふ。この間《あいだ》に、高祖、三十余騎を順《したが》へて、城の西門《さいもん》より出でて、[118]成皐《せいこう》へぞ落ち給ひける。夜明けて後、楚に降《くだ》る漢王を見れば、高祖にはあらで、その臣に紀信と云ふ者なりけり。頂羽、大きに怒つて、つひに紀信を[119]煎《い》り殺す。高祖、やがて成皐の兵を卒《そっ》して、却《かえ》つ

114　国家のためには軽々しく死すべき身ではなかったので、仕方なく。
115　やむをえず。
116　天子の車。黄色の絹で内側を装飾した車。
117　天子の車に立てる旗。ヤクの尾で飾った旗を車の左にたてる。
118　河南省汜水県の西南の地。底本「成皐ヨリ」を改める。
119　火であぶり殺す。

て項羽《こうう》を攻む。項羽が勢ひすでに尽《つ》きて後、つひに[120]烏江《うこう》にして討たれしかば、高祖《こうそ》、長く漢の王業《おうぎょう》を起こして、天下の主《あるじ》となりにけり。

今、主上《しゅしょう》、かかりし佳例《かれい》を思《おぼ》し召《め》され、師賢《もろかた》も、かやうの忠《ちゅう》節《せつ》を存ぜられけるにや。かれは敵の囲みを解かんがために詐《いつわ》り、これは敵の兵を遮《さえぎ》らんために謀《はか》る。和漢時《とき》異なれども、君臣[121]体《てい》を合はせたる謀《はかりごと》、誠《まこと》に[122]千載一遇《せんざいいちぐう》の忠貞《ちゅうてい》、頃刻変化《きょうこくへんか》の智謀《ちぼう》なり。

120 安徽省和県にある長江の渡し。

121 一心同体になった。

122 千年に一度のまれな忠節と、時機に応じて変化する巧みな謀である。

太平記 第三巻

第三巻　梗概

元弘《げんこう》元年(一三三一)八月二十七日、笠置山《かさぎやま》に臨幸した後醍醐帝《ごだいごてい》は不思議な夢を見、みずから夢解きして河内の楠正成《くすのきまさしげ》の存在を知った。勅使の召しで笠置に参上した正成は、必ずや聖運は開けるとたのもしげに言い、河内に帰って挙兵に備えた。九月一日、六波羅勢《ろくはらぜい》の先陣、高橋《たかはし》と小早川《こばいかわ》が笠置山を攻めて敗退した。六波羅勢は十万余の大軍で笠置山を囲んだが、天然の要害ゆえに攻めあぐんだ。同じ頃、楠正成が赤坂城《あかさかのじょう》で挙兵し、桜山四郎《さくらやましろう》入道《にゅうどう》が備後で挙兵した。北条高時《ほうじょうたかとき》は、二十万余の大軍を畿内へさし向けたが、関東勢が到着する前に、二十九日未明、六波羅方の陶山義高《すやまよしたか》と小見山次郎《こみやまのじろう》が決死の覚悟で夜討ちをかけ、皇居に火を放って、笠置は落城した。脱出した帝《みかど》は、万里小路藤房《までのこうじふじふさ》・季房《すえふさ》兄弟を供とし、正成の本拠地金剛山《こんごうせん》をめざしたが、有王山《ありおうやま》の麓で捕らえられた。十月一日、帝は平等院に入り、まもなく六波羅に幽閉された。三種の神器を渡された皇太子量仁親王《かずひとしんのう》(即位して光厳帝《こうごんてい》)は、十三日、内裏に入った。赤坂城に籠もる楠正成は、智謀をめぐらして幕府の大軍を大いに苦しめたが、兵糧が不足したため、城に火をかけて脱出した。また、備後で挙兵した桜山四郎入道は、一宮吉備津神社《いちのみやきびつじんじゃ》に火をかけて自害した。

笠置臨幸《かさぎりんこう》の事　1

元弘《げんこう》[1]元年八月二十七日、主上《しゅしょう》、笠置[2]へ臨幸なりて、本堂を皇居となさる。始め一両日の程は、武威《ぶい》[3]に恐れて参仕《さんし》する人もなかりけるが、叡山東坂本《えいざんひがしさかもと》[4]の合戦に、六波羅《ろくはら》の勢《せい》打ち負けぬと聞こえければ、当寺の衆徒《しゅと》を始めとして、近国《きんごく》の兵ども、ここかしこより馳《は》せ参《まい》る。されども、未だ名ある武士の、手勢《てぜい》[5]百騎、二百騎とも打たせる大名は、一人《いちにん》も参らず。

この勢ばかりにては、皇居の警固《けいご》いかがあるべからんと、主上、思《おぼ》し召《め》し煩《わずら》はせ給ひて、少し御まどろみありける御夢に、所は紫宸殿《ししいでん》[6]の庭前《ていぜん》と覚えたる地に、大きなる常盤木《ときわぎ》[7]あり。緑の陰《かげ》茂りて、南へ指したる枝、殊《こと》に栄《さか》えはびこり、その下に、三公《さんこう》[8]、百官位《ひゃっかんくらい》によつて列座《れつざ》す。南へ向かひたる上座《しょうざ》[9]に、御座《ぎょざ》の畳《たたみ》

1

1　一三三一年。
2　京都府相楽郡笠置町の笠置山にある真言宗寺院、笠置寺。
3　幕府の威勢。
4　第二巻・11、参照。
5　手下の軍勢。
6　内裏の正殿。
7　常緑樹。橘をさす。
8　太政・左右大臣と以下のすべての官人。
9　底本「上」。他本により改める。

を高く布《し》いて、未だ座したる人はなし。主上《しゅしょう》、御夢心地《おんゆめごこち》に、誰《たれ》を設《もう》けんための座席やらんと、怪《あや》しみ思《おぼ》し召《め》して立たせ給ひたる処《ところ》に、[10]鬢《びんずら》結ひたる童子二人《ににん》、忽然《こつぜん》として来たつて、主上の御前《おんまえ》に跪《ひざまず》いて、涙を袖にかけ、「[11]一天下《いってんか》の間《あいだ》に、暫《しばら》くも御身《おんみ》を隠さるべき所なし。但し、かの木の陰《かげ》に、南へ向かへる座席あり。これ、御ために設けたる[12]玉扆《ぎょくい》にて候へば、暫《しばら》くここにおはしまし候へ」と申して、童子は遥《はる》かに天に登り去りぬと御覧じて、御夢はやがて覚めにけり。

主上、これは天の[13]朕《ちん》に告ぐる所の験《しるし》なりと思し召して、文字に付きて[14]御了簡《ごりょうけん》あるに、木に南と書きたるは、楠《くすのき》と云ふ字なり。その陰に南に向かつて座せよと、二人の童子教へつるは、朕二度《ふたたび》[15]南面《なんめん》の徳を治めて、天下の士を[16]朝《ちょう》せしめんずる処を、[17]日光《にっこう》、月光《がっこう》の示されけるよと、自ら御夢を合はせられて、[18]憑《たの》もしく思し召されける。

10 童子の髪形。髪を左右に分け、両耳のあたりで輪のかたちに束ねたもの。

鬢

11 天下すべて。
12 天子の御座。扆は御座の後ろに立てるついたて。
13 天子の自称。
14 ご思案。
15 帝位について。天子は臣下に対して南面して座を占めることからいう。
16 朝廷に仕えさせて。
17 仏教で太陽と月を神格化した日天子と月天子。第九巻・3に「日光、月光の二天子」。
18 夢解きをして。
19 不詳。律師は、僧正・

夜明けければ、当寺の衆徒《しゅと》、[19]成就房律師《じょうじゅぼうのりっし》を召して、「もしこの辺に、楠と云はるる武士やある」と御尋ねありければ、「この辺に、さやうの名字《みょうじ》付きたる者ありとは、未だ承《うけたまわ》り及《およ》び候はず。河内国《かわちのくに》[20]金剛山《こんごうせん》の麓《ふもと》に、[21]楠《くすのき》多聞兵衛正成《たもんびょうえまさしげ》とて、弓矢取つて名を得たる者は候ふなれ。これは[22]（[23]敏達天皇《びだつてんのう》四代の孫《そん》、[24]井手右《いでのう》大臣《だいじん》　橘《たちばなの》　諸兄《もろえ》卿《きょう》の[25]後胤《こういん》たりといへども、民間に下《くだ》つて年久し。これは）その母若かりし時、[26]志貴《しぎ》の毘沙門《びしゃもん》に参つて、[27]夢想を感じて儲《もう》けたる子にて候ふとて、幼名《おさなな》を[28]多聞《たもん》とは申し候ふなり」とぞ答へ申しける。主上、さては今夜《こよい》の夢の告げこれなりけりと思し召して、[29]「やがてこれを召せ」と仰せ下さる上は、[30]藤房卿《ふじふさきょう》、勅《ちょく》を承つて、正成を召されける。

勅使《ちょくし》、宣旨《せんじ》を帯《たい》して楠が館《たち》へ行き向かひ、事の子細《しさい》を述べられければ、正成、[31]弓矢取る身の面目《めんぼく》、何事かこれに過ぐべきと思ひければ、[32]是非の思案にも及ばず、先《ま》づ笠置《かさぎ》へぞ参りける。

僧都に次ぐ僧官。
20 大阪府と奈良県境の金剛山地の主峰。
21 楠正遠の子（尊卑分脈）というが、異説もあり、系譜不詳。後醍醐帝の忠臣として、大いに活躍する。
22 玄玖本により補う。目移りによる誤脱。
23 在位五七二―五八五年。欽明帝皇子。
24 敏達帝の裔美努王（みのおう）の息、葛城王（かずらきおう）。橘姓を賜り臣籍に下る。聖武帝に仕えて左大臣となる。
25 子孫。
26 大阪府と奈良県境の生駒山地にある信貴山。東麓に毘沙門天を本尊とする朝護孫子寺（信貴山寺）がある。
27 夢のお告げ。
28 多聞（天）は、毘沙門天の別名。四天王の一。
29 すぐさま。

主上《しゅしょう》、万里小路《までのこうじ》中納言《ちゅうなごん》藤房卿《ふじふさきょう》を以て仰せられけるは、「[33]東夷《とうい》征罰《せいばつ》の事、正成《まさしげ》を憑《たの》み思《おぼ》し召《め》さるる子細《しさい》ありて、勅使《ちょくし》を立てらるる処《ところ》に、時刻を移さず馳《は》せ参《まい》る条、叡感《えいかん》浅からざる処なり。そもそも[34]天下草創《てんかそうそう》の事、いかなる謀《はかりごと》を運《めぐ》らしてか、(勝つ事を)一時《いっし》に決して、[35]太平《たいへい》を四海《しかい》に致さるべき。[36]所存を残さず申すべし」と[37]勅定《ちょくじょう》ありければ、正成、畏《かしこ》まつて申しけるは、「東夷近日《きんじつ》の[38]大逆《たいぎゃく》、ただ天の譴《せ》めを蒙《こうぶ》り候ふ上は、衰乱《すいらん》の弊《つい》えに乗つて、[39]天誅《てんちゅう》を致さしめんに、何の子細か候ふべき。但し、天下草創の功、[40]武略《ぶりゃく》と智謀《ちぼう》の二つにて候ふ。もし勢《せい》を合はせて戦はんに、[41]六十余州の兵を集めて、武蔵《むさし》、相模《さがみ》両国に対すとも、勝つ事を得難《えがた》し。もし謀《はかりごと》を以て争はば、東夷の武力、ただ[42]利《と》きを摧《くだ》き、堅《かた》きを破る内を出でず候ふべし。これ欺《あざむ》くに安《やす》うして、懼《おそ》るるに足らざる処なり。合戦の習ひにて候へば、[43]一旦《いったん》の勝負は、必ずしも御覧ぜらるべからず。正成未だ生きてありと

30 万里小路宣房の子。
31 武士の名誉。
32 あれこれの思案もせず直ちに。
33 鎌倉幕府、北条氏。
34 天下をあらため創る事。
35 天下を太平に導くつもりか。
36 心に思う所。
37 帝の仰せ。
38 重大な叛逆。
39 天に代わって罰することに何の問題がありましょうか。
40 武力とはかりごと。
41 日本全土。
42 鋭利な刃をくだき、堅固な甲冑を打ち破ることしかできない。武力だけに頼り、智略に欠ける幕府軍のこと。
43 一時の勝ち負け。
44 帝の運勢。

聞こし召し候はば、[44]聖運《せいうん》はつひに開かるべしと思し召し候へ」と、誠《まこと》に憑《たの》もしげに申して、正成は、河内国《かわちのくに》へぞ帰りにける。

笠置合戦《かさぎかっせん》の事 2

さる程に、主上笠置に御座《ぎょざ》ありて、近国《きんごく》の官軍付き随ひ奉る由《よし》、京都へ聞こえければ、山門《さんもん》の大衆《だいしゅ》また力を得て、六波羅《ろくはら》へ寄する事もあらんずらんとて、[1]佐々木判官時信《ささきほうがんときのぶ》に、近江国《おうみのくに》の勢を添へて大津《おおつ》へ向けらる。これも、なほ小勢《こぜい》にて叶《かな》ふまじき由を申しければ、重ねて丹波国《たんばのくに》の住人、[2]久下《くげ》、長沢《ながさわ》の一族等《ら》を差《さ》し添《そ》へて八百余騎、大津の東西の[3]宿《しゅく》に陣を取る。

九月一日、六波羅の両[4]検断《りょうけんだん》、糟屋三郎宗秋《かすやのさぶろうむねあき》、隅田次郎左衛門尉《すだじろうざえもんのじょう》、五百余騎にて、宇治《うじ》の[5]平等院《びょうどういん》へ打ち出でて、軍勢の[6]着到《ちゃくとう》を付くるに、催促《さいそく》を待たざるに、諸国の軍勢、夜昼《よるひる》引きも切

2

1 近江守護。前出、第一巻・9。

2 久下は、兵庫県丹波市山南町に住んだ武士。長沢は、久下と行動をともにした丹波の武士。

3 宿場。

4 検断は、探題のもとで警察・裁判を司る役職。糟屋は、神奈川県伊勢原市粕屋の武士で、北条時益の被官。隅田(名は通治)は、和歌山県橋本市隅田町の武士で、北条仲時の被官。

5 京都府宇治市の寺。藤原頼通の創建。

6 来着を記す帳簿。

7 午前十時頃。

8 合戦の始めに双方が鏑矢(かぶらや)を射交わす儀礼。

9 高橋は、北条仲時の被官。玄玖本「高橋又四郎」。

らず馳《は》せ集《あつ》まつて、十万余騎に及べり。

すでに明くる[7]巳刻《みのこく》、[8]矢合はせあるべしと定めたる処《ところ》に、その先の日、[9]高橋太郎《たかはしのたろう》、抜懸《ぬけが》けして、[10]独《ひと》り高名《こうみょう》に備ふべきとや思ひけん、わづかに一族の勢《せい》三百余騎を率《そつ》して、笠置《かさぎ》の麓《ふもと》へぞ寄せたりける。城に籠《こ》もる所の官軍は、さまで大勢《おおぜい》ならずと云へども、勇める気《き》未だ[11]撓《たゆ》まず、[12]天下の機を呑んで、廻天《かいてん》の力を出ださんと思ふ者どもなれば、わづかの小勢《こぜい》を見て、なじかは打つて懸からざらん、その勢三千余騎、[13]木津川《こづがわ》の辺に下《お》り逢《あ》うて、高橋が勢を取《と》り籠《こ》め、一人も余さじと攻め戦ふ。高橋、始めの[14]儀勢《ぎせい》にも似ず、敵の大勢を見て、[15]一返《ひとかえ》しも返さず、[16]捨《す》て鞭《むち》を打つて引きける間、木津川の逆巻《さかま》く水に追《お》ひ浸《ひた》されて、討たるる者その数を知らず。わづかに命ばかり助かる者も、馬、[17]物具《もののぐ》を捨てて赤裸《あかはだか》になり、白昼《はくちゅう》に京へ逃《に》げ上《のぼ》りければ、見苦しかりし有様なり。[18]これを悪《にく》しと思ふ者やしたりけん、平等院《びょうどういん》の[19]橋爪《はしづめ》

10 自分ひとりいくさの手柄をたてること。
11 ゆるまない。
12 天下の機運をわがものとして、時勢を一変する力を出そうと。
13 鈴鹿山脈に発し、京都府木津川市の南を流れ、八幡市で淀川に合流する川。
14 意気込み。
15 全く反撃せず。
16 馬で全速力で逃げる時、馬の尻をむやみに打つこと。
17 鎧・兜などの武具。
18 これをみっともないと思う者がしたのだろうか。
19 橋のたもと。
20 木津川の流れが速いために架けてもすぐ落ちる橋のように、あっさり逃げた高橋であるよ。橋を架けると高馬が駆ける、橋が落つと高橋が逃げ落つを掛ける。
21 安芸の武士。土肥一族。

に、一首の歌を書いてぞ立てたりける。

[20]木津川の瀬々《せぜ》の岩浪《いわなみ》速ければ懸けて程なく落つる高橋

高橋が抜懸けを聞いて、引かば入り替はつて高名せんとて、跡に付きける[21]小早川《こばいかわ》も、一度に皆追つ立てられて、一返しも返さず、宇治《うじ》まで引いたりと聞こえければ、また札《ふだ》を立て添へて、

[22]懸けも得ぬ高橋落ちて行く水に浮き名を流す小早川かな

昨日《きのう》官軍打ち勝ちぬと聞こえければ、[23]勢馳《は》せ参《まい》つて難儀《なんぎ》なる事もこそあれ、時日《ときひ》を移さず押し寄せよとて、両検断《りょうけんだん》、宇治にて[24]四方の手分けをして、同じき九月二日、笠置《かさぎ》の城へ発向す。南の手には、[25]五畿内《きない》五箇国の兵を向けらる。その勢七千六百余騎、[26]光明山《こうみょうせん》の後ろの山を廻《まわ》つて、[27]搦手《からめて》に廻る。北の手には、[28]山陰道《せんおんどう》八ヶ国の兵を向けらる。その勢一万二千余騎、[29]梨間《なしま》の宿《しゅく》の端《はずれ》より、[30]市野辺山《いちのべやま》の麓を廻つて、[31]大手《おおて》へ向かふ。東の手には、[32]東海道十五ヶ国の内、伊賀《いが》、伊勢《いせ》、尾張《おわり》、三河《みかわ》、遠江《とおとうみ》の兵

22 懸けて程なく逃げた高橋とともに、情けない評判を立てた小早川であることよ。懸けと架け、憂きと浮きを掛ける。橋、浮き、流す、川は縁語。
23 官軍に援軍が加わると面倒なことにもなろう。
24 軍勢の配置。
25 山城・大和・摂津・河内・和泉が畿内の五か国。
26 京都府木津川市にある山。東大寺別所の光明山寺があった。
27 敵の背後。
28 丹波・丹後・但馬・因幡・伯耆・出雲・石見・隠岐の八か国。
29 京都府城陽市奈島。
30 城陽市にある山。
31 正面。
32 伊賀・伊勢・志摩・尾張・三河・遠江・駿河・伊豆・甲斐・相模・武蔵・安

を向けらる。その勢《せい》二万五千余騎、伊賀路《いがじ》を経て、金山越《かなやまごえ》[33]に押し寄する。西の手には、山陽道《せんようどう》[34]八ヶ国の兵を向けらる。その勢三万二千余騎、木津川《こづがわ》を登りに、岸の上なる岨道《そわみち》[35]を二手《ふたて》に分けて押し寄する。大手《おおて》、搦手《からめて》、都合七万五千余騎、笠置《かさぎ》の山《やま》四方二、三里が間、尺地《せきち》[36]も残さず充満したり。

明くれば九月三日の卯刻《うのこく》[37]に、東西南北の寄手《よせて》、相近づいて時[38]を作る。その声、百千《ひゃくせん》の雷《いかずち》の鳴り落つるが如くして、天地も動くばかりなり。時の声を三度《みたび》上げて、矢合はせの流鏑《かぶらや》[39]を射懸けたれども、城中《じょうちゅう》静まり返り、時の声も合はせず、当《とう》[40]の矢《や》も射ざりけり。

かの笠置の城と申すは、山高くして、一片《いっぺん》の白雲《はくうん》峰を埋《うず》み、谷深くして、万仞《ばんじん》[41]の青巌路《せいがんみち》を遮《さえぎ》れり。攀折《つづらおり》[42]たる路《みち》、廻《めぐ》り上《のぼ》ること十八町[43]、岩を切つて堀とし、石を畳《たた》みて塀《かべ》とせり。されば、たとひ防かずともたやすく上《のぼ》る事を得難し。されども、城中鳴

房・上総・下総・常陸の十五か国。
33 不詳。
34 播磨・美作・備前・備中・備後・安芸・周防・長門の八か国。
35 狭く険しい道。
36 わずかな地。
37 午前六時頃。
38 鬨(とき)の声。
39 鏑矢。蕪(かぶ)の形をした木製の鏃(やじり)で、中を空洞にして飛ぶときに音を出す矢。矢合わせなどの儀礼に用いる。
40 矢合わせで射返す矢。
41 高く峙(そばだ)ち青く苔むした岩。仞は高さや深さを測る単位で、尋(ひろ)=約一・八メートル)に同じ。
42 葛(つづら)のつるのように幾重にも曲がりくねった坂道。
43 一町は、約一〇九メー

りを静めて人ありとも見えざりければ、敵早や落ちたりと心得て、四方の寄手十万余騎、堀、崖《がけ》とも云はず、葛《くず》のかづら[44]に取り付き、岩の上を伝ひて、一の木戸口《きどぐち》[45]の辺、二王堂《におうどう》[46]の前までぞ寄せたりける。ここにて一息《ひといき》休んで、城中をきつと見上げたれば、錦の御旗《にしきのみはた》[47]に日月《じつげつ》を金銀にて打つて付けたるが、白日《はくじつ》に耀《かかや》いて光り渡りたるその陰《かげ》に、あき間《ま》[48]もなく鎧《よろ》うたる武者三千余人、甲《かぶと》の星《ほし》[49]を耀かし、鎧の袖を連ねて、雲霞《うんか》の如くに並《な》み居《い》たり。その外《ほか》、櫓《やぐら》の狭間《さま》[50]の陰《かげ》には、射手《いて》と覚しき者ども、弓の弦噛《つるく》ひ[51]顕《しめ》し、矢束《やたばね》[52]解いて押しくつろげ、中差《なかざし》[53]に鼻油《はなあぶら》[54]引いて待ち懸けたり。その勢ひ決然として、あへて攻むべき様《よう》ぞなかりける。

　寄手十万余騎、これを見て、進まんとするも叶《かな》はず、引かんとするも叶はずして、心ならず支《ささ》[55]へたり。やや暫《しば》くあつて、木戸の上なる櫓より、狭間の板を押し開いて名乗りけるは、「三《み》河国《かわのくに》の住人足助次郎重範《あすけのじろうしげのり》[56]、忝《かたじけ》なくも一天《いってん》[57]の君《きみ》に憑《たの》まれまゐら

トル。

44　つる。

45　城の一番外側の城門。

46　寺を守護する一対の金剛力士像（二王）を安置した堂。

47　赤地の錦に金銀で日月を刺繍した旗。承久の乱以来、官軍の大将に与えられた。

48　透き間なく。

49　兜の鉢に打ちつけた鋲（びょう）。

50　物見や矢を射るために城柵や櫓に設けた小窓。

51　弦が滑らないように口に含んで湿らす動作。

52　箙（えびら）に差した矢を束ねる紐。

53　箙に差す矢のうち、上差（うわざし）の鏑矢（かぶらや）に対して、実戦用の征矢（そや）。

54　鼻油をやじりに塗って入念に準備すること。

せて、この城の一の木戸を堅めたり。前陣《せんじん》に進んだる旗は、美《み》濃《の》、尾張《おわり》の人々の旗と見るは僻目《ひがめ》[58]か。十善《じゅうぜん》[59]の君《きみ》の御座《ぎょざ》ある城なれば、六波羅殿《ろくはらどの》[60]ぞ御向かひあらんずらんと心得て、御儲《おんもう》[61]けに、大和鍛冶《やまとかじ》[62]の鍛《きた》うて打ったる鏃《やじり》をこそ、少々用意仕《つかまつ》って候へ。一筋《ひとすじ》受けて御覧じ候へ」と云ふままに、二《に》人張《にんば》り[63]に十三束《ぞく》二伏《ふたつぶせ》[64]の矢、箆《の》[65]かづきの上まで引つ懸け、暫《しば》し堅めてひやうど放つ。遥《はる》かなる谷を隔《へだ》てて、二町余りが外《ほか》にひかへたる荒尾九郎《あらおのくろう》[66]が鎧《よろい》の栴檀《せんだん》[67]の板《いた》を、右の小脇《こわき》まで、箆深《のぶか》[68]にぐさと射込《いこ》む。一矢《ひとや》なれども、究竟《くっきょう》[69]の矢坪《やつぼ》なれば、荒尾、馬より倒《さかさま》に落ちて、起きも直らで死ににけり。

舎弟の弥五郎《やごろう》、これを敵に見せじと、矢面《やおもて》[70]に立ち隠して、楯[71]のはづれより進み出でて申しけるは、「足助殿《あすけどの》の御弓勢《ごゆんぜい》、日来《ひごろ》承《うけたまわ》りし程はなかりけり。[72]これを遊ばし候へ。御矢《おんや》一筋受けて、物具《もののぐ》の札《さね》[73]の程試み候はん」と、鎧の弦走《つるばしり》[74]を敲《たた》いてぞ立つたりけ

55 立ちとどまる。
56 愛知県豊田市足助町に住んだ武士。清和源氏。第一巻・5の討幕計画に参加した武士。前出「足助次郎重成」。
57 一天下の王たる君。天皇のこと。
58 見まちがい。
59 前世で十善戒を守った功徳により帝となった君王。
60 南北両六波羅探題が向かって来られるだろうと思い。
61 おもてなし。
62 大和国には鍛冶の名工が多かった。
63 二人がかりで張る弓。
64 矢の長さ。束は一握りで親指をのぞく指四本分、伏は指一本分の幅。十二束を標準とした。
65 鏃(やじり)と箆(矢竹)の接する部分。

る。足助、これを聞いて、この者の云《い》ひ様《よう》は、いかさま鎧に[75]腹《はら》巻《まき》か[76]鎖《くさり》かを重ねて着たればぞ、先の矢を見ながら、ここを射よとは扣《たた》くらん。もし鎧の上を射ば、箟《の》砕《くだ》け鏃《やじり》折れて、通らぬ事もこそあれ。甲《かぶと》の[77]真向《まっこう》を射たらんには、[78]などか砕いて通らぬと思案して、[79]金磁頭《かなじんどう》一つ抜き出だして、鼻油引いて、「さらば、一矢《ひとや》仕り候はん。受けて御覧候へ」と云ふままに、鎧の[80]高紐《たかひも》をはづして、十三束二伏、先よりもなほ引きしぼり、手答《てごた》へ高くはつたと射る。思ふ矢坪を違《たが》へず、荒尾弥五郎が甲の真向の金《かな》物《もの》の上、二寸ばかりを射砕《いくだ》いて、眉間《みけん》の真中《まんなか》、[81]沓巻《くつまき》責めてぐさと射たれば、二言《ふたこと》とも云はず、兄弟同じ枕に倒れ重なつて死ににけり。

　これを軍《いくさ》の始めとして、大手《おおて》、搦手《からめて》、城の中、喚《おめ》き叫《さけ》んで攻め戦ふ。[82]矢叫びの声、時《とき》の音《こえ》、暫《しば》くも止《や》む時なければ、大山《たいざん》崩れて海に入り、[83]坤軸《こんじく》折れて地に流るらんとぞ覚えし。

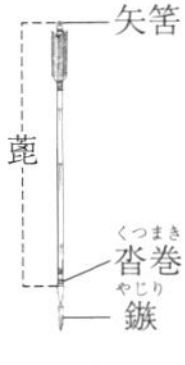

矢

66 愛知県東海市荒尾町に住んだ武士。
67 鎧の右肩から右胸にかけてたらし、胸板の間隙をおおう板。一二一頁の大鎧図参照。
68 矢竹深く。
69 恰好の矢の狙い所。急所。
70 矢が飛んで来る方に立ちはだかって死体を隠し。
71 立て並べた楯の間。
72 ここを射てごらんなされ。
73 鎧の材料となる小板（それを革や組紐で綴り合わせて鎧を作る）の強度を試そう。
74 鎧の胴の正面。矢を射

[84]晩景《ばんけい》になりければ、寄手《よせて》、いよいよ重なつて、[85]持楯《もちだて》突き寄せ突き寄せ、木戸口の辺まで攻めたりける処《ところ》に、その比《ころ》、南都《なんと》の[86]般若寺《はんにゃじ》より[87]巻数《かんじゅ》の使ひに参りたりける、本性房《ほんじょうぼう》と謂《い》ふ[88]律僧《りっそう》のありけるが、[89]褊衫《へんざん》の袖を結んで引《ひ》つ違《ちが》へ、尋常《よのつね》の人の百人しても動かし難《がた》き[90]大磐石《だいばんじゃく》のありけるを、軽々《かろがろ》と脇に挟み、[91]鞠《まり》の勢《せい》に引つ欠け引つ欠け、二、三十が程続け打ちにぞ抛《う》つたりける。数万人《すまんにん》の寄手、楯の板を微塵《みじん》に打《う》ち砕《くだ》かるるのみならず、少しもこの石に当たる者、[92]尻居《しりい》に打《う》ち居《す》ゑられ、中《ちゅう》に打ち上げられずと云ふ事なかりければ、東西の坂に[93]人雪頽《ひとなだれ》をついて、馬、人、いやが上に落ち重なる。さしも深き谷二つ、死人にてぞ埋《うず》まりたりける。されば、軍《いくさ》散じて後までも、木津川《こづがわ》の流れ血になつて、紅葉《もみじ》の影を行く水の、紅《くれない》深きに異ならず。

　これより後は、寄手、雲霞《うんか》の如しと云へども、城を攻めんと云ふ者一人《いちにん》もなし。ただ城の四方の山々に、谷を隔《へだ》て、[94]尾を越

るときに弦が当たる。一二一頁の大鎧図参照。

75 腹に巻きつけ右脇で合わせた略式の鎧。

76 くさり帷子(かたびら)。

77 兜の正面。額の部分。

78 どうして砕いて通らないことがあろうかと考えて。

79 礎頭は、鏑形で中が空洞でない鏃。その鉄製のものが金礎頭。

80 鎧の胴をつるす紐。

81 矢竹の篦かずきを糸で巻きしめた部分。

82 矢を射当てたときに射手が発する叫び声。

83 地軸。

84 夕方。

85 持ち運びのできる小型の楯。地上に立てて用いる大型の掻楯(かいだて)や畳楯(じょうだて)に対して言う。

86 奈良市般若寺町にある真言律宗寺院。

えて、遠攻めにこそしたりけれ。

楠《くすのき》謀叛《むほん》の事、并《ならびに》桜山《さくらやま》謀叛《むほん》の事　3

かくて十余日を経《ふ》る処に、同じき月の十一日、河内国《かわちのくに》より[1]早《はや》馬《うま》立てて、「楠《くすのき》兵衛正成《ひょうえまさしげ》と云ふ者、[2]御所方《ごしょがた》になつて旗を挙ぐる間、近辺《きんぺん》の者ども、志《こころざし》あるは同心し、志なきは東西に逃げ隠る。[3]則ち国中《くにじゅう》の民屋《みんおく》を追捕《ついぶ》して、兵粮《ひょうろう》のために運び取る。己れが館《たち》の上なる[4]赤坂山《あかさかやま》に城郭《じょうかく》を構へ、五百余騎にて楯籠《たてご》もる。御退治延引《えんいん》せば、事難儀《なんぎ》に及び候ひなん。急ぎ御勢《おんぜい》を向けらるべし」とぞ申しける。

これをこそ珍事なりと騒ぐ処に、また同じき十三日、備後国《びんごのくに》より早馬立てて、「[5]桜山四郎入道《さくらやましろうにゅうどう》、同じき一族等、御所方に参つて旗を上げ、当国一宮《いちのみや》を城郭とし楯籠もる間、近国《きんごく》の逆徒《ぎゃくと》等、

87　祈禱のため読誦した経の名と度数を記した目録を施主に届ける使い。
88　真言律宗の僧。
89　律僧が着用した法衣。袖口が大きいため、動きやすいように袖を背中で引き結んだ状態。　90　大岩。
91　鞠の大きさに砕いて。勢は、大きさ。
92　尻もち。
93　群がった人が雪崩のように倒れ転がるさま。
94　尾根を隔てて。

3

1　急使の乗る馬が六波羅に急行して。
2　後醍醐方。
3　即座に河内国中の民家を没収して。
4　大阪府南河内郡千早赤阪村水分(みくまり)にあった下赤坂城。

少々馳《は》せ加《くわ》はつて、その勢《せい》すでに七百余騎、国中を打《う》ち靡《なび》け、剰《あまっさ》へ他国へ打ち越えんと企て候ふ。夜《よ》を日《ひ》に継《つ》いで討手《うって》を下されずは、御大事出で来たりぬと覚え候ふ。御油断あるべからず」とぞ告げたりける。

前には、笠置《かさぎ》の城強《こわ》くして、国々の大勢《おおぜい》日夜に攻むれども、未だ落ちず。後ろには、楠《くすのき》、桜山《さくらやま》の逆徒《ぎゃくと》大きに起こつて、使者日々に急を告ぐ。6南蛮西戎《なんばんせいじゅう》はすでに乱れぬ、7東夷北狄《とういほくてき》もまたいかがあらんずらんと、六波羅《ろくはら》の北方《きたのかた》8駿河守《するがのかみ》、安き心もなかりければ、日々に早馬《はやうま》を打たせて、東国《とうごく》の勢をぞ召されける。

東国勢上洛の事《とうごくぜいしょうらく》　4

1相模入道《さがみのにゅうどう》、大きに驚いて、「さらば、2やがて討手《うって》を差《さ》し上《のぼ》せよ」とて、一門他家《いちもんたけ》の軍勢六十三人を催さる。大将軍《たいしょうぐん》には、

5　備後国一宮の吉備津神社(広島県福山市新市町)の神官。
6　南と西の夷(えびす)。河内を南蛮、備後を西戎とした。
7　東国と北国の反北条勢力。
8　北条(常盤)範貞。元亨元年から元徳二年(一三二一―一三〇)十二月まで北探題。元弘元年(一三三一)十月時点での北探題は、北条(普恩寺)仲時。

4

1　北条高時。
2　すぐさま。
3　貞直。宗泰の子。北条一門。
4　貞冬。貞顕の子。貞将の弟。
5　他本「遠江左近大夫将監治時」は、阿曾治時(時治とも)をさす。

[3]大仏陸奥守《おさらぎむつのかみ》、[4]金沢右馬助《かなざわうまのすけ》、[5]遠江左近大夫《とおとうみさこんのたいふ》、[6]足利治部大輔《あしかがじぶのたいふ》、侍大将《さぶらいだいしょう》には、[7]長崎四郎左衛門《ながさきしろうざえもん》、相順《あいしたが》ふ侍《さぶらい》は、[8]三浦介《みうらのすけ》、武田《たけだ》甲斐次郎《かいのじろう》、椎名《しいな》孫八《まごはち》、[9]結城《ゆうき》上野入道《こうずけのにゅうどう》、[10]小山《おやま》出羽入道《でわのにゅうどう》、同じき美作守《みまさかのかみ》、佐竹《さたけ》上総入道《かずさのにゅうどう》、長沼《ながぬま》四郎左衛門《しろうざえもん》、土屋《つちや》安芸守《あきのかみ》、[11]梶原《かじわら》上野太郎左衛門《こうずけのたろうざえもん》、那須《なす》加賀守《かがのかみ》、岩城《いわき》次郎入道《じろうにゅうどう》、佐野《さの》孫太郎《まごたろう》、木村次郎《きむらのじろう》、相馬《そうま》左衛門《さえもん》、南部三郎《なんぶのさぶろう》、毛利《もうり》丹後前司《たんごのぜんじ》、那波《なわ》左近大夫《さこんのたいふ》、一宮《いぐ》(善《せ》)民部大輔《みんぶのたいふ》、[12]土肥《とひ》佐渡前司《さどのぜんじ》、宇都宮《うつのみや》安芸前司《あきのぜんじ》、同じき肥後守《ひごのかみ》、葛西《かさい》三郎兵衛《さぶろうびょうえ》、寒河《さむがわ》弥四郎《やしろう》、上野《こうずけの》七郎三郎《しちろうさぶろう》、大内《おおうち》山城前司《やましろのぜんじ》、長井《ながい》治部大輔《じぶのたいふ》、同じき備前太郎《びぜんのたろう》、因幡《いなば》民部大輔《みんぶのたいふ》、筑後前司《ちくごのぜんじ》、下総入道《しもうさのにゅうどう》、[13]山城《やましろ》左衛門大夫《さえもんのたいふ》、宇都宮《うつのみや》美濃入道《みののにゅうどう》、岩崎《いわさき》弾正左衛門《だんじょうざえもん》、高久《たかく》孫三郎《まごさぶろう》、同じき彦三郎《ひこさぶろう》、伊達入道《だてのにゅうどう》、田村《たむら》刑部大輔《ぎょうぶのたいふ》、入江《いりえ》、蒲原《かんばら》の一族、[14]村山《むらやま》、猪俣《いのまた》の党類、この外《ほか》、武蔵《むさし》、相模《さがみ》、伊豆《いず》、駿河《するが》、上野《こうずけ》五ヶ国の軍勢、都合二十万七千六百余騎、九月二十日、鎌倉を立つて、同じき晦日《つごもり》、前陣《せんじん》はす

6 高氏(後に尊氏)。貞氏の子。清和源氏。

7 高貞。長崎入道円喜の子。内管領高資の弟。

8 三浦は、桓武平氏。武田は、清和源氏。

9 宗広。のちに宮方として活躍。

10 小山は、秀郷流藤原氏。佐竹は、清和源氏。長沼・土屋は、小山一族。

11 梶原・岩城は、桓武平氏。那須は、那須与一の子孫。佐野は、秀郷流藤原氏。木村・相馬は、桓武平氏千葉一族。南部は、甲斐源氏。毛利・那波は、大江氏。

12 土肥・葛西は、桓武平氏。宇都宮は、下野の豪族(藤原北家)。寒河・大内は、秀郷流藤原氏。長井は、大江氏。筑後前司は、小田貞知。

13 山城・蒲原は、藤原南

でに美濃《みの》、尾張《おわり》に着けば、後陣《ごじん》は未だ[15]高志《たかし》、[16]二村《ふたむら》の峠にぞ支へ[17]たる。

陶《す》山《やま》小《こ》見《み》山《やま》夜《よ》討《うち》の事　5

ここに、備中国《びっちゅうのくに》の住人[1]陶山藤三義高《すやまとうぞうよしたか》、[2]小見山次郎《こみやまのじろう》、六波羅《ろくはら》の催促《さいそく》に随つて、笠置《かさぎ》の城の[3]寄手《よせて》にて、川向かひに陣を取つて居たりけるが、東国《とうごく》の大勢《おおぜい》すでに近江国《おうみのくに》に着きぬと聞こえければ、一族若党《わかとう》どもを呼び集めて、「[4]御辺達《ごへんたち》は、いかが思ひ給ふ。この間《あいだ》、数日《すじつ》の合戦に、石に打たれ、遠矢《とおや》に当たつて死する者、幾千万と云ふ数を知らず。これ皆、[5]さしてし出《い》だしたる事もなく死ぬれば、[6]骸骨《がいこつ》未だ乾《かわ》かざるに、名は先立つて消え去りぬ。同じく死ぬる命を、[7]人目《ひとめ》に余る程に軍《いくさ》を一度《いちど》して死にたらんは、名は[8]千載《せんざい》に留《とど》まつて、恩賞《おんしょう》は子孫の家に栄えん。[9]つらつら平家

家。岩崎は、桓武平氏。高久は、佐竹一族。伊達・入江は、藤原北家。田村は、秀郷流藤原氏。
14 村山・猪俣は、武蔵七党の武士。
15 愛知県豊橋市高師町。
16 愛知県豊明市二村台。
17 滞っている。

5
1 備中国小田郡陶山(岡山県笠岡市)の武士。大江氏。
2 備中国後月郡(岡山県井原市)の武士。
3 攻略軍。
4 そなたたち。
5 たいして手柄を立てることもなく。
6 死骸が朽ち果てる前に。
7 めざましく一戦して死んだなら。
8 千歳。長い年月。

の乱より以来《このかた》、[10]大剛《だいこう》の者とて、名を古今《ここん》に揚げたる者どもを案ずるに、いづれもそれ程の[11]高名《こうみょう》とは覚えず。先《ま》づ[12]佐々木《ささき》が藤戸《ふじと》を渡したりしは、[13]案内者《あんないしゃ》の業《わざ》なり。[14](同じく四郎《しろう》が)[15]宇治川《うじがわ》を渡したりしは、生哺《いけずき》がする所なり。[16]熊谷《くまがい》、平山《ひらやま》が一谷《いちのたに》の先懸《さきが》けは、後陣の大勢を憑《たの》むゆゑなり。[17]梶原平三《かじわらへいぞう》が二度の懸けは、源太《げんた》を助けんためなり。これらをだに、今の世まで語り伝へて、名は天下の[18]人口《じんこう》にあるぞかし。いかに況《いわ》んや、日本国の武士ども集まつて、数日攻むれども(落とし)得ぬこの城を、われらが勢《せい》ばかりにて攻め落としたらんは、名は古今の間に双《なら》びなく、忠は万人《ばんにん》の上に立つべし。いざ[19]殿原《とのばら》、今夜《こよい》の雨風の紛《まぎ》れに、城中《じょうちゅう》へ忍び入つて、夜討《ようち》して天下の人に目を醒《さ》まさせん」と申しければ、五十余人の一族若党等《ら》、「尤《もっと》もしかるべし」とぞ同《どう》じける。これ皆、千に一つも生きて帰る者あらじと思ひ切つたる事なれば、軍の[20]死《し》に出立《でた》ちに、皆[21]曼陀羅《まんだら》を書いてぞ着たりける。[22]差《さし》

9 つくづく。
10 ずばぬけた武勇の士。
11 いくさの手柄。
12 佐々木盛綱が浦人の教えで藤戸(岡山県倉敷市藤戸町)の浅瀬を渡り、合戦の先陣を果たした故事(平家物語巻十・藤戸)。
13 その土地に詳しい人。
14 他本により補う。
15 佐々木高綱が頼朝から拝領した名馬生食(いけずき)に乗り、宇治川合戦の先陣争いに勝利した故事(平家物語巻九・宇治川先陣)。
16 熊谷直実と平山季重が一ノ谷合戦で先陣をはたした故事(平家物語巻九・一二の懸け)。
17 一ノ谷合戦で梶原景時が、子息の源太景季を助けるために敵城に二度懸け入った故事(平家物語巻九・二度の懸け)。

縄《なわ》の十丈[23]ばかり長きを二筋《ふたすじ》、一尺ばかり置きては結び合はせ結び合はせして、その端《はし》に熊手《くまで》を結ひ付けて持たせたり。これは岩石《がんせき》なんどの上へ登られざらん所をば、木の枝、岩の角《かど》に打ち懸けて登らんための支度《したく》なり。

その夜は、九月晦日《つごもり》の事なれば、[24]目差《めざ》すとも知らぬ暗きに、雨風烈《はげ》しく吹いて、面《おもて》を向くべき様《よう》もなかりけるに、五十余人の者ども、太刀を背《せなか》に負ひ、刀を後ろに差して、城の北に当たる石壁《いしかべ》の数百丈聳《そび》えて、鳥も翔《かけ》り難《がた》き所よりぞ上《あ》がりける。[25]二町ばかりは、とかくして登りつ。今一段高き所に、屛風《びょうぶ》を立てたるが如くなる岩重なりて、松柏《しょうはく》枝を垂《た》れ、[26]蒼苔《そうたい》露滑《なめ》らかなり。ここに至つて、人皆いかんともすべき様なくして、遥《はる》かに向上《みあげ》て立つたりける処《ところ》に、陶山《すやま》が[27]中間《ちゅうげん》に、平五郎《へいごろう》と云ふ者ありけるが、岩の上をさらさらと走り上がつて、件《くだん》の差縄《さしなわ》を上なる木の枝に打ち懸けて、岩の上にぞ下ろしたりける。跡なる兵ども、

18 語りぐさ。
19 おのおのがた。
20 死に装束。
21 仏の悟りの境地をあらわした絵図。
22 馬の口につけて引く縄。
23 一丈は、十尺(約三メートル)。
24 目を凝らしても見えない。
25 一町は、約一〇九メートル。
26 青い苔。「蒼苔路(ちみ)滑らかにして僧寺に帰る」(和漢朗詠集・鹿)。
27 侍と下男の中間に位置する家来。

おのおのこれに取り付いて、第一の難所《なんしょ》をばやすやすと皆上《のぼ》りけり。これより上には、さしての[28]嶮岨《けんそ》なかりければ、或いは葛《くず》の根に取り付き、或いは苔《こけ》の上を爪立《つまだ》てて、[29]二時《ふたとき》ばかりに、ややうやうして塀の際《きわ》まで付いて、[30]夜廻《よまわ》りの通りけるを過ごして、塀を登り越え、夜廻りの跡に付いて、先《ま》づ城中《じょうちゅう》の案内をぞ見たりける。

大手《おおて》の木戸《きど》、西の坂口《さかぐち》をば、伊賀《いが》、伊勢《いせ》の兵、千余騎にて堅めたり。搦手《からめて》に対《たい》せる東の[31]出塀《だしべい》の口をば、大和《やまと》、河内《かわち》の勢《せい》、五百余騎にて堅めたり。南の坂、二王堂《におうどう》の前をば、和泉《いずみ》、紀伊国《きのくに》の勢、七百余騎にて堅めたり。北の口一方《いっぽう》をば、険岨を憑《たの》みけるにや、警固《けいご》の兵をば一人《いちにん》も置かれず、ただ[32]云《い》ひ甲斐《がい》なげなる下部《しもべ》二、三人、櫓《やぐら》の下に蓆《むしろ》を張り、篝火《かがりび》を焼《た》いて眠《ねぶ》り居《い》たり。陶山、小見山《こみやま》、城を廻つて、四方の陣々は早や[33]見すましつ、皇居はいづくやらんと伺《うかが》ひて、本堂の方《かた》へ行く処に、或る[34]役所の

28　けわしい所。
29　約四時間ほどで、なんとかして。
30　夜の見回り役が通り過ぎるのを待って。
31　射撃や物見のために、城の塀の一部を外へ突きだしたもの。
32　役に立ちそうにない雑兵。
33　すっかり見届けた。
34　詰め所の武士。

者、これを聞き付けて、「夜中《やちゅう》に大勢《おおぜい》の足音してひそかに通るは、怪《あや》しき者かな。誰人《たれひと》ぞ」と問ひけるに、陶山吉次《すやまよしつぐ》、取りもあへず、「これは大和勢《やまとぜい》にて候ふが、今夜《こよい》は雨風烈しくして、物騒がしく候ふ間、夜討《ようち》や忍び入り候はんずらんと存じて、夜《よ》廻《まわ》り仕《つかまつ》り候ふなり」と答へければ、「げにも」と云ふ音《こえ》して、また問ふ事もなかりけり。

　これより後《のち》は、[35]なかなか忍びたる体《てい》もなく、「面々《めんめん》の御陣御《ごじんご》陣《じん》に御用心候へ」と高らかに呼ばはり、閑《しず》かに本堂に上がつて見れば、これぞ皇居と覚えて、蠟燭《ろうそく》あまた所にともされて、[36]振《しん》鈴《れい》の声幽《かす》かなり。衣冠正しくしたる人三、四人、[37]大床《おおゆか》に伺候《しこう》して、警固《けいご》の武士に、「誰《たれ》か候ふ」と尋ねらるれば、その国の誰がし誰がしと名字《みょうじ》を委《くわ》しく名乗つて、廻廊《かいろう》にしかと並《な》み居《い》たり。陶山《すやま》、皇居の様《よう》を見すまして、[38]今はかうと思ひければ、[39]鎮守《ちんじゅ》の前にて一礼を致し、本堂の上なる峰へ上がつて、人のなき[40]房《ぼう》の

35　かえって人目を避ける様子も見せずに。
36　帝のおでましのさきばらいに振る鈴の音。
37　建物を囲む縁にある細長い部屋。広縁。
38　今はもう大丈夫と思ったので。
39　笠置寺を守護する神社、椿本（つばきもと）明神。
40　僧侶の宿坊。

ありけるに火を懸けて、同音《どうおん》に時《とき》をどつと作る。四方の寄手《よせて》もこれを聞いて、「すはや、城中に[41]返《かえ》り忠《ちゅう》の者出で来て火を懸けたるは。時の声を合はせよ」とて、大手《おおて》、搦手《からめて》二十万騎、声々に時を合はせて喚《おめ》き呼《さけ》ぶ。その声天地を響《ひび》かして、いかなる[42]須《しゅ》弥《み》の八万由旬《はちまんゆじゅん》なりとも、[43]崩れぬべうぞ聞こえける。

陶山五十余人の兵、[44]城の案内はただ今よく見置きたり、ここの役所に火を懸けては、かしこに時の声を揚げ、かしこに時を作つては、ここの櫓《やぐら》に火を懸くる。四方八方走《はし》り廻《まわ》つて、その勢山中《せいさんちゅう》に充満したるやうに聞こえければ、陣々を堅めたる官軍ども、城中に敵大勢《おおぜい》攻め入つたりと心得て、[45]物具《もののぐ》を脱《ぬ》ぎ捨《す》て、弓矢をかなぐり捨て、崖《がけ》、堀とも云はず、倒れふためいてぞ落ち行きける。

[46]錦織判官代《にしごりほうがんだい》、これを見て、「[47]きたなき者どもの振る舞ひかな。[48]十善《じゅうぜん》の君《きみ》に憑《たの》まれまゐらせて、武家を敵に受くる程の者が、

41　裏切り者。
42　仏教の宇宙観で世界の中心にそびえる須弥山（しゅみせん）。高さは八万由旬（一由旬は牛車一日の行程）で、頂上には帝釈天の宮殿（忉利天）がある。
43　崩れてしまいそうに。「べう」は、「べく」の音便。
44　城内の様子。
45　鎧・兜などの武具。
46　第一巻・5に、討幕計画に参加した武士として名がみえる。
47　卑劣なふるまいをする者たちだ。
48　前世で十善戒を守った果報として天子の位を受けた君。後醍醐帝をさす。

敵大勢《おおぜい》なればとて、戦はで逃ぐる様《よう》やある。いつのために惜しむべき命ぞ」とて、向かふ敵に走り懸かり走り懸かり、49大膚脱《おおはだぬ》ぎになりて戦ひけるが、矢種《やだね》を射尽《いつ》くして、太刀を打ち折りければ、父子二人《ににん》、郎従《ろうじゅう》十三人、腹掻《か》き破《わ》つて死ににけり。

笠置没落《かさぎぼつらく》の事　6

さる程に、1類火《るいか》東西より吹いて、余煙《よえん》皇居に懸かりければ、主上《しゅしょう》を始めまゐらせて、宮々《みやみや》、2卿相《けいしょう》、皆歩跣《かちはだし》なる体《てい》にて、いづくを指すともなく、足に任《まか》せて落ち給ふ。この人々も、一、二町こそ主上を扶《たす》けまゐらせ、前後に3御供をも申されたりけれ、雨烈《はげ》しく道暗《くら》くして、敵の時の声、ここかしこに聞こえければ、次第に別々《べちべち》になり、藤房《ふじふさ》、4季房《すえふさ》二人より外《ほか》は、主上の御手《おんて》を引きまゐらする人もなし。忝《かたじけな》くも十善《じゅうぜん》の天子《てんし》の、玉体《ぎょくたい》を5田夫野《でんぶや》

49　上半身裸になって。

6

1　類焼する火。
2　公卿。
3　お供をもしたが。
4　藤房の弟。
5　農夫や粗野な田舎者。
6　行先も知らず。
7　楠正成の籠もる下赤坂城。前出、本巻・3。
8　青い草の繁った墓。匈奴に嫁してその地で死んだ漢の官女王昭君の墓には、常に草が青々と繁っていたことから（白居易・青冢《せいちょう》）。
9　冬枯れした草。
10　薄い絹布。
11　山城国の誤り。多加は、京都府綴喜郡井手町の地名。有王山は、井手町の東にあ

人《じん》の形に替へさせ給ひて、[6]そことも知らず、迷ひ出でさせ給ひける御有様こそあさましけれ。

何ともして夜の中《うち》に[7]金剛山《こんごうせん》の方《かた》へと、御心ばかりを尽《つ》くされけれども、仮にも未だ習はせ給はぬ御歩行《ごほこう》なれば、夢路《ゆめじ》をたどる御心地して、一足《ひとあし》には休み、二足《ふたあし》には立《た》ち止《ど》まり、昼は、道の傍《そば》なる[8]青塚《せいちょう》に陰《かく》れさせ給ひて、[9]寒草《かんそう》の疎《おろそ》かなるを御座《ぎょざ》の茵《しとね》となし、夜は、人も通はぬ野原の露に分け迷はせ給ひて、[10]羅縠《らこく》の御袖を干《ほ》しあへず。とかくして、夜昼《よるひる》三日に、[11]大和国多《やまとのくにた》加郡《かのこおり》なる有王山《ありおうやま》の麓《ふもと》まで落ちさせ給ひけり。

藤房も季房も、三日まで口中《こうちゅう》の食《じき》を絶《ぜっ》しければ、[12]足たゆみ、身疲れて、今はいかなる目に逢ふとも、一足も行きぬべき心地もせざりければ、力なく[13]幽谷《ゆうこく》の岩を枕にて、君臣兄弟《くんしんきょうだい》もろともに、[14]幻《うつつ》の夢に臥《ふ》し給ふ。梢《こずえ》を払ふ松の嵐を、雨の降るかと聞こし召して、木陰《こかげ》に立ち寄らせ給ひたれば、下露《したつゆ》のはらはらと御《おん》

る山。
12 脚の力が抜け。
13 深い谷。
14 夢うつつの状態で。
15 笠をさすという名の笠置山を出てからは、天下に身を隠すところもない。笠をさすと目指す、笠と笠置、雨と天(あめ)を掛ける。さす、笠、雨は縁語。
16 頼りになる木陰と思って立ち寄ると、涙に濡れた袖を一層松の下露が濡らす、どうしたらよいだろう。
17 三栖は、京都市伏見区、松井は、京田辺市に住んだ武士。ともに六波羅方。
18 帝のご恩を戴き、自らの栄花を考えよ。
19 「事の洩れ易きは禍(わざわい)を召(まね)く媒(なかだち)也」(臣軌・慎密)。
20 薄い板や竹で編んだ網代を張った輿。

袂《たもと》に懸かりけるを、主上《しゅしょう》、御覧ぜられて、

[15]さして行く笠置《かさぎ》の山を出でしより雨が下には陰《かく》れ家《が》もなし

藤房卿《ふじふさきょう》、涙を押さへて、

[16]いかにせん憑《たの》む影《かげ》とて立ち寄ればなほ袖ぬらす松の下露《したつゆ》

山城国《やましろのくに》の住人[17]三栖入道《みすのにゅうどう》、松井蔵人《まついのくろうど》二人《にん》、この辺の案内者《あんないしゃ》なれば、山々峰々《やまやまみねみね》残る所なくさがしける間、皇居隠れなく尋ね出だされさせ給ふ。主上、誠《まこと》に懼《おそ》ろしげなる御気色《みけしき》にて、「汝等《なんじら》心ある者ならば、[18]天恩《てんおん》を戴いて、私《わたくし》の栄花《えいが》を期《ご》せよ」と仰せられければ、さしもの三栖入道、心変はりして、あはれ、この君を隠し奉つて義兵《ぎへい》を揚《あ》げばやと思ひけれども、跡《あと》に続ける松井蔵人が所存知《しょぞんし》り難《がた》し。さる間、[19]事の漏れやすくして道の成りがたからん事を憚《はばか》りて、黙《もだ》しけるこそうたてけれ。

俄《にわ》かの事にて、[20]網代《あじろ》の輿《こし》だにもなければ、[21]張輿《はりごし》の怪しげなるに、扶《たす》け乗せまゐらせて、先《ま》づ南都《なんと》の[22]内山《うちやま》へ入れまゐらせけり。

21 周囲を畳表で張り囲った粗末な輿。

22 奈良県天理市内にあった内山永久寺。

23 殷の湯王は、夏の桀王により夏台(獄の名)に囚われ、後に桀王を討って夏を滅ぼした(史記・夏本紀)。

24 越王勾践(こうせん)は、会稽山の戦いで呉王夫差(ふさ)に敗れて囚われ、二十余年後に呉を滅ぼした(史記・越王勾践世家、第四巻・5)。

25 底本「至シ」を改める。

26 尊良親王。

27 還俗して宗良親王。底本「尊隆」を改める。

28 峯は、京都衣笠山(右京区)にあった法華山寺。春雅は、娘が後醍醐帝生母(談天門院)となった五辻忠継の一門。

29 東南院は、東大寺境内の門跡寺。聖尋は、鷹司基

ただ[23]殷湯夏台《いんとうかだい》に囚《とら》はれ、[24]越王会稽《えつおうかいけい》に[25]降《くだ》りし昔の夢に異ならず。これを聞き見る人ごとに、袖をしぼらぬはなかりけり。

この時、ここにて虜《いけど》られ給ひける人々には、先づ[26]一宮中務《いちのみやなかつかさ》卿親王《きょうのしんのう》、[27]第二宮妙法院尊澄法親王《だいにのみやみょうほういんそんちょうほっしんのう》、[28]峯僧正春雅《みねのそうじょうしゅんが》、[29]東南《とうなん》院(僧正)聖尋《いんのそうじょうしょうじん》、[30]万里小路大納言宣房《までのこうじだいなごんのぶふさ》、花山院大納言師賢《かさんのいんだいなごんもろかた》、[31]葉室《はむろ》大納言公政《だいなごんきんまさ》、源中納言具行《げんちゅうなごんともゆき》、[32]侍従中納言公明《じじゅうちゅうなごんきんあきら》、[33]別当左衛門実世《べっとうさえもんさねよ》、中納言藤房《ちゅうなごんふじふさ》、宰相季房《さいしょうすえふさ》、[34]北面《ほくめん》、諸家《しょけ》の侍《さぶらい》どもは、[35]右衛門大夫氏《うえもんのたいふうじ》信《のぶ》、右兵衛大夫有清《うひょうえのたいふありきよ》、[36]おもとの人々十三人、[37]奈良法師《ならほうし》には、俊《しゅん》増《ぞう》、教密《きょうみつ》、行海《ぎょうかい》、信楽治部房円実《しがらきのじぶぼうえんじつ》、已上《いじょう》六十一人、その[38]所従《しょじゅう》眷属《けんぞく》ども、数ふるに遑《いとま》あらず。或いは[39]籠輿《ろうよ》に召され、或いは[40]伝《てん》馬《ま》に乗せられて、白昼に京へ入り給へば、[41]その方様《かたざま》かと覚えたる男女、衢《ちまた》に立ち並んで、人目も知らず泣き悲しむ。

忠の子。底本「聖主」を改める。

30 宣房は、笠置に同行していない。元弘元年(一三三一)八月二十五日、公明・実世らとともに都で捕らえられた。

31 不詳。他本「按察大納言公敏」。第二巻・9に、按察大納言公敏の名が見える。

32 三条実仲の子。

33 洞院公賢の子。別当は検非違使庁の長官。

34 院の御所を守護する武士の詰め所。

35 武田信武の子。

36 貴人の側仕えの者。

37 興福寺・東大寺の僧。

38 ともに従者の意。

39 かごや輿。

40 宿駅に常備する馬。

41 その人々の縁者。

先皇《せんこう》六波羅《ろくはら》還幸《かんこう》の事　7

十月一日、六波羅の北方《きたのかた》[1]常盤駿河守範貞《ときわするがのかみのりさだ》、三千余騎にて路次《ろし》を警固《けいご》仕《つかまつ》つて、主上《しゅしょう》を宇治《うじ》の[2]平等院《びょうどういん》へなし奉る。その日、関東の[3]両大将、京へは入らで直《じき》に宇治へ参向《さんこう》して、龍顔《りょうがん》に謁《えっ》し奉り、先《ま》づ[4]三種《さんじゅ》の神器《じんぎ》を賜《たま》わつて、持明院《じみょういん》の[5]新帝《しんてい》へ渡しまゐらすべき由《よし》を奏聞《そうもん》す。主上、藤房《ふじふさ》を以て仰せ出だされけるは、「三種の神器、昔より[6]継体《けいたい》の君、位《くらい》を天に受けさせ給ふ時、[7]自らこれを授《さず》け奉るものなり。四海《しかい》に威《い》振るふ逆臣あつて、暫《しばら》く天下を掌《たなごころ》に拳《にぎ》る者ありと云へども、未だこの三種の[8]重器《ちょうき》を、自ら専《ほしいまま》にして新帝に渡し奉る例を聞かず。その上、[9]内侍所《ないしどころ》は、笠置《かさぎ》の本堂に捨て置き奉りしかば、定めて戦場の灰燼《かいじん》にぞ落ちさせ給ひぬらん。神璽《しんじ》は、山中に迷ひし時、木の枝に懸け置き

7
1　北条(常盤)範貞。この時点での北探題は、北条仲時。前出、本巻・3。
2　京都府宇治市。藤原頼通の創建。
3　大仏貞直と金沢貞冬。
4　皇位継承のしるしである鏡・剣・玉の三種の宝器。
5　光厳帝。前出、第二巻・11。
6　位を継ぐ帝。
7　前帝が自ら。
8　神器に同じ。
9　神鏡。宮中の賢所(かしこどころ)に置かれ、女官の内侍が奉仕したので内侍所という。
10　底本「給ィヌラン」。流布本により改める。
11　流布本により補う。
12　帝の乗り物。
13　帰還の行幸。
14　先例に則った帝のおで

しかば、つひにはよもわが国の守りとならせ給はぬ事あらじ。宝剣《ほうけん》は、武家の輩《ともがら》もし天の罰を顧みずして、玉体《ぎょくたい》[10]に近づき奉る事あらば、自らその刃《やいば》の上に臥《ふ》させ給はんずるために、暫《しばら》くも御身《おんみ》を放さるまじきなり」と仰せ出だされければ、東使《とうし》両人も（[11]六波羅も、言《ことば》なくして退出す。

翌日《つぎのひ》、[12]龍駕《りょうが》を廻《めぐ》らして、）六波羅へ[13]還幸なしまゐらせんとしけるを、[14]前々《さきざき》の臨幸《りんこう》の儀にてなくは還幸なるまじき由を、強ひて仰せ出だされける間、[15]力なく[16]鳳輦《ほうれん》を用意し、[17]袞衣《こんえ》を調進《ちょうしん》しける間、三日まで平等院《びょうどういん》に御逗留《ごとうりゅう》あつて、六波羅へは入《い》り給ひける。日来《ひごろ》の行幸に事替はつて、鳳輦は数万《すまん》の武士に打ち囲まれ、[18]月卿雲客《けいうんかく》は[19]怪しげなる籠輿《ろうよ》、伝馬《てんま》に乗せられて、七条を東へ、河原を上《のぼ》りに、[20]六波羅へと急がせ給へば、見る人涙を流し、聞く人心を傷《いた》ましむ。

悲しいかなや、昨日は、[21]紫宸北極《ししんほくきょく》の高きにましまして、[22]百司《はくし》

ましの儀式。
15　仕方なく。
16　帝の輿。屋根に鳳凰の飾りがある。
17　帝の礼服。
18　公卿と殿上人。
19　みすぼらしいかごや輿（こし）。
20　六波羅探題の庁舎は、鴨川の東、五条と七条の間にあった。
21　紫宸殿の玉座。北極星は帝位の象徴。
22　百官が礼装を整える。
23　粗末な白いかやぶきの、東えびすの住みか。
24　「時移り事去り、楽しみ尽きて哀しみ来たる」（長恨歌伝）。
25　天人が死に臨んで現わす五つの衰相。
26　栄枯盛衰のはかなさ。邯鄲の宿で若者が、出世して栄華をきわめる長い夢を

礼儀の粧《よそお》ひを刷《かいつくろ》ひしに、今日は、[23]白屋東夷《はくおくとうい》の卑しきに下され給ひて、万卒守禦《ばんそつしゅぎょ》のきびしきに御心を悩まさる。「[24]時移り事去つて、楽しみ尽《つ》きて悲しみ来たる」者《てへ》り。[25]天上《てんじょう》の五衰《ごすい》、[26]人間《じんかん》の一炊《いっすい》、ただ夢とのみぞ覚えたるに、[27]遠からぬ雲の上の御棲居《おんすまい》、いつしか思《おぼ》し召《め》し出《い》だす御事多き折節《おりふし》、時雨《しぐれ》の音の一通り、軒《のき》端《ば》の月に過ぎけるを聞こし召して、

[28]住みなれぬ板屋《いたや》の軒の村時雨《むらしぐれ》音を聞くにも袖は濡《ぬ》れけり

四、五日あつて、中宮《ちゅうぐう》の御方《おんかた》より、御琵琶《おんびわ》を進《まい》せられけるに、御文《おんふみ》あり。御覧ずれば、

[29]思ひやれ塵《ちり》のみつもる四《よつ》の絃《いと》に払ひもあへずかかる涙を

[30]引き返して、御返事、

[31]涙ゆゑ半ばの月は曇るともともに見し夜の影は忘れじ

同じき八日、両検断《りょうけんだん》[32]高橋刑部《たかはしぎょうぶ》、糟屋三郎《かすやのさぶろう》、六波羅《ろくはら》へ参つて、今度生《い》け取《ど》られ給ふ人々を、一人《いちにん》づつ大名に預《あず》け置《お》き奉る。一《いちの》

見るが、目が覚めると黄粱(粟の飯)も炊き上がらぬほど短い時間だった故事(第二十六巻・5)。

27 六波羅に程近い皇居を、早くも懐かしく思う折しも。

28 住みなれぬ板葺きの家の軒を降り過ぎてゆく時雨の音を聞くにつけても、涙で袖が濡れる。

29 弾く人がなく塵ばかり積もる琵琶にかかる私の涙を思いやってください。塵を払うに、弦を払う(鳴らす)、涙を払うを掛ける。

30 折り返してすぐに。

31 空にかかる半月が涙で曇って見えなくても、以前ともに見た月の光(月影)とあなたの面影は忘れない。半月に琵琶の半月(半月形の穴)を掛ける。

32 前出、本巻・2では、糟屋三郎宗秋と隅田次郎左

宮中務卿親王《みやなかつかさきょうのしんのう》をば、佐々木《ささき》判官《ほうがん》時信《ときのぶ》、妙法院二品親王《みょうほういんのにほんしんのう》は、[33]長井《ながい》左近大夫《さこんのたいふ》、源中納言《げんちゅうなごん》は、[34]筑後前司《ちくごのぜんじ》、東南院僧正《とうなんいんのそうじょう》は、[35]常陸《ひたちの》前司《ぜんじ》、万里小路中納言藤房《までのこうじちゅうなごんふじふさ》、[36]六条少将二《ろくじょうしょうしょうに》人《にん》は、主上《しゅしょう》に近侍《きんじ》し奉つて侍れとて、[37]放《はな》し召人《めしうど》の如くにて、六波羅《ろくはら》に留《とど》め置《お》かれける。

同じき九日、三種《さんじゅ》の神器《じんぎ》を持明院《じみょういん》の新帝の方へ渡さる。[38]堀河《ほりかわ》大納言《だいなごん》、[39]日野中納言《ひののちゅうなごん》、これを請《う》け取《と》つて、[40]長講堂《ちょうこうどう》へ送り奉る。その御警固には、長井弾正蔵人《ながいだんじょうのくろうど》、[41]水谷兵衛蔵人《みずたにひょうえのくろうど》、但馬民部《たじまみんぶの》大夫《たいふ》、[42]佐々木《ささき》(隠岐《おきの》)判官《ほうがん》をぞ置かれける。

同じき十三日、新帝[43]登極《とうきょく》の由《よし》にて、長講堂より、[44]内裏《だいり》へ入《い》らせまゐらせ給ふ。供奉《ぐぶ》の諸卿、[45]花を折つて行粧《ぎょうそう》を引《ひ》き刷《つくろ》ひ、随兵《ずいひょう》の武士、甲冑《かっちゅう》を帯《たい》して非常を戒しむ。

いつしか先帝奉公の方様《かたざま》は、咎《とが》あるも咎なきも、いかなる憂き目を見んずらんと、事に触れて身を危ぶみ、心を砕《くだ》けば、[46]当《とう》

衛門尉とあった。
33 高広。幕府評定衆。大江氏。
34 小田貞知。六波羅頭人。
35 小田時知。貞知の兄。
36 千種忠顕。村上源氏。
37 拘束せずに置く囚人。
38 源具親。具俊の子。
39 資名。俊光の子。
40 後白河院の御所六条殿(六条西洞院)にあった法華経長日講読の堂。六条殿の焼失にともない、土御門殿(土御門東洞院)に移され(新長講堂)、持明院統が相伝した。
41 幕府評定衆。大江氏。
42 清高。宗清の子。
43 即位。
44 二条富小路殿。二条富小路にあった里内裏。
45 花のように華麗に行列の装いをととのえ。
46 光厳帝に参仕する人。

今拝趨《ぎんはいすう》の人々は、忠あるも忠なきも、今に栄花を開きぬと、目[47]を悦《よろこ》ばしめ、耳を肥《こ》やす。[48]子《み》結んで陰《かげ》を成し、花落ちて枝を辞《じ》す。[49]窮達《きゅうたつ》時を替へ、栄辱《えいじょく》道を分かつ。[50]今に始めぬ浮世《うきよ》なれども、殊更《ことさら》夢と幻《うつつ》とを分かちかねたりしは、この時なり。

赤坂軍《あかさかいくさ》の事、同《おなじく》城落《しろお》つる事 8

遥々《はるばる》と東国《とうごく》より上《のぼ》りたる大勢《おおぜい》ども、近江国《おうみのくに》へも入《い》らざるに、笠置城《かさぎのじょう》すでに落ちにければ、無念の事に思ひて、一人《いちにん》も京都へは入らず、或いは伊賀《いが》、伊勢《いせ》の山を経《へ》、或いは[1]宇治《うじ》、[2]醍醐《だいご》の道を越えて、楠兵衛正成《くすのきひょうえまさしげ》が楯籠《たてご》もりたる[3]赤坂城《あかさかのじょう》へぞ向かひける。

[4]石川河原《いしかわがわら》を打ち過ぎて、城の有様を見やれば、俄《にわ》かに拵《こしら》へたりと覚えて、はかばかしく堀なんども掘らず、ただ[5]塀一重《ひとえ》塗り

47 見るもの、聞くものに心を楽しませる。
48 実がなるのにひきかえ、花が散ってしまう。「子結んで陰を成し、花自ら落つ」(詩人玉屑巻一)。
49 困窮と栄達は時とともに変わり、栄誉と恥辱は所を替える。
50 無常の世は今始まったことではないが。

8
1 京都府宇治市。
2 京都市伏見区醍醐。
3 大阪府南河内郡千早赤阪村水分(みくまり)にあった下赤坂城。
4 大阪府富田林市の東部を流れる石川の河原。
5 城柵一重を作って。
6 方は、四角形の一辺。一町は、約一〇九メートル。

て、[6]方《ほう》一、二町には過ぎじと覚えたるその中に、櫓《やぐら》二、三十掻《か》き並《なら》べたり。これを見る人ごとに、あなあはれの敵の有様や。この城、われらが手に乗せて抛《な》ぐるとも抛げつべし。あはれ、せめていかなる不思議にも、楠が一日怺《こら》へよかし。[7]分捕高名《ぶんどりこうみょう》して恩賞に預からんと、思はぬ者はなし。されば、寄手《よせて》三十万騎の勢《せい》ども、寄すると[8]均《ひと》しく、馬を踏み放ち踏み放ち、堀の中に飛び入り、櫓の下に立ち並んで、われ先に打つて入らんとぞ争ひける。

正成は、元来《もとより》[9]策《はかりごと》を帷幕《いばく》の内に運《めぐ》らして、勝つ事を千里の外に決せん事、恐らくは[10]陣平《ちんぺい》、張良《ちょうりょう》が肺肝《はいかん》の間より流出せる如きの者なりければ、[11]究竟《くっきょう》の射手《いて》を二百余人、城中に籠《こ》めて、舎弟の[12]七郎《しちろう》と[13]和田五郎《わだのごろう》とに三百余騎を差し添へて、外《よそ》の山にぞ置いたりける。寄手は、これをば思ひも寄らず、[14]心を一片《いっぺん》に取つて、[15]ただ揉《も》みに揉み落とさんと、同時に皆四方の[16]切岸《きりぎし》の下に付

7　敵の首をその甲冑・武具ごと取ってくること。
8　同時に。
9　策を陣幕の中でめぐらし、勝利を千里も離れた戦場で決すること。「籌策(ちゅうさく)を帷帳の中に運らし、勝ちを千里の外に決するは、吾子房に如かず」(史記・高祖本紀)。
10　陳平、張良の胸の奥(肺肝)から生まれ出たような武士。陳平、張良(字は子房)は、ともに漢の高祖の臣で軍略に秀でた。
11　この上なくすぐれた。
12　名は正氏。
13　楠の一族。名は、流布本に「正遠」。
14　心を一方にのみ向け。
15　ひたすら力攻めにして落城させる。
16　城壁のように切り立たせた崖。

いたりける所を、櫓《やぐら》の上、[17]土狭間《つちさま》の影より、[18]差《さ》し攻《つ》め引《ひ》き攻《つ》め鏃《やじり》を支《そろ》へて射ける間、[19]時の程に死人《しにん》、[20]手負《ておい》千余人に及べり。

　東国の勢《せい》ども、案に相違したる心地して、「いやいやこの城の[21]為体《ていたらく》、一日二日には落つまじかりけるぞ。[22]暫《しばら》く陣々を取つて[23]役所《やくしょ》を構へ、手分けをして合戦を致せ」とて、攻め口を少し引き退き、馬の鞍《くら》を下ろし、物具《もののぐ》を脱《ぬ》いで、皆帷幕《いばく》の内にぞ居たりける。楠 七郎《くすのきのしちろう》、和田五郎《わだのごろう》、遥《はる》かの山より直下《みおろ》し、時刻よしと思ひければ、三百余騎を二手《ふたて》に分け、東西の山の陰《かげ》より、[24]菊水《きくすい》の旗二《ふた》流れ、松の嵐に吹き流させ、閑《しず》かに馬をぞ歩ませける。[25]煙嵐《えんらん》を捲《ま》いて押し寄せたり。

　東国の勢、これを見て、敵か御方《みかた》かとためらひ怪しむ所に、三百余騎の勢ども、両方より[26]時《とき》をどつと作つて、雲霞《うんか》の如く䨘《むらが》りたる敵三十万騎が中へ、[27]魚鱗懸《ぎょりんが》かりに懸《か》け入《い》りたり。東西南北へ破《わ》つて通り、四方八面を斬つて廻るに、寄手《よせて》の大勢《おおぜい》、[28]あら

17　土塀に設けた矢を射るための窓。
18　多くの矢を次々につがえていっせいに射る動作。
19　わずかの間に。
20　負傷者。
21　ありさま。
22　それぞれ陣を作り。
23　兵の詰め所。
24　楠の紋。流れは旗の本数をいう語。

菊水

25　山にかかる靄(もや)。
26　鬨(とき)の声。
27　先頭を細くして敵陣を突破する鱗形の陣形(漢書・陳湯伝)。懸かりは攻めること。
28　散り散りになって。

けて陣をなしかねたり。城中より、三つの木戸を同時にさつと押し開いて、二百余人鋒《きつさき》を並べて打つて出で、[29]手先を廻《まわ》して散々《さんざん》に射る。寄手さしもの大勢、わづかの敵に驚き騒いで、或いは[30]繋《つな》ぎ馬《うま》に乗つて、あをれども進まず、或いは[31]はずせる弓に矢をはげて、射んとすれども射られず。物具一両に二、三人取り付いて、われよ人よと引き合ひけるその間に、主《しゅ》討たるれども従者は知らず、親討たるれども子も助けず、蜘蛛《くも》の子《こ》を散らすが如く、石川河原《いしかわがわら》へ引き退く。その道五十町が間に、馬、物具を捨てたる事、足の踏み所もなければ、[32]東条《とうじょう》一郡の者ども、俄《にわ》かに[33]徳《とく》付いてぞ見えたりける。

　さしもの東国の勢、思ひの外《ほか》に初度《しょど》の合戦に打ち負けて、正《まさ》成《しげ》が武略《ぶりゃく》[34]侮《あなず》りにくしとや思ひけん、[35]半田《はんだ》、[36]楢原《ならはら》辺に打ち寄せて、やがてまた押し寄せんとは議せず、「暫《しばら》く[37]畿内の者を先に立てて、後攻《ごづ》めのなきやうに山を駆《か》り、[38]在家《ざいけ》を焼き払つて、心

29　手先をすばやく動かして。
30　綱でつなぎとめた馬。
31　弦(つる)をはずした弓に矢をつがえて。
32　大阪府富田林市内の地。一郡はその一帯の意。
33　財産を得る。
34　あなどりがたい。
35　奈良県御所(ごせ)市吐田(はんだ)。千早赤阪村に隣接する。
36　奈良県御所市楢原。
37　地理に詳しい畿内の者を先導に立て、背後を襲われないように。
38　民家。

安く城を攻むべし」なんど評定《ひょうじょう》ありけるを、[39]本間《ほんま》、渋谷《しぶや》の者どもの中に、親討たれ、子討たれたる者多かりければ、「[40]命生きては何かせん。よしや、われらが勢《せい》ばかりなりとも、馳《は》せ向《む》かつて討死《うちじに》せん」と憤《いきどお》りける間、諸人皆これに励《はげ》まされて、われもわれもと馳せ向かふ。

かの赤坂《あかさか》の城と申すは、東一方こそ、[41]山田の畔《くろ》重々《じゅうじゅう》に高くして少し難所《なんしょ》なれ、[42]三方は、皆平地《ひらち》に続きたるに、堀一重《ひとえ》、塀一重塗つたれば、いかなる鬼神《きじん》が籠もりたりとも、何程の事かあるべきと、寄手《よせて》皆これを思ひ侮《あなず》りて、また寄すると均しく、堀の中、[43]岸の下まで攻め寄せて、[44]乱杭《らんぐい》を抜いて、[45]逆木《さかもぎ》を引きのけ、打つて入らんとしけれども、城中には音もせず。これはいかさま、昨日の如く、手負《ておい》を多く射出だして[46]漂はんずる所へ、後攻《ごづ》めの勢を出だして揉み合はせんずるよと心得て、寄手、十万余騎をば分けて、後ろの山へ差し向け、残り二十万余騎、[47]稲《とう》

39 本間は、現在の神奈川県厚木市内、渋谷は、藤沢市内を拠点とした武士。
40 (これ以上)生き長らえても何にもならない。えいままよ。
41 山中の田のあぜ道が幾重にも(階段状に)重なり高くて、少し難所であるが。
42 三方は平地に囲まれているのに、一重の堀と、その内側に一重の塀(城柵)を作っただけなので。
43 切岸。
44 杭を打って縄を張りめぐらした、騎馬に対する防備。
45 棘のある木の枝で作った防御の柵。
46 浮き足立った所を、背後から攻めて乱戦にもちこもうとするのだと考えて。
47 稲・麻・竹・葦が群生するように透き間もなく。

麻竹葦《まちくい》の如く、城を取り巻いてぞ攻めたりける。かかりけれども、城中よりは、矢の一筋《ひとすじ》をも射出ださず、人ありとも見えざりければ、寄手、いよいよ気に乗つて[48]、四方の塀に手を懸け、同時に上《のぼ》り越《こ》えんとしける所に、元来二重《もとよりふたえ》[49]に塗つて、外の塀をば切つて落とすやうに拵《こしら》へたりければ、城中より、四方の塀の釣り縄を一度に(切つて)、ばつと落としたりける間、塀に取り付いたる寄手千余人、圧《お》[50]しに打たれたるやうにて、目ばかりは[51]たらく所を、大木《たいぼく》、大石《たいせき》を抛《な》げ懸《か》け抛げ懸け打ちける間、寄手、また今日の軍《いくさ》にも七百余人は討たれにけり。

東国の勢ども、両度に手ごりを[52]して、今は城を攻めんとする者一人《いちにん》もなし。ただその近辺《きんぺん》に陣々を取つて、遠攻めにこそしたりけれ。四、五日が程は、かやうにてありけるが、「余りに安《あん》[53]然《ぜん》として守り居たるも、云《い》[54]ひ甲斐《がい》なし。方《ほう》[55]四町にたらぬ平城《ひらじょう》[56]に、敵四、五百人籠もりたるを、東《とう》[57]八ヶ国の勢ども攻めかねて、遠

48　調子づいて。
49　あらかじめ塀を二重に作り、外側の塀を、縄を切ると倒れるように仕組んでおいたので。
50　おもし。
51　身動きできずに目だけが動く所へ。
52　二度もひどい目にあわされこりること。
53　何もせず安穏として。
54　ふがいない。
55　四町四方。
56　平地に築いた城。
57　武蔵・相模・安房・上総・下総・常陸・上野・下野の坂東(関東)八か国。

攻めにしたりける事の云《い》ひ甲斐《がい》なさよなんど、後《のち》までも人々に笑はれん事こそ口惜《くちお》しけれ。前々《さきざき》は[58]早《はや》りのまま楯をも突かず、[59]攻《せ》め具足《ぐそく》をも支度《したく》せで攻めたればこそ、[60]そぞろに人をば討たせつらめ。この度《たび》は、手立てを替へて攻むべし」とて、面々に[61]持楯《もちだて》をはがせて、その面《おもて》に[62]いため皮を当て、たやすく打ち破られぬやうに拵《こしら》へて、[63]被《かず》き連《つ》れてぞ攻めたりける。

切岸《きりぎし》の高さ、堀の深さ、幾程もなければ、走り懸かつて塀に付かんずる事は、いと安く覚えけれども、これもまた釣り塀にやあらんずらんと危《あや》ぶみて、[64]左右《そう》なく塀には付かず、皆堀の中へ下《お》り浸《ひた》つて、熊手《くまで》を懸けて塀を引きける間、[65]すでに引き破られぬべう見えける所に、城の内より、柄《え》の[66]一、二丈長き大杓《おおひしゃく》に熱湯の煮え返りたるを酌《く》んで懸けたりける間、甲《かぶと》の[67]手辺《てへん》、[68]綿嚙《わたがみ》の端《はず》れより、熱湯身に通りて焼けただれければ、寄手《よせて》、怺《こら》へかねて、楯を捨て、熊手を捨ててさつと引く。[69]矢場《やにわ》に死するまで

58 血気にはやるまま。
59 攻め道具。
60 むやみに。
61 持ち運びのできる小型の楯を作らせて。
62 皮を膠(にかわ)を溶いた水に浸し、槌で打ち固めたもの。
63 (楯を)頭上にかざし並んで。
64 むやみに。
65 もう少しで引き破られそうに見えた所に。
66 一丈は、約三メートル。
67 天辺。兜の頂点の穴のあいた部分。
68 鎧の両肩の部分。
69 その場ですぐに。

こそなけれども、或いは手足を焼かれて立《た》ち揚《あ》がらず、或いは[70]五体を損じて病み臥す者、二、三百人に及べり。

寄手質《てだて》を替へて攻むれば、城の中巧《うちたく》みを替へて防きける間、今はとかくにもすべき様《よう》なくて、「ただ[71]食攻《じきぜ》めにすべし」とぞ議せられける。かかりし後《のち》、ひたすら軍《いくさ》を止《や》めて、己れが陣々に櫓《やぐら》を掻き、逆木《さかもぎ》を引いて、ただ遠攻めにこそしたりけれ。これにぞ、[72]なかなか城の内の兵、慰む方なく、[73]気も疲れたる心地しける。

楠《くすのき》がこの城を構へたる事、[74]暫時《ざんじ》の事なりければ、[75]はかばかしく兵粮《ひょうろう》なんどの用意もせず。されば、合戦始まつて、城を囲みたる事、すでに二十日余りになりければ、城中に兵粮尽《つ》きて、[76]今三、四日が食《じき》を余せり。かかりければ、正成《まさしげ》、諸卒《しょそつ》に向かつて申しけるは、「この間《あいだ》、数ヶ度《すかど》の合戦に打ち勝つて、敵を亡ぼす事数を知らずと雖《いえど》も、敵大勢《おおぜい》なれば、[77]あへて物の数ともせ

70　頭と両手・両足の全身。
71　兵糧攻め。
72　かえって。
73　気力も衰えるような心地だった。
74　短期間で急造したことであったので。
75　十分に、しっかりと。
76　あと三、四日分の食糧しかない。
77　一向に意にも介さない。

ず。すでに城中に食尽《じきつ》きて、助けの兵なし。元来《もとより》天下の士卒に(先)立つて、草創《そうそう》[78]の功を志《こころざ》す上は、節《せつ》[79]に当たり、義《ぎ》に臨《のぞ》んで、命を惜しむべきにあらず。しかりと雖《いえど》も、事に臨んで恐れ[80]、謀《はかりごと》を好んでなすは、勇士のする所なり。されば、暫《しばら》くこの城を落ちて、正成《まさしげ》自害したる体《てい》を敵に知らせんと思ふなり。その故《ゆえ》は、正成自害したりと見及ばば、東国の勢《せい》、定めて悦《よろこ》びをなして下向《げこう》[81]すべし。下《くだ》らば、正成打つて出でて、また上《のぼ》らば、深山《みやま》に引き入りて、四、五度が程は東国勢を悩ましたらんに、敵など[82]か退屈せざらん。これ身を全《まっと》うして、敵を亡ぼす計略なり。面々いかが計《はか》らひ給ふ」と申しければ、諸人皆、「しかるべし」とぞ同《どう》じける。「さらば」とて、城の中に大きなる穴を二丈ばかりに掘つて、この間《あいだ》[83]堀の中に多く討たれたる死人《しびと》を、二、三十人穴の中へ取り入れて、その上に炭《すみ》、薪《たきぎ》を積み置き、雨風の降り続く夜をぞ待ちたりける。

78　天下をあらため創る功績。
79　節義を守るべき時にあたって。
80　事態に慎重に対処し、策をめぐらすこと。「事に臨んで懼れ、謀を好んで成す者なり」(論語・述而)。
81　戦いをやめて引き下がるだろう。
82　きっとうんざりするだろう。
83　底本「城」。他本により改める。

正成が運や[84]天命《てんめい》に叶《かな》ひけん、吹く風俄《にわ》かに[85]沙《いさご》を上げて、降る雨[86]篠《しの》を突くが如し。夜色《やしょく》[87]窈冥《ようみょう》として、[88]氈城《せんぜい》皆帷幕《いばく》を低《た》れたり。これぞ待つ所の夜なりければ、城中に人を一人残《いちにんのこ》し留《とど》めて、「われら四[89]、五町も今は落ち延びぬらんと思はんずる時に、火を懸けよ」と云ひ置きて、皆物具《もののぐ》を脱《ぬ》ぎ、寄手《よせて》に紛《まぎ》れて、五人、三人、別々《べちべち》になり、敵の役所の前、軍勢の枕の上を越えて、しづしづとこそ落ち行きけれ。

正成、[90]長崎《ながさき》が厩《うまや》の前を通りける時、敵これを見つけて、「何者なれば、御役所の前をば案内[91]も申さで、忍びやかに通るぞ」と問ひければ、正成、「これは大将の御内《みうち》の者にて候ふが、道に踏《ふ》み違《たが》へて候ふ」と云ひ捨てて、足早《あしばや》にこそ[92]隔《へだ》てけれ。問ふ者、「さればこそ、怪しき者なれ。[93]いかさま馬盗人《うまぬすびと》かと覚ゆるぞ。ただ射殺せ」とて、近々と走り寄つて、真中《まんなか》をぞ射たりける。その矢、正成が[94]臂《ひじ》の懸《か》かりに答《こた》へて、[95]したたかに立ちぬと

84　天のおぼしめし。
85　砂ぼこりを巻き上げ。
86　篠竹を突き立てたように。大粒の雨が烈しく降るさま。
87　暗いこと。
88　陣営は、皆ひっそりと幕をたれている。
89　城を脱出して四、五町さきまで行ったと思う頃に。
90　長崎高貞。内管領高資の弟。
91　名乗りの挨拶。
92　遠ざかった。
93　きっと。
94　肘の関節に当たった感触があり。
95　しっかり。

覚えけるが、[96]す膚《はだ》なる身に少しも立たずして、[97]筈《はず》を返して飛び帰る。後《のち》に、その矢の跡を見れば、正成《まさしげ》が年来《としごろ》信じて読み奉る、[98]観音経《かんのんきょう》を入れたりける膚《はだ》の守《まも》りに、矢当たつて、「[99]一心三観《いっしんさんかん》」の二句の[100]偈《げ》に、矢先の止《とど》まりけるこそ不思議なれ。

正成、[101]必死の矢先に死を遁《のが》れ、二十余町落ち延びて、跡を返り見れば、約束に違《たが》はず、早や城の役所どもに火を懸けたり。寄手《よせて》、大きに驚いて、「[102]すはや、城は落ちけるは」とて、[103]勝時《かつどき》を作つて、「[104]余すな、漏らすな」と騒動す。焼け静まりて、かの城の内を見れば、大きなる穴の中に、焼け損じたる死骸多し。敵皆これを見て、「あなあはれや、正成早や自害をしけり。敵ながら、弓矢取つて[105]尋常《じんじょう》に死にたるものかな」と、誉《ほ》めぬ人こそなかりけれ。

96 体の鎧で覆っていない部分。
97 矢筈(矢の先端の弓の弦〈つる〉をかける所)を逆にして飛び返った。
98 「法華経」第八巻第二十五品の「観世音菩薩普門品」を独立させて、「観音経」という。
99 「観音経」に「一心三観」に該当する偈はない。流布本・神宮徴古館本等は、「一心称名」(一心称名観世音菩薩)とするが、この部分は偈ではない。
100 仏徳を称える経典中の韻文。頌とも。
101 死をもたらすはずの矢先から逃れて。
102 それ。
103 勝鬨(かちどき)。
104 一人残さず、討ち取れ。
105 立派に。

桜山討死《さくらやまうちじに》の事　9

さる程に、[1]桜山四郎入道《さくらやましろうにゅうどう》は、備後半国《びんごはんごく》ばかり打ち随へて、備中《びっちゅう》へや越ゆべき、安芸《あき》をや退治せましと案じける所に、笠置《かさぎ》の城も落とされぬ、楠《くすのき》も自害したりと聞こえければ、一旦付きける勢《せい》は、皆落《お》ち失《う》せて、今は身を離れぬ一族、[2]年来《としごろ》の若党《わかとう》二十余人ぞ残りける。[3]この比《ころ》こそあれ、その昔は、武家権《けん》を取つて、[4]四海九州《しかいきゅうしゅう》の中《うち》、[5]尺地《せきち》を残す所なかりければ、親しきにも疎《うと》まれ、他人はまして憑《たの》まれねば、人手《ひとで》にかかりて屍《かばね》を晒《さら》さんより(は)とて、[6]当国の一宮《いちのみや》に参り、八歳になる最愛の子と、二十七になりける年来の女房とを差し殺して、社壇《しゃだん》に火を懸け、己れが身も腹掻《か》き切《き》つて、一族若党二十三人、皆灰燼《かいじん》となつて失せにけり。

9
1　前出、本巻・3。
2　長年付きしたがう家来。
3　近頃はともかくとして。北条氏滅亡後の「現在」からする文章。
4　日本全土。
5　わずかな土地も残る所なく支配していたので。
6　備後国一宮の吉備津神社(広島県福山市新市町)。
7　深く帰依して。

そもそも所こそ多かるに、わざと社壇に火を懸けて、焼け死にける桜山《さくらやま》が所存を、いかがと尋ぬるに、この入道、当社に[7]頭《こうべ》を傾《かたぶ》けて年久しかりけるが、社頭《しゃとう》の余りに破損《はそん》したる事を歎《なげ》きて、造営《ぞうえい》し奉らんと云ふ大願《たいがん》を起こしたりけるが、事[8]大《たい》営《えい》なれば、志《こころざし》のみあつて力なし。今度謀叛《むほん》を起こしけるも、専《もっぱ》らこの大願を果たさんがためなり。されども、神[9]非礼《ひれい》を享《う》け給はざりけるにや、所願《しょがん》空しくして、討死《うちじに》せんとしけるが、われ今この社《やしろ》を焼き払ひたらば、公家、武家、止《や》む事《こと》を得ずして、いかさま造営の沙汰《さた》あるべし。身はたとひ[10]奈落《ならく》の底に堕在《だざい》すとも、この願《がん》をだに成就《じょうじゅ》しなば、悲しむべき所にあらずと、勇猛の心を起こして、社頭《しゃとう》にては焼け死にける。

[11]つらつら[12]垂跡《すいじゃく》和光《わこう》の悲願《ひがん》を思へば、[13]順逆《じゅんぎゃく》の二《に》縁《えん》、いづれも[14]済度《さいど》利生《りしょう》の方便《ほうべん》なれば、今生《こんじょう》の逆罪 飄《ひるがえ》りて、[15]当来《とうらい》の値遇《ちぐ》とやなるらんと、[16]これも憑《たの》みは浅からずぞ覚えける。

8 大事業。
9 「神は非礼を享け給はず」(平家物語巻一・鹿谷、同巻二・教訓状)。神は礼にもとる願いを受納しない。典拠は「論語集解」八佾の包咸の注。「世俗諺文」「管蠡抄」以下、多くの和製類書に引かれる諺。
10 地獄に落ちることになろうとも。
11 よくよく。
12 仏が仏徳を和らげて神と現れ、衆生を救おうという慈悲の誓願。
13 順縁(善行が仏縁となること)と逆縁(悪行がかえって仏縁となること)。
14 衆生を救い利益する手だてなので。
15 来世で仏縁に会うこと。
16 桜山入道の並々ならぬ信心の深さが思い知られるのであった。

太平記 第四巻

第四巻　梗概

万里小路宣房《までのこうじのぶふさ》は子息二人が笠置《かさぎ》の囚人となり、悲嘆が深かった。元弘《げんこう》二年(一三三二)正月十日、東使が上洛して、笠置の囚人たちの処罰が決まった。一宮尊良親王《たかよししんのう》は土佐へ、妙《みょう》法院宮《ほういんのみや》は讃岐へ、四宮静尊法親王《じょうそんほっしんのう》は但馬へ流された。九宮は幼いため中御門宣明《なかみかどのぶあきら》に預けられたが、宮が父帝(後醍醐帝《ごだいごてい》)を慕って詠んだ歌は、京中の口ずさみとなった。花山院師《かさんのいんもろ》賢《かた》は下総に流され、配所で病死した。万里小路藤房《ふじふさ》・季房《すえふさ》兄弟は常陸へ流され、藤房の思い人輔《すけ》の御局《みつぼね》は、別れを悲しんで大井川に身を投げた。源具行《みなもとのともゆき》は佐々木道誉《ささきどうよ》の警固で鎌倉へ送られる途中、近江国柏原《かしわばら》で斬られた。殿法印良忠《とののほういんりょうちゅう》は六波羅《ろくはら》で訊問を受け、平成輔《たいらのなりすけ》は相模国早川尻《はやかわじり》で斬られ、三条公明《さんじょうきんあきら》、洞院実世《とういんさねよ》は武士に預けられた。三月、新帝(光厳帝《こうごんてい》)が即位し、先帝後醍醐の隠岐《おき》流罪が決まった。中宮が六波羅に行啓して別れを惜しんだ翌日、三月八日、先帝は隠岐へ向けて発った。途中、備前の武士児島高徳《こじまたかのり》が先帝の奪還を企てたが、事成らず、院《いん》の庄《しょう》の宿所に微服潜行し、庭の桜の木に詩を題して去った。その詩は、越王勾践《こうせん》が会稽《かいけい》の恥をすすいだ故事をふまえたもので、先帝は詩の意味を悟って笑みをもらした。都をたって二十六日目に、一行は隠岐の配所に着き、先帝は佐々木隠岐前《ささきおきのぜん》司《じ》の厳重な監視下に置かれた。

万里小路《までのこうじ》大納言《だいなごん》宣房卿《のぶふさきょう》の歌《うた》の事　1

[1]元弘《げんこう》元年九月二十九日に、笠置《かさぎ》の城攻め落とされて、主上《しゅしょう》取られさせ給ひぬと聞こえしかば、いつしか人の心替はりて、こやかしこに御身《おんみ》を隠されける宮々《みやみや》、皆さがし出だされさせ給ひて、六波羅《ろくはら》へ御出《おんい》であり。

この外、藤房《ふじふさ》、季房《すえふさ》兄弟は笠置にて虜《いけど》られ給ひぬ。その父万里小路大納言宣房卿は、子息二人の罪科《ざいか》によつて、武家に召し出だされ、これも[2]召人《めしうど》の如くにてぞおはしける。齢《よわい》すでに[3]七《しち》旬《じゅん》に及んで、[4]万乗《ばんじょう》の聖主《せいしゅ》は[5]遠蛮《えんばん》の外に移されさせ給ふべしと聞こえ、二人の賢息《けんそく》は死罪にぞ行はれんずらんと覚えて、わが身さへまた[6]楚《そ》の囚《とら》はれとなり給へば、ただ今までも、生きて憂き事をのみ見聞く事こそ悲しけれと、[7]一方《ひとかた》ならぬ思ひに、一首の

1

1　一三三一年。
2　囚人。
3　七十歳。旬は十年。
4　周代の天子は一万台の兵車を有したことから、帝をいう。乗は車を数える語。
5　遠い野蛮の地。東国。
6　囚われて他郷にあること。晋に囚われた楚の鐘儀（しょうぎ）が、故国を偲び楚の冠をかぶり続けた故事（春秋左氏伝・成公九年）。
7　なみなみならぬ。
8　命長きことをなぜ祈ったのか。この世で憂き目をみるのは命長らえたからのことよ。
9　先帝（後醍醐）に参仕した公卿殿上人。
10　俗世を離れて隠棲すること。陶淵明の「桃花源記」により、仙境を桃源の

歌をぞ口づさまれける。
　[8]長かれと何思ひけん世の中の憂きを見するは命なりけり

罪科《ざいか》あるも罪科なきも、[9]先朝拝趨《せんちょうはいすう》の月卿雲客《げっけいうんかく》悉《ことごと》く、或いは出仕を留《とど》められて[10]桃源《とうげん》の跡を尋ね、或いは官職を解かれて[11]首陽《しゅよう》の憂《うれ》へを懐《いだ》けり。[12]運の通塞《つうそく》、時の否泰《ひたい》、夢とやせん幻《うつつ》とやせん。[13]時移り事去つて、哀楽《あいらく》互ひに相替はる。憂きを習ひの世の中に、楽しみても何かせん、歎《なげ》きてもまた由《よし》なかるべし。

宮々《みやみや》流《なが》し奉《たてまつ》る事　2

同じき二年正月十日、[1]東使《とうし》[2]問注所信濃入道道大《もんちゅうじょしなののにゅうどうどうだい》上洛《しょうらく》して、去年笠置《かさぎ》の城没落《ぼつらく》の[3]刻《きざみ》に召し取られ給ふ人々の、国々配所の事定めて、[4]一宮中務卿親王《いちのみやなかつかさきょうのしんのう》(を)ば、土佐《とさ》の[5]畑《はた》へ流し奉つて、[6]有井三郎左衛門尉《ありいさぶろうざえもんのじょう》が館《たち》の傍《かたわ》らに一室を構へて置き奉る。かの

跡といった。
11　周の武王が殷王を討ったとき、伯夷・叔斉兄弟が周に仕えるのを恥じ、首陽山に隠棲して餓死した故事(史記・伯夷列伝)。
12　運が開けることと塞がること。時を失うことと得ること。否・泰は易の卦の名。通塞も「易経」に基づく。
13　「時移り事去り、楽しみ尽きて哀しみ来たる」(長恨歌伝)。

2
1　鎌倉からの使者。
2　問注所(訴訟雑務を扱う幕府の役所)の執事、太田時連。法名は道大。三善康信の子孫。
3　時。
4　尊良(たかよし)親王。以下、後醍醐帝の皇子たちについ

畑と申すは、南は山の傍《そば》にて高く、北は海近く下がれり。松の下露《したつゆ》扉《とぼそ》に懸かりて、いとど御袖の涙を添へ、磯打つ波の音、御枕の下に聞こえて、[7]これのみ通ふ故郷《ふるさと》の、夢路《ゆめじ》も遠くなりにけり。

[8]第二宮《だいにのみや》妙法院《みょうほういん》をば、讃岐国《さぬきのくに》へ流し奉りて、[9]詫間三郎《たくまのさぶろう》に預《あず》けらる。これも海辺近き所なれば、毒霧《どくむ》御身《おんみ》を侵して、[10]瘴海《しょうかい》の気冷《すさま》じ。[11]漁歌牧笛《ぎょかぼくてき》の暮《くれ》の声、[12]嶺雲海月《れいうんかいげつ》の秋の色、すべて耳に触れ眼に遮《さえぎ》る事の、あはれを催し、御涙を添ふる媒《なかだち》とならぬと云ふ事なし。先朝帰洛の御祈りのためにやありけん、また[13]済度利生《さいどりしょう》の結縁《けちえん》とや思《おぼ》し召《め》しけん、御着岸《ごちゃくがん》のその日より、毎日三時[14]の護《ご》摩《ま》を、千日が間修されける。

[15]第四宮《だいしのみや》をば、[16]但馬国《たじまのくに》へ流しまゐらせて、当国の守護[17]太田判《おおたのほう》官《がん》に預けらる。

[18]第九宮《だいくのみや》をば、未だ幼稚におはしませばとて、[19]中御門中納言宣《なかみかどちゅうなごんのぶ》

ては、第一巻・3に前出。
5　高知県幡多郡。
6　高知県幡多郡黒潮町の有井川近くに住んだ武士。
7　夢の中でだけ通える故郷を、波音のせいで眠れず、夢にも見られない。
8　尊澄(そんちょう)法親王。還俗して宗良(むねよし)親王。
9　香川県三豊市詫間町に住んだ武士。
10　毒気の濃い海。
11　夕方に聞こえる漁師の歌声と牛飼の吹く笛の音。
12　峰にかかる雲や海面に映る月の秋の気配。
13　衆生の救済利益の機縁。
14　昼の三時(晨朝、日中、日没)と夜の三時(初夜、中夜、後夜)に護摩木を焚いて祈禱する密教の修法。
15　静尊(じょうそん)法親王。
16　兵庫県の北部。
17　但馬守護。第八巻・13

明卿《あきらきょう》に預けられて、未だ都の内にぞ御座《ぎょざ》ありける。この宮、今歳《ことし》八歳にならせ給ひけるが、常の人よりも[20]御心根《おんこころね》おとなしくおはしければ、「主上《しゅしょう》すでに人も通はぬ[21]隠岐国《おきのくに》とやらんへ流されさせ給ふなる上は、われ独《ひと》り都の中《うち》に留《とど》まりても何かせん。あはれ、われをも君の御座あらんずる国の辺《あた》りへ流し遣《つか》はせよかし。せめては余所《よそ》ながらも、君の御行末《おんゆくすえ》をも承《うけたまわ》らん。君の押し籠め(られ)て御座ある[22]白河《しらかわ》は、京近き所とこそ聞くに、宣《のぶ》明《あきら》はなどわれを[23]具足《ぐそく》して御所《ごしょ》へは参らぬぞ」と、[24]掻《か》き口説《くど》いて仰せありければ、宣明、涙を押さへて、「皇居近き程にてだに候はば、朝夕御供仕《つかまつ》って参仕《さんし》せん事、[25]子細《しさい》あるまじく候ふが、かの白河と申すは、数百里を経て下る道にて候ふ。されば、[26]能《のう》因法師《いんほうし》が歌に云ふ、

[27]都をば霞とともに立ちしかど秋風ぞ吹く白河の関

と詠みて候ふ歌にて、道の遠き程、人を通さぬ関ありと思《おぼ》し召《め》

に後出。
18 恒良(つねよし)親王。後に皇太子(第十七巻・14)。
19 経宣(つねのぶ)の子。
20 心ざまが大人びて。
21 島根県隠岐郡の隠岐ノ島。
22 京の鴨川以東、東山との間の地域。左京区岡崎辺。後醍醐帝は、六波羅(鴨川以東の五条と七条の間)に還幸。
23 伴って。
24 くりかえし言って。
25 大したことではありませんが。
26 平安中期の歌人。中古三十六歌仙の一人。旅を愛し、二度の奥州行脚をした。
27 春霞の立つ頃に都を出たが、白河の関に着けば秋風が吹いている。白河の関は、福島県白河市内にあった関所。古代の奥羽三関の

し候へ」と申しければ、宮、御涙を押《お》し拭《のご》はせ給ひて、「さては、宣明はわれを具足して参られじと思へるゆゑに、かやうに申すものなり。能因法師が白河の関と詠みたるは、28洛陽《らくよう》渭川《いせん》の白河にはあらず。これは29東関《とうかん》の奥《おく》の名所なり。近比《ちかごろ》、30津守国夏《つもりのくになつ》がこれを本歌《ほんか》にて詠みたりし歌に、

31白河の関まで行かぬ東路《あずまじ》も日《ひ》数《かず》を経れば秋風ぞ吹く

また、32最勝寺《さいしょうじ》の懸かりの桜枯れたりしを植ゑ替ふるとて、33藤《ふじ》原雅経朝臣《わらのまさつねあそん》云ふ、

34馴れ馴れて見しは名残りの春ぞともなど白河の花の下影《したかげ》

これ皆、名は同じくて所は替われる証歌《しょうか》なり。35地を縮《つづ》むる術《すべ》ありとは云へども、36詠題《えいだい》偽りあるとは聞かず」と、宣明を恨み仰せられて、御涙に咽《むせ》ばせ給ひける。それより後《のち》は、「参内《さんだい》せばや」と仰せ出ださるる事もなし。物悲しき御気色《みけしき》にて、37中門《ちゅうもん》に立ち給ひける折節《おりふし》、遠寺《えんじ》の晩鐘《ばんしょう》幽《かす》かに聞こえければ、

一。「後拾遺和歌集」羇旅。

28　洛陽を流れる渭水。京を洛陽に、白河を渭川にたとえた。

29　関東より更に奥。

30　住吉神社(大阪市)の神主。歌人。前出、第二巻・1。底本「摂津守」を改める。

31　かの能因法師は白河の関で秋風に吹かれたが、住吉から東路をたどる私は思わぬ日数を重ねて、都の白河で秋風に吹かれることだ。「続拾遺和歌集」羇旅に津守国助の作として所収。

32　京都市左京区岡崎にあった天台宗寺院(鳥羽上皇の勅願寺)。懸かりは、蹴鞠の場所。四隅に木を植え、東北隅に桜を植える。

33　飛鳥井雅経。鎌倉初期の歌人で蹴鞠の名手。「新古今和歌集」の撰者の一人。

[38]つくづくと思ひ暮らして入相《いりあい》の声を聞くにも君ぞ恋しき

[39]情中《こころうち》に動き、言物《ことば》の外に呈《あらわ》る。御歌の[40]をさをさしさ、なかなかあはれに聞こえしかば、その比《ころ》、京中の男女僧俗《なんにょそうぞく》、これを[41]畳紙《たとうがみ》の端《はし》、或いは扇の裏に書き付けて、これこそ八歳の宮の御歌よとて、翫《もてあそ》ばぬ人はなかりけり。

先帝の御《ご》外戚《がいせき》、峯僧正春雅《みねのそうじょうしゅんが》をば、長門国《ながとのくに》へ流し奉つて、[42]探《たん》題《だい》に預《あず》けらる。

尹大納言師賢《いんのだいなごんもろかた》をば、下総国《しもうさのくに》[43]千《ち》葉介《ばのすけ》に預けらる。この卿、[44]志《し》学《がく》の昔より和漢の才を事として、[45]栄辱《えいじょく》の中《うち》に心を留《とど》め給はざりしかば、今遠流《おんる》の刑に逢ひぬる事、露ばかりとも意《こころ》に懸けて思はれず。唐朝《とうちょう》の詩人、[46]杜《と》少陵《しょうりょう》は、[47]天宝《てんぽう》の末《すえ》の乱に逢うて、[48]「三年笛裏《てきり》の関山月《かんざんげつ》、万国兵前草木《ばんこくへいぜんそうもく》の風」と、[49]天涯《てんがい》のあはれを吟《ぎん》じ尽《つ》くし、わが朝《ちょう》の[50]小《お》野篁《ののたかむら》は、隠《お》岐国《きのくに》へ流されて、[51]「わたの原八十《やそ》島《しま》かけて漕《こ》ぎ出《い》でぬ」と、釣りする海士《あま》に言伝《ことづ》てて、

34 馴れ親しんだ白河の桜の下陰が、この春で見納めになろうとは思いもしなかった。知らずと白河を掛ける。「新古今和歌集」雑上。
35 費長房が仙術によって土地を縮めて距離を短くしたという故事(神仙伝・壺公)。 36 和歌の題。
37 正殿と表門の間の門。
38 物思いに沈んで一日を過ごし、夕暮れ時の鐘の音を聞くにつけても父君が恋しい。つくづくと鐘を撞く、思ひと日暮らしを掛ける。
39 「情(こころ)中に動きて言に形(あら)はる」(詩経大序)。
40 大人びていること。
41 懐中に入れる紙。懐紙。
42 長門探題。中国地方の軍事・政務を司る幕府の役職。北条(金沢)時直。
43 千葉貞胤。下総の豪族。
44 十五歳(論語・為政)。

旅泊《りょはく》の思ひを詠ぜらる。皆[52]時の難易《なんい》を知つて、歎《なげ》くべきを歎かず、[53]運の窮達《きゅうたつ》を見て、悲しみあれども悲しまず。況《いわ》んや、「[54]主《しゅ》憂《うれ》ふれば則ち臣 辱《はずかし》められ、主辱めらるれば則ち臣死す」と云ひて、たとひ骨《ほね》を[55]醢《ししびしお》にせられ、身を車裂《くるまざ》きにせらるるとも、傷《いた》むべき処《ところ》にあらずとて、この人少しも悲しみ給はず。ただ、時により興《きょう》に触れたる諷詠《ふうえい》、[56]等閑《なおざり》に日を渡る。今は、浮世《うきよ》の望み絶《た》えぬる上は、出家の志《こころざし》ありと頻《しき》りに申されけるを、[57]相模《さがみの》入道《にゅうどう》、子細《しさい》候はじとて許してければ、年三十二と申すに、緑の髪を剃《そ》り下《お》ろし、[58]散聖《さんせい》の道人《どうじん》となり給へり。幾程もなくして病《やまい》に犯されて、[59]円寂《えんじゃく》し給ひけるとかや。

[60]東宮大進季房《とうぐうのだいしんすえふさ》をば、常陸国《ひたちのくに》へ流して、[61]長沼《ながぬま》に預けらる。中納言藤房《ちゅうなごんふじふさ》をば、同じ国へ流して、[62]小田民部大輔《おだみんぶのたいふ》にぞ預けられける。左遷遠流《させんおんる》の悲しみは、いづれも劣らぬ涙なれども、殊にこの人の心の中《うち》は、推量するもなほあはれなり。

45 世間的な栄達と恥辱。
46 杜甫。少陵は号。
47 天宝十四年(七五五)に起こった安禄山の乱。
48 杜甫「洗兵の行」の句。関山月(離別を傷む笛の曲名)を聞く。万国は草木が風に靡くように官軍に従う。他本はここに、杜甫「将(さま)に荊南に赴かんとして李剣州に別れを寄す」の句を引くが、安禄山の乱とは無関係。
49 最果ての地の憂愁。
50 平安初期の貴族・文人。遣唐副使に任じられたが、命に従わず隠岐に流された。
51 大海原を多くの島を漕ぎ過ぎて。下の句は「人には告げよあまの釣舟」(古今和歌集)。
52 時には、いい時と悪い時があると知って。
53 運には好運不運がある

その比《ころ》、中宮《ちゅうぐう》の(御方《おんかた》に)、63輔《すけ》の御局《みつぼね》とて容色美麗《ようしょくびれい》の女房おはしけり。去《い》んじ元亨《げんこう》の秋の末《すえ》かとよ、64北山殿《きたやまどの》に行幸《ぎょうこう》なつて、御《おん》賀《が》の舞ひのありける時、堂下《とうか》の65立部《りゅうぶ》袖を翻《ひるがえ》し、66梨園《りえん》の弟子《ていし》曲を奏せしむ。67繁絃急管《はんげんきゅうかん》、いづれも68金玉《きんぎょく》の声玲瓏《れいろう》たり。この女房、琵琶《びわ》の役に召されて、69青海波《せいがいは》を弾《ひ》かれし間、70間関《かんかん》たる鶯《うぐいす》の語りは、花の下《もと》に滑らかに、幽咽《ゆうえつ》せる泉の流れは、氷の底に難《なず》めり。71適怨清和《てきえんせいか》、節《せつ》に随つて移る。72四絃一声《しげんいっせい》、帛《はく》を裂《さ》くが如くして、掻《か》いてはまた掻き返す、その一曲の手づかい、73梁《うつばり》の上に塵《ちり》飛び、水中に魚跳《うおおど》るばかりなり。中納言、これを見給ひてより、人知れず思《おも》ひ初《そ》めける心の色、日に添へて深くのみなり行けども、云ひ知らすべき便りもなければ、心に籠《こ》めて、歎《なげ》き明《あ》かし思ひ暮らして、年《とし》の三年《みとせ》を過ぎ給ひしが、74いかなる人目《ひとめ》の紛《まぎ》れかありけん、75一夜《ひとよ》の夢の幻《うつつ》に、千代《ちよ》を懸けてぞ逢はれける。

その翌《つぎ》の夜《よ》の事ぞかし。主上《しゅしょう》、俄《にわ》かに笠置《かさぎ》へ落ちさせ給ひけ

と知って。

54 「主憂ふれば臣は労し、主辱めらるれば臣は死す」(国語、史記・越王勾践世家)。 55 塩漬け。

56 心静かに暮らす。

57 北条高時。

58 世捨て人。散人。

59 出家者の死去をいう。

60 東宮坊の三等官。

61 秀郷流藤原氏。他本「長沼駿河守」。

62 名は高知。常陸の豪族。

63 流布本「左衛門佐局」。

64 中宮禧子(きし)の父西園寺実兼の邸。今の金閣寺の地。

65 舞人。唐代、宮中の舞楽に立部、座部があった。

66 唐の玄宗皇帝の設けた歌舞教習所の名。「梨園の弟子、白髪新たなり」(長恨歌)。

67 急調子の管絃。

れば、藤房《ふじふさ》、衣冠《いかん》を脱《ぬ》いで[76]戎衣《じゅうい》になり、供奉《ぐぶ》せんとし給ひけるが、この女房に廻《めぐ》り逢《あ》はん[77]末《すえ》の契《ちぎ》りも知《し》り難《がた》く、一夜《ひとよ》の化《おもかげ》も余波《なごり》あつて、今一度[78]見もし見えばやと思はれければ、かの女房の棲《す》み給ふ[79]西《にし》の台《たい》の局《つぼね》へ行きて見給ふ。かの女房、時しもこそあるに、中宮の召しあつて、北山殿へ参り給ひぬと申しければ、藤房、鬢《びん》の髪《かみ》を少し切つて、歌を書き添へて置かれける。

　[80]黒髪《くろかみ》の乱れむ世まで長らへばこれをいまはの形身《かたみ》とも見よ

と書き置かれける。この女房、立ち帰つてこの歌を見て、読みては泣き、啼《な》きては読み、千回百回《ちたびももたび》巻き翻《かえ》せども、心は更《さら》に慰《なぐさ》まず。懸かる涙に文字消えて、いとど思ひに堪《た》へかねたり。せめてその人の在り所をだに知りたらば、いかなる[81]虎臥《ふ》す野辺《のべ》、鯨《くじら》の寄る浦なりとも、[82]あくがれ行きぬべき心地しけれども、その行末《ゆくえ》いづちとも聞き定めず、[83]また、逢ふまでの憑《たの》みもいさや知らねば、余りに思ひかねて、

68　金や玉の響きのように音色が清らかである。
69　雅楽の曲名。
70　和らいだ鶯の声が花の中に美しく響き、咽び泣く泉の流れが氷の下に滞るようだ(白居易・琵琶行)。
71　心地よく悲しく清々しく穏やかで、節ごとに変化する。「許彦周詩話」所引の「古今楽志」にみえる句。
72　四絃を掻き鳴らす音は絹を裂くようで(琵琶行)。
73　漢代の魯の虞公が歌うと、梁《はり》の上の塵が動き(劉向別録)、楚の瓠巴が琴を弾くと鳥が舞い魚が躍った(列子・湯問)という。音楽歌謡を「梁塵」という。
74　どのようにして人目を逃れたのか。
75　夢のような一夜の逢瀬で永遠の愛を誓った。
76　軍装。

[84]書き置きし君が玉章《たまずさ》身に添へて後の世までの形身《かたみ》とや見む

と先の歌に書き添へて、形見の髪を袖に入れ、[85]大井《おおい》川《がわ》の深き淵に、身を投げけるこそあはれなれ。「[86]君が一日の恩のために、妾《しょう》が百年の身を過《あやま》つ」とも、かやうの事をや申すべき。

源中納言具行《げんちゅうなごんともゆき》は、[87]佐々木佐渡判官入道道誉《ささきさどのほうがんにゅうどうどうよ》、路次《ろし》を警固《けいご》仕《つかまつ》つて、鎌倉へ下《くだ》し奉る。[88]道にて失はるべき由《よし》、かねて告げ申す人やありけん、[89]相坂《おうさか》の関《せき》を越え給ふとて、

[90]帰るべき時しなければこれやこの行くを限りの相坂の関

[91]勢多《せた》の橋《はし》を渡り給ふとて、

[92]今日のみと思ふわが身の夢の世を渡るもかなし勢多の長橋《ながはし》

この卿をば道にて失ひ奉るべしと、かねて定めし事なれば、つひに近江国《おうみのくに》[93]柏原《かしわばら》にて切り奉るべき由、[94]探使《たんし》襲来《しゅうらい》して苛《いら》でければ、道誉、中納言殿の御前《おんまえ》に参つて、「いかなる[95]先世《せんぜ》の宿《しゅく》習《しゅう》によつてか、多くの人の中に入道預かりまゐらせて、今更《いまさら》か

77 将来の約束。
78 逢いたいものだと。
79 寝殿造りの西の対屋（たいのや）。
80 黒髪のように乱れる世をあなたが生きながらえることができたなら、この髪を私の最期の形見と見てください。
81 危険で辺鄙な地のたとえ。「契りの末の変はらずは虎臥す野辺鯨の寄る島にも…」（宴曲集・袖湊）。
82 あとを慕ってさまよい出たい気持。
83 再会の望みもどうなるかわからなかったので。
84 あなたが書き置いた手紙をたずさえて、来世まで形見として見よう。
85 嵯峨の嵐山を流れる大堰川（桂川の上流）。
86 男の一時の愛情のために、女がその一生をだいな

やうに申し候へば、且《かつう》は情けを知らざるに相似《あいに》て候へども、かかる身には力なき次第にて候ふ。今までは、天下の赦《ゆる》されを待つて日《ひ》数《かず》を過ごし候ひつれども、関東より失ひまゐらすべきの由、堅く仰せられ候へば、何事も先世の業《ごう》のなす所と思《おぼ》し召《め》し慰《なぐさ》ませ給へ」と、申しもあへず、袖を顔に当てしかば、中納言殿、涙進みけるを押《お》し拭《のご》はせ給ひて、「誠《まこと》にその事にて候ふ。[96]この間《あいだ》の儀は、後世《ごせ》までも忘れ難《がた》くこそ候へ。[97]命の際《きわ》の事は、万乗《ばんじょう》の君《きみ》すでに外土《がいど》遠島《えんとう》に御臨幸《ごりんこう》の由聞こえ候ふ上は、それ以《い》下《げ》の事ども、[98](なかなか力及ばず。殊更《ことさら》この程の情けの色、誠に存命すとも)謝《しゃ》し難《がた》くこそ候へ」とばかりにて、その後《のち》は物をも仰せられず。

硯《すずり》と紙とを取り寄せて、御文《おんふみ》細々《こまごま》とあそばして、「都の使ひに付け、相知る方へ遣《つか》はして給はれ」とぞ仰せられける。かくて、日すでに暮れければ、御輿《おんこし》差し寄せて乗せ奉り、海道《かいどう》より

しにする。白居易「井底（いせい）銀瓶（ぎんぺい）を引く」の句。
87　俗名高氏。宗氏の子。バサラ大名として有名。
88　道中で殺される。
89　京都市山科区と滋賀県大津市の境、逢坂山にあった関所。
90　生きて帰る時がないので、この逢坂の関を越えるのもこれが最後だ。「新千載和歌集」離別所収。「これやこの行くも帰るも別れつつ知るも知らぬも逢坂の関」（後撰和歌集・蟬丸）をふまえる。
91　琵琶湖の南端、瀬田川にかかる橋。大津市瀬田。
92　今日を限りの身と、夢のようにはかない世を渡るにつけても、この勢多の長橋を渡るのは悲しいことだ。「新葉和歌集」羇旅所収。
93　滋賀県米原市柏原。

西なる山涯《やまぎわ》に松の[99]一村《ひとむら》ある下に、御輿《おんこし》舁《か》き居《す》ゑたれば、敷皮《しきがわ》の上に居直《いなお》らせ給ひて、また硯《すずり》を取り寄せ、しづしづと辞世《じせい》の[100]頌《じゅ》をぞ書かれける。

[101]生死《しょうじ》に逍遥《しょうよう》す
四十二年
山河《さんが》一たび革《あらた》まつて
大地《だいち》洞然《とうねん》たり

その奥に

[102]消えかかる露《つゆ》の命の果ては見つさて吾《あ》が妻の末ぞゆかしき

六月十九日と書いて、筆を抛《な》げて手を[103]叉《あざ》へ、座を直し給ふとぞ見えし。[104]田児《たご》六郎左衛門尉《ろくろうざえもんのじょう》後ろへ廻《まわ》るかと思へば、御首は前にぞ落ちにける。あはれと云ふも疎《おろ》かなり。入道、泣く泣く遺骸《いがい》を煙となし、[105]様々《さまざま》の作善《さぜん》をして、菩提《ぼだい》を弔《とぶら》ひ奉りける。いとほしきかな、この卿は、先帝[106]帥宮《そつのみや》と申し奉りし比《ころ》より近侍《きんじ》

94 事実を見届ける使者(探使)が突然やって来て、せきたてたので。
95 前世の因縁。
96 この程の貴殿のご配慮。
97 死に際については、帝の隠岐への遠流が決まった以上、下々の者の処分は、なまじ申し上げることはございません。
98 流布本により補う。
99 一群。
100 仏家(おもに禅宗)で作られる漢詩。偈(げ)、偈頌(げじゅ)とも。
101 この世を思うがままに生きること四十二年。いま死に臨んで山河は様相を変え、大地は広々としている。底本「惘然」を改める。
102 消えかかる露のようにはかないわが命の終わりは見とどけた。それにしてもわが妻の将来と、東(あずま=

して、朝夕《ちょうせき》の拝礼怠《おこた》らず、昼夜の[107]勤厚《きんこう》他《た》に異《こと》なり。されば、次第の昇進も（滞《とどこお》らず）、君の恩寵《おんちょう》も深かりき。今かく失はれ給ふと叡聞《えいぶん》に達せば、いかばかりあはれにも思《おぼ》し召《め》されんずらんと覚えたり。

同じき二十一日、[108]殿法印良忠《とののほういんりょうちゅう》をば、[109]大炊御門油小路《おおいのみかどあぶらのこうじ》の篝《かがり》、[110]小串五郎兵衛尉秀信《おぐしごろうびょうえのじょうひでのぶ》召し捕つて、六波羅《ろくはら》へ出だしたりければ、[111]越後守仲時《えちごのかみなかとき》、[112]斎藤十郎兵衛《さいとうじゅうろうびょうえ》を使ひにて申されけるは、「この比《ころ》、[113]一天《いってん》の君《きみ》だにも叶《かな》はせ給はぬ御謀叛《ごむほん》、御身《おんみ》なんど思ひ立ち給ふ事、[114]且《かつう》はやんごとなく、且は楚忽《そこつ》にこそ覚え候へ。先帝奪ひまゐらせんために、[115]当所の絵図なんどまで持ち廻られ候ひける条、[116]武敵《ぶてき》の至り、重科《じゅうか》双《なら》びなし。陰謀《いんぼう》の企て、罪責《ざいせき》余りあり。謀《はかりごと》の次第、一々《いちいち》に述べられ候へ。具《つぶ》さに関東へ[117]注進《ちゅうしん》すべし」とぞ宣《のたま》ひける。法印、返事せられけるは、「[118]普天《ふてん》の下、王《おう》土《ど》にあらざるなし。率土《そっと》の人、王民《おうみん》にあらずといふことなし。

幕府）の亡ぶ行く末を知りたい。吾が妻と東を掛ける。
103 手を組み合わせ。
104 上野国多胡出身の大江氏流の武士。道誉の家来。
105 様々の追善供養の仏事をして極楽往生をお祈り申し上げた。
106 大宰帥(だざいのそち)＝大宰府の長官)に任じられた親王。親王は遥任(ようにん)で現地には赴任しない。
107 忠勤。
108 関白二条良実の孫。大塔宮の執事。
109 大内裏東の郁芳門に通じる東西の通り大炊御門大路と、南北の通り油小路との交点にあった京都警固の番所(篝)の武士。
110 小串範行(第一巻・9)と同門の武士。
111 北条(普門寺)仲時。六波羅北探題。

誰《たれ》か先帝の[119]宸襟《しんきん》を歎《なげ》き奉らざらんや。人たる者これを悦《よろこ》ぶべきか。叡慮《えいりょ》に代はつて、玉体《ぎょくたい》を奪ひ奉らんと企《くわだ》つる事、なじかはやんごとなかるべき。[120]無道《ぶとう》を誅《ちゅう》せんため陰謀《いんぼう》を企つる事、更《さら》に楚忽《そこつ》の儀にあらず。始めより叡慮の趣《おもむき》を存知《ぞんち》し、笠置《かさぎ》の皇居へ参内《さんだい》せし条、[121]子細《しさい》なし。しかるを、[122]白地《あからさま》に出京《しゅっきょう》の蹤《あと》に、城郭《じょうかく》固むることなく、官軍敗北の間、[123]力なく本意《ほい》を失へり。その間に、具行卿《ともゆききょう》相談して[124]綸旨《りんし》を申し下し、諸国の兵に賦《くば》りし条、[125]勿論《もちろん》なり。[126]ある程の事はこれらなり」とぞ返答せられける。

これによつて、六波羅《ろくはら》の評定《ひょうじょう》様々《さまざま》なりけるを、[127]二《に》階堂《かいどう》信濃《しなの》入道《にゅうどう》、進み出でて申しけるは、「かの罪責《ざいせき》勿論の上は、是非なく誅《ちゅう》せらるべけれども、[128]与党《よとう》の人数《にんじゅ》なんど、なほ尋ぬる沙汰《さた》あつて、重ねて関東へ申さるべきかとこそ存じ候へ」と申しければ、[129]長井《ながい》右《う》馬助《まのすけ》、「この儀尤《もっと》もしかるべく候ふ。これ程の大事をば、関東へ申されてこそ」と申しければ、面々の異見《いけん》一同せ

112 斎藤利行(第一巻・8)の同門。利仁流藤原氏。
113 天下の君主。帝。
114 一つには畏れ多く、一つには軽率に思われる。
115 六波羅探題府。
116 この上ない武家の敵で、重い罪は並びない。
117 上への報告。
118 あまねく天の下は王の土地でない所はない。地の続く限りに住む人で、王の民でない者はいない。「溥(普)天の下、王土にあらざるなし、率土の浜、王臣にあらざるなし」(詩経・小雅・北山)。
119 帝の胸中。
120 非道の者を罰して討つために謀を企てたことは、全く軽率なことではない。
121 何の問題もない。
122 一時的に京を離れた後に。

しかば、法印をば、[130]五条《ごじょう》(京極《きょうごく》)の篝火《かがり》、[131]加賀前司《かがのぜんじ》に預けられて[132]禁籠《きんろう》し、重ねて関東へぞ注進《ちゅうしん》せられける。

　[133]平《へい》(宰)相《さいしょう》成輔《なりすけ》をば、[134]河越《かわごえ》三河《みかわの》入道《にゅうどう》円重《えんじゅう》具足《ぐそく》し奉り、これも鎌倉へと聞こえしが、下《くだ》しも着け奉らで、相模国《さがみのくに》[135]早川尻《はやかわじり》にて失ひ奉りけり。

　[136]侍従中納言公明卿《じじゅうちゅうなごんきんあきらきょう》、別当実世卿《べっとうさねよきょう》二人《にん》をば、赦免《しゃめん》の由《よし》にてありしかども、なほも[137]心許しやなかりけん、[138]波多野上野介宣道《はだのこうずけのすけのぶみち》、[139]佐々木三郎左衛門尉《ささきさぶろうざえもんのじょう》に預けられて、なほ本《もと》の在所へは帰り給はざりけり。

先帝遷幸《せんていせんこう》の事、并《ならびに》俊明極参内《しゅんみんきさんだい》の事　3

　[1]先帝をば[2]承久《じょうきゅう》の例に任せて、隠岐国《おきのくに》へ移しまゐらすべきに定まりにけり。臣として君を流し奉る事、関東もさすが恐れあ

123　やむなく本懐を遂げることができなかった。
124　帝の意を受けて蔵人が発給する公文書。
125　事実である。
126　以上ですべてである。
127　俗名行朝。
128　一味。仲間。
129　名は高冬。
130　五条大路と京極大路の交点にあった警固の番所。
131　町野信宗。
132　牢に閉じこめ。
133　平惟輔の子。第一巻・5に、討幕計画に参加した人として名がみえる。
134　埼玉県川越市を本拠とした坂東平氏。
135　神奈川県小田原市の早川河口。
136　三条公明と洞院実世。ともに前出、第三巻・6。
137　安心できなかったのだろうか。

りとや思ひけん、このために、後伏見院《ごふしみいん》の第一[3]の御子《みこ》を御位《おんくらい》に即《つ》け奉つて、先帝[4]御遷幸《ごせんこう》の宣旨《せんじ》をなさるべしとぞ計らひ申しける。天下の事に於ては、今は[5]重祚《ちょうそ》の御望《おんのぞ》みあるべきにもあらず、遷幸以前に、先帝をば[6]法皇になしまゐらすべしとて、[7]香染《こうぞ》めの御衣《ぎょい》を武家より調進《ちょうしん》したりけれども、御法体《ごほったい》の御事《おんこと》は、暫《しばら》くあるまじき由《よし》を仰せられ、剰《あまつさ》へ[8]日《ひ》の御袴《おんはかま》をも脱《ぬ》がせ給はず、毎朝《まいちょう》に御行水《おんぎょうずい》を召されて、[9]内侍所《ないしどころ》を御拝《ごはい》ありければ、天に二つの日はなけれども、国に両人《ふたり》の王まします心地して、武家も[10]持ちあつかひてぞ覚えける。これも、[11]叡慮《えいりょ》に憑《たの》み思《おぼ》し召《め》す御事のありけるゆゑなり。

去《さ》んぬる[12]元徳《げんとく》元年の春の比《ころ》、[13]宋朝《そうちょう》より、[14]俊明極《しゅんみんき》とて[15]明眼得智《めいがんとくち》の禅師《ぜんじ》来朝《らいちょう》せり。天子[16]直《じき》に異朝の僧に[17]御相看《ごしょうかん》の事は、前々《さきざき》更になかりしかども、この君、禅の宗旨《しゅうし》に御心を傾《かたぶ》けさせ給ひて、[18]諸方参得《しょほうさんとく》の御志《おんこころざし》おはせしかば、御法談《ごほうだん》のために、この禅師

138 宣茂の子。前出、第二巻・10。
139 佐々木(六角)時信。近江守護。

3

1 後醍醐帝。
2 承久の乱(一二二一年)で、後鳥羽院を隠岐に流した先例。
3 量仁《かずひと》親王(光厳帝)。第三巻・7で、三種の神器を渡され即位している。
4 帝が居所を他に移すこと。
5 再び即位すること。
6 仏門に入った太上天皇(上皇)。
7 丁子《ちょうじ》を煎じた汁で染めた衣。黄色を帯びた薄紅色で、法服などに用いた。
8 帝が日常に着用する紅《くれない》の長袴。
9 八咫鏡を安置してある

を内裏《だいり》へぞ召されける、事の儀式余りに微々《びび》ならんは、わが朝《ちょう》の恥なるべしとて、[19]三公九卿《さんこうきゅうけい》も出仕の粧《よそお》ひを刷《かいつくろ》ひ、[20]石渠金馬《せききょきんば》の司《つかさ》も守衛の備へを厳《いつく》しくせり。

夜半《やはん》に、蠟燭《ろうそく》を伝つて禅師参内《さんだい》せらる。主上《しゅしょう》、紫宸殿《ししいでん》に出御《しゅつぎょ》なりて、玉座《ぎょくざ》に席を進め給ふ。禅師、三拝《さんぱい》拝し畢《おわ》つて、香《こう》を[21]拈《ねん》じて万歳《ばんぜい》を祝《しゅく》す。時に、勅問《ちょくもん》あつて曰《のたま》はく、「[22]山に桟《かけはし》し、海に航《ふなわたり》して得々《とくとく》として来たる。和尚《おしょう》、何を以てか[23]度生《どしょう》せん」。禅師、答へて云はく、「仏法[24]禁要《きんよう》の処《ところ》を以て度生せん」。重ねて曰《のたま》はく、「[25]正当恁麼《しょうとういんも》の時、如何《いかん》」。答へて云はく、「天上に星あり、皆[26]北に拱《たんだく》す。人間《じんかん》水として東《ひんがし》に朝《ちょう》せざるはなし」。御法談事訖《ことおわ》つて、禅師退出せらる。則ち洞院左衛門督《とういんさえもんのかみ》実世《さねよ》卿《きょう》を以て、[27]国師《こくし》の号を贈らる。禅師、勅使《ちょくし》に向かつて、「この君[28]亢龍《こうりょう》の悔《く》いありと云へども、二度《ふたたび》帝位を践《ふ》ませ給ふべき御相あり」とぞ申されける。

宮中の賢所（かしこどころ）。内侍が奉仕したことからいう。
10 もてあまして。
11 帝の心中に期するところがあったため。
12 一三二九年。
13 中国のこと。なお、南宋が亡んだのは、一二七九年。他本「元朝」。
14 明極楚俊。中国明州の僧。元徳元年に来朝し、後醍醐帝が相看したのは史実。鎌倉の建長寺、京都の南禅寺、建仁寺に住した。
15 見識、智徳の高い禅僧。
16 直接。
17 ご面会。禅宗の用語。
18 諸方の高徳の僧に面会すること。
19 太政大臣・左右大臣と公卿の、中国風の呼称。
20 石渠は、漢の都長安にあった学問所の名。金馬は、漢の未央宮（びおうきゅう）にあった

されば、君、今武臣のために囚《とら》はれて、亢龍《こうりょう》の悔《く》いに遇《あ》ひ給ひけれども、かの禅師の相《そう》し申したる事なれば、二度《ふたたび》[29]九五《きゅうご》の聖位《せいい》を践《ふ》ませ給はん事、疑ひなしと思《おぼ》し召《め》しけるによつて、なほ落髪《らくはつ》の御事は、暫《しば》くあるまじき由《よし》を強ひて仰せ出だされける。

三月七日は、すでに[30]先朝隠岐国《せんちょうおきのくに》へ移されさせ給ふべしと聞こえければ、[31]中宮《ちゅうぐう》、夜に紛《まぎ》れて、六波羅《ろくはら》の御所へ行啓《ぎょうけい》ならせ給ふ。中門《ちゅうもん》に御車を差し寄せたれば、主上《しゅしょう》も、中門へ出御《しゅつぎょ》なつて、御車の簾《すだれ》をかかげらる。

君は、中宮を都に留《とど》め置《お》き奉りて、[32]旅泊《りょはく》の波、長汀《ちょうてい》の月にさすらはせ給はんずる行末《ゆくすえ》の事どもを思し召しつらね、中宮はまた、主上を遥々《はるばる》と遠き旅の外《ほか》に思ひやり奉りて、いつを憑《たの》みのある世とも知らず、[33]明けぬ夜《よ》の心迷ひの心地して、[34]存《なが》へたらん襟《ものおもい》に語《かた》り尽《つ》くさせ給はば、[35]秋の夜の千夜《ちよ》を一夜《ひとよ》になせりとも、なほ詞《ことば》は残りて明けぬべけれども、御心の中《うち》の憂き程は、その

門で、学士の控え所。
21 つまんで焚く。
22 海山の険難を越えてわざわざおいでになった。
23 衆生を救うこと。
24 きわめて大切なこと。
25 まさにこの時どうなさるか。正当は、まさに。恁麼は、宋代の俗語で禅宗用語、このような。
26 天上の星はみな北極星に向いて礼拝し、人間界の水はみな東の海に流れ注ぐ。きわめて当然のことである、という意。「正当恁麼の時如何、天上星有り皆北に拱す、人間水として東に朝ざるなし」(円悟仏果禅師語録)。
27 朝廷が高僧に贈る称号。
28 高く昇りつめた龍は、あとは降るよりほかない。亢は高。「亢龍の悔い有り」(易経・乾卦)。

言《こと》の葉《は》も及ばねば、なかなか云ひ出ださせ給ふ一節《ひとふし》もなし。ただ御涙にのみ掻《か》き暮《く》れて、[36]つれなく見えし有明《ありあけ》も、傾《かたぶ》くまでになりにけり。

夜もすでに明けなんとしければ、中宮、御車を廻《めぐ》らして還御《かんぎょ》なりけるが、御涙の中《うち》に曰《のたま》はく、

[37]この上に思ひはあらじつれなさの命よさればいつを限りぞ

とあそばして、伏し沈ませ給ひける御心の中《うち》、推《お》し量《はか》るもなほ浅かるべし。

明くれば三月八日、[38]千葉五郎左衛門尉《ちばごろうざえもんのじょう》、[39]小山五郎左衛門尉《おやまごろうざえもんのじょう》、[40]佐々木備中判官明信《ささきびっちゅうのほうがんあきのぶ》、三千余騎にて路次《ろし》を警固《けいご》仕《つかまつ》り、先帝を隠岐国へ移し奉る。供奉《ぐぶ》の人とては、[41]一条頭大夫行房《いちじょうとうのたいふゆきふさ》、[42]六条少将忠顕《ろくじょうしょうしょうただあき》、[43]御介錯人《ごかいしゃくにん》には、[44]三位殿《さんみどの》の御局《みつぼね》ばかりなり。その外《ほか》は、皆甲冑《かっちゅう》をよろひ、弓箭《きゅうせん》を帯《たい》せる武士ども、前後左右に打ち囲み奉つて、七条を西へ、大宮を下りに御車を[45]轅《きし》れば、

29　「易経」乾卦の「九五、飛龍天に在り」に基づき、天子の位をいう。
30　先帝。
31　禧子(しき)。
32　旅のやどりに波の音を聞き、長い渚を照らす月の下にさすらうことになる将来のこと。
33　無明長夜(煩悩の人間界)に迷う心地。
34　生き長らえた時の物思いの種になる程、互いに思いを語り尽くしたので。
35　長い秋の夜の千夜を一夜にあてたとしても。「秋の夜の千夜を一夜になせりともことば残りてとりや鳴きなむ」(伊勢物語二十二段)。
36　無情に見えた明け方の月。「有明のつれなく見えし別れよりあかつきばかり憂きものはなし」(古今和歌

京中の貴賤男女《きせんなんにょ》、小路《こうじ》に立ち並んで、「正《まさ》しき一天《いってん》の主《あるじ》を、下《しも》として流し奉る事のあさましさよ。武家の運命、今に尽《つ》きなん」と、憚《はばか》る所なく言ふ声岐《ちまた》に満ちて、ただ赤子《せきし》の父母を慕ふが如く啼《な》き悲《かな》しみければ、聞くにあはれを催されて、警固《けいご》の武士もろともに、鎧《よろい》の袖をぞ濡《ぬ》らされける。

46桜井《さくらい》の宿《しゅく》を過ぎさせ給ひける時、47八幡《やわた》の伏拝《ふしおがみ》に、御輿《おんこし》を舁《か》き居《す》ゑさせて、二度《ふたたび》帝都還幸《かんこう》の事をぞ御祈念《ごきねん》ありける。八幡大菩《はちまんだいぼ》薩《さつ》と申すは、応神天皇《おうじんてんのう》の48応化《おうげ》、49百王鎮護《ひゃくおうちんご》の御誓ひあらたなれば、天子50行在《あんざい》の外までも、定めて擁護《おうご》の御眸《おんまなじり》を廻《めぐ》らさるらんと、憑《たの》もしくこそ思し召《おぼめ》されけれ。

51湊川《みなとがわ》を過ぎさせ給ふ時、52福原《ふくはら》の京を御覧ぜられ、53平相国清《へいしょうこくきよ》盛《もり》、一天四海を掌《たなごころ》に握つて、平安城をこの54卑湿《ひしつ》の地に遷《うつ》したりしが、幾程なくて滅《ほろ》びしも、ひとへに上《かみ》を犯さんとせし奢《おご》りの末、はたして天のために罰せられしぞかしと、思し召《おぼめ》し慰《なぐさ》む

集・壬生忠岑）。
37 これ以上の悲しみはないでしょう。無情なわが命よ、それではいつまで永らえるのか。
38 胤経か。貞胤の弟。他本「千葉介貞胤」。
39 秀朝か、その弟秀政か。
40 不詳。宇多源氏。
41 経尹の子。蔵人頭で、京職、修理職などの大夫（長官）を兼ねた。後醍醐帝の側近。新田義貞の妻となる勾当内侍の兄。
42 千種（ちぐさ）忠顕。有忠の子。第三巻・7で、藤房とともに六波羅で後醍醐帝に近侍した。
43 お世話をする人。
44 阿野廉子。前出、第一巻・2。
45 きしませて行くと。
46 大阪府三島郡島本町桜井。

一節《ひとふし》となりにけり。

印南野《いなの》[55]を右にして、須磨浦《すまのうら》[56]を過ぎさせ給へば、昔、源氏大将《げんじのたいしょう》[57]の朧月夜《おぼろづきよ》に名を立てて、この浦に流され、三年《みとせ》の秋を送りしに、[58]「浪ただここもとに立ち来る心地して、涙落つるとはなけれども、枕は浮きぬばかりになりにけり」と、旅寝《たびね》して思ひを書きたりしも、げに理《ことわ》りなりと思し召し、明石浦《あかしのうら》[59]の朝霧《あさぎり》に、遠くなり行く淡路方《あわじがた》[60]、寄せ来る浪も高砂《たかさご》[61]の、尾上《おのえ》の松に吹く嵐、跡に幾重《いくえ》の山川を、杉坂《すぎさか》[62]越えて美作《みまさか》や、久米《くめ》[63]の佐羅山更々《さらやまさらさら》に、思ひ寄るべき時ならぬに、雲間《くもま》の山に雪見えて、遥《はる》かに高き峰あり。警固の武士を召され、山の名を問はせ給ふに、「伯耆《ほうき》の大山《だいせん》[64]と云ふ所なり」と申しければ、暫《しばら》く御輿を止《とど》められて、内証信心《ないしょうしんじん》[65]の法施《ほっせ》[66]を奉らせ給ふ。

或る時[67]は馬蹄板橋《ばていはんきょう》の霜を踏み破り、或る時は鶏声茅店《けいせいぼうてん》の月を抹過《まっか》し、行路《こうろ》に日を窮《きわ》[68]めければ、都を御出《おんい》であつて、十三日と

47　京都府八幡市の男山にある石清水八幡宮(祭神は応神帝、神功皇后、比売神)の遥拝所。
48　仏が衆生を救うために機に応じて形を変えること。
49　百代にわたって帝を擁護する誓い。
50　帝の仮の住まい。
51　神戸市兵庫区湊川町。
52　兵庫区一帯の地で、治承四年(一一八〇)に一時遷都された。
53　相国は、太政大臣の唐名。
54　土地が低く湿気が多い。
55　兵庫県の明石川と加古川の間の平野。但し、位置的には須磨浦の先になる。
56　神戸市須磨区の海岸。
57　光源氏が朧月夜内侍(おぼろづきよのないし)と浮名を立て、須磨に退いたことは、「源氏物語」須磨巻。

申すに、出雲国《いずものくに》69見尾《みお》の湊《みなと》に着かせ給ふ。ここにて、御船を70艤《ふなよそい》してぞ、渡海《とかい》の順風を待たれける。

和田備後三郎落書《わだびんごのさぶろうらくしょ》の事　4

その比《ころ》、備前国《びぜんのくに》の住人に、1今木三郎高徳《いまきのさぶろうたかのり》と云ふ者あり。主上《しゅしょう》笠置《かさぎ》に御座《ぎょざ》ありし時、御方《みかた》に参つて2義兵《ぎへい》を挙げんとせしが、事未だならざる先に、笠置も没落《ぼつらく》し、また楠《くすのき》も討たれぬと聞こえしかば、力を失ひて黙《もだ》しけるが、君隠岐国《おきのくに》へ移されさせ給ふと聞こえしかば、二心《ふたごころ》なき一族どもを集めて評定しけるは、「3「志《し》士《し》仁人《じんじん》は、身を殺して仁を為すことあり」と云へり。されば、4衛《えい》の懿公《いこう》、北狄《ほくてき》のために殺されてありしをみて、その臣に弘演《こうえん》と云ひし者、悲しみに堪《た》へず、自ら腹を掻《か》き切《き》つて、懿公の肝《きも》を己れが胸の内に収め、先君《せんくん》の恩を死後に報じて失せたりき。

58　「波ただここもとに立ちくる心地して、涙落つともおぼえぬに、枕浮くばかりになりにけり」(源氏物語・須磨)。
59　明石市の海辺。「ほのぼのと明石の浦の朝霧に島隠れゆく舟をしぞ思ふ」(古今和歌集)。
60　淡路島の方角。
61　波が高いと高砂(兵庫県高砂市)を掛ける。尾上は、高砂市の尾上明神(高砂神社)。松の名所。「高砂の尾上の松に吹く風の音にのみやは聞き渡るべき」(千載和歌集・藤原顕輔)。
62　過ぎと杉坂を掛ける。兵庫県佐用郡佐用町と岡山県美作市の間の杉坂峠。山陰道の要所。
63　岡山県津山市(旧久米郡)佐良山。「美作や久米のさら山さらさらにわが名は

[5]「義を見てせざるは勇なし」と。いざや、[6]臨幸《りんこう》の路次《ろし》に参り合ひ、君を奪ひ取り奉つて、則ち大軍を起こし、尸《かばね》を戦場に曝《さら》すとも、名を子孫に伝へん」と申しければ、皆「子細あらじ」と同《どう》じければ、「路次の難所に相待ちて、その[7]隙《ひま》を伺《うかが》ふべし」とて、備前と播磨《はりま》の堺なる[8]船坂山《ふなさかやま》の峠に隠れ伏して、今や今やと待ちたりける。

臨幸余りに遅かりければ、人を走らかしてこれを見するに、警固《けいご》の武士、山陽道《せんようどう》をば経ずして、播磨の[9]今宿《いまじゅく》より山陰道《せんおんどう》に懸かりて、行幸をなしまゐらせける間、高徳《たかのり》が[10]支《し》度《たく》相違しけり。「さらば、美作《みまさか》の杉坂《すぎさか》こそ[11]究竟《くっきょう》の深山《みやま》なれば、ここにて奪ひ奉らん」とて、[12]三石《みついし》の山より[13]筋違《すじか》ひに、[14]路《みち》なき山の雲を凌《しの》ぎ、杉坂へ越えたりければ、「主上、早や[15]院庄《いんのしょう》へ過ぎさせ給ひぬ」と申しける(間)、力なくして、ここより皆散々《ちりぢり》になりけるが、せめていかにもして、この所存を[16]上聞《しょうぶん》に達せばやと思ひける間、

たてじ万世までに」(古今和歌集)。
64 鳥取県西部の山で、中国地方第一の高峰。
65 心中深く経文を唱える。
66 仏に経を唱えること。
67 規庵祖円の偈頌「紀州道中」の「踏み破る鶏声茅店の月、抹過す人跡板橋の霜」による。茅店は、田舎家。抹過は、通り過ぎる。
68 日にちを重ねたので。
69 島根県松江市美保関町。
70 出航の準備。

4

1 南朝の忠臣。岡山県瀬戸内市邑久町、倉敷市児島を本拠とした武士。児島とも三宅とも和田とも称する。
2 正義の兵。
3 「論語」衛霊公篇の句による。志ある者、仁義を弁える者は、命を捨てて仁

[17]微服潜行《びふくせんこう》して、時分を伺ひけれども、しかるべき隙もなかりければ、主上《しゅしょう》の御座ありける御宿《おんやど》の庭前《ていぜん》に、大きなる桜の木のありけるを押《お》し削《けず》つて、大文字《おおもじ》に一句の詩をぞ書きたりける。

[18]天勾践《こうせん》を空《いたず》らにすること莫《な》かれ
時に范蠡《はんれい》無きに非《あら》ず

警固《けいご》の武士ども、朝これを見つけ、何事をいかなる者が書きたるやらんとて、読みかねて[19]持ちあつかひける間、上聞《じょうぶん》に達してけり。主上は、[20]則ち詩の心を御悟りありて、[21]龍顔《りょうがん》殊に御《おん》快《こころよ》げに打《う》ち笑《え》ませ給へども、武士ども、あへてその来歴《らいれき》を知る者なかりければ、思《おも》ひ咎《とが》むることもなし。

呉越闘《ごえつたたか》ひの事 5

そもそもこの詩、わづかに両句十字の内なりと云へども、そ

道をなしとげる。
4 衛の懿公が北狄に殺され、その肉を食われた時、その臣弘演が自らの腹を割き、捨てられた公の肝を腹中に収めて死んだ故事（貞観政要・論忠義）。
5 「論語」為政篇の句。正義の道を知りながら行わないのは、勇気がないからである。
6 行幸の途中で待ち伏せし。
7 機会。
8 兵庫県赤穂郡上郡町梨ヶ原と岡山県備前市三石の間の山。
9 姫路市今宿。
10 目論見ははずれた。
11 きわめて好都合の。
12 岡山県備前市三石。
13 斜めに。
14 道もない山の雲のたちこめる中を越え。

の意《こころ》浅きにあらず。昔[1]、宋朝《そうちょう》[2]に、呉《ご》、越《えつ》とて並べる二つの国あり。かの国の主《あるじ》、皆 王道《おうどう》[3]を行はずして、覇業《はぎょう》を務めける間、呉は越を討つて取らんとし、越は呉を滅《ほろ》ぼして并《あわ》せんとす。かくの如く相争ふ事 累年《るいねん》[4]に及んで、呉越互ひに勝負を易《か》へし[5]かば、親の敵《かたき》と(な)り、子の讎《あた》[6]とて、倶《とも》に天を戴《いただ》く事を恥づ。周《しゅう》[7]の季《すえ》の世《よ》に当たつて、呉の国の主をば、呉王夫差《ふさ》と云ふ。越の国の主をば、越王勾践《こうせん》とぞ申しける。

或る時、この越王勾践、范蠡《はんれい》[8]と云ふ大臣を召して宣《のたま》ひけるは、「呉はこれ、わが父祖の敵《かたき》なり。われこれを討たずして、徒《いたず》らに年を送る事、嘲《あざけ》りを天下の人に取るのみならず、かねては、父祖の尸《かばね》を九原《きゅうげん》[9]の苔《こけ》の下に辱《はずかし》むる恨みあり。しかれば、われ今国の兵を召し集めて、自ら呉国へ打つて入り、呉王夫差を滅ぼして、父祖の恨みを散ぜんと思ふなり。汝《なんじ》は暫《しばら》くこの国に留《とど》まつて、社稷《しゃしょく》[10]を守るべし」と宣ひければ、范蠡、畏《かしこ》まつて申しけ

15　岡山県津山市院庄。
16　帝のお耳に入れたい。
17　賤しい身なりで忍んで行く。
18　天は勾践(後醍醐帝をたとえる)の命を空しくしてはいけない。勾践を助けた范蠡のような忠臣が必ずやいるのだから。次章に語られる越王勾践と臣范蠡の故事をふまえる。「兀」は、流布本「空」。
19　もてあます。
20　即座に。
21　帝の顔。

5

1　以下、中国春秋時代の呉越合戦の話は、「史記」越王勾践世家、伍子胥列伝、「呉越春秋」などをもとに、異伝を交える。
2　中国をさす。
3　王道は、徳を以て治め

るは、「臣、ひそかに事の子細《しさい》を謀《はか》るに、今越《えつ》の力を以て呉《ご》を滅《ほろ》ぼさるべき事は、[11]かたがた以て難《かた》かるべし。その故《ゆえ》は、先《ま》づ両国の兵を数ふるに、呉には二十万騎、越はわづかに十万騎なり。誠《まこと》に小を以て大に敵せず。これ呉を滅ぼし難《がた》き、その一つなり。次には、時を以てはかるに、[12]春夏は陽《よう》の時にて忠賞《ちゅうしょう》を行ひ、秋冬は陰《いん》の時にて刑罰を専《もっぱ》らにす。時今春の始めなり。征罰を致すべき時ならず。これ呉を滅ぼし難き、その二つなり。次には、隣国に賢者《けんじゃ》あらば敵国の憂《うれ》ひなりと云へり。臣聞く、呉王夫差《ふさ》の臣下に[13]伍子胥《ごししょ》と云ふ者あり。智深うして人を[14]なつけ、慮《おもんぱかり》遠うして主《しゅ》を諫《いさ》む。かれが呉国にあらん程は、呉を滅ぼす事難かるべし。これその三つなり。[15]麒麟《きりん》は角《つの》に肉ありて、猛《たけ》き形を呈《あらわ》さず。[16]潜龍《せんりょう》は三冬《さんとう》に蟄《ちっ》して、[17]一陽来復《いちようらいふく》の天を待つ。君《きみ》、呉越を并《あわ》せて[18]中国に臨《のぞ》み、[19]南面《なんめん》して孤称《こしょう》せんとならば、暫《しばら》く兵を伏せ、武を隠して、仁を行ひ、礼を厚くし給ふべし」と申し

ること。覇業(覇道)は、武を以て従えること。

4 年をかさねること。

5 勝ったり負けたりしたので。

6 「父の讎は与に天を戴かず」(礼記・曲礼上)。

7 殷につづく中国古代の王朝。前三世紀に滅んだ。

8 勾践に仕え、呉を滅ぼした功臣。のち斉へ赴いて商人となり、巨万の富を得て陶朱公と称した(史記・貨殖列伝)。

9 墓場。

10 国家。

11 万事につけて。

12 「賞は春夏を以てし、刑は秋冬を以てす」(春秋左氏伝・襄公二十六年)。周代には、春官が行賞を司り、秋官が刑罰を司った(周礼〈しゅらい〉)。陰陽は、古代中国の思想で、万物生成の根元

ければ、越王、これを聞き給ひ、大きに怒つて宣ひけるは、「[20]礼記《らいき》に云はく、「父の敵をば倶《とも》に天を戴《いただ》かず」と云へり。われ壮年に及んで、呉を滅ぼさずして倶に日月《じつげつ》の光を戴くこと、人の[21]指《ゆび》さす所にあらずや。これを思ひて兵を発する処《ところ》に、汝《なんじ》、三つの不可を挙げてわれを留《とど》む。その儀[22]、一つも道に叶《かな》はず。先づ兵の多少を数へて戦ひを決すべくは、越誠《まこと》に呉に対し難し。しかりと雖《いえど》も、軍《いくさ》の勝負、必ずしも勢《せい》の[23]衆寡《しゅうか》に依《よ》らず。ただ時の運により、大将の謀《はかりこと》による。されば、呉と越と戦ふ事、[24]度々《どど》に及んで、勝負互ひに易《か》はる、これ汝が見て知る所なり。今更《いまさら》何ぞ越の小勢《こぜい》を以て、呉の大敵に戦はんこと難しとわれを諫《いさ》むべきや。これしかしながら[25]、汝が武略《ぶりゃく》の足らざる処のその一つなり。次に、時を以て軍《いくさ》の勝負を計らば、天下の人皆時を知れり。誰《たれ》か軍に勝たざらん。もし春夏は陽の時にて罰を行はずと云はば、[26]殷《いん》の湯王《とうおう》の桀《けつ》を罰せしも、春なり。周《しゅう》の武王《ぶおう》の紂《ちゅう》を

となる二つの気。
13 呉王闔閭(こうりょ)に仕えて呉の領土を拡大し、闔閭の死後は、その子夫差に仕えた。 14 手なずける。
15 古代中国の想像上の動物。聖人が世に出る前兆として出現するとされるが、ここでは、その勇猛さを隠し、時機を待つことをいう。
16 池中の龍は、冬三か月は潜んで春の来るのを待つ。大人・君子が時節の到来を待つたとえ。
17 冬至。冬の終わり。
18 国の中央部。中原(黄河流域)に同じ。
19 帝位につこうとするならば。南面、孤称は、ともに帝位につくこと。
20 五経の一つ。引用文は、「礼記」曲礼上の句。
21 あざけりそしる。
22 その意見。

討ちしも、春なり。されば、「天[27]の時は、地の利に如《し》かず。地の利は、人の和《か》に如《し》かず」と云へり。しかるを、汝《なんじ》、今の時罰《ばつ》を行ふべき時ならずとわれを諫《いさ》むる、これその智の浅き二つなり。次に、呉国《ごこく》に伍子胥《ごししょ》があらん程は、呉を滅《ほろ》ぼすこと叶《かな》ふべからずと云はば、われつひに父祖の敵を討つて、恨みを泉下《せんか》[28]に報ぜん事あるべからず。ただ徒《いたず》らに、伍子胥が死せん事を待たば、[29]死生命《ししょうめい》あり。[30]老少不定《ろうしょうふじょう》なり。伍子胥とわれと、いづれをか先と知らん。この理《ことわ》りに迷ひて、わが征罰を止《とど》めんや。これその不可の三つなり。そもそもわれ、[31]多日《たじつ》に及んで兵を召す事、呉王も定めて聞きぬらん。事[32]遅停《ちたい》して、却《かえ》つて呉王に寄せら[33]れなば、後悔すとも益あるべからず。「[34]先《さき》んずる時は、人を制し、後にする則《とき》は、人の為に制せらる」と云へり。事すでに決[35]せり。且《しばら》くも留《とど》むるべからず」とて、[36]越王《えつおう》十一年二月上旬に、越王勾践《こうせん》、自ら十万余騎の兵を率《そっ》して、[37]呉国へぞ寄せられける。

23　多少。
24　たびたび。
25　ことごとく。
26　殷の湯王が夏の桀王を討ち、周の武王が殷の紂王を討ったこと。第一巻・序、参照。
27　「孟子」公孫丑下の句。およそ戦争をするには、天の時、地の利、人の和の三つの大切な条件があるが、天の時(自然の条件)はどんなによくとも地の利(地形の有利なこと)に及ばないし、地の利はどんなによくとも人の和(人心の和合一致)には及ばない。
28　地下のあの世にいる祖先に敵を討った報告ができない。
29　人の死生は天命による(論語・顔淵)。
30　老いと若きとどちらが先に死ぬかは定めがない。

呉王夫差《ふさ》、これを聞いて、小勢《こぜい》をば[38]欺《あざむ》くべからずとて、自ら二十万騎の勢《せい》を引き、呉と越との境の[39]夫椒県《ふしょうけん》と云ふ所に馳《は》せ向《む》かひ、後ろに[40]会稽山《かいけいさん》を当てて、前には大河を隔《へだ》てて、陣を取る。わざと敵をたばからんがために、三万余騎を出だして、残り十七万騎をば、後ろの山の谷に隠してぞ置いたりける。

さる程に、越王、夫椒県に打《う》ち臨《のぞ》んで、呉の兵を見給へば、二、三万騎には過ぎじと覚えて、まばらに見えてひかへたり。越の兵、これを見て、[41]思ふには似ず敵小勢なりけりと慢《あなど》つて、十万騎の兵、同時に馬を打ち入れ、[42]馬筏《うまいかだ》を組んで打ち渡す。比《ころ》は二月上旬の事なれば、[43]余寒《よかん》なほ烈《はげ》しくして、川水《かわみず》氷に連なれり。されば、兵は手凍《こご》えて、弓を控《ひ》くに叶《かな》はず。馬は雪に[44]泥《なず》んで、懸け引きも自在ならず。されども、越王、[45]攻鼓《せめつづみ》を打つて勧《すす》められける間、越の兵、もろともに轡《くつばみ》を並べて懸け入る。呉国の兵、かねてより敵を難所《なんしょ》におびき入れて、取《と》り籠《こ》めて討たん

31　早くから長い期間にわたって。
32　遅滞。
33　攻め寄せられたなら。
34　「史記」項羽本紀にみえる句。
35　「史記」孝武本紀にみえる句。
36　「史記」越王勾践世家には、越王三年(前四九四年)。
37　底本「呉王」を改める。
38　あなどってはいけない。
39　夫椒山。江蘇省呉県の西南。
40　浙江省紹興県の東南にある山。
41　予想したよりも。
42　馬を筏のように並べて川を渡ること。
43　立春後の寒さがまだ厳しくて、川面に氷が張りつめている。
44　行きなやんで、進むも

と議したる事なれば、わざと一戦《ひといくさ》もせず、夫椒県《ふしょうけん》の陣を引き退いて、会稽山《かいけいさん》の後ろの山へ引き籠もる。越《えつ》の兵、勝《かつ》に乗つて、北《に》ぐるを追ふこと十余里、四隊《したい》の陣を一陣に合はせて、左は右を顧みず、右は左を捨てて、馬の息も切るる程、思ひ思ひにぞ追うたりける。

　この時、呉《ご》の兵二十万騎、思ふばかりに敵を難所におびき入れて、四方の山より打ち出でて、越王勾践《こうせん》を中に取《と》り籠《こ》め、一《いち》人《にん》も漏《も》らさじと攻め戦ふ。越の兵、今朝《こんちょう》の軍《いくさ》に[46]遠懸《とおが》けして、人《じん》馬《ば》ともに疲れたる上、無勢《ぶぜい》なりければ、呉の大勢《おおぜい》に囲まれて、一所に打ち寄つてひかへたり。進んで前なる敵に懸からんとすれば、敵[47]嶮岨《けんそ》に支へて、鏃《やじり》を調《そろ》へて待ち懸けたり。引つ返して後ろなる敵を払はんとすれば、敵は大勢にて、越の兵は疲れたり。進退ここに谷《きわ》まつて、敗亡すでに極《きわ》まれり。

　されども、勾践は、[48]堅《かた》きを破り利《と》きを摧《くだ》くこと、項王《こうおう》が勢ひ

退くも容易でない。

45　攻撃を合図する太鼓。

46　遠距離を駆けて。

47　けわしい場所に防ぎとめて。

48　堅牢な敵陣を破り、精鋭な敵の攻撃を砕くことは、楚の項羽の勢いをもしのぎ、樊噲(漢の高祖の臣)の武勇にもまさっていたので。

を呑み、樊噲《はんかい》が勇にも過ぎたりければ、大勢の中へ懸け入り、十文字に懸《か》け破《わ》り、[49]巴《は》の字に追ひ廻す。一所に合うて二所に分かれ、四方を払つて八面に当たる。[50]頃刻《きょうこく》に変化して、百度《ももたび》戦ふと云へども、越王、つひに呉王に打ち負けて、七万余騎討たれにければ、越王、こらへかねて、会稽山に打ち登り、越の兵を見給ふに、わづかに三万余騎に討ちなされたり。それも半《なか》ばは手負ひて、悉《ことごと》く矢尽《つ》き鉾《ほこ》を打ち折りたり。[51]（勝ちを呉越に窺《うかが》うて、未だいづ方《かた》へも付かざりつる隣国の諸侯、多く呉王の方に馳《は》せ加《くわ》はりければ、）呉の兵、いよいよ重なつて三十万騎、会稽山の四面を囲むこと、[52]稲麻竹葦《とうまちくい》の如くなり。

越王、[53]帷幕《いばく》の内に入り、兵を集めて宣ひけるは、「わが運命すでに尽きて、今この囲みに逢へり。これ戦ひの咎《とが》にあらず。天われを亡ぼせり。しかれば、明朝《みょうちょう》、われ兵とともに敵の囲みを解いて、呉王の陣へ懸け入り、尸《かばね》を軍門に曝《さら》し、[54]恨みを再生《さいしょう》

49 ともえの形。
50 わずかの時間に陣形を変えて。
51 玄玖本により補う。
52 稲・麻・竹・葦が群生するように透き間もなく。
53 陣屋の幕。
54 生まれ変わる次の世で恨みをはらそう。

に報ずべし」とて、越《えつ》の[55]重器《ちょうき》を積み集めて、悉《ことごと》く焼き捨てんとし給ふ。また、王鼫与《おうせきよ》とて、今年八歳になり給ふ太子、越王《えつおう》に随つて同じく陣におはしけるを、呼び出だし奉りて宣ひけるは、「汝《なんじ》未だ幼稚なれば、わが死に殿《おく》れて、敵に虜《いけど》られ、憂き目を見ん事も心憂かるべし。もしまた、われ敵に虜られて、汝先立たば、われ[56]生前《しょうぜん》の思ひ忍《しの》び難《がた》かるべし。[57]如《し》かじ、汝を先立てて心安く見置き、明日の軍《いくさ》に討死《うちじに》して、[58]九原《きゅうげん》の苔《こけ》の下までも、父子の道を厚くせんと思ふなり」とて、左手に涙を拭《のご》ひ、右手に剣を提《ひっさ》げて、すでに王鼫与を殺さんとし給ふ。

ここに、越王の[59]左将軍《さしょうぐん》に、[60]大夫《たいふ》種《しょう》と云ふ者あり。越王の御前《おんまえ》に進み出でて申しけるは、「生《しょう》を全うして[61]命《めい》を待つ事は難《かた》く、死を軽《かろ》くして戦ひに臨《のぞ》む事は易《やす》し。君且《しばら》く、越の重器を焼き捨て太子を殺す事を留《とど》め給へ。臣、[62]不肖《ふしょう》なりと云へども、呉王《ごおう》を欺《あざむ》いて君王《くんおう》の死を救ひ、本国に帰つて二度《ふたたび》大軍を上げて、この

55 宝物。

56 存命中の悲嘆は耐えがたい。

57 いっそのこと、お前を先に死なせて最期を心安らかに見とどけ。

58 墓(礼記・檀弓下)。

59 王の左右(おそば)に仕える将軍の一人。

60 大夫は官名。種は名。

61 天の定めた寿命。

62 愚か。

恥を洗《すす》がんと思ふ。その故《ゆえ》は、今この山を囲んで一陣を張れる呉の将軍は、臣が古《いにし》への朋友に、[63]太宰嚭《たいさいひ》と云ふ者なり。かれ誠《まこと》に[64]血気《けっき》の勇者なりと云へども、その心に欲あつて、後《のち》の禍《わざわ》ひを顧みず。また、呉王夫差《ふさ》は、智浅くして[65]謀《はかりごと》短く、色に婬《いん》して道に暗し。いづれも欺くに易き道なり。そもそも、今越の戦ひに利あらずして、呉のために囲まれぬる事も、君、范蠡《はんれい》が諫《いさ》めを用ゐ給はざりしゆゑにあらずや。願はくは、君王、且《しばら》く臣が[66]尺寸《せきすん》の謀を許されて、士の数万《すまん》の死を救ひ給へ」と申しければ、越王、[67]げにもとや思はれけん、「[68]『敗軍の将は二度謀《ふたたびはか》らず』と云へり。今より後《のち》の事は、[69]しかしながら大夫種に任《まか》すべし」と宣ひて、重器を焼かるる事をも止《とど》め、また太子の自害をも止められけり。

大夫種、自ら十余騎を随へ、[70]降旗《こうき》を差し上げて、会稽山《かいけいさん》より馳《は》せ下《くだ》り、「越王、勢ひ尽《つ》きて、呉に降《くだ》る」と呼ばはりければ、

63　太宰は執政官。嚭は名。
64　武勇には秀でているが、節義には欠ける者(第二十九巻・13、参照)。
65　短慮で、女色を好んで道義に暗い。
66　わずかな謀。
67　なるほど道理とお思いになったのであろうか。
68　「敗軍の将は以て勇を言(かた)るべからず」(史記・淮陰侯列伝)。
69　ことごとく。
70　降伏のしるしに掲げる旗。

呉《ご》の兵三十万騎、[71]勝時《かつどき》を作つて、軍勢皆万歳《ばんぜい》を唱ふ。時に、大《たい》夫種《ふしょう》、冑《かぶと》を脱《ぬ》ぎ、弓をはづ[72]して、「君王の[73]陪臣《ばいしん》、越王勾践《えつおうこうせん》の従者大夫種、呉の[74]上将軍《じょうしょうぐん》の下《げ》執事《しつじ》に属《しょく》す」と名乗つて、[75]膝行頓首《しっこうとんしゅ》して、太宰嚭《たいさいひ》が前に跪《ひざまず》く。太宰嚭、床の上に座して、帷幕《いばく》をかかげさせて、大夫種に謁《えっ》す。大夫種、あへて[76]平視《へいし》せず。面《おもて》を低《た》れ、涙を流して申しけるは、「わが君越王勾践、運極《きわ》まり、勢ひ尽《つ》きて、呉の兵に囲まれぬ。これによつて、今、小臣種《しょう》をして、越王長く呉王の臣となり、[77]一畝《いっぽ》の民《たみ》たらん事を請《こ》はせしむ。願はくは、先日の罪を許されて、今日の死を助け給へ。将来、もし勾践の死を救ひ給はば、越国を呉王に献じて、[78]湯沐《とうもく》の地となし、越の重器《ちょうき》を将軍に献《たてまつ》るべし。もしまた勾践の死を救はじとならば、越の重器を焼き捨てて、士卒心を一つにして呉王の陣に懸け入つて、軍門に尸《かばね》を曝《さら》すべし。臣、平生《へいぜい》[79]将軍と交はりを結ぶ事浅からず。生前の芳恩《ほうおん》、ただこの一事《いちじ》にあり。将

71 勝鬨(かちどき)。
72 弓の弦(つる)をはずす。
73 臣下の臣。呉王の臣である越王の臣の意。
74 総大将の下級の執事としてつき従う。取り次ぎを乞う意。
75 膝を地につけて進み、頭を地につける。
76 目を伏せて正視しない。
77 わずかな耕地をもつ民。一畝は、約一〇〇坪。
78 沐浴の料に備えるような、とるにたらない領地(礼記・王制)。
79 太宰嚭のこと。

軍早くこの事を呉王に奏して、臣が胸中の安否《あんぴ》を、一日の中《うち》に知らしめ給へ」と申しければ、太宰嚭、[80]顔色誠《がんしょくまこと》に解けて、「安き程の事なり。われ必ず越王の罪をば申《もう》し宥《なだ》むべし」とて、呉王夫差《ふさ》の玉座《ぎょくざ》に近づいて、事の子細《しさい》を奏達《そうたつ》す。[81]

呉王、大きに怒つて、「呉と越と国を争ひ、兵を挙《きょ》する事、今日のみにあらず。しかるに、勾践、今運極《うんきわ》まつて呉の擒《とりこ》となれり。これ天の与へたるにあらずや。汝《なんじ》、これを知りながら、勾践が命を助けんと請ふ。[82]あへて忠烈《ちゅうれつ》の臣にあらず」と宣ひければ、太宰嚭、重ねて申しけるは、「臣、不肖《ふしょう》なりと云へども、忝《かたじけ》なくも将軍の号を許されて、越の兵と戦ひを致し、自ら謀《はかりごと》を廻《めぐ》らして大敵を破り、命を軽《かろ》くして勝つ事を快《こころよ》くせり。これひとへに、臣が[83]丹心《たんしん》の功と謂《い》ふべし。[84]君王のために天下の太平を計らんに、豈《あ》に一日も忠を竭《つ》くし、心を傾《かたぶ》けざらんや。臣、つらつら事の是非を計るに、越王戦ひに負けて勢ひ尽きぬ

80　わが願いが無事聞き届けられるか否かを。
81　表情は和らいで。
82　決して忠義心の厚い臣ではない。
83　まごころ。
84　呉王のために天下の平定を企てるのに、一日たりとも忠節と努力を怠ることがありましょうか。

と云へども、残る所の兵なほ三万余騎、皆以て[85]逞兵突騎《ていへいとっき》の勇士なり。呉《ご》の兵多しと云へども、昨日《きのう》の軍に功あつて、今より後《のち》は、身を全うして賞を貪《むさぼ》らん事を思ふべし。越《えつ》の兵、小勢《こぜい》なりと雖《いえど》も、志《こころざし》を一つにして、しかも[86]遁《のが》れぬ所を知れり。「[87]窮鼠却《きゅうそかえ》つて猫を嚙《くら》ふ、闘雀《とうじゃく》人を畏《おそ》れず」と云へり。呉越重ねて戦はば、呉必ず危《あや》ふきに近かるべし。如《し》かじ、越王の命を助け、一畝《いっぽ》の地を与へて、呉の臣となさんには。しからば、君王、呉越の両国を并《あわ》するのみにあらず、剰《あまっさ》へ[88]斉《せい》と楚《そ》と、秦《しん》、趙《ちょう》も、悉《ことごと》く[89]朝《ちょう》せずと云ふ事あるべからず。[90]根《ね》を深くして蔕《ほぞ》を堅くする道なり」と、言《ことば》を尽《つ》くして申しければ、呉王、則ち慾《よく》に耽《ふけ》る心を逞《たくま》しうして、「さらば、早《は》や呉の囲みを解いて、勾践《こうせん》を助くべし」とぞ宣ひける。

太宰嚭《たいさいひ》帰つて、大夫種《たいふしょう》にこの由《よし》を語りければ、大夫種、大きに悦《よろこ》びて会稽山《かいけいさん》に馳せ帰り、越王にこの旨を奏す。士卒皆《みな》[91]色を

85 たくましく強い兵と精鋭な騎兵。
86 今や逃れられないと知っている。
87 「窮鼠貍を齧む」(塩鉄論・詔聖)。和製類書に、「窮鼠猫を嚙み、闘雀人を畏れず」(玉函秘抄)とみえる。
88 いずれも春秋・戦国時代の列強。
89 朝貢しないということは決してない。
90 根本を堅固にする意。ほぞは果実のへた。「これを根を深くし蔕を固くすと謂ふ」(老子・五十九章)。
91 安堵して。
92 「貞観政要」君道の句。命のきわめて危うかったところをかろうじて助かった。

直して、「万死《ばんし》[92]を出でて一生に逢へり。ひとへに大夫種が智謀にかかれり」と、悦ばぬ者はなかりけり。

越王すでに降旗《こうき》を立てられければ、会稽の囲みを解いて、呉の兵は呉に帰り、越の兵は越に還《かえ》る。勾践、即ち太子王鼫与《おうせきよ》と大夫種とともに本国へ帰《かえ》し遣《つか》はし、わが身は白馬素車《はくばそしゃ》[93]に乗つて、越の璽綬《じじゅ》[94]を頸《くび》に懸けて、自ら呉の下臣《げしん》と称して、呉の軍門に出で給ふ。かかりけれども、呉王、なほ心許しやなかりけん、「君子は刑人に近づかず」[95]とて、勾践に面《おもて》を見《まみ》え給はず。剰へ勾践を典獄《てんごく》[96]の官に下されて、[97]日々に行くこと一駅駆《いちえきく》して、呉の姑蘇城《こそじょう》[98]へ入れ給ふ。その有様を見る人の、涙かからぬ袖はなし。日を経て姑蘇城に着き給ひければ、則ち杻械《ちゅうかい》[99]を入れて、土《つち》の楼《ろう》にぞ入れ奉りける。夜の明け日暮るれども、日月《じつげつ》の光も見給はねば、一生冥暗《めいあん》[100]の中《うち》に向かつて、歳月の遷《うつ》り替《か》はるをも知り給はず。

93　白い馬に、飾りのない白木の馬車。死を決して降参するのに用いる(史記・秦始皇本紀)。
94　王の印章と、それにつける組紐。
95　「春秋公羊伝」襄公二十九年などにみえる句。罪人から危害を加えられる危険があるため。
96　獄舎の役人。
97　一日に一駅ずつ行って。
98　呉の都城。江蘇省蘇州市。
99　手かせ足かせを付けて、土牢(つちろう)にお入れした。勾践が姑蘇城の牢に入る話は「史記」「呉越春秋」になく、越に帰された勾践は会稽の恥を忘れないよう、にがい胆をなめ、貧しい生活で人民と労苦をともにして、「臥薪嘗胆」する。
100　くらがり。やみ。

さる程に、范蠡《はんれい》、越国《えつこく》に留《とど》まつてこの事を聞くに、恨み骨髄《こつずい》[101]に徹《とお》つて忍《しの》び(難《がた》し)。あはれ、いかにもして勾践《こうせん》命を助かり、本国へ帰り給へかし。もろともに謀《はかりごと》を運《めぐ》らして、会稽《かいけい》の恥を雪《すす》がんと思ひければ、身をやつし、形を替へて、簀《あじか》[102]に魚《うお》を荷《にな》ひ、商人《あきんど》の学《まね》をして、呉国《ごこく》へぞ行きたりける。姑蘇城《こそじょう》の辺にやすらひて、勾践のおはせる所を問ひければ、或る人委《くわ》しく教へ知らせてけり。范蠡、嬉《うれ》しく思ひて、かの獄門の辺へ行きたりけれども、守門《しゅもん》の警固《けいご》隙《ひま》なかりければ、一行[103]の書を魚腹《ぎょふく》の中に収めて、獄中へぞ擲《な》げ入《い》れける。勾践、奇《あや》しく思ひて、魚の腹を開《あ》けて見給へば、

西伯牖里《せいはくゆうり》[104]に囚《とら》はれ、重耳《ちょうじ》[105]は翟《てき》に奔《はし》る、皆以て王覇《おうは》たり。
君[106]軽々《かるがる》しく身を将《も》つて敵に許すこと莫《な》かれ。

とぞ書いたりける。筆勢《ひっせい》の体《てい》、紛《まが》ふべくもなき范蠡が業《しわざ》なりと見給ひければ、「かれ未だ浮世《うきよ》に長らへて、わがために肺肝《はいかん》[107]を

101　恨みが骨身に沁みて。「史記」秦本紀が典拠。
102　竹・藁などのかご。
103　書を魚腹に収める話は、「文選」古楽府「馬を長城の窟(いわや)に飲(みずか)ふ行」をはじめ、類話が多い。
104　西伯(周の文王)は殷の紂王により牖里(羑里)の獄舎に囚われたが、のちに赦されて王業をなした(史記・周本紀、第三十巻・6)。
105　晋の王子重耳(文公)は継母驪姫(りき)の讒により翟に逃れたが、のちに晋に戻って覇業をなした(史記・晋世家、第十二巻・10)。
106　他本「死を敵に許すこと莫かれ」。なお、神田本は巻四欠。
107　心をくだくこと。

尽《つ》くしけるよ」と、その志の程を、あはれにもまた憑《たの》もしくも思《おぼ》されけるにこそ、一日片時《へんし》が程も、生けるを憂しと[108]かごとたれしわが身ながら、御命も却《かえ》つて惜しくは思はれけれ。

かかりける処《ところ》に、呉王夫差《ふさ》、俄《にわ》かに[109]石淋《せきりん》と云ふ病《やまい》を受けて、身心とこしなへに悩乱《のうらん》し給へり。[110]巫《かんなぎ》祈れども験《しるし》なく、医師治《ち》すれども癒《い》えず。[111]露命《ろめい》すでに危《あや》ふく見え給ふ処に、他国より名医来たつて申しけるは、「御病《おんやまい》誠《まこと》に重しといへども、医術の及ぶまじきにあらず。石淋の味を嘗《な》めて、[112]五味《ごみ》の様《よう》を知らする人あらば、われたやすく療治《りょうじ》し奉るべし」とぞ申しける。されども、左右の近臣《きんしん》皆相顧《あいかえり》みて、石淋を嘗むる人つひになかりけり。勾践、この由《よし》を聞き給ひて、涙を押さへて宣ひけるは、「われ会稽の囲みに逢ひし時、すでに誅《ちゅう》さるべかりし命を今まで助け置かれて、天下の赦《ゆる》しを待つ事、ひとへに君王[113]慈恵《じけい》の厚恩《こうおん》なり。われ今、これを以てその恩を報ぜずは、臣、いつの日をか

108 恨みごと。

109 結石。腎臓や膀胱にできる疾病。この石淋の話は「史記」にみえず、原話は「呉越春秋」にある。

110 祈禱師。

111 露のようにはかない命。

112 甘・鹹（かん＝しおからい）・酸・辛・苦の五味。

113 慈しみと恵み。

期《ご》せん」とて、石淋《せきりん》を取つて、これを嘗《な》め、その味を医師に知らせらる。医師、味を聞いて、療治《りょうじ》を加ふるに、呉王《ごおう》の病《やまい》、忽《たちま》ちに平癒《へいゆ》してけり。

呉王、大きに悦《よろこ》びて、勾践《こうせん》を楼《ろう》より出だし奉り、剰《あまつさ》へ越国《えつこく》を返し与へて、本国へ還《かえ》すべしと宣下《せんげ》せられければ、呉王の臣下に、伍子胥《ごししょ》と申す者、呉王を諫《いさ》めて申しけるは、「[114]天の与ふるを取らざるは、却《かえ》つてその咎《とが》を得《う》」と云へり。この時、越の地を取らずして、勾践を帰さん事は、[115]千里の野に虎を放つが如し。後《のち》の禍《わざわ》ひ近きにあるべし」と申しけれども、呉王、これを聞き給はず、つひに勾践を本国へぞ帰されける。

勾践、すでに車の[116]轅《ながえ》を廻《めぐ》らして、わが国へ帰り給ふ処《ところ》に、[117]蝦蟇《がま》その数を知らず、車の前に飛び来たれり。勾践、これを見給うて、「これ勇士を得て、[118]素懐《そかい》を達すべき瑞相《ずいそう》なり」とて、車より下りて、これを拝してぞ過ぎ給ひける。

114 「孟子」梁恵王下や「国語」にみえる句。「史記」越王勾践世家では、これは伍子胥の言ではなく、後に呉王夫差をゆるそうとした勾践を范蠡がいましめることばとしてみえる。
115 大きな災いのもとをつくるたとえ。
116 車の車軸から伸びる二本の棒。
117 蝦蟇(他本は蛙)の話は、「史記」にない。勾践が蛙を拝したことは、「呉越春秋」「貞観政要」議征伐などにみえ、「源平盛衰記」巻十七「勾践夫差の事」に引かれる。
118 宿願。

かくて越国へ帰つて、住み来《こ》し[119]故宮《こきゅう》を見給へば、いつしか三《み》年《とせ》に荒れはてて、[120]梟松桂《ふくろうしょうけい》の枝に鳴き、狐蘭菊《きつねらんぎく》の叢《くさむら》に蔵《かく》る。[121]人の閑庭《かんてい》を払ふなく、落葉《らくよう》満ちて粛々《しょうしょう》たり。越王死を免《まぬか》れて帰り給ひぬと聞こえしかば、范蠡《はんれい》、太子王鼫与《おうせきよ》を伴ひて、宮中へ入れ奉る。また、越王の后《きさき》に、[122]西施《せいし》と云ふ美人おはしけり。容色世に勝《すぐ》れ、[123]嬋娟類《せんけんたぐ》ひなかりしかば、越王、殊に寵愛甚《ちょうあいはなは》だしくして、暫《しばら》くも側《ほとり》を離し給はざりき。越王呉に囚《とら》はれ給ひし程は、呉の難《なん》を遁《のが》れんために、身側《そば》めて隠《かく》れ居《い》給ひしが、越王帰り給ひぬる由《よし》を聞き給ひて、則ち[124]后宮《こうきゅう》へ帰り入り給ふ。今年三年を待《ま》ち佗《わ》びて、断《た》えぬ思ひに沈み給ひける歎きの程も顕《あらわ》れて、少し面痩《おもや》せし給へる形、[125]なかなかわりなく見えて、[126]梨花《りか》一枝《いっし》の春の雨、喩《たと》へん方もなかりけり。[127]公卿《こうけい》、大夫《たいふ》、文武《ぶんぶ》百司《はくし》の官、ここかしこより馳《は》せ参《まい》りける間、[128]軽軒《けいけん》紫陌《しはく》の塵《ちり》に馳せ、[129]冠珮丹墀《かんばいたんち》の月に鎗《かきなら》して、堂上堂下《とうしょうとうか》再び咲ける花の如し。

119 もとの宮殿。
120 白居易「凶宅」の詩句による。
121 寂れた庭を掃き清める人もなく。
122 中国古代の美女の代表。西施の話も「史記」になく、原話は「呉越春秋」「蒙求」西施捧心などにみえる。
123 美しくあでやかなこと。
124 後宮。
125 かえってすばらしく。
126 「長恨歌」の句。美女の憂いを含む姿の形容。
127 三公と九卿。公は最高官位。卿はそれに次ぐ。大夫は卿の下に位する。
128 軽軒は、軽快に走る車。紫陌は、都の大路。
129 冠や玉の飾りを、宮殿の庭(丹墀)を照らす月の光に鳴り響かせて、宮殿の内外は再び花が咲いたように華やかになる。

かかりける処《ところ》に、呉国《ごこく》より使者来たれり。勾践《こうせん》、范蠡《はんれい》を以て事の子細《しさい》を問ひ給へば、「わが君《きみ》呉王夫差《ふさ》、婬《いん》を好み、色を重んじて、美人を尋ね給ふ事、天下にあまねし。しかれども、未だ西施《せいし》が如きの顔《かんばせ》を得ず。越王《えつおう》、古《いにしへ》会稽《かいけい》の囲みを出でし時、一言《いちごん》の約《やく》あり。早くかの西施を呉の後宮へ冊《かしづ》[130]き入れ奉つて、后《こう》妃《ひ》の位に備へ奉るべし」との使ひなり。越王、これを聞き給ひて、「われ呉王夫差が陣に降つて、恥を忘れ、石淋《せきりん》を嘗《な》めて命を助けし事、全く国を保つて身を栄えんとに(は)あらず。ただ西施に偕老《かいろう》[131]の契りを結ばんためなり。生前《しょうぜん》に一度《ひとたび》別れて、死後に再会を期《ご》せば、万乗《ばんじょう》[132]の国を保つても何かせん。されば、たとひ呉王の会盟《かいめい》[133]破れて、二度《ふたたび》来たつて、われ呉のために擒《とりこ》となるとも、西施を他国へ送らん事は叶《かな》ふべからず」と宣ひける。

范蠡、涙を流して申しけるは、「誠《まこと》に君王展転《てんてん》[134]の思ひを計るに、臣が心に悲しまざるにあらず。しかりと雖《いえど》も、もし今西施

130　懇ろにお入れ申し上げて。

131　夫婦が白髪になるまで添いとげること。「詩経」邶風・撃鼓などに見える句。

132　兵車を一万台を有する王の国。万乗は周代の天子の資格。

133　国と国との盟約が破れ、呉王が再び攻め寄せ。

134　寝つけないほどに女性を恋い慕う。白居易「長恨歌」の「君王の展転の思いに感ずるが為に」による。

を呉国に送らずは、呉越の会盟再び破れて、呉王、また兵を発《おこ》すべし。[135]さる程ならば、越国を呉王に并《あわ》せらるるのみにあらず、剰《あまっさ》へ西施をも奪はれ、[136]社稷《しゃしょく》をも傾《かたぶ》けらるべし。臣、つらつら計るに、呉王[137]これに迷ひて政《まつりごと》を失はん事、疑ふ所にあらず。国費《つい》え、民背《そむ》かん時に及んで、兵を発して呉王を攻められば、勝つことをたちどころに得《え》つべし」と、一度は泣き、「これ子孫万歳《ばんぜい》に及んで、夫人[138]連理《れんり》[139]の御契り久しかるべき道」と、一度は諫《いさ》めて、理《ことわ》りを尽《つ》くして申しければ、越王、理りに折れて、[140]力なく西施を呉国へぞ送られける。西施は、[141]小鹿《おじか》の角《つの》のつかの間も、別れてあるべきものかやと、思ひし中をさけられて、[142]連理の契り浅からぬ越王にも別れ、[143]未だ幼《いとけ》なき太子王鼫与《おうせきよ》をも、云ひ知らず思ひ置き奉り、思はぬ旅に出で給へば、別れを慕ふ涙さへ、しばしが程も止《とど》まらで、袂《たもと》の乾《かわ》く隙《ひま》もなし。

かの西施と申すは、天下第一の美人なり。[144]粧《よそお》ひなして一度《ひとたび》咲《え》

135 そうなってしまえば。
136 国家。
137 西施。
138 中国で天子の妃または諸侯の妻の称。
139 男女の堅い約束(長恨歌)が長くつづく方途。
140 やむなく。
141 小鹿の角のように短いわずかの時間。「夏野行く小鹿の角の束の間も忘れず思へ妹が心を」(新古今和歌集・柿本人麻呂)。
142 割(さ)かれて。
143 西施を、勾践の后とし、太子王鼫与の母とするのは「太平記」のみ。典拠不詳。
144 「眸(ひとみ)を回らして一たび笑めば百の媚び生ず」(長恨歌)。

めば、百《もも》の媚《こ》び君の眼を迷はして、[145]漸《ようや》く地上《ちじょう》に花なきかと疑ふ。[146]艶《えん》閉ぢてわづかに視《み》れば、千々《ちぢ》の態《かたち》人の心を蕩《とろか》して、忽《たちま》ち雲《くも》間《ま》に月を失ふかと怪しまる。されば、呉王《ごおう》、これを後宮に冊《かしず》き入《い》れしより後《のち》は、ただ終夜《よもすがら》婬楽《いんらく》をのみ嗜《たしな》んで、[147]代の政《まつりごと》をも聞かず、終日《ひねもす》に宴遊《えんゆう》をのみ事として、国の危《あや》ふきをも顧《かえり》みず。上《かみ》荒《すさ》み下廃《しもすた》るれども、[148]佞臣《ねいしん》は阿《おもね》つて諫《いさ》めず。呉王は万事、酔《え》ひて忘るるが如し。

これを見て、伍子胥《ごししょ》、呉王を諫めて申しけるは、「君見ざるや。[149]殷《いん》の紂王《ちゅうおう》は、妲己《だっき》に迷ひて世を失ひ、[150]周《しゅう》の幽王《ゆうおう》は、褒姒《ほうじ》を愛して国を傾《かたぶ》けしことを。君、今西施《せいし》に婬《いん》し給へる事、これに過ぎたり。国の傾廃《けいはい》、遠きにあらず。願はくは、西施を愛することを止《や》めて、社稷《しゃしょく》の危ふきことを思ひ給へ」と、[151]厳顔《げんがん》を侵《おか》して諫め申しけるを、呉王、大きに怒つて、「下《しも》として上《かみ》を嘲《あざむ》く。愚にして賢を教ゆ。これ[152]不《ふ》烈不忠《れつふちゅう》の逆臣《ぎゃくしん》なり」とて、伍子胥を

145 ほとんど他に宮中には花がないかと疑うようになる。「熟(つら)地上に花無きかと疑ふ」(遊仙窟)。
146 あでやかな姿を隠し、時折わずかに姿を見せると。
147 世。
148 邪(よこしま)で口の巧みな臣。
149 殷の紂王が妲己を寵愛して国を傾けた故事(史記・殷本紀)。
150 周の幽王が褒姒を寵愛して国を傾けた故事(史記・周本紀、平家物語巻二・烽火の沙汰)。
151 王の前を畏れ憚らずに直言して諫める(古文孝経・諫諍・注の句)。厳顔は、王の顔。
152 烈は、節義。

誅《ちゅう》せんとし給ふに、伍子胥、あへて死を悲しまず。「争ひ諫めて[153]節《せつ》に死するは、臣下の則《のり》なり。われ正《まさ》に、越《えつ》の兵の手に死なんよりは、寧《むし》ろ君王《くんおう》の手に死せんこと、恨みの中の悦《よろこ》びなり。但し、君、臣が忠言《ちゅうげん》を怒《いか》つて、われに死を賜ふ。天すでに君を棄つるなり。君、越王のために滅《ほろ》ぼされて、[154]刑戮《けいりく》の罪に伏《ふく》せん事、三年《みとせ》を過ぐべからず。願はくは、臣が両眼《りょうがん》を穿《くじ》つて、呉の東門《とうもん》に懸けられて、その後《のち》首を刎《は》ね給へ。一双《いっそう》の眼《まなこ》、未だ乾《かわ》かざる先に、君の勾践《こうせん》に滅ぼされて、死刑に赴き給はんを見て、一笑《いっしょう》を快くせん」と申しければ、呉王、いよいよ怒つて、則ち伍子胥を誅せられ、両眼を穿つて、呉の東門の旗鉾《はたほこ》の上にぞ懸けられける。

かかりし後《のち》は、君《きみ》悪を積むと云へども、臣あへて諫めを献ぜず。ただ群臣口を噤《つぐ》み、万人[155]目を以てす。范蠡《はんれい》、これを聞いて、時すでに到りぬと喜びて、越王を勧め奉り、自ら二十万騎の兵

153　節義に殉じる。なお、「史記」では、伍子胥は、太宰嚭の讒言によって自殺を命じられる。

154　死罪。

155　目くばせで非難する。

の大将として、呉国《ごこく》へぞ寄せたりける。呉王夫差《ふさ》は、[156]時節《おりふし》、晋《しん》国《こく》の呉を背《そむ》くと聞いて、晋国へ向かはれたりける間《ひま》なれば、呉国には防く兵もなかりけり。范蠡《はんれい》、姑蘇城《こそじょう》に乱れ入つて、先《ま》づ西施《せいし》を取り返して、姑蘇台《こそだい》を焼き払ふ。この姑蘇台と申すは、[157]四方千五百里に直《すぐ》うして、高き事三百里より外《ほか》に見る程なれば、兵火《ひょうか》天を焦がして、余煙千山《よえんせんざん》を掠《かす》めり。斉《せい》、楚《そ》の両国も、越王《えつおう》に志《こころざし》を通じてければ、即ち三十万騎の兵を出だして、范蠡に合力《ごうりき》す。

呉王、これを聞いて、晋国の軍《いくさ》を閣《さしお》いて、呉国へ引つ返して、越と戦はんと相向かふ。前には、[158]呉、越、斉、楚の兵、雲霞《うんか》の如くにして待ち懸けたり。後ろには、また晋国の強敵《ごうてき》、弊《つか》れに乗つて追つ懸けたり。呉王、元来無勢《もとよりぶぜい》なる上、大敵に前後を裏《つつ》まれて、今は遁《のが》るべき方《かた》もなかりければ、死を軽んじて戦ふこと三日三夜なり。范蠡、[159]荒手《あらて》を入れ替へて、息も継《つ》がせず攻め

156 おりしも。なお、「史記」では、呉王が北で諸侯と会合するため精鋭を率いていった機会。

157 四方千五百里のまっすぐな平地に立ち、三百里遠くから見えるほど高いので。

158 天正本以外の諸本は呉を記すが、ないのが当然正しい。

159 新手。ひかえの新しい軍勢。

ける間、呉の兵三万余人討たれて、わづかに百余騎になりにけり。

　呉王、自ら当たること三十二ヶ度、[160]旦日《たんじつ》に囲みを解いて、六十七騎を順《したが》へて姑蘇山《こそざん》に取《と》り上《のぼ》り、越王に使者を立てて曰《のたま》はく、「君王、昔会稽山《かいけいさん》に苦しめる時、臣夫差、これを助けたり。願はくは、われ今より後《のち》越の下臣《げしん》となりて、[161]君の趾《あし》を戴かん。君、もし会稽の恩を忘れずは、臣が今日の命を救ひ給へ」と、言を卑《いやし》うし、礼を厚《あつ》くして、降《くだ》らんことをぞ乞《こ》はれける。越王、これを聞いて、古《いにし》へのわが思ひに、今の人の悲しささこそと、あはれに思ひ知り給ひければ、呉王を殺すに忍びず、その死を救はんことを思ひ給へり。

　范蠡、これを聞いて、越王の前に跪《ひざまず》き、[162]面《おもて》を犯して諫《いさ》め申《もう》しけるは、「[163]「柯《から》を伐《き》り、その規《のり》未だ遠からず」。会稽の古《いにし》へは、天、越を呉に与へたり。しかるを、呉取ることなくして、忽《たちま》ち

160　夜明けに敵の包囲を抜けて。

161　君王に絶対服従する。

162　王の面前を畏れ憚ることなく。

163　「詩経」豳風「伐柯」の句。柯は斧の柄。斧の柄を作るのに、その長さの手本になるものを遠くに求めることはない。手本は身近なところにある意。

にこの害に逢へり。今却《かえ》つて、天、越《えつ》に呉《ご》を与へたり。取ること無くんば、またかくの如きの害に逢はん。君と臣と、ともに[164]肺肝《はいかん》を砕《くだ》いて、呉を滅《ほろ》ぼさんことを謀《はか》る事二十一年、一朝《いっちょう》にして棄つること、[165]豈《あ》に慈恵《じけい》増《まさ》らんや。君非を行ふ則《とき》は、臣随《したが》はざるは忠なり」と云ひて、呉王の使者、未だ帰らざる先に、范《はん》蠡《れい》、攻鼓《せめつづみ》を打つて兵を進め、つひに呉王を虜《いけど》り、[166]軍旅の陣に引《ひ》き出だす。

呉王、忽《たちま》ちに[167]面縛《めんばく》せられて、呉の東門を過ぎ給ふに、忠臣伍《ご》子胥《ししょ》が諫《いさ》めによつて首を刎《は》ねられ、旗鉾《はたほこ》の上に懸けられたりし一双《いっそう》の眼《まなこ》、三年まで未だ枯れずしてありけるが、その眸《まなじり》明らかに開き、相見て笑へる気色《けしき》なり。呉王、これに面《おもて》を見《まみ》えんこと、さすが恥づかしくや思はれけん、袖を顔に押し当て、首をうなだれて過ぎ給へば、数万の兵、これを見て、涙を添へぬはなかりけり。則ち呉王を典獄《てんごく》の官に渡され、会稽山《かいけいさん》の麓《ふもと》にて、

164 苦労して。
165 なんと思いやりのないことでしょう。
166 軍勢。
167 両手を背中で縛られ、顔を前に突き出すこと。
168 「会稽の恥を雪(よき)む」(史記・貨殖列伝)。
169 武力で諸国の盟主となった。
170 一万の戸数を所有する諸侯。
171 「史記」越王勾践世家の范蠡の言。「明文抄」にも引く。大いなる名誉のも

つひに首を刎ね奉る。古来、俗の諺《ことわざ》にも、「[168]会稽の恥を雪《きよ》む」とは、この事を申すなり。

これより、越王、呉を并《あわ》せて、晋《しん》、楚《そ》、斉《せい》、秦《しん》を朝《ちょう》せしめ、[169]覇者《はしゃ》の盟主《めいしゅ》となりしかば、その功を賞して、范蠡を[170]万戸《ばんこ》の侯に封《ほう》ぜんとし給ひしかども、范蠡、かつてその禄《ろく》を受けず。[171]「大名《たいめい》の下《もと》には、久しく居《お》るべからず。[172]功成り名遂げて、身退くは、天の道なり」とて、つひに姓名を改め、陶朱公《とうしゅこう》と称して、[173]五湖《ごこ》と云ふ所に、身を隠して居たりけり。釣りして[174]蘆花《ろか》の岸に宿《しゅく》すれば、半蓑《はんさ》に雪を留《とど》め、歌つて楓葉《ふうよう》の陰《かげ》を過ぐれば、[175]孤舟《しゅう》に秋を載せたり。[176]一蓬《いっぽう》の月、万頃《ばんきょう》の天、紅塵《こうじん》の外に遊んで、白頭《はくとう》の翁《おきな》となりにけり。

今木三郎高徳《いまきのさぶろうたかのり》、この事を思《おも》ひ准《なずら》へて、一句十字の詩に[177]千般《せんばん》の思ひを述べて、ひそかに叡聞《えいぶん》に達したる、智慮《ちりょ》の程こそ浅からね。

とに長くいてはいけない。

172　「老子」第九章の句。「明文抄」にも引く。功績をあげて名誉を得たならば、身をひくのが天の道にかなった生き方である。

173　今の江蘇省・浙江省にまたがる太湖を中心とした湖沼地帯。五湖に隠棲したことは、「呉越春秋」にみえる。

174　芦の花の咲く岸に野宿すれば、蓑の半面が蘆の花で雪のように白くなり。以下、温庭筠「西江の上に漁父を送る詩」等の詩句をふまえる。

175　一艘の小舟に秋の紅葉が散りかかる。

176　苫ぶきの一艘の小舟から見る月と、広大な天を眺めては、俗世間の塵を離れて遊び。

177　万感の思い。

さる程に、先帝《せんてい》は、出雲国《いずものくに》[178]三尾《みお》の湊《みなと》に十余日御逗留ありて、順風になりければ、舟人《ふなうど》纜《ともづな》を解いて、御船を艤《ふなよそい》す。兵船《ひょうせん》三百余艘、前後左右に漕ぎ並べて、万里《ばんり》の雲にさかのぼる。時に[179]滄海《そうかい》沈々として、日《ひ》西北の浪に没《い》り、雲山《うんざん》[180]迢々《じょうじょう》として、月《つき》東南の天に出づ。漁舟《ぎょしゅう》の帰る程見えて、一燈《いっとう》[181]柳岸《りゅうがん》に幽《かす》かなり。暮るれば[182]蘆岸《ろがん》の煙に船を維《つな》ぎ、明くれば[183]松江《すんごう》の風に帆を揚げて、浪路《なみじ》に日数《ひかず》を重ぬれば、都を御出《おんい》であつて後[184](二十六日と申すに)、御船は隠岐国《おきのくに》に着岸ある。

[185]佐々木《ささき》隠岐前司《おきのぜんじ》貞満《さだみつ》、[186]府島《こうのしま》と云ふ所に、[187]黒木《くろき》の御所を作つて皇居となす。[188]玉扆《ぎょくい》に咫尺《しせき》して召し仕はれける人とては、六条《ろくじょう》少将忠顕《しょうしょうただあき》、一条頭大夫行房《いちじょうとうのたいふゆきふさ》、女房達に、三位《さんみ》の御局《みつぼね》ばかりなり。昔の玉桜金殿《ぎょくろうきんでん》に引き替へて、竹の椽《たるき》[189]の憂き節《ふし》繁きを、松の扉《とぼそ》の明け暮れは、御涙を催《もよお》す便りあり。[190]鶏人《けいじん》の暁《あかつき》を唱へし声、守護の武士の番《ばん》を催す声に替はりて、御枕の上に近ければ、夜《よ》

178 前出、本巻・3では「見尾」。
179 「時に雲海沈々として、洞天に日晩(く)れ」(長恨歌伝)。
180 「迢」は、遥か。
181 柳の生えた岸。
182 夕靄のたちこめる蘆の生えた岸。
183 松の生えた入り江。
184 他本により補う。
185 玄玖本・流布本「貞清」。第七巻・7に「隠岐前司清高」。「清高」(梅松論)が正しいか。宗清の子。宇多源氏。
186 隠岐国府があった道後。
187 皮を削っていない丸太を組んだ粗末な御所。
188 玉座に近づいて。
189 竹の節とつらい時節を掛ける。
190 宮中で時刻を知らせる役人。

の御殿《おとど》に入らせ給ひても、つゆまどろませ給はず。[191]萩の戸《はぎのと》の明くるを待ちし朝政《あさまつりごと》はなけれども、[192]巫山《ふざん》の雲雨《うんう》の御夢なきままに、[193]暁ごとの御勤め、北辰《ほくしん》の御拝《ぎょはい》も懈《おこた》らず。

この年、いかなる年なれば、百官罪なくして、愁涙《しゅうるい》を配所《はいしょ》の月に滴《した》で、[194]一人位《いちじんくらい》を易《か》へ、宸襟《しんきん》を他郷《たきょう》の風に悩まし給ふらん。天地開闢《かいびゃく》より以来《このかた》、未だかかる不思議を聞かず。されば、天に懸かる日月《じつげつ》も、誰《たれ》がためにか明らかなる事を恥ぢざらん。心なき草木《そうもく》も、これを悲しみて花咲く事を忘れつべし。

191　清涼殿にある夜の御殿(天皇の寝所)の戸。戸を開けると夜が明けるを掛ける。
192　男女の情愛のこまやかなことのたとえ。巫山は四川省巫山県。楚の懐王が夢に巫山の神女と契り、別れ際に神女が雲雨となって訪れると言った故事(文選・宋玉・高唐の賦)をふまえたいい方。
193　毎朝の勤行と、北斗七星を拝する儀式。
194　帝。宸襟は、帝のお心。

太平記 第五巻

第五巻　梗概

元弘《げんこう》二年（一三三二）三月、光厳帝《こうごんてい》が即位し、十一月に大嘗会が行われた。関白には鷹司《たかつかさ》冬教《ふゆのり》、天台座主には帝《みかど》の弟尊胤法親王《そんいんほっしんのう》がなった。先帝に仕えた万里小路《までのこうじ》宣房《のぶふさ》は、日《ひ》野《の》資《すけ》明《あきら》の説得で新帝に出仕したが、折しも、先帝が延暦寺の根本中堂に燈した新常燈が消えるという怪異があった。関東では、田楽に狂う北条高時《ほうじょうたかとき》の邸で天狗の怪異があった。高時は世のあやうさも顧みず、田楽と闘犬の逸遊にふけっていたが、北条氏の繁栄が九代つづいたのは、北条時政《ほうじょうときまさ》の前世における善行によるものだった。その頃、南都の般若寺《はんにゃじ》にあって幕府方の探索を受けた大塔宮尊雲法親王《おおとうのみやそんうんほっしんのう》は、大般若経の唐櫃に隠れてあやうく難を逃れた。宮は、九人の供の者と山伏姿で熊野へ向かったが、途中、切目王子《きりめのおうじ》で夢の告げを受け、行き先をかえて十津川《とつがわ》に赴いた。十津川では、戸野兵衛《とののひょうえ》を頼り、ついで竹原八郎《たけはらのはちろう》のもとに身を寄せ、そこで還俗して名を護良《もりよし》と改めた。だが、熊野別当《くまののべっとう》の策略で、熊野の八庄司が武家方についたため、宮は十津川を出て高野山へ向かった。芋瀬庄司《いもぜのしょうじ》が宮の行く手に立ちふさがったが、赤松則祐《あかまつそくゆう》、平賀三郎《ひらがのさぶろう》、村上義光《むらかみよしてる》の働きで難を切り抜けた。ついで、中津川の峠で玉木庄司《たまきのしょうじ》の軍勢に襲われ、宮はすでに自害を決意したが、野《の》長瀬《ながせ》兄弟の加勢によって救われた。その後、宮は吉野山に入り、城郭を構えて三千余騎の軍勢で立て籠もった。

持明院殿御《じみょういんどのご》即位《そくい》の事　1

[1]元弘《げんこう》二年三月二十二日、後伏見院《ごふしみいん》の[2]第一の御子《みこ》、御年《おんとし》十九にて天子の位に即《つ》かせ給ふ。御母《おんはは》は、[3]竹内左大臣公衡公《たけのうちさだいじんきんひらこう》の御女《おんむすめ》、後《のち》には[4]広義門院《こうぎもんいん》と申しし御事《おんこと》なり。同じき年十月二十八日に、[5]河原の御禊《おんはらい》ありて、十一月十三日、[6]大嘗会《だいじょうえ》を遂《と》げ行《おこな》はる。関白は、[7]鷹司左大臣冬教公《たかつかさだいじんふゆのりこう》、別当は、[8]日野中納言資名卿《ひののちゅうなごんすけなきょう》にてぞおはしける。いつしか[9]当今《とうぎん》奉公の人々は、皆一時《いっし》に望みを達して、[10]門前市《もんぜんいち》をなし、堂上《とうしょう》花の如し。

[11]梶井二品親王《かじいのにほんしんのう》、天台座主《てんだいざす》にならせ給ひて、[12]大塔《おおとう》、[13]梨本《なしもと》の両門《りょうもん》跡并《ぜきあわ》せて[14]御管領《ごかんれい》ありしかば、御門徒の大衆群集《だいしゅくんじゅ》して、[15]御拝堂《ごはいどう》の儀式厳重《げんじょう》なり。しかのみならず、[16]御室二品法親王法守《おむろのにほんほっしんのうほうしゅ》、仁和寺《にんなじ》の御門跡に御移りありて、[17]東寺《とうじ》一流の法水《ほっすい》を湛《たた》へ給ふ。これは

1

1　一三三二年。光厳帝の正慶元年。
2　量仁（かずひと）親王。光厳帝。
3　西園寺実兼の子。竹林院とも竹内とも号した。
4　寧子（ねい）。
5　大嘗会の前に、新帝が賀茂川の河原で行うみそぎ。
6　帝が即位後はじめて行う新嘗会で、一代一度の盛儀。
7　基忠の子。兄冬平の養子。
8　俊光の子。資朝の兄。
9　今上帝に仕える人々。
10　一族の繁栄のさま。「堂上華の如く、門前市を成す」（本朝文粋・橘直幹・民部大輔に補されんことを願ふ状）。
11　尊胤（そんいん）法親王。後伏見院第四皇子。梶井は、梨

皆、後伏見院《ごふしみいん》の御子《みこ》、今上皇帝《きんじょうこうてい》の[18]連枝《れんし》なり。

宣房卿《のぶふさきょう》二《じ》君《くん》に仕《つか》ふる事　2

万里小路《までのこうじ》大納言《だいなごん》宣房卿《のぶふさきょう》は、元来《もとより》[1]先朝《せんちょう》旧労《きゅうろう》の寵臣《ちょうしん》にておはせし上、子息藤房《ふじふさ》、季房《すえふさ》二人《にん》、笠置《かさぎ》の城にて虜《いけど》られ、[2]遠流《おんる》に処せられしかば、父の卿も、罪科《ざいか》深き人にてあるべかりしを、賢才《けんさい》の聞こえありしかば、関東、[3]別儀《べつぎ》を以てその罪を宥《なだ》め、当今《とうぎん》に召《め》し仕《つか》はるべき由《よし》を挙《きょ》し申《もう》す。

　これによつて、[4]日野中納言資明卿《ひののちゅうなごんすけあきらきょう》を勅使《ちょくし》にて、この由を仰せ下されければ、宣房、勅使に対して申しけるは、「臣、不肖《ふしょう》の身たりと云へども、多年奉公の身を以て、君の恩寵《おんちょう》を蒙《こうぶ》り、官禄《かんろく》ともに進んで、剰《あまっさ》へ[5]政道輔佐《ふさ》の名を汚《けが》せり。「[6]君に事《つか》うまつるの礼、その罪あるに値《あ》うては、[7]厳顔《げんがん》を犯し、道を以て諫《いさ》め

本とも。
12　法勝寺（ほっしょうじ）の大塔（京都市左京区岡崎）付近にあった延暦寺の門跡寺。
13　延暦寺の門跡寺、梶井門跡円徳院（今の三千院）。
14　ご支配。
15　天台座主が比叡山根本中堂の本尊を拝礼する儀式。
16　後伏見院第三皇子。御室は仁和寺のこと。
17　東寺（空海を開基とする真言宗の本山、教王護国寺）一派の法統を継ぐ。
18　兄弟。

2
1　先帝（後醍醐）に古くから仕えた。
2　常陸国に流されたことは、第四巻・2。
3　格別のはからい。
4　俊光の子。資名・資朝の弟。

争ふ。三たび諫めて、なほ納《い》れられずは、身を奉じて以て退く。[8]匡正《きょうせい》の忠あつて、阿順《あじゅん》の従《じゅう》なし。これ良臣の節《せつ》[9]なり。もし乃《すなわ》ち諫むべきを見て諫めざるは、これを尸位《しい》[10]と謂ふ。退くべきを見て退かざるは、これを懐寵《かいちょう》[11]と謂ふ。懐寵、尸位は国の姦人《かんじん》[12]なり」と云へり。君、今不義を行ひおはして、武臣のために辱《はずかし》められ給へり。これ臣が予《あらかじ》め知らざる処《ところ》によつて、諫言《かんげん》を献ぜずと雖《いえど》も、世の人、豈《あ》にその罪なりし事を許さんや。就中《なかんずく》、[13]長子《ちょうし》二人遠流の罪に処せらる。われすでに七旬《しちじゅん》[14]の齢《よわい》に傾《かたぶ》けり。[15]後栄《こうえい》誰《たれ》がためにか期《ご》せん。前非《せんぴ》何ぞまた恥ぢざらん。二君《じくん》[16]の朝《ちょう》に仕へて、恥を衰老《すいろう》の後《のち》に抱かんよりは、伯夷《はくい》[17]が行《こう》を学《まね》びて、飢ゑを首陽《しゅよう》の下《もと》に忍びんには如《し》かじ」と、涙を流して宣《のたま》ひければ、資明卿、涙を押さへかねて、暫《しばら》くは物をも宣はず。

やや暫くあつて宣ひけるは、「[18]忠臣必ずしも主《しゅ》を択《えら》ばず。仕《つか》へて治むべきを見るのみなり」と云へり。されば、百里奚《ひゃくりけい》[19]は二《ふた》

5 畏れ多くも帝の政務を補佐する職についた。
6 以下は、「古文孝経」諫諍・孔安国注の句。
7 帝の意向に憚らず。
8 非を正す忠義があって、おもねり従うことをしない。
9 節義。
10 いたずらに高位におり、職責を果たさないこと（書経・五子之歌）。
11 寵愛を頼んで官を退くべき時に退かないこと（春秋左氏伝・昭公十二年）。
12 邪（よこしま）な者。悪人。
13 年長の子息二人。
14 七十歳となり衰える。旬は、十年。
15 子孫の栄華。
16 「忠臣は二君に事えず」（史記・田単列伝）。
17 「史記」伯夷列伝の故事。前出、第四巻・1。
18 「後漢書」馬援伝に類

度秦《たびしん》の穆公《ぼくこう》に仕へて、永く覇業《はぎょう》を致す。[20]管夷吾《かんいご》は翻《かえ》つて斉《せい》の桓《かん》公《こう》を佐《たす》けて、[21]九《く》度《たび》諸侯を朝《ちょう》せしむ。[22]主《しゅ》以て鉤《こう》を射るの罪を道《い》ふことなく、[23]世皆《みな》皮を鬻《ひさ》ぎし恥をいかんともせず。就中《なかんずく》、武家かくの如く挙《きょ》し申《もう》す上は、賢息《けんそく》二人の流罪をも、などか赦免《しゃめん》の御《おん》沙《さ》汰《た》なからん。それ伯夷《はくい》、叔斉《しゅくせい》、飢ゑて何の益《えき》かありし。[24]許由《きょゆう》、巣父《そうふ》、遁《のが》れて用ゐるに足らず。そもそも身を隠して永く[25]来葉《らいよう》の一跡《いっせき》を絶たんと、朝《ちょう》に仕へて遠く[26]前祖《せんぞ》の無窮《ぶきゅう》を耀《かかや》かさんと、是非の徳失《とくしつ》、いづれの処《ところ》にかあるや。[27]鳥獣《ちょうじゅう》と群《ぐん》を同じくするを、孔子《こうし》の取らざる処なり」と、資明卿《すけあきらきょう》、理《ことわ》りを尽《つ》くして責められければ、宣房卿《のぶふさきょう》、顔色《がんしょく》誠《まこと》に屈伏《くっぷく》して、「[28]『罪を以て生を棄つれば、則ち古賢の(夕べに)改めよといふ勧めに違《たが》ひ、垢《はじ》を忍びて苟《いやしく》も死を全うすれば、則ち詩人胡《なん》の顔《かんばせ》ありといふの譏《そし》りを把《と》る』と、魏《ぎ》の[29]曹子《そうし》建《けん》が詩を献ぜし表《ひょう》に書きたりし理りも、かくこそ存じ候へ」とて、つひに[30]参仕《さんし》の勅答《ちょくとう》をぞ申されける。

似句がみえる。

19　晋に滅ぼされた虞(ぐ)の臣百里奚が、秦の穆公に見いだされて宰相となった故事(史記・秦本紀)。

20　斉の桓公と王位を争った兄糾(きゅう)の臣管仲(かんちゅう)(夷吾)が、赦されて桓公に仕え、その覇業を助けた故事(史記・斉太公世家)。

21　「桓公、諸侯を九合して、兵車を以てせざるは、管仲の力なり」(論語・憲問)。

22　かつて桓公をねらって射た管仲の矢は鉤(こう)(＝帯の金具)に当たったが、桓公は罪を問わず管仲を召して国政を委ねた故事(史記・斉太公世家)。

23　楚で奴隷となっていた百里奚を、秦の穆公が羊の皮五枚で買い取った故事(史記・秦本紀)。その百里

中堂《ちゅうどう》常燈《じょうとう》消《き》ゆる事　3

その比《ころ》、都鄙《とひ》の間に[1]希代《きたい》の不思議ども多くありけり。山門《さんもん》の[2]根本中堂《こんぽんちゅうどう》の[3]内陣《ないじん》へ、山鳩一番《やまばとひとつがい》飛び来たつて、[4]新常燈《しんじょうとう》の[5]油土器《あぶらつき》の中へ飛び入りてふためきける間、燈明《とうみょう》忽《たちま》ちに消えにけり。この山鳩、堂中《どうちゅう》の暗さに行方《ゆきかた》を迷はして、仏壇《ぶつだん》の上に翅《つばさ》を低《た》れて居《い》たりける処に、[6]承塵《なげし》の方《かた》より、その色朱《しゅ》を差したる如くなる玄獺《いたち》一つ走り出でて、この鳩を二つながら食ひ殺してぞ失せにける。

そもそもこの新常燈と申すは、[7]先帝《せんてい》、山門へ臨幸《りんこう》の時、古《いにし》へ桓武《かんむ》皇帝《こうてい》の自《みずか》ら挑《かか》げさせ給ひし常燈に[8]比《たくら》べて、御手《おんて》づから百三十三筋《すじ》の燈心《とうしん》を束《つか》ね、銀《しろかね》の御土器《おんかわらけ》に油を入れて、掻《か》き立《た》てさせ給ひたりし燈《ともしび》なり。これひとへに、[9]皇胤《こういん》の無窮を耀かさんため

奚を世人は非難しなかった。

24　堯（ぎょう）に帝位を譲ると言われた許由は、耳を潁川（えいせん）の水で洗い、それを聞いた巣父は、牛に潁川の水を飲ませるのをやめた故事（高士伝、第三十二巻・9）。

25　子孫の出世の道を絶つ。

26　先祖の窮まりない栄光。

27　世俗を逃れて鳥獣に混じって生きるのは。「鳥獣は与（もと）に群を同じくすべからず」（論語・微子）。

28　曹植「躬を責め詔に応ずる詩を上（たてまつ）る表」（文選巻二十）の一節。

29　曹植。字は子建。三国時代の魏の文帝の弟。詩文に秀でた。

30　光厳帝にお仕えする旨の回答。

3

1　世にもまれな。

の御願《ごがん》のみにあらず。かねて[10]六趣《ろくしゅ》の群類《ぐんるい》の瞑闇《みょうあん》を照らす[11]恵光法《えこうほっ》燈《とう》の明らかなるに思《おぼ》し召《め》しなずらへて、始め置かれし常燈《じょうとう》なれば、未来永劫《みらいえいごう》に至るまで、消ゆる事なかるべきを、山鳩《やまばと》の飛び来たつて、打ち消しけるも不思議なり。それを玄獺《いたち》の走り出でて、食ひ殺しけるも不思議なり。

相模入道田楽《さがみのにゅうどうでんがく》を好《この》む事　4

また、その比《ころ》、洛中に田楽を[1]弄《もてあそ》ぶ事昌《さか》んにして、貴賤《きせん》皆これに[2]婬《いん》せり。[3]相模入道、この事を聞いて、[4]新座《しんざ》、本座《ほんざ》の田楽どもを喚《よ》び下《くだ》し、日夜朝暮《にちやちょうぼ》にこれを弄ぶ事[5]他事《たじ》なし。[6]入興《じゅきょう》の余りに、[7]宗徒《むねと》の大名どもに、田楽一人《いちにん》づつを預《あず》けて、装束《しょうぞく》を飾らせける間、これは誰《たれ》がし殿の田楽、かれは何がし殿の田楽なんど云ひて、金銀珠玉《きんぎんしゅぎょく》を[8]逞《たくま》しうし、[9]綾羅錦繡《りょうらきんしゅう》を飾れり。宴《えん》に臨《のぞ》んで

2　延暦寺の本堂。
3　本尊を安置する場所。
4　常燈は、仏前に常にともす燈火。
5　燈心を入れた油の小皿。
6　柱と柱の間に渡す横木。
7　後醍醐帝の臨幸。前出、第二巻・1。
8　なぞらえて。
9　帝の子孫をとこしえに栄えさせるための願い。
10　六道(衆生が生死輪廻する六つの世界)の衆生が迷う煩悩の闇。
11　迷いの闇を払う仏法の光。

4

1　平安末期から盛行した、曲芸的な要素をともなう歌舞。
2　夢中になった。
3　北条高時。
4　京白河の田楽を本座、

一曲を歌へば、相模入道を始めとして、見物の一族大名、われ劣らじと、[10]直垂《ひたたれ》、大口《おおぐち》を脱《ぬ》いで抛《な》げ出《い》だす。集めてこれを積むに、山の如し。その[11]弊《つい》え、幾千万と云ふ数を知らず。

　或る夜、[12]一献《いっこん》のありけるに、相模入道、数盃《すはい》を傾《かたぶ》け尽《つ》くして、酔《え》ひに和《か》して、立つて舞ふ事やや久し。[13]若輩《じゃくはい》の興《きょう》を勧むる舞《まい》にもあらず、また[14]狂骨《きょうこつ》の言《ことば》を巧みにする戯《たわぶ》れにもあらず、[15]四十余りの古入道《ふるにゅうどう》、[16]酔狂《すいきょう》の余りに舞ふ舞なれば、風情《ふぜい》あるべしとも覚えざりける処《ところ》に、いづくより来たるとも知らぬ新座、本座の田楽十余人、忽然《こつぜん》として座席に連《つら》なつてぞ舞ひ歌ひける。その興甚《はなは》だ尋常《よのつね》に勝《すぐ》れたり。暫《しばら》くあつて、拍子を替へて囃《はや》す声を聞けば、「[17]天王寺《てんのうじ》の[18]妖霊星《ようれいぼし》を見ばや」などぞ囃しける。或る官女《かんじょ》、この声を聞いて、余りの面白さに、障子の破れよりこれを見たりければ、新座、本座の田楽と見えつる者、一人も人にてはなかりけり。或いは 觜 勾《くちばしまが》りて鳶《とび》の如くなるもあり、[19](或いは身

南都の田楽を新座という。
5　余念がない。
6　興に入るあまり。
7　主だった。
8　思う存分つけて。
9　豪華な衣裳。綾・薄絹・錦・刺繡のある織物。
10　直垂は、武家の礼服。大口は、裾の開いた大口袴。それらを褒美として投げ与えた。
11　浪費された額。
12　小宴。
13　おもしろみを増すような若者の舞。
14　ばかばかしい冗談。狂骨は、軽骨(軽忽)に同じ。
15　北条高時は当時三十歳。
16　酒に酔って正体を失ったあまりに。
17　大阪市天王寺区にある、聖徳太子創建の四天王寺。
18　「やようれぼし」(流布本)、「やよろぼし」(玄玖

に翅《つばさ》あつて頭《かしら》は山伏《やまぶし》の如くなるもあり。）ただ[20]異類異形《いるいいぎょう》の怪物《ばけもの》どもが、姿を人に変じたるにてぞありける。

官女《かんじょ》、これを見て、余りに不思議に思ひければ、人を走らかして[21]城入道《じょうのにゅうどう》にぞ告げたりける。城入道、取る物も取りあへず、[22]中門《ちゅうもん》を荒《あら》らかに歩みける足音を聞いて、かの怪物ども、掻《か》き消《け》すやうに失せにけり。相模入道《さがみのにゅうどう》は、前後も知らず酔《え》ひ臥《ふ》したり。燈《とぼしび》を明らかに挑《かか》げさせて、遊宴《ゆうえん》の座席を見るに、天狗《てんぐ》の集まりけるよと覚えて、踏《ふ》み汚《よご》したる畳の上に、鳥獣の足跡多し。城入道、暫《しばら》く虚空《こくう》を睨《にら》んで立つたれども、あへて[23]眼に遮《さえぎ》る物なし。やや久しくあつて、相模入道、驚《おどろ》き醒《さ》めて起きたれども、[24]惘然《ぼうぜん》として更《さら》に知る所なし。

後《のち》に、[25]南家《なんけ》の儒者《じゅしゃ》に[26]刑部少輔仲範《ぎょうぶのしょうなかのり》、この事を伝へ聞いて、

「天下まさに乱れんとする時に、妖霊星《ようれいぼし》と云ふ悪星《あくしょう》下つて、災《わざわ》ひをなすと云へり。しかりと雖《いえど》も、天王寺《てんのうじ》はこれ仏法最初の霊

本）。「や」は感動詞。「妖霊星（ようれいぼし）」は、以下の南家の儒者による文字解き。

19 玄玖本により補う。

20 人ではない異様な姿。

21 秋田城介の安達時顕。安達宗顕の子。高時の舅。安達氏は、秋田城介を世襲した。出家して城入道。

22 表門と主殿の間の門。

23 目に映るものはなかった。

24 ぼんやりとして。

25 藤原四家の一。平安末以後、儒者を多く出した。

26 保範の子か。鎌倉に住し、儒仏に通じた学者。

地にて、聖徳太子《しょうとくたいし》、自ら日本一州の[27]未来記《みらいき》を留《とど》め給へり。されば、かの怪物《ばけもの》どもが、天王寺の妖霊星と歌ひけるは、[28]いかさま天王寺辺より天下の動乱出《い》で来《き》て、国家敗亡しぬと覚ゆる。あはれ、国王《こくおう》徳を治め、武家仁《じん》を施して、妖《よう》を消す謀《はかりごと》を致されよかし」と申しけるが、[29]はたして思ひ知らるる世になりにけり。かの仲範、未然に[30]凶を鑑《かんが》みける博覧《はくらん》の程こそ、あり難《がた》けれ。

犬《いぬ》の事　5

相模入道、かかる妖怪にも駐《とど》まらず、ますます[1]奇物を愛する事休《や》む時なし。

或る時、庭前《ていぜん》に犬どもの集まつて嚙み合ひけるを、この禅門《ぜんもん》、面白き事に思ひて、愛すること[2]骨髄《こつずい》に入れり。則ち諸国へ相《あい》催《もよお》して、或いは[3]正税官物《しょうぜいかんもつ》に募《つの》りて犬を尋ね、或いは[4]権門高家《けんもんこうけ》

27　中世に流行した伝聖徳太子作の予言書。後出、第六巻・5。
28　必ずや。
29　案の定、思い知らされる世の中になってしまった。
30　凶事を予知したその博識は、すばらしい。

5

1　珍奇な物。
2　骨身に染みる入れこみぶりだった。
3　国の税や年貢として集め。
4　権威ある公家や名門の武家。

に仰せてこれを求めける間、国々の守護、国司、所々《しょしょ》の一族大名、十疋《びき》二十疋飼ひ立てて、鎌倉へ引《ひ》き進《まいら》す。飼《え》には魚鳥《ぎょちょう》を以てし、維《つな》ぐに金銀を以てせしかば、その弊《つい》え、甚《はなは》だ少しきならず。輿《こし》に乗せて路次《ろし》を過ぐる日は、道を急ぐ行人《こうじん》も、馬より下りてこれに跪《ひざまず》き、[5]農を勤《つと》むる里民《りみん》も、夫《ぶ》に取られてこれを舁《か》く。かくの如きの[6]賞翫《しょうかん》軽《かろ》からざりしかば、肉に飽き、錦を衣《きぬ》に着たる犬、鎌倉中に充満して、四、五千疋に及べり。

月に十二度の[7]犬合《いぬあ》はせの日とて定められしかば、一族大名の外《ほか》、[8]御内外様《みうちとざま》の人々、或いは堂上《とうしょう》に座を列《つら》ね、或いは庭前に膝《ひざ》を屈《くっ》して見物す。時に、両陣の犬どもを、一、二百疋づつ放ち合はせたれば、入り違へ追ひ合ひ、上になり下になり、噛《か》み合《あ》ふ声、天を響《ひび》かし、地を動かす。心なき人は、これを見て、「あら面白や、戦場に雌雄《しゆう》を決するに異ならず」と思ひ、また、智ある人は、これを聞いて、「あら忌々《いまいま》し。ひとへに[9]郊原《こうげん》に尸《かばね》

5 農作業をする村人も人夫に徴用されて。
6 たいそうな愛翫ぶりだったので。
7 闘犬。
8 北条得宗家譜代の家来(御内人)と、それ以外の御家人。
9 荒野で犬が死体を争って食うさまに似ている。
10 見たり聞いたりしてた

を争ふに似たり」と悲しめり。[10]見物の準《なずら》ふる所、耳目《じぼく》異《こと》なりと雖《いえど》も、[11]その前相《ぜんそう》皆、闘諍《とうじょう》死亡《しぼう》の占《うら》にあつて、あさましかりし振る舞ひなり。

弁才天影向《べんざいてんようごう》の事 6

そもそも時すでに[1]澆季《ぎょうき》に及んで、武臣、天下の権を把《と》る事、[2]源平両家の間に落ちて度々《どど》に及べり。しかりと雖も、[3]天道《てんとう》満てるを欠くゆゑに、[4]或いは一代にして滅《ほろ》び、或いは一世を待たずして失へり。今相模入道《さがみのにゅうどう》の一家《いっけ》、天下を保つてすでに九代に及べる事、故《ゆえ》あるべし。

鎌倉草創《そうそう》の初め、[5]北条四郎時政《ほうじょうのしろうときまさ》、[6]榎島《えのしま》に参籠《さんろう》して、子孫の繁昌《はんじょう》を祈る事切《せつ》なり。[7]三七日《さんしちにち》に当たりける夜、赤き袴《はかま》に[8]柳裏《やなぎうら》の衣《きぬ》着たる女房の、[9]端厳美麗《たんごんびれい》なるが、忽然《こつぜん》として時政が前に来た

とえるところは、人によりさまざまではあるが。
11 それは全て人間の争いや死の前兆を示すものであり、あきれたふるまいである。

6
1 末世。
2 源平両家が交互に権力を担って久しい。
3 「天道は盈(み)てるを虧(か)き謙に益す」(易経・謙卦)。満ちれば必ず欠ける天の道理。
4 平清盛、源頼朝の先例をさす。
5 前出、第一巻・1。
6 神奈川県藤沢市の江ノ島。弁財天社がある。
7 二十一日目。
8 表は白、裏は白みを帯びた青の襲(かさ)の衣。
9 端正で荘厳な美しさ。

つて告げて曰はく、「汝《なんじ》は、前生《ぜんしょう》に[10]箱根法師《はこねのほうし》にてありし時、六[11]十六部の法華経《ほけきょう》を書いて、六十六ヶ国の霊地に封納《ほうのう》したる[12]善根《ぜんごん》によつて、再びこの国に生まるる事を得たり。されば、子孫永く日本の主《あるじ》となつて、栄花《えいが》に誇るべし。但し、その振る舞ひもし[13]違《たが》ふ所あらば、七代を過ぐべからず。わが云ふ所不審《ふしん》あらば、国々に収めし所の霊地を見よ」と云ひ捨てて、立ち帰りける後《うし》ろ質《すがた》を見れば、さしも厳《いつく》しかりつる女房、忽《たちま》ちに[14]節長《ふしだけ》二十丈ばかりなる大蛇になつて、海中に入りにけり。その跡を見るに、大きなる鱗《いろこ》を三つ落とせり。時政《ときまさ》、所願成就《しょがんじょうじゅ》しぬと喜びて、かの鱗を取つて、旗の紋にぞ押したりける。先代の[15]三鱗形《みついろこがた》の紋これなり。

その後《のち》、弁才天《べんざいてん》の御告げによつて、国々の霊地へ人を遣《つか》はして、法華経の奉納所を見せけるに、[16]俗名《ぞくみょう》の時政の字に替はらず、「大法師《だいほうし》時政《じせい》」と、奉納筒《ほうのうづつ》の上に書きたりけるこそ、不思議な

10 箱根神社(神奈川県足柄下郡箱根町)の社僧。
11 日本六十六か国の霊地に「法華経」を奉納するために回国する修行。
12 来世によい果報を得るための善行。
13 道に背くことがあれば。
14 臥丈。横たわり臥している蛇の長さ。一丈は、約三メートル。
15 北条の紋。前出、第一巻・9。
16 俗名の「時政」という字のまま。

れ。されば、今の相模入道《さがみのにゅうどう》の一家、天下を七代に過ぎて保ちけるも、榎島《えのしま》の利生《りしょう》[17]、または過去の善根に感じけるゆゑなり。今、高時禅門《たかときぜんもん》、すでに七代を過ぎて九代に及ぶ。されば、すでに滅《ほろ》ぶべき時分《じぶん》到来して、かかる不思議の振る舞ひをもせられけるかと覚えたり。

大塔宮大般若《おおとうのみやだいはんにゃ》の櫃《ひつ》に入《い》り替《か》はる事　7

[1]大塔二品親王《おおとうのにほんしんのう》は、笠置城《かさぎのじょう》の安否《あんぴ》を聞こし召されんために、南都《なんと》の[2]般若寺《はんにゃじ》に忍びて御座《ぎょざ》ありけるが、笠置城すでに落ちて、[3]主上《しゅしょう》も取らわれさせ給ひぬと聞こえしかば、[4]虎の尾の恐れ、御身《おんみ》の上《うえ》に迫《せま》りて、天地広しと云へども、一身《いっしん》を隠さるべき所もなく、日月《じつげつ》明らかなりと云へども、[5]長夜《じょうや》に迷へる心地して、昼は野原の草に陰《かく》れて、[6]露《つゆ》に臥《ふ》す鶉《うずら》の床《とこ》に御涙を争ひ、夜は[7]孤《こ》

17　仏菩薩が衆生に利益(りやく)を与えること。

7

1　尊雲法親王。還俗して護良(もりよし)親王。坂本合戦に敗れた大塔宮が南都におもむいたことは、第二巻・11。
2　奈良市般若寺町にある真言律宗寺院。
3　後醍醐帝。
4　危ういことのたとえ。「虎の尾を踏み、春の氷を渉(わた)るがごとし」(書経・君牙)。
5　冥土の闇。
6　鶉のひそむ露深い草むらで鶉と涙を争い。
7　人里離れた村。

村《そん》の辻《つじ》にたたずみて、人をとがむる里の犬に御心を悩まさる。

いづくとても御心安かるべき所なければ、[8]かくても暫《しばら》くはと思《おぼ》し召《め》しける処《ところ》に、[9]一乗院《いちじょういん》の[10]候人《こうにん》按察法眼好専《あぜちのほうげんこうせん》、いかがしてこの事を聞きたりけん、五百余騎を率《そっ》して、未明《びめい》に般若寺《はんにゃじ》へぞ寄せたりける。[11]折節《おりふし》、宮に付き奉りたる人独《ひと》りもなかりければ、一防《ひとふせ》きして落ちさせ給ふべき様《よう》もなし。透《す》き間《ま》もなく、兵すでに寺内《じない》に打ち入つたれば、紛《まぎ》れて御出《おんい》であるべき方もなし。さら[12]ばよし、自害をせんと思し召して、[13]押膚脱《おしはだぬ》がせ給ひたりけるが、[14]事の叶《かな》はざらん期《ご》に臨《のぞ》んで腹を切らんずることは、いと安かるべし、もしやと隠れてみばやと、思《おぼ》し召《め》し翻《かえ》して、仏殿《ぶつでん》の方《かた》を御覧ずるに、人の読み懸けて置いたる[15]大般若《だいはんにゃ》の唐櫃《からびつ》三つあり。二つの櫃《ひつ》には、御経《おんきょう》入れて未だ蓋《ふた》を開かず。一つの櫃は、半分過《なかばす》ぎ取り出だして蓋をもせざりけり。この蓋開《あ》けたる櫃の中へ、御身を縮《つづ》めて臥《ふ》させ給ひ、上に御経を[16]引《ひ》き蒙《かず》きて、[17]隠《おん》

8 このようなところでも、暫くは身をとどめていようと。
9 大乗院と並ぶ興福寺の門跡寺。
10 候人は、門跡に仕える僧。法眼は、僧都に相当する僧位。好専という名の僧は、不詳。
11 折しも。
12 ままよ。
13 上半身裸になること。
14 事態がきわまってから腹を切るのはたやすい、まだ助かる見込みが万一あるなら隠れてみよう。
15 大乗仏教の根本経典、「大般若波羅蜜多経」六百巻。唐櫃は、脚の付いた唐風の長櫃。
16 ひっかぶって。
17 摩利支天の印を結び、

形《ぎょう》の呪《じゅ》を、御心中《ごしんちゅう》に唱へてぞおはしける。もし探し出だされば、[18]やがて突き立てんと思し召して、氷の如くなる刀を抜いて、御腹に差し当て、兵の「[19]ここにこそ」と申さんずる一言《ひとこと》を待たせ給ひける御心の中《うち》、推《お》し量《はか》らるるもなほ浅かるべし。

さる程に、兵ども、仏殿に乱《みだ》れ入《い》つて、仏壇の下、天井の上までも残る所なく探しけるが、[20]余りに求めかねて、「この体《てい》の物こそ怪しけれ。あれなる大般若の櫃を開《あ》けて見よ」とて、蓋したる櫃二つを開けて、御経を皆取り出だし、底を返して見けれどもおはせず。「蓋開きたる櫃は、見るまでもなし」とて、兵皆寺中《じちゅう》を出で去りぬ。宮は、[21]不思議の御命《おんいのち》を継がせ給ひて、夢に虎の尾を踏む心地して、なほ櫃の中におはしけるが、もし兵また立ち帰りて、委《くわ》しく探す事もやあらんずらんと御思案あつて、先に兵の探して見たりつる櫃の中へ、入り替はらせ給ひてぞおはしける。案の如く、兵ども、また仏壇に立ち帰りて、

真言を唱えて姿を隠す呪文。兵法として行われた。
18　すぐさま。
19　ここにいるぞ。
20　どうしても見つけられず。
21　不思議にもお命が助かり。

「前《さき》に、蓋《ふた》の開きたる櫃《ひつ》をよくよく見ざりつるが、[22]おぼつかなきぞ」とて、御経《おんきょう》を皆打ち移して見るが、からからと打ち笑うて、「大般若《だいはんにゃ》の櫃の中をよくよく探したれば、大塔宮《おおとうのみや》は入らせ給はで、[23]大唐《おおとう》の玄奘三蔵《げんじょうさんぞう》こそありけれ」と戯《たわぶ》れければ、兵皆同《どう》音《おん》にどつと笑うて、門より外へぞ出でにける。これひとへに、[24]摩利支天《まりしてん》の冥応《みょうおう》、または[25]十六善神《ぜんしん》の擁護《おうご》にかかれる命なりと、信心御肝《しんじんおんきも》に銘じ、感涙御衣《かんるいおんころも》を湿《うるお》せり。

大塔宮十津川御入《おおとうのみやとつがわおんい》りの事　8

かくては、南都辺《なんとへん》の御隠《おんかく》れ家《が》、暫《しばら》くも叶《かな》ふべうもなかりければ、則ち般若寺《はんにゃじ》を御出であつて、[1]熊野《くまの》の方《かた》へぞ落ちさせ給ひける。御供には、[2]光輪房源尊《こうりんぼうげんそん》、[3]赤松《あかまつ》(律師《りっし》)則祐《そくゆう》、[4]木寺相模《こでらのさがみ》、([5]村上彦四郎《むらかみひこしろう》)[6]岡本三河《おかもとのみかわ》、[7]武蔵房《むさしぼう》、片岡八郎《かたおかのはちろう》、[8]矢田彦七《やたのひこしち》、平賀三《ひらがのさぶ》

22　気がかりであるぞ。
23　「大般若経」を招来し漢訳した唐の高僧。大塔に大唐を掛けた洒落。
24　帝釈天の眷属。護身・得財・戦勝の神として、武士に尊崇された。冥応は、神仏が感応して利益を垂れること。
25　「大般若経」の誦持者を守る十六神。十六夜叉とも。擁護は、神仏が力を加えて守ること。

8
1　本宮(和歌山県田辺市)・新宮(新宮市)・那智(東牟婁郡)の熊野三所。
2　延暦寺の僧。「光林坊の源存律師」(第二巻・11)。
3　赤松円心(則村《のりむら》)の三男。はじめ出家して比叡山に入り、帥律師と称す。
4　俗名頼季。赤松一族。

郎《ろう》、かれこれ已上《いじょう》九人なり。宮を始め奉つて、[9]御供の者ども、皆[10]柿《かき》の衣《ころも》に笈《おい》を懸けて、頭《と》巾《きん》眉半《まゆなか》ばに責めて、その中の年《とし》長ぜるを[11]先達《せんだち》に造り立てて、田舎山伏《いなかやまぶし》の熊野詣でする体《てい》にぞ見せたりける。

この宮、元来《もとより》[12]龍楼鳳闕《りゅうろうほうけつ》の内に長《ひと》とならせ給ひて、[13]華軒香車《かけんこうしゃ》の外を出でさせ給はぬ御事なれば、御歩行の長途《ちょうど》は定めて叶はせ給はじと、御供の人ども、かねては[14]心苦しく思ひけるに、案に相違して、いつ習はせ給ひたる御事ならねども、[15]怪しげなる単皮《たび》、脛巾《はばき》に草鞋《わらんじ》を召して、少しも疲れたる御気色《みけしき》はなく、[16]宿々《しゅくしゅく》の御勤《おんつと》め、社々《やしろやしろ》の奉幣《ほうへい》、懈《おこた》る事もなかりければ、[17]路次《ろし》に行き合ふ道者《どうしゃ》も、[18]勤修《ごんしゅ》を勤むる先達も、思《おも》ひ咎《とが》むる事もなかりけり。

[19]由良《ゆら》の湊《みなと》を見渡せば、門《と》渡る船の梶《かじ》を絶え、浦の夕塩幾重《ゆうじおいくえ》とも、知らぬ浪路《なみじ》に鳴く千鳥《ちどり》、紀《き》の路《じ》の遠山遥々《とおやまはるばる》と、[20]藤代《ふじしろ》の松に

5　名は義光(よしてる)。清和源氏。他本により補う。
6　俗名祐次。赤松一族。
7　武蔵坊・片岡八郎は、源義経に従った郎等の名。大塔宮の物語には、義経伝説の影響がみられる。
8　矢田は、尾張の武士。平賀は、清和源氏。
9　始めとして。
10　山伏の装束。柿色の衣に、つづら(笈)を背負い、小さな黒いずきんをまぶかくかぶって。

山伏

11　同行を先導する山伏。
12　皇居。漢代の太子の宮

懸かる浪、[21]和歌《わか》、吹上《ふきあげ》を余所《よそ》に見て、月にみがける[22]玉津島《たまつしま》、さらでだに[23]長汀曲浦《ちょうていきょくほ》の旅の道は、心を砕《くだ》く習ひなるに、雨を含める[24]孤村《こそん》の樹《き》、夕べを送る遠寺《えんじ》の鐘、あはれを催《もよお》す時しもあれ、[25]切目《きりめ》の王子《おうじ》に着き給ふ。

その夜は、[26]叢祠《そうし》の露に御袖を片敷き、終宵《よもすがら》祈り申させ給ひけるは、「[27]南無帰命頂礼《なむきみょうちょうらい》[28]三所権現《さんしょごんげん》、[29]満山《まんざん》の護法《ごほう》、十万の眷属《けんぞく》、八万の[30]金剛童子《こんごうどうじ》、[31]垂跡和光《すいじゃくわこう》の月明々《めいめい》として、[32]分段同居《ぶんだんどうご》の闇を照らされれば、逆臣忽《ぎゃくしんたちま》ちに滅《めっ》して、朝庭《ちょうてい》再び耀《かかや》く事を得せしめ給へ。伝へ承る、[33]両所はこれ伊弉諾《いざなぎ》、伊弉冉《いざなみ》の応作《おうさ》なり。[34]わが君[35]苗裔《びょうえい》として、[36]朝日忽《ちょうじつたちま》ちに浮雲《ふうん》のために隠さる。[37]冥見豈《みょうけんあ》に傷《いた》まざらんや。玄鑑《げんかん》今空《むな》しきに似たり。[38]神もし神たらば、君盍《なん》ぞ君たらざらん」と、[39]五体を地に投げて、一心に誠《まこと》を致して祈り申させ給ひける、[40]丹誠無二《たんぜいむに》の御勤め、感応《かんおう》もなどかなからんと、神慮《しんりょ》も暗《あん》に計られたり。夜もすがらの礼拝に[41]御窮屈《ごきゅうくつ》ありければ、

門と宮城にちなむ。
13 貴人の乗る美しい車。軒は、車。
14 いたわしく。
15 粗末な皮足袋と脚絆。
16 宿場ごとの勤行と、神社ごとに幣を手向けて神をまつること。
17 道中で出会う修行者。
18 修行。
19 和歌山県日高郡由良町。「由良の門(と)を渡る舟人梶を絶え行方も知らぬ恋の道かな」(新古今和歌集・曾禰好忠)。門(と)は、河口や海などの両岸が狭くなっている所。
20 和歌山県海南市藤白。
21 和歌山市和歌浦、同市吹上あたりの海。
22 和歌浦の小島。和歌の神、玉津島神社がある。
23 長い浜辺と曲がりくねった海岸。

御肱《おんひじ》を曲げ枕とし、暫《しばら》く御まどろみありける御夢に、[42]鬢《びんずら》結うたる天童一人《てんどういちにん》来たつて、「熊野三山《くまのさんざん》の間は、なほも人の心和《か》せずして、[43]大儀《たいぎ》成《な》り難《がた》し。[44](これより[45]十津川《とつがわ》の方《かた》へ御越え候ひて) 時の至らんを御待ち候ふべし。両所権現《りょうしょごんげん》より案内者《あんないしゃ》に付けられまゐらせて候へば、御道しるべ仕《つかまつ》るべし」と申すと御覧じて、御夢則ち醒《さ》めにけり。これ両所の権現の御告げなりと、憑《たの》もしく思《おぼ》し召《め》されければ、未だ明けざるに、御悦《おんよろこ》びの奉幣《ほうへい》を捧《ささ》げ、即ち十津川を尋ねてぞ分け入らせ給ひける。

その道の程三十余里が間には、絶えて人里《ひとざと》もなければ、或いは高峰《たかね》の雲に枕を欹《そばだ》て、苔《こけ》の筵《むしろ》に袖を布《し》き、或いは岩漏《いわも》る水に渇《かつ》を忍びて、朽《く》ちたる橋に肝《きも》を消す。[46]山路《さんろ》元より雨なくして、空翠《くうすい》常に衣を湿《うるお》す。[47]向上《こうじょう》と見上ぐれば、万仞《ばんじん》の青壁《せいへき》、刀を以て削る。直下《ちょっか》と見下ろせば、千尺の碧潭《へきたん》、藍《あい》を以て染めたり。数《す》日《じつ》の間、かかる嶮難《けんなん》を経《へ》させ給へば、御身《おんみ》もくたびれはてて、

24　人里離れた村。
25　和歌山県日高郡印南町の切目王子神社。王子は、熊野神を分祠した末社。
26　草木の茂みの中にある祠《ほこら》。
27　仏神に祈る唱えことば。南無は、帰命の梵語、心から仏神に帰順すること。頂礼は、最高の礼。
28　本宮・新宮・那智の熊野三所権現。
29　熊野全山の仏法を護る神々と、三所権現にしたがう十万の従者の神々。
30　忿怒形の護法神。
31　仏が仏徳を和らげ神として衆生を救済する光を、月光にたとえる。
32　凡夫も聖人も生死輪廻の苦を受けるこの世。
33　本宮・新宮の両所は、皇祖天照大神の父母神、伊弉諾・伊弉冉両神の化現と

流るる汗水《みず》の如し。御足は欠け損じて、草鞋《わらんじ》皆血に染《そ》みたり。御供の人とても、その身鉄石《てっせき》ならねば、飢ゑ疲れて、はかばかしく歩み得ざりけれども、御腰を押し、御手を引いて、路《みち》の程十三日と申すに、十津《とつ》川《がわ》へぞ着かせ給ひてける。

宮をばとある[48]辻堂《つじどう》の内に置き奉つて、御供の者ども、[49]在家《ざいけ》に行きて、熊野《くまの》参詣《さんけい》の山伏《やまぶし》どもの道に迷ひて出でたる由《よし》を申しければ、在家の者ども、憐《あわ》れみを垂れて、粟《あわ》の飯《いい》、橡《とち》の粥《かゆ》なんど云ふ物を取り出だして、その飢ゑを相助く。宮にもかやうの物を進《まい》らせてぞ、二、三日が程は、辻堂に置きまゐらせける。

光輪房源尊《こうりんぼうげんそん》、とある在家の、これぞ[50]さもある人の家なるらんと覚しき所に行き、童部《わらんべ》の出でたるに、家主《あるじ》の名を問へば、「これは、[51]竹原八郎入道殿《たけはらはちろうにゅうどうどの》には甥《おい》、[52]戸《と》野兵衛殿《ののひょうえどの》と申す人のもとにて候ふ」とぞ申しける。さては、これこそかねて[53]弓矢取つて好《よ》き者と聞き及びし者なれ。いかにもしてこれを憑《たの》まばやと思

された。
34 後醍醐帝。
35 子孫。
36 (太陽が浮雲に隠されるのは)邪臣が君主を犯す比喩(史記・亀策列伝など)。
37 冥見は、神仏の御照覧。玄鑑は、冥見と同義。
38 神がその威光を発揮するならば、帝が帝位を回復しないことがあろうか。
39 両膝・両肘・額を地につけて拝する最高の礼。
40 この上ない真心をこめた御祈禱。
41 ご疲労。
42 左右に分けた髪を耳のあたりで束ねた童子の髪形。
43 大事業。
44 玄玖本により補う。
45 奈良県吉野郡十津川村。
46 「山路元より雨無くして、空翠人衣を湿す」(王維・山中)。空翠は、深山

ひければ、門の中《うち》へ入《い》りて、事の体《てい》を見聞く処《ところ》に、病者《びょうじゃ》ありと覚えて、「あはれ、貴《たっと》からん山伏の[54]出《い》で来《こ》よかし。祈らせまゐらせん」と云ふ声したりける。源尊、これを聞いて、[55]すはや、究竟《くっきょう》の事はあれと思ひければ、声を高らかに上げて、「[56]三重《さんじゅう》の滝に七日打たれ、那智籠《なちご》もり百日畢《おわ》つて、[57]三十三所の巡礼のために罷《まか》り出《い》でて候ふ山伏ども、路《みち》に迷ひ、この里へ出でて候ふ。一夜の宿を借し、一日の飢ゑをも休め給へ」と申したりければ、内より、[58]怪しげなる女一人《いちにん》出で合ひて、「これこそ、しかるべき神仏の御助けと覚えて候へ。これの主《あるじ》の女房の、[59]物怪《もののけ》を病《や》ませ給ひ候ふ。[60]祈りて賜《た》ばせ給ひなんや」と申せば、「われらはそれ常の山伏にて候ふ間、叶《かな》ひ候ふまじ。あれに見え候ふ辻堂に、足を病みて、この一両日《いちりょうじつ》居られ候ふ先達《せんだち》こそ、[61]効験《こうげん》第一の人にて候へ。[62]この様《よう》を申さんに、子細《しさい》候はじ」と申しければ、女、大きに悦《よろこ》びて、「さらば、やがてその先達の御房《ごぼう》、これへ

の緑がもたらす湿り気。
47 「向上（みあぐ）れば則ち青壁の万仞なる有り。直下（おみろ）せば碧潭の千仞なる有り」(遊仙窟)。
48 道ばたの仏堂。
49 民家。
50 有力な人。
51 和歌山県東牟婁郡北山村竹原に住んだ武士。
52 奈良県五條市大塔町殿野に住んだ武士。
53 武士として優れた者。
54 来てほしいものだ。
55 それ、都合のいい事よ。
56 那智の滝。一の滝、二の滝、三の滝がある。
57 西国三十三か所巡礼のこと。東牟婁郡那智勝浦町の青岸渡寺が第一番札所。
58 賤しげな女。
59 邪霊、またはそれがもたらす災い、病気。
60 御祈禱して下さいませ

入れまゐらさせ給へ」と申して、悦《よろこ》びあへる事限りなし。

源尊《げんそん》、走り帰り、この由《よし》を申しければ、宮を始め奉りて、御供の者ども、皆かれが館《たち》へ入らせ給ふ。宮、病者《びょうじゃ》の臥《ふ》したる所に近づき給ひて、[63]御加持《おんかじ》あつて、[64]千手陀羅尼《せんじゅだらに》を二、三返《べん》が程《ほど》高らかにあそばして、御珠数《おんじゅず》を押《お》し揉《も》ませ給ひければ、[65]病者自ら口走つて、様々《さまざま》の事を申しけるが、[66]明王《みょうおう》の縛《ばく》に掛けられたる体《てい》にて、手足を縮《つづ》めてわななき、五体より汗を流して、物怪《もののけ》立ち[67]去りければ、病者則ち本《もと》の如《ごと》く平癒《へいゆ》してけり。主《あるじ》の男、[68]斜《なの》めならず悦びて、「われ蓄《たくわ》へたる物候はねば、[69]別の御引出物《おんひきでもの》までは候ふまじ。まげて十余日、これに御逗留《ごとうりゅう》候ひて、足を休めさせ給ひ候へ。[70]例の山伏骨《やまぶしこつ》に御逃げ候はんと存ずれば、恐れながらこれを質《しち》に給はらん」とて、面々の笈《おい》どもを取り合はせて、皆内《うち》にぞ置きける。御供の者ども、[71]上にはその気色《けしき》を顕《あらわ》さずと云へども、下には悦び思へる事限りなし。

んか。

61 その祈禱のききめは誰よりもまさる人。

62 あなたの願いを申し上げても、さしつかえないでしょう。

63 仏の加護を祈ること。

64 千手観音の功徳を述べる梵語の呪文。

65 病者に取り憑いた物怪が、病者の口を借りて様々な恨みごとなどを言ったが。

66 不動明王の左手に持つ羂索(縄状のわな)で縛られたような様子で。

67 底本「去テ」を改める。

68 ひととおりでなく。

69 特別なお礼の贈り物。

70 骨(こつ)は、作法。話に聞く山伏のやり方で、の意。

71 顔。表面上。下は心中。

かくて、十余日を過ぐさせ給ひけるに、或る夜、家主《あるじ》の兵衛《ひょうえ》、客殿に出でてたき火なんどせさせて、[72]四方山《よもやま》の物語り出だしける次《つい》でに申しけるは、「[73]かたがたは、定めて聞き及ばせ給ひつることも候ふらん。誠《まこと》やらん、大塔宮《おおとうのみや》、都を落ちさせ給ひて、熊野《くまの》の方《かた》へ趣《おもむ》かせ候ひけ[74]んなる。[75]三山別当定遍僧都《さんざんのべっとうじょうべんそうず》は、二心《ふたごころ》なき武家方の者にて候へば、熊野辺に御忍びあらん事は、叶《かな》ひ難《がた》しと覚え候ふ。あはれ、(この里へ)御入り候へかし。所こそ[76]分内狭《ぶんないせば》く候へども、四方皆[77]嶮岨《けんそ》にて、十里二十里が内へは、鳥も翔《かけ》り難《がた》き所にて候ふ。その上、人の心偽《いつわ》らずして、弓矢を取る事、世に越えたり。さ候へば、平家の嫡孫《ちゃくそん》に、[78]維盛《これもり》と申しける人も、われらが先祖を憑《たの》みてこの所に陰《かく》れ、つひに源氏の代までも恙《つつが》なく候ひけるとぞ承る」と語りければ、宮、誠に嬉《うれ》しげに思《おぼ》し召《め》したる御気色顕《あらわ》れて、「もし大塔宮なんどの、この所を御憑みあつて入らせ給ひたらば、[79]憑まれさせ給ひ候はん

72 あれこれの世間話。
73 あなた方。
74 「ける」の音便化。
75 熊野三山(本宮・新宮・那智)を統括する僧。
76 領分。
77 道がけわしいこと。
78 那智沖で入水したとされる平維盛が(平家物語巻十・維盛入水)、じつは死なずに熊野山中に隠れたという説は、「源平盛衰記」巻四十に「或説」としてみえる。
79 お力になられますか。

か」と問はせ給へば、戸野兵衛《とののひょうえ》、「[80]申すにや及び候ふ。身不肖《ふしょう》に候へども、それがし一人《いちにん》だに、[81]かかる事ぞと申さば、[82]獅子背《ししがせ》、蕪坂《かぶらざか》、湯浅《ゆあさ》、阿瀬川《あぜがわ》、小原《おばら》、芋瀬《いもぜ》、中津川《なかつがわ》、[83]吉野《よしの》十八郷《ごう》の者までも、[84]手差す者は候ふまじ」とぞ申しける。

その時、宮、木寺相模《こでらのさがみ》に[85]御目くはしありければ、相模、この兵衛が側《そば》に居寄《いよ》りて、「今は何をか隠し申すべき。あの先達《せんだち》の御房《ごぼう》こそ、大塔宮《おおとうのみや》にて御座候へ」と申しければ、この兵衛、なほも不審げにて、かれこれが顔を[86]つらつらとまもりける間、片岡八郎《かたおかのはちろう》、矢田彦七《やたのひこしち》、「あらあつや」とて、頭巾《ときん》を脱《ぬ》いで傍《そば》に閣《さしお》く。誠《まこと》の山伏《やまぶし》ならねば、[87]坂池《さかいけ》の跡隠れなし。兵衛、これを見て、「げにも山伏にてはおはせざりけり。[88]賢《かしこ》くぞこの事申し出だしたりける。あなあさましや。[89]この程の振る舞ひ、さこそ[90]尾《び》籠《ろう》に思《おぼ》し召《め》しつらめ」と、以《もっ》ての外《ほか》に驚いて、首《こうべ》を地に付け、手を束《つか》ね、畳《たたみ》より下りて[91]蹲踞《そんこ》せり。

80 言うまでもありません。
81 このような次第だと事情を話せば。
82 和歌山県有田郡広川町鹿背(ししがせ)、海南市下津町蕪坂、有田郡湯浅町湯浅、有田郡有田川町、奈良県吉野郡十津川村小原、十津川村五百瀬(いもぜ)、吉野郡野迫川(のせがわ)村中津川。
83 大和国(奈良県)吉野郡全域の呼称。
84 手出しをする者。
85 めくわせ。目で合図すること。
86 じっと見まもったので。
87 さかやき。冠や烏帽子を被るために半月形に剃り上げた額際。
88 よくぞ。
89 この間の。
90 無礼。
91 うずくまって畏まる。

俄《にわ》かに黒木《くろき》[92]の御所を作りて、宮を守護し奉り、四方の山々に関を居《す》ゑ、道を切《き》り塞《ふさ》ぎて、用心密《きび》しくぞ見えたりける。これ[93]もなほ、大儀《たいぎ》[94]の計略叶《けいりゃくかな》ひ難《がた》しとて、叔父《おじ》竹原八郎入道《たけはらはちろうにゅうどう》にこの由《よし》を語りければ、入道、やがて戸野が語らひ[95]に随つて、宮をわが館《たち》へ入れまゐらせ、誠に二心《ふたごころ》なき気色《けしき》に見えければ、御心安く思《おぼ》し召《め》して、ここに半年ばかり御座《ぎょざ》ありける程に、人に見知られじと思し召されける御支度《ごしたく》[96]に、御還俗《ごげんぞく》[97]ありければ、竹原八郎入道が息女、内々夜《よん》[98]の御殿《おとど》へ召されて、御覚え他《た》に異《こと》なり。さてこそ、家主《あるじ》の入道も、いよいよ志《こころざし》を傾《かたぶ》け、近辺《きんぺん》の郷民《ごうみん》どもも、次第に帰服《きふく》[99]申したる由《よし》にて、却《かえ》つて武家をば褊執《へんじゅう》[100]しけれ。

熊野別当定遍《くまののべっとうじょうへん》、この事を聞いて、「十津川《とつがわ》へ寄せんずる事は、たとひ十万騎の勢《せい》ありとも叶《かな》ふべからず。その辺の郷民《ごうみん》どもの慾《よく》を勧め[101]、宮を他所へおびき出《い》だし奉らん」と相計つて、道路

92 皮を削っていない丸太を組んだ御所。
93 これでもまだ。
94 大事業のはかりごと。
95 誘って仲間に引き入れること。
96 ご配慮。
97 一度出家した者が、俗体にもどられること。
98 貴人の寝所。
99 心をよせてつき従うこと。
100 褊(みさ)す。軽んじる。
101 あおって。

の辻に、札を書いて立てけるは、「大塔宮《おおとうのみや》を討ち奉りたらん者には、[102]非職凡下《ひしょくぼんげ》を云はず、伊勢国《いせのくに》[103]栗真《くるま》の庄《しょう》を恩賞に充《あ》て行《おこな》はるべきの由《よし》、関東の[104]御教書《みきょうじょ》これあり。その上に、定遍《じょうべん》、先《ま》づ三日が中《うち》に[105]六万貫を与ふべし。[106]御内《みうち》の祗候人《しこうにん》、御手《おんて》の人を討ちたらん者には五百貫、[107]降人《こうにん》に出だしたらん輩《ともがら》には三百貫は、いづれもその日の中《うち》に与ふべき沙汰《さた》」と、[108]奥に起請《きしょう》の詞《ことば》を載せて、厳密《げんみつ》の法をぞ出だしたり(ける)。

それ[109]移木《いぼく》の信《しん》は、約《やく》を堅くせんがため、[110]献芹《けんきん》の賂《まいない》は、志を奪はんがためなれば、[111]欲心熾盛《よくしんしじょう》の八庄司《はっしょうじ》ども、この札を見て、[112]いつしか心変じ、色替はつて、怪しき振る舞ひどもにぞ聞こえける。宮、「かくてこの所の御止住《ごしじゅう》、[113]始終あしかりなん。吉野《よしの》の方《かた》へも御出《おんいで》であらばや」と仰せられけるを、竹原八郎入道《たけはらはちろうにゅうどう》、「何かさる事は候ふべき」と、強《し》ひて留《とど》め申《もう》しければ、かれが心を破らん事もさすが叶《かな》はせ給はで、恐懼《きょうく》の中《うち》に月日を送らせ

102 無官の者やしもじもの農民を問わず。
103 今の三重県津市栗真にあった荘園。
104 将軍の意を受けて発給する公式の命令書。
105 一貫は、一千文。
106 宮の側近く仕える家来と、手下の兵。
107 降参人として突き出した者たち。
108 末尾に、文面に偽りないことを神仏にかけて誓う詞を書きのせて、厳しいおきてを出した。
109 秦の商鞅(しょうおう)が、法令を民に信じさせるために、都の南門に立てた長さ三丈の木を北門へ移した者には金を与えると布告し、その約束を実行した故事(史記・商君列伝)。
110 贈り物は、志気を挫くためであるから。献芹は、

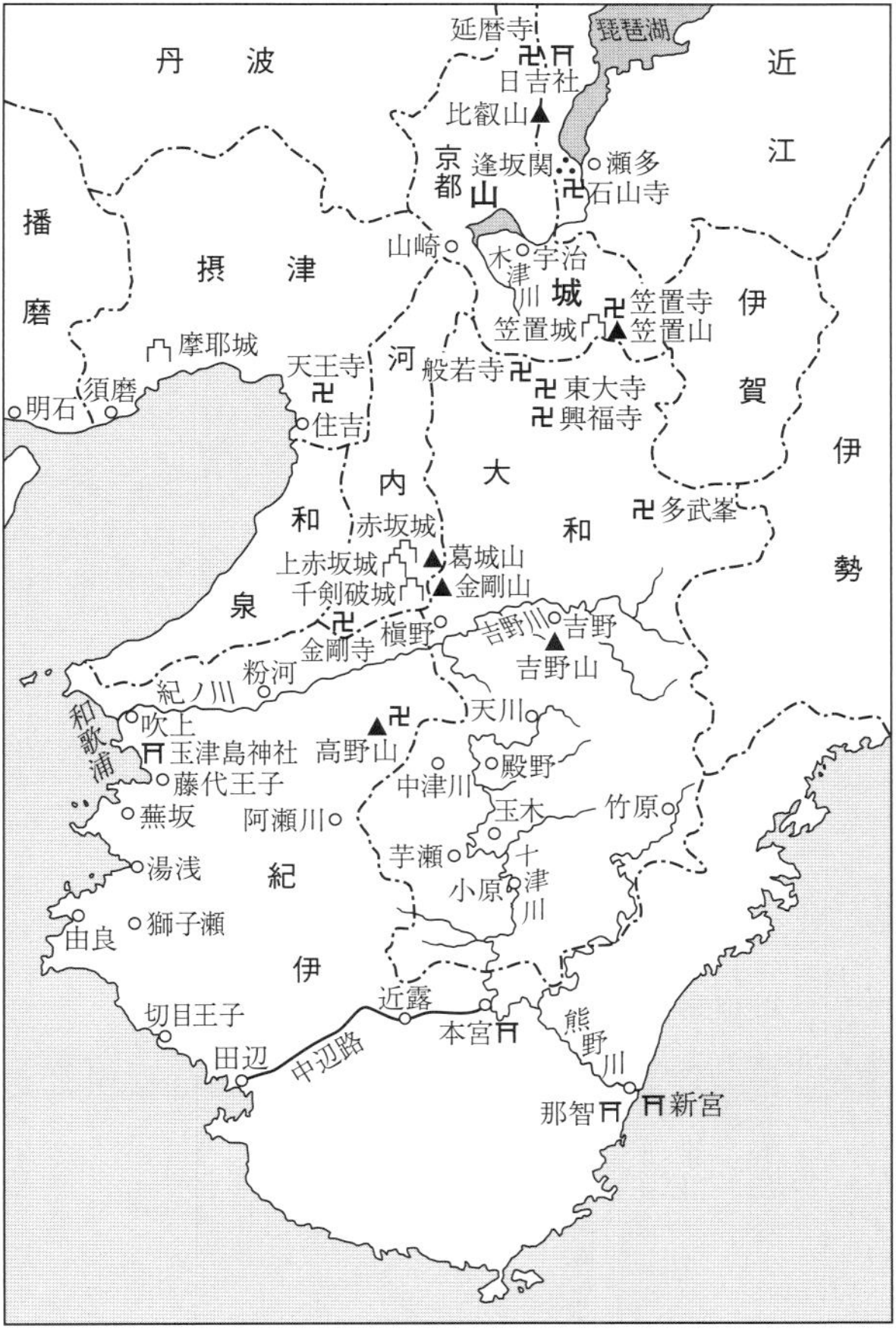
延暦寺
琵琶湖
丹波
近江
日吉社
比叡山
京都
逢坂関
瀬多
山
石山寺
播磨
摂津
山崎
木津川
宇治
城
笠置寺
笠置城
笠置山
伊賀
摩耶城
天王寺
河
般若寺
東大寺
興福寺
明石
須磨
住吉
内
大
伊勢
和
多武峯
赤坂城
和
上赤坂城
葛城山
千剣破城
金剛山
泉
吉野川
吉野
槇野
金剛寺
吉野山
粉河
紀ノ川
天川
和歌浦
吹上
玉津島神社
高野山
殿野
藤代王子
中津川
竹原
蕪坂
阿瀬川
玉木
芋瀬
湯浅
紀
十津川
小原
由良
獅子瀬
伊
近露
切目王子
本宮
熊野川
田辺
中辺路
那智
新宮

畿内周辺・熊野図

給ひけるに、結句《けっく》、竹原八郎入道《たけはらはちろうにゅうどう》が子息弥五郎《やごろう》、父が命《めい》を背《そむ》いて、宮を討ち奉らんとする企てありと聞こえしかば、宮、ひそかに十津川《とつがわ》を出でさせ給ひて、高野《こうや》の方《かた》へとぞ趣《おもむ》かせ給ひける。

その道に、小原《おばら》、芋瀬《いもぜ》、中津川《なかつがわ》と云ふ、敵陣の難所を経て[114]通る道なれば、[115]なかなか敵を打ち憑《たの》みて見ばやと思《おぼ》し召《め》し、先《ま》づ芋瀬庄司《いもぜのしょうじ》がもとへぞ入らせ給ひける。芋瀬、宮をわが館《たち》へは入れまゐらせず、傍《そば》なる堂に置き奉り、使者を以て申しけるは、「三山別当定遍《さんざんのべっとうじょうべん》、武命《ぶめい》を含んで、[116]隠謀与党《いんぼうよとう》の輩《ともがら》をば、関東へ[117]注進仕《ちゅうしんつかまつ》る事にて候へば、[118]左右《そう》なくこの道より通しまゐらせん事、[119]後の罪科《ざいか》、陳謝《ちんしゃ》する拠《よんどころ》あるべからず候ふ。さりながらも、宮を止《とど》めまゐらせん事、[120]その恐れ候へば、御供の人々の中に[121]名字《みょうじ》さりぬべからんずる人を、一両人出だし給ひて、武家へ召し渡し候ふか、しからずは、御紋《ごもん》の御旗《みはた》を給はつて、合戦仕《つかまつ》つて候ひつる[122]支証《ししょう》これにて候ふと、武家へ申すべきにて候

つまらぬ物を献ずる意で、「野人芹を美とし、これを至尊に献ぜんことを願ふ」(呂氏春秋)。

111 欲心の盛んな熊野の八庄司(庄司は荘園代官)。湯川・玉置・新宮・安田・芋瀬・中津川・野長瀬・湯浅の八氏。

112 早くも心変わりし、態度が変わって。

113 結局はよくないことになろう。底本「始終アシカリケレ」を改める。

114 底本「始テ」を改める。

115 いっそのこと。

116 陰謀に加担する一味。

117 上への報告。

118 たやすく。

119 後に罪を問われたら、申し開きする根拠はないでしょう。

120 はばかられますので。

ふ。この二つの間、いづれも叶《かな》ふまじとの[123]御定《ごじょう》にて候はば、力[124]なく矢仕《つかまつ》らうずるにて候ふ」と、誠《まこと》に[125]余儀《よぎ》もなくこそ申し入れたりける。

宮は、この事いづれも難儀なりと思し召して、あへて御返事もなかりけるを、赤松律師則祐《あかまつのりっしそくゆう》、進み出でて申されけるは、[126]「危《あや》ふきを見て命《めい》を致すは、士卒の守る所にて候ふ。されば、[127]紀信《きしん》は詐《いつわ》つて敵に降り、[128]魏豹《ぎひょう》は留《とど》まつて城を守る。皆主《しゅ》の命に替はつて、名を止《とど》めし者にて候はずや。ともしてもかくしても、[129]かれが所存を解いて、御所を通しまゐらすべきにて候はば、則祐、[130]御大事《おんだいじ》に替はつて罷り出で候はんずる事、子細《しさい》あるまじきにて候ふ」と申せば、平賀三郎《ひらがのさぶろう》、これを聞いて、[131]「末座《ばつざ》の意見は卒爾《そつじ》の儀にて候へども、この難苦《なんく》の中に付きまとひ奉りたる人は、一人《いちにん》なりと云ふとも、上の御ためには、[132]股肱耳目《ここうじぼく》よりも捨《す》て難《がた》く思し召さるべく候ふに、就中《なかんずく》、芋瀬庄司が申す所、

121　名前の知られた人。
122　証拠。
123　仰せ。
124　仕方なく一戦いたしましょう。
125　とりつくしまもなく。
126　危難にのぞんで、一命をなげうって主君につくすこと。「士は、危ふきを見ては命を致し、得るを見ては義を思ひ」(論語・子張)。
127　漢の高祖が滎陽《けいよう》で楚の項羽の大軍に囲まれたとき、紀信が高祖になり代わって降参し、項羽に焼き殺された故事(史記・項羽本紀、第二巻・11)。
128　高祖の命で滎陽を守った魏豹が、楚軍に囲まれたとき、彼の謀反を恐れた漢の臣周苛に殺された故事(史記・魏豹列伝)。
129　芋瀬の気持ちをゆるめて、大塔宮をお通しするこ

げに[133]も黙《もだ》せられ難《がた》くは、その安きに就き、御旗《みはた》ばかりを下《くだ》さるるに、何の煩《わずら》ひか候ふべき。戦場に望む習ひ、馬、物具[134]《もののぐ》を捨て、太刀、刀を落として敵に取らるる事、さまで恥ならず。ただかれが申《もう》し請《う》くるに任《まか》せて、御旗を下され候へかし」と申しければ、宮、げにもと思《おぼ》し召《め》して、月日[135]《つきひ》を金銀にて打つて付けたる錦《にしき》の御旗を、芋瀬庄司《いもぜのしょうじ》にぞ下されける。

かくて宮は、遥《はる》かに行き延びさせ給ひぬ。暫《しばら》くあつて、村上《むらかみ》彦四郎義光《ひこしろうよしてる》が跡[136]に下がりて、宮に追つ付きまゐらせんと急ぎけるに、芋瀬庄司、[137]はしたなく道にて行き合うたり。芋瀬が下人《げにん》に持たせたるを見れば、宮の御旗なり。村上、怪しんで事《こと》の様《よう》を問ふに、しかじかの事と語りければ、村上、「こはそも何事ぞ。忝《かたじけ》なくも四海《しかい》の主《あるじ》にておはします天子の御子《みこ》、朝敵御追罰《ごついばつ》のために[138]御門出《おんかどで》ある路次《ろし》にて参り合ひ、汝等《なんじら》程の[139]大凡下《だいぼんげ》の奴原《やつばら》が、さやうの事仕るべき様やある。いで、その旗」とて、引き

とができますなら。

130 御身(大塔宮)に替わって。

131 末席の私などが意見を申すのは、ぶしつけなことですが。

132 御自分の手足(股〈もも〉・肱〈ひじ〉)や目・耳にも代えがたくお思いでしょうに。股肱は「書経」益稷に基く語。

133 確かに無視しがたいので。

134 鎧・兜などの武具。

135 月と日の形を金銀の箔で打ち付けた錦の旗。

136 後方から遅れて。

137 間が悪いことに。

138 ご進発の道中で行き合い。

139 まったく賤しい身分の者ども。

140 次の北宮黝とともに、「孟子」に語られる古代中国の勇者。「孟施舎は曾子

奪っておっ取り、持ったりつる芋瀬が下人の大《だい》の男を掻《か》い摑《つか》んで、四、五丈《じょう》ばかり抛《な》げたりける。その怪力の類《たぐ》ひなきにや恐れたりけん、芋瀬庄司、(一《いち》)言《ごん》の返事もせざりければ、村上、自ら御旗を肩にかけて、程なく宮に追っ着き奉る。義光、御前《おんまえ》に跪《ひざまず》き、この様を申しければ、宮、誠《まこと》に嬉《うれ》しげに打《う》ち咲《え》ませ給ひて、「則祐《そくゆう》が忠は、[140]孟施舎《もうししゃ》が義を守り、平賀《ひらが》が智は、[141]陳丞相《ちんじょうしょう》が謀《はかりごと》を得《え》、義光が力は、北宮黝《ほっきゅうゆう》が勢ひを凌《しの》げり。この[142]三傑《さんけつ》を以て、豈《あ》に天下を治めざらんや」と仰せられけるぞ忝《かたじけ》なき。

玉木庄司宮《たまきのしょうじみや》を討《う》ち奉《たてまつ》らんと欲《ほっ》する事　9

その夜は、[1]椎柴《しいしば》の垣の間《ひま》あらはなる[2]山賎《やまがつ》の庵《いおり》に、[3]御枕を傾《かたぶ》けさせ給ひて、明くれば、小原《おばら》へと志《こころざ》し給ふ。薪《たきぎ》負へる山人《やまうど》の道に行き合うたるに、道の様を御尋ねありければ、心なき樵夫《きこり》ま

(そうし)に似たり。北宮黝は子夏(しか)に似たり。かの二子の勇は、未だその孰(いず)れか賢(まさ)れるやを知らず」(孟子・公孫丑上)。

141　陳平。はじめ楚の項羽に仕えたが、のち漢の高祖の臣となり、軍略を以て高祖の天下統一を助け、恵帝の時に左丞相となった(史記・陳丞相世家)。

142　護良親王の家来三人を、漢の三傑になぞらえたもの。漢の三傑は、高祖に仕えた張良、蕭何(しょうか)、韓信のこと(史記・高祖本紀)。

9

1　群がり生えている椎の木を垣根とした。

2　木こりや猟師。

3　(大塔宮は)お宿をとりお休みになられ。

でも、さすが見知りまゐらせてやありけん、薪《たきぎ》を下ろし、地に跪《ひざまず》いて、「これより小原《おばら》へ御通り候はんずるには、[4]玉木庄司殿《たまきのしょうじどの》とて、二心《ふたごころ》なき武家方の人おはしまし候ふなり。この人を[5]御語らひ候はでは、いくらの大勢《おおぜい》にても、その前をば御通り候はんとも覚えず候ふ。恐れある申し事にて候へども、先《ま》づ人を一、二人御使ひに遣《つか》はされ候ひて、かの人の所存《しょぞん》をも聞こし召し候へかし」とぞ申しける。宮、つくづくと聞こし召して、「[6]蒭蕘《すうじょう》の言《ことば》までも捨てざる」はこれなり。げにもこの樵父《きこり》が申す所、[7]さもと覚ゆるぞ」とて、片岡八郎《かたおかのはちろう》、矢田彦七《やたのひこしち》二《に》人《にん》を、玉木庄司が[8](もとへ遣《つか》はされて、「[9]この道を御通りあるべし。道々に)居《す》ゑたる警固《けいご》に、木戸《きど》を開き、[10]逆木《さかもぎ》引きのけさせよ」とぞ仰せ下されたりける。

玉木庄司、御使ひに出で合うて、事の由《よし》を聞いて、無返事《ぶへんじ》にて内へ入りけるが、やがて[11]若党《わかとう》、中間《ちゅうげん》どもに物具《もののぐ》させ、馬に鞍

4　奈良県吉野郡十津川村玉置にあった荘園の代官。
5　味方に引き入れなくては。
6　賤しい民の意見にも耳を傾ける。蒭は草刈り人、蕘は木こり。「この蒭蕘の言を聞くに如かじ」(白居易・驃国〈ひょうこく〉の楽〈がく〉)。「聖人は蒭蕘の言を棄てず」(本朝文粋・藤原行成)。
7　なるほど。
8　玄玖本により補う。
9　(大塔宮が)この道をお通りになる予定だ。道中にすえた警固の者に、木戸(城柵の門)を開かせ。
10　敵の侵入を防ぐために棘のある木の枝で作った防御の柵。
11　若い下級の家来と、侍と小者の中間の家来。

おく体《てい》、躁《さわ》がしく見えける間、二人の御使ひども、「いやいや[12]この事叶《かな》ふまじげなり。さらば、急ぎ走り帰つて、この由を申さん」とて、足早《あしばや》に帰れば、玉木が若党五、六十人、取り太刀《[13]とだち》ばかりにて追つ懸けたり。二人の者ども立ち止まり、小松の二、三本茂《しげ》りける影《かげ》より跳《おど》り出《い》でて、真先《まっさき》に進んだる武者の、馬の諸膝薙《もろひざな》[14]いではね落とさせ、返す太刀に頸《くび》打ち落として、仰《[15]の》りたる太刀を押し直して立つたり。跡に続き進みける者ども、これを見て、あへて近づく者一人《いちにん》もなし。ただ遠矢《とおや》にこそ射すくめけれ。

片岡、矢二筋《ふたすじ》射つけられて、今は助《たす》かり難《がた》くや思ひけん、「や[16]、殿、矢田殿、われはとても痛手《いたで》を負うたれば、ここにて討死《うちじに》せんずるぞ。御辺《ごへん》は急ぎ宮の御方《おんかた》へ走り参り、この由を申して、一《[17]ひと》まども落としまゐらせよ」と、再往強《[18]さいおうし》ひて申しければ、矢田も、一所《いっしょ》にて討死せんと思ひけれども、げにも宮に告げ申

12　どうやら事は成りがたいようだ。
13　太刀を手に取っただけで急いで。
14　馬の両膝を払い切って乗り手をはね落とさせ。
15　曲がった太刀をもとどおり押し直して。
16　やあ、貴殿。
17　ひとまずお逃がし申しあげよ。
18　くり返し。

さざらんも、却《かへ》って不忠なるべければ、[19]力なく、ただ今討死する傍輩《ほうばい》を見捨てて帰りける心の内、推《お》し量《はか》られてあはれなり。

矢田《やた》、遥《はる》かに行き延びて、跡を返り見れば、片岡《かたおか》早や討たれぬと見へて、血の付いたる頸《くび》を、太刀の鋒《きっさき》に貫《つらぬ》き持ったる人あり。矢田、急ぎ走り帰りて、宮にこの由《よし》を申せば、「さては、遁《のが》れぬ道に行《ゆ》き迫《つま》りぬ。[20]運の窮達《きゅうたつ》、歎《なげ》くに詞《ことば》なし」とて、御供の人々に至るまで、[21]なかなか騒ぐ気色《けしき》もなかりける。「さればとて、ここに留《とど》まるべきにあらず。行かれんずる所まで行けや」とて、上下六十余人の兵ども、宮を先に立てまゐらせ、[22]問ひ問ひ山路《さんろ》をぞ越え行きける。

すでに中津《なかつ》(川《がわ》)の峠を越えんとし給ひける処《ところ》に、向かひの山の両方の嶺《みね》に、玉木《たまき》が勢《せい》と覚えて、五、六百人が程、[23]直甲《ひたかぶと》に鎧《よろ》うて、楯を前《さき》に進め、射手《いて》を左右へ分けて、[24]時《とき》の声《こえ》をぞ揚げたりける。宮、これを御覧じて、[25]玉顔《ぎょくがん》殊に厳《いつく》しく打ち咲《え》ませ給

19　心ならずも。
20　運が窮まるのと開けるのとは、天命によることで、歎いても仕方ない。
21　かえってあわて騒ぐ様子もなかった。
22　道を尋ねながら。
23　全員が鎧・兜を着て完全武装すること。
24　鬨(とき)の声。
25　お顔は常にもまして厳(おご)そかにほほ笑まれ。

ひ、御手《おんて》の者どもに向かつて、「矢種《やだね》[26]のあらんずる程は、防き矢仕《つかまつ》れ。心閑《しず》かに自害して、名を万代《ばんだい》に残すべし。但し、おのおの、相構《あいかま》[27]へてわれより前《さき》に腹切る事あるべからず。われすでに自害せば、面《おもて》の皮を剝《は》ぎ、耳、鼻を切つて、誰《たれ》が首とも見えぬやうにしなして捨つべし。その故《ゆえ》は、わが首もし獄門《ごくもん》に懸けて曝《さら》されば、天下に御方《みかた》の志を存ぜん者は、力を失ひ、武家は恐るる処なかるべし。「死[28]せる孔明《こうめい》、生ける仲達《ちゅうたつ》を走らしむ」と云ふ事あり。されば、死して後《のち》までも威《い》を残すを、以て良将とせり。今はとても遁《のが》れぬ所を、相構へて人々、きたなびれた[29]る振る舞ひして、敵に笑はるな」と仰せられければ、御供の兵ども、「何故《なにゆえ》にか、きたなびれ候ふべき」と申して、御前《おんまえ》を立ち、敵の大勢《おおぜい》にて攻め登る坂中《さかなか》の辺まで下《お》り向《む》かふ。その勢《せい》わづかに三十二人、これ皆一騎《いっき》当千《とうぜん》の兵なりとは云へども、敵七百余騎に立ち合うて、戦ふべき様《よう》はなかりけり。

26　射る矢のある限り。

27　決して。

28　「死せる孔明生ける仲達を走らす」(三国志・蜀志・諸葛亮伝注)。三国時代、蜀と魏が五丈原で戦ったとき、蜀の諸葛亮(字は孔明)は陣中で病没したが、その死を秘して進む蜀軍に、魏の司馬懿(字は仲達)が恐れをなして敗走した故事(第二十巻・8)。

29　卑怯な。

野《の》長瀬《ながせ》六郎《のろくろう》宮《みや》御迎《おんむか》への事、并《ならびに》北野天神霊験《きたののてんじんれいげん》の事 10

寄手《よせて》は、楯を雌羽《めんどりは》[1]に突きしとうて蒙《かず》き上《あ》がり、防く兵は、打物《うちもの》[2]の鞘《さや》をはづして、相懸《あいが》[3]かりに近づき合ふ処《ところ》に、北の山の嶺より、赤旗三《み》[4]流《なが》れ、松の嵐に翻《ひるがえ》つて、その勢《せい》六、七百騎が程懸《か》け出《い》でたり。次第次第に近づくままに、三手《みて》に分かつて時《とき》の声《こえ》を揚げ、玉木庄司《たまきのしょうじ》が勢に相向かふ。真前《まっさき》に進んだる武者、大《だい》音声《おんじょう》を揚げて、「紀伊国《きのくに》の住人野長瀬六郎[5]、同じき七郎《しちろう》、その勢三千余騎にて、大塔宮《おおとうのみや》の御迎《おんむか》ひに参る処に、忝《かたじけ》なくもこの君に向かひまゐらせて、弓を引き、楯を列《つら》ぬる人は誰人《たれひと》ぞや。玉木庄司殿と見るは僻目《ひがめ》[6]か。ただ[7]今滅《ほろ》ぶべき武家の運命に随つて、即時《そくじ》に運を開かせ給ふべき親王に敵対申しては、一天《いってん》[8]の間《あいだ》、いづれの処にか身を錯《お》かんと思ふ。天罰《てんばつ》これを行はん事、われ

10
1 雌鳥が羽を重ねてたたむように、楯をつき並べて頭上にかざし。突きしとうて(突蔀みてのウ音便)は、突き並べて覆う。
2 太刀や薙刀。
3 迎え撃って。
4 三本。流れは、旗の本数。
5 和歌山県田辺市中辺路町近露に住んだ武士。近露に野長瀬一族の墓所が残る。
6 見あやまり。
7 まもなく滅ぶはずの幕府。
8 天下のどこに身を置こうと思うのか。

らが一戦の中《うち》にあり。余すな、漏《も》らすな」と喚《おめ》き呼《さけ》ぶ。これを見て、玉木庄司が五百余騎、叶《かな》はじとや思ひけん、楯を捨て、旗を捲いて、忽《たちま》ちに[9]四《し》角八方《かくはっぽう》へ逃《に》げ散《さん》ず。

その後《のち》、野長瀬兄弟二人《ににん》、御前《おんまえ》近く召されて、冑《かぶと》を脱《ぬ》ぎ、弓を脇に挟んで、遥《はる》かに畏《かしこ》まる。宮、「[10]山中《さんちゅう》の為体《ていたらく》、大儀《たいぎ》の計略《けいりゃく》叶《かな》ひ難《がた》かるべき間、大和《やまと》、河内《かわち》の方《かた》へ打ち出でて、勢を付けんために進発《しんぱつ》せしむる処に、玉木庄司がただ今の振る舞ひ、[11]当手《とうて》の兵、万死《ばんし》の中に一生《いっしょう》をも得難《えがた》しと覚えつるに、不慮《ふりょ》の扶《たす》けに逢へる事、天運なほ憑《たの》みあるに似たり。そもそもこの事、何として存知《ぞんち》したりければ、今この戦場に馳《は》せ合《あ》うて、逆徒《ぎゃくと》の大軍をば[12]靡《なび》かしぬるぞ」と御尋ねありければ、野長瀬、畏《かしこ》まつて、「昨日《きのう》の暮《くれ》程に、年十四、五ばかりに候ひし童部《わらんべ》の、「名をば老《おい》松《まつ》と云ふぞ」と名乗り候ひしが、「大塔宮の、明日十津川《とつがわ》を御《おん》出《い》であつて、小原《おばら》へ御出であらんずるが、[13]一定《いちじょう》道にて難に合《あ》

9　四方八方。
10　十津川一帯の山中のありさまを見るに、討幕の挙兵の大義のはかりごとが実現しそうにないので。
11　味方。当方。
12　討ち平らげる。
13　必ずや。
14　宮からの使者と。
15　尋常なことではない。

はせ給ひぬと覚ゆるぞ。御志《おんこころざし》を存ぜん人は、急ぎ迎ひに参れ」と触《ふ》れ廻《まわ》り候ひし間、[14]御使ひと心得候ひて、参つて候ふ」とぞ申しける。

宮、この事を御思案あるに、[15]ただ事にあらずと思し召《おぼしめ》し合《あ》はせて、年来《としごろ》御身を放たれざりける[16]膚《はだ》の御守《おんまも》りの、口少し開《あ》きたる間、怪しく思し召して、開《あ》けて御覧ぜられければ、[17]北野天神《きたののてんじん》の真体《しんたい》を金銅《こんどう》にて鋳《い》まゐらせられたるその御眷属《ごけんぞく》、[18]老松明神《おいまつのみょうじん》の御体《おんからだ》、[19]遍身《へんしん》より汗あえて、御足に土の付きたりけるこそ不思議なれ。「[20]佳運神慮《かうんしんりょ》に叶《かな》へり。逆徒《ぎゃくと》の退治、何《なん》の疑ひかあるべき」とて、宮は、これより[21]槙野上野房聖賢《まきのこうずけぼうしょうけん》が拵《こしら》へたる槙城《まきのじょう》へ御《おん》入《い》りありけるが、ここもなほ[22]分内狭《ぶんないせば》くて悪《あ》しかるべしとて、[23]吉野《よしの》の大衆《だいしゅ》を御語らひあつて、[24]安全宝塔《あんぜんほうとう》を城郭に構へ、[25]岩切《き》り通す吉野《よしの》川《がわ》を前に当てて、三千余騎にて楯籠《たてご》もらせ給ひたりとぞ聞こえける。

16 肌身離さないお守り。
17 京都市上京区の北野天満宮。菅原道真を祭る。真体は、神体。
18 北野天満宮の眷属神(従者の神)。菅原道真が愛した松の霊という。
19 からだじゅう汗がしたたり。
20 われらの好運は神の思し召しにかなっている。
21 奈良県五條市上之町に住んだ武士。
22 土地の区域。
23 金峯山寺蔵王堂(奈良県吉野郡吉野町)を中核とする吉野全山の僧徒。
24 金峯山寺蔵王堂の奥、現在の奥千本の宝塔院跡にあった安禅寺蔵王堂。
25 「吉野川岩切り通し行く水の音には立てじ恋は死ぬとも」(古今和歌集・恋一・読み人知らず)。

太平記　第六巻

第六巻　梗概

大塔宮《おおとうのみや》の母民部卿三位局《みんぶきょうさんみのつぼね》は、北野社に参籠し、先帝が還幸して再び帝位につくとの霊夢を得た。元弘《げんこう》二年(一三三二)四月、楠正成《くすのきまさしげ》は、赤坂城《あかさかのじょう》に湯浅定仏《ゆあさじょうぶつ》を攻めて降し、和泉・河内をおさえ、住吉《すみよし》、天王寺《てんのうじ》に打って出た。六波羅《ろくはら》では、隅田《すだ》(洲田)・高橋《たかはし》を討手として送ったが、正成の戦略で手もなく敗退した。つぎに、武勇の誉れ高い宇都宮公綱《うつのみやきんつな》を討手に向かわせたが、正成は天王寺を退き、敵を遠攻めにして疲れさせる作戦をとった。はたして天王寺に入った宇都宮は、楠軍に包囲されて疲れ、七月末に京へ退いた。再び天王寺に入った正成は、寺僧に頼み、聖徳太子《しょうとくたいし》の未来記《みらいき》を披見して解読し、鎌倉幕府の滅亡と先帝の還御が遠からぬことを知った。その頃、播磨の赤松円心《あかまつえんしん》が、子息則祐《そくゆう》をつうじて大塔宮の令旨を手に入れて挙兵した。こうした事態に、六波羅から早馬の報せをうけた鎌倉幕府は、九月、大軍を京へ送った。元弘三年(一三三三)閏二月、幕府方は数十万の大軍を吉野、赤坂、金剛山《こんごうせん》の城へ向かわせた。赤坂城の合戦では、本間《ほんま》資頼《すけより》と人見《ひとみ》恩阿《おんあ》が先陣を争ってみごと討死し、本間の子資忠《すけただ》も父の跡を追った。赤坂城は水利を見抜かれ、水に窮して落城し、平野《ひらの》将監《しょうげん》以下の降人はすべて見せしめとして斬られた。それを知った吉野、金剛山の城では、いよいよ降人に出る者はなかった。

民部卿三位《みんぶきょうさんみ》殿御夢《どのおんゆめ》の事　1

[1]去年九月に、笠置《かさぎ》の城破れて、先帝《せんてい》、隠岐国《おきのくに》へ移されさせ給ひし後《のち》は、[2]百司《はくし》の旧臣、愁《うれ》ひを懐《いだ》いて所々《しょしょ》に籠居《ろうきょ》し、[3]三千の宮女《じょ》、涙を滴《した》でて面々に臥《ふ》し沈《しず》み給ふ中にも、[4]民部卿三位殿の御《み》局《つぼね》と聞こえしは、先朝《せんちょう》の御寵愛《ごちょうあい》浅からざる上、大塔宮《おおとうのみや》の御母《ごぼ》堂《どう》にておはせしかば、傍《かたわ》らの女御《にょうご》、后《きさき》も、[5]花のあたりの深山木《みやまぎ》の、色香《いろか》もなきが如くなり。

世の中閑《しず》かならざりし後は、[6]よろづ引き替へたる九重《ここのえ》の内の御栖《おんすま》ひも定まらず、[7]荒れのみまさる浪の上に、舟《ふね》流したる海士《あま》の心地して、寄らん方《かた》なき御思ひの上に打ち添へて、[8]君は西海《さいかい》の帰らぬ浪に漂《ただよ》ひて、乾《かわ》く間《ま》もなき(御袖《おんそで》の)御気色《みけしき》なりと承《うけたまわ》りしかば、空しく思ひを万里《ばんり》の暁《あかつき》の月に傾《かたぶ》け、[9]宮は南山《なんざん》の路《みち》な

1

1　元弘元年(一三三一)九月、笠置城没落(第三巻・5、6)。翌二年三月、後醍醐帝隠岐へ配流(第四巻・3)。本章段は、元弘二年夏から冬のことか。

2　多くの役所。

3　「後宮の佳麗三千人」(長恨歌)。

4　北畠師親(もろちか)の娘、親子。前出、第一巻・3。

5　容色の劣る喩え。「立ち並びては、なほ花の傍らの深山木なり」(源氏物語・紅葉賀)。

6　万事昔と変わった宮中のお住まいも定まらず。

7　「荒れのみまさる宮の内は　年経て住みし伊勢の海人も　舟流したる心地して　寄らん方なくかなしきに」(古今和歌集・伊勢)。

き雲を踏み迷ひて、浮かれたる御栖《おんすま》ひと聞こゆれば、書《しょ》を三春《さんしゅん》の暮れの雁《かり》に着《つ》けがたし。かれと云ひこれと云ひ、一方《ひとかた》ならぬ御歎《おんなげ》きに、10青糸《せいし》の髪疎《おろそ》かにして、いつのまに老《おい》は来《き》ぬらんと怪しまれ、紅玉《こうぎょく》の膚《はだえ》消えて、11今日《きょう》を限りの命ともがなと思《おぼ》し召《め》さる。

そぞろに思ひ沈ませ給ひける御心の遣《や》る方《かた》なさ(に)、年来《としごろ》御祈りの師とて、御誦経《みじゅきょう》、12御撫物《おんなでもの》などまゐらせける13北野《きたの》の社僧《しゃそう》の坊におはして、14一七日《ひとなぬか》参籠《さんろう》の御志《おんこころざし》ある由《よし》を仰せられければ、この折節《おりふし》、15武家の聞こえも憚《はばか》りなきにはあらざりけれども、日来《ひごろ》の御恩《ごおん》も重かりければ、16情けなくはいかがと思ひて、拝殿《はいでん》の傍《かたわ》らに、わづかなる間《ま》を拵《こしら》へて、ただ尋常《よのつね》の17青女房《あおにょうぼう》なんどの参籠したる体《てい》にてぞ置きまゐらせける。

古《いにし》へは18金帳《きんちょう》に粧《よそお》ひを籠《こ》め、紗窓《しゃそう》に艶《におい》を閉ぢて、左右の19侍児《おもとびと》その数を知らず、あたりを輝《かかや》かしてこそもてなし冊《かしず》き奉るべきに、

8 先帝は隠岐に流され、涙に暮れる日々と承るので、配所の月を思いやり。
9 大塔宮は吉野の山にさまよい、住処も定めぬと聞くので、雁に便りを託すこともできない。「万里に人南に去る　三春に雁北に飛ぶ」(和漢朗詠集・雁)。雁に便りを託すのは、漢の蘇武の故事による。三春は、春三か月。
10 「青糸の髪落ちて叢鬢(そうひん)疎らに、紅玉の膚銷(き)えて繫裙(けいくん)縵(ゆる)し」(白居易・陵園の妾)。
11 「忘れじの行く末まではかたければ今日を限りの命ともがな」(新古今和歌集・儀同三司の母)。
12 祓いに使う衣類や人形(ひとがた)。
13 北野天満宮(京都市上京区)。菅原道真を祭る。

いつしか替はり果てたる御忍《おんしの》び所《どころ》の物籠《ものご》もりなれば、都近きあたりなれども、事問《ことと》ひかはす人もなし。ただ[20]一夜《ひとよ》の松《まつ》の嵐に、御夢を残され、[21]主《あるじ》忘れぬ梅が香《か》に、昔の春を思し召し出づるにも、[22]昌泰《しょうたい》の年の末《すえ》に荒人神《あらひとがみ》となり給ひし、心づくしの御旅宿《おんたびね》までも、今は[23]君の御思ひになずらへ、または御身《おんみ》の歎きに思し召し知られたる、あはれの色の数々に、御念誦《ごねんじゅ》を暫《しばら》く留《とど》められ、御涙の内に、一首の歌をぞ思し召しつづけられける。

　[24]忘れずは神もあはれと思ひ知れ心づくしのいにしへの旅

とぞあそばして、暫《しばら》く御《おん》まどろみありけるその夜《よ》の御夢に、衣《い》冠《かん》正しくしたる老翁《ろうおう》の、年八十有余なるが、左の手に梅の花を一枝《ひとえだ》捧げ、右の手に[25]鳩《はと》の杖《つえ》を取つて、いと苦しげなる体《てい》にて、御局《みつぼね》の臥《ふ》し給へる枕の辺に立ち給へり。御夢の心地に、怪しく思し召して、「[26]篠《しの》の小《お》ざさの一節《ひとふし》も、問《と》ふべき人あるべしとも覚えぬ都の外《ほか》の[27]蓬生《よもぎう》に、あやしや、誰人《たれひと》の道踏み迷ひけるやす

14 七日間のお籠もりをしたいと。 15 幕府に知られるのを、恐れないわけではないけれども。
16 無情に断るのもどうかと思い、拝殿の傍らに小さな部屋をつくり。
17 身分の低い若い女房。
18 金襴のとばりや薄絹の窓に美しい姿を隠し。
19 側仕えの侍女(長恨歌)。
20 一夜で松千本が生えたという地に立つ北野神社の松風に栄華の夢をとどめ。
21 「東風吹かば匂ひおこせよ梅の花あるじなしとて春を忘るな」(拾遺和歌集・菅原道真)。 22 道真は、昌泰四年(延喜元＝九〇一年)に太宰府に配流、二年後にその地で没した。荒人神は、現人神(あらひとがみ)。心づくしと筑紫を掛ける。
23 先帝の御心中と重ねて

らひぞ」と、御尋ねあれば、この老翁《ろうおう》、[28]よにあはれげなる気色《けしき》にて、云ひ出だしたる言《こと》の葉《は》もなし。やや久しくあつて、立ち帰りける(が)、持ちたる梅の一枝《ひとえだ》を御前《おんまえ》に差し置きたり。御局《みつぼね》、御覧《ごらん》ずるに、一首の歌を短冊《たんざく》に書いてぞ付けたりける。

[29]廻《めぐ》り来《き》てつひにすむべき月影《つきかげ》のしばしくもるを何歎《なげ》くらむ

御夢さめて、この歌の心を御案《ごあん》じあるに、君つひに還幸《かんこう》なりて、雲の上に住ませ給ふべき御事《おんこと》あるべしと、憑《たの》もしくぞ思《おぼ》し召《め》されける。

[30]かの聖廟《せいびょう》と申すは、大慈大悲《だいじだいひ》の本地《ほんじ》、天満天神《てんまんてんじん》の垂跡《すいじゃく》にておはしませば、[31]一度《ひとたび》歩みを運ぶ人も、二世の悉地《しっち》を成就《じょうじゅ》し、わづかに御名《みな》を唱ふる輩《ともがら》も、万事《ばんじ》の所願《しょがん》を満足す。[32]況《いわ》んや、千行万《せんこうばん》行《こう》の紅涙《こうるい》を滴《した》で尽《つ》くして、七日七夜《なぬかななよ》の丹誠《たんぜい》を致させ給ひしかば、[33]懇請《こんせい》暗に通じて、感応忽《かんおうたちま》ちに告げあり。世すでに[34]澆季《ぎょうき》に及ぶと云へども、信心誠《しんじんまこと》ある時は、[35]霊鑑《れいかん》新たなりけりと、感歎《かんたん》涙に

思いやられ、またわが身の嘆きになぞらえて思い知られ、多くの尽きない悲しみのあまりに。
24 つらい古えの筑紫への旅をお忘れでないならば、神も先帝をお哀れみください。 25 頭部に鳩の形を彫った老人用の杖。鳩は食べ物にむせないことにあやかった中国の習慣。
26 篠は、小さい竹。一節の序詞。ほんの短い間も。
27 蓬(雑草)が生い茂るような所に、不思議にもどなたが道に迷って立ち寄ったのでしょう。 28 実に深く心を引かれる様子で。
29 日数がたてばやがて澄み渡る月の光が、暫く雲に隠れるのを何の歎くことがあろう。月影が澄むと、月の都(京)に住むを掛ける。
30 道真を祭る聖なる廟所

余れり。

楠《くすのき》天王寺《てんのうじ》に出《い》づる事　2

[1]ここに、楠《くすのき》兵衛正成《ひょうえまさしげ》は、[2]去年赤坂《あかさか》の城にて自害して焼け死にたる真似《まね》をして落ちたりしを、実《まこと》と心得て、武家より、その跡に[3]湯浅《ゆあさ》四郎《しろう》入道《にゅうどう》定仏《じょうぶつ》を地頭《じとう》に居《す》ゑて置きたりければ、今は河内国《かわちのくに》に於ては殊《こと》なる事あらじと、心安く思はれける処《ところ》に、[4]四月三日、正成、五百余騎を率《そっ》し、俄《にわ》かに湯浅が城へ押し寄せて、息をも継《つ》がせず攻め戦ふ。

この城に兵粮《ひょうろう》の用意乏《とも》しかりければ、定仏、己れが紀伊国《きのくに》の所領[5]阿瀬川庄《あぜがわのしょう》より、人夫《にんぶ》五、六百人に兵粮を持たせて、夜中《やちゅう》に城へ入れんとす。楠、これを[6]風取《かざど》つて、兵を道の[7]切所《せっしょ》へ差《さ》し遣《つか》はし、悉《ことごと》くこれを奪ひ取つてけり。さて、その俵《たわら》に[8]物具《もののぐ》を入

は、慈悲深い観音が本地仏であり、天満天神として垂迹したのだから。
31　一度でも参詣する人は、現世の福利と来世の成仏の願いが叶い。
32　ましてたくさんの血の涙を流し尽くして、七日間真心こめて祈られたので。「落つる涙は百千行」(菅家後集・自詠)。
33　心からの祈りはひそかに届いて神が応え。
34　末世。　35　神のご照覧はあらたかであったと。

2

1　諸本ここに、元弘二年(一三三二)三月五日、北条時益・仲時が両六波羅探題として上洛したことを記す。但し、史実は、元徳二年(一三三〇)。
2　元弘元年十月。第三

れて馬に負はせ、兵を二、三百人[9]兵士《ひょうじ》の如くに出で立たせて、城へ入らんとする時、楠《くすのき》が勢《せい》ども、これを追つ散らさんとする学《まね》をして、追つつ返しつ軍《いくさ》をぞしたりける。定仏《じょうぶつ》、これを見て、兵粮入《ひょうろうい》るる兵士どもぞと心得て、城より打ち出でて、[10]そぞろなる敵どもを皆城の中へぞ引き入れける。楠が兵ども、思ふやうに城中へ[11]入りしきつて、俵の中より物具《もののぐ》取り出だし、ひしひしと差し堅めて、[12]時《とき》の声《こえ》をぞ揚げたりける。湯浅《ゆあさ》は、前後の敵にたばかられて、少しも戦ふべき様《よう》もなかりければ、力なく頸《くび》を延べて、降人《こうにん》にぞなりける。

正成《まさしげ》、やがてその勢を并《あわ》せて七百余騎、いよいよ勢付《つ》いて、和泉《いずみ》、河内《かわち》の両国を推すに[13]、靡《なび》かずと云ふ者一人《いちにん》もなし。日を遂《お》つて大勢《おおぜい》になりければ、[14]同じき十七日、先《ま》づ[15]住吉《すみよし》、[16]天王寺《てんのうじ》辺へ打つて出でて、[17]渡辺《わたなべ》の橋《はし》より南に陣を取り、[18]六波羅《ろくはら》の寄手《よせて》を今や今やと待ち懸けたり。これによつて、和泉、河内の早馬《はやうま》[19]し

巻・8、参照。
3 俗名宗藤。和歌山県有田郡湯浅町出身の武士。
4 諸本同じ。史実は、八か月後の元弘二年十二月。
5 和歌山県有田郡有田川町の荘園で、湯浅の本領。
6 察知して。底本「接所」。 7 要害の地。
8 鎧・兜などの武具。
9 人夫として徴発された農民。
10 無関係な。
11 入り終わって。
12 鬨(とき)の声。
13 押し寄せると。
14 史実では、元弘三年一月のこと。
15 大阪市住吉区の住吉大社。
16 大阪市天王寺区の四天王寺。聖徳太子の創建とされ、中世には太子信仰のメッカとなる。

きなみに打つて、楠すでに京都へ攻《せ》め上《のぼ》る由《よし》を申しければ、京中の騒動[20]斜《なの》めならず。武士東西に馳《は》せ散《ち》つて、貴賤上下《きせんじょうげ》周章《あわ》て騒ぐ事きはめなし。

六波羅《ろくはら》勢《ぜい》討《う》たるる事　3

かかりければ、六波羅には、[1]畿内近国《きないきんごく》の勢雲霞《うんか》の如く馳《は》せ集《あつ》まつて、楠今や寄すると待ちけれども、あへて寄する事もなかりけり。「さては、聞くには似ず、楠小勢《こぜい》にてぞあるらん。こなたより寄せて、打ち散らせ」とて、[2]洲田《すだ》、高橋《たかはし》を[3]両六波羅《りょうろくはら》の軍奉行《いくさぶぎょう》として、[4]四十八ヶ所の篝《かがり》、并《なら》びに[5]在京人、畿内五ヶ国の勢を、天王寺へ差し向けらる。その勢都合五千余騎、同じき二十日、京都を立つて、[6]尼崎《あまがさき》、[7]神崎《かんざき》、[8]柱松《はしらもと》の辺に陣を取り、[9]遠《とお》篝《かがり》を焼《た》いて、その夜を遅しと待ちあかす。楠、これを聞いて、

17 摂津国西成郡渡辺(大阪市の淀川河口)にあった橋。
18 南北の両六波羅探題。
19 (次々にうち寄せる波のように)しきりに。
20 ひととおりでない。

3

1 畿内(山城・大和・摂津・河内・和泉)とその近国。
2 洲田(隅田)・高橋ともに、北条仲時の被官。前出、第三巻・2。
3 北条時益(南探題)と仲時(北探題)。
4 京都警固の四十八か所の篝屋(番所)の武士。
5 京都に常駐する御家人。
6 兵庫県尼崎市杭瀬のあたり。
7 尼崎市神崎町。
8 大阪府高槻市柱本。

二千余騎を三手《みて》に分けて、[10]宗徒《むねと》の勢《せい》をば住吉《すみよし》と天王寺《てんのうじ》とに隠して、わづかに三百余騎を渡辺《わたなべ》の橋《はし》の南にひかへさせ、大篝《おおかがり》二、三ヶ所に焼《た》かせ(て)相向かへり。これは、わざと橋を超《こ》えさせて、[11]水沢《すいたく》に敵を追つぱめ、雌雄《しゆう》を一時《いっし》に決せんがためなり。

さる程に、明くれば四月二十一日、六波羅《ろくはら》勢《ぜい》七千余騎、所々《しょしょ》の陣を一所に合はせて、渡辺の橋の[12]爪《つめ》まで打《う》ち莅《のぞ》み、ここにて、川向かひにひかへたる敵の勢を見渡せば、わづかに二、三百騎には過ぎじと覚えて、痩《や》せたる馬に、[13]縄手綱《なわたづな》かけたる武者どもなり。洲田《すだ》、高橋《たかはし》、これを見て、「さればこそ、和泉《いずみ》、河内《かわち》の[14]勢の分際《ぶんざい》、さこそあるらめと思ひつるに合はせて、はかばかしき敵は一人《いちにん》もなかりけり。[15]きやつ原《ばら》一々に召し取つて、六条《ろくじょう》河原《がわら》に斬り懸けんずるものを」と云ふままに、二騎打ち入れて、橋より[16]下《しも》を打ち渡す。七千余騎の兵ども、これを見て、われ先にと進んで、或いは橋の上を歩ませ、或いは川の浅瀬を渡し、

9　遠くからも見える篝火。
10　主力の軍勢。
11　水辺に追い落として、勝敗を一気に決める。
12　橋のたもと。
13　縄で編んだ粗末な手綱。
14　敵勢の程度はたいしたことはないだろうと思っていたとおり。
15　あいつらを一人一人捕らえて、首を六条河原に曝してやろうものを。きやつは、彼奴(かやつ)の音転。六条河原は、京の六条大路東端の鴨川の河原。平安末以来、刑場とされた。
16　下流。

向かひの岸に懸け上がる。楠《くすのき》が勢、これを見て、遠矢《とおや》少々射捨てて、一戦《ひといくさ》も戦はず、天王寺の方《かた》へ引き退く。六波羅勢、勝《かつ》に乗つて、人馬《じんば》の息をも継《つ》がせず、天王寺の在家《ざいけ》[17]のはづれまで、揉みに揉うでぞ追うたりける。

楠は、思ふ程[18]敵の人馬《じんば》を疲らかして、二千余騎を三手《みて》に分けて、一手《ひとて》は、天王寺の東のはづれより、敵を弓手《ゆんで》[19]に受けて懸け出づる。一手は、西門《さいもん》の石の鳥居[20]より懸け出でて、魚鱗懸《ぎょりんが》[21]けに敵の真中《まんなか》へ破《わ》つて入る。一手は、住吉の松[22]の陰《かげ》より懸け出でて、鶴翼立《かくよくだ》[23]てに開き合はす。六波羅勢、これに見合はすれば、対《たい》[24]揚《よう》すべきまでもなく大勢《おおぜい》なりけれども、陣の張《は》り様《よう》しどろにて、却《かえ》つて小勢《こぜい》に囲まれぬべく見えたりける。洲田、高橋、これを見て、「敵は後ろに大勢を隠して、たばかりけるぞ[25]。この辺は、馬の足立《あしだ》[26]ち悪くして叶《かな》ふまじ。少し広みに懸け出でて、敵をおびき出《い》だして、勢の分際《ぶんざい》を見つくろひて、懸け合はせ懸け合は

17　民家の立ち並ぶ近くまで、激しく追撃した。
18　思いどおりに。
19　左手。弓を持つ方の手。
20　天王寺の西門の外に、海に向かって石の鳥居があった。天王寺の西門は極楽の東門に通ずるといわれ、その石の鳥居は天王寺信仰の一中心だった。
21　先頭を細くして敵陣を突破する魚鱗形の陣形。
22　松は住吉の景物。和歌にもよく詠まれる。
23　鶴が翼を広げたように左右に大きく開いて敵陣を包囲する陣形。
24　楠勢から見れば、対抗すべくもない大勢だったが、陣の取り方がばらばらで。
25　だましたのだ。
26　足場。

せ、勝負を決せよ」と[27]下知《げじ》しければ、七千余騎の兵ども、[28]敵に後ろを切られぬ前《さき》にと、渡辺《わたなべ》の橋《はし》を指して引き退く。

楠《くすのき》が勢《せい》、これに利を得て、三方《さんぼう》より、[29]勝時《かつどき》を作つて追つ懸くる。渡辺の橋近くなりければ、洲田《すだ》、高橋《たかはし》、馬を引つ返して、「[30]敵はさしもの大勢《おおぜい》にてはなかりけるを、ここにて返さずは、大河《たいが》後ろにあつて悪《あ》しかるべし。返せや者ども」と、馬の足を立て直し立て直し下知しけれども、[31]大勢の引き立つたるくせなれば、[32]一返《ひとかえ》しも返さず、ただわれ先に橋を渡らんと、危《あや》ふきをも云はず、馳《は》せ重《かさ》なりける間、人馬ともに橋の上より塞《せ》き落《お》とされて、水に溺《おぼ》るる者数を知らず。或いは[33]淵瀬《ふちせ》も知らず川を渡し懸けて、流れて死ぬる者もあり、或いは[34]高岸《たかぎし》より馬を馳《は》せ倒《たお》して、そのまま討たるる者もあり。馬を捨て、物具《もののぐ》を脱《ぬ》いでも逃げ延びんとする者はあれども、敵に[35]返し合はせて、一太刀《ひとたち》をも打ち違へんとする者は一人《いちにん》もなし。されば、七千余騎の兵ど

27 命令。
28 敵に背後を断たれる前にと。
29 勝鬨（かちどき）。
30 敵はさほどの大勢ではなかったが、ここで軍勢を引き返さなければ。
31 大勢が浮き足だった時の習いで。
32 一度も引き返すこともしないで。
33 深い所も浅い所もわからずに、川を馳せ渡ろうとして。
34 高くそびえ立つ川岸から馬を走らせ倒して。
35 引き返して防ぎ戦うこと。

も、残り少なに討ちなされて、[36]匍《は》ふ匍ふ京へ逃《に》げ上《のぼ》る。その翌日《つぎのひ》、いかなる者やしたりけん、六条河原《ろくじょうがわら》に札を立てて、一首の歌をぞ書いたりける。

[37]渡辺の水いかばかり早ければ高橋落ちて洲田流るらむ

[38]京童部《きょうわらんべ》のくせなれば、この[39]落書《らくしょ》を歌に作りて歌ひ、或いは語り伝へて笑ひける間、洲田、高橋、面目《めんぼく》なく思ひて、暫《しばら》くは出仕を留《とど》めて[40]虚病《きょびょう》してこそ居たりけれ。

宇都宮天王寺《うつのみやてんのうじ》に寄《よ》する事　4

両六波羅《りょうろくはら》、この事を聞いて、[1]安からぬ事に思はれければ、その比《ころ》京中[2]無勢《ぶぜい》なりとて、関東より上《のぼ》せられける[3]宇都宮治部大輔《うつのみやじぶのたいふ》を呼び寄せて宣《のたま》ひけるは、「合戦の習ひ、時の運によつて[4]雌雄《しゆう》を替ふる事、先《ま》づ古《いにし》へよりこれなきにあらず。しかりと云へ

36　やっとのことで。
37　渡辺の川の流れがどれほど速かったために、高橋は落ちて(逃げて)、洲田(川洲の田を掛ける)は流されたのだろう。
38　口さがない京の市中の無頼の若者。
39　時勢批判などを内容とした落書き。
40　仮病。

4
1　腹立たしいこと。
2　軍勢が手薄なこと。
3　公綱。貞綱の子。下野の豪族、宇都宮一族の惣領。
4　勝敗が左右されるのは、古来ないことではない。

ども、今度《このたび》御方《みかた》の負けは、ひとへに大将の計《はかりごと》の拙《つたな》きに依《よ》れり。または士卒の臆病《おくびょう》なるがゆゑなり。[5]天下の嘲哢《ちょうろう》を塞《ふさ》ぐ所なし。就中《なかんずく》、[6]仲時《なかとき》罷《まか》り上《のぼ》りし後《のち》、重ねて御上洛《ごしょうらく》候ひし事は、[7]凶徒《きょうと》もし蜂起《ほうき》せば、御向《おんむ》かひあつて静謐《せいひつ》候へとのためなり。今の如《ごと》くは、敗軍の兵を駆《か》り集《あつ》めて何度《いくたび》向け候ふとも、はかばかしく合戦しつべしとも覚え候はず。且《かつ》うは、天下の一大事この時にて候ふ。[8]さはれ、御向かひあつて御退治候へかし」と宣ひければ、宇都《うつの》宮《みや》、畏《かしこ》まつて申しけるは、「大軍すでに利[9]を失ひ候ふ後《のち》、小勢《こぜい》を以て罷り向かひ候はん事、いかがと存じ候へども、関東を罷り立ち候ひし初めより、[10]かやうの御大事《おんだいじ》に臨《のぞ》んで、命を軽《かろ》くせん事を存じ候ひき。[11]今の時分《じぶん》、必ずしも戦ひの勝負を見る所にて候はねば、一人《いちにん》にて候ふとも、先《ま》づ罷り向かつて、[12]合戦難儀《なんぎ》に候はば、重ねて御勢《おんぜい》をこそ申し候はめ」と、誠《まこと》に[13]思ひ切つたる体《てい》に見えて、暇《いとま》申してぞ帰りける。

5　天下の人の嘲りを避けることはできない。
6　私(仲時)が上洛して後、重ねて貴殿が上洛されたのは。北条仲時が六波羅北探題として上洛したのは、史実は元徳二年(一三三〇)十二月。
7　悪党がもし蜂起したら、出兵して鎮圧せよ。
8　何はともあれ。
9　戦いに敗れましてから後。
10　このような幕府の一大事に臨んで、命を捨てる覚悟でした。
11　今の時点では、合戦の勝敗をはっきりとは見通せませんので。
12　合戦が手こずるようでしたら、さらに加勢をお願いしましょう。
13　覚悟を決めた様子。

宇都宮一人[14]武命《ぶめい》を含んで大敵に向かはん事、命を惜しむべきにあらざりければ、わざと宿所へも帰らず、六波羅《ろくはら》より、すぐに天王寺《てんのうじ》へこそ下《くだ》りけれ。[15]東寺《とうじ》辺《へん》までは、主従わづかに十四騎が程に見えしが、[16]洛中《らくちゅう》にあらゆる所の手の者ども、聞き伝へ聞き伝へ、ここかしこより馳《は》せ加《くわ》はりける程に、[17]四塚《よつづか》、[18]作道《つくりみち》の辺にては、その勢《せい》五百余騎になりにけり。路次《ろし》に行き逢ふ者をば、[19]いかなる権門勢家《けんもんせいけ》とも云はず、乗馬《のりうま》を奪ひ取り、人夫《にんぶ》を駆り立てて通りける間、[20]行旅《こうりょ》の往反《おうへん》道を曲げ、閭里《りょり》の民屋《みんおく》戸を閉ぢたり。その夜は、柱松《はしらもと》に陣を取つて、明くるを待つ。その志《こころざし》、いづれも生きて帰らんと思ふ者はなかりけり。

河内国《かわちのくに》の住人[21]和田《わだ》孫三郎《まごさぶろう》、この由《よし》を聞いて、楠《くすのき》が前に来たつて申しけるは、「前日《せんじつ》の合戦に[22]負腹《まけばら》を立てて、六波羅より、宇都宮を向け候ふなる。今夜《こよい》は、すでに柱松に着いて候ふなる。その勢、慥《たし》かに六、七百騎には過ぎじと見えて候ふ。先に、洲《す》

14　幕府の命令。
15　京都市南区九条大宮にある真言宗寺院、教王護国寺。
16　洛中のすべての手下の兵。
17　南区四ツ塚町。朱雀大路の南端、九条大路に設けられていた羅城門(らしょうもん)跡。
18　朱雀大路の南端から南の伏見区鳥羽へ一直線に南下する道。
19　いかに権勢のある一門や家柄にもはばからず。
20　旅人は行き来の道を変え、村里の民家は戸を閉ざした。
21　楠一族の武士。名は不詳。
22　負けて腹を立てて。

田《だ》、高橋《たかはし》七千余騎にて向かつて候ひしをだに、われらわづかの勢《せい》にて追つ散らして候ひしぞかし。しかも今、御方《みかた》は勝《かつ》に乗つて大勢《おおぜい》なり。敵は気を失うて小勢《こぜい》なり。宇都宮《うつのみや》[23]たとひ武《たけ》く勇《いさ》めるとも、何程の事か候ふべき。今夜《こよい》[24]逆寄《さかよ》せに押し寄せて、打ち散らして捨て候はばや」と申しければ、楠《くすのき》、暫《しばら》く思案して申しけるは、「合戦の勝負、必ずしも大勢小勢に依《よ》らず、ただ士卒の志を一つにするとせざるとに依れり。されば、「[25]大敵《たいてき》を見ては欺《あざむ》き、小敵《しょうてき》を見ては恐れよ」と申すはここなり。先《ま》づ思うて見るに、前度《せんど》の合戦に大勢打ち負けて引き退く処《ところ》に、宇都宮一人小勢にて相向かふ志、一人も生きて帰らんとは思ひ候はじ。就中《なかんずく》、その[26]儀分《ぎぶん》を量《はか》るに、宇都宮はすでに坂東一《ばんどういち》の弓矢取りなり。[27]紀清《きせい》両党の兵、元来《もとより》戦場に臨《のぞ》んで[28]命を思ふ事、塵芥《じんかい》よりもなほ軽《かろ》し。その勢七百余騎、志を一つにして戦ひを決せば、[29]当手《とうて》の兵、たとひ退く志はなくとも、大半は必ず討たるべし、

23 たとえ強く勇猛であっても。
24 逆に攻め寄せて、蹴散らしてしまいたい。
25 「平生小敵を見て怯(おび)え、今大敵を見て勇む」(後漢書・光武帝紀)。
26 その器量を考えると、宇都宮は関東一の武士である。
27 紀・清は、宇都宮氏配下の党の武士団。紀氏、清原氏を先祖とする。
28 命を惜しむことは、塵や芥(あくた)よりさらに軽い。
29 わが軍の兵。
30 天下の勝敗は、全くこの一戦にかかってはいない。

[30]天下の事、全くこの一戦に依るべからず。[31]行末遥々《ゆくすえはるばる》の合戦に、多からぬ御方を初度《しょど》の軍《いくさ》に討たれなば、後日《ごじつ》の戦ひに誰か力を合はせん。「[32]良将《りょうしょう》は戦はずして勝つ」と申す事候へば、正成《まさしげ》、明日はわざとこの陣を去つて引き退き、敵に[33]一面目《ひとめんぼく》あるやうに思はせて、四、五日を経て後、方々《ほうぼう》の嶺《みね》に遠篝《とおかがり》を焼《た》いて、[34]一蒸《ひとむ》し蒸《む》す程ならば、坂東武士《ばんどうぶし》の習ひ、[35]程なく機疲《つか》れ、「長居《ながい》してなかなか悪しかりなん。一面目ある時、いざや引つ返さん」と云はぬ者はあるべからず。されば、「[36]懸くるも引くも折《おり》に依る」とは、かやうの時を申すなり。[37]夜すでに暁天《ぎょうてん》に及べり。敵、定めて今は近づきぬらん。[38]いざさせ給へ」と云ひて、楠、天王寺《てんのうじ》を立ちければ、和田《わだ》も湯浅《ゆあさ》ももろともに、打ち連れてこそ引き退きけれ。

さる程に、夜《よ》明けければ、宇都宮、七百余騎の勢にて天王寺へ押し寄せ、[39]古宇津《こうづ》の在家《ざいけ》に火を懸けて、時《とき》の声《こえ》を挙《あ》げたれど

31　今後も長く続く合戦。
32　「戦はずして人の兵を屈するは、善の善なる者也」(孫子・謀攻)。
33　面目が立つように思わせて。
34　敵に攻撃の気勢を示すこと。
35　すぐに気力が衰えて、「なまじっか長居してはよくない、一つ面目が立ったところで、さあ引き返そう」と、言わない者はいないだろう。
36　攻めるも退くも場合による。「弓矢取りは、懸くるも引くも折にこそよれ」(平家物語巻九・二度の懸け)。
37　夜もすでに明ける頃になった。
38　さあおいでなされ。
39　大阪市中央区高津のあたり。四天王寺の北。

も、敵なければ出でも合はず。「たばかりすらん。[40]まばらに懸けて敵に中を破《わ》らるな。後ろを裹《つつ》まるな」と下知《げじ》して、紀清《きせい》両党、馬の足をそろへて、天王寺《てんのうじ》の東西の口[41]より懸け入つて、二、三ヶ度まで東西南北へ懸け廻り懸け廻り見れども、[42]かねて引いたる敵なれば、一人《いちにん》も残《のこ》り留《とど》まらず。宇都宮《うつのみや》、戦はざる先に一《ひと》勝《かち》したる心地して、本堂の前にて馬より下《お》り、[43]上宮太子《じょうぐうたいし》を伏《ふ》し拝《おが》みて、「これひとへに、わが武力《ぶりき》の致す所にあらず、[44]ただしかしながら神明仏陀《しんめいぶっだ》の擁護《おうご》に懸かれり」と、信心を傾《かたぶ》けて歓喜の思ひをなし、[45]やがて六波羅《ろくはら》へ早馬《はやうま》を立てて、「天王寺の御敵《おんてき》は、即時に追ひ落として候ふなり」と申したりければ、両六波羅を始めとして、[46]御内《みうち》、外様《とざま》の諸軍勢に至るまで、宇都宮が今度の振る舞ひ抜群《ばっくん》なりと、誉《ほ》めぬ人こそなかりけれ。

宇都宮、天王寺の敵をば輒《たやす》く追ひ落としたる心地して、一面《ひとめん》目《ぼく》ある体《てい》なれども、やがて続いて敵陣へ攻め入らん事も、無勢《ぶぜい》

40 われらをだますのだろう。間をあけた隊形で敵に中を突破されるな。後ろを包囲されるな。
41 東西の門。
42 予め退却している。
43 聖徳太子の別名。天王寺境内に聖徳太子を祀る聖霊院(太子殿)がある。
44 ひとえにすべて神仏の加護に依る。
45 ただちに。
46 北条被官(御内)やそれ以外の御家人の諸軍勢。
47 やはりできないので。
48 南北朝期に近畿地方を中心に現れた農民・浮浪人などの武装集団。
49 「秋篠や外山」(奈良市秋篠あたりの山)は、生駒の嶽(大阪府と奈良県境の

なれば叶《かな》はず。また、誠《まこと》の軍《いくさ》一度もせずして引つ返さん事も[47]さすがなれば、進退煩《しんだいわずら》うて居《い》たる処《ところ》に、四、五日を経て後、和《わ》田《だ》、楠《くすのき》、和泉《いずみ》、河内《かわち》の[48]野伏《のぶし》どもを五、六百人駆り集めて、しかるべき兵を二、三百騎差し添へて、天王寺の辺《あた》りに遠篝《とおかがり》を焼《た》かせける。深《ふ》け行《ゆ》くまま(に)、これを見れば、[49]秋篠《あきしの》や外山《とやま》の里《さと》、伊駒《いこま》の嶽《たけ》に見ゆる火は、晴れたる夜の星よりもなほ数繁《かずしげ》し。[50]藻《も》塩草志城津《しおぐさしきつ》の浦《うら》、住吉《すみよし》、[51]難波《なにわ》の里に焼《た》く篝火は、[52]漁舟《ぎょしゅう》に燈《とぼ》す漁《いさ》り火《び》の、浪《なみ》を焼《た》くかと怪しまる。すべて大和《やまと》、河内、ありとある処の山々浦々《やまやまうらうら》に、篝火を焼《た》かぬ所はなかりけり。その勢《せい》何万騎かあるらんと、推《お》し量《はか》られておびたたし。かくの如くする事、[53]両三夜《りょうさんや》に及んで、次第に相近づきければ、いよいよ東西南北、[54]四維八方《しいはっぽう》に充満して、[55]暗夜《あんや》に昼を易《か》へたり。

宇都宮これを見て、敵寄せ来たらば一合戦《ひとかっせん》して、雌雄《しゆう》を一時《いっし》に決せんと志《こころざ》して、馬の鞍《くら》をも休めず、[56]鎧の上帯《よろいうわおび》をも解《と》かで待

生駒山)をいう一種の序詞。「秋篠や外山の里や時雨(しぐ)るらむ生駒の嶽に雲のかかれる」(新古今和歌集・西行)による。

50　「藻塩草敷津の浦の寝覚めには時雨にのみや袖は濡れける」(千載和歌集・俊恵)。藻塩草は、敷(し)くの枕詞。志城津(敷津)の浦は、今の大阪府住吉区住之江公園のあたり。

51　大阪の古地名。

52　「漁舟の火の影は寒うして浪を焼く　駅路(えき)の鈴の声は夜(よる)山を過ぐ」(和漢朗詠集・山水)。

53　二晩、三晩と続いて。

54　東南、西南、東北、西北の四方。

55　闇夜を昼に変えたようだ。

56　鎧の胴の上を巻き締める白布の帯。

ち懸けたりけるが、軍《いくさ》はなくて、敵の取り廻す勢ひに勇気疲れ、[57]武力《ぶりき》たるみて、[58]あはれ、引つ返さばやと思ふ心ぞ付きにける。かかる処《ところ》に、紀清《きせい》両党の輩《ともがら》も、「われらわづかの小勢《こぜい》にて、この大敵に当たらん事は、[59]始終《しじゅう》いかがと覚え候ふ。前日《せんじつ》当所の御《おん》敵《てき》を[60]事故《ことゆえ》なく追ひ落として候ひつるを一面目《ひとめんぼく》にて、今はただ御《ご》上洛《しょうらく》候へかし」と申しければ、諸人皆[61]この儀に同《どう》じて、七月二十七日の夜半《やはん》に、宇都宮《うつのみや》、天王寺《てんのうじ》を[62]引いて上洛すれば、翌日《つぎのひ》の[63]早旦《そうたん》に、楠《くすのき》やがて入れ替はる。

誠《まこと》に宇都宮と楠と相戦うて、勝負を決せんとならば、[64]両虎二龍《りょうこじりゅう》の闘《たたか》ひとなりて、いづれも死を共《とも》にすべし。されば、互ひにこれを思ひけるにや、一度《ひとたび》は楠引いて[65]謀《はかりごと》を千里の外に運《めぐ》らし、宇都宮退いて名を一戦の後《のち》に失はず。これ皆、[66]智深く慮《おもんばかり》遠くして、良将たりしゆゑなり。

57 戦う気力が萎えて。
58 ああ、引き返したい。
59 結果がどうなるか心配です。
60 なにごともなく。
61 この意見に賛同して。
62 退いて。
63 早朝に、楠がすぐに入れ替わった。
64 「今両虎共に闘はば、其の勢ひ倶(もと)には生きず」(史記・藺相如列伝)。
65 智謀を当面のいくさの先にまでめぐらし。「籌策を帷帳の中に運(めぐ)らし、勝ちを千里の外に決す」(史記・高祖本紀)。
66 深慮遠謀の良将。

5

1 猛威を振るったとはいっても、民家には迷惑をかけず、味方になった兵は手厚くもてなしたので。

太子《たいし》未来記《みらいき》の事　5

正成《まさしげ》、再び天王寺に打つて出でて、威猛《いもう》[1]を逞《たくま》しくすと云へども、民屋《みんおく》に煩《わずら》ひをもなさず、士卒に礼を厚くしける間、近国《きんごく》は申すに及ばず、遐壌遠境《かじょうえんきょう》[2]の人牧《じんぼく》までも、聞き伝へて馳《は》せ加《くわ》はりける程に、その勢《せい》漸《ようや》[3]く強大にして、今は京都よりも左右《そう》[4]なく討手《うって》を下さるる事は、叶《かな》ひがたしとぞ見えたりける。

同じき八月三日、正成、住吉《すみよし》に参詣して神馬《じんめ》三疋《びき》献《たてまつ》る。

翌日、また天王寺に参詣し、白鞍《しろくら》[5]置いたる馬に、白輻輪《しろぶくりん》[6]の鎧《よろい》一両添へて引《ひ》き進《まい》らす。これは大般若経転読《だいはんにゃきょうてんどく》[7]の御布施《おんふせ》なり。啓《けい》[8]白事《びゃくじ》畢《おわ》りければ、宿老《しゅくろう》[9]の寺僧、巻数《かんじゅ》を擎《ささ》げて来たれり。楠、則ち対面して申しけるは、「正成、不肖《ふしょう》[10]の身としてこの一大事を思ひ立ち候ふ事、涯分《がいぶん》[11]を量《はか》らざるに似たりと云へども、勅命《ちょくめい》

2　遥か遠い地の豪族。遐壌、遠境は、遠く離れた土地。人牧は、豪族。「天下の人牧」(孟子・梁恵王上)。
3　次第に。
4　たやすく。
5　銀でへりを飾った鞍を置いた馬。
6　白覆輪。鎧の胴の金具廻りを銀で縁飾(ふちかざ)りをしたもの。「白輻輪(アヤヲドシ)ノ鎧一両」(底本)。「白輻輪の太刀、鎧一両」(流布本)。「白綾威ノ鎧一領」(玄玖本)。
7　「大般若波羅蜜多経」六百巻の転読(題目と品〈ほん〉名だけを読みながら、経巻を繰り広げる略した読誦)。
8　神仏への言上。
9　長老の寺僧が転読した経巻の目録(巻数)を捧げ持ってきた。　10　愚か。
11　自分の分際をわきまえないようだが、帝のご命令

の軽《かろ》からざる礼義を存ずるによつて、命の危《あや》ふき事を忘れたり。しかるに、両度の合戦聊《いささ》か勝《かつ》に乗つて、諸国の兵招かざるに馳《は》せ加《くわ》はれり。これ、[12]天の時を与へ、仏神擁護《ぶつじんおうご》の眸《まなじり》を廻《めぐ》らさるるかと覚えて候ふ。誠《まこと》[13](やらん、伝へ承《うけたまわ》り候へば、)聖徳太子《しょうとくたいし》日本一州の安危《あんき》を鑑《かんが》みて、[14]未来記《みらいき》を書きおかせ給ひて候ふなる、拝見もし苦しかるまじきにて候はば、[15]今の時に相当たつて候はんずる巻ばかりを、一見仕《つかまつ》り候はばや」と申しければ、宿老《しゅくろう》の寺僧、「太子、[16]守屋《もりや》の[17]逆臣《ぎゃくしん》を誅《ちゅう》して、この寺に仏法を弘《ひろ》められ候ひし後《のち》、神代《じんだい》より始めて持統天皇《じとうてんのう》の御宇《ぎょう》に至るまでを記《しる》し留《とど》められたる書三十三巻をば、[18]前代旧事本記《せんだいくじほんぎ》とて、[19]卜部宿禰《うらべのすくね》これを相伝《そうでん》して有職《ゆうそく》の家を立て候ふ。この外《ほか》に、また一巻の秘書《ひしょ》を留められて候ふ。これは、持統天皇より以来《このかた》、世代《よ》々の王業《おうぎょう》、天下の治乱《ちらん》を記されたる物にて候ふ。これをばたやすく人の披《ひ》見《けん》する物にて候はねども、[20]別儀《べつぎ》を以て、ひそかに見参《げんざん》に入れ候

は重いという道理を知るから、身の危険を顧みないのです。

12 天が私に時を与え、仏神が見守ってくださるかと。

13 玄玖本により補う。

14 聖徳太子が書いたとされる予言書。平安末期から流布していた。

15 今の世に相当する巻だけを拝見したい。

16 物部守屋。廃仏を主張して蘇我馬子と争い、用明天皇二年(五八七)に、馬子と聖徳太子に滅ぼされた。

17 底本「迷長」を改める。

18 「先代旧事本紀」。神代から推古帝までの事跡を記した史書。現存本は十巻で、平安初期の偽作。三十三巻は、「日本書紀」三十巻と混同したか。

19 卜部は、神祇官に属して卜占を掌る家。宿禰は、

ふべし」とて、則ち[21]秘府《ひふ》の銀鑰《ぎんやく》を開いて、金軸《こんじく》の書一巻を取り出だせり。正成《まさしげ》、喜びてこれを披《ひら》くに、不思議の記録一段あり。

人王《にんおう》[22]九十六代に当たつて、天下一《ひと》たび乱れて、主《しゅ》安からず。この時、東魚《とうぎょ》来たつて[23]四海《しかい》を呑む。日西天《さいてん》に没すること三百七十余ヶ日、西鳥《さいちょう》来たつて東魚を喰《く》らふ。その後《のち》、[24]海内《かいだい》一に帰すること三年、[25]獼猴《みごう》の如くなる者天下を掠《かす》むること[26]二十四年、[27]大凶《だいきょう》変じて一元《いちげん》に帰《き》す。

とあり。正成、よくよく思案してこの文《もん》を[28]勘《かんが》へけるは、[29]先帝《せんてい》すでに人王始まりて九十六代に当たり給へり。「天下一度《ひとたび》乱れて、主安からず」とあるは、[30]これこの時なるべし。「東魚の四海を呑む」は、[31]逆臣相模入道《ぎゃくしんさがみのにゅうどう》の一類なるべし。「西鳥東魚を喰《く》らふ」とあるは、[32]関東を滅《ほろ》ぼす人あるべし。「日西天(に没す)」とあるは、先帝隠岐国《おきのくに》へ遷《うつ》されさせ給ふ事なるべし。「三百七十(余)ヶ日」とあるは、[33]明年の春の比《ころ》、必ず君隠岐国より還幸《かんこう》

朝臣に次ぐ姓(かばね)。有職は、祭儀・官職などの故実。
20 格別なはからいで。
21 貴重なものを納める蔵の銀の鍵を開いて、金の軸装の巻物一巻を取り出した。
22 流布本「九十五代」。
23 天下。
24 日本国内。
25 大猿。
26 他本「三十余年」。建武政権の崩壊から、足利尊氏の死去(義詮の将軍就任)までは約「二十四年」。足利義満の登場までは「三十余年」。
27 大凶事が一変して元どおりの平和に戻る。
28 あれこれ考えをめぐらしたのは。
29 後醍醐帝。
30 まさに今の時だろう。
31 叛逆の臣、北条高時。
32 鎌倉を滅ぼす人。新田義貞をさす(第十巻)。
33 元弘三年(正慶二＝一三三三年)。

なりて、二《ふた》たび帝位に即《つ》かせ給ふべき事なるべしと、文の心明らかに勘《かんが》へて、[34]天下の反覆《はんぷく》遠からじと、憑《たの》もしく覚えければ、[35]金作《こがねづく》りの太刀一振《ひとふり》社僧に与へて、この未来記《みらいき》をばまた元の秘《ひ》府《ふ》にぞ収めさせける。

後《のち》に思ひ合はするに、正成《まさしげ》が勘へたる処《ところ》、更《さら》に一つも違《たが》はず。これ誠《まこと》に[36]大権《だいごん》の聖者《しょうじゃ》の、末代《まつだい》を鑑《かんが》みて記し置かれたる事なれども、[37]文質三統《ぶんしつさんとう》の礼変《れいべん》少しも違はざりければ、不思議なりし[38]讖文《しんもん》なり。

大塔宮《おおとうのみや》吉野《よしの》御出《おんいで》の事、并《ならびに》赤松禅門《あかまつぜんもん》令旨《りょうじ》を賜《たまわ》る事 6

その比《ころ》、播磨国《はりまのくに》に、[1]具平親王《ぐへいしんのう》六代の苗裔《びょうえい》従三位《じゅさんみ》季房《すえふさ》が末孫《ばっそん》に、[2]赤松次郎《あかまつじろう》入道円心《にゅうどうえんしん》と云ふ武士あり。元来《もとより》その心[3]闊如《かつじょ》として、人の下風《したて》に立たん事思はざりしかば、この時、[4]絶えたるを継《つ》ぎ、

34 天下がくつがえるのも遠いことではあるまい。
35 金細工で飾った太刀。
36 仏が化現した偉大な権者(ごんじゃ)。聖徳太子をさす。末代は、末の世(未来)。
37 中国の王朝三代の交替と少しも変わらない道理を説いているのは。「文質三統の礼変」は、夏・殷・周の三代の礼制(国の秩序)の変遷(論語集解・為政の馬融の注)。
38 予言書。

6
1 村上帝の第七皇子具平親王の六代目の後裔源季房の子孫。
2 俗名則村(のりむら)。
3 度量が大きく、人の下に立つのを潔しとしない。
4 絶えた血統を継ぎ、廃れた家を興して名を上げ、抜きん出た忠義を尽くそう。

廃《すた》れたるを興《おこ》して、名を顕《あらわ》し、忠を抽《ぬき》んでばやと思ひ立ちける処に、この二、三年大塔宮に付き纏《まと》ひ奉つて、吉野《よしの》、十津川《とつがわ》の艱難《かんなん》を経《へ》ける円心が子息　[5]帥律師《そつのりっし》則祐《そくゆう》、[6]令旨《りょうじ》を捧げて来たれり。披《ひら》いてこれを見るに、「[7]不日《ふじつ》に義兵《ぎへい》を揚げ、軍勢を率《そっ》し、朝《ちょう》敵《てき》を誅罰《ちゅうばつ》せしむべし。その功あるに於ては、恩賞[8]宜《よろ》しく請《こ》ふに依《よ》るべき」由《よし》を載せられ、[9]委細《いさい》の御事書《おんことがき》に、十七ヶ条の恩裁《おんさい》を添へられたり。

条々いづれも家の面目《めんぼく》、世の望む所なるべき事なれば、円心、[10]斜《なの》めならず悦《よろこ》びて、先《ま》づ当国[11]佐用庄《さよのしょう》苔縄《こけなわ》の山に城を構へて、[12]与力《よりき》の輩《ともがら》を相招く。その威《い》[13]漸《ようや》く近国《きんごく》に振るひければ、[14]征《せい》せざるに国中《くにじゅう》の兵相集《あいあつ》まつて、程なく千余騎になりけり。やがて[15]杉《すぎ》坂《さか》、[16]山里《やまのさと》二ヶ所に関を居《す》ゑて、山陽《せんよう》、山陰《せんおん》の両道を差し塞ぐ。これより、西国《さいごく》の道止《と》まり、国々の武士上洛《しょうらく》する事を得ざりけり。

5　円心の三男。大塔宮の十津川落ちに従っていたことは、第五巻・8、参照。
6　皇太子・親王などが発給する文書。
7　直ちに正義の兵を挙げ。
8　望むままに与える。
9　詳しい箇条書きで、恩賞の次第が十七条書き添えられていた。
10　非常に。
11　兵庫県佐用郡佐用町と赤穂郡上郡（かみごおり）町にまたがる地にあった荘園。上郡町苔縄に苔縄城址がある。
12　味方する者たち。
13　次第に。
14　駆り出さなくても。「征」は「徴」の意。
15　佐用郡佐用町と岡山県美作市の間の峠。播磨と美作の境で、山陰道の要所。
16　赤穂郡上郡町山野里。

東国勢上洛《とうごくぜいしょうらく》の事　7

畿内《きない》、西国《さいごく》の凶徒《きょうと》、日を逐《お》つて蜂起《ほうき》[1]せしむる由《よし》、六波羅《ろくはら》より[2]しきなみに早馬《はやうま》を打つて、関東へ注進《ちゅうしん》せられける間、「さらば、討手《うって》を差《さ》し遣《つか》はせ」とて、[3]一族の外《ほか》、[4]東《とう》八ヶ国の中にしかるべき大名どもを相催《あいもよお》して上《のぼ》せらる。

先《ま》づ一族の大将には、[5]阿曾《あそ》弾正少弼《だんじょうのしょうひつ》、[6]名越遠江入道《なごやとおとうみのにゅうどう》、[7]伊具左近大夫将監《いぐさこんのたいふしょうげん》、[8]大仏武蔵左近将監《おさらぎむさしさこんのしょうげん》、赤橋右馬頭《あかはしうまのかみ》、この外《ほか》、外様《とざま》の大将には、[9]千葉大介《ちばのおおすけ》、[10]小山判官《おやまほうがん》、[11]宇都宮三河権守《うつのみやみかわのごんのかみ》、[12]武田伊豆三郎《たけだいずのさぶろう》、[13]小笠原彦五郎《おがさわらひこごろう》、[14]土岐伯耆入道《ときほうきのにゅうどう》、[15]海老名判官《えびなほうがん》、三浦《みうら》若狭五郎判官《わかさのごろうほうがん》、千田太郎《ちだのたろう》、城太宰少弐入道《じょうのだざいのしょうにのにゅうどう》、小原備中守《おはらびっちゅうのかみ》、[16]結城七郎左衛門《ゆうきしちろうざえもん》、長沼駿河権守《ながぬまするがのごんのかみ》、小田常陸前司《おだひたちのぜんじ》、[17]長崎四郎左衛門《ながさきしろうざえもん》、[18]渋谷遠江権守《しぶやとおとうみのごんのかみ》、河越三河入道《かわごえみかわのにゅうどう》、長井弥六左衛門《ながいやろくざえもん》、狩《か》

7

1 「する」に同じ。漢文訓読調の語形。
2 しきりに早馬を立てて。
3 北条一門。
4 相模・武蔵・安房・上総・下総・常陸・上野・下野。
5 治時(時治とも)。北条一門。
6 宗教。北条一門。
7 時邦。北条一門。
8 大仏・赤橋は、北条一門だが、該当人物は不明。
9 貞胤。下総守護。
10 秀朝。下野守護。
11 貞宗か。
12 信武。甲斐守護。
13 貞宗。信濃守護。
14 頼貞。法名存孝。光定の子。
15 海老名は、小野姓横山党。三浦(氏明か)は、坂東

野七郎左衛門《ののしちろうざえもん》、伊藤常陸前司《いとうひたちのぜんじ》、同じき大和入道《やまとのにゅうどう》、宇佐美《うさみ》摂津《つの》前司《ぜんじ》、[19]二階堂出羽入道《にかいどうでわのにゅうどう》、同じき下野判官《しもつけのほうがん》、同じき常陸介《ひたちのすけ》、[20]安保左衛門入道《あぶさえもんのにゅうどう》、南部甲斐入道《なんぶかいのにゅうどう》、山城四郎左衛門《やましろしろうざえもん》、都合三十二人、その勢《せい》三十万七千五百余騎、九月二十日、鎌倉を立つて、十月八日、前陣《せんじん》すでに京都に着けば、後陣《ごじん》は未だ[21]足柄《あしがら》、箱根《はこね》に支へたり。

これのみならず、[22]河野九郎左衛門尉《こうのくろうざえもんのじょう》、四国勢《しこくぜい》を打ち連れて、大船《たいせん》三百余艘にて、[23]尼崎《あまがさき》より下京《しもぎょう》に着く。[24]厚東入道《こうとうのにゅうどう》、[25]大内介《おおうちのすけ》、[26]安芸《あき》の熊谷《くまがい》、長門《ながと》、周防《すおう》の勢を率《そっ》して二百余艘、[27]兵庫《ひょうご》より上がつて西の京に着く。[28]甲斐《かい》、信濃《しなの》の源氏七千余騎、[29]中山道《なかせんどう》を経て東山《ひがしやま》に着く。[30]江馬越前守《えまえちぜんのかみ》、淡河近江守《あいかわおうみのかみ》、[31]北陸道《ほくろくどう》七ヶ国の勢を率して三万余騎、[32]東坂本《ひがしさかもと》を経て上京《かみぎょう》に着く。

すべて[33]諸国七道《しょこくしちどう》の軍勢ども、われもわれもと馳《は》せ上《のぼ》りける間、京、[34]白河の大家《たいけ》小家《しょうけ》残る所なく[35]居余《いあま》り、[36]醍醐《だいご》、宇栗栖《おぐるす》、嵯峨《さが》、

平氏。千田は、千葉一族。小原は、宇多源氏佐々木一族。城は、安達時顕か。

16　結城親光。宗広の子。長沼は、結城一族。小田常陸前司は、時知。

17　高貞。高資の弟。

18　渋谷・河越は、桓武平氏秩父流。長井は、大江氏。狩野・伊藤(伊東)・宇佐美は、藤原南家工藤一族。

19　出羽入道は、道蘊。俗名貞藤。下野判官は、時元。常陸介は、宗元。

20　安保は、武蔵七党の丹党。南部は、甲斐源氏。山城は、工藤一族。

21　足柄山・箱根山でとどまっていた。駿河と相模の国境。

22　通治。伊予の豪族。

23　兵庫県尼崎市。下京は、京の南半分、三条以南。

24　武実。長門の豪族。

仁和寺《にんなじ》、西山《にしやま》、北山《きたやま》、賀茂《かも》、北野《きたの》、革堂《こうどう》、河崎《こうさき》、清水《きよみず》、六角堂《ろっかくどう》、門の下、鐘楼《しゅろう》の中まで、軍勢の宿らぬ所はなかりけり。日本小国《しょうこく》なりと云へども、これ程人の多かりける事よと、始めて驚くばかりなり。

金剛山攻《こんごうせんぜ》めの事 8

元弘《げんこう》[1]三年閏《うるう》二月三日、諸国七道《しょこくしちどう》の軍勢八十万騎を三手《みて》に分け、吉野《よしの》[2]、赤坂《あかさか》[3]、金剛山[4]、三つの城へぞ向けられける。吉野へは、二階堂出羽入道道蘊《にかいどうでわのにゅうどうどううん》を大将として、二万三千余騎にて、上道《うえつみち》[5]、下道《しもつみち》、中道《なかつみち》より三手になつて相向かふ。(赤坂へは、)赤橋右馬頭《あかはしうまのかみ》を大将として、その勢《せい》八万余騎、先《ま》づ天王寺《てんのうじ》、住吉《すみよし》に陣を取る。金剛山へは、阿曾弾正少弼《あそだんじょうのしょうひつ》を大将として、二十万余騎、東条《とうじょう》[6]より大手《おおて》へ向かふ。大仏武蔵将監《おさらぎむさしのしょうげん》、名越遠江《なこやとおとうみの》

25 弘幸。周防の豪族。
26 直経。直満の子。
27 神戸市兵庫区。西の京は、京の朱雀大路以西の地。
28 武田、小笠原、村上などの諸氏。
29 畿内より東国への幹線道路。東山は、京都市東区。
30 江馬、淡河(時治)は、北条一門。
31 若狭・越前・越中・加賀・能登・越後・佐渡。
32 比叡山東麓の地。上京は、京の北半分、三条以北。
33 日本全国。七道は、東海・東山・北陸・山陰・山陽・南海・西海道の総称。
34 京の鴨川以東の地。
35 大勢の人にあふれ。
36 醍醐・宇(小)栗栖は、京都市伏見区。嵯峨・仁和寺は、右京区。西山・北山は、京都の西部・北部一帯の山。賀茂は、北区上賀茂

守《かみ》、伊具《いぐ》駿河《するがの》将監《しょうげん》三人おのおの大将として、三十万騎、[7]内《うちの》郡《こおり》より搦手《からめて》に向かふ。

中にも、[8]長崎悪四郎左衛門《ながさきあくしろうざえもん》、別して[9]侍大将《さぶらいだいしょう》を承《うけたまわ》つて大手へ向かひけるが、わざと己れが勢の程を人に知らせんとや思ひけん、一日[10]引き下がりてぞ向かひける。先づ[11]旗指《はたさし》の次に、駄《ふと》く逞《たくま》しき馬に[12]総《ふさ》懸けて、一様《いちよう》に鎧《よろい》着たる兵八百余騎、[13]二町ばかり先に立てて打たせたり。わが身はその次に、[14]纐纈《こうけつ》の鎧直垂《よろいひたたれ》に、精好《せいごう》の大口《おおぐち》を張らせ、[15]紺下濃《こんすそご》の鎧に、[16]白星《しらほし》の五枚甲《ごまいかぶと》に八龍《はちりゅう》を金《こがね》にて打つて付けたるを猪頸《いくび》に着なし、[17]銀《しろかね》の磨《みが》きつけの髄当《すねあて》に、[18]金作《こがねづく》りの太刀二振《ふたふり》佩《は》いて、[19]一部黒《いちのへぐろ》とて五尺三寸ありける坂東一《ばんどういち》の名馬に、[20]塩干潟《しおひがた》の捨小舟《すておぶね》を金貝《かながい》に磨《す》つたる鞍《くら》を置き、款冬色《やまぶきいろ》の厚総《あつぶさ》懸けて、三十六差《さ》いたる[21]銀括《しろかねはず》の大中黒《おおなかぐろ》の矢に、[22]本繁籐《もとしげどう》の弓の真中《まんなか》握《にぎ》つて、小路《こうじ》を狭《せば》しと歩《あよ》びたり。[23]弓小手《ゆごて》に腹当《はらあて》して諸具足《もろぐそく》付けたる中間《ちゅうげん》五百人、二行《にぎょう》に小路《こうじ》を歩ませて、

と左京区下賀茂。北野・河崎は、上京区。革堂(行願寺)・六角堂(頂法寺)は、中京区。清水は、東山区。

8

1　一三三三年。史実は、正月。

2　大塔宮が立て籠もる。

3　第三巻・8で楠正成が立て籠もった楠館近くの下赤坂城(大阪府南河内郡千早赤阪村水分〈みくまり〉)に対して、ここは、平野将監入道(河内の豪族)が立て籠もった上赤坂城(同桐山)。

4　金剛山に連なる尾根上にあった楠正成の立て籠もる千剣破(ちはや)城。

5　大和国(奈良県)を南北に通る三つの道。

6　大阪府富田林市東条。金剛山の北西。

7　大和国宇智郡(奈良県

馬の前後左右に相随ふ。その後四、五町引き下がつて、思ひ思ひに鎧《よろ》うたる兵十万余騎、甲《かぶと》の星を耀《かかや》かし、[24]鎧《よろい》の袖を重ねて、沓《くつ》の子《こ》を打つたるが如く、道五、六里が程を支へて、閑《しず》かにこれを打たせたり。その勢ひ[25]駃然《けつぜん》として、天地を陵《しの》ぎ、山川《さんせん》を動かすばかりなり。

この外《ほか》の大名は、二千騎、三千騎[26]引き分け引き分け、昼夜十三日まで引きも切らずぞ向かひける。わが朝《ちょう》は申すに及ばず、[27]唐土《とうど》、天竺《てんじく》、大元《たいげん》、南蛮《なんばん》にも、未だこれ程の大軍を動かす事はあり難《がた》しとぞ見えたりける。

赤坂合戦《あかさかかっせん》の事、并《ならびに》人見《ひとみ》本間《ほんま》討死《うちじに》の事　9

赤坂城《あかさかのじょう》へ向かはれける大将赤橋右馬頭《あかはしうまのかみ》、後陣《ごじん》の勢《せい》を待《ま》ち調《そろ》へんがために、天王寺《てんのうじ》に両日逗留《とうりゅう》ありて、「二月三日[1]午刻《うまのこく》に、矢

五條市）。金剛山の南東。
8 高貞。悪は、勇猛の意。
9 格別に。
10 行程を遅らせて。
11 旗持ちの騎馬兵。
12 厚総。馬の頭・胸・尻にかける紐の総飾り。
13 一町は、約一〇九メートル。
14 絞り染めの鎧直垂（鎧の下に着る装束）に、精好（布地が密で上質の絹織物）の大口袴（裾が大きく開いた袴）をふくらませてはき。
15 縅（おどし＝鎧の札〈さね〉を綴じる糸）を下へいくほど紺で濃く染めた鎧。
16 銀の星（兜の鉢に打った鋲〈びょう〉）の、錣（しころ＝鉢から垂らす首おおい）の板が五段からなる兜で、前立物（まえだてもの＝兜正面の飾り）に八大龍王の金細工をつけたのを、深くかぶり。

合はせあるべし、もし[2]抜懸《ぬけが》けの輩《ともがら》に於ては、罪科《ざいか》たるべき」由《よし》をぞ触《ふ》れられける。

ここに、武蔵国《むさしのくに》の住人に、[3]人見四郎入道恩阿《ひとみしろうにゅうどうおんあ》と云ふ者ありけるが、[4]本間九郎《ほんまのくろう》に向かつて語りけるは、「御方《みかた》の軍勢、雲霞《うんか》の如くなれば、敵の城を攻め落とさんずる事は疑ひなし。但し、事の様《よう》を案ずるに、関東天下の権を取つて、すでに七代に余れり。[5]天満てるを欠く理《ことわ》り、遁《のが》るる所なし。その上、臣として君を流し奉りし[6]積悪《しゃくあく》、豈《あ》にはたしてその身を滅《ほろ》ぼさざらんや。恩阿、不肖《ふしょう》の身なりと云へども、[7]武恩《ぶおん》を蒙《こうぶ》つて、齢《よわい》すでに七十三になりぬ。今より後《のち》[8]さしたる思《おも》ひ出《で》もなき身の、[9]そぞろに長活《ながい》きして、武運《ぶうん》の傾《かたぶ》かんを見んも、老後の恨み、臨終《りんじゅう》の障《さわ》りともなりぬべければ、明日の合戦に先懸《さきが》けして、一番に討死《うちじに》して、その名を末代《まつだい》に残さんと存ずるなり」と語りければ、本間九郎、心の中《うち》には[10]げにもと思ひながら、今度の合戦には、[11]誰《たれ》と云ふと

17　銀箔で磨きたてた臑当(膝からくるぶしまでをおおう武具)。
18　金細工で飾った太刀を二振り身につけ。
19　奥州一戸(岩手県二戸郡一戸町)産の黒馬。馬は、肩までの高さが四尺(約一二〇センチ)を標準とした。
20　干潟に残る小舟の図柄を蒔絵で磨(す)りだした鞍。
21　銀製の筈(矢の先端の弓の弦〈つる〉をかける部分)で、矢羽の中央に大きく黒い斑(ふ)のある矢。
22　本重籐。弓の握りから下を繁く籐で巻き固め、上の方を二所籐(ふたところどう)にしてまばらに籐で巻いたもの。
23　左手に小手をつけ、腹当(略式の鎧)を着て、弓矢・太刀を持った家来。
24　鎧の袖を連ねて、沓底に打った鋲のようにびっし

も前《さき》をば懸けらるまじきものをと思ひければ、「[12]枝葉《しよう》の事を宣《のたま》ふものかな。これ程の打ち[13]こみの軍《いくさ》に、そぞろなる前懸《さきが》けして討死したりとても、さしたる高名《こうみょう》ともいはるまじ。ただそれがしは人なみなみに振る舞はんと存ずるなり」と申しければ、恩《おん》阿《あ》、[14]よにも無興《ぶきょう》げにて本堂の方《かた》へ行きければ、本間《ほんま》、怪しく思ひて人を付けて見せければ、[15]矢立《やたて》を取り出だして、[16]石の鳥居に何事とは知らず一筆《ひとふで》書き付けて、己れが宿《やど》へぞ帰りける。本間、[17]さればこそ、この者に明日の先懸《さきが》けせられぬと、心ゆるしもなかりければ、まだ宵《よい》より打ち立つて、ただ一騎、忍びやかに東《とう》条《じょう》を指してぞ向かひける。

[18]石川河原《いしかわがわら》にて夜を明かし、朝霞《あさがすみ》の晴れ間より南の方《かた》を見たれば、[19]紺《こん》の唐綾《からあや》の鎧に白き母衣《ほろ》懸けて、[20]鹿毛《かげ》なる馬に乗つたる武者ただ一騎、赤坂《あかさか》の城へ向けてぞ歩ませたる。何者やらんと、馬を打ち寄せてこれを見れば、人見四郎入道恩阿《ひとみしろうにゅうどうおんあ》なりけり。

りと。
25 決然と天地を圧倒し。
26 隊列を分けて。
27 中国、インド、蒙古、中国の南方(インドシナ)。

9

1 正午頃。矢合わせは、合戦の始めに双方が鏑矢(かぶら)を射交わす儀礼。
2 抜け出して先駆けするものがあるなら。
3 武蔵国幡羅(はら)郡人見(埼玉県深谷市)の武士。
4 資頼。相模国愛甲郡依智(ちえ)(＝神奈川県厚木市)の武士。
5 「易経」謙卦の句。満ちたものは必ず欠ける定め。
6 積み重ねた悪行。
7 幕府の恩。
8 これといった望み。
9 無意味に長生きして、幕府の没落を見るのも。

人見、本間を見て、「夕べ宣《のたま》ひし事を[21]実《まこと》とばし思ひたらば、孫《まご》程なる人に出し抜かれまし」と、からからと打ち笑うて、頻《しき》りに馬を早めたり。本間、跡《あと》に追つ着いて、「今は互ひに前《さき》を争ひても申すに及ばず。[22]一所《いっしょ》にて尸《かばね》を曝《さら》して、冥途《めいど》までも同道《どうどう》申さんずるぞよ」と申しければ、人見、「[23]申すにや及ぶ」と返事して、跡になり前《さき》になり、物語りして[24]打ちけるが、赤坂の城近くなりければ、二人《ににん》の者ども、馬の鼻を並べて懸け上げ、堀の際《きわ》まで打ち寄せて、鐙踏《あぶみふ》んばり[25]弓杖《ゆんづえ》突きて、大音声《だいおんじょう》を揚げて名乗りけるは、「武蔵国《むさしのくに》の住人人見四郎入道恩阿、年積《つ》もつて七十三、相模国《さがみのくに》の住人本間九郎資頼《ほんまのくろうすけより》、生年《しょうねん》三十七、鎌倉を出でし初めより、軍《いくさ》の前陣《せんじん》を懸けて、尸を戦場に埋《うず》まん事を存じて罷《まか》り向《む》かつて候ふなり。城中《じょうちゅう》にわれと思はん人、出で合うて、[26]手《て》柄《がら》の程を御覧ぜよ」と、声々に呼ばはつて、城を睨《にら》んでひかへたり。

10 もっともだと。
11 誰であっても自分より先に懸けさせまい。
12 つまらぬ事。
13 大勢が入り乱れての戦闘。
14 非常に興ざめた様子で。
15 箙(えびら)の中に入れて携帯した硯箱。
16 天王寺の西門の外にある石の鳥居。
17 思ったとおりだ、この者に明日の先駆けをされてしまうと、用心したので。
18 大阪府富田林市の東部を流れる石川の河原。
19 紺色の唐の綾糸で札(さね)を縅(おど)した鎧に、白い母衣(ほろ＝後方からの矢を防ぐために背負う布袋)をかけ。
20 鹿に似た茶褐色の毛色で、たてがみ、尾、脚の下部が黒い馬。

城の中の者ども、これを見て、「これぞとよ、坂東武者《ばんどうむしゃ》の風《ふ》情《ぜい》。これは[27]熊谷《くまがい》、平山《ひらやま》が一谷《いちのたに》の前駈《さきが》けを聞き伝へて、羨《うらやま》しく思へる者どもなり。跡を見るに続く武者もなし。また[28]さまでの大名とも見えず。[29]溢《あぶ》れ者《もの》の不敵武者、跳《おど》り合《あ》うて、命失うて何かせん。[30]ただ置いて、事の様《よう》を見よ」とて、東西鳴りを静めて返事もせず。人見《ひとみ》、腹を立て、「われら二人《ににん》、[31]早旦《そうたん》より向かつて名乗れども、城中より矢の一つも射出《いい》ださぬは、臆《おく》するか、敵を侮《あなど》るか。[32]いでいでその儀ならば、手柄の程を知らせん」と云ふままに、馬より飛んで下《お》り、堀の上に渡したる細橋《ほそばし》をさらさらと走り渡り、二人の者ども、[33]出塀《だしべい》の脇に引《ひ》つ傍《そ》うで、木戸を切つて落とさんとしける間、城中、これに騒ぎて、櫓《やぐら》の上より雨の降る如くに射ける矢、二人の者どもが鎧《よろい》に、[34]蓑毛《みのけ》の如くに射立てたり。本間《ほんま》も人見も、元来《もとより》討死せんと出で立つたる事なれば、なじかは一足《ひとあし》も引き退くべき、命を限りに戦うて、二人

21 まことの言葉と思っていたら、孫ほど若い人に出し抜かれていただろう。「ばし」は、強調の助詞。
22 同じ所で。
23 言うまでもない。
24 馬に乗って行く。
25 弓を杖のようについて。
26 武勇の手並みの程をご覧あれ。
27 一ノ谷合戦で熊谷直実と平山季重が先駆けを争った故事(平家物語巻九・一二の懸け)。
28 それほどの有力武士ともみえない。
29 おちこぼれの無鉄砲な武者と渡り合って、命を失って何の得があろう。
30 このまま放置して。
31 早朝。
32 どれどれその心づもりならば。
33 出塀(射撃や物見のた

一所《いっしょ》に討たれにけり。

ここまで付き随うて[35]最後の十念勧めつる由来《ゆかり》の人、本間が頸《くび》を乞うて、天王寺《てんのうじ》へ持ち帰り、本間が子息源内兵衛資忠《げんないびょうえすけただ》に、始めよりの有様をぞ語りける。資忠、父が頸を一目《ひとめ》見て、一言《いちごん》をも出ださず、ただ涙に咽《むせ》びて居たるが、いかが思ひけん、鎧を取つて肩に投げ懸け、馬に鞍《くら》置かせ、ただ一人《いちにん》打ち出でんとす。聖《ひじり》、怪しく思ひて、鎧の袖を引き留《とど》め、「これはいかなる事にて候ふぞ。御親父《ごしんぷ》も、この合戦に前懸《さきが》けして、ただ名を天下の人に知られんと思《おぼ》し召《め》すばかりならば、父子ともにこそ打ち連れて向かはせ給ふべけれども、命をば[36]相模殿《さがみどの》の御ために捨て、恩賞をば子孫の栄花《えいが》に残さんと思し召しけるゆゑにこそ、人より前《さき》に討死をばし給ひつらめ。しかるを、[37]思《おも》ひ籠《こ》むる処《ところ》もなく、また敵陣に懸け入つて、父子ともに討死し給ひなば、誰《たれ》かその跡を弔《とぶら》ひ、誰かその賞を蒙《こうぶ》るべき。[38]子孫無窮《ぶきゅう》に昌《さか》ゆるを以て、

めに、城の塀の一部を外へ突きだしたもの）の陰に隠れて、城門を破ろうとしたので。

34 蓑に編んだ菅（すげ）や茅（かや）のように。

35 臨終に唱える十返の念仏を勧めていた法縁ある（本間が帰依した）僧。時衆の聖（ひじり）。

36 北条高時。

37 深く思慮することもなく。

38 子孫が末永く栄えることが、父祖に孝行を尽くす道だと申します。

父祖の孝行を顕《あらわ》す道とは申すなり。御悲歎《ごひたん》の余りに、[39]是非なく死を共にせんと思《おぼ》し召《め》すは[40]理《ことわ》りなれども、暫《しばら》く思《おも》ひ留《とど》まらせ給ひ候へ」と、堅く制しければ、資忠《すけただ》、涙を押さへて、着たる鎧をぞ脱《ぬ》ぎ置《お》きける。[41]さては制止に拘《かかわ》らされぬと嬉《うれ》しく思ひて、本間《ほんま》が頸《くび》を小袖《こそで》に裹《つつ》み、葬礼のために、辺《あた》りなる[42]鳥辺野《とりべの》へぞ行きける。

その間に、資忠、今は制《せい》し止《とど》むべき人なければ、[43]上宮太子《じょうぐうたいし》の御前《おんまえ》に参り、「今生《こんじょう》の栄耀《えいよう》は、今日を限りの命なれば、祈る所にあらず。ただ[44]大悲《だいひ》の弘誓《ぐぜい》誠《まこと》あらば、親にて候ふ者の討死仕《つかまつ》りぬる戦場の、同じ[45]苔《こけ》の下に埋《うず》もれて、[46]九品安養《くほんあんよう》の台《うてな》に生まるる身となさせ給へ」と、泣く泣く祈念をして、夜《よ》とともにこそ立ち出でけれ。石の鳥居を見れば、父とともに討死したる人見《ひとみ》四郎入道恩阿《しろうにゅうどうおんあ》が書き付けたる歌あり。[47]これぞげにも、後世《ごせ》までの物語りにも留むべき事よと思ひければ、右の小指を喰ひ切《き》

39 むやみに。
40 もっともなことですが。
41 さては自分の制止に従ったのだとうれしく思い。
42 鳥辺野は、京の鴨川以東の葬地。ここでは一般に墓所の意。
43 聖徳太子(上宮太子)の建立になる四天王寺。境内に太子を祀る聖霊院(太子殿)がある。
44 観音(聖徳太子の本地)の広大な慈悲心の誓いが本当ならば。
45 地下。墓の下。
46 成仏する身。九つの等級(九品)のある浄土(安養世界)の蓮台に生まれる身。
47 和歌こそ確かに死後の語りぐさとして留めておくべきことだ。

って、その血にて一首をまた書き添へて、赤坂《あかさか》へぞ向かひける。

城近くなりければ、馬より下り、弓を脇に挟《はさ》みて木戸《きど》を敲《たた》き、「城中の人々に申すべき事候ふ」とぞ呼ばはりける。やや暫《しばら》くあつて、兵一人《いちにん》、櫓《やぐら》の狭間《さま》[48]より顔を差し出《い》だして、「誰人《たれひと》にて御渡《おわた》り候ふぞ」と問ひければ、「これは、今朝《こんちょう》この城に向かつて討死仕つて候ひつる、本間九郎資頼《ほんまのくろうすけより》が嫡子に、源内兵衛資忠《げんないびょうえすけただ》と申す者にて候ふなり。[49]人の親の子を思ふ憐《あわ》れみ、心の暗《やみ》に迷ふ習ひにて候ふ間、[50]ともに討死せんずる事を悲しみ、われわれに知らせずして、ただ一人討死仕りけるにて候ふ。相伴ふ者もなくて、[51]中有《ちゅうう》の途《みち》に迷ふらんも、さこそと思ひやられ候へば、同じく討死仕つて、冥途《めいど》までも、[52]父に事《つか》ふる道を厚くし候はばやと存じて、ただ一人罷《まか》り向《む》かつて候ふ。城の大将にこの様《よう》を申され候ひて、木戸を開かれ候へ。親にて候ふ者の討死仕りつらん処《ところ》にて、同じく命を止《とど》めて、その望みを達し候はん」と、

48　射撃や物見のためにあけた小窓。

49　「人の親の心は闇にあらねども子を思ふ道にまどひぬるかな」(後撰和歌集・藤原兼輔)。

50　父は私がともに討死することを悲しんで。

51　人が死後に冥途へ赴くまでの四十九日間の道中で、父はさぞかし迷っていることだろうと思いますので。

52　孝の道を尽くしたいものと考え。

[53]慇懃《いんぎん》に事を請うて、涙ぐみてぞ立つたりける。一の木戸を堅めて居たる兵五十余人、その志《こころざし》の高くして、[54]義に向かふ所のやさしくあはれなるを感じて、忽《たちま》ちに木戸を開き、[55]逆木《さかもぎ》を引きのけければ、資忠《すけただ》、城中へ懸け入つて、五、六十騎の敵と火を散らして切り合ひけるが、つひに父が討たれしその跡にて、刀を口にくはへて、馬より倒《さかさま》に飛び下り、貫《つらぬ》かれてぞ死ににける。

惜しきかな、父の九郎《くろう》は双《なら》びなき弓馬《きゅうば》の達者にて、国のために[56]要須《ようしゅ》たり。また、資忠はためしなき忠孝の勇士にて、家のために[57]栄名《えいめい》あり。人見《ひとみ》は年老い、齢傾《よわいかたぶ》きぬれども、[58]義を知り命《めい》を知る事、時とともに消息す。この三人、同時に討死しぬと聞こえければ、知るも知らぬも押《お》し並《な》べて、歎《なげ》かぬ者はなかりけり。

すでに前懸《さきが》けの兵ども、抜懸《ぬけが》けに赤坂《あかさか》の城へ向かつて討死する由《よし》披露《ひろう》ありければ、[59]大将、則ち天王寺《てんのうじ》を立つて向かはれけるが、上宮太子《じょうぐうたいし》の御前《おんまえ》にて馬より下《お》り、石の鳥居を見るに、左の

53 丁重に。
54 親子の道義に従うことの、けなげで心打つことに感動して。
55 棘のある木の枝で作った防御の柵。
56 重要な人物。
57 ほまれ。
58 道義をわきまえ天命を知り、時勢の変化に従って身を処した。「天地の盈虚(えいきょ＝満ち欠け)、時と与(とも)に消息す」(易経・豊卦)。
59 赤橋右馬頭。

柱にぞ、

　花[60]さかぬ老木《おいき》の桜朽《く》ちぬともその名は苔の下にかくれじ

と一首の歌を書いて、「武蔵国《むさしのくに》の住人人見《ひとみ》四郎入道恩阿《しろうにゅうどうおんあ》、老年七十三にして、[61]正慶《しょうきょう》元年二月二日、赤坂の城に向かひ、武恩を報ぜんために討死し畢《おわ》んぬ」と書きたり。その右の柱に、

　[62]まてしばし子を思ふ闇《やみ》にまよふらむ六《むつ》の岐《ちまた》の道しるべせむ

と詠みて、「相模国《さがみのくに》の住人本間九郎《ほんまのくろう》資頼《すけより》が嫡子、源内兵衛資忠《げんないびょうえすけただ》、生年(十八)、正慶元年[63]仲春《ちゅうしゅん》二日、父の死骸を枕にて、同じく戦場に命を止《とど》め畢《おわ》んぬ」と書いたりける。父子の恩義、君臣の忠貞《ちゅうてい》、この二首の歌に顕《あらわ》れて、骨は[64]黄壌一堆《こうじょういったい》の下に朽《く》ちぬとも、名は止《とど》まつて、[65]青雲九天《せいうんきゅうてん》の上に高し。今に至るまで、その石碑《せきひ》の上に消え残れる三十一字《みそひともじ》を見る人の、感涙《かんるい》を流さぬはなかるべし。

　さる程に、右馬頭《うまのかみ》、八万騎の勢《せい》にて赤坂の城へ押し寄せ、城

60　年老いて花の咲かない桜のような私だが、たとえ朽ち果てようとも、今度の戦功により名は死後も残ることだろう。
61　流布本「正慶二年」(元弘三＝一三三三年)が正しい。正慶は、光厳帝の年号。
62　しばらくお待ちください。子を思う煩悩の闇に迷っている父上に、私が冥途の六道の辻の道案内を致しましょう。
63　陰暦二月。
64　黄色い土を盛った小さな墓。
65　晴れ渡った大空。天下。「九天」は、天を九つの方角に分けた呼称。

の四方二十余町を、雲霞《うんか》の如くに取り巻いて、先《ま》づ[66]義勢《ぎせい》の時《とき》を三度作る。その響《ひび》き、山を動かし、地を震《ふる》うて、[67]蒼涯《そうがい》も忽《たちま》ちに裂けつべし。この三方は、岸高くして屏風《びょうぶ》を立てたるが如し。南一方ばかりこそ、[68]少し平地《ひらち》につきて細きを、広さ深さ[69]十四、五丈に掘り切つて、[70]岸の額《ひたい》に塀を塗り、上に櫓《やぐら》をかき並べたれば、いかなる[71]大力《だいぢから》、[72]早態《はやわざ》なりとも、たやすく攻め近づくべき様《よう》ぞなかりける。されども、寄手《よせて》大勢《おおぜい》なれば、思《おも》ひ侮《あなず》りて、楯《たて》にはづれ、矢面《やおもて》に進んで、堀の中へ走《はし》り下《お》り走り下り、[73]切岸《きりぎし》を上がらんとしける処《ところ》を、塀の中より、[74]究竟《くっきょう》の射手《いて》ども、鏃《やじり》を支《そろ》へて思ふさまに射ける間、毎日に手負《ておい》、死人の五、六千人射出《いい》だされぬ日はなかりけり。これをも[75]傷《いた》まず、[76]荒手《あらて》を入れ替へ入れ替へ、夜昼十三日が間攻めたりけれども、城はちつとも弱らず、いよいよ[77]機を呑《の》みてぞ戦ひける。

ここに、播磨国《はりまのくに》の住人[78]吉川八郎《きっかわのはちろう》と云ふ者、大将の前に進み

66 敵を威嚇する鬨(とき)の声。
67 苔の生えて青く見えるがけ。「猛虎我が前に立ち、蒼崖吼ゆる時に裂く」(杜甫・北征)。
68 幅は狭いが平地に続いている所を。
69 一丈は、約三メートル。
70 崖のさし出た所に城柵を作り。
71 非常に強い力を持った者。
72 すばやい身ごなしの者。
73 城壁のように切り立たせた崖。
74 きわめて強い弓を引く射手。
75 苦にせず。
76 新手。ひかえの新しい軍勢。
77 気勢をあげて。
78 藤原南家工藤一族の武士。

出でて申しけるは、「この城の為体《ていたらく》[79]、力攻《ちからぜ》めし候はば、何年攻め候ふとも、落つる事は候ふべからず。楠《くすのき》、この一両年和泉《いずみ》、兵粮も河内《かわち》を管領《かんれい》して、若干《そこばく》[80]の兵粮《ひょうろう》を取り入れて候ふなれば、左右《そう》[81]なく尽《つ》き候ふまじ。これに就《つ》いて愚案《ぐあん》を廻《めぐ》らし候ふに、この城、三方は谷深く切れて、地に続かず。一方は平地にして、しかも山遠し。されば、いづくに水あるべしとも覚え候はぬに、火矢《ひや》を以て櫓を射候へば、水弾《みずはじ》[82]きを以て何度も打ち消し候ふ。近来《ちかごろ》は雨降りたる事候はず。これ程に水の卓散《たくさん》に候ふは、いかさま南の山の奥より地の底に樋《ひ》[83]を伏せて、城へ水を懸けたりと覚え候ふ。あはれ[84]、人夫《にんぷ》を集めて、山の腰を掘らせて御覧候へかし」と申しければ、大将、「げにも[85]、この儀さもと覚ゆるなり」とて、やがて[86]人夫を四、五千人集めて、城へ続きたる山の尾を、一文字《いちもんじ》に掘り切らせて見られければ、案の如く、土の底二丈余りの下に樋を懸けて、辺《あた》りに石を畳《たた》み、上に槙瓦《まきかわら》[87]を伏せ

79　ありさま。
80　たくさん。
81　たやすく。
82　消火に用いる水ポンプ。
83　樋（とい）を埋め隠して、城へ水を引いている。
84　ぜひとも、人夫を集めて山すそを掘らせてご確認なさいませ。
85　なるほど、この意見はそのとおりだと思われる。
86　すぐさま。
87　槙（檜や杉の総称）で作った樋の覆い。

て、水を十余町が外より懸けたりける。この懸け水を留《とど》められてより後《のち》には、城の中に水乏《とも》しうして、軍勢口中《こうちゅう》の渇《かつ》を忍びがたし。

四、五日が程は、草葉《くさば》に置ける朝露《あさつゆ》を嘗《な》め、夜気《やき》に霑《うるお》へる土に身を当てて、雨を待てども雨降らず。寄手《よせて》、これに利を得て、隙《ひま》なく火矢を以て櫓《やぐら》を射ける間、[88]大手《おおて》の櫓二つは焼き落とされぬ。城中の兵、水を飲《の》まで十三日までになりければ、今は精力尽《つ》き果《は》てて、防くべき[89]便りもなかりける間、「[90]とても死なんずる命を、いざや、未だ力の落ち果てぬ前《さき》に打つて出でて、敵に差し違へ、思ふやうに討死せん」とて、城の木戸を開き、同時に打つて出でんとしけるを見て、[91]城の本人平野《ひらの》将監入道《しょうげんにゅうどう》、[92]高《たか》櫓《やぐら》より走《はし》り下《お》り、[93]袖を扣《ひか》へて申しけるは、「暫《しばら》く、[94]楚忽《そこつ》の事なし給ひそ。今はこれ程に力尽き、ただ乾《かわ》いてよろめき出でたりとも、思ふ敵に合はん事あり難し。名もなき人の[95]中間《ちゅうげん》、下部《しもべ》ど

88 城の正面。
89 手だて。
90 どちらにしても。
91 城の首領。平野は、河内の豪族。
92 高く築いたやぐら。
93 鎧の袖を押さえて制止して。
94 かるはずみな。
95 身分の低い家来や従者たち。

もに虜《いけど》られて、恥を曝《さら》さん事心憂《こころう》かるべし。[96]つらつら事の様《よう》を案ずるに、吉野《よしの》、金剛山《こんごうせん》の城、いまに相支へて決せず。西国《さいごく》の乱、未だ静かならず。[97]今降人《こうにん》に出でたらんずる者をば、後人《ごじん》に見懲《みご》りさせじとて、武家、よも斬る事はあらじと存ずるなり。とても叶《かな》はぬわれらなれば、暫く事を謀《はか》らひて、降人に出で、武家もし[98]強《つよ》らば、忠を致して咎《とが》を補ひ、御方《みかた》もし強らば、元の如く馳《は》せ付《つ》いて運を開くべし。死せる者は再び帰らず。天下の事、未だ知るべからず。ただ暫く命を全《まっと》うして、[99]時を待つには如《し》かじと存ずる、いかに」と申しければ、諸卒《しょそつ》、皆心は猛しと云へども、さすがに命や惜しかりけん、平野が云ふ儀に同《どう》じて、その日の討死をば止《や》めてけり。

かくて翌日《つぎのひ》、軍半《いくさなか》ばなる最中、平野入道、高櫓に上《のぼ》り、「大将の御方《おんかた》へ申し入るべき子細《しさい》候ふ。暫く合戦を止《や》めて、聞こし召され候へ」と申しければ、大将より、[100]渋谷十郎《しぶやのじゅうろう》を以て、事の

96　よくよく。

97　今降伏して出た者については、今後降参する者に降参はこりごりだと思わせないよう、幕府方は決して斬ることはあるまい。

98　強くなったら。

99　時運を待つのに越したことはないと思うが、どうか。

100　桓武平氏秩父流の武士。

子細を相尋ねらる。平野、木戸口《きどぐち》に出で合ひて申しけるは、「楠《くすのき》、和泉《いずみ》、河内《かわち》の両国を平らげて、威猛《いもう》を振るひ候ひし最中、一旦《いったん》の難《なん》を遁《のが》れんために、心ならず御敵《おんてき》に属《しょく》し候ひき。この子細、京都に参つて申し入れ候はんと仕《つかまつ》る処《ところ》に、大勢《おおぜい》を以て押し懸けられまゐらせ候ふ間、[101]弓矢取る身の習ひにて候へば、恐れながら一矢《ひとや》を仕《つかまつ》るにて候ふ。その罪科《ざいか》をだに[102]御免《ごめん》あるべきにて候はば、[103]頸《くび》を延べて降人《こうにん》に参らうずるにて候ふ。もし叶《かな》はじとの[104]御定《ごじょう》にて候はば、力なく[105]命を際《きわ》に合戦仕つて、屍《かばね》を陣中に曝《さら》すべきにて候ふ。[106]この様《よう》を、大将の御方《おんかた》へ御披露《ごひろう》候ひて、御左《おんそ》右《う》を承《うけたまわ》り候はん」とぞ申しける。渋谷《しぶや》立ち帰り、この由《よし》を申せば、大将、大きに悦《よろこ》びて、[107]本領安堵《ほんりょうあんど》の御教書《みきょうじょ》をなし、殊に功ある者には恩賞を[108]申《もう》し沙汰《さた》すべきの由を返答して、合戦をば止《や》められけり。城中に籠もる所の兵二百八十二人、[109]明日死なんずる命をも思はず、水に渇《かっ》せる堪《た》へがたさに、皆降人になつて

101　武士たる者の習いですので。
102　赦免すること。
103　首をさしのばして降伏いたしましょう。
104　御諚。仰せ。
105　命のかぎりに。
106　この事情を大将の方にお伝えいただいて、その上でご判断を伺いたく存じます。
107　もとから持っていた土地の所有を認める幕府の公式文書。
108　上申して取りはからうこと。
109　明日は死ぬことになる命とは思いもせず。

ぞ出でたりける。
[110]長崎九郎左衛門《ながさきくろうざえもん》、これを請《う》け取つて、先《ま》づ降人の法にて候へばとて、物具《もののぐ》、太刀、刀を奪ひ取つて、[111]高手小手《たかてこて》に戒《いまし》め、則ち六波羅《ろくはら》へぞ渡しける。降人の輩《ともがら》、「かかるべしとだに知りたらば、ただ討死をすべかりけるものを」と、後悔《こうかい》すれどもその甲《か》斐《い》なし。日を経て京都に着きければ、六波羅に戒めおきて、「先づ合戦の事始めなれば、[112]軍神《いくさがみ》に祭つて、人に見懲《みご》りさせよ」とて、六条河原《ろくじょうがわら》に引き出だし、一人も残さず、首を刎《は》ねて懸けられけり。これを聞いてこそ、吉野《よしの》、金剛山《こんごうせん》に籠もりける敵どもも、いよいよ[113]獅子《しし》の歯嚙《はが》みをして、降人に出でんとする者はなかりけり。

110 師宗（参考太平記）。
111 両手を背にまわして縛り上げること。
112 いくさの守護神の血祭りにあげて、見せしめにせよ。
113 獅子のように牙を嚙んで怒って。

太平記 第七巻

第七巻　梗概

元弘《げんこう》三年(一三三三)正月、幕府軍は大塔宮護良親王《おおとうのみやもりよししんのう》の立て籠もる吉野城《よしののじょう》を攻めた。一進一退の攻防のなか、背後から奇襲をかけられた宮方は総崩れとなった。宮は自害を覚悟したが、村上義光《むらかみよしてる》に叱咤されて城を落ち延び、義光は宮の身代わりとして自害し、義光の子義隆《よしたか》は敵を防いで討死した。二月、楠 正成《くすのきまさしげ》の立て籠もる金剛山《こんごうせん》の千剣破城《ちはやのじょう》は、幕府の大軍に包囲されたが、正成は智略を用いて再三敵を撃退した。幕府方はしだいに士気も乱れ、大塔宮配下の野伏が道をふさいで兵糧を絶ったため、さしもの大軍も十方に逃げ散るという有様になった。金剛山の寄手に加わっていた新田義貞《にったよしさだ》は、後醍醐《ごだいご》方につく決意をし、執事船田義昌《ふなだよしまさ》の謀で大塔宮の令旨を手に入れ、急ぎ本国の上野国へ帰った。閏二月、播磨の赤松円心《あかまつえんしん》は、山陽道・山陰道をさしふさいで西国の軍勢を止め、兵庫の北の摩耶山《まやさん》に城を構えた。四国では土居《どい》・得能《とくのう》が挙兵し、長門探題《ながとたんだい》の軍を破ったとの報せが六波羅《ろくはら》に入った。三月、隠岐の後醍醐帝は、警固役の佐々木義綱《ささきよしつな》の手助けで、六条忠顕《ろくじょうただあき》を供として隠岐を脱出し、舟で伯耆国名和湊《なわのみなと》に着いた。土地の有力者名和長年《なわながとし》に勅使を送ると、長年の弟長重《ながしげ》の意見により一族は衆議一決し、帝を船上山《ふなのうえやま》にむかえ入れて城郭を構えた。佐々木《ささき》隠岐前司《おきのぜんじ》らの軍勢が船上山に攻め寄せたが、たちどころに敗退した。後醍醐帝の挙兵のうわさを聞いて、船上山へは近国の勢が続々と味方に参上した。

出羽入道吉野《でわのにゅうどうよしの》を攻《せ》むる事　1

元弘《げんこう》[1]三年正月[2]十六日、[3]二階堂《にかいどう》出羽入道道蘊《でわのにゅうどうどううん》、六万余騎の勢《せい》にて、大塔宮《おおとうのみや》の籠《こ》もらせ給へる吉野の城へ押し寄する。[4]菜摘《なつみ》川《がわ》の川淀《かわよど》より、城の方《かた》を見上げたれば、峰には、白旗《しらはた》、赤旗《あかはた》、錦《にしき》の旗、[5]深山颪《みやまおろし》に吹き乱されて、雲か花かと怪しまる。麓《ふもと》には、数千の官軍[6]、[7]冑《かぶと》の星を耀《かかや》かし、鎧《よろい》の袖を連ねて、[8]錦繡《きんしゅう》を布《し》ける地の如し。岸高うして[9]道細く、山嶮《さが》しうして苔滑《なめ》らかなり。されば、何十万騎の勢にて攻むるとも、たやすく落ちぬべしとも見えざりけり。

同じき十八日の[10]卯刻《うのこく》より、両陣互ひに矢合[11]はせして、入れ替へ入れ替へ攻め戦ふ。官軍は、[12]案内者《あんないしゃ》どもなれば、ここのつま[13]り、かしこの難所に走り散つて、攻め合はせ開き合はせ散々《さんざん》に

1

1　底本「二年」は誤写。他本により改める。
2　史実は二月。
3　俗名貞藤。前出、第六巻・8。
4　奈良県吉野郡吉野町菜摘を流れる吉野川の上流。
5　深山から吹きおろす風。
6　大塔宮の軍勢。
7　兜の鉢に打ち付けた鋲（びょう）。
8　錦や刺繡の織物を敷いた地面のようだ。
9　切り立った崖は高くて道が細く、山は険しくて苔が生えて滑りやすい。
10　午前六時頃。
11　戦闘を始める合図に双方が鏑矢（かぶらや）を射交わす儀礼。
12　土地の地理に通じた者。
13　要所。

射る。寄手《よせて》は、[14]死生不知《ししょうふち》の坂東武者《ばんどうむしゃ》なれば、親子討たるれども顧《かえり》みず、乗《の》り超《こ》え乗り超え攻め近づく。夜昼《よるひる》七日が間、息も継《つ》がせず相戦ふに、城中《じょうちゅう》の勢《せい》三百余人討たれければ、寄手も八百余人亡びにけり。況《いわ》んや、矢に当たり、石に打たれて死生の堺《さかい》を知らざる者は、幾千万と云ふ数を知らず。[15]血流れて草芥《そうかい》を染め、尸《かばね》横たはつて路径《ろけい》を塞《ふさ》ぐ。されども、城の体《てい》少しも弱らねば、寄手の兵は、多分に[16]退屈《たいくつ》してぞ見えたりける。

ここに、この山の案内者《あんないしゃ》とて、[17]一方《いっぽう》へ向けられたりける吉野《よしの》の[18]執行《しゅぎょう》、己れが手の者どもを呼び寄せて申しけるは、「当山《とうざん》の事、われら案内者たるによつて、一方を承《うけたまわ》つて向かひたる甲《か》斐《い》もなく、[19]攻め落とさで数日《すじつ》を送る事こそ、遺恨《いこん》なれ。つらつら事の様《よう》を案ずるに、この城を[20]大手《おおて》より攻めば、人のみ討たれて、落とす事はあり難《がた》し。推量するに、城の後ろの山[21]金峯山《きんぶせん》には、[22]峻《さが》しきを憑《たの》んで、敵さまで勢を置いたる事はあらじと覚

14　命知らずの関東武士。
15　血は流れてあたりの雑草を赤く染め、多くの死骸が横たわって道を塞いだ。
16　くたびれ果てて。
17　一方の攻め手を任されていた。
18　吉野の金峯山寺蔵王堂の寺務を司る官。このとき幕府方。神田本、玄玖本など、名を「岩菊」とする。
19　攻め落とさずに何日も過ごすのは無念なことだ。
20　城の正面。
21　吉野山の奥千本から南は大峯に至る連峰。ここは、蔵王堂を中心とする背後の山を指す。
22　山が険しいのを頼りにして、敵はそれほど軍勢を配置しておるまい。

ゆるぞ。[23]物馴れたらんずる足軽《あしがる》の兵どもを百五十人[24]すぐり、[25]歩《かち》立《だち》になし、夜に紛《まぎ》れて金峯山より忍び入り、[26]安全宝塔《あんぜんほうとう》の上にて、夜のほのぼのと明《あ》け果《は》てん時、[27]時《とき》の声《こえ》を揚《あ》げよ。城の兵、時の声に驚き、[28]度《ど》を失はん時、大手、三方《さんぼう》より攻め上がつて、城を追ひ落とし、[29]宮を生《い》け虜《ど》り奉るべし」とぞ[30]下知《げじ》しける。[31]則ち、案内知つたる兵百五十人をすぐつて、日《ひ》の暮《くれ》程より、金峯山へ廻《まわ》つて、岩を伝ひ、谷を上《のぼ》るに、案の如く山の峻しきを憑みけるにや、ただここかしこの楯《たて》に旗ばかりを縛《ぬ》ひ付《つ》け置《お》き、防くべき兵は一人《いちにん》もなし。百余人の兵ども、思ひのままに忍び入《い》つて、木の下、岩の陰《かげ》に弓矢を臥《ふ》せ、夜《よ》の明くるを遅しと待つたりける。

相図《あいず》の比《ころ》にもなりにければ、大手五万余騎、三方より押し寄せて攻《せ》め上《のぼ》る。吉野の[32]大衆《だいしゅ》五百余人、攻め口に下《お》り合《あ》うて防き戦ふ。寄手も、城の内も、互ひに命を惜しまず、[33]追《お》ひ上《のぼ》せ追《お》ひ

23 奇襲戦に慣れているような足軽（軽装備の歩兵）。
24 多勢の中からより抜いて。
25 徒歩。
26 金峯山寺蔵王堂の奥、現在の奥千本の宝塔院跡にあった安禅寺蔵王堂。
27 鬨（とき）の声。
28 驚き狼狽する時。
29 大塔宮。
30 命令。
31 すぐさま。
32 吉野山金峯山寺の大勢の僧徒。僧兵。
33 寄せ手は、城の兵を追い上げ、城の兵は、寄手を追い落とし。
34 城の裏手。

下《おろ》し、火を散らしてぞ戦うたる。かかる処《ところ》に、金峯山《きんぶせん》より廻《まわ》りつる[34]搦手《からめて》の兵百五十人、安全宝塔《あんぜんほうとう》よりおり下《くだ》つて、在々所々《ざいざいしょしょ》に火を懸け、時《とき》の声《こえ》をぞ揚《あ》げたりける。吉野《よしの》の大衆《だいしゅ》、前後の敵に防きかねて、或いは向かふ敵に引つ組んで差《さ》し違《ちが》へ、ともに死するもあり、或いは自ら腹を掻《か》き切《き》つて、猛火《みょうか》の中へ走り入つて死するもあり、思ひ思ひに討死《うちじに》しける程に、大手の堀一重《ひとえ》は、死人に埋まりて平地《ひらち》になる。

さる程に、[35]搦手の兵、思ひも寄らず[36]勝手明神《かってのみょうじん》の前より押し寄せて、宮の御座《ぎょざ》ありける[37]蔵王堂《ざおうどう》へ打つてかかる。大塔宮《おおとうのみや》、今は遁《のが》れぬ所なりと思《おぼ》し召《め》し切《き》つて、赤地《あかじ》の錦《にしき》の[38]鎧直垂《よろいひたたれ》に、[39]火《ひ》威《おどし》の鎧のまだ巳刻《みのこく》なるを透《す》き間《ま》もなく召され、[40]龍頭《たつがしら》の冑《かぶと》の緒をしめ、[41]白檀磨《びゃくだんみが》きの臑当《すねあて》に、三尺五寸の長刀《なぎなた》脇に挟み、[42]劣らぬ兵二十余人前後左右に立て、敵の簇《むらが》つてひかへける中へ走り懸かり、東西を払ひ、南北へ追《お》ひ廻《まわ》し、黒煙《くろけぶり》を立てて切つて廻ら

35 底本ここに「宮ノ御座アリケル蔵王堂へ」。以下と重複する誤写ゆえ削除。
36 蔵王堂の南にあり、蔵王権現の眷属神を祭る。
37 金峯山寺の本堂(本尊は蔵王権現)。
38 鎧の下に着る装束。
39 緋色の糸で縅(おど)した鎧。巳の刻(午前十時頃)は、一日の真ん中の正午より前という意から、鎧が新しいことをたとえていった。
40 龍の頭を前立(まえだて=兜正面の飾り)に付けた兜。
41 金箔の上に漆を塗り、白檀のように黄白色に磨きあげた臑当(膝からくるぶしまでをおおう小具足)。
42 宮にひけをとらない勇士。
43 広庭に兵たちを並びすわらせて。
44 血がおびただしく流れ

せ給ふに、寄手《よせて》、大勢《おおぜい》なりと云へども、わづかの小勢《こぜい》に防き立てられ、木《こ》の葉《は》の風に散るが如く、四方の谷へさつと引く。

敵引けば、宮、蔵王堂の[43]大庭《おおにわ》に並《な》み居《い》させ給ひて、大幕《おおまく》打ち上げ、最後の御酒盛《おんさかもり》あり。宮の御鎧に立つ所の矢七筋《すじ》、御頬先《おんほおさき》、二《に》の腕《うで》二所《ふたところ》突かれさせ給ひて、[44]血の流るる事斜《なの》めならず。しかれども、立つたる矢をも抜かれず、流るる血をも拭《のご》はれず、敷皮《しきがわ》の上に立ちながら、大盃《おおさかずき》をもつて差し受け差し受け、三度傾《かたぶ》けさせ給へば、[45]木寺相模《こでらのさがみ》、四尺三寸の太刀の鋒《きっさき》に、敵の頸《くび》を差《さ》し貫《つらぬ》き、「[46]戈鋋剣戟《かせんけんげき》の飛ぶこと、電光《でんこう》の如くなり。[47]盤石《ばんじゃく》の巌《いわお》を降らすこと、春の雨に相同《あいおな》じ。しかりとは云へども、[48]天帝《てんてい》の身には近づかで、修羅《しゅら》、かれがために破らる」と舞ひたる有様は、[49]漢楚《かんそ》の鴻門《こうもん》に会せし時、楚の項伯《こうはく》と項荘《こうそう》とが剣を抜いて舞ひしに、樊噲《はんかい》、庭に立ちながら、帷幕《いばく》をかかげて項王《こうおう》を睨《にら》みし勢ひも、かくやと見えて勇みあり。

ている。

45　頼季。赤松一族。赤松則祐とともに大塔宮に従った。前出、第五巻・8。

46　鉾や刀を振りまわして戦うさまは稲光がひらめくようである。

47　大きな岩を軽々と飛ばして戦うさまは、春の雨が降るようだ。

48　帝釈天に戦いを挑む悪神の阿修羅は、その王宮まで攻め入ることはできずに敗北する(長阿含経、ほか)。幕府軍を阿修羅に、大塔宮を帝釈天にたとえる。

49　鴻門で楚の項羽と会した漢の高祖劉邦が、酒宴の席で項荘(項羽の従兄弟)に命をねらわれたが、樊噲(高祖の臣)のはたらきにより窮地を脱した故事(史記・項羽本紀、第二十八巻・9)。

村上義光大塔宮《むらかみよしてるおおとうのみや》に代《か》はり自害《じがい》の事　2

大手《おおて》の合戦事《こと》急なりと覚えて、敵御方《てきみかた》の時《とき》の声相交《こえあいま》じりて聞こえけるが、げにもその戦ひに、自《みずか》ら相当《あいあ》たる事多くありけりと見えて、[1]村上彦四郎義光《むらかみひこしろうよしてる》、鎧《よろい》に立つ所の矢十六筋《すじ》、[2]枯野《かれの》に残る冬草《ふゆくさ》の、風に伏したる如くに折り懸けて、宮の御前《おんまえ》に参って申しけるは、「[3]大手の一の木戸《きど》、云《い》ひ甲斐《がい》なく攻め破られ候ひつる間、[4]二の木戸に支へて、数刻《すこく》相戦ひ候ひつるが、御所中の御酒盛《おんさかもり》の声の冷《すず》しく聞こえ候ひつるに付いて、参って候ふ。敵すでに[5]かさに取り登りて、御方《みかた》気疲《つか》れ候ひぬれば、この城にて防く事は、今は叶《かな》はじと覚え候ふ。[6]未だ敵の勢《せい》、尾《お》よりも廻《まわ》し候はぬ先に、[7]一《ひと》まづ落ちて御覧あるべしと存じ候ふ。但し、跡に残り留まつて戦ふ兵なくは、[8]御所《ごしょ》の落

2

1　前出、第五巻・8。

2　冬野に枯れ残る草が風に吹き折られたように、鎧に立つ矢を折り懸けて。

3　正面の第一の城門が、ふがいなく攻め破られましたので。

4　第二の城門に踏みとどまって数刻戦いましたが（一刻は、約二時間）。

5　優位な所。かさにかかって。

6　寄せ手が、尾根伝いに軍勢を回して包囲してくる前に。

7　とにかく落ち延びていただきたいと存じます。

8　大塔宮護良（もりよし）親王。

ちさせ給ふものなりと心得て、敵、いづくまでも続きて追つ懸けまゐらせんと覚え候ふ。恐れある事にて候へども、召されて候ふ錦《にしき》の御鎧直垂《おんよろいひたたれ》と、御物具《おんもののぐ》とを下《くだ》し給はつて、[9]御諱《おんいみな》の字を犯して、敵を欺《あざむ》き、御命に替はりまゐらせ候はん」と申しければ、宮、「[10]いかでかさる事はあるべき。死せば一所にてこそ、ともかくもならめ」と仰せられけるを、義光、言《ことば》を荒《あら》らかにして、「[11]漢《かん》の高祖《こうそ》、滎陽《けいよう》に囲まれし時、紀《き》信《しん》、高祖の真似《まね》をして楚《そ》を欺かんと請ひしをば、高祖、これを許し候はずや。[12]これ程に云ひ甲斐なき御所存《ごしょぞん》にて、天下の大事を思《おぼ》し召《め》し立《た》ちける事こそうたてけれ。早《は》や御物具を脱《ぬ》がせ給ひ候へ」と申して、御鎧の[13]上帯《うわおび》を解《と》き奉れば、宮、げにもとや思し召しけん、御物具、鎧直垂まで脱《ぬ》ぎ替《か》へさせ給ひて、「われもし生きたらば、[14]汝《なんじ》が跡の後生《ごしょう》を弔《とぶら》ふべし。ともに敵の手にかからば、冥途《めいど》までも同じ[15]岐《ちまた》に伴《ともな》ふべし」と仰せられて、御涙を流させ給ひながら、勝《かっ》

9　御尊名を名乗らせていただいて。諱は、貴人の実名をうやまっていう語。

10　どうしてそんな事ができよう。死ぬなら同じ場所で死のう。

11　漢の高祖が楚の軍に囲まれたとき、臣の紀信が高祖になり代わって降参し、楚の項羽に焼き殺された故事(史記・項羽本紀、第二巻・11)。

12　こんなふがいないお考えで、天下統一の重大事を決意されるとはなさけないことです。

13　鎧の胴の上に結ぶ帯。

14　お前が死後に浄土へ往生できるように弔ってやろう。

15　道の分岐点。

手明神《てのみょうじん》の御前《おんまえ》を、南へ向かつて落ちさせ給へば、義光《よしてる》は、二の木戸の高櫓《たかやぐら》に上《のぼ》り、宮の御背《おんうしろ》を遥《はる》かに見送りまゐらせ、遠く隔《へだ》たらせ給ひぬるを見て、今[16]はかうと思ひければ、櫓《やぐら》の[17]狭間《さま》の板を皆切り落として、身をあらはになし、大音声《だいおんじょう》を揚げて名乗りけるは、「天照太神《あまてらすおおみかみ》[18](の御子孫、神武天皇《じんむてんのう》)九十六代の帝《みかど》、後《ご》醍醐天皇《だいごてんのう》の第三の皇子、一品兵部卿親王《いっぽんひょうぶきょうのしんのう》[19]尊仁《たかひと》、逆臣《ぎゃくしん》のために犯され、恨[20]みを泉下《せんか》に報ぜんために、ただ今自害する有様見置きて、汝等《なんじら》が武運忽《たちま》ちに尽《つ》きて、腹切らん時の手本にせよ」と云ふままに、鎧《よろい》を脱《ぬ》ぎ、櫓より下へ抛《な》げ下《お》ろし、錦直垂《にしきひたたれ》の袴《はかま》ばかりに、[21]練貫《ねりぬき》の二つ小袖を押膚脱《おしはだぬ》ぎ、白く清げなる膚《はだえ》に、刀を突き立てて、左の脇より右のそば腹[22]まで、一文字《いちもんじ》に掻き切つて、腹《はら》の綿《わた》つかんで櫓の板に投げつけ、刀を口にくはへて、うつ臥《ぶ》しにぞ臥したりける。大手《おおて》、搦手《からめて》の寄手《よせて》、これを見て、「[23]すはや、大塔宮《おおとうのみや》自害ある」とて、われ先に御頸《おんくび》を賜《たまわ》らんと、

16 もう大丈夫と思ったので。
17 物見や射撃のために城壁や櫓にあけた小窓。
18 玄玖本により補う。
19 簗田本・流布本同じ。玄玖本「護良」。神田本「尊雲」。大塔宮の還俗前の法名は、尊雲。
20 恨みをあの世で(怨霊となって)晴らさんために。
21 練貫(軟らかく練った糸を横糸に織った絹織物)の二枚重ねの小袖を肌脱ぎにして上半身裸になり。
22 わき腹。
23 それ。「すは」を強めていう語。

四方の囲みを脱《と》いて一所に集まる。その間に、宮は[24]差し違へて、[25]天川《てんのかわ》へ落ちさせ給ひける。

南より廻《まわ》りたる吉野《よしの》の執行《しゅぎょう》が勢《せい》五百余騎、案内者《あんないしゃ》なれば、道を越し、[26]かさに廻《まわ》つて、打《う》ち留《とど》め奉らんと取《と》り籠《こ》む。ここに、村上彦四郎義光《むらかみひこしろうよしてる》が子に、兵衛蔵人義隆《ひょうえくろうどよしたか》と云ふ者、宮の御供申したり。この義隆は、父の義光が宮の御命に代はつて、二の木戸の櫓にて自害せんとしけるを見て、義隆馳《は》せ来《き》たつて、父とともに腹を切り、冥途《めいど》の供せんとしけるを、父、大きに諫《いさ》めて、「[27]宮の御前途《ごせんど》ここに限るべからず。敵追つ懸けまゐらせば、恙《つつが》なく落ち延びさせ給ふ事難《かた》かるべし。細道《ほそみち》の[28]つまりつまりの木《こ》陰《かげ》、岩の陰を楯にして、踏《ふ》み留《とど》まつては支へ、敵返しては防き、いかにもして宮を落としまゐらするやうに、忠戦を至すべし。[29]防きかねて難儀の所あらば、その時こそ自害して、宮の御命には代はるべけれ。今ここにて腹を切るは、無用の死なるべきな

24　入れ違いに。
25　奈良県吉野郡天川（てんかわ）村。
26　高所（優位な場所）に陣取って。
27　宮の御命の分け目はここだけには限らない。
28　要所要所の。
29　防戦しかねて落ち延びがたい時があったら。

り。急ぎ追つ付きまゐらせて御供せよ」と申しければ、義隆《よしたか》、父の教へは[30]さる事なれども、ただ今腹切る親を[31]見捨てて帰りける心中《しんちゅう》を悲しみけれども、速やかに宮に追つ付きまゐらせてありけるが、父が言《ことば》に違《たが》はず、[32]事すでに急にして、討死《うちじに》せずは宮落ちさせ給はじと思ひて、義隆、ただ一人踏《ふ》み留《とど》まつて、追つ懸くる敵の馬の[33]諸膝《もろひざ》薙いで切《き》り居《す》ゑ、[34]平頸《ひらくび》切つてはね落とさせ、[35]盤折《つづらおり》なる細道《ほそみち》に、五百余騎の敵を相承《あいう》けて、[36]半時《はんとき》ばかりぞ支へたる。

義隆が身、鉄石《てっせき》にあらざれば、敵の取り巻いて射ける矢に、十余ヶ所の疵《きず》を被《こうぶ》り、さしも猛《たけ》き兵と云へども、[37]裏掻《うらか》く矢十余ヶ所、大事《だいじ》の痛手《いたで》にて、これまでと思ひければ、死するまでも敵を支へんがために、血の付いたる太刀を逆さに突きて、細道の真中《まんなか》に、[38]立ちずくみに死したりける。村上《むらかみ》父子が宮の御命に代はつて討死しける間に、宮は、虎口《ここう》を御遁《おんのが》れあつて、[39]高野《こうや》

30 もっともなことだけれども。
31 父を見捨てて宮のもとに帰ったことに、心を痛めていたが。
32 事態はすでに急を要し、自分が討死しなければ宮はお逃げになれない。
33 両膝。
34 馬の首のたてがみの下、左右平らな部分。
35 葛(つづら=つる草)のように曲がりくねった。
36 一時間ほど防戦した。
37 鎧の裏まで貫いた矢に被った十数か所の傷は致命的な負傷で、これが最後と思ったので。
38 立ったまましっと動かずに死んだのであった。
39 和歌山県伊都郡高野町の高野山。弘法大師空海の開いた霊場。

山《さん》へぞ落ちさせ給ひける。

出羽入道道蘊《でわのにゅうどうどううん》、村上が宮の真似《まね》をして腹を切りたりしを、実《まこと》ぞと心得て、その頸《くび》を京都に上《のぼ》せ、六波羅《ろくはら》の[40]実検《じっけん》に曝《さら》すに、[41]あらぬ者の頸なりと申しければ、[42]獄門《ごくもん》に懸くるまでもなく、九《きゅう》原《げん》の苔《こけ》に埋《うず》みにけり。道蘊は、吉野《よしの》の城を攻め落としたるは忠《ちゅう》戦《せん》なれども、大塔宮《おおとうのみや》を討ち漏らし奉りぬれば、[43]なほ安からず思ひて、やがて高野山へ押し寄せ、[44]大塔《だいとう》に陣を取つて、宮の御《ご》在所《ざいしょ》を尋ね求めけれども、[45]一山《いっさん》の衆徒《しゅと》、皆心を合はせて宮を隠し奉りければ、[46]数日《すじつ》粉骨《ふんこつ》の験《しるし》なく、[47]千剣破《ちはや》の城へぞ向かひける。

千剣破城軍《ちはやのじょういくさ》の事　3

千剣破城の寄手《よせて》は、前の勢《せい》百八十万騎に、赤坂《あかさか》の勢、吉野の勢馳《は》せ加《くわ》はつて、二百万騎に余りければ、城の四方二、三里が

40　首実検。首の真偽を確かめること。
41　別人の。
42　首を獄門（首をさらす獄舎近くの門）に懸けるまでもなく、墓地にうち捨てて苔の生えるままにした。
43　やはり残念に思って、ただちに。
44　高野山金剛峯寺（こんごうぶじ）の中心をなす根本大塔。
45　高野全山の僧徒。
46　幕府軍は数日骨を折って宮を捜したかいもなく。
47　大阪府南河内郡千早赤阪村の、金剛山に連なる尾根上にあった要害の城。

3
1　相撲場の見物人のよう

間は、[1]見物相撲《けんぶつずもう》の場の如く打《う》ち囲《こ》みて、[2]尺地《せきち》をも余さず充満したり。[3]旌旗《せいき》風に翻《ひるがえ》つて靡《なび》く景色は、秋の野の[4]尾花《おばな》が末《すえ》よりも繁く、[5]剣戟《けんげき》の日に映じて耀《かかや》ける有様は、暁《あかつき》の霜の枯草《かれくさ》に布《し》けるが如くなり。大軍の近づく処《ところ》、[6]山勢《さんせい》これがために動き、時《とき》の声《こえ》の震《ふる》ふ中、[7]坤軸須臾《こんじくしゅゆ》に摧《くだ》けたり。この勢《せい》にも恐れず、わづかに千人に足《た》らぬ小勢《こぜい》にて、誰《たれ》を憑《たの》み、何を待つとしもなく、城中《じょうちゅう》にこらへて防ぎ戦ひける、楠《くすのき》が心の程こそ[8]不思議なれ。

この城、東西は谷深く切れて、人の上《のぼ》るべき様《よう》もなし。南北は[9]金剛山《こんごうせん》に続きて、しかも[10]峰絶《みねた》えたり。されども、高さ[11]二町ばかりにて、廻《まわ》り一里に足らぬ小城《こじろ》なれば、何程の事かあるべきと、寄手《よせて》、これを見侮《みあなず》りて、初め一両日の程は、[12]向かひ陣も取らず、攻め支度もせず、われ前《さき》にと城の[13]木戸《きど》口《ぐち》近く、被《かず》き連《つ》れてぞ上《のぼ》りたりける。城中の者ども、少しも[14]騒がず静まり返りて、高櫓《たかやぐら》の上より、大石《たいせき》を抛《な》げかけ抛げかけ、楯の板を微塵《みじん》に打《う》ち

に。
2　わずかな土地。
3　戦いの旗。
4　すすきの穂よりも数多く。
5　剣や鉾が日に輝くさまは。
6　山の形が変わり。
7　大地の軸も一瞬にして砕け散るようである。
8　流布本「不敵なれ」。
9　奈良県御所市と大阪府南河内郡千早赤阪村の境にある金剛山地の主峰。
10　まわりの峰からかけ離れてそびえ立つさま。
11　底本「廿二町」。他本により改める。一町は、約一〇九メートル。
12　城攻めの際に敵城の向かいにつくる陣。
13　城門の入り口近くに、楯をかざし連ねて登った。
14　あわてず。

挫《くだ》いて、[15]漂《ただよ》ふ処を、差しつめ差しつめ散々《さんざん》に射ける間、四方の坂よりもころび落ち、上が上に重なつて、手負ひ[16]、死を致す者、一日が中《うち》に五、六千人に及べり。[17]長崎四郎左衛門《ながさきしろうざえもん》、軍奉行《いくさぶぎょう》にてありければ、手負《ておい》、死人の実検《じっけん》をしけるに、[18]執筆《しゅひつ》十二人、夜昼《よるひる》三日が間は筆をも置かず注《しる》せり。さてこそ、「今より後《のち》は、大将の御許《おんゆる》しなくして合戦したらん輩《ともがら》をば、却《かえ》つて罪科《ざいか》に行はるべし」と触《ふ》れられければ、軍勢、暫《しばら》く軍《いくさ》を止《や》めて、先《ま》づ己れが陣々を構へけれ。

[19]諸大将、[20]軍評定《いくさひょうじょう》あつて、「先日、[21]赤坂《あかさか》の城を攻め落としたる事、全く士卒の[22]高名《こうみょう》にあらず。城中の構へを[23]推《すい》し出《い》だして候ふによつて、敵程《ほど》なく降参《こうさん》(仕《つかまつ》り)候ひき。ここを以て、この儀を見候ふに、これ程わづかなる山の巓《いただき》に、用水あるべしとも覚え候はず。また、[24]懸水《かけみず》などを余所《よそ》の山より懸く[25]べき便りも候はぬに、城中《じょうちゅう》水のたくさんにありげに見え候ふは、[26]いかさま東

15 浮き足だつところを、矢継ぎ早にさんざんに射たので。
16 手傷を負い。
17 高貞。前出、第六巻・7、8。
18 書記役。
19 神田本「赤坂大将金沢イヨノ守大仏奥州ニ向テ宣ケルハ」。玄玖本同じ。
20 軍議。
21 第六巻・9、参照。
22 手柄。
23 推量して知ることができましたので。
24 樋(とい)で懸けわたす水。
25 引く手立て。
26 きっと。

の山の麓《ふもと》に流れたる渓水《たにみず》を、夜々汲むかと覚えて候ふ。あはれ、[27]宗徒《むねと》の人々一両人に仰せ付けられて、この水を汲ませぬやうに御計《おんはか》らひ候へかし」と申され(たりけれ)ば、諸大将并《なら》びに長《なが》崎四郎左衛門《さきしろうざえもん》、「[28]この儀、尤《もっと》もしかるべし」とぞ同《どう》じける。さて、[29]名越越前守《なごやえちぜんのかみ》を大将として、その勢《せい》三千余騎差し分けて、水辺《すいへん》に陣を取らせ、城より人のおり下《くだ》りぬべき路々《みちみち》に、[30]逆木《さかもぎ》を引いてぞ待ち懸けける。

楠《くすのき》は、元来《もとより》勇気第一なる上、[31]智謀無双《ちぼうぶそう》の者なりければ、この城を拵《こしら》へける始め、用水の便りを見るに、[32]五所の秘水《ひすい》とて、峰《みね》通る山伏《やまぶし》の秘《ひ》して汲《く》む水、この嶺《みね》にあつて、滴《しただ》る事一夜《いちや》に[33]五斛《こく》ばかりなり。この水いかなる旱《ひでり》にも干《ひ》る事なければ、[34]形《かた》の如く人の口中《こうちゅう》を濡《うるお》さん事は、[35]相違あるまじけれども、合戦の最中は、或いは火矢《ひや》を消さんため、(また)喉の乾《かわ》く事繁《しげ》ければ、この水ばかりにては不足あるべしとて、大きなる木を以て[36]水舟《みずぶね》を二、

27 主だった武将の一人、二人。
28 この意見は、もっともいい方法だ。
29 時見。北条一門。
30 棘のある木の枝で作った防御の柵。
31 智略並びなき者。底本「智恵謀無双」を改める。
32 五か所の人に知られないように秘密にしてある水。
33 一斛(一石に同じ)は、一升の百倍(約一八〇リットル)。
34 普通に。
35 問題はないが。
36 水槽。

三百打たせて、水を湛《たた》へたり。また、数百ヶ所作り並べたる[37]役所の軒《のき》に樋《とい》を懸けて、雨降れば、霤《あまだり》を少しも余さず舟に受け入れ、舟の底に赤土《あかつち》を沈めて、[38]水の性《しょう》を損《そん》ぜぬやうにして拵へたり。この水を以て、たとひ五、六十日雨降らずとも、[39]怺《こら》へつべし、その中《うち》に、などか雨の降らざるべきと[40]料簡《りょうけん》しける、楠が智恵の程こそ浅からね。

　されば、城よりは[41]強《あなが》ちにこの渓水《たにみず》を汲まんともせざりけるを、水防きける兵ども、夜ごとに[42]機をつめて、今や今やと待ち懸けけるが、[43]始めの程こそありけれ、後には次第に[44]心懈《おこた》りて、機緩《たゆ》みて、「この水をば汲まざりけるぞ」とて、用心《ようじん》の体《てい》少し[45]無沙《ぶさ》汰《た》になりけるを、楠、これを見すまして、[46]究竟《くっきょう》の射手《いて》をそろへ、三百人夜に紛《まぎ》れて城より下《お》ろし、未だ[47]東雲《しののめ》の明け果てぬ霧《きり》の紛《まぎ》れに押し寄せ、水辺につめて居たる者ども、二十余人切り伏せて、大将に[48]透《す》き間《ま》もなく懸かりける間、名越越前守、こらへか

37　兵の詰める小屋。
38　水の質。
39　持ちこたえられるであろう。
40　考えをめぐらした。
41　無理して。
42　心を張りつめて。機は、気力。
43　始めのうちはそうしていたが。
44　油断して、張りつめていた気力もゆるみ。
45　おろそかになること。
46　強い弓を引く。
47　あかつき。
48　激しく切りかかったので。

ねて、本《もと》の陣《じん》へぞ引きける。寄手《よせて》数万の軍勢、これを見て、渡[49]り合はんとひしめけども、谷を隔《へだ》て、[50]尾《お》を隔てたる道なれば、たやすく馳《は》せ合《あ》はする兵なし。とかくしけるその間に、捨て置いたる旗、大幕《おおまく》なんど取り持たせて、楠《くすのき》が勢《せい》は城の中へぞ引き入りける。

その翌日《つぎのひ》、城の大手《おおて》に、[51]三本唐笠《さんぼんからかさ》の文《もん》書いたる旗と、同じ文の幕とを引いて、「これこそ昨日、名越殿《なごやどの》より給はつて候ひつる御旗にて候へ。[52]御文《ごもん》付いて候ふ間、他人のためには無用に候ふ。[53]御内《みうち》の人々、これへ御入《おんい》り候ひて、召され候へかし」と云ひて、同音《どうおん》にどつと笑ひければ、天下の武士ども、これを見て、「あはれ、名越殿の御《ご》[54]不覚《ふかく》や」と、口々に云はぬ者こそなかりけれ。

名越一家の人々、この事を聞いて、[55]安からぬ事と思はれければ、「[56]当手《とうて》の軍勢ども、一人も残らず、城の木戸を枕にして討《うち》

49 敵と戦おうと騒ぎたてたけれども。
50 尾根。みね。
51 名越の紋。

三本傘

52 ご紋のついた旗ですので。
53 名越の家来の人々。
54 不注意による失敗。
55 腹立たしいこと。
56 わが方の軍勢。

死《じに》をせよ」とぞ[57]下知《げじ》せられける。これによつて、かの手の兵五千余人、思ひ切りて、[58]打てども射れども用ゐず、乗《の》り超《こ》え乗り超え、城の逆木一重《さかもぎひとえ》引き破つて、[59]切岸《きりぎし》の下までぞ攻めたりける。されども、岸高くして切り立つたれば、[60]弥猛《やたけ》に思へども登り得ず、ただ徒《いたず》らに城を睨《にら》み、怒りを押さへて[61]惚《いきず》き居《い》たり。この時、城の中より、切岸の上に横たへて置いたる木を、十ばかり切つて落とし懸けたりけるに、将碁倒《しょうぎだお》しをする如く、寄手四、五百人、[62]圧《おし》に打たれて死ににけり。[63]これに違《たが》はんとしどろになつて騒ぐ所を、十方の櫓《やぐら》より、[64]指《さ》し落《お》として思ふ様《さま》に射ける間、五千余人の兵ども、残り少なに討たれて、その日の軍は終《は》てにけり。

誠《まこと》に志《こころざし》の程は猛《たけ》けれども、[65]し出《い》だしたる事もなくて、[66]若干《そこばく》討たれければ、「あはれ、恥の上の損かな」と、諸人の[67]口遊《くちずさみ》はなほ止《や》まず。数ヶ度《すかど》の合戦の体《てい》を見て、寄手、侮《あなず》りにくや思

57　命令。
58　打っても射てもものともせず。
59　城壁のように切り立たせた崖。
60　ますます勇み立つが、切岸を登ることができない。
61　苦しい息をする。
62　おもしにつぶされて。
63　落ちてくる木を避けようと、隊を乱してあわてふためくところを。
64　上から下に向かって射る。
65　たいしたことはできないで。
66　大勢。
67　嘲りのうわさ。

ひけん、今は始めのやうに勇み進んで攻めんとする者もなかりけり。

長崎四郎左衛門《ながさきしろうざえもん》、この城の有様を了簡《りょうけん》するに、「[68]力攻《ちからぜ》めにする事は、人のみ討たるるばかりにて、その功なり難《がた》し。ただ取り巻いて、[69]食攻《じきぜ》めにせよ」と下知《げじ》して、軍《いくさ》を止めければ、[70]徒然《とぜん》に堪へかねて、[71]花下《はなのもと》の連歌師《れんがし》どもを呼び下《くだ》し、[72]一万句の連歌をぞ始めたりける。その初日《しょにち》の[73]発句《ほっく》、長崎九郎左衛門《ながさきくろうざえもん》[74]師宗《もろむね》、

　[75]開《さ》きかけて勝つ色見せよ山桜《やまざくら》

としたりけるを、脇《わき》の句に、[76]工藤次郎左衛門《くどうじろうざえもん》、

　[77]嵐や花のかたきなるらん

とぞ付けたりける。誠《まこと》に両句ともに、[78]詞《ことば》の縁巧《えんたく》みにして、句の体優《ていゆう》なれども、御方《みかた》をば花になし、敵《かたき》をば嵐にたとへけるは、[79]禁忌《きんき》なりける表事《ひょうじ》かなと、後《のち》にぞ思ひ知られける。大将の下知に随つて、軍勢、軍《いくさ》を止《とど》めければ、慰《なぐさ》む方やなかりけん、或

68　力ずくで攻め立てることは。
69　兵糧攻め。
70　退屈。
71　専門の連歌師。寺社の桜の花の下で連歌を興行したので、この名がある。
72　連歌を一万句詠み連ねること。
73　発句は、連歌の第一句。脇の句は、第二句。
74　底本「師寮（モロムネ）」。他本により改める。前出、第六巻・9。
75　他の花にさきがけて咲く山桜よ、早くその美しい色をみせてくれ。開（さ）きかけてと先駆けて、且つ色と勝つ色を掛ける。
76　名は高景。前出、第二巻・7。底本「次郎右衛門」を改める。
77　山桜が咲いても、花のかたきの嵐がそれを散らせ

いは将碁、[80]双六《すごろく》を芸《う》つて日を過ごし、或いは[81]百服《ひゃっぷく》の茶、褒貶《ほうへん》の歌合《うたあわせ》などを翫《もてあそ》びて、夜を明かし日を暮らす。これにぞ城中の兵は[82]なかなか悩まされたる心地して、遣《や》る方《かた》もなくして過ごしける。

　程経《ほどへ》て後、正成《まさしげ》、「[83]いでさらば、また[84]寄手《よせて》に謀《はかりごと》して眠《ねぶ》り醒《さ》まさせん」と、[85]芥《あくた》を以て人長《ひとだけ》に人形《にんぎょう》を二、三十作つて、甲冑《かっちゅう》を着せ、[86]兵杖《ひょうじょう》を持たせて、夜中《やちゅう》に城の麓《ふもと》に立て置き、前に[87]畳楯《じょうだて》を突き並べたり。その後ろに、[88]勝《すぐ》りたる兵五百人を相交《あいまじ》へて、夜のほのぼのと明けける霞《かすみ》の下より、同時に[89]時《とき》をどつと作る。四方の寄手、時の声を聞いて、「[90]すはや、城の中より打つて出でたるは。これこそ、敵の運が尽《つ》きたる処《ところ》の[91]死《し》に狂《ぐる》ひよ」とて、われ前《さき》にとぞ攻め合はせける。城の兵、[92]かねて巧みたる事なれば、[93]矢軍《やいくさ》ちとするやうにして、大勢《おおぜい》相近づけば、人形ばかりを木陰《こがく》れに残し置いて、兵は次第に城の上へ引き上がる。寄手、

てしまうだろう。
78　縁語・掛詞などは巧みで、句の風情も優美だが。
79　口にしてはいけない不吉な前兆であったと、後に思い知られた。
80　さいころで駒を進めて相手の陣を取る遊び。
81　百服の茶を飲み、本茶（京都栂尾〈とがのお〉産や宇治産の本場の茶）と非茶（それ以外の茶）を言い当てる遊び。褒貶の歌合は、よしあしを批評しあう歌合。
82　かえって困惑して、気を晴らす方法もなく。
83　さあそれならば。
84　寄せ手を欺いて敵の眠りを覚ましてやろう。
85　わらくずで等身大の人形を二、三十作り。
86　武器。
87　面が広く大きい楯。
88　多勢の中からより抜い

人形を実《まこと》の兵ぞと心得て、これを討たんと相集まる。楠《くすのき》、所存の如く敵を謀《たばか》り寄《よ》せて、大石《たいせき》を四、五十、一度にばつとはづす。一所《いっしょ》に集まつたる敵三百人、[94]矢庭《やにわ》に打ち殺され、半死半生《はんしはんしょう》の者五百余人に及べり。軍《いくさ》果ててこれを見れば、あはれ[95]大剛《だいこう》の者かなと覚えて、一足も引かざりつる兵は、皆人にはあらで、藁《わら》にて作れる人形なり。これを討たんと相集まつて、石に打たれ、矢に死せるも[96]高名《こうみょう》ならず。またこれを危《あや》ぶんで、進み得ざりつるも、臆病の程あらはれて[97]云《い》ひ甲斐《がい》なし。ただとにもかくにも、万人《ばんにん》の物咲《ものわら》ひとぞなりにける。

　これより後《のち》は、いよいよ合戦を止《や》めける間、諸国の軍勢、ただ徒《いたず》らに城を[98]まもり上げて居たるばかりにて、する態《わざ》は一つもなかりけり。いかなる者か詠みたりけん、

　[99]余所《よそ》にのみ見てや休《や》みなむ葛木《かつらぎ》の高間《たかま》の山の峰の楠《くすのき》

古歌を翻案して、大将の前にぞ立てたりける。

た兵。
89 鬨(とき)の声。
90 それ。
91 死を覚悟して荒れ狂うこと。
92 あらかじめ計画しておいたことなので。
93 矢いくさを少しするように見せかけて。
94 たちどころに。
95 非常に勇敢で強い者。
96 手柄。
97 みっともない。
98 見まもり見上げて。
99 「よそにのみ見てややみなむ葛城や高間の山の峰の白雲」(新古今和歌集・恋一、読み人しらず)。「あなたをよそにのみ見ては終われない」という恋歌を翻案して、幕府軍は楠を見上げているだけで終わるのだろうかと皮肉った。

軍《いくさ》もなくて、[100]そぞろに向かひ居たるつれづれに、諸大将の陣々には、[101]江口《えぐち》、神崎《かんざき》の傾城《けいせい》どもを呼び寄せて、様々《さまざま》の遊びをぞせられける。[102]名越遠江入道《なごやとおとうみのにゅうどう》と、同じき兵庫助《ひょうごのすけ》とは、伯叔《おじ》、甥《おい》にておはしけるが、ともに一方の大将にて、攻め口近く陣を取り、役所を並べてぞおはしける。或る時、[103]遊君《ゆうくん》の前にて双六《すごろく》を打たれけるが、[104]賽《さい》の目《め》を論じて、聊《いささ》か言《ことば》の違《ちが》ひけるにや、伯叔、甥二人突《つ》き違《ちが》へてぞ死なれける。両人の[105]郎従《ろうじゅう》ども、これを見て、何の[106]意趣《いしゅ》もなきに差し違へ差し違へ、[107]片時《へんし》が間に死する者二百余人に及べり。城の中より、「これは[108]十善《じゅうぜん》の君《きみ》に敵し奉る天罰によつて、自滅《じめつ》する人々の有様を見よ」と咲《わら》ひける。誠《まこと》にこれただ事にあらず、[109]天魔《てんま》波旬《はじゅん》の所行《しょぎょう》かと覚えて、あさましかりし珍事《ちんじ》なり。

同じき三月四日、関東より飛脚《ひきゃく》到来して、「軍を止めて徒《いたず》らに日を送る事は、しかるべからず」と下知《げじ》せられければ、[110]宗徒《むねと》

100　無意味に敵と向かいあう陣にいる所在なさに。
101　江口（大阪府東淀川区江口）、神崎（兵庫県尼崎市神崎町）は、淀川水運の要衝で、遊女が多くいたことで有名。
102　宗教。前出、第六巻・7。兵庫助は、不詳。
103　遊女。
104　さいころの目の数で口論して。
105　家来。
106　遺恨。
107　ほんの短い時間。
108　天皇。前世で十善戒を保った者が王になるという仏説による呼称。
109　欲界の第六天にいて仏法を妨げる魔王。波旬は、悪魔（梵語）。
110　主だった。

の大将達評定《ひょうじょう》あつて、「御方《みかた》の向かひ陣と敵の城とのあわひ[111]に、高く切り立つたる堀に橋を渡して、城へ打つて入らん」とぞ巧[112]まれける。このために、京都より番匠[113]《ばんしょう》を五百余人召し下し、五六[114]、八九寸の安郡《あんのこおり》を集めて、広さ一[115]丈五尺、長さ十丈余りに桟《かけはし》をぞ作らせける。

桟すでに作り出だしければ、大縄《おおなわ》を二、三千付けて、くる巻[116]《まき》を以て巻き立てて、城の切岸《きりぎし》の上へぞ倒《さかさま》にし懸けたりける。魯[117]《ろ》般《はん》が雲の梯《かけはし》も、かくやと覚えて巧みなり。やがて早[118]《はや》り雄《お》の兵ども五、六千人、橋の上を渡り、われ前《さき》にと進んだり。あはやこの城、ただ今打ち落とされぬと見えたる処《ところ》に、楠《くすのき》、かねて用意やしたりけん、抛[119]《な》げ焼松《たいまつ》の先に火を付けて、橋の上に薪《たきぎ》を積めるが如くに投げ集めて、水弾[120]《みずはし》きを以て、油を滝の流るるがやうに懸けたりける間、火 橋桁[121]《はしげた》に燃え付いて、渓風《たにかぜ》炎を吹[122]《ふ》き布《し》いたり。なまじ[123]ひに渡り懸けたる兵ども、前《さき》へ進まんとすれば、

111 あいだ。
112 計画した。
113 大工。
114 それぞれ幅五寸、厚さ六寸、幅八寸、厚さ九寸の材木。安郡は、長門国(山口県)阿武(あぶ)郡産の良質の材木。
115 一丈は、一〇尺(約三メートル)。
116 滑車。
117 魯の公輸般(こうしゆはん)が、楚王が宋を攻めるとき雲梯(うんてい)(=雲にも届く高い梯(かけはし))を作った故事(淮南子・修務訓、蒙求・魯般雲梯)。
118 血気にはやる。
119 敵陣に投げ入れるたいまつ。
120 本来消火用の水ポンプ。
121 橋の踏み板を支える材木。
122 吹いて広げた。
123 なまじっか。

猛火《みょうか》さかりに燃えて身を燃やす。跡へ返《かえ》らんとすれば、後陣《ごじん》の大勢《おおぜい》、[124]先の難儀《なんぎ》をも云はず支へたり。飛《と》び降《お》りんとすれば、谷深く岸聳《そび》へたり。いかがせんと、[125]身を揉《も》うで押し合ふ程に、橋桁中《なか》より燃え折れて、谷底へ倒《さかさま》にどうと落ちければ、数千の兵、同時に猛火の中へ落ち重なつて、一人《いちにん》も残らず焼け死ににけり。その有様、ひとへに[126]八大地獄《はちだいじごく》の罪人の、刀山剣樹《とうざんけんじゅ》に貫《つらぬ》かれ、猛《みょう》火鉄湯《かてっとう》に身を焦《こ》がすらん苦しみも、かくこそと思ひ知られたり。

さる程に、吉野《よしの》、十津川《とつがわ》、[127]宇多《うだ》、内郡《うちのこおり》[128]の野伏《のぶし》ども、大塔宮《おおとうのみや》の命《めい》を含んで相集まること七千余人、ここの嶺《みね》、かしこの谷に立ち隠れて、[129]武士往来の路《みち》を差《さ》し塞《ふさ》ぐ。これによつて、寄手《よせて》の兵粮忽《ひょうろうたちま》ちに尽《つ》きて、[130]人馬ともに疲れて転漕《てんそう》にこらへかねて、百騎、二百騎帰る処を、[131]案内者《あんないしゃ》の野伏ども、所々《しょしょ》の[132]つまりつまりに待《ま》ち請《う》けて、討《う》ち留《と》めける間、日々夜々《ひびよよ》に、討たるる者数を知らず。希有《けう》にして命を助かる者は、馬、物具《もののぐ》を捨てて、衣《い》

124　前方にいる兵士の苦しみも知らず押してくる。
125　身もだえして押し合いへし合いするうちに。
126　仏教でいう八つの地獄。刀山剣樹は、刀が上向きに生えた山と、剣の幹・葉をもつ樹。猛火鉄湯は、罪人を責める火と、湯のように溶けた鉄。
127　宇陀郡は、奈良県宇陀市。内(宇智)郡は、奈良県五條市。
128　農民・浮浪民などの武装集団。
129　幕府軍の行き来する道をふさいでしまった。
130　人も馬もともに飢えて兵糧運搬の途絶に耐えかねて。
131　土地の地理にあかるい野伏たち。
132　要所要所。

裳《しょう》を剝《は》ぎ取《と》られて裸なれば、或いは破れたる簑《みの》を身に纏《まと》ひて膚《はだえ》ばかりを隠し、或いは草の葉を腰に巻いて恥をあらはせる落人《おちうど》ども[133]、毎日に引きもきらず十方へ逃げ散る、前代未聞《せんだいみもん》の恥辱《ちじょく》なり。されば、日本国の武士どもの重代[134]《じゅうだい》したる物具《もののぐ》、太刀、刀は、この時に至つて失せにけり。

名越遠江入道《なごやとおとうみのにゅうどう》、同じき兵庫助《ひょうごのすけ》二人は、詮《せん》なき口論して、ともに死に給ひぬ。その外《ほか》の軍勢ども、親討たるれば子は髻[135]《もとどり》を切つて失せ、主疵《きず》を被《こうぶ》れば郎従《ろうじゅう》助けて引つ返す間、始めは百八十万騎と聞こえしかども、今はわづかに残る勢《せい》、十万余騎になりにけり。

義貞綸旨《よしさだりんし》を賜《たまわ》る事　4

上野国《こうずけのくに》の住人新田[1]《にった》小太郎《こたろう》義貞《よしさだ》と申すは、八幡太郎義家《はちまんたろうよしいえ》十七

133 底本「トモアリ」。他本により改める。
134 父祖代々伝わった。
135 出家遁世して行方をくらまし。

4

1 朝氏の子。清和源氏。東国に源氏の基盤を固めた源義家十代目の子孫。鎌倉追討に功があったが、やがて足利尊氏と対立した。
2 桓武平氏の北条一門。
3 天下。
4 やむなく。
5 武家の家政をとりしきる家老。船田義昌は、義貞の執事。
6 「昔より今に至るまで、源平両氏、朝家に召し使はれて、王化に従はず、自づから朝権を軽んずる者には、

代の後胤《こういん》、源家《げんけ》嫡流《ちゃくりゅう》の名家《めいか》なり。しかれども、[2]平氏《へいじ》世を執《と》つて、[3]四海《しかい》皆その威《い》に服する時節《おりふし》なれば、[4]力なく関東の催促《さいそく》に随つて、金剛山《こんごうせん》の搦手《からめて》にぞ向かはれける。

ここに、いかなる所存かありけん、或る時、[5]執事《しつじ》船田《ふなだ》入道《にゅうどう》義昌《よしまさ》を近づけて宣《のたま》ひけるは、「[6]古《いにしえ》へより、源平両家朝家《ちょうか》に仕《つか》へて、平氏世を乱る時は、源氏これを鎮《しず》め、源氏上《かみ》を侵《おか》す日は、平家これを治《おさ》む。義貞、[7]不肖《ふしょう》なりと云へども、[8]当家の門楣《もんび》として譜代弓箭《ふだいきゅうせん》の名を汚《けが》せり。しかるに今、[9]相模入道《さがみのにゅうどう》の[10]行迹《こうせき》を見るに、滅亡遠きにあらず。われ本国に帰つて[11]義兵《ぎへい》を挙げ、[12]先朝《せんちょう》の宸襟《しんきん》を休め奉らんと存ずるが、[13]勅命《ちょくめい》を蒙《こうぶ》らでは叶《かな》ふまじ。いかがして大塔宮《おおとうのみや》の[14]令旨《りょうじ》を給はつて、この[15]素懐《そかい》を達すべき」と問ひ給へば、船田入道、畏《かしこ》まつて、「大塔宮は、この辺の山中に忍びて御座《ぎょざ》候ふなれば、義昌、[16]方便《ほうべん》を廻《めぐ》らして、急ぎ令旨を申[17]し出だし候ふべし」と、[18]事安《ことやす》げに領状《りょうじょう》申して、己れが役所[19]へ

互ひに戒めを加へしかば、世の乱れもなかりしに」(平家物語巻一・二代后)。
7　愚か。
8　源家の棟梁として代々続く武名を継いでいる。「汚せり」は謙譲。
9　北条高時。
10　ふるまい。
11　正義のためにおこす兵。
12　先帝(後醍醐帝)の御心をお慰め申そうと。
13　帝のご命令をいただかなければ、ことを起こせない。
14　皇太子・親王などの発給する文書。
15　年来の志。
16　手だて。
17　申し受けてまいりましょう。
18　こともなげに引き受けて。
19　詰め所。

ぞ帰りける。

その翌日《つぎのひ》、船田《ふなだ》、己れが若党[20]を三十余人、野伏《のぶし》の姿に出で立たせて、夜中《やちゅう》に[21]葛城山《かつらぎやま》に登せ、船田入道は落ち行く真似《まね》をして、朝[22]まだきの霧がくれに、追つつ返しつ、[23]半時《はんとき》ばかり同士軍《どしいくさ》をぞしたりける。宇多《うだ》、内《うち》の郡《こおり》の野伏ども、これを見て、御方《みかた》ぞと心得《こころえ》、力を合はせんために、余所《よそ》の峰《みね》より下《お》り合《あ》うて近づきたりける処《ところ》を、船田が勢《せい》の中に取《と》り籠《こ》め、十一人まで生け取りてけり。船田、この生取《いけどり》どもを解《と》き脱《ゆる》して、ひそかに申しけるは、「今汝等《なんじら》をたばかりて搦《から》め取《と》つたる事、全く誅《ちゅう》せんためにあらず。新田殿《にったどの》、本国へ帰つて御旗《みはた》を挙げんとし給ふが、令旨《りょうじ》なくては叶《かな》ふまじければ、汝等に大塔宮《おおとうのみや》の御座所《ござしょ》を尋ね問はんために召し取りつるなり。命惜しくは、案内者《あんないしゃ》して、こなたの使ひをつれて宮の御座所へ参れ」と申しければ、野伏ども、大きに悦《よろこ》びて、「その御ためにて候はば、いと安き事にて候ふ。御[24]

20　若い身分の低い家来。
21　大阪府と奈良県との境にある金剛山地で、主峰の金剛山に並ぶ高峰。
22　早朝の霧がかかる中で。
23　一時間ほど味方同士のいくさ(のふり)をした。
24　お使者を出すまでもありますまい。
25　令旨ではなくて、帝の綸旨(勅旨を受けて蔵人の

使ひまでも候ふまじ。この中に一人《いちにん》、暫《しばら》くの暇《いとま》を給はつて、令旨を申し出だして進《まい》せ候はん」と申して、残り十人をば留《とど》めて、一人、宮の御方《おんかた》へとてぞ参りける。

今や今やと相待つ所に、一日あつて、令旨を捧《ささ》げて来たれり。開いてこれを見るに、[25]令旨にはあらで、綸旨《りんし》の文章にて書かれたり。その詞《ことば》に云はく、

「[26]綸言《りんげん》を被《こうぶ》つて称《い》はく、[27]化《か》を敷き万国《ばんこく》を理《おさ》むるは、明君《めいくん》の徳なり。乱を撥《はら》つて四海《しかい》を鎮《しず》むるは、武臣《ぶしん》の[28]節《せつ》なり。[29]頃《きょう》年《ねん》の際《あいだ》、高時《たかとき》法師が一類、朝憲《ちょうけん》を蔑如《べつじょ》し、恣《ほしいまま》に逆威《ぎゃくい》を振るふ。[30]積悪《しゃくあく》の至り、天誅《てんちゅう》已《すで》に顕《あらわ》る。爰《ここ》に[31]累年《るいねん》の宸襟《しんきん》を休めんが為に、将《まさ》に[32]一挙《いっきょ》の義兵を起こさんとす。[33]叡感《えいかん》尤《もっと》も深し。賞を抽《ぬき》んずること、何《なん》ぞ浅からん。早く関東征罰《せいばつ》の策《さく》を運《めぐ》らし、天下静謐《せいひつ》の功を致すべし。[34]者《てへ》れば綸旨かくの如し。仍《よ》つて[35]執達件《しったつくだん》の如し。

発給する文書）の体裁で書かれていた。
26 帝のお言葉を受けて言う。
27 徳化を行いすべての国を治めるのは、すぐれた君王の徳である。
28 節義。
29 この数年の間、北条高時の一族は、朝廷の法規をないがしろにし。
30 積み重ねた悪行は頂点に達し、天罰はすでに下ろうとしている。
31 多年にわたる帝の御心労を安めるため。
32 義兵の一旗を揚げようとする。
33 帝は深く感じ入っている。恩賞は他の者に抜きんでて必ずや重い。
34 よって。
35 上意の通達は以上の通りである。

元弘《げんこう》三年二月十一日[36]　　　　　[37]左少将《さしょうしょう》

新田小太郎殿《にったこたろうどの》

とぞ書かれたる。綸旨《りんし》の文章、[38]家の面目《めんぼく》に備《そな》へ挙《あ》ぐべき綸言なれば、義貞《よしさだ》、斜《なの》めならず悦《よろこ》びて、その翌日《つぎのひ》より虚病《そらやまい》して、急ぎ本国へぞ下られける。

[39]宗《むね》と軍《いくさ》をもしつべき勢《せい》どもは、[40]とかくに事を寄せて、国へ帰りけり。また、兵粮《ひょうろう》運送の道絶《た》えて、千剣破《ちはや》の寄手《よせて》[41]以《もっ》ての外《ほか》に気を失へる由《よし》聞こえければ、また六波羅《ろくはら》より[42]宇都宮《うつのみや》をぞ下されける。[43]紀清《きせい》両党千余騎、寄手に加はつて、未だ[44]気早《きばや》なる荒手《あらて》なれば、則ち城の堀の際《きわ》まで攻め上《のぼ》つて、夜昼少しも引き退かず、十余日までぞ攻めたりける。この時にして、堀の際《きわ》なる[45]鹿《しし》垣《がき》、逆木《さかもぎ》皆引き破られて、城も少し防ぎかねたる体《てい》に見えたり。

されども、紀清両党の者ども、[46]斑足王《はんぞくおう》の身にもあらざれば、天をも翔《かけ》り難《がた》し。[47]龍伯公《りゅうはくこう》が力を得ざれば、山をも劈《つんざ》き難《がた》し。あ[48]

36　「参考太平記」は、三月が妥当とする。
37　四条隆貞か。
38　家の名誉をあげるのにふさわしい。
39　主力としていくさをするはずの幕府方の軍勢。
40　あれこれの事柄を理由に。
41　はなはだしく気力を失う。
42　公綱。第六巻・4で楠と対戦。
43　宇都宮配下の紀氏・清原氏の二つの党の武士団。
44　気のはやった新しい軍勢。
45　鹿垣は、鹿や猪を防ぐための垣(戦場で防御柵に用いた)。逆木は、棘のある木で作る防御の柵。
46　釈迦の本生譚中に説かれる鬼王。父が牝獅子と交わって得た子で足に斑紋が

まりせん方《かた》やなかりけん、[49]面《おもて》なる兵に軍《いくさ》をさせて、後ろなる者は手々《てんで》に鋤鍬《すきくわ》を以て、山を掘り倒さんとぞ企てける。[50]げにも大《おお》手《て》の櫓《やぐら》二つは、夜昼《よるひる》三日が間に、なんなく掘り崩してけり。諸卒これを見て、「ただ始めより、軍を止《や》めて、掘るべかりけるものを」と後悔して、われもわれもと掘りたれども、廻《まわ》り一里に余れる大山《たいざん》なれば、[51]左右《そう》なく掘り倒さるべしとも見えざりけり。

あり、飛行自在で人肉を食い、羅刹(らせつ)国の王となった(賢愚経、仁王経、ほか)。
47 身長が数十丈あったという大人国の王(列子・湯問、山海経巻十四)。
48 あまりになすべき方法がなかったからだろうか。
49 敵の前面に出る兵。
50 確かに。
51 たやすく。

赤松義兵《あかまつぎへい》を挙《あ》ぐる事 5

さる程に、楠《くすのき》が城強くして、京都[1]無勢《ぶぜい》なりと聞こえしかば、赤松入道円心《あかまつにゅうどうえんしん》、播磨《はりま》の[2]苔縄《こけなわ》の城より打つて出でて、山陽《せんよう》、山《せん》陰《おん》の両道をさし塞ぎ、[3]山里《やまのさと》、[4]梨原《なしがはら》の間に陣を取る。

ここに、備前《びぜん》、備中《びっちゅう》、備後《びんご》、安芸《あき》、周防《すおう》の勢《せい》ども、六波羅の

5
1 手薄である。
2 兵庫県赤穂郡上郡(かみごおり)町苔縄。円心が苔縄城に拠ったことは、第六巻・6。
3 赤穂郡上郡町山野里。
4 赤穂郡上郡町梨ヶ原。

催促《さいそく》によつて上洛《しょうらく》しけるが、[5]三石《みついし》の宿《しゅく》に打ち集まつて、山里《やまのさと》の勢《せい》を追つ払うて通らんとしけるを、[6]赤松筑前守《あかまつちくぜんのかみ》、[7]船坂山《ふなさかやま》に[8]支《ささ》へて、[9]宗徒《むねと》の敵二十余人生け取りにけり。されども、赤松、これを誅《ちゅう》せずして、情け深く相交《あいまじ》はりける間、[10]伊東大和次郎《いとうやまとのじろう》、その恩を感じて、忽《たちま》ちに[11]武家与力《よりき》の志《こころざし》を変じて、官軍合体《がってい》の思ひをなしければ、先《ま》づ己れが館《たち》の上、三石の山に城郭《じょうかく》を構へ、[12]やがて[13]熊山《くまやま》へ取り懸かり、義兵《ぎへい》を挙げたるに、備前《びぜん》の守護[14]加《か》治源太左衛門《じげんたざえもん》、[15]一戦に利を失うて、[16]児島《こじま》を指して落ちて行く。これより、西国《さいごく》の道いよいよ塞がり、中国の動乱[17]斜《なの》めならず。

西国より上洛する勢をば、伊東に支へさせ、[18]後ろは思ひもなければ、赤松、やがて[19]高田兵庫助《たかだひょうごのすけ》が城を攻め落として、片時《へんし》も足を休めず、山陽道《せんようどう》を押して攻《せ》め上《のぼ》る。路次《ろし》の軍勢馳《は》せ加《くわ》はつて、程なく七千余騎になりにけり。この勢にて六波羅《ろくはら》を落とさん事は、[20]案の内なれども、もし戦ひに利を失ふ事あらば、引

5 岡山県備前市三石。山陽道の宿駅。
6 貞範。円心の次男。
7 兵庫県赤穂郡上郡町梨ヶ原と岡山県備前市三石の間の峠(山)。
8 防ぎとめて。
9 主だった。
10 三石の地頭。工藤氏族。
11 幕府に味方する意志を変えて、朝廷方の軍に参加しようと考えたので。
12 すぐさま。
13 岡山県赤磐(あかいわ)市千躰(せんだい)。三石の西。
14 備前に住んだ佐々木一族。佐々木盛綱の子孫。
15 一度の戦いで敗退して。
16 岡山県倉敷市児島。
17 ひととおりでない。
18 背後の懸念もなくなったので。
19 兵庫県赤穂郡上郡町高田台の辺に住んだ武士。

き退いて暫《しばら》く人馬《じんば》をも休めんため、[21]兵庫《ひょうご》の北に当たつて[22]摩耶《まや》と云ふ山寺のありけるに、先づ城郭を構へて、[23]敵を二十里が間に縮《つづ》めたり。

土居《どい》得能《とくのう》旗《はた》を揚《あ》ぐる事　6

六波羅には、「[1]一方の討手《うって》にはと憑《たの》まれたる宇都宮《うつのみや》は、千剣破城《ちはやのじょう》へ向かひつ。西国勢《さいごくぜい》は、伊東に[2]支《ささ》へられて上《のぼ》り得《え》ず。今は四国の勢を待つて、摩耶城《まやのじょう》へは向かふべし」と評定《ひょうじょう》ありける処《ところ》に、[3]後《のち》の二月四日、伊予国《いよのくに》より早馬《はやうま》を立てて、「[4]土居次郎《どいのじろう》、[5]得能弥三郎《とくのうやさぶろう》、宮方《みやがた》となつて旗を挙げて、当国の勢を相付けて土佐国《とさのくに》へ越ゆる処に、去月《きょげつ》十二日、[6]長門探題《ながとたんだい》[7]上野介時直《こうずけのすけときなお》、三百余艘にて当国へ押し渡り、[8]星岡《ほしがおか》にして合戦を致す処に、長門《ながと》、周防《すおう》の勢、一戦《いっせん》に打ち負けて、死人、手負《ておい》その数を知らず。

20　思いのまま。
21　神戸市兵庫区の海岸。
22　神戸市灘区の摩耶山上にある忉利天上寺。
23　京都の敵との距離を二十里以内にちぢめた。

6
1　一方の討伐軍として頼りにしていた。
2　阻まれて。
3　閏二月のこと。史実は、三月。
4　通益（みちます）。愛媛県松山市土居町に住んだ河野一族の武士。
5　通綱。愛媛県西条市丹原町徳能に住んだ河野一族の武士。
6　中国地方の政務・軍事を司る幕府の役職。
7　北条（金沢）時直。
8　松山市星岡町。

剰《あまっさ》へ時直《ときなお》父子行き方知らずと云々。それより、四国の勢《せい》悉《ことごと》く土居《どい》、得能《とくのう》に[9]属《しょく》する間、その勢すでに六千余騎、[10]宇多津《うたつ》、[11]今《いま》張《ばり》の湊《みなと》に船をそろへ、ただ今攻《せ》め上《のぼ》らんと企《くわだ》て候ふなり。御用心あるべし」と告げたりける。

船上臨幸《ふなのうえりんこう》の事　7

畿内《きない》の軍《いくさ》未だ静まらざるに、また四国、西国《さいごく》、日を追つて乱れければ、人の心、皆[1]薄氷《はくひょう》を践《ふ》んで、国の危《あや》ふき事深淵《しんえん》の如し。「そもそも今、かくの如く天下の乱るる事は、ひとへに[2]先《せん》帝《てい》の宸襟《しんきん》より事興《おこ》れり。もし[3]逆臣差《ぎゃくしんさ》し違《ちが》へて、奪ひ取り奉る事もこそあれ。[4]相構《あいかま》へて、よくよく警固《けいご》仕《つかまつ》るべし」と、[5]隠岐前《おきのぜん》司《じ》が方へ下知《げじ》せられければ、隠岐前司清高《きよたか》、出雲《いずも》、隠岐両国の地頭《じとう》、御家人《ごけにん》を[6]催《もよお》して、日番《ひばん》、夜廻《よまわ》り隙《ひま》もなく、宮門《きゅうもん》を閉ぢて

9　つき従う。
10　香川県綾歌（あやうた）郡宇多津町。
11　愛媛県今治市。

7
1　「戦々兢々として、深淵に臨むが如く、薄氷を履（ふ）むが如し」（詩経・小雅・小旻）。
2　後醍醐帝のお考え。
3　もしかして叛逆の徒が警備のすきをついて隠岐島に入り込んで。
4　用心して。
5　佐々木清高。隠岐守護。
6　召集して。

警固《けいご》し奉る。

閏《うるう》二月下旬は、[7]佐々木富士名判官《ささきふじなのほうがん》が番にて、[8]中門《ちゅうもん》の警固に候ひけるが、いかが思ひけん、あはれ、[9]この君を取り奉つて、謀《む》叛《ほん》を起こさばやと思ふ心ぞ付きにける。されども、申《もう》し入《い》るべき[10]便りもなし。案《あん》じ煩《わずら》ひける処《ところ》に、或る夜、御前《おんまえ》より官女《かんじょ》を以て、御盃《おんさかずき》を下《くだ》されたり。判官、これを給はつて、よき次《つい》でなりと思ひければ、ひそかにかの官女を以て申し入れけるは、

「上様《うえさま》には、未だ知ろし召し候はずや。楠兵衛正成《くすのきひょうえまさしげ》、金剛山《こんごうせん》に城を構へて楯籠《たてご》もり候ふ処に、東国勢《とうごくぜい》百万余騎にて上洛《しょうらく》し、去んぬる二月の初めより攻め戦ひ候ふと云へども、城は剛《つよ》く、寄《よせ》手《て》すでに[11]引つ返し色に見え候ふなる。また、備前《びぜん》には、伊東《いとう》大和次郎《やまとのじろう》、三石《みついし》と申す所(に城)を構へて、[12]山陽道《せんようどう》を差《さ》し塞《ふさ》いで、西国の勢を京都へ通さず候ふなる。播磨《はりま》には、赤松入道円心《あかまつにゅうどうえんしん》、[13]宮の令旨《りょうじ》給はつて、摂津国《つのくに》まで攻《せ》め上《のぼ》り、兵庫《ひょうご》の北に当たつて

7 佐々木義縄(義綱)。島根県松江市玉湯町布志名に住んだ佐々木一族の武士。
8 表門と主殿の間の門。
9 後醍醐帝を奪い取って、幕府に謀叛を起こしたい。
10 機会。
11 退却しようとする様子。
12 底本「山陰道」は誤写。他本により改める。
13 大塔宮護良親王。

摩耶《まや》と申す処《ところ》に陣を取る。その勢《せい》すでに三千余騎、[14]京を縮《つづ》め、地を略して、勢ひ近国《きんごく》に振るひ候ふなる。四国には、河野《こうの》の一族に土居二郎《どいのじろう》、得能弥三郎《とくのうやさぶろう》、御方《みかた》に参つて旗を挙げたる処に、長門《ながと》探題《たんだい》上野介《こうずけのすけ》時直《ときなお》、かれに打ち負けて行方《ゆきかた》を知らず落ち行き候ひし後《のち》、四国の勢、悉く《ことごとく》土居、得能に[15]属《しょく》して、すでに大船《たいせん》をそろへ、[16]これへ御迎《おんむか》ひに参るべしとも聞こえ候ふ。また京都を攻むべしとも聞こえ候ふ。[17]御聖運《ごせいうん》開くべき時すでに至りぬとこそ存じ候へ。[18]義綱《よしつな》が当番の間に、しのびやかに御出《おんい》で候ひて、[19]千波《せんば》の湊《みなと》より御舟《おんふね》に召され、出雲《いずも》、伯耆《ほうき》の間、いづくの浦にても御舟を寄せさせ、[20]さりぬべからん武士を御憑《おんたの》み候ひて、暫《しばら》く御待ち候へ。義綱、恐れながら攻めまゐらせんがために罷《まか》り向《む》かふ体《てい》にて、やがて御方《みかた》に参り候ふべし」と奏し申しける。

官女《かんじょ》、この由《よし》を申し入れければ、主上《しゅしょう》なほも、かれが偽《いつわ》りにてや申すらんと思《おぼ》し召《め》されける間、義綱が志《こころざし》の程をよくよく

14　京都を圧迫し、土地を奪って。
15　従って。
16　隠岐。
17　帝の御運。
18　私(義綱)が警固の当番の間に。
19　底本「千波(センハ)」。玄玖本・流布本「千波(チブリ)」。隠岐の島のうち、島前(どうぜん)諸島の知夫里(ちぶり)島。ただし、後醍醐帝が流されていたのは島後(どうご)の国分寺で、近くに「千波」の湊があったとの説もある。
20　しかるべき(頼りになる)武士。
21　身に余るほど名誉なことに思い、賜った官女を非

伺《うかが》ひ御覧ぜられんために、かの官女を義縄にぞ下《くだ》されける。判《ほう》官《がん》、[21]面目《めんぼく》身に余りて、最愛斜《なの》めならず。いよいよ[22]忠烈《ちゅうれつ》の志《こころざし》をぞ顕《あらわ》しける。

主上、今はよも相違あらじと思し召されければ、或る夜の宵《よい》の紛《まぎ》れに、[23]三位殿《さんみどの》の御局《みつぼね》の御産《ごさん》の事近づきたりとて、御所を御《おん》出《い》である由《よし》にて、主上、その御輿《おんこし》に召されて、[24]六条少将忠《ろくじょうしょうしょうただ》顕朝臣《あきあそん》ばかりを召し具し、ひそかに御所を御出でありける。このままにては、人の怪しめ申すべき上、[25]駕輿丁《かよちょう》もなければ、御輿を止《や》めて、忝《かたじけ》なくも[26]十善《じゅうぜん》の天子《てんし》、自《みずか》ら[27]玉趾《ぎょくし》を草鞋《そうあい》の塵《ちり》に汚《けが》して、自ら泥土《でいど》の地を踏ませ給ひけるこそ[28]あさましけれ。

比《ころ》は[29]三月二十三日の事なれば、[30]月待つほどの暗き夜に、[31]そことも知らず、遠き野の道をたどりて歩ませ給へば、今は[32]遥《はる》かに来《き》ぬらんと思し召したれども、跡《あと》なる山は、未だ滝の響《ひび》きも風に聞こゆる程なるに、もし追つ懸けまゐらする事もやあるらん

常にいとおしんだ。
22 忠節。かたい忠義心。
23 阿野廉子。隠岐まで従った。前出、第四巻・3。
24 千種(ちくさ)忠顕。村上源氏、六条有忠の子。前出、第四巻・3。
25 輿を舁(か)く人夫。
26 天子は、前世で十善戒を守った功徳により生れるとされる。
27 おみあしにわらじをおはきになり。
28 情けなくも痛ましい。
29 流布本同じ。神田本「閏二月」。玄玖本「二月」。「増鏡」は「閏二月」とする。
30 陰暦二十三日は月の出がおそい。月待ちの信仰があった。
31 どこかも分からず、遠い夜道を歩いていかれると。
32 遥か先まで来ただろう。

と恐ろしく思《おぼ》し召《め》せば、今一足《ひとあし》も前《さき》へと、御心ばかりは進めども、いつ習はせ給ふべき道ならねば、夢路《ゆめじ》をたどる心地して、ただ一所《いっしょ》にのみやすらはせ給へば、忠顕《ただあき》、こはいかがしまゐらせんと揉《もだ》へ焦《こ》がれて、御手を引き、御腰を押して、今夜《こよい》いかにも湊《みなと》の辺までと心を遣《や》り給へども、わが身もともに疲れ果てて、野径《やけい》の露《つゆ》に徘徊《はいかい》す。[33][34][35][36]

夜いたく更《ふ》けにければ、里遠からぬ鐘の声、月に和《か》して聞こえけるを道のしるべに尋ね寄り、忠顕、或る家の門《かど》を叩《たた》き、「千波《せんば》の湊《みなと》へは、いづ方《かた》へ行くぞ」と問はれければ、内よりあやしげなる男出で向かひて、主上《しゅしょう》の御有様を見まゐらせ、心なき田夫野人《でんぶやじん》なれども、なにとなく煩《わずらわ》しくや思ひまゐらせけん、「千波の湊へは、これよりわづかに五十町ばかり候へども、道《みち》南北へ分かれて、いかさま御迷ひ候はんと存じ候へば、御道しるべ仕《つかまつ》り候はん」と申して、主上を軽々《かるがる》と負《お》ひまゐらせ、程な[37][38][39][40][41][42]

33 かつてお習いになったこともないご歩行なので。
34 同じ所にばかり足をとめていらっしゃるので。
35 思いわずらって。
36 露深い野道をさまよう。
37 人里が近いとわかる寺の夜明けの鐘の音が、月の光に和して聞こえてくるのを道しるべとして。
38 賤しげな男。
39 道理もわきまえない無骨な農夫。
40 気づかわしく思い申し上げたのだろうか。
41 一町は、約一〇九メートル。
42 きっと。

く千波の湊へぞ着きにける。ここにて、[43]時打つ大鼓《おおつづみ》の声を聞けば、夜は未だ[44]五更《ごこう》の初めなり。この道の案内者《あんないしゃ》仕りたる男、[45]かひがひしく湊の内を走り廻《まわ》りて、伯耆国《ほうきのくに》へ漕《こ》ぎもどる商人舟《あきんどぶね》のありけるを[46]語らひて、主上を乗せまゐらせ、その後《のち》、いとま申してぞ止《とど》まりける。この男、誠《まこと》に[47]ただ人にあらざりけるにや、[48]君御一統《ごいっとう》の御時《おんとき》、尤《もっと》も[49]抽賞《ちゅうしょう》あるべしとて、国中《くにじゅう》を尋《たず》ねられけるに、「われこそそれにて候へ」と申す者、つひになかりけり。

夜もすでに明けければ、舟人《ふなうど》[50]纜《ともづな》を解いて、順風に帆《ほ》を揚げ、湊の外に漕ぎ出だす。船頭《せんどう》、主上の御有様を見奉つて、ただ人にては[51]渡らせ給はじとや思ひけん、[52]屋方の前に畏《かしこ》まつて申しけるは、「かやうの時、御舟《おんふね》を仕つてこそ、われらが生涯《しょうがい》の面目《めんぼく》にて候へば、いづくの浦へ寄せよと(も)[53]御定《ごじょう》に随つて、[54]御舟の梶《かじ》をば仕り候ふべし」と申して、実《まこと》に[55]他事《たじ》なげなる気色《けしき》なり。忠顕これを聞いて、この船頭を近く呼び寄せ、「[56]何を隠し奉る

43 時を告げる太鼓。
44 日没から日の出までを五等分した最後の時刻(五更)の初め。午前三時頃から四時頃。
45 てきぱきと。
46 仲間に引き入れて。
47 普通の人ではなかったのであろうか。
48 帝が天下を統一されたとき。
49 選び出して褒賞すること。
50 船の艫(とも=船尾)に付けて岸とつなぐ綱。
51 いらっしゃるまい。
52 舟の上に設けた屋根のある小屋。
53 仰せに従って。
54 底本「御舟ヲハ梶ヲ」。神田本により改める。
55 他意のなさそうな様子。
56 何をお隠し申そう。

べき。屋形の中に御座《ぎょざ》あるは、日本国の主《あるじ》、忝《かたじけな》くも十善《じゅうぜん》[57]の君《きみ》にてゐらせ給へ。汝《なんじ》も定めて聞き及びぬらん。去年より、隠岐《おきの》前司《ぜんじ》が館《たち》に押し籠められて御座ありつるを、忠顕《ただあき》、盗み出だしまゐらせたり。この御舟《おんふね》にめされて、君に憑《たの》まれまゐらすることそ、汝が祐《さいわ》ひにてあれ。出雲《いずも》、伯耆《ほうき》の間に、いづくにても、さ[58]りぬべからんずる泊《とまり》へ急ぎ御舟を着け、下ろし置きまゐらせよ。御運開《ひら》けば、必ず汝を侍《さぶらい》になし、所領[59]一所《いっしょ》の主《ぬし》になすべし」と仰せられければ、船頭、実《まこと》にうれしげにて、取梶《とりかじ》[60]、面梶《おもかじ》取り合はせて、片帆《かたほ》に懸けてぞ馳《は》せたりける。

今は海上二、三十里も過ぎぬらんと思ふ処《ところ》に、同じ追風《おいかぜ》に帆を懸けたる舟十艘《そう》ばかり、出雲、伯耆を指して馳せ来たれり。筑紫舟《つくしぶね》[61]か、商人舟《あきんどぶね》かと見れば、さもあらで、隠岐前司《おきのぜんじ》清高《きよたか》、舎弟能登守《のとのかみ》、三河守《みかわのかみ》等が、主上《しゅしょう》を追ひ奉る舟にてぞありける。船頭これを見て、「かくて[62]は叶《かな》ひ候ふまじ。これに御隠れ候へ」

57 帝でいらっしゃる。

58 適当と思われる湊。

59 領地を一か所与えよう。

60 左右にうまく舵を取り、横風に帆を斜めに片寄せて船を走らせた。取梶は、船を左へ向ける梶のとり方。面梶は、右。

61 筑紫(九州)からの交易船。

62 こうしてはいられません。

と申して、主上と忠顕を[63]舟底《ふなぞこ》にやどしまゐらせて、その上にあ[64]ひ物とて、乾《ほ》したる魚《うお》の入《い》りたる俵《たわら》を取り積んで、[65]水手《すいしゅ》、梶取《かんどり》、その上に立ち並んで櫓《ろ》をぞ押したりける。さる程に、追手《おって》の舟一艘《そう》、御舟に追つ付いて、屋形《やかた》の中《うち》に乗り移り、ここかしこを捜《さが》しけれども、見出だし奉らず。「さては、この舟には[66]召されざりける。[67]もしあやしき舟や通りつるぞ」と問ひければ、船頭《せんどう》、「今夜《こよい》の[68]丑刻《うしのこく》ばかりに、千波《せんば》の湊《みなと》を出で候ひつる舟にこそ、[69]京《きょう》上臈《じょうろう》かと覚えて、冠《かぶり》とやらん着たる人と立烏帽子《たてえぼし》着たる人と、二人《ににん》乗らせ給ひて候ひつる。その舟、今は五、六里も前立《さきだ》ち候ひぬらん」と申しければ、「さては、疑ひもなき事なり。早や舟を押せ」とて、帆を引き、梶《かじ》を直しければ、この舟や[70]がて隔《へだ》たりぬ。

[71]今はかうと心安く思ひて、跡の浪路《なみじ》を返りみれば、一里ばかり下《さ》がりて、追手の舟百余艘、[72]御座舟を目に懸け、鳥の飛ぶが

63　船底にお移し申しあげ。
64　相物。塩魚・干し魚の類。
65　櫓の漕ぎ手の水夫と、梶取りの船頭。
66　お乗りではなかった。
67　もしや不審な船が通ったか。
68　午前二時頃。
69　都の身分の高い人。
70　まもなく遠ざかった。
71　もうこれで大丈夫と安心して。
72　帝の御座船をめがけて。

如くに追つ懸けたり。船頭これを見て、帆[73]の下に櫓《ろ》を立てて、万里《ばんり》を一時《いっし》に渡らんと、声を帆にあげ押しけれども、[74]時節《おりふし》風たゆみ、塩《しお》向かひて、御舟《おんふね》更に進まず。水手《すいしゅ》、梶取《かんどり》、「いかがはせん」と周章《あわ》て騒ぎける間、主上《しゅしょう》、舟底より御出であつて、[75]膚《はだえ》の御守《おんまもり》より、[76]仏舎利《ぶっしゃり》を一粒《ひとつぶ》取り出ださせ給ひて、[77]御畳紙《おんたとうがみ》に乗せ、浪の上にぞ浮《う》けさせ給ひける。[78]龍神《りゅうじん》これに納受《のうじゅ》やしたりけん、海上俄《にわ》かに風替はり、御座舟をば東へ吹き送り、追手の舟をば西へ吹きもどす。さてこそ、主上は[79]鰐口《わにぐち》を御遁《おんのが》れあつて、御舟は時[80]の間《ま》に伯耆国《ほうきのくに》[81]名和《なわ》の湊《みなと》に着きにけり。

長年御方《ながとしみかた》に参《まい》る事 **8**

六条少将忠顕朝臣《ろくじょうしょうしょうただあきあそん》一人、先《ま》づ舟より下り給ひて、「この辺には、いかなる者か、[1]弓箭《ゆみや》取つて人に知られたる者やある」と

73 帆を張ってさらに櫓を漕ぎ、広い海を一気に渡ろうと、声を高くあげて櫓を押したが。
74 ちょうどその時風は弱まり、潮の流れは逆向きになって。
75 肌身はなさぬお守り。
76 仏陀の遺骨(宝玉で擬したもの)。
77 懐紙。畳んで懐中に携帯する紙。
78 仏法を守護する八部衆の一。
79 鰐の口に入ったような危地を逃れて。
80 少しの間に。
81 鳥取県西伯郡大山町名和。

8

1 武勇で名高い者はいるか。

問はれければ、道行く人、[2]立ちやすらひて、「この辺には、[3]名《な》和《わ》又太郎《またたろう》長年《ながとし》と申す者こそ、その身[4]さして名ある武士にては候はねども、家富貴《ふっき》し、一族広くして、心がさ[5]ある者にて候へ」とぞ語りける。忠顕、よくよく子細《しさい》を尋ね問ひて、[6]やがて勅使《ちょくし》を立てて仰せられけるは、「主上、隠岐前司《おきのぜんじ》が館《たち》を御逃げあつて、今この湊に御座《ぎょざ》あり。長年が武勇、[7]かねて上聞《じょうぶん》に達せし間、御憑《おんたの》みあるべき由《よし》を仰せ出ださるるなり。[8]憑まれまゐらすべきや否や、速やかに勅答《ちょくとう》を申すべし」とぞ仰せられける。

名和又太郎は、折節《おりふし》一族ども呼び集めて、酒飲みてゐたりけるが、この由を聞いて、[9]案《あん》じ煩《わずら》ひたる気色《けしき》にて、ともかくも申し得ざりけるを、[10]舎弟小太郎左衛門長重《こたろうざえもんながしげ》、進み出でて申しけるは、「古《いにし》へより今に至るまで、人の望む所は、[11]名《な》と利《り》との二つなり。われら忝《かたじけな》くも十善《じゅうぜん》の君《きみ》に憑まれまゐらせて、尸《かばね》を軍門に曝《さら》すとも、名を後代《こうだい》に残さん事、生前《しょうぜん》の思ひ出、死後の名誉

2　立ちどまって。
3　村上源氏というが、不詳。山陰の海上交易に関わった職人的な武士。建武の功臣として要職につくが、延元元年(一三三六)に戦死。
4　それほど有名な武士ではありませんが。
5　器量がある者。
6　すぐに帝の使いを出して。
7　以前から帝のお耳に入っていたので、頼りになさる由。
8　頼りになってくれるかどうか。
9　考えあぐねた様子で、何とも言わなかったが。
10　神田本「子息」とする。
11　名誉と利益。

たるべし。[12]ただ一筋《ひとすじ》に思ひ定められ候ふより外《ほか》の儀あるべしとも存じ候はず」と申しければ、又太《またた》郎《ろう》を始めとして、[13]当座に候ひける一族ども二十余人、皆この儀に同《どう》じけり。「さらば、やがて合戦の用意候ふべし。定めて追手《おって》も跡より懸《か》かり候ふらん。長重《ながしげ》は、主上《しゅしょう》の御迎ひに参つて、すぐに[14]船上山《ふなのうえやま》へ入れまゐらせ候ふべし。[15]かたがたは、やがて打つ立つて、船上へ御参り候ふべし」と云ひ捨てて、[16]鎧一縮《よろいいっしゅく》して走り出づれば、一族五人、[17]腹巻《はらまき》取つて肩に投げ懸け、道々[18]高紐《たかひぼ》をしめて、ともに御迎ひにぞ参りける。

俄《にわ》かの事にて、御輿《おんこし》などもなかりければ、長重、鎧の上に主上を負《お》ひまゐらせ、鳥の飛ぶが如くに船上へ入れ奉る。長年《ながとし》、近辺《きんぺん》の[19]在家《ざいけ》に人を廻《まわ》し、「思ふ子細《しさい》あるによつて、船上の山に兵粮《ひょうろう》を上ぐる事あり。倉の内にある米穀《べいこく》を[20]一荷《いっか》持ち運びたらん者には、[21]銭《ぜに》五百づつ取らすべし」と触れたりける間、時の程に

12 ただ一途に帝にお味方するという以外の意見があろうとは思えません。
13 その場。
14 鳥取県東伯郡琴浦町にある大山火山群中の山。行在所となった山中の船上寺(智積寺)は、大山寺の末寺。
15 おのおのがた。
16 鎧一揃いを身につけ。
17 腹に巻きつけ右脇で合わせた略式の鎧。
18 鎧の胴を両肩で吊る紐。
19 民家。
20 荷は、一人でかつげる荷物の量。
21 当時流通していた宋銭を五百文。

人夫《にんぶ》五、六千人出で来て、われ劣らじと持ち上ぐる(間)、一日の中《うち》に、兵粮《ひょうろう》[22]五千石《ごく》ばかり運びたり。その後《のち》、家中《かちゅう》の財宝、悉《ことごと》く民百姓《たみひゃくしょう》に与へて、己れが館《たち》に火を懸け、その勢《せい》百五十騎にて、船上に馳《は》せ参《まい》り、[23]皇居を警固《けいご》仕《つかまつ》る。長年が一族に[24]土屋《つちや》彦三郎《ひこさぶろう》と云ひける者、武勇の謀《はかりごと》ある者にて、白布《しらぬの》[25]五百端《たん》ありけるを旗に拵《こしら》へ、[26]松の葉を焼《た》いて煙《けぶり》にふすべ、近国《きんごく》の武士どもの家々の紋を書いて、ここの木の本《もと》、かしこの峰にぞ立て置きたる。この旗ども、峰の嵐に吹かれて、陣々に翻《ひるがえ》りたるありさま、峰に大勢《おおぜい》充満したりと見えて[27]おびたたし。

22　一石は、百升(約一八〇リットル)。
23　帝のいる場所。
24　土屋孫三郎宗重(伯耆之巻)。名和一族。他本「名和七郎」。
25　端(反)は、布の長さの単位。およそ八—九メートル。
26　松の葉を焚いて煙でいぶして古めかしく見せ。
27　ものすごい。

船上合戦《ふなのうえかっせん》の事　9

さる程に、同じき二十九日、[1]隠岐前司《おきのぜんじ》兄弟三人、[2]佐々木《ささき》弾《だん》正左衛門《じょうざえもん》、その勢三千余騎にて押し寄せたり。この船上と申

9
1　清高、能登守、三河守。
2　名は不詳。鎌倉時代、山陰地方は宇多源氏佐々木一族が勢力を張った。

すは、北は[3]大山《だいせん》に続いて峙《そばだ》ち、[4]三方は地僻《さが》り、岸懸かりて、白《はく》雲《うん》腰をめぐれり。しかれども、事急にして、俄《にわ》かに拵《こしら》へたる城なれば、未だ堀の一所をも掘らず、[5]塀《へい》の一重《ひとえ》をも塗らず、所々《しょしょ》に[6]大木《たいぼく》少々切り倒して逆木《さかもぎ》に引き、[7]坊舎《ぼうしゃ》の甍《いらか》を破つて掻楯《かいだて》に懸くるばかりなり。

寄手《よせて》三千余騎、坂中《さかなか》まで攻《せ》め上《のぼ》つて、城中《じょうちゅう》をきと見上げたれば、[8]松柏《しょうはく》生ひ繁りて、いと深き木隠《こがく》れに、勢《せい》の多少は知らねども、[9]峨々《がが》たる山の高根《たかね》に、家々の旗四、五百[10]流れ、雲に[11]翻《ひるがえ》り、日に映《えい》じて見えたり。さては早や、近国の勢ども悉《ことごと》く馳《は》せ参《まい》りたりけり、この勢ばかりにては攻《せ》め難《がた》しとや思ひけん、寄手、皆《みな》心に危《あや》ぶんで進み得ず。城中《じょうちゅう》の勢どもは、敵に勢の[12]分際《ぶんざい》を見せじと、木隠《こがく》れに[13]ぬはれ伏して、時々射手《いて》を出だし、遠矢《とおや》を射させて日を暮らす。

かかる処《ところ》に、一方の寄手佐々木《ささき》弾正左衛門尉《だんじょうざえもんのじょう》、遥《はる》かの麓《ふもと》に

3 鳥取県西部の山で、中国地方の最高峰。
4 山の三方は切り立ち、崖が取り巻いて、白雲が山裾をめぐっている。
5 城柵の一重も作らず。
6 大木を少し切り倒して防御の柵とし。
7 僧坊の屋根をこわして、その板を垣楯のように並べただけである。
8 松や柏などの高木。
9 山の高く険しいさま。
10 旗の本数を数える単位。
11 雲のようにたなびき、日の光に照り映えて見えた。
12 程度。
13 隠れ伏して。
14 たちどころに。
15 顔色を変えて恐れて。
16 不詳。佐々木一族か。

ひかへたりけるが、いづ方より射るとも知らぬ流れ矢に、右の眼を射抜かれて、[14]矢庭《やにわ》に伏して死ににけり。これによつて、その手の兵五百余騎、色を失うて[15]軍《いくさ》をせず。[16]佐《さ》渡前司《どのぜんじ》は、八百余騎にて搦手《からめて》へ向かひたりけるが、俄《にわ》かに旗を巻き、甲《かぶと》を脱《ぬ》いで降参す。隠《お》岐前司《きのぜんじ》は、なほかやうの事をも知らず、搦手の勢は定めて今は攻め近づきぬらんと心得て、[17]一の木戸口《きどぐち》に支へて、荒手《あらて》を入れ替へ入れ替へ、時移るまでぞ攻めたりける。

日すでに西山《にしやま》に隠れなんとしける時、俄かに天掻《か》き曇《くも》り、風吹き、[18]雨の降ること車軸《しゃじく》の(如く、雷《いかずち》の)鳴ること山を崩すが如し。寄手、これに怖《お》ぢわなないて、ここかしこの木陰《こかげ》に立ち寄りて、群《むら》がり居《い》たる処《ところ》に、名和《なわ》又太郎長年《またたろうながとし》、[19]舎弟太郎左衛門長《たろうざえもんなが》重《しげ》、小次郎長生《こじろうながたか》、土屋《つちや》彦三郎《ひこさぶろう》等、射手《いて》を左右に進めて散々《さんざん》に射させ、[20]敵の楯《たて》の端《は》のゆるぐ所を、得たり賢《かしこ》しと、抜き連れて打つて懸かる。大手《おおて》の寄手千余騎、谷底へ皆まくり[21]落とされて、

17　一番目の城門の入り口に踏みとどまって、新手の軍勢を入れ替えては、数時間あまり攻めた。
18　車軸のように太くまっすぐに激しい雨を降らし。
19　底本「子息」に「舎弟イ」と傍書。前出、本巻・8「舎弟」。
20　敵の楯の列が崩れたところを、しめたとばかりに、いっせいに刀を抜いて打ってかかる。
21　追い立て落とされて。
22　危うい命。
23　隠岐。
24　福井県敦賀市。
25　滋賀県米原市番場。六波羅探題一行が、番場で自害することは、第九巻・7。
26　末世。
27　天の正しい道理。
28　あげくのはて首を幢(はたほこ)に刺し貫かれて曝された。

己れが太刀、長刀に貫かれて命を墜《お》とす者、その数を知らず。

隠岐前司《おきのぜんじ》、[22]辛《から》き命を助かりて、小舟一艘《そう》に取り乗り、本国[23]に逃げ帰りけるを、国人《くにびと》いつしか心替はりして、津々浦々《つつうらうら》を堅《かた》め、相待ちける間、浪にまかせ、風に随つて、越前《えちぜん》の[24]敦賀《つるが》へ漂ひ寄りたりけるが、幾程《いくほど》なくして、六波羅《ろくはら》の没落《ぼつらく》の時、江州《ごうしゅう》[25]番馬《ばんば》の辻堂《つじどう》にて、腹掻《か》き切《き》つて失せにけり。世[26]澆季《ぎょうき》になりぬと云へども、[27]天理《てんり》も未だありけるにや、余りに君を悩まし奉りける隠岐前司が、三十余日が間に滅《ほろ》び果《は》て、[28]結句《けっく》、首を軍門の幢《はたほこ》に懸けられけるこそ不思議なれ。

主上《しゅしょう》、隠岐国《おきのくに》より還幸《かんこう》なり、船上《ふなのうえ》に御座《ぎょざ》ありと聞こえしかば、国々の兵、馳《は》せ参《まい》る事引きも切らず。先《ま》づ一番に、出雲《いずも》の守護[29]塩冶判官高貞《えんやほうがんたかさだ》、千余騎にて馳せ参る。二番に、富士名判官《ふじなのほうがん》、五百余騎にて隠岐国より参着《さんちゃく》す。その後《のち》、[30]朝山次郎《あさやまのじろう》八百余騎、[31]金持《かなじ》の一党三百余騎、[32]大山《だいせん》の衆徒《しゅと》七百余騎、すべて出雲、

29 佐々木(塩冶)高貞。島根県出雲市塩冶町に住んだ佐々木一族。出雲守護。のち足利方となるが、高師直の讒言により討たれる(第二十一巻・8)。
30 島根県出雲市朝山町に住んだ武士。
31 鳥取県日野郡日野町金持に住んだ武士。
32 大山の修験道場、大山寺の僧兵。
33 沢(佐波)は、島根県邑智(おおち)郡、三角は、浜田市三隅町に住んだ武士。
34 熊谷は、安芸(広島県西部)に住んだ熊谷直実の子孫。小早川は、安芸の土肥一族。
35 菅家は、美作(岡山県北東部)にいた菅原氏族の武士団、江見は、岡山県美作市江見、方賀は、久米郡美咲町垪和(がは)、渋谷は、

伯耆《ほうき》、因幡《いなば》三ヶ国の間に、弓箭《きゅうせん》に携《たずさ》はる程の武士どもの参らぬ者はなかりけり。

これのみならず、石見国《いわみのくに》には、[33]沢《さわ》、三角《みすみ》の一族、安芸国《あきのくに》には、[34]熊谷《くまがい》、小早川《こばいかわ》、美作国《みまさかのくに》には、[35]菅家《かんけ》の一族、江見《えみ》、方賀《はが》、渋谷《しぶや》、南三郷《なんさんごう》、備後国《びんごのくに》には、[36]江田《えだ》、広沢《ひろさわ》、宮《みや》、三吉《みよし》、備中《びっちゅう》には、[37]新見《にいみ》、成合《なりあい》、那須《なす》、三村《みむら》、小坂《こさか》、川村《かわむら》、庄《しょう》、真壁《まかべ》、備前《びぜん》には、[38]今木《いまき》、大富《おおとみ》、和田《わだ》、藤井《ふじい》、児島《こじま》、中吉《なかぎり》、[39]美濃権介助重《みののごんのすけすけしげ》、この外《ほか》、四国、[40]九国《くこく》の兵までも聞き伝へ聞き伝へ、われ前《さき》にと馳せ参りける間、その勢《せい》船上山に居余《いあま》りて、四方の麓《ふもと》二、三里は、木の下、草の陰《かげ》までも、人ならずと云ふ所はなかりけり。

津山市、南三郷は、真庭市に住んだ菅家の武士。

36　江田・広沢・三吉は、広島県三次(みよし)市に住んだ武士。宮は、福山市新市町の備後一宮吉備津神社の社家。

37　新見は、岡山県新見市、成合・三村は、高梁市、那須は、井原市、小坂・川村は、浅口市鴨方、庄は、小田郡、真壁は、総社市に住んだ武士。

38　今木・大富は、岡山県瀬戸内市邑久(おく)町、和田は、玉野市和田、藤井は、岡山市藤井、西大寺は、同西大寺、児島は、倉敷市児島に住んだ武士。中吉は、不詳。

39　備前一宮吉備津彦神社(岡山市北区一宮)の社家。佐重とも。

40　九州。

太平記 第八巻

第八巻　梗概

元弘《げんこう》三年(一三三三)閏二月、摩耶城《まやのじょう》に立て籠もる赤松円心《あかまつえんしん》の退治に向かった六波羅勢《ろくはらぜい》は、緒戦に敗退した。三月にも軍勢を送ったが、酒部《さかべ》・瀬川《せがわ》で戦って大敗した。京の近郊に迫った赤松勢は、三月十二日、桂川《かつらがわ》をはさんで六波羅勢と対峙したが、円心の子息則祐《そくゆう》が渡河して勝利した。下京一帯に火が放たれるなか、日野《ひの》資名《すけな》・資明《すけあきら》は、主上(光厳帝《こうごんてい》)と三種の神器を内裏から出して六波羅に入れた。同じ十二日、六波羅方の河野《こうの》九郎左衛門尉《くろうざえもんのじょう》と陶《す》山次郎《やまのじろう》の活躍により、六条・七条一帯の戦闘で赤松勢を撃退した。十二日の合戦に敗れた赤松勢は、中院《なかのいん》貞能《さだよし》を聖護院宮《しょうごいんのみや》と称して大将とし、山崎《やまざき》・八幡《やわた》に陣を置いて西国への道をふさいだ。十五日、六波羅勢は西岡《にしのおか》で赤松勢と戦った。二十八日、比叡山の衆徒が法勝寺一帯で六波羅勢と戦って敗退した。四月三日、京の南部一帯で戦闘があり、赤松方の妻鹿《めが》孫三郎《まごさぶろう》の大力が見る者を驚嘆させたが、赤松勢はまた敗退した。京での官軍の苦戦に、後醍醐《ごだいご》帝《てい》は船上山《ふなのうえやま》の皇居に壇を立てて金輪の法を行い、六条忠顕《ろくじょうただあき》を大将として、山陽・山陰道の軍勢を京都に送った。西山《にしやま》に陣をとった忠顕は、四月八日、山崎・八幡の赤松勢と連絡をとらずに京都へ攻め寄せて大敗し、忠顕軍に従軍した児島《こじま》高徳《たかのり》は、大将の臆病ぶりに憤慨した。この合戦で、西山の最福寺、浄住寺などの名刹が焼失した。

摩耶《まや》軍《いくさ》の事　1

先帝《せんてい》すでに船上《ふなのうえ》に着御《ちゃくぎょ》なりて、[1]隠岐判官《おきのほうがん》合戦に打ち負けし後《のち》、近国《きんごく》の武士ども皆馳《は》せ参《まい》る由《よし》、出雲《いずも》、伯耆《ほうき》の早馬《はやうま》、[2]しきなみに打つて、六波羅《ろくはら》へ告げたりければ、事すでに[3]珍事《ちんじ》に及びぬと、聞く人[4]色を失ふ。

これに付けて、都近き所に、[5]敵の足をためさせては叶《かな》ふまじ、先《ま》づ摂津国《つのくに》[6]摩耶城《まやのじょう》へ押し寄せて、赤松《あかまつ》を退治すべしとて、[7]佐々木《ささき》判官時信《ほうがんときのぶ》、[8]常陸前司《ひたちのぜんじ》時知《ときとも》に、[9]四十八ヶ所の篝《かがり》、在京人、并《なら》びに三井寺法師《みいでらほうし》三百余人を相添へて、五千余騎を摩耶城へぞ向けられける。その勢《せい》、閏《うるう》二月五日、京都を立つて、[10]三月一日の[11]卯刻《うのこく》に、摩耶城の南の麓《ふもと》、[12]求塚《もとめづか》、[13]八幡林《やわたばやし》よりぞ寄せたりける。

1

1　佐々木清高。
2　(次々に打ち寄せる波のように)絶え間なく。
3　重大事。
4　顔色を失って恐れた。
5　敵勢をとどめさせては不都合であろう。
6　赤松勢が籠もる神戸市灘区の摩耶山。第七巻・5。
7　近江守護、佐々木(六角)時信。第二巻・10、11の坂本合戦に参加。
8　小田時知。
9　京都警固の篝屋(番所)の武士と、京都に常駐していた御家人。
10　神田本同じ。流布本・天正本「同十一日」。
11　午前六時頃。
12　兵庫県神戸市灘区都通、求女塚西公園あたり。
13　灘区八幡町。

赤松入道《あかまつにゅうどう》、これを見て、わざと敵を難所《なんしょ》におびき寄せんために、[14]足軽《あしがる》の射手《いて》、一、二百人を麓《ふもと》へ下ろして、遠矢《とおや》少々射させて、城の上へ引き上がりけるを、寄手《よせて》、[15]勝《かつ》に乗つて五千余騎、[16]さしも嶮《けわ》しき南の坂を、人馬《じんば》に息をも継《つ》がせず揉みに揉うでぞ[17]駆けたりける。この山へ上《のぼ》るに、七曲《ななまがり》とて嶮しく細き路あり。この所に至つて、寄手、少し上りかねて[18]支《ささ》へたりける処《ところ》を、[19]赤《あか》松帥律師《まつそつのりっし》則祐《そくゆう》、[20]飽間《あくま》左《さ》衛門尉《えもんのじょう》光泰《みつやす》二人《ににん》、南の[21]尾崎《おさき》へおり下《くだ》つて、矢種《やだね》を惜しまず散々《さんざん》に射ける間、寄手、少し射すくめられ[22]て、互ひに人を楯になして、その陰《かげ》に隠れんと色めきける[23]気色《けしき》を見て、赤松入道の子息[24]信濃守範資《しなののかみのりすけ》、筑前守貞範《ちくぜんのかみさだのり》、[25]佐用《さよ》、上《こう》月《づき》、小寺《こでら》、頓宮《はやみ》の一党五百余人、鋒《きっさき》を並べて大山《たいざん》の崩るるが如く、[26]二《に》の尾《お》より打つて出でたりける間、寄手、跡より[27]引き立つて、「返せ」と云ひけれども聞き入れず、われ前《さき》にと引きける間、その道、或いは[28]深田《ふけだ》にして馬蹄《ばてい》膝を過ぎ、或いはまた[29]荊《けい》

14 軽装備の歩兵。
15 勝った勢いに乗じて。
16 あんなに険しい摩耶山の南側の坂を。
17 はげしく攻めたてて馬で駆けた。
18 立ち止まったところを。
19 円心の三男。前出、第五巻・8。
20 兵庫県赤穂市に住んだ武士。
21 山の尾根が下がった先端。
22 矢で勢いをくじかれて。
23 動揺して浮き足だつ様子を見て。
24 範資は、赤松円心の長男。貞範は、次男。前出、第七巻・5。ともに則祐の兄。
25 佐用・上月・小寺(木寺とも)は、赤松一族。頓宮(はやみ=「とんぐう」とも)は、備前の武士。

棘生《ぎょくお》ひ繁《しげ》つて行く先いよいよ狭《せば》ければ、返[30]さんとするも叶《かな》はず、防かんとするも便りなし。

　されば、城の麓より[31]武庫川《むこがわ》の西の端《はた》まで道三里が間、馬人《うまひと》上が上に重なり死んで、[32]行人路《こうじんみち》を去り(あ)へず。されば、向かふとき七千余騎と聞こえし六波羅勢《ろくはらぜい》、わづか千騎にだにも足らで帰《かえ》り上《のぼ》りければ、六波羅、京中の[33]周章《しゅうしょう》、斜《なの》めならず。しかりと雖《いえど》も、敵近国《きんごく》より起こつて、付き随ひたる勢《せい》さまで多しとも聞こえねば、たとひ一度二度勝《かつ》に乗る事ありとも、何程の事かあるべきと、敵の[34]分際《ぶんざい》を推量して、引けども機[35]をば失はず。

酒部《さかべ》瀬《せ》川《がわ》合戦《かっせん》の事　2

　かかる処に、備前国《びぜんのくに》の地頭《じとう》、御家人《ごけにん》も、大略[1]皆《みな》敵になりぬと聞こえければ、摩耶城《まやのじょう》へ勢重《かさ》ならぬ前《さき》に、重ねて討手《うって》を下《くだ》せと

26　摩耶山で二番目に高い尾根(峰)。
27　後方の軍勢より退却しはじめて。
28　深い泥田で、馬の足は膝上まで泥に埋まり。
29　いばら。
30　引き返すこともできず、防ごうにも手だてがない。
31　尼崎市と西宮市の間を流れる川。
32　道行く人は通れないほどであった。
33　あわてぶりは非常なものであった。
34　軍勢の程度。
35　六波羅勢は気勢を失わなかった。

2

1　おおよそ。

て、閏《うるう》[2]二月二十八日に、また一万余騎を差《さ》し下《くだ》さる。赤松《あかまつ》入《にゅう》道《どう》、これを聞いて、勝《か》[3]ち軍《いくさ》の利《と》き謀《はかりごと》、不意に出でて大敵の気を陵《しの》いで、須臾《しゅゆ》に変化して先んずるには如《し》かじとて、三千余騎を率《そっ》し、摩耶城《まやのじょう》を出でて、酒部《さかべ》[4]に陣を取る。

三月十日、六波羅《ろくはら》勢《ぜい》すでに瀬《せ》[5]川《がわ》に付きぬと聞こえければ、合戦は明日にてぞあらんずらんと、赤松、少し油断して、一村雨《ひとむらさめ》の過ぎける程、物具《もののぐ》の露を干《ほ》さんと、わづか[6]なる在家《ざいけ》にこごみ居て、雨の晴《は》れ間《ま》を待ちける処《ところ》に、尼崎《あまがさき》より舟をとめて上《あ》がりける阿波《あわ》[7]の小笠原《おがさわら》、三千余騎にて押し寄せたり。赤松、わづかに五十余騎にて大勢《おおぜい》の中へ懸け入り、面《おもて》[8]も振らず戦ひけるが、大敵[9]凌《しの》ぐに叶《かな》はねば、四十七騎は討たれて、父子六騎にぞなりにける。六騎の兵ども、笠験《かさじるし》[10]をかなぐり捨てて、大勢の中に交じりて懸《か》け廻《まわ》りける間、敵[11]これを知らでやありけん、また天運《てんうん》の助けにやかかりけん、いづれも恙《つつが》[12]なくして、御方《みかた》の勢《せい》、小屋《こや》[13]

2 神田本・流布本同じ。この日付は、本巻・1の日付と矛盾する。

3 戦いに勝利する優れた作戦は、敵の不意をついて大敵の気勢を圧倒し、自在に作戦を変えて先手を打つに越したことはない。「六韜(りくとう)」(伝太公望撰の兵法書)文韜に類似句がある。

4 尼崎市坂部。

5 大阪府箕面市瀬川。

6 数軒しかない民家に身をちぢめるように居て。

7 阿波守護の小笠原。

8 わきめもふらず。

9 大勢の敵を押し返すことができなくて。

10 敵味方を識別する布きれ。鎧の袖や兜に付ける。

11 六波羅方は赤松であるのを気づかなかったのであろうか。

12 無事で。

野《の》寺《じ》の宿《しゅく》の西に、三千余騎にてひかへたるその中へ馳《は》せ入《い》つて、[14]虎口《ここう》に死をぞ遁《のが》れける。

六波羅勢は、昨日の軍《いくさ》に敵の[15]勇鋭《ゆうえい》を見るに、小勢《こぜい》なりと云へども欺《あざむ》きがたしと思ひければ、瀬川の宿にひかへて進まず。赤松はまた、敗軍の士卒《しそつ》を集め、殿《おく》れたる勢を待《ま》ち調《ととの》へんために懸からねば、互ひに陣を隔《へだ》てて、未だ雌雄《しゆう》を決せず。[16]かくて丁壮《つわもの》そぞろに軍旅《ぐんりょ》に疲れば、敵に気を奪はれつべしとて、同じき十一日、赤松、三千余騎にて敵の陣へ押し寄せて、先《ま》づ事の体《てい》を伺《うかが》ひ見るに、瀬川の宿の東西に、家々の幡《はた》二、三百流[17]れ、梢《こずえ》の風に翻《ひるがえ》つて、その勢二、三万騎もあるらんと見えたり。御方をこれに合はせば、百にして一、二をも比《くら》べ難《がた》しと云へども、戦はで勝つべき道ならねば、ひとへにただ討死《うちじに》と志《こころざ》して、筑前《ちくぜんの》守貞範《かみさだのり》、[18]佐用兵庫《さよのひょうごのすけ》(助)範家《のりいえ》、宇野能登守国頼《うののとのかみくにより》、中山五郎左衛門《なかやまごろうざえもんの》尉光能《じょうみつよし》、飽間九郎左衛門光泰《あくまくろうざえもんみつやす》、郎等《ろうどう》ともに七騎にて、竹の隠《かげ》

13　兵庫県伊丹市寺本の昆陽寺(こやでら)＝真言宗寺院)。山陽道はこのあたりから南に迂回して西に向かう。

14　虎の口に入ったような危地から脱した。

15　勇ましく精鋭なこと。

16　こうして兵士がむだに出陣に疲れると、敵に気力を奪われてしまうだろう。丁壮は、血気さかんな兵士。「楚漢久しく相持(あいじ)し、未だ決せず。丁壮(ていそう)軍旅に苦しみ、老弱転漕に罷(つか)る」(史記・項羽本紀)。

17　旗の本数を数える単位。

18　佐用・宇野・中山は、赤松一族。

より南の山へ打ち上がつて進んだり。

敵これを見て、[19]楯《たて》の端《は》少し動いて、懸かるかと見えればさもあらず、色めきたる気色《けしき》に見えける間、七騎の人々、馬より飛んで下《お》り、[20]竹の一村《ひとむら》繁りたるを木楯《こだて》に取つて、差しつめ引きつめ散々《さんざん》にぞ射たりける。瀬川《せがわ》の宿《しゅく》の南北三十余町に、[21]沓《くつ》の子《こ》を打つたるやうにひかへたる敵なれば、何ゆゑにか外《はず》るる矢一筋《ひとすじ》もあるべき。[22]矢比《やごろ》に近づいたる敵二十六騎、馬より倒《さかさま》に射落とされければ、[23]矢面《やおもて》なる人を楯にして、馬を射させじと立ちかねたり。[24]平野《ひらの》伊《い》勢前司《せのぜんじ》、佐用《さよ》、上月《こうづき》、田中《たなか》、小寺《こでら》、八木《やぎ》、衣笠《きぬがさ》の若者ども、「[25]すはや、敵は色めきたるは」と、[26]胡簶《えびら》を敲《たた》き、[27]勝《かつ》時《どき》を作つて、七百余騎、轡《くつばみ》を並べて懸けたりける。[28]大軍の靡《なび》くくせなれば、六波羅勢《ろくはらぜい》、前陣《せんじん》返せども後陣《ごじん》つづかず、「行く前《さき》狭《せば》し。閑《しず》かに引け」と云へども聞き入れず、子は親を捨て、郎《ろう》等《どう》は主《しゅう》を知らで、われ前《さき》にと落ち行きける程に、その勢《せい》大半討

19 楯の列の端が少し動いて、攻めかかってくるかと見るとそうでもなく、浮き足だつ様子に見えたので。
20 竹が一群茂っているのを、木の楯代わりにして。
21 沓底に打った鋲(びょう)のように大勢がびっしりと並んで。
22 矢の届く距離。
23 矢おもてに立つ者を楯にして、馬を射させまいとして陣容を乱した。
24 播磨国明石郡平野庄(明石市内)の武士。佐用・上月・田中・小寺・八木は、赤松一族。衣笠は、岡山県和気郡和気町衣笠の武士。
25 それ、敵が浮き足だったぞ。
26 箙。腰に付ける矢入れの籠。
27 勝鬨(かちどき)。
28 大軍は劣勢になると総

たれて、わづかに京へぞ帰りける。
赤松《あかまつ》入道円心《にゅうどうえんしん》、手負《ておい》、生取《いけどり》の頸《くび》三百余り、[29]宿河原《しゅくのかわら》の東に切り懸けさせて、また摩耶城《まやのじょう》へ引き返さんとしけるを、円心が子息律師則祐《りっしそくゆう》、前《すす》み出《い》でて申されけるは、「[30]軍《いくさ》の利は、勝《かつ》に乗つて北《に》ぐるを追ふに如《し》かず。今度《こんど》、寄手《よせて》の名字《みょうじ》を聞くに、京都の勢は数を尽《つ》くして向かつて候ひける。この勢ども、今四、五日は毎度《まいど》の負《ま》け軍《いくさ》にくたびれて、人馬《じんば》ともに用に立つべからず。[31]臆病神《おくびょうがみ》のさめぬ前《さき》に、続いて攻むるものならば、[32]などか六波羅を一戦の中《うち》に攻め落とさでは候ふべき。これ[33]太公《たいこう》が兵書《へいしょ》に出でて、[34]子房《しぼう》が心に秘せし所にて候はずや」と申しければ、諸人皆この儀に同《どう》じて、その夜に[35]やがて宿河原を立つて、路次《ろし》の在《ざい》家《け》に火を懸け、その光を焼松《たいまつ》になし、引いて行く敵に追ひすがうて、夜《よ》を日《ひ》に継《つ》いで攻《せ》め上《のぼ》る。

崩れになる習いなので。
29　大阪府茨木市宿久庄のあたり。
30　合戦で利を得るには、勝ちに乗じて、逃げる敵を追うのに越したことはない。
31　臆病神が憑(つ)いているうちに。
32　どうして六波羅を一度の戦いで攻め落とせないことがありましょう。
33　周の文王・武王につかえた太公望呂尚(りょしょう)。兵法書「六韜」の作者とされる。
34　漢の高祖の臣、張良(字は子房)。張良が黄石公(こうせきこう)から与えられたという兵法書「三略」は、「六韜」と並び用いられた。
35　すぐに。

三月十二日赤松京都《あかまつきょうと》に寄《よ》する事　3

六波羅《ろくはら》には、かかる事[1]をば夢にも知らず、摩耶城《まやのじょう》へは大勢《おおぜい》を下《くだ》しつれば、敵を攻め落とす事《こと》[2]日を過ぐさじと、心安く思はれて、その左右《そう》[3]今や今やと待ちたりける処《ところ》に、寄手《よせて》打ち負けて逃《に》げ上《のぼ》りぬと披露《ひろう》[4]はあつて、実説は未だ聞かず。何とある事やらんと、不審端《はし》[5]多き処に、三月十二日の申刻《さるのこく》[6]ばかりに、淀《よど》[7]、赤井《あかい》[8]、山崎《やまざき》[9]、西岡《にしのおか》[10]の辺《へん》三十余ヶ所に火を懸けたり。「こは何事ぞ」と問ふに、「西国《さいごく》の勢《せい》、すでに三方《さんぼう》より寄せたり」とて、京中《きょうじゅう》[11]上を下へ返して騒動す。

両六波羅[12]、これに驚いて、地蔵堂《じぞうどう》[13]の鐘を鳴らし、洛中の勢を集められけれども、宗徒《むねと》[14]の勢は、摩耶城より追つ立てられて、右往左往《うおうさおう》[15]へ逃げ隠る。その外《ほか》は、奉行《ぶぎょう》[16]、頭人《とうにん》など云はれて肥《こ》

3

1　こうした事態。
2　日数がかかるまいと。
3　知らせ。
4　報告はあっても、真相はまだ聞いていない。
5　不審な点が多い。
6　午後四時頃。
7　京都市伏見区淀。
8　伏見区羽束師(はつかし)から淀の桂川西岸の地。
9　京都府乙訓郡大山崎町。
10　伏見区羽束師の西、向日市の一帯の総称。
11　あわてふためくさま。
12　北条時益(南探題)と仲時(北探題)。
13　六波羅蜜寺(東山区轆轤町)の地蔵堂。
14　主だった軍勢。
15　動揺してあちこちへ。
16　奉行は、訴訟審理にあたる引付衆(ひきつけしゅう)。頭人は、

えふくれたる者ども、馬に舁《か》き乗《の》せられて四、五百騎馳《は》せ集《あつ》まりたれども、皆ただ迷へるばかりにて、[17]さしたる義勢《ぎせい》もなかりけり。

六波羅の[18]北方左近将監時益《きたのかたさこんのしょうげんときます》、「事の体《てい》を見るに、[19]何様《いかさま》、座《い》ながら敵を帝都《ていと》にて相待たん事は、[20]武略《ぶりゃく》の足らざるに相似《あいに》たり。洛外《らくがい》に馳《は》せ向《む》かつて防くべし」とて、[21]両検断隅田《りょうけんだんすだ》、高橋《たかはし》に、在京の武士二万余騎を相添へて、[22]今在家《いまざいけ》、[23]作道《つくりみち》、[24]西八条《にしはちじょう》、[25]西《にし》の朱雀《しゅしゃか》の辺へ差し向けらる。これはこの比《ころ》、南の風に雪消えて、川水《かわみず》岸に余る時なれば、[26]桂川《かつらがわ》を隔《へだ》てて[27]水戦《みずいくさ》致せとの謀《はかりごと》なり。

さる程に、赤松入道円心《あかまつにゅうどうえんしん》、三千余騎を二手《ふたて》に分けて、[28]久我《こが》縄手《なわて》、西《にし》の七条《しちじょう》より押し寄せたり。大手《おおて》の勢、先《ま》づ桂川の西の岸に打《う》ち莅《のぞ》んで、川向かひなる六波羅勢を見渡せば、[29]鳥羽の秋の山風に、家々の旗、[30]翩翻《へんぽん》して、[31]城南《せいなん》の離宮《りきゅう》の西門より、作道、[32]四塚《よつづか》、羅城門《らしょうもん》の東西、西の[33]七条口《しちじょうぐち》まで支へて、雲霞《うんか》の如くに

引付衆の首席。
17 これという威勢。
18 北探題は、越後守仲時。左近将監時益は、南探題。
19 いかにも。
20 戦略が拙いようだ。
21 二人の検断。探題のもとで警察・裁判を司る。隅田(洲田)・高橋は、前出、第六巻・3。
22 伏見区深草今在家町。
23 朱雀大路の南端から鳥羽へ一直線に南下する道。
24 朱雀大路より西側の八条大路。
25 下京区朱雀。
26 京都の西を流れる川。
27 水辺の合戦。
28 大手は、久我縄手(鳥羽から山崎へ至る桂川西岸)、搦手は、西七条(朱雀大路より西側の七条大路)から攻め寄せた。
29 秋の山は、鳥羽離宮内

充満《じゆうまん》したり。されども、この勢《せい》は桂川《かつらがわ》を前にして防けと[34]下知《げじ》せられつるを守つて、川を越さず。寄手《よせて》はまた、思《おも》ひの外《ほか》に敵の大勢《おおぜい》なるに思惟《しゆい》して、[35]左右《そう》なく打つて懸からんともせず。ただ両陣互ひに川を隔《へだ》てて、[36]矢軍《やいくさ》に時をぞ移しける。

中にも、帥律師則祐《そつのりっしそくゆう》、馬を踏み放ちて歩立《かちだち》になつて、[37]矢たばね解いて押しくつろげ、[38]一枚楯《いちまいだて》の隠《かげ》より、引きつめ引きつめ散々《さんざん》に射けるが、「矢軍《やいくさ》ばかりにては、勝負を決せんこと叶《かな》ふまじかりける」と独り言《ひとりごと》して、脱《ぬ》ぎ置《お》きたる鎧《よろい》を取つて肩に投げ懸け、冑《かぶと》の緒《お》をしめ、馬の[39]腹帯《はるび》をしめさせて、ただ一騎、手《た》縄《づな》かいくりて桂川を渡さんとす。父の入道、遥《はる》かにこれを見て、馬を打ち寄せ、面《おもて》に塞《ふさ》がつて制しけるは、「昔、[40]佐々木三郎盛綱《ささきのさぶろうもりつな》が藤戸《ふじと》を渡し、[41]足利又太郎《あしかがまたたろう》が宇治川《うじがわ》を渡したりしは、さることなれども、この川上は雪消え水まさりて、[42]淵瀬《ふちせ》も見えぬ大河《たいが》なり。たとひ[43]心はやく、馬強うして渡る事得たりとも、あの大

にあった築山。
30 旗の翻るさま。
31 鳥羽殿。白河・鳥羽上皇の離宮。京都市南区上鳥羽・伏見区下鳥羽の辺。
32 南区四ツ塚町。朱雀大路の南端、九条大路に設けられていた羅城門跡。
33 京都七口の一。七条大路の西端まで固めて。
34 命令。
35 むやみに。
36 両軍が矢を射合って戦うこと。
37 箙(えびら)の矢を束ねる紐。
38 一枚板の軽便な楯。
39 鞍を馬に固定させる帯。
40 元暦元年(一一八四)九月の備前児島の合戦で、佐々木盛綱が藤戸の海峡を渡して先陣を果たした故事(平家物語巻十・藤戸)。
41 治承四年(一一八〇)五月の宇治橋の合戦で、平家

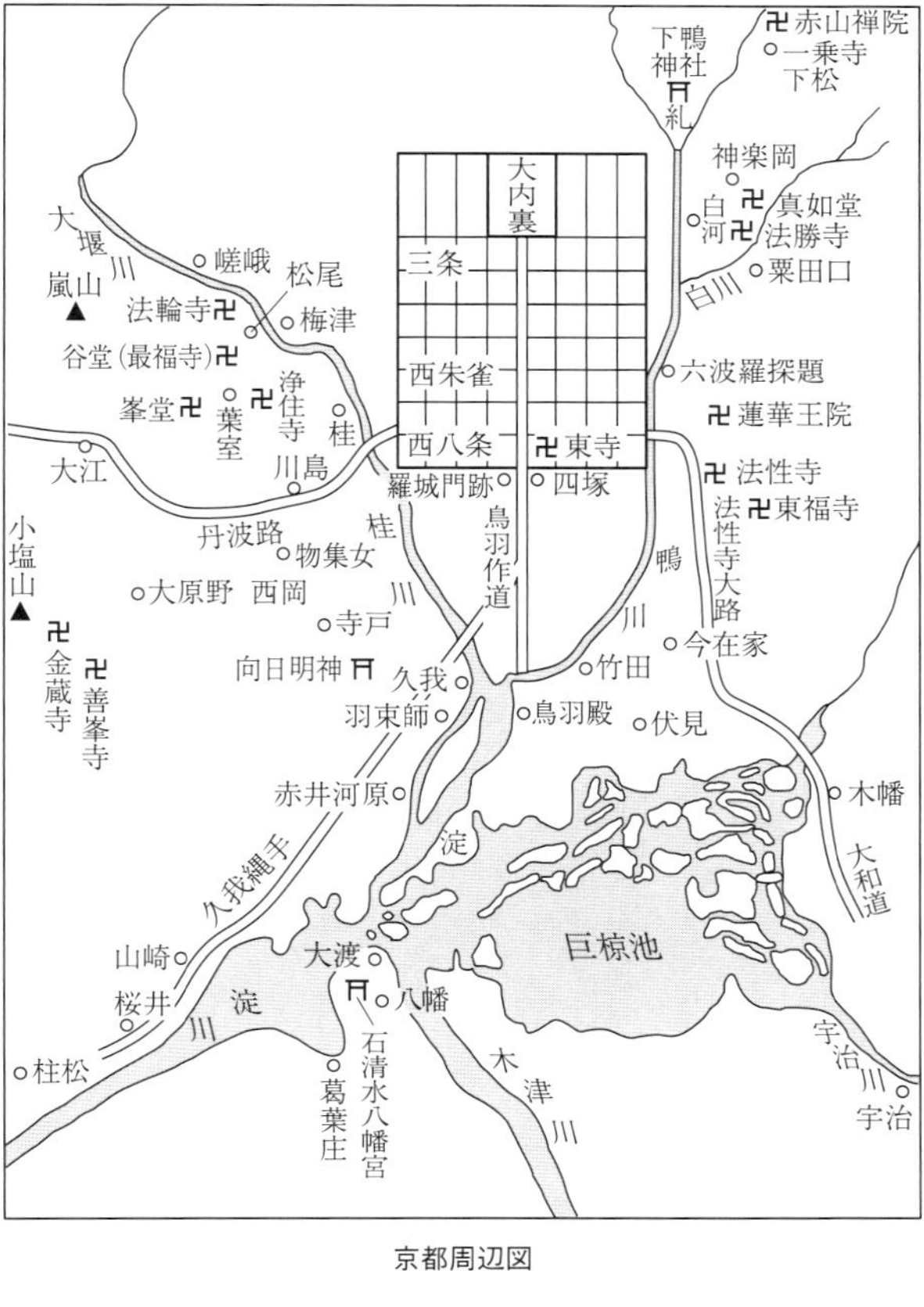

下鴨神社
礼
赤山禅院
一乗寺
下松
神楽岡
白河
真如堂
法勝寺
白川
粟田口
大内裏
三条
西朱雀
西八条
東寺
羅城門跡
四塚
六波羅探題
蓮華王院
法性寺
東福寺
法性寺大路
大堰川
嵐山
嵯峨
松尾
法輪寺
梅津
谷堂(最福寺)
峯堂
葉室
浄住寺
桂
大江
川島
丹波路
物集女
桂川
鳥羽作道
鴨川
小塩山
大原野
西岡
寺戸
金蔵寺
善峯寺
向日明神
久我
今在家
竹田
羽束師
鳥羽殿
伏見
赤井河原
木幡
淀
大和道
久我縄手
巨椋池
山崎
大渡
八幡
桜井
淀川
石清水八幡宮
葛葉庄
柱松
木津川
宇治川
宇治

京都周辺図

勢の中へただ一騎懸け入りたらんに、討たれずと云ふ事あるべからず。[44]天下の安危《あんき》、必ずしもこの一戦に限るべからず。暫《しばら》く命を全《まっと》うして、[45]君の御代《みよ》を待たんと思ふ心のなからんや」と、再三強《し》ひて止《とど》めければ、則祐《そくゆう》、馬の頭《かしら》を立て直し、抜いたる太刀を収めて申しけるは、「御方《みかた》と敵と、[46]対揚《たいよう》すべき程の勢《せい》にてだに候はば、われと手を砕《くだ》かずとも、運を合戦の勝負に任《まか》せて見候へ[47]ども、御方わづかに三千余騎、敵はこれに百倍せり。急に戦ひを決せずして、[48]敵に無勢《ぶぜい》の程を見透《みす》かされなば、戦ふとも利あるべからず。されば、[49]太公望《たいこうぼう》が兵道《へいどう》の詞《ことば》に、「[50]兵勝《へいしょう》の術は、密《ひそ》かに敵人《てきじん》の機[51]を察し、而《しこ》うして速やかにその利に乗じて、疾《と》くその不意を撃《う》て」と云へり。これわが[52]困兵《こんぺい》を以て、敵の強《ごう》陣《じん》を破る謀《はかりごと》にて候はずや」と云ひ捨てて、[53]駿馬《しゅんめ》に一鞭《ひとむち》を進め、漲《みなぎ》りて流るる[54]瀬枕《せまくら》に、水波《みずなみ》を立ててぞ游《およ》がせたる。

これを見て、飽間九郎左衛門《あくまくろうざえもん》、[55]伊東大和守《いとうやまとのかみ》、[56]尾村二郎《おむらのじろう》、[57]木寺《こでらの》

方の足利忠綱が先陣を果たした故事(平家物語巻四・橋合戦)。

42 深みと浅瀬。

43 敏捷で、馬も強くて。

44 天下の成り行き。

45 後醍醐帝。

46 互角に戦える程の軍勢であれば、自分から手をくださずとも。

47 底本「トテ」を改める。

48 敵にわが軍勢の少ないことを見透かされたら。

49 「六韜(りくとう)」(伝太公望呂尚撰)の兵法の句に。

50 「六韜」文韜・兵道の句。

51 物事の動こうとするきっかけ。

52 苦戦する兵。

53 足の速い優れた馬。

54 水が浅瀬に激しくあたり、盛り上がって枕のように見える所。

相模《さがみ》、宇野能登守国頼《うののとのかみくにより》五騎、続いてさつと打ち入れたり。宇野と伊東は、馬強かりければ、一文字《いちもんじ》に流れを切つて渡る。木寺相模は、逆巻《さかま》く波に馬を放たれて、冑《かぶと》の[58]手反《てへん》ばかりわづかに浮かんで見えたるが、波の上をや游《およ》ぎたりけん、水の底をや潜《くぐ》りたりけん、人より前《さき》に渡り着いて、川向かひの[59]流洲《すさき》に、鎧《よろい》の水滴《した》でてぞ立つたりける。

かれら五人が振る舞ひを見て、尋常《よのつね》の者にあらずとや思ひけん、六波羅勢《ろくはらぜい》二万余騎の人馬《じんば》、[60]東西に辟易《へきえき》して、あへて懸け合はせんとする者一騎もなし。[61]剰《あまつさ》へ楯《たて》の端《は》しどろになつて、色めき渡る処《ところ》を待ち見て、「前懸《さきが》けの御方討たすな。続け」とて、信濃守範資《しなののかみのりすけ》、筑前守貞範《ちくぜんのかみさだのり》、真先《まっさき》に進めば、佐用《さよ》、上月《こうづき》の兵ども三千余騎、一度にさつと打ち入れて、[62]馬筏《うまいかだ》に流れを塞《せ》き上《あ》げたれば、[63]逆水《さかみず》岸に余り、流れ十方に分かれて、元の淵瀬《ふちせ》なかなかに[64]陸地《くがち》を行くが如くなり。三千余騎の兵ども、向かひの岸に

55　第七巻・5に、「伊東大和次郎」とある。
56　不詳。神田本「河原林二郎」。
57　頼季。赤松一族。赤松則祐とともに、大塔宮の十津川落ち、吉野城合戦に従った。第五巻・8、第七巻・1、参照。
58　天辺。てっぺん。
59　大雨のたびに位置や形を変える中州の先端。
60　たじろいで道を東西にあけて。
61　そのうえ楯の列が乱れて、浮き足だったところを。
62　馬を筏のように並べて川を渡ること。
63　逆巻く水が岸にあふれ。
64　底本は、「爪ダニヒチズ」を見せ消ちにし、「陸地ヲ行カ如也」と傍書。
65　この一戦に命を捨てて戦おうと。

打ち上がり、[65]死を一挙《いっきょ》の中《うち》に軽《かろ》くせんと進み勇める勢ひを見て、六波羅勢《ろくはらぜい》、叶《かな》はじとや思ひけん、未だ戦はざる前《さき》に、楯を捨て、旗を引いて、作道《つくりみち》を北へ[66]東寺《とうじ》を差して引くもあり、[67]竹田河原《たけだがわら》を上《のぼ》りに[68]法性寺大路《ほっしょうじおおじ》へ落つるもあり。その道二十余町が間に、捨てたる甲冑《かっちゅう》地に満ちて、馬蹄《ばてい》の塵《ちり》に埋《うず》もれぬ。

主上《しゅしょう》両《りょう》上皇《しょうこう》六波羅《ろくはら》臨幸《りんこう》の事　4

さる程に、[1]西七条《にししちじょう》の手、高倉少将《たかくらしょうしょう》が子息[2]左衛門佐《さえもんのすけ》、小寺《こでら》、衣笠《きぬがさ》の兵ども、早や京中へ攻め入つたりと見えて、[3]大宮《おおみや》、猪熊《いのくま》、堀川《ほりかわ》、油小路《あぶらのこうじ》の辺、五十余ヶ所に火を懸けたり。また、八条《はちじょう》、九条《くじょう》の間にも軍《いくさ》ありと覚えて、[4]汗馬《かんば》東西に馳《は》せ違《ちが》ひ、時《とき》の声《こえ》天地を響《ひび》かせり。ただ[5]大《だい》の三災《さんさい》一時に起こつて、世界悉《ことごと》く[6]劫《ごう》火《か》のために焼《や》け失《う》するかと疑はる。京中の合戦は、夜半《やはん》ばかり

66　南区九条町にある教王護国寺。
67　伏見区竹田あたりの鴨川の河原。
68　法性寺は、九条鴨川東(東山区本町)にあった寺。その門前から伏見へ至る道。

4

1　赤松勢の搦手。
2　この人物不詳。金勝院本「忠俊」。
3　以下、京を南北に通る通りの名。
4　汗をかいて疾駆する馬。
5　仏説で、世界が滅ぶときに起こるという火災・水災・風災の三つの大災害。
6　世界の終末に起こる、すべてを焼き尽くす猛火。
7　目をこらしても何も見えない暗闇。
8　陣の張りよう。
9　六波羅勢。

の事なれば、[7]目差《めざ》すとも知らぬ暗き闇に、時の声ばかりここかしこに聞こえて、勢《せい》の多少も[8]軍立《いくさだち》の様《よう》も見分かざれば、いづくへ向かつて軍《いくさ》をすべしとも覚えず。[9]京中の勢は、先《ま》づただ[10]六《ろく》条河原《じょうがわら》に馳《は》せ集《あつ》まりて、[11]あきれたる体《てい》にてひかへたり。

[12]日野中納言資名《ひのちゅうなごんすけな》、同じき[13]左大弁宰相資明《さだいべんのさいしょうすけあきら》二人《にん》、同車して内裏へ参り給ひたれば、[14]四門《しもん》徒らに開《あ》けて、警固《けいご》の武士は一人《いちにん》もなし。[15]主上《しゅしょう》、[16]南殿《なでん》に出御《しゅつぎょ》なりて、「誰《たれ》か候ふ」と御尋ねあれども、[17]衛府諸司《えふしょし》の官、[18]蘭台金馬《らんだいきんめ》の司《つかさ》も、いづちへか行きたりけん、[19]勾当《こうとう》の内侍《ないし》、[20]上童《うえわらわ》一人より外は、御前《おんまえ》に候ふ者もなかりけり。資名、資明二人、御前に参つて、「官軍戦ひ弱くして、逆徒《ぎゃくとご》期せざるに洛中に襲ひ来たり候ひぬ。かやうにて御座《ぎょざ》候はば、[21]賊徒差し違へて、御所中へも乱入《らんにゅう》仕《つかまつ》り候ふと覚へ候ふ。急ぎ三種《さんじゅ》の神器《じんぎ》を先立てて、六波羅へ行幸《ぎょうこう》なり候へ」と申されければ、主上、やがて[22]腰輿《ようよ》に召されて、[23]二条河原《にじょうがわら》より六波羅へ

10　六条大路東端の鴨川の河原。
11　呆然とした様子で待機した。
12　俊光の子。資朝の兄。持明院統に仕える。
13　資名の弟。
14　内裏の四方の門（朔平門・建春門・建礼門・宜秋門）。
15　光厳帝。
16　紫宸殿。
17　朝廷の武官（近衛府・兵衛府・衛門府の役人）と諸役所の官人たち。
18　文官のこと。蘭台は、弁官（太政官の書記官）の唐名。金馬は、朝廷に仕える学士。
19　後宮女官の三等官である掌侍（ないしのじょう）の長。
20　殿上に仕える少年・少女。
21　内裏警固の者と入れ違

臨幸《りんこう》なる。その後《のち》、[24]堀河大納言《ほりかわだいなごん》、[25]三条源大納言《さんじょうのげんだいなごん》、[26]鷲尾中納言《わしのおちゅうなごん》、[27]坊城宰相《ぼうじょうさいしょう》以下《いげ》、[28]月卿雲客《げっけいうんかく》二十余人、[29]路次《ろし》に参着《さんちゃく》して供奉《ぐぶ》し奉る。

これを聞こし召し及んで、院、[30]法皇《ほうおう》、東宮《とうぐう》、皇后《こうごう》、梶井二品《かじいのにほん》親王《しんのう》まで、六波羅《ろくはら》へと御幸《ごこう》なりける間、供奉の雲客卿相《うんかくけいしょう》、軍勢の中に交《ま》じりて[31]警蹕《けいひつ》の声頻《しき》りなれば、これさへ、六波羅の仰天《ぎょうてん》一方《ひとかた》ならず、俄《にわ》かに六波羅の[32]北方《きたのかた》をあけて、[33]仙院《せんいん》、皇居となす。事の体《てい》ただ躁《さわ》がしかりし有様なり。

同《おな》じき十二日合戦《かっせん》の事　5

夜に入れば、両六波羅《りょうろくはら》は、[1]七条河原《しちじょうがわら》に打つ立ちて、近づく敵を相待たる。この大勢《おおぜい》を見て、[2]敵もさすが倦《あぐ》んでや思ひけん、ただここかしこに走り散つて、火を懸け、時《とき》の声《こえ》を作るばかり

って。
22 腰の高さで舁(か)く輿。
23 二条大路東端の鴨川の河原。
24 具親。具俊の子。村上源氏。前出、第三巻・7。
25 通顕(当時、内大臣)。中院通重の子。村上源氏。前出、第二巻・11。
26 不詳。
27 経顕。定資の子。前出、第二巻・11。
28 公卿・殿上人。
29 途中で追いついてお供申し上げた。
30 後伏見院、花園院、康仁親王、寿子内親王、尊胤(そんいん)法親王。
31 先払いの声。
32 北庁の館。
33 上皇、天皇の御所。

5

1 七条大路東端の鴨川の

にて、同じ陣にひかへたり。両六波羅、これを見て、「[3]いかさま敵は小勢《こぜい》なりと覚ゆるぞ。向かつて追つ散らせ」とて、隅田《すだ》、高橋《たかはし》に三千余騎を相添へて、[4]八条口《はちじょうぐち》へ差し向けらる。[5]河野九郎左衛門尉《こうのくろうざえもんのじょう》、[6]陶山次郎《すやまのじろう》に二千余騎を差し添へて、[7]蓮花王院《れんげおういん》へぞ向けられける。

陶山、河野に向かつて申しけるは、「何ともなき取《と》り集め勢《ぜい》に交《ま》じりて軍《いくさ》をせば、[8]なまじひに足纏《あしまと》ひになつて、[9]懸け引きも自在なるまじ。いざ、六波羅殿より差し添へられたる勢《せい》をば[10]八条河原《はちじょうがわら》辺にひかへさせて、時の声を揚げさせ、われらは[11]手勢《てぜい》ばかりを引き勝《すぐ》つて、蓮花王院の東より敵の中へ懸け入り、[12]蜘手《くもで》十文字に懸け乱し、[13]弓手《ゆんで》馬手《めて》に相《あい》つけて、追物射《おうものい》に射てくれ候はん」と申しければ、河野、「しかるべし」と同《どう》じて、[14]外様《とざま》の勢二千余騎をば、[15]塩小路《しおのこうじ》の道場《どうじょう》の前へ差《さ》し遣《つか》はし、河野が勢三百余騎、陶山が勢百五十騎は引き分けて、蓮花王院の

河原。
2　赤松勢もさすがにいや気がさしたのか。
3　きっと。
4　八条大路の西端。
5　名は通治。伊予の豪族。前出、第六巻・7。
6　備中国小田郡陶山(岡山県笠岡市)に住んだ武士。陶山一族は、前出、第三巻・5。
7　今の三十三間堂。京都市東山区。鴨川の東に位置する。
8　なまじっか。
9　進軍と退却。
10　八条大路東端の鴨川の河原。
11　配下の勢。
12　四方八方縦横無尽に敵陣を駆け破り。
13　敵を左手・右手に置いて、獣を馬で追って射る追物射のように射てやろう。

東へぞ廻りける。
　[16]相図《あいず》の程にもなりければ、八条河原《はちじょうがわら》の勢《せい》時の声を揚げたるに、敵これに立ち合はせんと、[17]馬を西頭《にしがしら》に立てて相待つ処《ところ》に、陶山《すやま》、河野《こうの》四百余騎、思ひも寄らぬ後ろより時をどつと作つて、大勢《おおぜい》の中へ懸け入り、東西南北に懸《か》け破《わ》つて、敵を一所《いっしょ》に打ち寄らせず、追つ立て追つ立て攻め戦ふ。河野と陶山と、一所に合うては両所《りょうしょ》に分かれ、両所に分かれてはまた一所に合ひ、七、八度が程ぞ[18]揉《も》うだりける。[19]長途《ちょうど》に疲れたる歩立《かちだち》の武者ども、駿《しゅん》馬《め》の兵に懸け悩まされて、討たるる者その数を知らず。[20]手負《ておい》を捨て、道を絶えて、散々《ちりぢり》になつて引つ返す。
　陶山、河野、逃ぐる敵には目も懸けず、「西《にし》の七条辺《しちじょうへん》の合戦いかがあらん、[21]心もとなきに」とて、また七条河原《しちじょうがわら》を[22]直違《すじか》へに西へ打つて、[23]七条大宮《しちじょうおおみや》にひかへ、朱雀《しゅしゃか》の合戦を見遣《みや》りければ、隅田《すだ》、高橋《たかはし》が三千余騎、[24]高倉左衛門《たかくらさえもんのすけ》(佐)、小寺《こでら》、衣笠《きぬがさ》が二

14　自分の配下でない勢。
15　鴨川の西側、塩小路東洞院にあった時衆の七条道場、金光寺(こんこうじ)。京都市下京区材木町。
16　あらかじめ決めておいた時刻。
17　馬を西向きに立てて。八条河原は蓮華王院の西にある。
18　激しく攻め立てた。
19　長距離の行軍に疲れた歩兵たち。
20　負傷者を捨て、列を途絶えさせて。
21　気がかりだから。
22　斜めに横切って。
23　七条大路と東大宮大路の交点。
24　赤松勢の搦手。

千余騎に懸け立てられて、[25]馬の足を立てかねたり。河野、これを見て、「かくては、御方《みかた》討たれぬと覚ゆる。いざや、打つて懸からん」と云ひけるを、陶山、止《とど》めて申しけるは、「この陣の軍《いくさ》、未だ決せざる前《さき》に、力を合はせて御方を助けたりとも、隅田、高橋が[26]心の悪《にく》さは、わが高名《こうみょう》にぞ言はんずらん。暫《しばら》く置いて、事の様《よう》を御覧ぜよ。[27]敵たとひ勝《かつ》に乗るとも、何程の事かあるべき」とて、見物してこそ居たりけれ。

　さる程に、隅田、高橋が、大勢なる敵に追つ立てられて、[28]返さんとすれども叶《かな》はず、[29]朱雀を上《のぼ》りに内野《うちの》を指して引くもあり、七条を東へ京中へ向かつて引くもあり、馬に離れたる者は、心ならず返し合はせて死ぬるもあり。陶山、これを見て、「[30]余りに長事《ながごと》して、御方の弱り出《い》だしたらんも由《よし》なし。今はいざや、懸け合はせん」と申せば、河野、「[31]子細《しさい》にや及ぶ」と云ふままに、両勢一手《ひとて》になつて、敵の大勢の中へ懸け入り、時移るまで

25　陣容を整えかねていた。
26　心がけが悪いから、自分の手柄のように言うだろう。
27　赤松勢がたとえ勝った勢いに乗じても、大したことはあるまい。
28　軍勢を立て直すことができず。
29　朱雀大路を北に上って、内野(かつて平安京の大内裏があった地)をめざして。
30　あまりにのんびりして、味方の弱るがままにさせておくのも意味がない。
31　いうまでもない。

こそ闘うたれ。[32]四武《しぶ》の衝陣《しょうじん》、堅きを砕《くだ》いて、[33]百戦の勇力《ゆうりょく》、変に応ぜしかば、寄手《よせて》、またこの陣の軍《いくさ》にも打ち負けて、[34]寺戸《てらど》の西へ引つ返す。

筑前守貞範《ちくぜんのかみさだのり》と帥律師則祐《そつのりっしそくゆう》兄弟は、始め桂川《かつらがわ》を渡しつる時の合戦に、逃ぐる敵を追うて、続く御方《みかた》のなきをも知らず、主従六騎にて、竹田《たけだ》を上《のぼ》りに法性寺大路《ほっしょうじおおじ》へ懸け通り、六条河原《ろくじょうがわら》へ懸け出でて、六波羅《ろくはら》の西門《にしのもん》の前にひかへ、続く御方あらば、直《じき》に六波羅の館《たち》へ懸け入らんとぞ待つたりける。東寺《とうじ》より寄せたる御方、早や戦ひ負けて引つ返しけりと覚えて、東西南北に敵より外《ほか》にはなかりけり。「さらば、暫《しばら》く敵に紛《まぎ》れてや御方を待たん」と、六騎の人々、皆[35]笠符《かさじるし》をかなぐり捨てて、一所《いっしょ》にひかへたる処《ところ》に、隅田《すだ》、高橋《たかはし》、打ち廻つて、「[36]いかさま赤松《あかまつ》が勢《せい》ども、なほ御方に紛《まぎ》れて、この中にありと覚ゆるぞ。川渡しつる敵なれば、馬、物具《もののぐ》の[37]濡《ぬ》れぬはあるべからず。それをしるしに

32 四方から同時に敵陣へ突撃する兵法。「六韜」虎韜・疾戦の句。
33 百戦錬磨の勇士が臨機応変に戦ったので。
34 向日市寺戸町。
35 敵味方を識別する布きれ。鎧の袖や兜に付ける。
36 きっと。
37 濡れていないはずがない。

組み討ちに討て」と呼ばはりける間、貞範も則祐も、なかなか[38]敵に紛れんとせば悪《あ》しかりぬべしと思ひて、兄弟(主従)六騎、轡《くつばみ》を並べて、をつと喚《おめ》いて、敵七千余騎が中にさつと懸け入り、ここに名乗り、かしこに紛れて相戦ふ。敵、これ程の小勢《こぜい》なるべしとは思ひ寄るべき事ならねば、東西南北に入り乱れて、同士《どし》討《う》ちをすること数《す》刻《こく》なり。

[39]大敵を謀《はか》るに勢重《かさ》ならざれば、郎等《ろうどう》四騎は、皆処々《しょしょ》にて討たれぬ。筑前守は、懸《か》け隔《へだ》たりぬ。則祐は、ただ一騎になつて、七条を西へ、大宮を下《くだ》りに落ち行きける処に、[40]印具《いぐ》尾張守《おわりのかみ》の郎等八騎、追つ懸けて、「敵ながらもやさしく[41]覚えたる者かな。誰人《たれひと》にておはするぞ。御名乗り候へ」と問ひければ、則祐、馬を閑《しず》かに打つて、「身[42]不肖《ふしょう》に候へば、名乗り申すとも御存知《ごぞんち》候ふべからず。ただ頸《くび》取つて人に見せられ候へ」と云ふままに、敵近づけば返し合はせ、敵扣《ひか》ふれば馬を歩ませ、二十余町が

38　なまじっか。

39　大敵をだますには軍勢が足りなかったので。

40　北条一門。宮城県伊具郡を所領とした。第六巻・7で上洛した東国勢に、「伊具左近大夫将監」とある。その一族。

41　殊勝に思われる者よ。

42　愚か。謙遜の表現。

間、敵[43]八騎が中に打ち連れて、心閑《しず》かにぞ落ち行きける。[44]西八《にしはち》条《じょう》の寺の前を南へ打ち出でければ、信濃守範資《しなののかみのりすけ》、筑前守貞範《ちくぜんのかみさだのり》三百余騎、羅城門《らしょうもん》の前なる水のせせらぎに馬の足を冷やし、敗軍の兵を集めんと、旗打つ立ててひかへたり。則祐《そくゆう》、これを見つけて、[45]諸鐙《もろあぶみ》を合はせて馳《は》せ入《い》りければ、追つ懸けつる八騎の敵ども、「よき敵と見つる者を。つひに討《う》ち漏《も》らしぬる事の安か[46]らずさよ」と云ふ声高らかに聞こえて、馬の鼻をぞ引き返しける。

暫《しばら》くあれば、七条河原《しちじょうがわら》、西《にし》の朱雀《しゅしゃか》にて懸け散らされたる兵ども、ここかしこより馳《は》せ集《あつ》まり、程なく千余騎になりにけり。赤松《あかまつ》、その兵を東西の小路《こうじ》より進ませ、七条辺にて、また時《とき》の声《こえ》を上げたりければ、六波羅勢《ろくはらぜい》七千余騎、[47]六条院《ろくじょういん》を後ろに当て、追つつ返しつ、[48]二時《ふたとき》ばかりぞ攻め合うたる。かくては、軍《いくさ》の勝負いつあるべしとも覚えざりける処《ところ》に、河野《こうの》と陶山《すやま》とが勢《せい》五百

43 敵八騎を伴って、落ち着いて退却した。
44 東寺。
45 両方の鐙(あぶみ)で馬の腹を打って速く走らせる。
46 くやしいことよ。
47 伊勢の神官で歌人・風流人として知られた大中臣輔親(おおなかとみのすけちか)の屋敷跡。六条大路南、室町小路東にあった。
48 約四時間。

余騎、[49]大宮《おおみや》を下《くだ》りに打つて[50]裏《つつ》まんと廻《まわ》りける勢に、後陣《ごじん》を破られて、寄手《よせて》の兵[51]若干《そこばく》討たれにければ、赤松、わづかの小勢《こぜい》になつて、山崎《やまざき》を指して引つ返す。

河野、陶山、勝《かつ》に乗つて作道《つくりみち》の辺まで追つ懸けけるが、赤松ややもすれば取つて返さんとする勢ひを見て、「軍《いくさ》はこれまでぞ。さのみ長追ひすな」とて、[52]鳥羽殿《とばどの》の前より引つ返し、生取《いけどり》二十余人、頸《くび》七十三取つて鋒《きっさき》に貫《つらぬ》いて、六波羅へ馳《は》せ参《まい》る。[53]主《しゅ》上《しょう》は、御簾《みす》を捲《ま》かせて叡覧《えいらん》あり。両六波羅《りょうろくはら》は、[54]布皮《しきがわ》に座して検《けん》知《ち》せらる。「両人の振舞《ふるま》ひ、いつもの事なれども、殊更今夜《ことさらこよい》の合戦に自《みずか》ら手を下《くだ》し、命を捨て給はずは、[55]叶《かな》はじとこそ見えて候ひつれ」と、再三感じて[56]賞翫《しょうかん》せらる。やがてその夜、臨時の[57]宣下《せんげ》給はつて、河野九郎《こうのくろう》を対馬守《つしまのかみ》になされて、御剣《ぎょけん》を下され、陶山次郎《すやまのじろう》を備中守《びっちゅうのかみ》になされて、寮《りょう》の御馬《おんうま》を下されければ、これを聞きける武士ども、「あはれ、弓矢の面目《めんぼく》や」と、或いは

49　東大宮大路を南に駆けて。
50　包囲しようと。
51　たくさん。
52　京都市南区上鳥羽・伏見区下鳥羽の辺。城南離宮（本巻・3）。
53　光厳帝。
54　毛皮の敷物。
55　敵を退けることはできなかったものと思います。
56　おほめになった。
57　宣旨（帝の命令を伝える公文書）をくだすこと。

羨《うらや》み、或いは猜《そね》みて、その名天下に知られたり。

軍《いくさ》散じて翌日《つぎのひ》に、隅田《すだ》、高橋《たかはし》、京中を馳《は》せ廻《まわ》つて、ここかしこの堀溝《ほりみぞ》に倒れ居たる手負《ておい》、死人の頸《くび》どもを取り集めて、六《ろく》条河原《じょうがわら》に懸け並べたるに、その数八百七十三あり。[58]敵これまで多く討たれざりけれども、軍《いくさ》もせぬ六波羅勢《ろくはらぜい》ども、われ[59]高《こう》名《みょう》したりと云はんとて、[60]在家人《ざいけにん》、町人《ちょうにん》、道に行き合うたる旅人などの頸を[61]仮頸《かりくび》にして、様々《さまざま》の名を書き付けて出だしたりける頸どもなり。その中に、赤松《あかまつ》入道円心《にゅうどうえんしん》と札を付けたる頸、五つあり。いづれも見知りたる人なければ、同じやうにぞ懸けたりける。[62]京童部《きょうわらんべ》、これを見て、「[63]頸を借りたる人は、子《こ》を付けて返すべし。赤松入道の討たれもせぬを討たれたると云ふ事は、[64]武家の滅《ほろ》ぶべき相なり」と、口々にこそ笑ひける。

58 赤松勢はこれ程多くは討たれなかったのだが。
59 手柄。
60 農民や町民。
61 にせ首。
62 京の市中にいる口さがない無頼の若者。
63 にせ首を借りて手柄を申し立てる者は、利子を付けて返せ。子は、利子。
64 幕府が滅ぶ前相(前兆)である。

禁裏《きんり》仙洞《せんとう》御《み》修法《しほ》の事 6

この時、[1]四海《しかい》大きに乱れて、兵火《ひょうか》天を隠せり。[2]聖主扆《せいしゅい》を負ひて、春秋《しゅんじゅう》安き時なく、武臣[3]牙《が》を建てて、[4]旌旗《せいき》閑《しず》かなる日なし。これ[5]法威《ほうい》を以て逆乱《ぎゃくらん》を鎮めずは、静謐《せいひつ》その期《ご》あるべからずとて、諸寺諸山《しょじしょざん》に仰せて、様々《さまざま》の大法秘法《だいほうひほう》をぞ修《しゅ》されける。[6]梶井宮親王《かじいのみやしんのう》は、主上《しゅしょう》の連枝《れんし》、山門《さんもん》の座主《ざす》にておはしましければ、[7]禁裏《きんり》に壇《だん》を構へて、仏眼《ぶつげん》の法を修し給ふ。[8]仙洞《せんとう》にしては、[9]裏辻《うらつじ》の慈什僧正《じじゅうそうじょう》、壇を立てて、[10]薬師《やくし》の法をぞ行はれける。武家また、[11]山門、南都《なんと》、園城寺《おんじょうじ》の衆徒《しゅと》の心を取り、[12]霊鑑《れいかん》の加護《かご》を仰がんために、所々《しょしょ》の庄園を寄進し、種々の神宝《じんぼう》を奉りて祈誓《きせい》せられしかども、公家の政道も正しからず、武家の積悪《しゃくあく》も禍《とが》を招きしかば、祈れども[13]神非《ひ》礼《れい》を稟《う》けず、[14]語らへども人利欲《りよく》に耽《ふけ》

6

1 天下。
2 帝(光厳帝)は位についてから、年中穏やかな時はなく。扆は、玉座の後ろに立てるついたて。転じて、玉座、帝位をさす。
3 底本「牙ニ」を改める。牙は、先端に象牙の飾りのある天子あるいは将軍の旗(または旗竿)。
4 戦いの旗。
5 仏法の威力。
6 梶井門跡の尊胤法親王は、光厳帝の弟で、天台座主でいらっしゃったので。
7 内裏に修法の壇を作って、仏眼尊を本尊とした息災の祈禱を行う。
8 上皇御所。
9 裏辻(裏築地)は、青蓮院(京都市東山区粟田口三条坊町)の裏に坊があった

らざりけるにや、ただ日を追うて、国(々)より急を告ぐる事隙《ひま》なし。

西岡合戦《にしのおかかっせん》の事　7

去る三月十二日の合戦に、赤松小勢《こぜい》に討ちなされて、山崎《やまざき》を指して落ち行きしを、[1]やがて追っ懸けて、討手《うって》をだに下したらば、[2]敵足をたたむまじかりしを、[3]今は何事かあるべきとて、油断せられしによつて、敗軍の兵、またここかしこより馳《は》せ集《あつ》まつて、程なく大勢《おおぜい》になりければ、赤松《あかまつ》、[4]中院中将貞能《なかのいんちゅうじょうさだよし》を取り立てて[5]聖護院宮《しょうごいんのみや》と号し、山崎、[6]八幡《やわた》に陣を取り、[7]川尻《かわじり》をさし塞《ふさ》いで、西国往反《さいごくおうへん》の道を止《とど》む。これによつて、洛中の[8]商賈《しょうこ》停まつて、士卒皆[9]転漕《てんそう》の助けに苦しめり。

両六波羅《りょうろくはら》、これを聞いて、「赤松一人《いちにん》に洛中を悩まされて、

ための呼称。

10　薬師如来を本尊とした厄難消除の修法。

11　延暦寺、興福寺、三井寺の僧徒の機嫌をとり。

12　仏の御照覧による加護をいただくために。

13　「神は非礼を享けず」(論語集解・八佾の包咸の注)。「明文抄」等の和製類書に引かれ、「平家物語」巻二「教訓状」にみえる。

14　味方に引き入れようとしても。

7

1　すぐに。

2　踏みとどまることはなかったのに。

3　今はもう大丈夫と。

4　のちに定平(貞平)と改名。底本「能」に「平イ」と傍書。村上源氏。前出、第二巻・10。

今まで士卒を苦しむる事こそ[10]安からね。去る十二日の合戦の体《てい》を見るに、敵さしもの大勢にてはなかりけるものを、[11]云《い》ひ甲斐《がい》なく聞《き》き懼《お》ぢして、[12]敵を辺境《へんきょう》の間に閣《さしお》くこそ、武家後代《こうだい》の恥辱《ちじょく》なれ。所詮《しょせん》今度に於ては、[13]官軍遮《さえぎ》つて敵陣へ押し寄せ、八幡、山崎の両陣を攻め落とし、[14]賊徒を川に追つぱめ、その首を梟《きょう》して六条河原《ろくじょうがわら》に曝《さら》すべし」と下知《げじ》せられければ、四十八ヶ所の篝《かがり》并《なら》びに在京人、その勢《せい》五千余騎、五条河原《ごじょうがわら》に勢ぞろへして、三月十五日の[15]卯刻《うのこく》に、山崎へとぞ向かひける。この勢、始めは二手《ふたて》に分けたりけるを、久我縄手《こがなわて》は道細くして[16]深田《ふけだ》なれば、馬の懸け引きも自在なるまじとて、八条《はちじょう》より一手《ひとて》になつて、桂川《かつらがわ》を打ち渡り、[17]川島《かわしま》の南を経て、[18]物集女《もずめ》、[19]大原野《おおはらの》の前よりぞ寄せたりける。

赤松入道《あかまつにゅうどう》、これを聞いて、三千余騎を三手《みて》に分けて、一手《ひとて》には、足軽の射手《いて》をそろへて五百余騎、[20]小塩山《おしおやま》へ指し廻す。一手

5　聖護院宮(後醍醐帝の第四皇子、静尊法親王)と偽り称し。
6　京都府八幡市。石清水八幡宮がある。
7　木津川・宇治川・桂川が合流し淀川になるあたり。
8　商売。
9　兵糧運搬に駆り出され苦労した。
10　心おだやかでない。
11　ふがいなく、聞いただけでこわがって。
12　敵を都のほとりの国境あたりに放置しておくのは、幕府にとって将来に及ぶ恥辱である。
13　六波羅軍から先手を打って。
14　川に追い落とし、その首を切って。
15　午前六時頃。
16　泥の深い田。
17　京都市西京区川島。

には、[21]野伏《のぶし》に騎馬の兵を少々交《まじ》へて千余騎、[22]狐川《きつねがわ》の辺にひかへさす。今一手には、ひたすらに[23]打物《うちもの》の衆八百余騎をそろへて、[24]向日明神《むこうのみょうじん》の後ろなる松原の影《かげ》にぞ隠しける。

六波羅勢《ろくはらぜい》は、敵[25]これまで出で合ふべしとは思ひも寄らず、[26]そぞろに深入りして、寺戸《てらど》の在家《ざいけ》に火を懸けて、先懸《さきが》けすでに向日明神の前を打ち過ぎける処《ところ》に、[27]吉峯《よしみね》、[28]岩蔵《いわくら》の上より、足軽の射手ども、[29]一枚楯を手々《てんで》に提《ひっさ》げて、麓《ふもと》におり下りて、散々に射る。寄手《よせて》の兵ども、これを見て、馬を並べて懸け散らさんとすれば、山嶮《けわ》しうして上《のぼ》り得ず、[30]広みへ敵をおびき出だして討たんとすれば、敵、これを心得て懸からず。「[31]よしや人々、はかばかしからぬ野伏《のぶし》どもに目を懸けて、骨を折っては何かせん。ここをば打ち捨てて、山崎《やまざき》へ打ち通れ」と議して、[32]西岡《にしのおか》の前を南へ打ち過ぎける処に、西岡の[33]坊夫左衛門尉《ぼうふさえもんのじょう》、五十余騎の勢《せい》にて、思ひも寄らず向日明神の小松原より懸け出でて、大勢《おおぜい》の中

18　京都府向日市物集女町。
19　西京区大原野。
20　大原野の西の山(西京区大原野南春日町)。
21　農民・浮浪民などの武装集団。
22　八幡と山崎の間の渡し場。
23　刀・槍などの武具。
24　向日市向日町の向日神社。
25　ここまで来て迎え討つとは。
26　むやみに。
27　小塩山の東南の山(西京区大原野小塩町)。山頂に善峯寺がある。
28　西京区大原野石作町のあたり。西岩倉山金蔵寺がある。
29　一枚の板で作る軽い楯。
30　開けた平地。
31　えいままよ皆の者、とるにたらない野伏どもを相

へ切つて入る。敵小勢《こぜい》と侮《あなず》つて、真中《まんなか》にこれを取《と》り籠《こ》めて余さじと戦ふ処に、田中《たなか》、小寺《こでら》、八木《やぎ》、神崎《かんざき》の兵ども、ここかしこより、百騎、二百騎、思ひ思ひに懸け出でて、[34]魚鱗《ぎょりん》に進めば、鶴翼《かくよく》に囲みなんとす。これを見て、狐川にひかへたる勢五百余人、六波羅勢の[35]跡を切らんと、[36]縄手《なわて》を伝ひ、道を要《さい》ぎり、打ち廻りけるを見て、京勢ども、叶《かな》はじとや思ひけん、[37]捨《す》て鞭《むち》を打つて引つ返す。

[38]半時《はんとき》ばかりの合戦なれば、さまで京勢《きょうぜい》多く討たれたる事はなけれども、堀溝《ほりみぞ》、深田《ふけだ》に落ち入つて、馬、物具《もののぐ》[39]皆取る所もなくよごれたれば、白昼に京中を打ち通りける兵ども、[40]美相《びそう》なくぞ見えたりける。小路《こうじ》に立つて見物しける人々、「あはれ、さりとも陶山《すやま》、河野《こうの》をだに向けられたらば、これ程のきたなき負けはせじものを」と、笑はぬ人こそなかりけれ。されば、京勢この度《たび》打ち負けてこそ、向かはで京に残されたる河野、陶山が[41]手

手にして骨を折っても無益だ。

32 向日市一帯。

33 不詳。神田本同じ。流布本「坊城左衛門」。玄玖本「西岡兵部左衛門」。

34 兵を魚鱗(敵陣を突破する先頭を細くした鱗形の陣形)で進めると、相手は鶴翼(鶴が翼を広げた形で敵を包囲する陣形)で囲もうとする。

35 背後を断とうと。

36 あぜ道などの一直線の道。

37 馬の尻を強く鞭打って逃げだすこと。

38 一時間ほど。

39 ひどく。

40 着飾った装いもだいなしに見えた。

41 武勇の手並み。

柄の程は、[42]いとど名高くなりにけれ。

山門京都《さんもんきょうと》に寄《よ》する事　8

京都に合戦始まり、[1]官軍ややもすれば利を失ふ由《よし》、その聞こえありければ、大塔宮《おおとうのみや》より[2]牒使《ちょうし》を立てられて、[3]山門の衆徒《しゅと》をぞ[4]語らはれける。これによつて、三月二十六日に、一山《いっさん》の衆徒、[5]大講堂《だいこうどう》の庭に会合して僉議《せんぎ》しけるは、

夫《そ》れ吾が山は[6]七社応化《しちしゃおうげ》の霊地として、[7]百王鎮護《ひゃくおうちんご》の藩籬《はんり》と作《な》る。[8]高祖大師《こうそだいし》開基を占《し》めし始めに、[9]止観《しかん》の窓の前に、天《てん》真独朗《しんどくろう》の夜の月を弄《もてあそ》ぶと雖《いえど》も、[10]慈恵僧正貫頂《じえそうじょうかんちょう》たりし後《のち》、[11]忍辱《にんにく》の衣《ころも》の上に、魔障降伏《ましょうごうぶく》の秋の霜を帯《たい》す。爾《しか》つしより以来《このかた》、[12]妖孽《ようげつ》天に見《あら》はる則《とき》は、法威《ほうい》を振るつてこれを攘《はら》ひ、[13]逆暴《ぎゃくぼう》国を乱す則《とき》は、神力を借《か》つてこれを退く。肆《かるがゆえ》に神

42　いよいよ。

8

1　赤松方。
2　回し文(牒状)の使者。
3　比叡山延暦寺。
4　味方に引き入れた。
5　東塔にあり、延暦寺で最も重要な建物の一。
6　延暦寺の守護神である日吉(えひ)山王七社が衆生済度のために跡を垂れた霊地。
7　皇室を永久に守る垣となる。
8　伝教大師最澄。
9　止観(心を静めて仏法を観じる天台の行法)を行う道場の前に、完全な悟りを表す月を眺めたとはいっても。
10　延暦寺中興の祖、第十八代天台座主良源(貫頂は座主)。
11　袈裟(忍辱の衣)の上に、

をば山王《さんのう》と号す。須《すべから》く[14]非《ひ》三非《さんひ》一《いち》の深理《じんり》あるべし。山を比叡《ひえい》と言ふ所、仏法王法《ぶっぽうおうほう》の相比《あいなら》ぶ所以《ゆえん》なり。而《しか》るに今、四《し》海《かい》方《まさ》に乱れて[15]一人《いちじん》安からず。武臣積悪《しゃくあく》の余り、果たして天将《まさ》に誅《ちゅう》を下《くだ》さんとす。[16]その先兆《せんちょう》、賢愚《けんぐ》無きに非《あら》ず、世の知る所なり。[17]王事《おうじ》盬《もろ》きこと無し。[18]釈門仮使《たとい》出塵《しゅつじん》の徒たりと雖も、この時奈何《いかん》ぞ報国《ほうこく》の忠を尽《つ》くすことなからんや。早く[19]武家合体《がってい》の前非《せんび》を翻《ひるがえ》し、宜《よろ》しく朝廷扶危《ふき》の忠胆《ちゅうたん》を専《もっぱ》らにすべし。と僉議しければ、[20]三千一同に、尤《もっと》も尤もと同《どう》じて、院々谷々へ帰り、則ち武家追討《ついとう》の企ての外は他事なし。

山門《さんもん》すでに、来たる二十八日は六波羅《ろくはら》へ寄すべしと定めければ、末寺末社の輩《ともがら》は申すに及ばず、[21]所縁《しょえん》に随つて、近国《きんごく》の兵ども馳《は》せ集《あつ》まる事、雲霞《うんか》の如し。二十七日は、[22]大宮《おおみや》の前にて着到《ちゃくとう》を付けたりけるに、その勢《せい》十万六千余騎と注《しる》せり。大衆《だいしゅ》の習ひ、元来《もとより》[23]大早《おおはや》り極《きわ》まりなき所存なれば、「この勢にて京へ寄せたら

仏敵を滅ぼす刀剣(秋の霜)を帯びた。慈恵のときに僧兵が生まれたという説をふまえる。

12　わざわい。

13　逆徒・暴徒。

14　「山」(縦三、横一)「王」(縦一、横三)の文字に、天台宗の三諦即一(非三非一)の深理があるとされた(渓嵐拾葉集・本迹山王事)。底本「非二非一」は誤写。

15　帝。

16　その前兆は、賢愚を問わず世人の知るところである。

17　君主のためにする仕事はなおざりにできない。「王事盬きこと靡(な)し」(詩経・唐風・鴇羽、同・小雅・四牡)。

18　僧侶は俗世を離れた者とはいっても。

19　幕府と和睦した過ちを

んに、六波羅勢《ろくはらぜい》、よも一《ひと》たまりもたまらじ、[24]聞き落ちにこそせんずらん」と思《おも》ひ侮《あなず》つて、[25]八幡《やわた》、山崎《やまざき》の御方《みかた》にも牒《ちょう》し合はせず、二十八日の[26]卯刻《うのこく》に[27]法勝寺《ほっしょうじ》にて勢《せい》ぞろへと触れたりければ、物具《もののぐ》をもせず、兵粮《ひょうろう》をも未だ[28]つかはで、或いは[29]今路《いまみち》より向かひ、或いは[30]西坂《にしざか》より下《くだ》りたる。

両六波羅《りょうろくはら》、やがてこの事を聞いて、「思ふに、山徒《さんと》たとひ大《おお》勢《ぜい》なりと云へども、騎馬の兵百人に一人《いちにん》もあるべからず。馬上の射手《いて》をそろへて、[31]三条河原《さんじょうがわら》辺に待《ま》ち調《ととの》へて、[32]懸け開き懸け合はせ、弓手馬手《ゆんでめて》に相付けて、追物射《おうものい》に射たらんずるに、山徒心は武《たけ》しと云へども、歩立《かちだち》に力疲れ、重き鎧《よろい》に肩を引かれて、片時《へんし》が間にくたびるべし。これ小を以て大を摧《くだ》き、弱きを以て剛《こわ》きを[33]拉《とりひし》ぐ質《てだて》なり」と相談《あいかた》らつて、七千余騎を七手《ななて》に分けて、三条河原の東西に陣を取つてぞ待ち懸けたる。

大衆《だいしゅ》、かかるべしとは思ひも寄らず、われ前《さき》に京へ入《い》つて、

改め、朝廷の危難を助けて忠誠を尽くすべきである。
20 三千の衆徒全員が。
21 縁故。
22 日吉山王上七社の第一、大宮権現。
23 血気にはやることしか考えないので。
24 うわさを聞いただけで逃げるだろう。
25 赤松勢と牒状(回状)で連絡をとりあわずに。
26 午前六時頃。
27 京都市左京区岡崎法勝寺町にあった天台宗寺院。
28 食べないで。
29 大津市坂本(東坂本)から延暦寺東塔を経て雲母坂(きららざか)から京都市左京区修学院(西坂本)へ至る比叡山越えの道。
30 雲母坂。比叡山から西坂本へ下る道。
31 三条大路東端の鴨川の

[34]よからんずる宿を占め、その財宝を管領《かんれい》せんと、宿札《やどふだ》どもを面々に二、三十づつ持たせて、先《ま》づ法勝寺へぞ集まりける。その勢《せい》を見渡せば、今路、西坂、[35]古塔下《ふるとうげ》、八瀬《やせ》、藪里《やぶさと》、下松《さがりまつ》、赤《せき》山口《ざんぐち》に支へて、前陣《せんじん》すでに法勝寺、[36]真如堂《しんにょどう》に着けば、後陣《ごじん》は未だ[37]山上《さんじょう》、坂下《さかもと》に充《み》ち満《み》ちたり。甲冑《かっちゅう》に映《えい》ぜる朝日は、[38]電光《でんこう》の激するに異ならず、[39]旌旗《せいき》をなびかす嵐は、龍蛇《りゅうじゃ》の動くに相似《あいに》たり。山上と洛中の勢の多少を見合はするに、武家の勢は、十にしてその一にだにも及ばず。げにもこの勢にてたやすく攻め落とすべしと、六波羅を見下《みくだ》しける山法師《やまほうし》の心の程を思へば、[40]大《おお》様《よう》ながらも理《ことわ》りなり。

　前陣の大衆、[41]かつがつ法勝寺に着いて、後陣の勢を待ちける処《ところ》へ、六波羅勢七千余騎、三方《さんぼう》より押し寄せて、時《とき》をどつと作る。大衆、時の声に驚いて、取る物も取りあへず、物具に太刀よ長刀《なぎなた》よと[42]ひしめきて、わづかに千余人にて法勝寺の西門《さいもん》の前

河原。
32　馬を散開させ集合させ、敵を左手・右手に置いて、獣を馬で追って射るように射たなら。
33　ねじふせる。
34　適当な家を占拠し、その財宝をわがものにしようと、自分の名を書いた宿札を二、三十ずつ従者に持たせて。
35　古塔下(古峠)は、東塔を経て大津市穴太(あのう)へ出る古路(ふるみち)越え。八瀬は、京都市左京区八瀬。藪里は、左京区一乗寺の辺。下松は、左京区一乗寺下り松。赤山口は、西坂本の赤山禅院(左京区修学院)へ出る道。
36　左京区浄土寺真如町にある天台宗寺院。
37　比叡山の山上や西坂本。
38　稲光が激しく光ること。
39　戦いの旗。

に出で合ひ、近づく敵に抜いて懸かる。武士は、[43]かねてより得たる事なれば、敵の懸かる時は、馬を引つ返してばつと引き、敵止《とど》まれば、開き合はせて後ろへ駆《か》け廻《まわ》る。かくの如く六、七度が程懸《か》け悩《なや》ましたりける間、山徒《さんと》、皆徒歩《かち》なりける上、重き鎧《よろい》に肩を押されて、次第に疲れたる体《てい》にぞ見えたりける。武士、これに利を得て、射手をそろへて散々《さんざん》に射る。大衆《だいしゅ》、これに射立てられて、[44]広みの合戦は叶《かな》はじとや思ひけん、また法勝寺《ほっしょうじ》へ引《ひ》き籠《こ》もらんとしける処《ところ》を、丹波国《たんばのくに》の住人佐治《さじ》孫五郎《まごごろう》と云ひける兵《つわもの》、西門《さいもん》の前に馬をひかへ、その比《ころ》かつてなかりし[45]五尺三寸の太刀を以て、敵三人[46]懸けず胴切《どうぎ》つて、太刀の少し仰《の》りたるを、門の扉《とびら》に当てて押し直し、なほも敵を相待つて、[47]西頭《にしがしら》に馬をぞひかへたる。山徒、これを見て、その勢ひにや辟易《へきえき》しけん、また法勝寺にも敵ありとや思ひけん、法勝寺へは入《い》り得ず、西門の前を北へ向かつて、真如堂《しんにょどう》の前、[48]神楽岡《かぐらおか》の後ろを二つに分か

40 おおざっぱな心づもりだが、もっともである。
41 ともかくも。
42 大混乱して。
43 あらかじめ心得ていたことなので。
44 広く開けた場所。
45 約一・六メートル(太刀の長さの標準は、約一メートル)。南北朝以後、野太刀、長巻といわれる長大な太刀が用いられた。
46 たやすく胴を切り放し、太刀が少し曲がったのを。
47 馬を西向きに立てて待機した。
48 左京区吉田神楽岡町の吉田山。

れて、ただ山上へとぞ引つ返しける。

ここに、東塔《とうとう》の[49]南谷禅智坊《みなみだにぜんちぼう》の[50]同宿《どうじゅく》に、豪鑑《ごうかん》、豪仙《ごうせん》とて、[51]三《さん》塔名誉《とうめいよ》の悪僧《あくそう》あり。御方《みかた》の大勢《おおぜい》に引き立てられて、心ならず[52]北《きた》白河《しらかわ》をさして引きけるが、豪鑑、豪仙を留《とど》めて、「軍《いくさ》の習ひとして、勝つ時もあり、負くる時もあり。時の運による事なれば、恥にて恥ならずと云へども、今日の合戦の体《てい》、(山門の)恥辱、天下の嘲哢《ちょうろう》たるべし。[53]いざや御辺《ごへん》、返し合はせて討死《うちじに》し、二人《ににん》が命を以て三塔の恥を雪《きよ》めん」と申せば、豪仙、[54]「云ふに及ばず、尤《もっと》も庶幾《しょき》する所なり」と云つて、二人引《ひ》き留《とど》まり、法勝寺の北の門の前に立ち並んで、大音声《だいおんじょう》を揚げて名乗りける(は)、「これ程[55]引き立つたる大勢の中より、ただ二人返し合はするを以て、三塔一の[56]剛《こう》の者《もの》とは知るべし。その名をば定めて聞き及ぶらん。禅智坊の同宿に、豪鑑、豪仙とて、[57]一山《いっさん》に名を知られたる者どもなり。われと思はん武士ども、寄れや、[58]打物《うちもの》して自

49　比叡山の東塔にある五つの谷の一つ。
50　同じ宿坊(禅智坊)に住む者。
51　比叡山で名高い荒法師。三塔は、延暦寺を構成する東塔・西塔・横川で、比叡山全体をいう。
52　神楽岡の北。
53　さあ貴殿。
54　いうまでもない。もっとも願うところだ。
55　浮き足立った。
56　武勇の者。
57　比叡山全山。
58　太刀・長刀で斬り合って、他の者どもに見物させてやろう。

余の輩《ともがら》に見物せさせん」と云ふままに、四尺余りの大長刀、[59]水《みず》車《ぐるま》に廻《まわ》して跳《おど》り懸《か》かり、火を散らしてぞ切つたりける。これを討ち取らんと相近づきける武士ども、多く馬の足を薙《な》がれ、甲《かぶと》の鉢《はち》を破《わ》られて討たれにけり。かれら二人《ににん》、ここに[60]半時《はんとき》ばかり支へて戦ひけれども、続く大衆《だいしゅ》もなし。敵、雨の降る如く射ける矢に、二人ながら十余ヶ所の疵《きず》を蒙《こうぶ》つてければ、「[61]今は所存これまでぞ。いざや、冥途までも同道《どうどう》申さん」と笑うて、鎧《よろい》を脱《ぬ》いで[62]押膚脱《おしはだぬ》ぎ、腹十文字に掻《か》き切つて、同じ枕にぞ臥したりける。これを見ける武士ども、「[63]あはれ、日本一《にっぽんいち》の剛《こう》の者《もの》どもかな」と、惜しまぬ人こそなかりけれ。

前陣《せんじん》の軍《いくさ》破れて引つ返しければ、後陣《ごじん》の大勢《おおぜい》は軍場《いくさば》をだに見ずして、道より山門《さんもん》へ引つ返す。ただ豪鑑《ごうかん》、豪仙《ごうせん》二人が振る舞ひにこそ、なほも山門の名をば揚げたりけれ。

59 水車のように回して。
60 約一時間ほど踏みとどまって。
61 今はもう山門の恥をすすごうとする思いを達した。
62 上半身裸になり。
63 あっぱれ。

四月三日京軍《きょういくさ》の事　9

去月《きょげつ》[1]十二日、赤松《あかまつ》が合戦利なくして引き退く後《のち》は、武家の士卒、常に勝《かつ》に乗つて、敵を討つ事数千人なりと云へども、四海《しかい》未だ静まらず。剰《あまつさ》へまた山門、なほ武家に敵《てき》して、大嶽《おおだけ》[2]に篝《かがり》を焼《た》き、坂本《さかもと》[3]に勢《せい》を集めて、なほも六波羅《ろくはら》へ寄すべしと聞こえければ、衆徒《しゅと》の心[4]を取らんために、武家より大庄《たいしょう》[5]十三ヶ所、山門へ寄進す。その外《ほか》、宗徒《むねと》[6]の衆徒に、便宜《びんぎ》の地一、二ヶ所づつ、祈禱《きとう》のためとて恩賞にぞ行はれける。さてこそ、山門の衆《しゅ》[7]議《ぎ》心々になつて、また武家に心を寄する衆徒も多く出で来にけれ。

八幡《やわた》、山崎《やまざき》の官軍[8]は、前《さき》の京都の合戦に、或いは討たれ、或いは疵《きず》を蒙《こうぶ》る者多かりければ、その勢《せい》大半減じて、今は一万騎

9

1　本巻・3、参照。
2　比叡山の主峰、大比叡。
3　西坂本(左京区修学院)。
4　気持をつかんで引きつけるために。
5　大きな荘園。
6　主だった僧徒に適当な土地を一、二か所ずつ。
7　多くの人々の評議がばらばらでまとまらず。
8　赤松勢。
9　武家方の軍勢配置、京都の防御態勢。
10　午前六時頃。
11　関白二条良実の孫。大塔宮の執事。第四巻・2で、武家方に捕らわれている。
12　本巻・7の「貞能」と同一人。村上源氏。
13　伊東は、本巻・3の伊東大和守。松田・頓宮は、備前の武士。富田は、出雲

にも足らずなりけり。されども、[9]武家の軍立《いくさだち》、京都の形勢《けいせい》、恐るるに足らずと見透《みす》かしてければ、七千余騎を二手《ふたて》に分けて、四月三日[10]卯刻《うのこく》に、また京都へぞ押し寄せたりける。その一方は、[11]殿法印良忠《とののほういんりょうちゅう》、[12]中院中将定平《なかのいんちゅうじょうさだひら》を両大将として、[13]伊東《いとう》、松田《まつだ》、頓宮《はやみ》、富田判官《とんだほうがん》が一党、[14]真木《まき》、葛葉《くずは》のあぶれ者どもを射手《て》になして、その勢《せい》都合三千余騎、伏見《ふしみ》、[15]木幡《こわた》に火を懸けて、鳥羽《とば》、竹田《たけだ》より押し寄する。一方には、赤松入道円心《あかまつにゅうどうえんしん》を始めとして、[16]宇野《うの》、柏原《かしわばら》、佐用《さよ》、真島《まじま》、得平《とくひら》、衣笠《きぬがさ》、菅家《かんけ》の一党、都合その勢三千五百余騎、[17]川島《かわしま》、桂《かつら》の里に火を懸けて、西《にし》の七《しち》条《じょう》よりぞ寄せたりける。

両六波羅《りょうろくはら》は、度々《どど》の合戦に打ち勝つて、兵皆《みな》気を上げたる上、その勢を数ふるに三万騎に余りける間、敵すでに近づきぬと告ぐれども、[18]更に仰天《ぎょうてん》の気色《けしき》もなし。六条河原《ろくじょうがわら》に勢ぞろへして、閑《しず》かに手分けをぞせられける。「山門《さんもん》今は武家に志《こころざし》を通ずと云

(島根県安来市広瀬町富田)の武士。
14 真木、葛葉ともに、今の大阪府枚方市内の地名。溢れ者は、ならず者。
15 京都府宇治市木幡。
16 宇野・柏原・佐用・真島・得平は、赤松一族。衣笠は、岡山県和気郡和気町衣笠の武士。菅家は、岡山県英田(あいだ)郡にいた菅原氏族の武士団。
17 京都市西京区川島、桂。
18 まったく驚く様子もない。
19 謀叛の心。
20 近江守護、佐々木(六角)時信。前出、本巻・1。
21 小田時知。前出、本巻・1。
22 高広か。大江氏。
23 賀茂川と高野川の合流点、下鴨神社の一帯。
24 この方面(法性寺辺)の

へども、またいかなる[19]野心《やしん》をか存ずらん。油断すべきにあらず」とて、[20]佐々木判官時信《ささきほうがんときのぶ》、[21]常陸前司時朝《ひたちのぜんじときとも》、[22]長井縫殿《ながいぬい》に三千余騎を相添へて、[23]糺河原《ただすがわら》へ差し向けらる。去月《きょげつ》十二日の合戦にも、[24]この方《かた》の手戦《ていくさ》勝ちたりしかば、吉例なりとて、河野《こうの》と陶山《すやま》とに五千余騎を差し添へて、[25]法性寺大路《ほっしょうじおおじ》へ差し向けらる。[26]富樫《とがし》、林《はやし》が一族、[27]島津《しまづ》、小早川《こばいかわ》が二勢《にせい》に、国々の兵六千余騎相添へて、西八条《にしはちじょう》、東寺《とうじ》辺へ差し向けられ、[28]東へは加賀守《かがのかみ》、[29]加治源太左衛門尉《かじげんたざえもんのじょう》、[30]隅田《すだ》、高橋《たかはし》、糟谷《かすや》、[31]土屋《つちや》、小笠原《おがさわら》に七千余騎を相添へて、西七条口《にししちじょうぐち》へ向けらる。自余の兵千余騎をば、[32]荒手《あらて》のために残されて、未だ六波羅に並《な》み居たり。

その日の[33]巳刻《みのこく》より、三方《さんぼう》の両陣《りょうじん》、同時に軍《いくさ》始めて、[34]入れ替へ入れ替へ攻め戦ふ。寄手《よせて》は、騎馬の兵少なくして、[35]徒立《かちだち》の射手《いて》多ければ、小路小路《こうじこうじ》を立ち塞いで、鏃《やじり》をそろへて散々《さんざん》に射る。六波羅勢は、徒立少なく、騎馬の兵多ければ、懸け違へ懸け違

手合わせ。
25　底本「法勝寺大路」を改める。
26　富樫は、石川県石川郡野々市町、林は、同白山市に住んだ武士。
27　島津は、越前守護。このあと活躍する島津安芸前司は、「北国無双の馬上の達者」とある。小早川は、広島県竹原市に住んだ武士で、土肥実平の子孫。
28　「東へは加賀守」(神田本も同じ)は、不詳。玄玖本「東ノ加賀守」、簗田本「とうの加賀のかみ」、流布本「厚東加賀守」。
29　備前守護。佐々木一族。前出、第七巻・5。
30　隅田(洲田)・高橋・糟谷(糟屋)は、北条被官で、六波羅検断。本巻・3。
31　土屋は、神奈川県平塚市土屋に住んだ武士。小笠

へ、敵を中に籠《こ》めんとす。[36]孫氏《そんし》が千変《せんぺん》の謀《はかりごと》、[37]呉子《ごし》が八陣《はちじん》の法、互ひに知られたる道なれば、ともに破られず、また囲まれず、ただ命を極《きわ》めの戦ひにて、更に勝負もなかりけり。

終日《ひねもす》相戦うて、日すでに夕陽《せきよう》に及びけるとて、河野《こうの》と陶山《すやま》と一所《いっしょ》になつて、三百余騎、轡《くつばみ》を並べて懸かりたりけるに、木幡《こわた》の寄手《よせて》三千余騎、[38]足をもためず懸け立てられて、[39]宇治路《うじじ》を指して引き退く。陶山、河野、逃ぐる敵をば打ち捨て打ち捨て、竹《たけ》田河原《だがわら》を[40]直違《すじか》へに鳥羽殿《とばどの》の北の門を打ち廻り、作道《つくりみち》へ懸け出でて、東《とう》(寺《じ》)の前なる寄手を取《と》り籠《こ》めんとす。[41]作道十八町に充満したる寄手、これを見て、叶《かな》はじとや思ひけん、羅城門《らしょうもん》の西を要《よこ》ぎりて、[42]寺戸《てらど》を指して引つ返す。

小早川《こばいかわ》と島津《しまづ》安《あ》芸前司《きのぜんじ》とは、東寺の敵に向かつて、追つつ返しつ戦ひけるが、[43]すでに一陣の敵を河野と陶山とに払はれて、御方《みかた》の負けをしつる事、無念《むねん》に覚えければ、西七条《にししちじょう》へ寄せたる

原は、阿波守護。本巻・2。
32 新手。ひかえの新しい軍勢。
33 午前十時頃。
34 兵力を入れ替えながら。
35 徒歩。
36 孫子(孫武。春秋時代の斉出身の兵法家)の説く千変万化の謀。
37 呉起(戦国時代の衛出身の兵法家)の説く八つの陣の立て方。
38 踏みとどまることなく。
39 京都から宇治橋を経て奈良へ至る道。大和道。
40 斜めに横切って。
41 一町は、約一〇九メートル。
42 京都府向日市寺戸町。
43 すでに敵の第一陣を河野と陶山に追い払われて、味方に後れをとった事が悔やしく思われたので。

敵に逢うて、花やかなる一軍《ひといくさ》せんと思ひて、西八条《にしはちじょう》より上《のぼ》りに西《にし》の朱雀《しゅしゃか》へぞ懸け出でける。ここには、赤松入道《あかまつにゅうどう》、[44]究竟《くっきょう》の兵をすぐりて三千余騎にてひかへたりければ、[45]左右《そう》なく破るべき様《よう》もなかりける。されども、島津、小早川が横合ひに懸かりけるを見て、戦ひ疲れたる六波羅勢《ろくはらぜい》、力を得て、三方より喚《おめ》いて[46]攻《つ》め合《あ》はせける間、赤松勢忽《たちま》ちに[47]開《あ》け靡《なび》いて、[48]立所《たてど》にかたまつてひかへたり。

田中《たなか》兄弟《きょうだい》軍《いくさ》の事　10

ここに、赤松勢《あかまつぜい》の中より、ただ[1]二人《ににん》進み出でて、敵の数千騎《すせんき》ひかへたる中へ、[2]是非なく打つて懸かる兵あり。その勢ひ決然として、恰《あた》か[3]樊噲《はんかい》、項羽《こうう》が怒れるその勢ひ、形にも過ぎたり。相近づくに随つてこれを見れば、長《たけ》[4]七尺ばかりなる男の、髭《ひげ》両

44　きわめて強い兵をよりすぐって。
45　たやすく。
46　互いに接近して激しく戦ったので。
47　陣形を開きくずして。
48　馬を立て並べる場所。他本「三所」。

10
1　神田本同じ。玄玖本・簗田本・流布本「四人」。
2　やみくもに。
3　漢の高祖の臣樊噲と、楚の項羽。第二十八巻・9「漢楚戦ひの事」、参照。
4　約二・一メートル。
5　目をかっと見開くこと。
6　鎖帷子(くさりかたびら)。細かい鎖を下着に編んだ防具。
7　膝頭から大腿部の外側を防御する大きな臑当に、膝鎧(腿、膝を防御する防

方へ生《お》ひ分かれて、[5]眦逆《まなじりさか》さまに裂けたるが、[6]鏁《くさり》の上に鎧《よろい》を重ねて着、[7]大立挙《おおたてあげ》の髄当《すねあて》に膝鎧《ひざよろい》懸けて、[8]龍頭《たつがしら》の冑《かぶと》を猪頸《いくび》に着なし、[9]五尺余りの太刀を佩《は》き、[10]八尺余りの金《かな》さい棒《ぼう》の八角なるを、手《て》本《もと》二尺余り円《まる》めて、誠《まこと》に軽《かろ》げに提《ひっさ》げたり。数千騎ひかへたる六《ろく》波羅《はら》勢《ぜい》、かれら二人《ににん》が有様を見て、未だ戦はざる前《さき》に、三方《さんぼう》の寄手《よせて》引き退く。

敵を招いてかれら二人、大音声《だいおんじょう》を揚げて名乗りけるは、「備《び》前国《ぜんのくに》の住人、[11]頓宮又次郎入道《はやみまたじろうにゅうどう》が子息孫三郎《まごさぶろう》、田中藤九郎盛兼《たなかとうくろうもりかね》(が)舎弟孫九郎盛泰《まごくろうもりやす》と云ふ者なり。われら父子兄弟、少年の昔より[12]勅勘武敵《ちょっかんぶてき》の身となつて、山賊海賊《さんぞくかいぞく》を業《ぎょう》として一生を楽しめり。しかるに今、幸ひにこの乱出で来たり、[13]忝《かたじけ》なくも万乗《ばんじょう》の君《きみ》の御方《みかた》に参《さん》ず。しかるを、[14]先度《せんど》の合戦にさしたる軍《いくさ》もせで、御方《みかた》の負けをしたりし事、われらが恥と存ずる間、今日に於ては、たとひ御方負けて引くとも引くまじ。敵強《こわ》くともそれに依《よ》

具。佩楯〈はいだて〉とも)をかけて。

8 龍の頭の前立物(まえだてもの)=兜正面の飾り)をつけた兜を深くかぶり。

9 約一・五メートル余りの大太刀を身につけ。

10 約二・四メートル余りの金さい棒(いぼの付いた鉄棒)の八角形なのを、手に持つところを六〇センチ余り丸くして。

11 頓宮は、備前国邑久郡福岡(岡山県瀬戸内市長船町福岡)の武士。田中は、赤松一族。

12 帝のお咎めをうけ幕府の敵の身の上となって。

13 畏れ多くも帝のお味方に参った。万乗の君は、周代に天子は一万台の兵車を持ったからいう。

14 本巻・3の三月十二日の合戦。

るまじ。敵の中を分けて通り、六波羅殿《ろくはらどの》に対面申さんと存ずるなり」と、[15]広言《こうげん》を吐いて、[16]二王《におう》立ちにぞ立つたりける。

島津安芸前司《しまづあきのぜんじ》父子三人、これを聞いて、[17]手の者どもに向かつて申しけるは、「日来《ひごろ》も聞き及びし西国一《さいごくいち》の大力《だいちから》とは、これなりと覚ゆる。かれらを討ち候はん事、大勢《おおぜい》にては叶《かな》ふまじ。[18]なかなか御辺《ごへん》達は、且《しばら》く余所《よそ》にひかへて、[19]自余《じよ》の敵に戦ふべし。われら三人相近《あいちか》づいて、[20]追つつ返しつ暫《しばら》く悩ましたらんに、などかこれを討たざらん。かれたとひ力こそ強《つよ》くとも、身に矢の立たぬ事あるべからず。たとひ走ること早くとも、馬には追つ付かじ。多年稽古《けいこ》の[21]犬笠懸《いぬかさがけ》、今の用に立たずは、いつか期《ご》すべき。[22]いで不思議の一軍《ひといくさ》して人々に見せん」と云ふままに、ただ三騎打ち抜けて、[23]五人の敵に相近づく。

田中藤九郎《たなかとうくろう》、これを見て、「その名は誰《たれ》とも知らねども、猛《たけ》くも思へる志《こころざし》かな。同じくは御辺を生け取つて、御方になし

15　大言。
16　二王(仁王。寺門の両脇に立つ金剛力士)のように猛々しくつっ立った。
17　手下の者。
18　むしろ。
19　その他の。
20　駆けたり引いたりして。
21　犬を馬で追って射る犬追物と、馬上から遠くの的(笠)を射る笠懸け。
22　さあ変わったひと合戦をして。
23　神田本同じ。玄玖本・簗田本・流布本「四人」。

て軍《いくさ》せさせん」とあざ笑うて、件《くだん》の金《かな》さい棒《ぼう》を打ち振つて、閑《しず》かに歩み近づく。島津《しまづ》も馬をしづしづと歩ませて、[24]矢比《やごろ》過ぐる程になりければ、先《ま》づ安芸前司《あきのぜんじ》、[25]三人張りに十三束三伏《ぞくみつぶせ》、[26]暫《しば》し堅めてちやうど放つ。その矢あやまたず田中《たなか》が右の頬先《ほおさき》を冑《かぶと》の[27]菱縫《ひしぬい》の板へ、[28]懸けず箆中《のなか》ばかり射通したりける間、急所《きゅうしょ》の痛《いた》手《で》に弱り、さしもの大力《だいぢから》なりけれども、[29]目昏《く》れて更に進み得ず。

舎弟孫九郎《まごくろう》、走り寄り、その矢を抜いて捨て、「[30]君の御敵《おんてき》は六波羅《ろくはら》なり。兄の敵は御辺《ごへん》なり。[31]余すまじきものを」と云ふままに、兄が持つたる金さい棒を取つて、打ち振つて懸かれば、頓宮《はやみ》[32]三郎入道《さぶろうにゅうどう》、子息孫三郎《まごさぶろう》、おのおの[33]五尺三寸の太刀を引つ側《そば》めて、小躍《こおど》りして続いたり。島津、もとより[34]物馴れたる上、馬の上の達者《たっしゃ》、矢継早《やつぎばや》の手だれなれば、少しも騒がず、田中追うて懸かれば、[35]間《あい》の鞭《むち》を打つて、押しもぢりにはたと射る。田中[36]馬手《めて》へ廻れば、弓の本《もと》を越してちようど射る。西国名誉《さいごくめいよ》の

24　矢の届く距離に近づいたので。
25　三人で弦を張る強い弓に、十三束三伏の長い矢をつがえ。矢の長さは十二束を標準とした（束は一握りで親指をのぞく指四本、伏は指一本の幅）。
26　しばらく矢を引きしぼり、ぴしりと放った。
27　兜（かぶと）の錣（しころ）の一番下の板で、糸を菱形に綴じた所。
28　わけもなく矢竹の中ほどまで。
29　目がくらんで。
30　後醍醐帝。
31　逃がさず討ち取ってやるぞ。
32　前出「又次郎入道」。
33　約一・六メートルの大太刀。それを身に引き寄せたずさえて。
34　いくさ馴れした上に、

打物《うちもの》の上手《じょうず》と、北国無双《ほっこくぶそう》の馬上の達者と、追ひ廻し、懸け違へ、人交《ひとま》ぜもせで戦ひける、前代未聞《ぜんだいみもん》の見物なり。

さる程に、島津が矢種《やだね》尽きて打物にならんとしけるを見て、[37]かくては叶《かな》はじとや思ひけん、朱雀《しゅしゃか》の[38]地蔵堂《じぞうどう》より北にひかへたる小早川《こばいかわ》、百五十騎にて喚《おめ》いて懸かりけるに、田中が後ろなる勢、ばっと引き退く間、田中、頓宮、父子兄弟四人、鎧《よろい》の透《す》き間《ま》、[39]内甲《うちかぶと》に、おのおの矢二、三十筋《すじ》射立てられて、太刀を逆《さか》さまについて、皆[40]立ちずくみにぞ死にたりける。見る人聞く人、後《のち》までも惜しまぬ者はなかりけり。

有元一族討死《ありもといちぞくうちじに》の事　11

美作国《みまさかのくに》の住人[1]菅家《かんけ》の一族、三百余騎にて[2]四条猪隈《しじょういのくま》まで攻め入り、[3]武田兵庫助《たけだひょうごのすけ》、糟谷《かすや》、高橋《たかはし》が千余騎の勢《せい》と懸け合うて、

騎馬に上達し、矢継ぎ早に矢を射る名手なので、落ち着いて。
35　間合いをとって馬に鞭打って、体をねじらせて矢をはたと射る。
36　右手に回ると、弓を右手へ向けて(本筈《もとはず》〈=弓の下部〉を馬の背を越えさせて)。
37　これでは島津が危ないと(小早川は)思ったのか。
38　下京区歓喜寺町にあった地蔵堂。
39　兜の内側。
40　立ったまま死んだ。

11
1　美作国(岡山県北東部)にいた菅原氏族の武士団。
2　四条大路と南北の猪熊小路の交点。
3　武田信武(信宗の子)。糟屋・高橋は、北条被官。

時移るまで闘《たたか》ひけるが、跡《あと》なる御方《みかた》の引き退きぬる体《てい》を見て、元来《もとより》引かじとや思ひけん、また向かふ敵に後ろを見せじとや恥ぢたりけん、有元菅四郎佐弘《ありもとかんしろうすけひろ》[4]、同じき五郎佐光《ごろうすけみつ》、同じき又三郎《またさぶろう》佐吉《すけよし》兄弟三騎、近づく敵に馳《は》せ並《なら》べ、引つ組んで臥したり。佐弘は、今朝の軍《いくさ》に膝口《ひざぐち》を切られて、力弱りたりけるにや、武田《たけだの》七郎《しちろう》に押さへ(られ)て頸《くび》を取らる。佐光は、武田次郎《たけだのじろう》を押さへて首を掻く。佐吉は、武田が郎等《ろうどう》と差し違へて、ともに死にけり。

敵二人《ににん》もともに兄弟なり、御方二人もともに兄弟なれば、「死に残つては何かせん。いざや、ともに勝負せん」とて、佐光と武田七郎と、持つたるその太刀を両方へ投げ捨てて、また引つ組んで差し違へる。これを見て、福見彦次郎佐長《ふくみひこじろうすけなが》[5]、殖月彦五郎重佐《うえつきひこごろうしげすけ》、原田彦三郎佐秀《はらだひこさぶろうすけひで》、鷹取八次郎種佐《たかとりはちじろうたねすけ》、同時に馬を引つ返し、むずと組んではどうど落ち、引つ組んで差し違へ、二十七

4 岡山県勝田郡奈義町の武士。有元は、菅家一族の惣領。

5 菅家の一族。福見(福光)は、勝田郡奈義町柿、殖月(植月)は、勝田郡勝央《しょうおう》町植月、原田は、久米郡美咲町原田、鷹取は、勝田郡勝央町美野に住んだ武士。

人の者ども、一所《いっしょ》にて討たれければ、その陣の軍《いくさ》は破れにけり。

妻鹿《めが》孫三郎《まごさぶろう》人飛礫《ひとつぶて》の事　12

また、播磨国《はりまのくに》の[1]住人妻鹿孫三郎長時《ながとき》と申すは、[2]薩摩氏長《さつまのうじなが》が末《すえ》にて、力《ちから》人に越え、[3]機量《きりょう》世に勝《すぐ》れたり。生年《しょうねん》十二の春の比《ころ》より、相撲《すもう》を好んで取りけるに、[4]日本六十余ヶ国の中には、つひに片手にも懸かる者なかりけり。人は類《るい》を以て集まる習ひなれば、[5]相具《あいとも》なふ一族十七人、皆尋常《よのつね》の人には越えたり。されば、他人の手を交《まじ》へずして一陣に進み、[6]六条坊門大宮《ろくじょうぼうもんおおみや》まで攻め入りたりけるが、東寺《とうじ》、竹田《たけだ》より勝ち軍《いくさ》して帰りける六波羅勢《ろくはらぜい》が三千余騎に取り巻かれ、十七人は討たれて、孫三郎一人ぞ残りける。

「生きて甲斐《かい》なき命なれども、[7]君《きみ》の御大事《おんだいじ》、これに限るまじ。

12

1　兵庫県姫路市飾磨（しかま）区妻鹿に住んだ武士。第九巻・5では、長宗。
2　九世紀に実在した力士（日本三代実録）。「今昔物語集」等に説話がのる。第二十三巻・1にもみえる。
3　度量。
4　日本全国には、ついに長時が片手で相手をしても敵う者はいなかった。
5　引き連れた一族。
6　六条坊門小路（五条大路と六条大路の間）と南北に走る大宮大路の交点。
7　後醍醐帝の命運を分かつ一大事は、この合戦だけにかぎるまい。

一人《いちにん》なりとも生き残つて、後《のち》の御用にこそ立ため」と独《ひと》り言《ごと》して、ただ一騎、西《にし》の朱雀《しゅしゃか》を指して引きけるを、[8]印具駿河守《いぐするがのかみ》の勢《せい》、五十余騎にて追つ懸けたり。その中に、年の程二十ばかりなる若武者《わかむしゃ》一騎馳《は》せ寄《よ》せて、引いて帰る妻鹿孫三郎《めがまごさぶろう》に組まんと、鎧《よろい》の袖に取り付きける処《ところ》を、孫三郎、[9]長肘《ながかいな》を差し延べて、鎧の[10]上《あげ》巻《まき》を摑《つか》んで中《ちゅう》に提《ひっさ》げて、三町ばかりを引つ下げたりける。この武者、[11]しかるべき者にてやありけん、「討たすな」とて、五十余騎、跡に付いて懸かりけるを、妻鹿、[12]尻目《しりめ》にはたと睨《にら》んで、「敵[13]も敵によるぞ。一騎なればとて、われに近づいて[14]あやまちすな。欲しくばこれ取らせん。請《う》け取《と》れ」とて、左に提《ひっさ》げたる鎧武者を右の手に取つて渡し、えいと擲《な》げたりければ、跡なる敵六騎が上を投げ越して、深田《ふけだ》の深泥《じんでい》へ、見えぬ程に打ち込うだる。これを見て、五十余騎の者ども、同時に馬を引つ返し、[15]逸足《いちあし》を出《い》だしてぞ逃げたりける。

8　時高。北条一門。

9　長い腕を伸ばして。

10　鎧の背中に付ける総角結(あげまきむす)びの飾り紐。

11　相当な身分の者であったのか。

12　横目で後ろをじろりとにらんで。

13　敵といってもいろいろあるぞ。一騎だからといって。

14　怪我をするな。

15　全速力で。

赤松入道《あかまつにゅうどう》は、殊更《ことさら》今日の軍《いくさ》に憑《たの》み切つたる一族ども、所々《しょしょ》にて八百余人討たれてければ、[16]気疲れ、力《ちから》落ちはてて、八幡《やわた》、山崎《やまざき》へ引つ返す。

千種殿軍《ちくさどののいくさ》の事 13

京都数ヶ度《すかど》の合戦に、[1]官軍度《たび》ごとに打ち負けて、八幡、山崎の陣も小勢《こぜい》になりぬと聞こえければ、[2]主上《しゅしょう》、[3]天下の安危《あんき》いかがあらんずらんと、宸襟《しんきん》を悩まさる。則ち船上《ふなのうえ》の皇居に[4]壇《だん》を立てられて、天子自ら金輪《こんりん》の法を行はせ給ふ。[5]その一七日《ひとなぬか》に当たりける夜、三光天子《さんこうてんし》、光を並べて壇上に現じ給ひければ、御願《ごがん》忽《たちま》ちに成就《じょうじゅ》しぬと、憑《たの》もしくぞ思《おぼ》し召《め》しける。

さらば、やがて大将を差し上《のぼ》せ、赤松に力を合はせ、六波羅《ろくはら》を攻めらるべしとて、[6]六条少将忠顕朝臣《ろくじょうしょうしょうただあきあそん》を、[7]頭中将《とうのちゅうじょう》にな

16　気力をなくし。

13
1　赤松勢。
2　後醍醐帝。
3　天下のなりゆき。
4　修法の祭壇をお立てになり、帝自ら一字金輪法(大日如来の真言をとなえる除災の法)を行われる。
5　修法を始めて七日目の満願の夜、日天子・月天子・明星天子が光り連ねて壇の上に示現したので。
6　前出、第七巻・7。
7　蔵人所の長官(蔵人頭)で、近衛中将を兼ねる。

され、山陽《せんよう》、山陰両道《せんおんりょうどう》の兵の大将として、京都へ差し向けらる。その勢《せい》、伯耆《ほうき》を立ちしまでは、わづかに千余騎と聞こえしが、因幡《いなば》、伯耆、美作《みまさか》、丹後《たんご》、丹波《たんば》、若狭《わかさ》の勢ども馳《は》せ加《くわ》はつて、程なく二十万七千余騎に及べり。

また、第六の若宮[8]は、元弘《げんこう》の乱《らん》の始め、武家へ囚《とら》はれさせ給ひて、但馬国《たじまのくに》へ流されさせ給ひたりしを、その国の守護太田《おおた》[9]三郎左衛門尉《さぶろうざえもんのじょう》取り立て奉つて、近国《きんごく》の勢を相催《あいもよお》し、丹波の篠村《しのむら》[10]へ参会す。大将頭中将《とうのちゅうじょう》、斜《なの》めならず悦《よろこ》びて、則ち錦《にしき》の御旗《みはた》を立てて、この宮を上将軍《じょうしょうぐん》[11]と仰ぎ奉り、軍勢の催促の令旨《りょうじ》をなし下さる。

四月二日、宮、篠村を御立ちあつて、西山《にしやま》の峯堂《みねのどう》[12]を陣に召さる。相順《あいしたが》ふ軍勢二十万余騎、谷堂《たにのどう》[13]、峯堂、葉室《はむろ》、衣笠《きぬがさ》、万石大路《まんごくおおじ》、松尾《まつのお》、桂《かつら》に居余りて、半ばは野宿《のじゅく》に充《み》ち満《み》ちたり。この時、殿法印良忠《とののほういんりょうちゅう》、八幡《やわた》に陣を取り、赤松入道円心《あかまつにゅうどうえんしん》は、山崎《やまざき》に

8 聖護院宮静尊（じょうそん）法親王。ただし、第六宮ではなく第四宮。但馬国に流されたことは、第四巻・2。
9 前出、第四巻・2。太田は、幕府の有力御家人。叡山僧常陸房昌明の裔。
10 京都府亀岡市篠町。
11 大将軍の中国風の呼称。
12 京都市西京区御陵峰ヶ堂町にあった法花山寺。京、丹波間の交通の要地。
13 谷堂は、峯堂の近くにあった最福寺(西京区松室地家山)。葉室は、西京区山田葉室町。衣笠は、衣笠山(北区と右京区の間)。万石は、西京区松尾万石町。松尾は、西京区松尾。
14 陣営。
15 六条忠顕は、伊勢国三

[14]旅陣《たむろ》を張れり。かの陣と[15]千種殿《ちくさどの》の間《あいだ》、わづかに五十余町が程なれば、方々《かたがた》牒し合はせてこそ京へは寄せらるべかりしを、千種頭中将、[16]わが勢の多きをや憑《たの》まれけん、また[17]独《ひと》り高名《みょう》にせんとや思はれけん、ひそかに日を定めて、四月八日の[18]卯《う》の刻《こく》に、六波羅《ろくはら》へぞ寄せられける。今日は[19]仏生会《ぶっしょうえ》の日とて、[20]心あるも心なきも、[21]浴仏《よくぶつ》の水に心を澄まし、供花《くげ》の香《か》に袖を翻《ひるがえ》して、[22]捨悪修善《しゃあくしゅぜん》を事とする習ひなるに、時日《ときひ》こそ多くあるに、[23]斎《さい》日《じつ》にしも合戦を始めて[24]天魔波旬《てんまはじゅん》の道を学ばるる、心得難《こころえがた》しと、人々[25]舌を翻《ひるがえ》せり。

敵御方《みかた》の士卒《しそつ》、源平互ひに交《ま》じり、[26]笠符《かさじるし》なくは同士討《どしう》ちも出《い》で来《き》ぬべしとて、白き絹を一尺づつに切つて、「風」と云ふ文字を書いて、鎧《よろい》の袖に付けさせられける。これは、孔子《こうし》の言《ことば》に、「[27]君子の徳は風なり。小人の徳は草なり。草これに風を尚《くわ》ふるときは必ず偃《のえふ》す」と云ふ心なるべし。

重郡千種を後醍醐帝から拝領し、千種と称した。
16 わが軍勢の多いことに頼ったのだろうか。
17 自分ひとりで手柄をたてること。
18 午前六時頃。
19 四月八日の釈迦降誕を祝い、釈迦像に水をかけ、花を供える灌仏会のこと。
20 道理をわきまえる人もわきまえない人も。
21 灌仏に同じ。
22 悪行を捨てて善行を修める。
23 精進の日。
24 仏道を阻害する欲界第六天の魔王。
25 非難した。
26 敵味方を識別する布きれ。
27 「論語」顔淵篇の句。君子が徳をもって小人をなびき従わせる意。

六波羅《ろくはら》には、敵を西に受けたることとなれば、三条《さんじょう》より五条《ごじょう》まで、[28]大宮面《おおみやおもて》に塀を塗り、櫓《やぐら》を掻いて射手《いて》を上げ、小路小路《こうじこうじ》に兵を千騎、二千騎ひかへさせて、[29]魚鱗《ぎょりん》に進み、鶴翼《かくよく》に囲むやうにぞ謀《はか》りける。「寄手《よせて》の大将を誰《たれ》ぞ」と問ふに、「先帝第六の若宮、副将軍千種頭中将忠顕朝臣《ちくさとうのちゅうじょうただあきあそん》」と聞こえければ、「[30]さては、軍《いくさ》の成敗《せいばい》心にくからず。[31]源《みなもと》は同じ流れなりと云ふとも、「[32]江南《こうなん》の橘《たちばな》を江北《こうほく》に移されては枳《からたち》と成る」習ひなり。弓馬《きゅうば》の道を守る武家の輩《ともがら》と[33]風月《ふうげつ》の才を事とする朝廷の臣と、闘《たたか》ひを決せんに、武家勝たずと云ふ事あるべからず」と、おのおの勇み進んで七百余騎、大宮の面に打ち寄せて、寄手をぞ待ち懸けたる。

さる程に、忠顕朝臣、[34]神祇官《じんぎかん》の前にひかへて勢《せい》を分け、上《かみ》は[35]大舎人《おおどねり》より、下《しも》は七条《しちじょう》まで、小路ごとに千余騎づつを差し向けて攻めらる。武士は要害を拵《こしら》へ、射手《いて》を面《おもて》に立て、馬武者《うまむしゃ》を後ろに置きたれば、敵のひるむ所を見て、懸け出で懸け出で追

28 大宮大路(大内裏の東西を南北に走る)に面したところ。ここは東大宮大路。
29 魚鱗(敵陣を突破する先頭を細くした鱗形の陣形)で進み、敵を鶴翼(鶴が翼を広げた形で包囲する陣形)で囲むように。
30 それではいくさのやり方はたかが知れている。
31 武家の家である清和源氏と同じ源氏の流れとはいっても。千種(六条)忠顕は公家の村上源氏。
32 「淮南子」原道訓にみえる諺。人は育つ環境によって性質が変わる意。
33 詩歌など文才を専門とする。
34 大内裏内の神祇祭祀を司った役所の跡地。東大宮大路に近い。
35 大舎人寮。舎人の役所で、神祇官の南西にあった。

つ立つる。官軍は二重《ふたえ》、三重《みえ》に[36]荒手《あらて》を立てたれば、一陣引けば二陣入れ替へ、二陣負くれば三陣入れ替はつて、人馬《じんば》に息を継《つ》がせ、[37]煙塵《えんじん》天を掠《かす》めて攻め戦ふ。官軍も武士ももろともに、命[38]を軽んじ、名を惜しんで死を争ひしかば、御方《みかた》助けて進むはあれども、敵に逢うて退くはなかりけり。

かくては、いつ勝負あるべしとも見えざりける処《ところ》に、[39]但馬《たじま》、丹後《たんご》の勢どもの中より、かねて京中に忍び入れ置きたりける者ども、ここかしこに火を懸けたり。時節《おりふし》、[40]飆《つじかぜ》烈しく吹いて、猛煙《みょうえん》後ろに立《た》ち覆《おお》ひければ、[41]一陣に支へたる武士ども、大宮面に引き退いて、なほ京中にひかへたり。両六波羅《りょうろくはら》、これを聞いて、弱からん方へ向けんとて用意に残し留《とど》めたる佐々木《ささき》判官《ほうがん》時信《ときのぶ》、隅田《すだ》、高橋《たかはし》、[42]南部《なんぶ》、下山《しもやま》、河野《こうの》、陶山《すやま》、富樫《とがし》、小早川《こばいかわ》五千余騎を差し添へて、[43]一条《いちじょう》、二条《にじょう》の口へ差し向けらる。この荒手に懸け合うて、但馬の守護太田《おおた》三郎左衛門《さぶろうざえもん》討たれにければ、

36　新手。ひかえの新しい軍勢。
37　土煙を天に巻き上げて。
38　自らの命を軽んじ、名誉を重んじて競って命を捨てて戦ったので。
39　後醍醐方。
40　つむじかぜ。
41　第一陣として応戦していた六波羅方の武士たち。
42　南部・下山は、甲斐の武田一族。山梨県南巨摩（みなみこま）郡南部町、同郡身延町下山に住んだ。
43　一条大路、二条大路の西端。

手の者三百余騎、一所《いっしょ》に討死《うちじに》して、二条《にじょう》の寄手《よせて》は破れにけり。

丹波国《たんばのくに》の住人[44]荻野彦六《おぎのひころく》と足立三郎《あだちのさぶろう》は、五百余騎、[45]四条油小路《しじょうあぶらのこうじ》まで攻め入りたりけるを、備前国《びぜんのくに》の住人[46]薬師寺十郎《やくしじのじゅうろう》、丹《たん》、児玉《こだま》が勢《せい》七百余騎、相伴《あいともな》うて戦ひけるが、二条の手破れぬと見てければ、荻野も足立ももろともに、[47]御方《みかた》の負けして引つ返す。

[48]金持三郎《かなじのさぶろう》は、[49]七条東洞院《しちじょうひがしのとういん》まで攻め入りけるが、深手《ふかで》を負うて引きかねたりけるを、播磨国《はりまのくに》の住人[50]胞場《ほうば》が一族、二百余騎が中に取《と》り籠《こ》めて、これを生け取ってけり。丹波国[51]神池《みいけ》の衆徒《しゅと》は、八十余騎にて[52]五条西洞院《ごじょうにしのとういん》まで攻め入り、御方の引くをも知らで戦ひけるを、備中国《びっちゅうのくに》の住人[53]庄三郎《しょうのさぶろう》、真壁四郎《まかべのしろう》、三百余騎にて取り籠め、一人も余《あま》さず討ちにけり。

方々《かたがた》の寄手《よせて》、或いは討たれ、或いは破られて、皆桂川辺《かつらがわへん》に引いたりけれども、[54]名和小次郎《なわこじろう》と[55]児島備後三郎《こじまびんごのさぶろう》とが向かひたりける一条《いちじょう》の寄手は、未だ引かず、懸けつ返しつ、時を移すまで

44 荻野(名は朝忠)・足立は、兵庫県丹波市(丹波国氷上郡)にいた武士。荻野は、相模の海老名党の分かれ。足立は、武蔵の足立氏の分かれ。
45 四条大路と油小路の交点。
46 薬師寺は、秀郷(ひでさと)流藤原氏。丹、児玉は、武蔵七党の丹党、児玉党の武士。
47 味方(宮方)の負けに引かれて退却した。
48 船上山に馳せ参じた武士に、「金持の一党」とある(第七巻・9)。
49 七条大路と東洞院大路の交点。
50 不詳。神田本同じ。玄玖本・流布本「肥塚」。
51 丹波市市島町の妙高山神池寺。中世に栄えた天台宗寺院。
52 五条大路と西洞院大路

戦うたる。防くは陶山《すやま》と河野《こうの》となり。攻むるは名和と児島なり。[56]児島と河野とは一族にて、名和と陶山とは知人なり。[57]日来《ひごろ》の言《ことば》をや恥ぢたりけん、また後難《こうなん》をや思ひけん、死しては尸《かばね》を曝《さら》すとも、逃げては名を失はじと、互ひに命を惜しまず、呼《おめ》き叫《さけ》んでぞ戦ひける。

大将忠顕朝臣《ただあきあそん》は、[58]内野《うちの》まで引かれたりけるが、一条の手なほ相挑《あいいど》んで、戦ひ未だ半ばなりと聞こえしかば、また神祇官《じんぎかん》の前へ引つ返して、使ひを立て、児島と名和とを喚《よ》び返《かえ》されければ、かれら二人《ににん》、陶山、河野に向かつて、「今日はすでに日暮れぬ。また後日《ごにち》にこそ[59]見参《げんざん》にも入《い》り候はめ」と[60]色代《しきだい》して、両陣ともに引き分かれ、おのおの東西へ去りにけり。

[61]夕陽《せきよう》に及んで、軍《いくさ》散じければ、千種殿《ちくさどの》は、本《もと》の陣峯堂《みねのどう》に帰つて、御方の手《て》負《おい》、討死を注《しる》さるるに、七千人に及べり。その中に、[62]宗《むね》と憑《たの》まれたりける太田《おおた》、金持の一族以下《いげ》、一方《いっぽう》の大将と

の交点。
53 庄・真壁は、備中(岡山県)の武士。
54 長生(ながたか)。長年の子。
55 児島高徳。第四巻・4「今木三郎高徳」。
56 備前の児島と伊予の河野の間に、縁戚関係があったか。
57 日頃の勇壮な言を恥じたのか、また後々の非難を思ったのか。
58 かつて平安京の大内裏があった地。
59 お目にかかろう。
60 あいさつ。
61 日暮れ時。
62 とくに頼りにされていた。

もなりぬべき者、五十余騎まで討たれたりければ、かくては叶《かな》ふまじとや思はれけん、児島備後三郎高徳《こじまびんごのさぶろうたかのり》を呼び寄せて、「敗軍の士、力疲れて再び戦《たたか》ひ難《がた》し。都近き陣は悪《あ》しかりぬと覚ゆれば、少し堺《さかい》を隔《へだ》てて陣を取り、重ねて近国《きんごく》の勢《せい》を集めて後《のち》、また京都を攻めばやと思ひ候ふ。[63]いかが計らふ」と宣《のたま》ひければ、児島三郎、[64]聞きもあへず、「軍の勝負は時の運に依《よ》る事にて候へば、負くるも必ずしも恥ならず。ただ[65]引くまじき所を引かせ、懸くまじき所を懸けたるを以て、大将の[66]不覚《ふかく》とは申すなり。[67]いかなれば、赤松入道《あかまつにゅうどう》わづかに千余騎の勢を以て、三ヶ度まで京中へ攻め入り、叶《かな》はねば引き退いて、つひに八幡《やわた》、山崎《やまざき》の陣をば去らでこそ候へ。御勢《おんぜい》たとひ過半《かはん》討たれて候ふとも、残る所の兵、なほ六波羅《ろくはら》の勢よりは多かるべし。この御陣、後ろは深《み》山《やま》にて前は[68]大河なり。敵もし寄せ来たらば、[69]好む所の手所《てどころ》なるべし。[70]あなかしこ、この御陣を引かんと思《おぼ》し召《め》す事候ふべから

63 どう考えるか。
64 十分に聞きとりもしないで。
65 退却すべきでない所で兵を退却させ、進むべきでない所で進む。
66 不名誉な過ち。
67 どういうわけで。
68 桂川。
69 絶好の合戦場所であろう。
70 ゆめゆめ。
71 弱みにつけこんで。
72 橋のたもと。

ず。但し、御方《みかた》のくたびれたる[71]弊《つい》えに乗つて、敵の夜討《ようち》に寄する事もや候はんずらんと存じ候へば、高徳は、七条《しちじょう》[72]橋爪《はしづめ》に陣を取つて相待ち候ふべし。[73]御心安からんずる兵を四、五百騎が程、[74]梅津《うめづ》、法輪《ほうりん》の渡りへ差し向けて、警固《けいご》せさせられ候ふべし」と申し置いて、備後三郎高徳は、その勢三百余騎にて、七条の橋より西にぞ陣を堅めたる。

千種殿《ちくさどの》は、児島に[75]云ひ恥ぢしめられて、暫《しばら》くは峯堂《みねのどう》におはしけるが、「敵もし夜討にや寄せんずらん」と云ひつる言《ことば》におどされて、いよいよ臆病心《おくびょうしん》や付き給ひけん、夜半《やはん》過ぐる程に、[76]宮を御馬に乗せ奉つて、口を引かせて、葉室《はむろ》の前を[77]直違《すじか》へに、八幡を指してぞ落ちられける。

備後三郎、かかる事とは思ひも寄らず、小夜《さよ》深《ふ》け方《がた》に峯堂を見やれば、陣々に星の如く耀《かかや》いて見えつる篝《かがり》、次第に数《かず》消えて所々《しょしょ》に[78]焼《た》きすさめたり。これは、あはれ、大将の落ち給ひたる

73　頼りになる兵。
74　梅津は、右京区梅津(桂川をはさんで松尾の対岸)。法輪の渡りは、法輪寺(西京区嵐山虚空蔵山町の真言宗寺院)辺の大堰川の渡し場。
75　たしなめられて。
76　大将の第六の若宮(実は第四の宮)静尊法親王。
77　斜めに横切って。
78　消えかけている。
79　葉室(西京区山田開キ町)にある真言律宗寺院。
80　午前零時頃。
81　仕方なく。
82　さあいらっしゃい。一緒に行きましょう。
83　失敗。
84　そうであっても自分の目で様子を確かめなくては、後日の非難もあろう。
85　よほどあわてて逃げたと思われて。

やらんと怪しくて、事の様《よう》を見んために、葉室大路《はむろおおじ》より峯堂《みねのどう》へ上《のぼ》る処《ところ》に、荻野彦六朝忠《おぎのひころくともただ》、[79]浄住寺《じょうじゅうじ》にて行き合ひて、「大将すでに、夜《よ》べの[80]子刻《ねのこく》に落ちさせ給ひて候ふ間、[81]力なくわれらも丹波《たんば》の方《かた》へと志《こころざ》して、罷《まか》り下《くだ》り候ふなり。[82]いざさせ給へ。打ち連れ申さん」と云ひければ、備後三郎《びんごのさぶろう》、大きに怒つて、「かかる臆病の人を、大将と憑《たの》みけるこそ[83]越度《おちど》なれ。[84]さりながらも、直《じき》に事の様を見ざらんは、後難《こうなん》あるべし。早や御通り候へ。高徳《たかのり》は、いかさま峯堂へ上《のぼ》つて、宮々の御陣を見奉つて、やがて追つ付き奉るべし」と云ひて、手の者どもをば皆麓《ふもと》に留《とど》め置《お》き、ただ一人《いちにん》、落ち行く勢《せい》の中を押し分け押し分け、峯堂へぞ上《のぼ》りける。大将のおはしつる本堂へ入《い》つて見れば、[85]よく周章《あわ》てて落ちられたりと覚えて、錦《にしき》の御旗《みはた》、[86]鎧直垂《よろいひたたれ》まで捨てられたり。備後三郎、余りに腹を立てて、「あはれ、この大将のいかなる堀か崖《がけ》へも落ち入つて死に給へかし」と独《ひと》り言《ごと》して、暫《しば》しはなほ

86 鎧の下に着る装束。
87 怒って歯ぎしりして。
88 今はさぞ、手下の者たちが待ちかねているだろう。
89 京都府亀岡市追分。
90 亀岡市の西郊、薭田野。
91 兵庫県丹波市氷上町の弘浪山上にあった高山寺。重源が再興した寺。

14

1 略奪。
2 悪魔の起こす風。
3 谷の堂ともいう。
4 嵯峨にあり、釈迦・阿弥陀の二尊を祭る。嵯峨天皇の勅願で円仁が建立し、法然により再興された。
5 底本「頼義」。神田本・玄玖本により改める。義信は、源義家の孫。
6 谷堂最福寺を開いた天台僧。松尾上人とも。峯堂法花山寺を開いた慶政上人

堂の縁《えん》に歯[87]がみしてぞ立つたりける。

[88]今はさこそ、手の者どもの待ちかねたるらんと思ひければ、錦の御旗ばかりを巻いて下人《げにん》に持たせ、急ぎ浄住寺の前へ走《はし》り下《お》りて、手の者どもを打ち連れて、少し馬を早めければ、[89]追分《おいわけ》の宿《しゅく》の辺にて、荻野彦六にぞ追つ着きける。荻野は、丹後《たんご》、丹波、出雲《いずも》、伯耆《ほうき》へ落ちける勢、篠村《しのむら》、[90]稗田《ひえだ》の辺に打ち集まつて、三千余騎ありけるを相伴ひ、路次《ろし》の野伏《のぶし》を逐《お》ひ払うて、丹波国[91]高山寺《こうせんじ》の城にぞ楯籠《たてご》もりける。

谷堂炎上《たにのどうえんしょう》の事　14

千種殿西山《ちくさどのにしやま》の陣を落ち給ひぬと聞こえしかば、四月九日、京中の軍勢、谷堂《たにのどう》、峯堂、浄住寺、松尾《まつのお》、万石大路《まんごくおおじ》、葉室《はむろ》、衣笠《きぬがさ》に乱れ入つて、仏閣神殿《ぶっかくしんでん》を打ち破つて、僧房民屋《そうぼうみんおく》を[1]追補《ついぶ》し、財

は、延朗の弟子。
7　ものさびしく人気のない庵室に住まわれた。俗塵を離れ仏門に入ること。
8　戒律・禅定・智恵の三学を兼ね、心身清浄の境地を得られたので。
9　「元亨釈書」延朗伝にのる話。
10　葛野郡松尾(京都市西京区嵐山宮町)にある松尾大社の祭神。
11　真言の秘法を行う時は、総角髪(髪を左右に分け、頭上に巻き上げ角状に両輪を作る童の髪型)の護法童子が手をあわせてお仕えした。
12　智恵があり行を積んだ高僧。
13　霊場。
14　延朗の在世から元弘三年までは百五十年余。玄玖本・簗田本「二百余歳」。

宝を悉《ことごと》く運び取つて後《のち》、在家《ざいけ》に火を懸けたれば、時節《おりふし》、[2]魔風《まかぜ》烈《はげ》しく吹いて、浄住寺《じょうじゅうじ》、[3]最福寺《さいふくじ》、葉室《はむろ》、衣笠《きぬがさ》、并《なら》びに[4]二尊院《じそんいん》、すべて堂舎《どうしゃ》三百余宇《う》、在家五千余家、一時《いっし》に灰燼《かいじん》となつて、仏像経巻《きょうかん》、忽《たちま》ちに寂滅《じゃくめつ》の煙《けぶり》と立ち上《のぼ》る。

かの谷堂《たにのどう》と申すは、伊予守《いよのかみ》[5]義信《よしのぶ》の嫡子[6]延朗上人《えんろうしょうにん》造立《ぞうりゅう》の霊地なり。この上人、幼稚《ようち》の昔、自ら武略累代《ぶりゃくるいだい》の家を離れて、ひとへに[7]寂寞無人《じゃくまくぶにん》の室《むろ》を卜《し》め給ひし後《のち》、[8]戒定恵《かいじょうえ》の三学《さんがく》を備へて、六根浄《ろっこんじょう》を得《え》給ひしかば、[9]法華読誦《ほっけどくじゅ》の窓の前には、[10]松尾明神《まつのおのみょうじん》座を列《つら》ねて耳を傾《かたぶ》け、[11]真言秘密《しんごんひみつ》の扉《とぼそ》の中《うち》には、総角《あげまき》の護法《ごほう》手を束《つか》ねて奉侍《ぶじ》し給ふ。かかる[12]有智高行《ゆうちこうぎょう》の上人の草創せられし[13]砌《みぎり》なれば、[14]五百余歳を経て今に至るまで、智水《ちすい》の流れ清く、法燈《ほっとう》の光明らかなり。[15]三間四面《さんげんしめん》の輪蔵《りんぞう》には、[16]転法輪《てんぼうりん》の相を表はして、七千余巻の経論《きょうろん》を収め、奇樹怪石《きじゅかいせき》の地の上には、[17]都卒《とそつ》の内院《ないいん》を移して、四十九院の楼閣《ろうかく》を並ぶ。十二の欄干《らんかん》、珠玉《しゅぎょく》天に擎《ささ》げ、五

神田本・流布本は底本と同じ。
15 三間四方の経蔵。
16 仏法で迷いを破ること。
17 都卒天の内院(弥勒菩薩の修行処)を模して。
18 金銀・瑠璃など七つの宝。諸経で数え方が違う。
19 浄住寺は、戒律を復興して真言律宗を開いた叡尊の開基。
20 戒律の法が広く行なわれている土地で、律宗修行の場所。
21 以下、「宋高僧伝」道宣伝を原拠とする話。謡曲「舎利」に、泉涌寺の牙舎利の由緒譚として語る。
22 釈迦がその下で涅槃に入った沙羅双樹。
23 犬歯。
24 釈迦の四種の弟子(比丘〈びく〉、比丘尼〈びくに〉、優婆塞〈うばそく〉、優婆夷〈うばい〉)。

重の塔婆《とうば》、金銀月《つき》を引けり。恰《あた》か極楽浄土の[18]七宝荘厳《しっぽうしょうごん》の有様も、かくやと覚ゆるばかりなり。

[19]浄住寺と申すは、[20]戒法流布《かいほうるふ》の地、律宗作業《りっしゅうさごう》の砌《みぎり》なり。[21]釈尊《しゃくそん》御入滅《ごにゅうめつ》の刻《きざみ》に、金棺《きんかん》未だ閉ぢざる時、捷疾神鬼《しょうしつじんぎ》と云ひける鬼神《きじん》、ひそかに[22]双林《そうりん》の下《もと》に近づき、仏の[23]御牙《おんきば》を一つ引つ欠いてこれを取る。[24]四部《しぶ》の仏弟子《ぶつでし》、驚き見て、これを留《とど》めんとし給ひける間、片時《へんし》が間に四万[25]由旬《ゆじゅん》を飛び越えて、[26]須弥《しゅみ》の四王天《しおうてん》へ逃《に》げ上《のぼ》りけるを、[27]韋駄天《いだてん》、これを追つ懸け取り得て、漢土《かんど》の[28]道宣律師《どうせんりっし》に与へらる。それより相承《そうじょう》して、わが朝《ちょう》に渡りたりしを、嵯峨天《さがてん》皇《のう》の御宇《ぎょう》、[29]弘仁《こうにん》年中に、この寺に安置し奉る。大いなるかな、[30]大聖世尊《だいしょうせそん》、滅度《めつど》二千三百余歳の後、[31]仏肉《ぶつにく》なほ留《とど》まつて、[32]分布《ぶんぷ》天下に普《あまね》し。

[33]異瑞奇特《いずいきどく》の大伽藍《だいがらん》を、故《ゆえ》なくして滅《ほろ》ぼされければ、ひとへに[34]武運の尽《つ》くべき前相《ぜんそう》なりと、人皆唇《くちびる》を翻《ひるがえ》しけるが、はたして

25 由旬は、古代インドの距離の単位。牛車一日の行程。
26 須弥山(仏説で世界の中心にある高山)の中腹にある四天王の宮殿。
27 増長天(四天王の一)に仕える仏法の守護神で、足が速い。
28 唐代の高僧で、南山律宗の祖。
29 八一〇—八二四年。
30 釈尊(釈迦の尊称)。入滅は紀元前四八六年または三八三年とされる。元弘三年(一三三三)は、一八一九年または一七一六年後にあたる。
31 釈迦の肉体。
32 釈迦の教えが広く天下に流布している。
33 格別にめでたいしるしを顕わした大寺院。
34 幕府の運命が尽きる前

幾程《いくほど》もあらざるに、両六波羅《りょうろくはら》、都を攻め落とされて、近江国《おうみのくに》[35]番馬《ばんば》にて亡びにけり。

兆だと、人々は非難したが。

35 滋賀県米原市番場。後出、第九巻・7。

付録

皇室系図（数字は天皇の代数を示す）

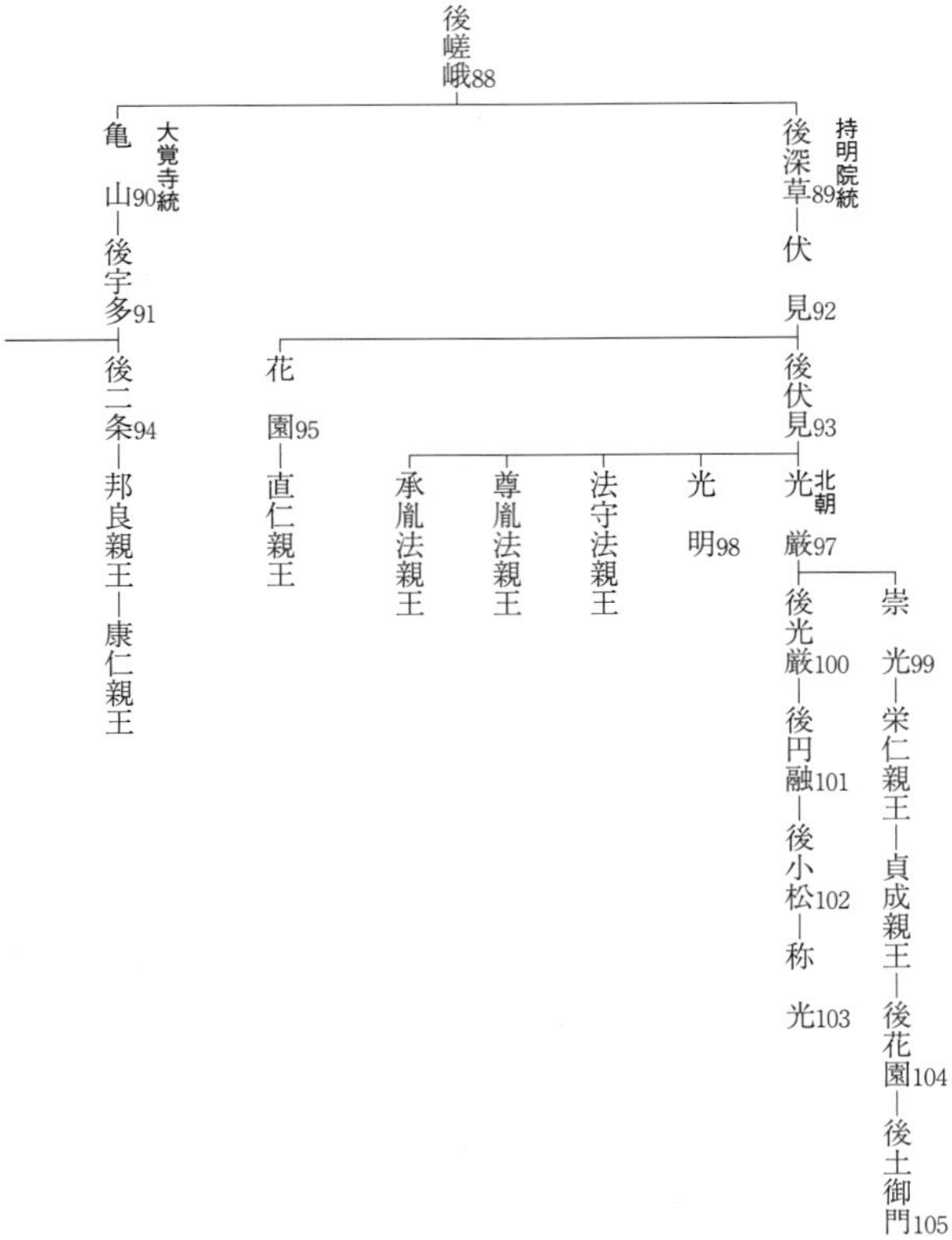

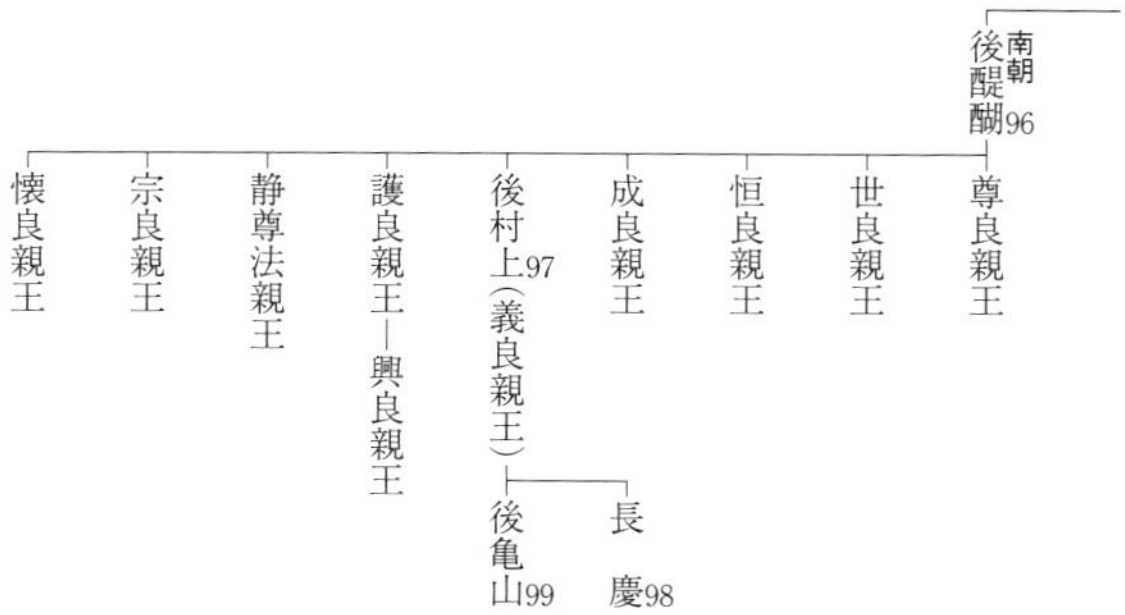

南朝
後醍醐96
尊良親王
世良親王
恒良親王
成良親王
後村上97（義良親王）
長慶98
後亀山99
護良親王
興良親王
静尊法親王
宗良親王
懐良親王

藤原氏系図

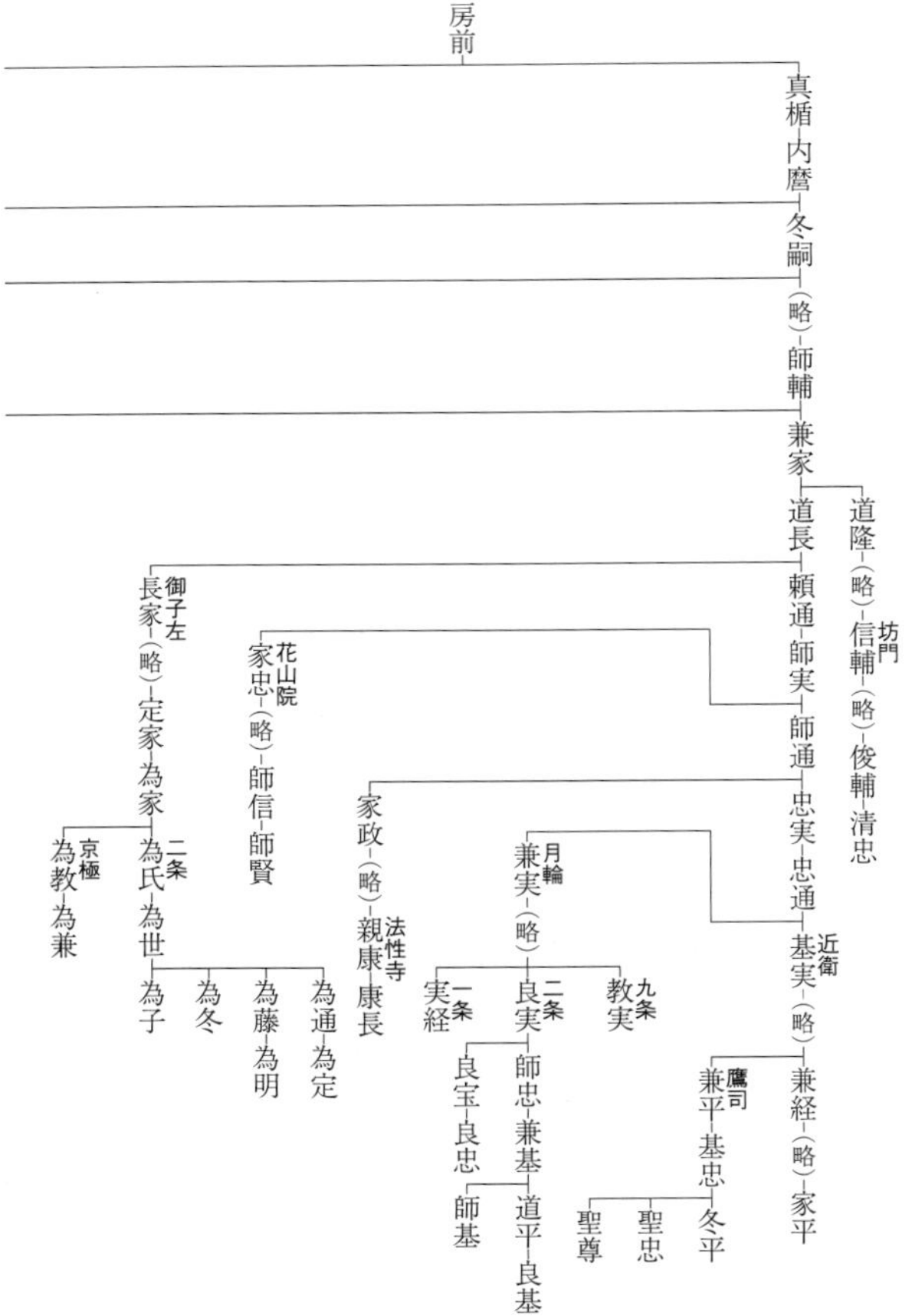

房前
真楯―内麿―冬嗣―（略）―師輔―兼家
道隆―（略）―坊門 信輔―（略）―俊輔―清忠
道長―頼通―師実―師通―忠実―忠通―近衛 基実―（略）―兼経―（略）―家平
鷹司 兼平―基忠
冬平
聖忠
聖尊
月輪 兼実―（略）
九条 教実
二条 良実―師忠―兼基―道平―良基
師基
良宝―良忠
一条 実経
家政―（略）―法性寺 親康―康長
花山院 家忠―（略）―師信―師賢
御子左 長家―（略）―定家―為家
二条 為氏―為世
為通―為定
為藤―為明
為冬
為子
京極 為教―為兼

公季―（略）―公経〔西園寺〕―実氏―公相―実兼―公衡―実衡―公宗―実俊
　実衡―公重
　実兼―兼季
　実兼―禧子
　公経―実雄〔洞院〕―（略）―公賢―実世
　　公賢―実夏―公定

良門―高藤―（略）―経房〔吉田〕―定経―資経―為経―経長―定房―宗房
　資経―経俊―俊定―定資―経顕〔勧修寺〕
　　経俊―経継〔中御門〕―経宣―宣明
　資経―資通〔万里小路〕―宣房―藤房
　　宣房―季房
　（略）―光長〔九条〕―（略）―定光―光経

真夏―（略）―実光〔日野〕―資憲―（略）―種範―俊基
　実光―資長―（略）―俊光―資名
　　俊光―資朝―邦光（阿新）
　　俊光―資明

魚名―（略）―隆親〔四条〕―隆顕―隆実―隆資―隆俊

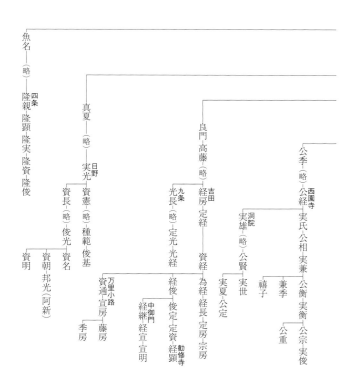

北条氏系図（数字は執権の代数を示す）

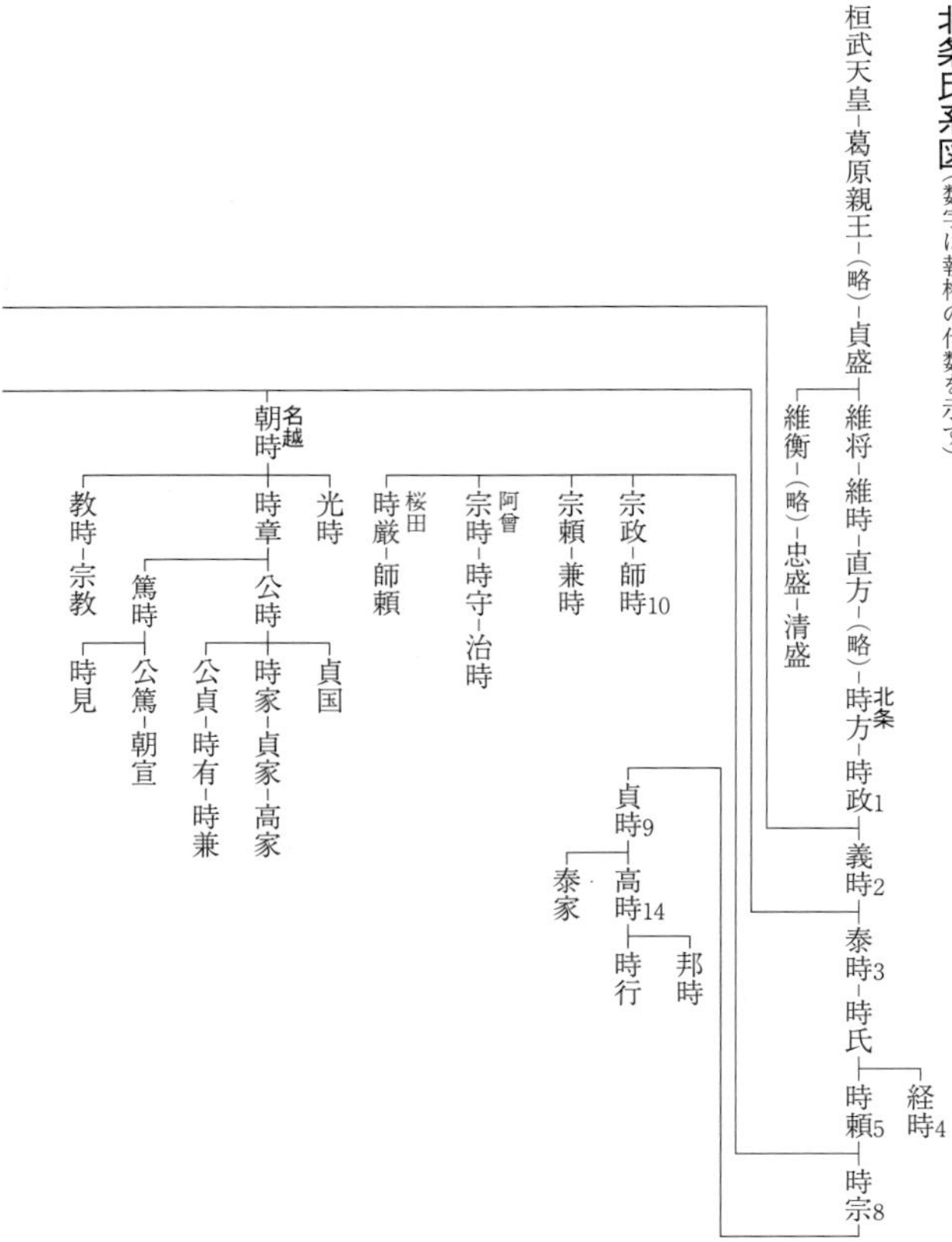

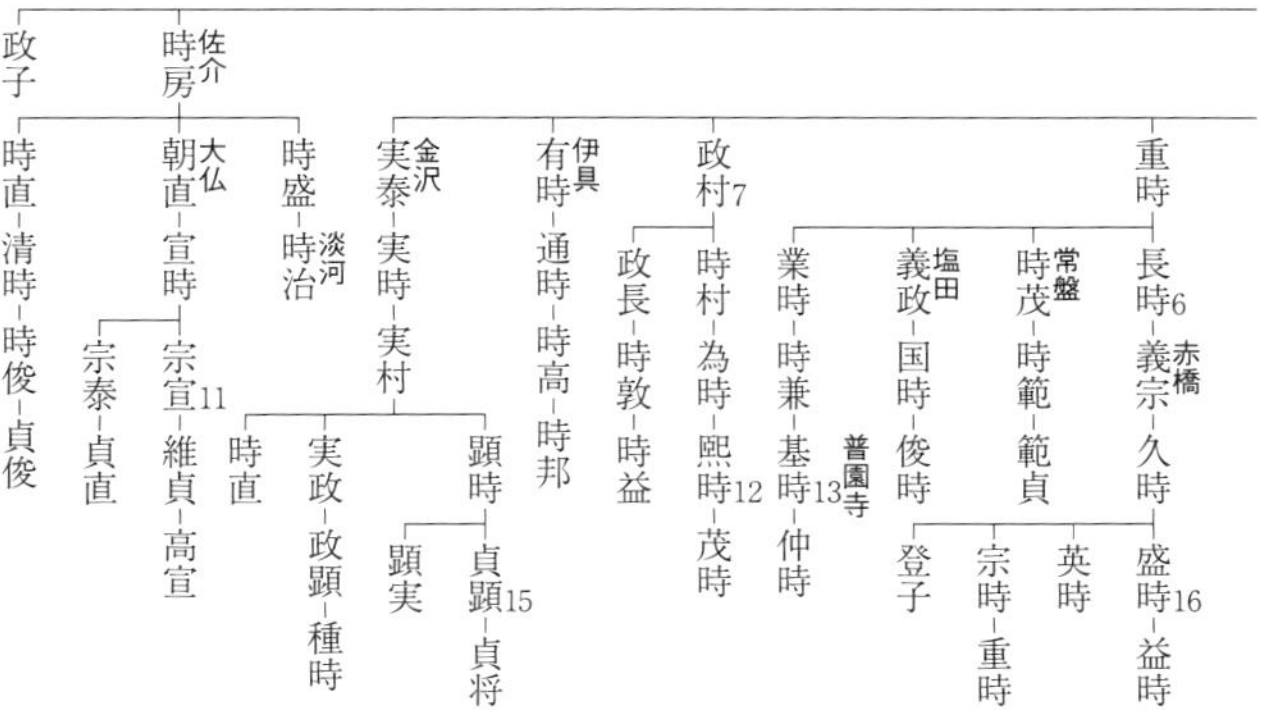
政子
佐介 時房
時直－清時－時俊－貞俊
大仏 朝直－宣時
宗泰－貞直
宗宣11－維貞－高宣
時盛－淡河 時治
金沢 実泰－実時－実村
時直
実政－政顕－種時
顕時
顕実
貞顕15－貞将
伊具 有時－通時－時高－時邦
政村7
政長－時敦－時益
時村－為時－熙時12－茂時
重時
業時－時兼－基時13 普園寺－仲時
塩田 義政－国時－俊時
常盤 時茂－時範－範貞
長時6－赤橋 義宗－久時
登子
宗時－重時
英時
盛時16－益時

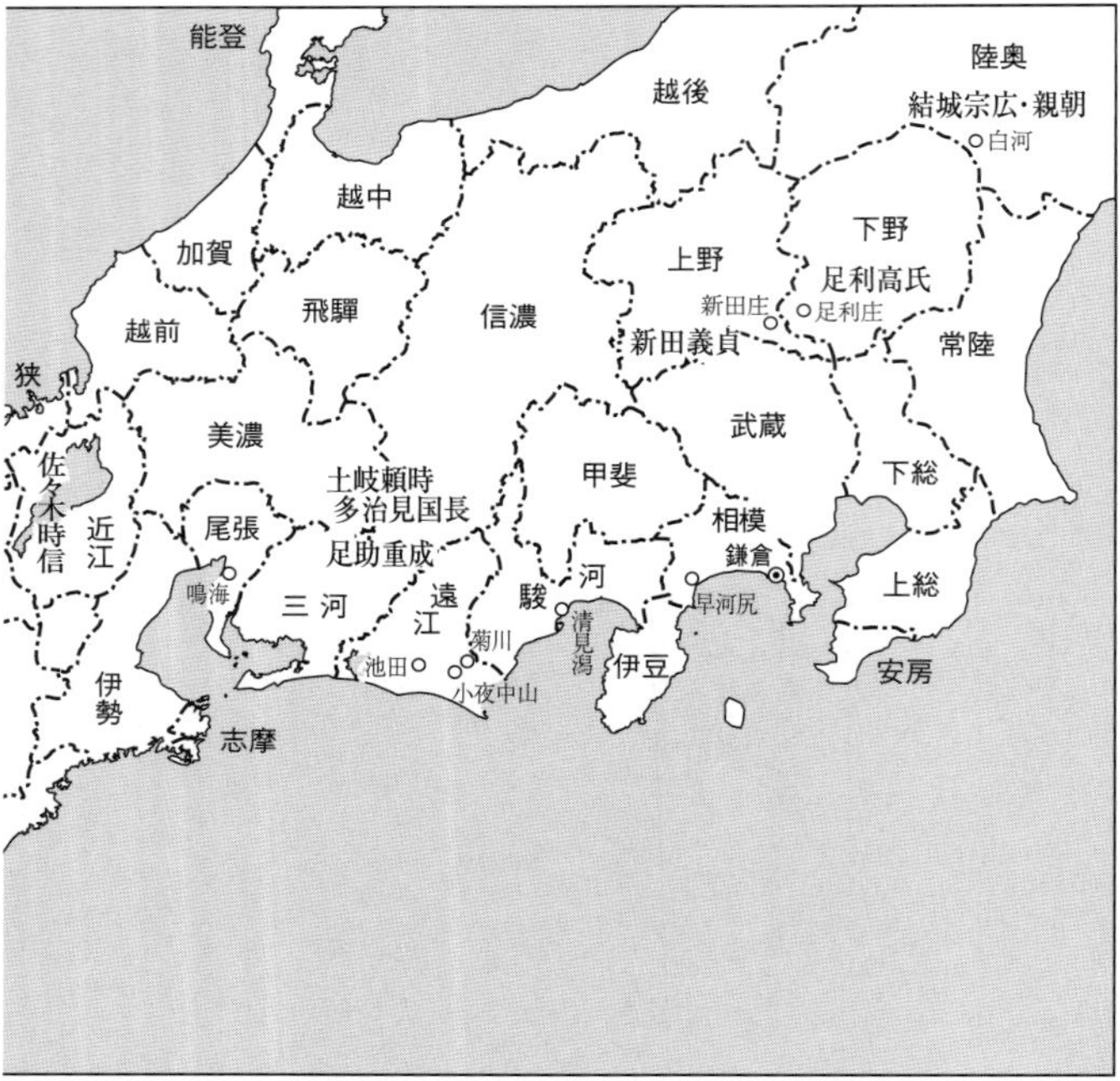
能登
越後
陸奥
結城宗広・親朝
白河
越中
加賀
飛驒
信濃
上野
下野
足利高氏
新田庄
足利庄
新田義貞
常陸
越前
狭
美濃
武蔵
佐々木時信
近江
土岐頼時
多治見国長
足助重成
甲斐
下総
尾張
相模
鎌倉
上総
鳴海
三 河
遠江
駿 河
清見潟
早河尻
菊川
池田
小夜中山
伊豆
安房
伊勢
志摩

旧国名図

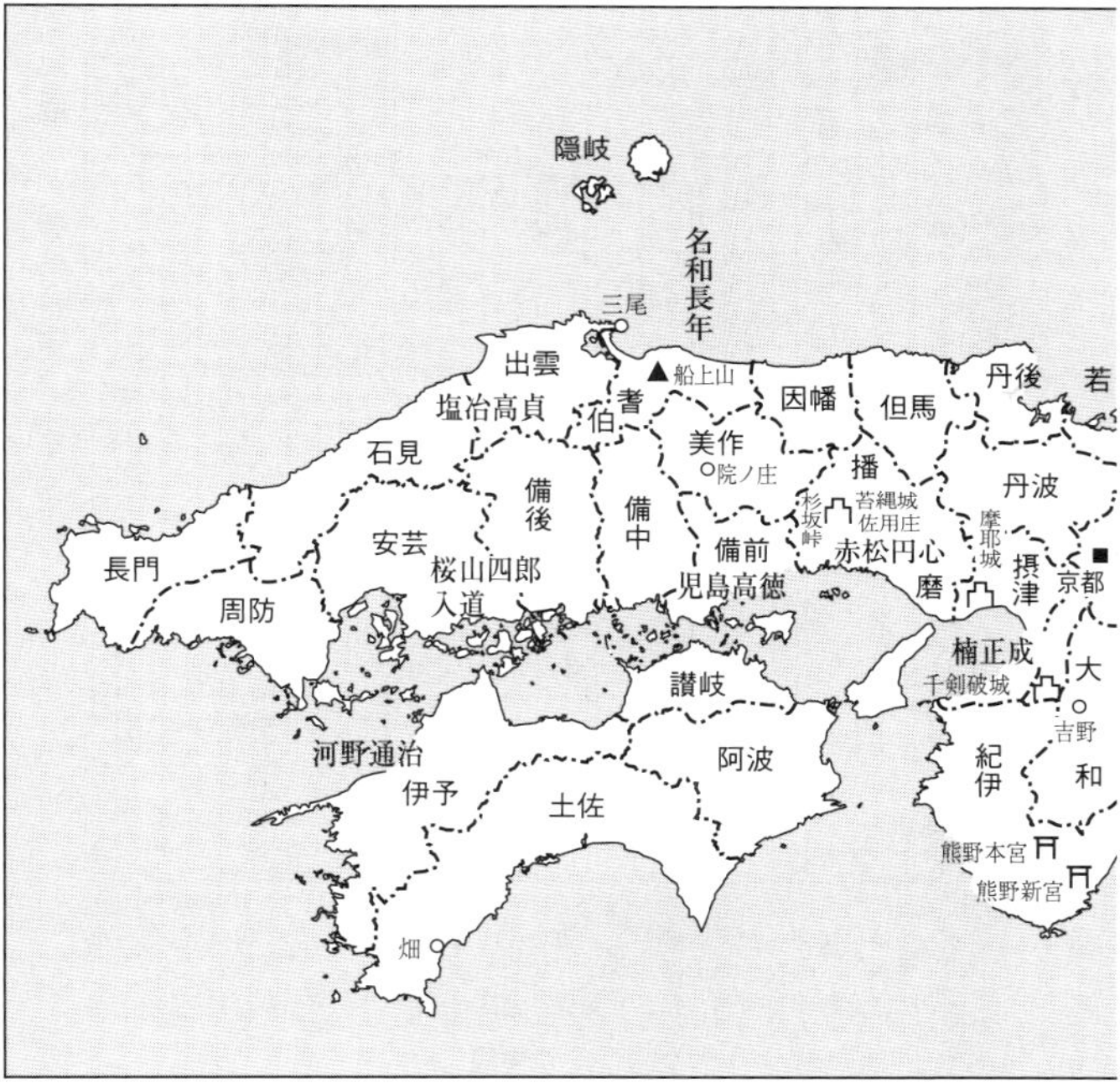
隠岐
名和長年
三尾
出雲
船上山
伯
耆
塩冶高貞
石見
因幡
但馬
丹後
若
美作
院ノ庄
播
丹波
備後
備中
杉坂峠
苔縄城
佐用庄
摩耶城
安芸
桜山四郎入道
長門
備前
赤松円心
摂津
京都
周防
児島高徳
磨
楠正成
讃岐
千剣破城
大
吉野
河野通治
阿波
紀伊
和
伊予
土佐
熊野本宮
熊野新宮
畑

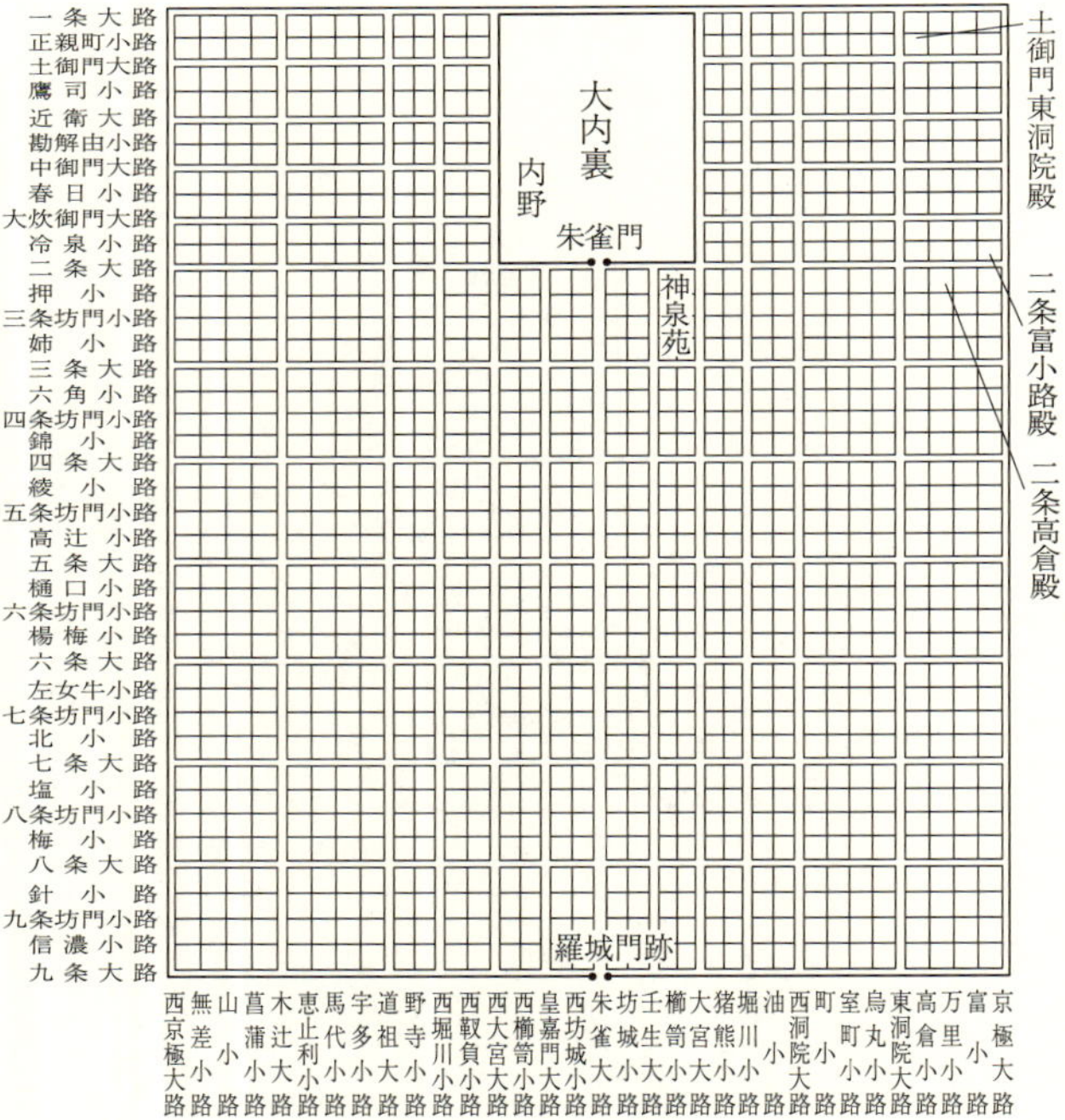

一条大路
正親町小路
土御門大路
鷹司小路
近衛大路
勘解由小路
中御門大路
春日小路
大炊御門大路
冷泉小路
二条大路
押小路
三条坊門小路
姉小路
三条大路
六角小路
四条坊門小路
錦小路
四条大路
綾小路
五条坊門小路
高辻小路
五条大路
樋口小路
六条坊門小路
楊梅小路
六条大路
左女牛小路
七条坊門小路
北小路
七条大路
塩小路
八条坊門小路
梅小路
八条大路
針小路
九条坊門小路
信濃小路
九条大路
大内裏
内野
朱雀門
神泉苑
羅城門跡
土御門東洞院殿
二条富小路殿
二条高倉殿
西京極大路
無差小路
山小路
菖蒲小路
木辻大路
恵止利小路
馬代小路
宇多小路
道祖大路
野寺小路
西堀川小路
西靫負小路
西大宮大路
西櫛笥小路
皇嘉門大路
西坊城小路
朱雀大路
坊城小路
壬生大路
櫛笥小路
大宮大路
猪熊小路
堀川小路
油小路
西洞院大路
町小路
室町小路
烏丸小路
東洞院大路
高倉小路
万里小路
富小路
京極大路

洛中図

『太平記』記事年表1

※『太平記』の記事を、年月順に配列した。記事のあとに、(巻数・章段番号)を付し、史実と年月が大きく相違するものは、(史実は、……)と注記した。
また、『太平記』に記されない重要事項は、(　)を付けて記載した。

年(西暦　和暦)	月	『太平記』記事
一三一八　文保二	三	・後醍醐帝即位。(一・1)
	八	・三日、西園寺実兼の娘禧子、入内。(一・2) ・帝、阿野廉子を寵愛、准后とする。(一・2)(史実は、建武二年)
一三二〇　元応二	八	(二条為世、『続千載和歌集』を撰進。)
一三二二　元亨二	春	・この頃から、中宮御産にことよせ幕府調伏の祈禱。(1・4) ・この頃、日野俊基、籠居と偽り山伏姿で諸国を下見する。(一・5)
	夏	・帝、飢饉に際して二条町に仮屋を建て、米穀を適正価格で売らせる。(一・1) ・帝、記録所を再興する。(一・1) ・この頃から、内裏で無礼講の寄合が行われ、倒幕の謀議。(一・6)

		・玄恵僧都、無礼講に呼ばれ、韓愈の詩を講じて不興をかう。(一・7)
一三二四 正中元	九	・倒幕の謀議露顕。(一・8) ・十九日、六波羅勢、謀議に与した土岐頼時・多治見国長を討つ。(一・9)
一三二五 正中二	五	・十日、日野資朝、日野俊基、六波羅に捕らわれ、二十七日、両人鎌倉に下着。(一・10)(史実は、正中元年九月)
	七	・七日、後醍醐帝、吉田冬方に詫び状の告文を書かせる。万里小路宣房、告文の勅使として鎌倉に下る。(一・11)(史実は、正中元年九月) ・資朝、俊基、死罪を免され、俊基は京に送還、資朝は佐渡に流罪。(一・11)
一三二六 嘉暦元	三	(二条為藤、為定、『続後拾遺和歌集』を撰進。)
一三二七 嘉暦二	春	・興福寺大乗院禅師房と六方の大衆との争いにより、金堂、講堂など焼失。(二・8)
	十二	(大塔宮護良親王、天台座主となる。)
一三二九 元徳元	春	・俊明極参内し、帝に重祚の相ありと占う。(四・3)
一三三〇 元徳二	三	・八日、帝、東大寺・興福寺に行幸。(二・1) ・二十七日、帝、比叡山延暦寺に行幸。(二・1)

		・この頃、大塔宮、武勇の技を修練。（二・1）
一三三一　元弘元 （元徳三）	四	・十三日、比叡山東塔北谷より出火、四王院、延命院、大講堂など焼失。（二・8）（史実は元弘二年）
	五	・十一日、円観、文観、忠円、六波羅に捕らわれる。（二・1） ・二十九日、日野資朝、佐渡で斬られる。（二・6）（史実は、元弘二年） ・二条為明、六波羅に捕らわれ、許される。（二・2） ・資朝の子阿新、佐渡で父の仇を討つ。（二・6）
	六	・八日、円観、文観、忠円、鎌倉へ送られ、翌七月十三日流罪に定まる。（二・3）
	七	・三日、紀伊国で大地震、七日、地震で富士の山頂崩落。（二・8） ・十一日、日野俊基捕らわれ、鎌倉へ送られる。（二・4） ・日野俊基、鎌倉葛原ヶ岡で斬られる。（二・7）（史実は、元弘二年）
	八	・二十二日、東使上洛。（二・8） ・二十四日、大塔宮、後醍醐帝に内裏からの脱出を進言。帝、内裏を脱出して南都へ向かう。（二・8、9）　花山院師賢、帝に扮して比叡山に登る。（二・10） ・二十五日、比叡山の衆徒、東坂本一帯で佐々木時信らの六波羅勢と戦う。（二・11）

九

・帝が身代わりであることが知られ、比叡山の衆徒、六波羅に降る。(二・11)
・二十七日、後醍醐帝、笠置山に臨幸。(二・9)(三・1)
・持明院統の本院、東宮、六波羅に遷る。(二・11)
・二十九日、大塔宮は十津川の奥へ、妙法院宮は笠置山へ落ちる。(二・11)
・帝、夢の告げにより河内の楠正成を笠置に呼び寄せる。(三・1)
・一日、笠置城攻めの六波羅勢、宇治に集結、高橋と小早川が抜け駆けするが敗退。(三・2)
・二日、六波羅勢、笠置城を包囲。(三・2)
・三日、六波羅勢、総攻撃をかけるが、要害ゆえに攻めあぐむ。(三・2)
・十一日、河内で楠正成挙兵。十三日、備後で桜山四郎入道挙兵。(三・3)

十

・二十日、幕府軍二十万余、鎌倉をたつ。(三・4)
・二十九日、陶山義高と小見山次郎の活躍で、笠置落城。(三・5)
・後醍醐帝、笠置を脱出するが捕らわれる。(三・6)
・一日、帝を宇治平等院に入れる。(三・7)
・三日、帝、六波羅に幽閉される。中宮禧子と歌の贈答。(三・7)
・八日、尊良親王、妙法院宮以下の笠置の囚人、大名に預けられる。

(三・7)
・九日、皇太子量仁親王、三種の神器を渡され、十三日、内裏に入る。(三・7)(史実は、九月二十日)
・赤坂城合戦。楠正成、幕府軍を苦しめるが、兵糧不足により、城に火をかけて脱出。(三・8)
・備後で挙兵した桜山四郎入道、一宮吉備津神社に火を放って自害。(三・9)(史実は、翌年正月)
・万里小路宣房、二人の子藤房・季房を捕らわれて悲嘆。(四・1)

一三三二　元弘二(正慶元)

一
・十日、東使上洛して、笠置の囚人の配所を決定。(四・2)
・幕府、尊良親王を土佐へ、妙法院宮を讃岐へ、四宮静尊法親王を但馬へ流す。(四・2)

三
・花山院師賢、下総に流されたのち病死。(四・2)
・万里小路藤房・季房、常陸に流される。(四・2)
・先帝後醍醐の隠岐流罪が決まり、七日、中宮禧子、六波羅に行啓して、先帝と別れを惜しむ。(四・3)
・八日、先帝、京をたつ。(四・3)
・隠岐配流の途次、児島高徳が先帝の奪還を企てて果たさず、宿所の庭の桜樹に詩を題す。(四・4)
・先帝、都を出て十三日目に、出雲国見尾湊に至る。(四・3)

四

・二十二日、皇太子量仁親王、即位(光厳天皇)。(五・1)
・先帝、都を出て二十六日目に、隠岐に着き、佐々木隠岐前司の監視下に置かれる。(四・5)
・三日、楠正成、赤坂の湯浅定仏の城を落とす。(六・2)(史実は、十二月)
・十七日、楠、住吉・天王寺辺に進出。(六・2)(史実は、元弘三年一月)
・二十一日、楠、渡辺橋の戦闘で、隅田・高橋の六波羅軍を破る。(六・3)

六

・十九日、源具行、近江国柏原で斬られる。(四・2)
・二十一日、殿法印良忠、六波羅で訊問を受ける。(四・2)
・平成輔、相模国早川尻で斬られる。(四・2)
・万里小路宣房、新帝に出仕。(五・2)
・この頃、延暦寺根本中堂の新常燈消える。(五・3)
・この頃、北条高時田楽を好み、天狗の怪異に遭う。(五・4)
・この頃、北条高時、闘犬を盛んに催す。(五・5)
・この頃、般若寺に隠れていた大塔宮、幕府方の興福寺一乗院の侍法師に襲われ、あやうく難を逃れる。(五・7)
・大塔宮、九人の供の者と山伏姿で熊野へ向かうが、夢告により十津川へ入り、戸野兵衛を頼る。(五・8)

	・大塔宮、竹原八郎のもとへ身を寄せ、還俗。(五・8) ・大塔宮、熊野別当定遍の探索の手を逃れ、十津川を脱出し高野山へ向かう。途中、芋瀬庄司に行く手を阻まれるが、臣下の活躍で切り抜ける。(五・8) ・大塔宮、中津川の峠で玉木庄司の軍勢に囲まれるが、野長瀬兄弟の救援により助かる。(五・9、10) ・大塔宮、吉野山に城郭を構える。(五・10) ・この頃、大塔宮の母民部卿三位局、北野社に参籠し、先帝還御の夢告を得る。(六・1)
七	・宇都宮公綱、楠正成追討のため天王寺に向かうが、正成は戦わずに軍を引く。(六・4) ・二十七日、宇都宮、楠軍の包囲に疲れ、京都に退く。(六・4)
八	・三日、楠、住吉社に参詣する。(六・5) ・四日、楠、天王寺に参詣し、聖徳太子の未来記を披見。鎌倉の滅亡と先帝の還御を予知する。(六・5) ・この頃、赤松円心、大塔宮の令旨を手に入れ、播磨で挙兵する。(六・6)
九	・二十日、幕府、三十万余の大軍を京へ送る。(六・7)
十	・関東の大軍、京に着く。四国・中国・信濃・北陸の軍勢も京に着く。(六・7)(史実は、翌年正月)

	十一	・十三日、光厳帝の大嘗会が行われる。（五・1）
一三三三 元弘三（正慶二）	一	・十六日、二階堂道蘊率いる六万の幕府軍、大塔宮の立て籠もる吉野城を攻める。（七・1）（史実は、二月） ・吉野城落城し、村上義光、大塔宮の身代わりとなる。宮、高野山に落ちる。（七・2）
	二	・幕府軍二百万、楠正成の籠もる金剛山の千剣破城を攻めて敗退。（七・3） ・新田義貞、大塔宮の令旨（二月十一日付）を得て、金剛山から本国へ帰る。（七・4） ・十二日、四国の土居・得能挙兵し、長門探題の軍を破る。（七・6）
	閏二	・三日、幕府、八十万の大軍を三手にわけ、吉野、赤坂、金剛山へ向かわせる。（六・8）（史実は、正月） ・幕府軍、赤坂城を攻める。人見恩阿・本間資頼、抜け駆けして討死する。（六・9）（史実は、二月） ・赤坂城落城し、平野将監らの降人斬られる。（六・9） ・播磨の赤松円心、山陽道・山陰道をふさいで西国の軍勢を止め、兵庫の北の摩耶山に城を構える。（七・5） ・下旬、佐々木義縄、先帝後醍醐に天下の情勢を語り、隠岐脱出を勧める。（七・7）

三	・一日、六波羅勢、赤松円心の立て籠もる摩耶城を攻めて敗退。(八・1) ・四日、関東の飛脚、幕府軍に千剣破城攻めを促す。(七・3) ・千剣破城の楠正成、智謀により幕府軍を撃退。(七・3) ・十日、十一日、六波羅勢、酒部・瀬川の合戦で赤松勢に敗退。(八・2) ・十二日、赤松勢、京に攻め寄せるが敗退。六波羅方の河野九郎左衛門尉・陶山次郎の活躍。(八・3、5) ・同日、光厳帝、後伏見・花園両上皇が六波羅に臨幸。(八・4) ・この頃、内裏と仙洞で朝敵調伏の修法が行われる。(八・6) ・十五日、六波羅勢、西岡で赤松勢と戦うが敗退。(八・7) ・二十三日、先帝、千種忠顕らと隠岐を脱出し、伯耆名和湊に着く。(七・7) ・千種忠顕、名和長年を頼る。長年、帝を船上山に迎えて、城郭を構える。(七・8) ・二十八日、比叡山の衆徒、法勝寺辺で六波羅勢と戦って敗退。(八・8) ・二十九日、佐々木隠岐前司、船上山を攻めて敗退。(七・9)
四	・三日、赤松勢、京の南方に攻め寄せるが敗退。(八・9、10、11、12)

・後醍醐帝、船上山上に壇を立て自ら修法を行う。千種忠顕を山陽・山陰の軍勢の大将として京へ送る。（八・13）
・八日、千種忠顕の軍、西山一帯で六波羅勢と戦って敗退。（八・13）
・九日、六波羅勢、西山の最福寺、浄住寺、二尊院などを焼く。（八・14）

［解説1］
『太平記』の成立

はじめに

『太平記』は、この列島の社会の十四世紀、鎌倉末から南北朝におよぶ数十年の戦乱を記した歴史文学である。

乱の発端は、後醍醐天皇による鎌倉幕府討伐の企てであり、元弘三年(一三三三)に幕府が滅亡し、三年後の建武三年(一三三六)に、後醍醐の新政権が足利尊氏の離反によって崩壊したあとは、吉野殿と持明院殿、いわゆる南朝と北朝という二つの朝廷がならび立ち、それぞれの朝廷を立てる武士たちによって全国規模の内乱がたたかわれた。

『太平記』が描く時代とは、朝廷(天皇)の存在が、この列島の社会で(近代以前において は)もっともイデオロギッシュに問題化した時代である。たとえば、南朝の重臣、北畠親房が著した『神皇正統記』をはじめ、近世に水戸藩で編纂された『大日本史』、さらに近代の国定教科書にいたるまで、南北朝の正閏(正統と非正統)問題は、日本史を叙述するさいの最重要のテーマとされた。

さらに、『太平記』が語る天皇と武臣(源平両氏)の物語、および天皇と民(草莽《そうもう》・在野の士)の物語は、近世・近代における天皇制の二つのかたちをつくっている。徳川将軍が天皇を独占的に囲いこむかたちで成立した近世の幕藩国家も、明治以後に形成された近代の天皇制国家も、その思想的な淵源は、『太平記』が語る君(天皇)と臣、君と民をめぐる二つの物語にあったのだ(第三分冊「解説」、参照)。

『太平記』が近世・近代の日本社会に与えた影響は、歴史認識や政治思想の面だけにとどまらない。『太平記』は、南北朝時代の歴史読み物であると同時に、文化百般の教養を提供する一種の百科事典でもあった。

たとえば、『太平記』には、『史記』をはじめとする中国史書を原拠とするおびただしい故事・先例説話が引かれている。古代中国の伝説的な聖帝である堯・舜の世にはじまり、殷代・周代の故事、春秋五覇や戦国時代の七雄、秦の始皇帝による六国の制覇をへて、楚の項羽に勝利した劉邦(高祖)による漢の建国、そして仏教が伝来した後漢の時代をへて、三国時代の諸葛孔明、さらに唐の名君太宗や、玄宗皇帝と楊貴妃の故事なども、『太平記』を読めば、その要点をひとわたり学べるようになっている。

『論語』『孟子』以下の儒学の経書類はもちろんのこと、『老子』『荘子』、また『孫子』『六韜《りくとう》』などの兵法書も随所に引用されている。『詩経』や『文選』、唐詩(とりわけ白居易と杜甫が多い)、宋詩、さらに元代の漢詩文は、本朝の和歌や朗詠、宴曲などとともにさかんに引用されている。

また漢籍の引用にくらべれば量は少ないが、仏教関連の故事も、禅宗や天台宗、真言宗関連のものを中心に少なからず引かれている。

さらに中世的に改変された日本神話(いわゆる中世日本紀)のアマテラスやスサノオの話をはじめとして、菅原道真が北野天満宮に祭られた経緯、日吉山王権現や、吉野蔵王権現、八幡神の由緒(応神天皇と神功皇后の話)など、神道関係の知識もふんだんに盛り込まれている。あるいは、小朝拝から仏名会へいたる朝廷の年中行事、即位式と大嘗祭、中殿御会の式次第、大内裏と内裏の殿舎構成など、わが国の有職故実の概要も学べるように工夫されている。

『太平記』を読むことで、かなりの教養を身につけることができたわけで、そのような教養書としての需要が、中・近世における広汎な『太平記』享受の一因だったろう。たとえば、近世初頭の慶長・元和年間(一五九六—一六二四)に刊行された『太平記』版本(異植版)として、現在、およそ十種類余りが知られている。この時期もっとも版を重ねていた『徒然草』で約二十種類である(川瀬一馬『古活字版之研究 増補』)。『太平記』の全四十巻という膨大な分量を考えれば、近世初頭における『太平記』の需要のほどがうかがえるのだ。

中世から近世にかけての広汎な『太平記』享受を背景にして、そこに語られる事件や物語を背景(いわゆる「世界」)とした芝居や小説類も書かれることになる。

たとえば、いまも人気のある忠臣蔵の浄瑠璃・歌舞伎は、じっさいの赤穂事件を、『太平記』の塩冶判官の話に仮託して作られている(第二十一巻「塩冶判官讒死の事」)。浄瑠璃・歌舞伎の一大類型である身代わりの子殺し話(「寺子屋」「先代萩」「熊谷陣屋」等々)も、『太平記』で有名な程嬰・杵臼の話に一つの源泉があるだろう(第十八巻「程嬰杵臼の事」)。あるいは、近世末から明治前半期の最大のベストセラー小説である『南総里見八犬伝』も、その発端部分の伏姫と八房の話は、『太平記』が語る犬戎国の起源説話にヒントをえているだろう(第二十三巻「戎王の事」)。

『太平記』に取材した近世の文芸作品は枚挙にいとまがないのだが、『太平記』の後代への影響は、それだけにとどまらない。たとえば、第一巻のはじめの数ページを一読されたい。『太平記』は、漢籍の章句を自在に引用し、それに和文や和歌の修辞法をまじえたいわゆる和漢混淆文《こんこう》で書かれている。また、『平家物語』などの先行の戦記物語から受けつがれた語りの文体は、当時のいわば俗文体である。そのような和漢混淆・雅俗折衷の『太平記』の文章は、以後の文章語の標準《スタンダード》になっている。

たとえば、『南総里見八犬伝』を書いた曲亭馬琴が、『太平記』の文章から大きな影響を受けていたことは知られている(後藤丹治『太平記の研究』)。馬琴は、江戸末から明治前半期にかけて、もっとも広く読まれた小説作者だが、いわゆる言文一致体の文章が流通しはじめる明治三十年代よりも以前、文章語のスタンダードは、平安朝の和文(その擬古文)や漢文(その訓読文)よりも、和文脈と漢文脈に俗文脈を混淆・折衷した和漢混淆・雅俗折衷の文体であり、とりわけ『太平記』だった。

明治以降、小・中・師範学校の国語や修身の教科書では、『太平記』はつねに古典教材の採択率のトップを占めていた。昭和二十年(一九四五)の敗戦まで、『太平記』はまさに「国民」的な古典として読みつがれたのだ。

近世から近代にかけて、この列島の社会に形成された「日本」および「日本人」という帰属意識は、『太平記』の広汎な受容史を度外視して考えることはできない。歴史書や思想書、教養書としてはもちろん、その文章じたいが、日本社会における言語的・文化的なアイデンティティの形成に寄与したのだ。

今日、一般向けに刊行されている『太平記』は、多くは江戸初期に版行された流布本を底本としている。流布本には、近世初頭(または中世末)のものとみられる本文の改訂箇所が少なくないが、この岩波文庫版『太平記』は、室町時代の古写本である西源院本を底本とした(『太平記』の諸本については、第四分冊「解説」、参照)。

以下、各冊の解説では、『太平記』の言葉、思想、諸本、後代への影響、時代背景などを順を追って解説する。まず、第一分冊の「解説」では、それらについて考える前提的な問題として、『太平記』が成立したおよその経緯と、その背景について述べる。

一　今川了俊の『太平記』批判

『太平記』全四十巻は、通読の便宜上、ふつう三部にわけて考えられている。

文保二年（一三一八）の後醍醐天皇の即位にはじまり、元弘三年（一三三三）の鎌倉幕府（北条氏）の滅亡と、建武政権の発足までを記した第一部（第一―十二巻）。建武政権の崩壊と、足利尊氏による北朝の擁立、楠正成や新田義貞の戦死をへて、暦応二年（一三三九）の後醍醐天皇の死去までを記した第二部（第十三―二十一巻）。底本もふくめた古本系の第二十二巻の欠巻のあと、足利政権の内紛と、北朝方守護大名の覇権抗争、それに乗じた南朝勢力の進出と敗退をへて、貞治六年（一三六七）の足利義満の登場までを記した第三部（第二十三―四十巻）である。

内乱というきわめて政治史的なできごとを記す作者の立場は、その数十年におよぶ内乱過程の推移とともに微妙に揺れうごいている。複数の作者による段階的な著述・編集の過程が想定されるのだが、また、そこに記される戦乱も、北は東北から南は九州まで、当時の日本のほぼ全域におよんでいる。京都周辺に住んだであろう作者たちは、どうやって数百キロも離れた地域における戦闘を、地名や日付けまでくわしく（それが正確かどうかはともかくとして）知ることができたのか。

『太平記』の成立は、多くの謎につつまれているが、しかし成立の問題を考えるうえで、いくつかの基本的な資料がある。まずあげられるのは、今川了俊の『難太平記』である。

歌人としても有名な今川了俊(俗名貞世)は、足利尊氏・義詮・義満の三代につかえた足利一門の武将である。その了俊が、応永九年(一四〇二)二月、七十七歳のときに執筆したのが、『難太平記』である。

『難太平記』を執筆するよりも七年前の応永二年、了俊はそれまで二十五年間つとめた九州探題の職をとつじょ解任された。南朝最後の拠点ともいえる征西府の攻略・鎮圧に成功し、九州統一の仕上げを期していた時点での解任劇である。解任の原因は、了俊じしんも察知していたように、かれの勢威をあやぶんだ足利義満の思惑が働いたものだろう。

さらに応永七年には、大内義弘の起こした応永の乱への関与を足利義満に疑われ、本領の遠江・駿河の守護職も失っている。そして政界を退いて二年が過ぎたいま、了俊は、「我が子孫」のために今川家の事績を書きのこそうとする。元弘・建武の変以来、今川家がいかに室町幕府の草創に功があったか、父範国や兄範氏、そして自分が、どれほど足利将軍家に軍忠を尽くしてきたか(今川了俊は『太平記』第三部の登場人物でもある)、『太平記』の書き誤り、書き落とし箇所を指摘しながら、今川家の功績を主張するのだが、室町幕府の草創に関与した足利方の大名にとって、自家の功績を主張する拠りどころとなるのが『太平記』だった。

たとえば、元弘三年（一三三三）三月、天皇方討伐のために鎌倉から上洛した足利尊氏は、五月、丹波の篠村八幡宮で軍勢を反転させて六波羅探題を攻撃した。この篠村八幡宮での旗揚げにさいして、『太平記』は、疋檀《ひきだ》妙玄が願書を書いたことを記している（第九巻「五月七日合戦の事」）。しかし『難太平記』によれば、このとき、了俊の兄今川範氏も、八幡の神前に矢を奉納する役をつとめていた。足利尊氏の歴史的な決断にさいして、今川家がいかに尊氏に近仕していたかを主張するわけだ。

あるいは、暦応元年（延元三、一三三八）正月、足利軍が北畠顕家の奥州勢と戦った青野原合戦について、『太平記』は、土岐頼遠の奮戦を大きくとりあげている（第十九巻「青野原軍の事」）。だが、了俊の知るところでは、この合戦で、かれの父今川範国も、敵中深く入って決死の戦闘をいどんだのだ。

故入道殿（今川範国）など、かくのごとく随分手をくだき給ひし事、記さざるは無念なり。ただし、作者も尋ねざる間、また我等も註しつかはさざる間、書き入れざるにや。後代には、高名《こうみょう》の名知る人も有るべからず。無念なり。望み申しても書き入るべき哉。

父範国の活躍が記されない理由を、「作者も尋ねざる間、また我等も註しつかはさざる」ゆえとしている。「作者」と足利方大名とのあいだで、資料の問い合わせや照会、勲功の自己申告なども行なわれていたらしい。また、建武二年(一三三五)の後醍醐方との戦闘では、足利方の名将細川定禅が進言した方策と、了俊の父今川範国の進言した方策とがくい違ったエピソードを記して、

この事などは、ことさら隠れなき間、太平記にも申し入れたく存ずる事なり。もしさる御沙汰やとて、いま註し付するものなり。

と述べている。「もしさる御沙汰や」は、『太平記』改訂の「御沙汰」にたいする了俊の期待である。「御沙汰」の語は、『難太平記』に計三例みられ、どれも足利義満の政治的な判断や処置をさして、「御沙汰」としている。『太平記』の改訂が、足利義満の政治的

判断にかかわる、幕府の公的な事業と考えられていたらしいことに注意したい。

二　『太平記』の成立過程

今川了俊の『難太平記』は、『太平記』でもっとも非難されるべき書き誤りとして、つぎのような箇所をあげている。

> 六波羅合戦の時、大将名越討たれしかば、今一方の大将足利殿、先皇(後醍醐天皇)に降参せられけりと、太平記に書きたり。かへすがへす無念の事なり。この記の作者は、宮方深重の者にて、無案内にて、押してかくのごとく書きたるにや。まことに尾籠《びろう》の至りなり。もつとも切り出ださるべきをや。

六波羅合戦のときに、「大将名越討たれしかば、今一方の大将足利殿、先皇に降参せられけり」とは、『太平記』第十四巻「両家奏状の事」における新田義貞の奏状の内容をさしている。新田義貞が、足利尊氏の不義・不忠を列挙したなかに、元弘三年(一三三三)五月の六波羅合戦のとき、鎌倉方の大将として上洛した尊氏は、「心を一偏に決《さだ》めず、運を両端に相窺《あいうかが》」っていたが、鎌倉方のもう一方の大将名越高家が戦死したのをきっかけに、後醍醐方に味方したのだとある。そのような義貞側の言い分が、そのまま『太平記』に載せられていることを、「尾籠の至り」(ばかげたことこの上ない)と批判し、「もつとも切り出ださるべきをや」と主張するのだ。

このような「誤り」「空ごと」が『太平記』に記された原因として、了俊は、「この記の作者」は「宮方深重の者」(後醍醐方を強くひいきする者)であって「無案内」(真相を知らない)ゆえと述べている。みぎの引用箇所につづけて、了俊は、『太平記』の成立にかんするつぎのような伝聞を記している。

すべてこの太平記の事、誤りも空ごとも多きにや。昔、等持寺にて、法勝寺の恵珍(恵鎮)上人、この記を先づ三十余巻持参し給ひて、錦小路殿(足利直義)の御目にかけられしを、玄恵法印に読ませられしに、多く悪しきことも誤りも有りしかば、仰せに云はく、「これは、且《しばら》く見及ぶ中にも、もつてのほか違ひめ多し。追つて書き入れ、また切り出だすべき事などあり。その程は外聞有るべからざるの由」仰せ有りし。後に中絶なり。近代重ねて書き続《つ》げり。ついでに入筆どもを多く所望して書かせければ、人の高名、数をしらずと云へり。さりながら、随分高名の人々も、ただ勢ぞろへばかりに書き入れたるもあり。一向略したるもあるにや。

了俊が伝聞したところでは、『太平記』の元になった本は、昔、法勝寺の恵珍上人(恵鎮が正しい。法号は円観)が、等持寺にいた足利直義(尊氏の弟)のもとに持参した「三十余巻」本だった。それはしかし、直義が側近の学僧玄恵法印に「読ま」せたところ、多くの「悪しきこと」や「誤り」「違ひめ」があり、よってそれらを削除・訂正するまでは「外聞」が禁じられたという。

『太平記』第二十七巻には、貞和五年(一三四九)秋の足利直義の失脚と、翌年の玄恵法印の死去が記されている(「師直将軍の屋形を打ち囲む事」)。恵鎮が足利直義のもとに持参し、直義が玄恵に校閲させた「三十余巻」本の「太平記」とは、現存本の第二十七巻よりも以前ということになる(なお、「三十余巻」は「二十余巻」の誤写という可能性も考えられる。「二」と「三」は、写本ではよくある誤写である)。

『難太平記』によれば、足利直義のもとで行なわれた「太平記」の改訂作業は、「後に中絶」し、「近代重ねて」書き継がれたが、そのさい、「ついでに入筆どもを多く所望して書かせければ、人の高名、数をしらずと云へり」という。みぎの引用箇所につづく一節に、つぎのようにある。

この記は、十が八、九はつくり事にや。大かたはちがふべからず。人々の高名などの偽り多かるべし。また、まさしく錦小路殿の御所にて、玄恵法印読みて、その代の事ども、むねと、かの法勝寺上人(恵鎮)の見聞き給ひしにだに、かくの如く悪しき事ありしかば、ただ押さへて難じ申すにあらず。

『太平記』に「人々の高名などの偽り」が多い理由は、「近代」の書き継ぎ作業にあるというのだ。そして恵鎮持参本を引き合いに出して、いま自分が『太平記』の書き誤りを難じるのも、「かの法勝寺上人の見聞き給ひしにだに、かくの如く悪しき事」があるのだから、あながちの強弁ではないという。

今川了俊の批判は、一見、「宮方深重」の恵鎮持参本に向けられているようにみえて、

じつは「近代」の「書き続《つ》ぎ」作業に向けられている。『難太平記』の末尾に、

了俊在世には更に他見あるまじき事なり、おそろしく〳〵。

とあり、了俊が「在世」中の本書の公開をはばかったことも、一つには、応永九年(一四〇二)当時の『太平記』の位置、すなわち了俊が「難」じた『太平記』本文を管理・校閲する主体の位相を暗示している。すなわち、『太平記』全四十巻は、足利義満の時代に、その政治体制と近いところで成立したのであり、それはおそらく室町幕府の草創を語る正史(または正史に準ずるもの)を意図して整備・編纂されたのだ(なお、『太平記』作者の「史官」としての矜持のようなものは、第三十五巻「北野参詣人政道雑談の事」の、唐の玄宗皇帝に仕えて「死を以て史職に居《きょ》」した「太史の官」の話などにうかがえよう)。

三　もう一つの「作者」説

北朝の公家洞院公定《とういんきんさだ》の日記、『洞院公定日記』応安七年(一三七四)五月三日の条に、「太平記作者」にかんするつぎのような風聞が記されている。

伝え聞く、去んぬる二十八、九日の間、小嶋法師円寂すと云々。これ近日天下に翫《もてあそ》ぶ太平記作者なり。凡そ卑賤の器たりといへども、名匠の聞こえ有り。無念と謂《い》ふべし。(原漢文)

「太平記作者」の「小嶋法師」が死去したとされる応安七年四月は、『太平記』全巻の大尾である第四十巻「細川右馬頭西国より上洛の事」の年時、貞治六年(一三六七)十二月からわずか六年あまりである。『太平記』成立の直後(ないしは当時)における有力な「作者」資料だが、もちろん『太平記』の膨大な四十巻が、「小嶋法師」という特定の一個人の手になったとは思えない。

『太平記』が複数の作者による段階的な書き継ぎによって成立したことは、『難太平記』が伝えている。とすれば、「小嶋法師」は、現存四十巻本のどの部分の「作者」なのか。また、「小嶋法師」が「作者」として関与した「太平記」は、『難太平記』で恵鎮が足利直義のもとに持参したとされる「三十余巻」本、あるいは足利直義のもとで改訂作業が行われた「太平記」とどのような関係にあったのか。だが、それらの問題について考えるには、『太平記』が書冊としてだけではなく、しばしば談義・講釈のテクストとして享受されていたことに注意しておく必要がある。

たとえば、本書の底本である西源院本の第十二巻目録には、「兵部卿親王の事」の章段名の下に「読物アリ」と注記される。護良親王が父帝（後醍醐）に宛てた書状を「読物」と注記するのだが、この書状の粉本ともいえる源義経の「腰越状」（『平家物語』巻十二「腰越」）をはじめ、『平家物語』に収録される書状・願文などの文書類は、琵琶法師の『平家物語』演奏では、「読物」と称された。

『平家物語』の「読物」は、「下音」「上音」などの曲節で音域を変えながら拍節的《シラビック》に朗誦されたが、『太平記』の古本系の一本である神田本には、書状や願書・願文類（いわば「読物」）の本文に、しばしば「乱」と小書きで傍書される。「乱」は、雅楽や能楽の

「乱序」にも通じるシラビックな曲節の注記だろうが、『太平記』がそのように口演されたことは、室町時代の日記・記録類からうかがえる。たとえば、

成仏寺に向かひて談義を聴聞す。法華経。次に太平記を読む。禅僧なり。
(『後法興院記』文正元年〈一四六六〉五月二十六日)

誓願寺に参詣す。これより先に烏丸観音堂に参詣す。談義あり。その次に、件《くだん》の知識、太平記を読む。聞き了《おわ》んぬ。
(『親長卿記』延徳二年〈一四九〇〉五月十六日)

いずれも『太平記』が寺院の「談義」の場で「読」まれた例である。「談義」は、経典の法義について談じること。俗耳に入りやすいように、しばしば比喩因縁(たとえ・いわれ)の物語を交じえて語られたが、みぎに引いた日記の記事は、『法華経』等の談義につづけて、『太平記』が「読」まれた例である。談義僧によって余興として演じられた『太平記』の読みは、たぶんに芸能的な要素をまじえた談義・講釈の読みの芸だったろ

う。

『看聞御記』（伏見宮貞成《さだふさ》親王の日記）応永二十三年（一四一六）七月三日条には、「物語僧」を召して、「山名奥州謀反の事一部」（一部は全部の意）、すなわち明徳の乱の顚末を語らせたことが記される。その「物語僧」の芸は、「およそ弁舌玉を吐き、言詞花を散らす」というみごとなものだった（同年六月二十八日条）。明徳の乱を記した『明徳記』が『太平記』とともに口演されていたことは、『蔗軒日録《しゃけんにちろく》』（禅僧季弘大叔《きこうだいしゅく》の日記）文明十八年（一四八六）三月十八日条に、「慈祥佩道栄《じしょうはいどうえい》」なる老居士《こじ》が、「太平・明徳の二記を暗《そら》んず」とあることから知られる。『太平記』と『明徳記』をそら読みした「慈祥佩道栄」も、物語僧（談義僧）のたぐいだったろう。

『蔭涼軒日録《いんりょうけんにちろく》』（相国寺の僧季瓊真蘂《きけいしんずい》の日記）文正元年閏二月八日条には、「太平記を読む」ことを得意とした「江見河原入道」なる人物について、「江見河原の癖、好んで人の風度また言語を学《まね》ぶ」とある。「人の風度また言語を学《まね》ぶ」とは、声色や仕方をまじえて『太平記』を読んだものだろう。

物語僧（談義僧）による『太平記』の談義《よみ》が、かなり芸能的な語り口で行われていたことが想像されるわけだ。小嶋法師が、「卑賤の器」ながら「名匠の聞こえ有り」といわれたのも、それは文筆の才の評価であるとともに「読み」(談義)の芸にかんする評価だったろう。そのような者たちが「太平記作者」として伝えられたことは、ある時点までの『太平記』の成立環境をうかがわせる(なお、前近代における声の技芸と文筆の才との連続性については、拙稿「声と知の往還」『思想の身体—声』、参照)。

四　恵鎮の役割

前述したように、『難太平記』によれば、足利政権下で「太平記」の改訂作業が行われたとき、その元になった「三十余巻」本を足利直義のもとへ持参したのは、「法勝寺の恵珍(恵鎮)上人」だった。

恵鎮は、足利直義の命で「三十余巻」本を校閲したとされる玄恵とともに、『太平記』でもっとも好意的に描かれる僧侶である。たとえば、第二巻「両三の上人関東下向の事」には、元弘元年(一三三一)六月、北条氏調伏の祈禱を行なった恵鎮(円観)、文観、忠円の三人の僧侶が捕らえられ、鎌倉へ送られたことが語られる。

文観は拷問のすえに罪状をみとめ(『平家物語』の西光のイメージである)、忠円は

「天性臆病《おくびょう》の人」で、「責められぬ先に」白状におよんだが、恵鎮だけは、日吉山王権現や不動明王の加護によって拷問をまぬがれたという。

比叡山西塔の僧として声望のあった恵鎮は、日本天台の祖師最澄の定めた戒律に復帰することを願い、興円らがはじめた天台の戒律復興の運動に参加した。その間の経緯を、『太平記』は、「一度《ひとたび》名利の轡《くつばみ》を返して、永く寂寞《じゃくまく》の苔の扉《とぼそ》を閉ぢ給ふ」と述べている（第二巻「両三の上人関東下向の事」）。だが、徳行はおのずから人の知るところとなり、朝廷に招かれて「五代聖主」（後伏見・花園・後醍醐・光厳・光明帝）の帰依を受けた。

松尾剛次は、興円・恵鎮らの天台系の戒律復興グループを、叡尊・忍性にはじまる南都西大寺系の律僧にたいして、北嶺系の律僧としている（『勧進と破戒の中世史』）。後醍醐天皇の帰依をうけた律僧の恵鎮は、やはり後醍醐に近侍した南都西大寺系の律僧である文観と対をなす存在だった。

後醍醐天皇に重用され、その倒幕計画にはやくから参加していたのは、文観である。たとえば、元亨四年（一三二四）三月に造立された般若寺蔵の八字文殊菩薩像の胎内銘文には、天皇の「御願成就」を祈願して造立された旨が記され、末尾に「殊音」（文観の別号）の署名がある（岡見正雄『太平記（二）』補注、角川文庫）。元亨四年三月は、後醍醐天皇の第一次倒幕計画(正中の変)が発覚する六か月前である。般若寺の文殊像に託された天皇の「御願」とは、鎌倉幕府の討伐にほかならない。

律僧として活動した文観は、正和五年(一三一六)に醍醐寺で伝法潅頂を受けている。そして正規の真言僧となった文観は、元弘元年(一三三一)に幕府調伏の祈禱を行なったかどで流罪となり、また建武政権の成立後は、天皇の推挙によって東寺の一の長者に昇進している。真言僧として宗教界の頂点に立ったのだが、しかし建武元年(一三三四)九月、東寺の塔供養に大勧進(寺院経営の浄財をつのる勧進活動の総責任者)として参加した文観は、「律僧二人」を従えていたという(「東寺塔供養記」)。律僧という資格が、文観の活動にとって本質的な便宜をもたらしたようなのだ。

文観が東寺の大勧進となり、恵鎮が法勝寺の大勧進となったように、中世の諸大寺において、寺院経済をささえる大勧進職には、しばしば南都系や北嶺系の律僧が起用された。その理由として、松尾剛次は、律僧が僧綱(朝廷から与えられる僧位・僧官)をもたない「無縁」の上人だったこと、したがって寺院と世俗的な関係をもたないかれらは、大寺院を構成する多くの院家や坊にたいして公平な資金分配ができたことをあげている。また、網野善彦は、律僧が「無縁」の遁世僧ゆえに、王法と仏法の媒介者になりえたことを述べている（『異形の王権』）。

それは文観のばあいでいえば、かれが「異人非器の体」（「金剛峯寺衆徒奏状」）と卑賤視されながらも、「無縁」の上人という立場で宮中ふかく出入りできたこと、そして僧侶はもちろん、公家や武家、さらに楠正成や名和長年らに代表されるような民間・在野の士まで、はば広い階層を後醍醐の宮廷に媒介できた理由である。

黒板勝美は、観心寺や金剛寺（天野山）など、楠氏と縁のふかい河内の真言宗系寺院に、はやくから文観の影響力が及んでいたことを指摘し、河内の一土豪である楠正成を後醍醐の宮廷に仲介した人物として、文観の役割に注目している（『虚心文集』二）。たしかに文観や恵鎮は、「無縁」の上人（律僧）という立場を最大限に活用して、世俗的なヒエラルキーを超えるかたちで（まさに「無礼講」的に）後醍醐天皇の倒幕の企てに参加していたのだ。

建武政権が崩壊したのち、後醍醐天皇にしたがって吉野へ赴いた文観にたいして、恵鎮は京都にとどまり、南北両朝の和平交渉の仲介役などをつとめている（第三十巻「吉野殿と義詮朝臣と御和睦の事」）。南北両朝の政治的対立から一定の距離をおいた恵鎮は、文字どおり「無縁」の上人の立場で、まさに「その代の事ども、むねと……見聞き給ひし」人物である(『難太平記』)。

しかも、京都有数の大寺である法勝寺の大勧進をつとめた恵鎮は、勧進活動の直接の担い手となる各種の技芸・芸能の徒のオルガナイザーでもあったろう。「太平記」「三十余巻」を足利直義のもとに持参した恵鎮の周辺に、「弁舌玉を吐き、言詞花を散らす」(『看聞御記』)といわれたような「弁舌」「言詞」に秀でた者たち、たとえば『洞院公定日記』にいう「名匠の聞こえ」のある「法師」形の「卑賤の器」たちをイメージすることは容易なのだ。

五　成立過程の重層性

恵鎮が足利直義のもとに持参し、直義によって「もつてのほか違ひめ多し」と評された「三十余巻」本とは、いったいどのような「太平記」だったのか。

「多く悪しきことも誤りも有」り、足利直義によってただちに「切り出し」と「書き入れ」が命じられた「太平記」は、今川了俊によって「宮方深重」とも評されている。

この点に関連して、恵鎮の事績としてもう一つ注意されるのは、かれが、後醍醐天皇の命によって北条高時の屋敷跡に建立された宝戒寺の開山となり、高時以下の北条氏一門の供養にあたった事実である。

かつて北条高時の鎮魂供養の任にあたった恵鎮には、後醍醐天皇が吉野で非業の死をとげたときにも、同様の役割が期待されただろう。たとえば、『太平記』第二十五巻「天龍寺の事」にその盛大な落慶法要が記される天龍寺は、後醍醐天皇の鎮魂を意図して足利尊氏によって建立された寺院である。また第三十四巻「吉野御廟神霊の事」には、怨霊となった後醍醐天皇の「神霊」が登場する。

『太平記』第二部の最終巻、第二十一巻は、後醍醐天皇の死去という大きな節目的な記事をもつ(「先帝崩御の事」)。「延喜《えんぎ》天暦《てんりゃく》より以来《このかた》は、先帝程の聖主《せいしゅ》神武《しんぶ》の君は、未だおはしまさ」ずともいわれる後醍醐天皇の崩御である(同「吉野新帝受禅の事、同御即位の事」)。『太平記』の第一―二部(第一―二十一巻)は、天皇の一代記として一応の首尾が照応するのだが、あるいは恵鎮が足利直義のもとに持参した「三十余巻」(あるいは「二十余巻」か)というのも、後醍醐天皇の即位から崩御までを記した天皇の一代記だったろうか。

『太平記』第一巻「後醍醐天皇武臣を亡ぼすべき御企ての事」には、後醍醐天皇と北条高時を紹介した冒頭に、「上《かみ》には君の徳に違ひ、下《しも》には臣の礼を失ふ」(帝におかせられては帝徳に違い、武臣北条高時においては臣下の礼義を失う)とある。すでに開巻冒頭で、後醍醐天皇はその帝徳の欠如が指摘されるのだが、それは、第十二―十三巻で、後醍醐とその側近たちの奢り・慢心と、建武新政権の乱脈ぶりとが批判される一連の記事とも内容的に対応している(その意味で、第十二巻は、第一部のとじ目の巻であり、第二部の建武の乱を語る始発の巻でもある)。

だが、第一巻の二、三の章段や、建武政権批判をテーマとした第十二―十三巻をのぞけば、後醍醐天皇はけっして「君の徳に違」う暗君としてばかり描かれているわけではない。第一部で一貫して批判の対象となるのは、北条高時であって、後醍醐天皇はむしろ高時の専横に苦しむ被害者としての造形がめだっている。

あるいは、「御幼稚の時より、利根聡明」、「一を聞いて十をさとる御器量」と紹介される大塔宮護良親王である(第一巻「皇子達の御事」)。護良親王は、源義経のような「早業《はやわざ》」の武芸にも秀でていたとされ(第二巻「南都北嶺行幸の事」)、また幕府方の追求の手から逃れるときは、「隠形《おんぎょう》の呪《じゅ》」なるものを唱えて敵の目をくらましている(第五巻「大塔宮大般若の櫃に入り替はる事」)。さらに、八名の従者(その中には「武蔵房」「片岡八郎」など、義経の従者と同名の者がいる）とともに山伏姿で逃避行をする護良親王のすがたは、やはり山伏姿で逃避行をする源義経のすがたをおもわせる（第五巻「大塔宮十津川御入りの事」）。

とくに第七巻の吉野城合戦における護良親王は、その戦う貴種としての凛々しいすがたが英雄的に語られる（「出羽入道吉野を攻むる事」）。この合戦で、村上義光が宮の身代わりになる話も、源義経の身代わりになる佐藤忠信の話をふまえている（「村上義光大塔宮に代はり自害の事」）。そのような義経のイメージに重ねあわされる護良親王の英雄的な造形は、第十二巻における護良親王批判、「心のままに侈《おご》りをきはめ、世の譏《そし》りを忘れて、淫楽をのみ事とし給ひ……」（「兵部卿親王流刑の事」）という記述と、どう対応するのか。

人物造形の一貫性という点からみて、護良親王の人物像ははなはだしく一貫性・整合性を欠いているのだが、『太平記』の第十二巻には、征夷大将軍職をめぐる護良親王と足利尊氏との確執が語られる。第十二巻の護良親王批判の背景には、足利尊氏との政治的対立の問題があったわけだが、建武政権批判をテーマとした第十二巻は、第一巻とともに、足利政権による改訂が想像される巻である。護良親王の人物像にみられるギャップは、『太平記』の重層的な成立過程を抜きにしては考えがたい。

また、元弘の乱を描く『太平記』の第一部で、もっともはなばなしい活躍をする人物は、楠正成である(なお、「楠」を「楠木」とする表記は、明治初年に太政官の修史館で決定されたもの。『太平記』諸本の表記は、ほぼ一貫して「楠」である。この岩波文庫版「解説」の「楠」氏の表記も、『太平記』本文のそれにならう〈拙著『太平記〈よみ〉の可能性』「はじめに」註、参照〉)。

第三巻での登場からはじめて、つづく赤坂城合戦、第六巻の天王寺合戦、第七巻の千剣破城合戦など、いずれも数百人の小勢で、鎌倉方の数十倍・数百倍の大軍を翻弄している。その奇抜な戦法――敵の頭上に大木や大石をふらし、熱湯を浴びせかけ、また、釣り塀や藁人形の奇策を用いるなど――も、楠合戦を談義・講釈する物語僧(談義僧)たちの、文字どおり「見てきたような」口吻をおもわせる。

楠正成にまつわる神秘的なエピソード――毘沙門天の申し子とされる正成が、霊夢によって後醍醐天皇に召し出され、また観音の霊験で危難をのがれたり、「聖徳太子未来記」を解読して未来を予知したりなど――も、『太平記』における正成像の形成に、宗教民や芸能の徒が関与していたことをうかがわせる。『太平記』の生成過程において、すでに楠正成の物語を談義・講釈する一群の徒が存在したようなのだ。

「宮方深重」（『難太平記』）と評された恵鎮持参の「三十余巻」本には、すでに楠正成や護良親王の英雄的活躍が語られていただろう。それはたとえば、「小嶋法師」などの「法師」形の「卑賤の器」と呼ばれるような者たちがその生成に関与した「太平記」である。そのような「三十余巻」（あるいは「二十余巻」）本に、足利政権による改訂の手が加わることで、室町幕府体制の草創を語る歴史書としての枠組みが付与される。

恵鎮が足利直義のもとに持参した「太平記」とは、おそらく後醍醐天皇の一代記のような体裁の「太平記」だったろう。「宮方深重」と評されたその恵鎮持参本をもとに、足利直義の監督下で改訂作業が行われた「太平記」は、北条氏（平家）から足利氏（源氏）へという、源平の「武臣」交替史の枠組みを付与された現存本の第一―二部にほぼ相当するだろう。すなわち、『太平記』には、その成立過程からして、『太平記』本文を管理・校閲する足利政権周辺の立場にたいして、その生成に関与する「無縁」の上人の立場、それに結びついた「法師」形の「卑賤の器」たちの立場とが重層していたわけだ。

六　二つの立場

『難太平記』によれば、足利直義のもとで行なわれた『太平記』の改訂作業は、「後に中絶」し、「近代重ねて書き続《つ》」がれたという。「中絶」の原因は、貞和五年(一三四九)の足利直義の政治的失脚にあったろう。また、「重ねて」書き継ぎが行われた「近代」とは、三代将軍足利義満の時代をさしている。

『太平記』全四十巻の末尾は、貞治六年(一三六七)十二月の二代将軍足利義詮の急逝を記したあと、管領細川頼之に補佐された若君(足利義満)の登場を記し、「中夏無為《ちゅうかぶい》の代になりて、目出度《めでた》かりし事どもなり」と結んで筆をおく(第四十巻「細川右馬頭西国より上洛の事」)。貞治六年の時点では、九州地方などはまだ南朝の制圧下にあり、「中夏無為の代」(天下がひとりでに治まる徳治の行われる代)というにはほど遠い状態である。にもかかわらず、『太平記』が足利義満の登場を記して筆をおき、以後の戦乱・政争の歴史を記さないのは、当代の治世をはばかったための擱筆だろう。

ところで、『太平記』の成立過程を考えるうえでもう一つ見落とせないのは、この岩波文庫版の底本（西源院本）もふくめて、『太平記』の古本系の諸本が、いずれも第二十二巻を欠いていることだ（流布本などの第二十二巻を有する本は、第二十三巻以降の記事を順次くりあげるなどして、形式的に第二十二巻の欠を補塡している）。

古本系の諸本がすべて第二十二巻を欠くことは、それがかなり早い時期に失われたことを示しているが、第二十二巻の欠巻につづく第二十三巻の冒頭には、脇屋義助（新田義貞の弟）が越前・美濃の合戦に敗れ、吉野の後村上天皇の御所に参上したことが記される（「脇屋刑部卿吉野に参らるる事」）。脇屋義助の越前・美濃での敗戦は、第二十一巻に記されないので、それが第二十二巻に記されていたことはたしかである。

また、第二十二巻は、後醍醐天皇の吉野での崩御（第二十一巻「先帝崩御の事」）につづく巻である。そこには、脇屋義助の敗戦という南朝方の悲運に同情する記事とともに、後醍醐天皇を哀悼するような記事も記されていただろうか。

そのような第二十二巻が削除された原因を、足利政権による政治的圧力（焚書）とする説が古くから行なわれていた。すなわち、近世初期に『太平記』の談義・講釈の所伝を集大成した『太平記評判秘伝理尽鈔』（以下、『理尽鈔』と略称する）の巻一「名義并《なら》びに来由」には、『太平記』の成立過程に言及して、つぎのようにある。

時に高徳入道義清、越前の合戦、義助の敗北、并びに尊氏・直義が一代の悪逆を記す。二十二の巻なり。然るを、後に武州入道、無念の事に思ひて、一天下の内を尋ね求めて、これを焼失す。今、二十二の巻、顕《あら》はに読まずと云々。当代に在る所の二十二の巻は、二十三より集め出だして、二十二と号すとなり。

「高徳入道義清」とは、出家後の児島高徳のこと。備前の武士児島高徳は、『太平記』第四巻で隠岐に配流される後醍醐天皇の救済者として、やや唐突なかたちで登場する（「和田備後三郎落書の事」）。それは第三巻の楠正成や、第七巻の名和長年にも共通する登場のしかたである。そして天皇を奪回すべく支度をめぐらした児島高徳は、事ならずして備前へ引きあげるのだが、そのさい、天皇の宿所の庭にあった桜の樹に、「天勾践《こうせん》を冗《いたず》らにすること莫《な》かれ　時に范蠡《はんれい》無きに非ず」という詩句を書き付けた話は、「桜樹題詩」の成句として知られる古来有名な話である。

　これといった戦果を上げていないにもかかわらず、『太平記』はこのあとも児島高徳の動静に少なからぬ紙幅を割いている（第八巻「千種殿軍の事」、第十六巻「船坂熊山等合戦の事」など）。とくに第二十巻では、児島高徳は新田義貞の参謀役として登場し、義貞が比叡山へ送る書状を代書している（「義貞朝臣山門へ牒状を送る事」）。『理尽鈔』によれば、そのような文才にもすぐれた児島高徳が、『太平記』の第二十二巻を執筆し、「越前の合戦、（脇屋）義助の敗北、并びに尊氏・直義が一代の悪逆」を記したが、それを「無念の事」に思った「武州入道」すなわち武蔵守細川頼之（出家後の法名は常久）が、「一天下の内を尋ね求め」てことごとく第二十二巻を「焼失」したのだという。

『太平記』の最末尾、第四十巻「細川右馬頭西国より上洛の事」は、三代将軍義満の政務を補佐した管領細川頼之の政治を評して、「貞永、貞応の旧規に相似たり」と述べている。「貞永、貞応の旧規」すなわち北条義時・泰時の治世を武家政治の手本とするのは、初期足利政権が公布した幕府法、『建武式目』（建武三年〈一三三六〉）の基本姿勢でもある（同式目の末尾に、「近くは義時・泰時父子の行状を以て近代の師となす」とある）。

守護大名をおさえて幕府権力の強化をはかった細川頼之は、初期足利政権で行政・司法面を担当した足利直義の施策を継承したような人物である。『理尽鈔』によれば、そのような細川頼之によって、児島高徳が足利尊氏・直義兄弟の「悪逆」を記した第二十二巻はことごとく焼かれたのだという。『太平記』の成立に関与したとされる児島高徳と細川頼之という二人の人物によって、『太平記』に重層する二つの異質な立場が説明されるわけだ。

七 「小嶋法師」とはだれか

だがそれにしても、足利直義や細川頼之が理想とした「貞永・貞応の旧規」にたいして、それに対立・拮抗した児島高徳とはだれなのか。

児島高徳は、いわゆる建武の功臣であるにもかかわらず、建武年間の任官叙爵記のたぐいにその名がみえず、建武政権下でどのようなポストについていたのかもわからない。また、道義心の権化のような「高徳」という名前といい、「桜樹題詩」などの逸話が伝える、地方武士にはやや不似合いな文才といい、いかにもつくられた人物という印象がつよい。そんな児島高徳(出家して「高徳入道」)を、『理尽鈔』は、『太平記』第二十二巻の作者とし、ほかにも第十五巻や第二十三―三十四巻の作者としてかれの名をあげる。『太平記』の生成に関与した児島高徳入道とは、「太平記作者」といわれた「法師」形の「卑賤の器」、「小嶋法師」のイメージにかぎりなく重なってゆく。

『太平記』の児島高徳は、貞和元年（興国六、一三四五）十二月、足利尊氏・直義兄弟の暗殺を企てて失敗する（第二十五巻「三宅荻野謀叛の事」）。そして一味が自害するなか、高徳だけは大将の脇屋義治とともに信濃へ落ちのびたという。『平家物語』の悪七兵衛景清をおもわせるような「逃げ上手」ぶりである。

貞和元年の蜂起に失敗したあと、児島高徳は、後村上天皇の勅使として第三十一巻に登場する（「諸国後攻めの勢引っ返す事」）。すでに出家して「児島備前入道」と名のるかれは、東国・北国へ下って宮方再興の「義兵」をつのったという。そしてこれ以後、児島高徳の消息は杳《よう》としてわからない。

第四巻でのはなばなしい登場以来、児島高徳は、その動向が大いに注目されてきた人物である。にもかかわらず、『太平記』は、かれがいつ、どこで没したのかも記さない。あるいは、『洞院公定日記』で応安七年（一三七四）に死去したとされる「太平記作者」「小嶋法師」というのも、じつは落魄・老残の「児島入道」だったろうか。

生き残りの常陸坊海尊型の伝承パターンが想像されるのだが（源義経と最期をともにしなかった常陸坊海尊が、その報いとしていつまでも往生できずに、義経の物語を語りあるいたという伝説）、あるいは、『理尽鈔』の「高徳入道」作者説にしても、その背景には、「児島高徳入道」を自称した「法師」形の「卑賤の器」たち(応安七年に死去した「小嶋法師」がその一人だったかどうかはともかく)が存在したものだろうか。

はじめにも述べたように、『太平記』が記す十四世紀の内乱は、この列島の社会で、天皇の存在がもっともイデオロギッシュに問題化した時代である。それはこの時代における宋学(中国宋代の儒学)の流行を背景としており(第三分冊「解説」、参照)、また後醍醐天皇の強烈な個性によってもたらされた事態である。そのような時代の核心部分を伝えることに、『太平記』は、その重層的な成立過程をとおして、かなりの程度で成功したのだといえる。

『太平記』の成立過程にはらまれた二つの異質な立場(思想)が、その異質性をしだいにきわだたせるかたちで、近世以後の広汎な『太平記』享受の現場へひきつがれてゆく。それは要するに、『太平記』の成立過程に起源をもち、近世・近代の「日本」社会へと引きつがれてゆく天皇をめぐる二つの物語であった。

太《たい》平《へい》記《き》（一）〔全6冊〕

2014年4月16日　第1刷発行
2024年10月4日　第9刷発行

校注者　兵藤裕己《ひょうどうひろみ》

発行者　坂本政謙

発行所　株式会社　岩波書店
〒101-8002 東京都千代田区一ツ橋2-5-5
案内 03-5210-4000　営業部 03-5210-4111
文庫編集部 03-5210-4051
https://www.iwanami.co.jp/

印刷 製本・法令印刷　カバー・精興社

ISBN 978-4-00-301431-8　Printed in Japan

読書子に寄す

――岩波文庫発刊に際して――

岩波茂雄

真理は万人によって求められることを自ら欲し、芸術は万人によって愛されることを自ら望む。かつては民を愚昧ならしめるために学芸が最も狭き堂宇に閉鎖されたことがあった。今や知識と美とを特権階級の独占より奪い返すことはつねに進取的なる民衆の切実なる要求である。岩波文庫はこの要求に応じそれに励まされて生まれた。それは生命ある不朽の書を少数者の書斎と研究室とより解放して街頭にくまなく立たしめ民衆に伍せしめるであろう。近時大量生産予約出版の流行を見る。その広告宣伝の狂態はしばらくおくも、後代にのこすと誇称する全集がその編集に万全の用意をなしたるか。千古の典籍の翻訳企図に敬虔の態度を欠かざりしか。さらに分売を許さず読者を繋縛して数十冊を強うるがごとき、はたしてその揚言する学芸解放のゆえんなりや。吾人は天下の名士の声に和してこれを推挙するに躊躇するものである。このときにあたって、岩波書店は自己の責務のいよいよ重大なるを思い、従来の方針の徹底を期するため、すでに十数年以前より志して来た計画を慎重審議この際断然実行することにした。吾人は範をかのレクラム文庫にとり、古今東西にわたって文芸・哲学・社会科学・自然科学等種類のいかんを問わず、いやしくも万人の必読すべき真に古典的価値ある書をきわめて簡易なる形式において逐次刊行し、あらゆる人間に須要なる生活向上の資料、生活批判の原理を提供せんと欲する。この文庫は予約出版の方法を排したるがゆえに、読者は自己の欲する時に自己の欲する書物を各個に自由に選択することができる。携帯に便にして価格の低きを最主とするがゆえに、外観を顧みざるも内容に至っては厳選最も力を尽くし、従来の岩波出版物の特色をますます発揮せしめようとする。この計画たるや世間の一時の投機的なるものと異なり、永遠の事業として吾人は微力を傾倒し、あらゆる犠牲を忍んで今後永久に継続発展せしめ、もって文庫の使命を遺憾なく果たさしめることを期する。芸術を愛し知識を求むる士の自ら進んでこの挙に参加し、希望と忠言とを寄せられることは吾人の熱望するところである。その性質上経済的には最も困難多きこの事業にあえて当たらんとする吾人の志を諒として、その達成のため世の読書子とのうるわしき共同を期待する。

昭和二年七月

《日本文学(古典)》〔黄〕

- 古事記　倉野憲司校注
- 日本書紀　全五冊　坂本太郎・家永三郎・井上光貞・大野晋校注
- 万葉集　全五冊　佐竹昭広・山田英雄・工藤力男・大谷雅夫・山崎福之校注
- 竹取物語　阪倉篤義校訂
- 伊勢物語　大津有一校注
- 玉造小町子壮衰書 —小野小町物語　杤尾武校注
- 古今和歌集　佐伯梅友校注
- 土左日記　紀貫之　鈴木知太郎校注
- 蜻蛉日記　今西祐一郎校注
- 紫式部日記　池田亀鑑・秋山虔校注
- 紫式部集　付 大弐三位集・藤原惟規集　紫式部　南波浩校注
- 源氏物語　全九冊　柳井滋・室伏信助・大朝雄二・鈴木日出男・藤井貞和・今西祐一郎校注
- 源氏物語補作 山路の露・雲隠六帖　他二篇　今西祐一郎編注
- 枕草子　池田亀鑑校訂
- 和泉式部日記　清水文雄校注
- 更級日記　西下経一校注

- 今昔物語集　全四冊　池上洵一編
- 堤中納言物語　大槻修校注
- 西行全歌集　久保田淳・吉野朋美校注
- 建礼門院右京大夫集　付 平家公達草紙　久松潜一・久保田淳校注
- 拾遺和歌集　小町谷照彦・倉田実校注
- 後拾遺和歌集　久保田淳・平田喜信校注
- 金葉和歌集　川村晃生・柏木由夫・伊倉史人校注
- 詞花和歌集　工藤重矩校注
- 古語拾遺　斎部広成撰　西宮一民校注
- 王朝漢詩選　小島憲之編
- 新訂 方丈記　市古貞次校注
- 新訂 新古今和歌集　佐佐木信綱校訂
- 新訂 徒然草　西尾実・安良岡康作校注
- 平家物語　全四冊　梶原正昭・山下宏明校注
- 神皇正統記　北畠親房　岩佐正校注
- 御伽草子　全二冊　市古貞次校注
- 王朝秀歌選　樋口芳麻呂校注

- 定家八代抄 —続王朝秀歌選　全二冊　樋口芳麻呂・後藤重郎校注
- 閑吟集　真鍋昌弘校注
- 中世なぞなぞ集　鈴木棠三編
- 千載和歌集　久保田淳校注
- 謡曲選集 読む能の本　野上豊一郎編
- おもろさうし　外間守善校注
- 太平記　全六冊　兵藤裕己校注
- 好色一代男　井原西鶴　横山重校訂
- 好色五人女　井原西鶴　東明雅校注
- 武道伝来記　井原西鶴　前田金五郎・横山重校注
- 西鶴文反古　井原西鶴　片岡良一校訂
- 芭蕉紀行文集　付 嵯峨日記　中村俊定校注
- 芭蕉おくのほそ道　付 曾良旅日記・奥細道菅菰抄　萩原恭男校注
- 芭蕉俳句集　中村俊定校注
- 芭蕉連句集　中村俊定・萩原恭男校注
- 芭蕉書簡集　萩原恭男校注
- 芭蕉文集　潁原退蔵編註

芭蕉俳文集 全二冊　堀切実編注

芭蕉自筆 奥の細道　上野洋三・櫻井武次郎校注

蕪村俳句集 付 春風馬堤曲 他二篇　尾形仂校注

蕪村七部集　伊藤松宇校訂

近世畸人伝　伴蒿蹊・森銑三校註

雨月物語　上田秋成・長島弘明校注

宇下人言 修行録　松平定信・松平定光校訂

新訂 一茶俳句集　丸山一彦校注

一茶 父の終焉日記・おらが春 他一篇　矢羽勝幸校注

増補 俳諧歳時記栞草 全二冊　曲亭馬琴編・藍亭青藍補・堀切実校注

北越雪譜　鈴木牧之編撰・京山人百樹删定・岡田武松校訂

東海道中膝栗毛 全二冊　十返舎一九・麻生磯次校注

浮世床　式亭三馬・和田万吉校訂

梅暦 全二冊　為永春水・古川久校訂

百人一首一夕話 全二冊　尾崎雅嘉・古川久校訂

こぶとり爺さん・かちかち山 —日本の昔ばなしI　関敬吾編

桃太郎・舌きり雀・花さか爺 —日本の昔ばなしII　関敬吾編

一寸法師・さるかに合戦・浦島太郎 —日本の昔ばなしIII　関敬吾編

芭蕉臨終記 花屋日記 付 芭蕉翁終焉記・前後日記・行状記　小宮豊隆校訂

醒睡笑 全二冊　安楽庵策伝・鈴木棠三校注

歌舞伎十八番の内 勧進帳　郡司正勝校注

江戸怪談集 全三冊　高田衛編・校注

柳多留名句選　山澤英雄選・粕谷宏紀校注

松蔭日記　上野洋三校注

鬼貫句選・独ごと　復本一郎校注

井月句集　復本一郎編

花見車・元禄百人一句　雲英末雄・佐藤勝明校注

江戸漢詩選 全二冊　揖斐高編訳

説経節 俊徳丸・小栗判官 他三篇　兵藤裕己編注

《日本思想》〔青〕

風姿花伝（花伝書）　世阿弥／野上豊一郎・西尾実 校訂
五輪書　宮本武蔵／渡辺一郎 校注
葉隠 全三冊　山本常朝／和辻哲郎・古川哲史 校訂
養生訓・和俗童子訓　貝原益軒／石川謙 校訂
貝原益軒 大和俗訓　石川謙 校訂
蘭学事始　杉田玄白／緒方富雄 校註
島津斉彬言行録　牧野伸顕 序
塵劫記　吉田光由／大矢真一 校注
兵法家伝書 付 新陰流兵法目録事　柳生宗矩／渡辺一郎 校注
農業全書　宮崎安貞 編録／貝原楽軒 刪補／土屋喬雄 校訂
上宮聖徳法王帝説　東野治之 校注
霊の真柱　平田篤胤／子安宣邦 校注
仙境異聞・勝五郎再生記聞　平田篤胤／子安宣邦 校注
茶湯一会集・閑夜茶話　井伊直弼／戸田勝久 校注
西郷南洲遺訓 附 手抄言志録及遺文　山田済斎 編
文明論之概略　福沢諭吉／松沢弘陽 校注

新訂 福翁自伝　富田正文 校訂
学問のすゝめ　福沢諭吉
福沢諭吉教育論集　山住正己 編
福沢諭吉家族論集　中村敏子 編
福沢諭吉の手紙　慶應義塾 編
新島襄の手紙　同志社 編
新島襄 教育宗教論集　同志社 編
新島襄自伝 ―手記・紀行文・日記　同志社 編
植木枝盛選集　家永三郎 編
日本の下層社会　横山源之助
中江兆民 三酔人経綸問答　桑原武夫・島田虔次 訳・校注
中江兆民評論集　松永昌三 編
一年有半・続一年有半　中江兆民／井田進也 校注
憲法義解　伊藤博文／宮沢俊義 校註
日本風景論　志賀重昂／近藤信行 校訂
日本開化小史　田口卯吉／嘉治隆一 校訂
新訂 蹇蹇録 ―日清戦争外交秘録　陸奥宗光／中塚明 校注

茶の本　岡倉覚三／村岡博 訳
武士道　新渡戸稲造／矢内原忠雄 訳
新渡戸稲造論集　鈴木範久 編
キリスト信徒のなぐさめ　内村鑑三
余はいかにしてキリスト信徒となりしか　内村鑑三／鈴木範久 訳
代表的日本人　内村鑑三／鈴木範久 訳
後世への最大遺物・デンマルク国の話　内村鑑三
宗教座談　内村鑑三
ヨブ記講演　内村鑑三
足利尊氏　山路愛山
徳川家康 全二冊　山路愛山
妾の半生涯　福田英子
三十三年の夢　宮崎滔天／島田虔次・近藤秀樹 校注
善の研究　西田幾多郎
西田幾多郎哲学論集 II ―論理と生命 他四篇　上田閑照 編
西田幾多郎哲学論集 III ―自覚について 他四篇　上田閑照 編
西田幾多郎歌集　上田薫 編

西田幾多郎講演集	田中裕編
西田幾多郎書簡集	藤田正勝編
帝国主義	幸徳秋水 山泉進校注
兆民先生 他八篇	幸徳秋水 梅森直之校注
基督抹殺論	幸徳秋水
貧乏物語	河上肇 大内兵衛解題
河上肇評論集	杉原四郎編
西欧紀行 祖国を顧みて	河上肇
中国文明論集	宮崎市定 礪波護編
史記を語る	宮崎市定
中国史 全二冊	宮崎市定
大杉栄評論集	飛鳥井雅道編
女工哀史	細井和喜蔵
奴隷 ―小説・女工哀史1	細井和喜蔵
工場 ―小説・女工哀史2	細井和喜蔵
初版 日本資本主義発達史 全二冊	野呂栄太郎
谷中村滅亡史	荒畑寒村
遠野物語・山の人生	柳田国男
海上の道	柳田国男
野草雑記・野鳥雑記	柳田国男
孤猿随筆	柳田国男
婚姻の話	柳田国男
都市と農村	柳田国男
十二支考 全二冊	南方熊楠
津田左右吉歴史論集	今井修編
特命全権大使 米欧回覧実記 全五冊	久米邦武編 田中彰校注
日本イデオロギー論	戸坂潤
古寺巡礼	和辻哲郎
風土 ―人間学的考察	和辻哲郎
イタリア古寺巡礼	和辻哲郎
倫理学 全四冊	和辻哲郎
人間の学としての倫理学	和辻哲郎
日本倫理思想史 全四冊	和辻哲郎
「いき」の構造 他二篇	九鬼周造
九鬼周造随筆集	菅野昭正編
偶然性の問題	九鬼周造
時間論 他二篇	九鬼周造 小浜善信編
田沼時代	辻善之助
パスカルにおける人間の研究	三木清
構想力の論理 全二冊	三木清
漱石詩注	吉川幸次郎
新版 きけわだつみのこえ ―日本戦没学生の手記	日本戦没学生記念会編
新版 第二集 きけわだつみのこえ ―日本戦没学生の手記	日本戦没学生記念会編
君たちはどう生きるか	吉野源三郎
地震・憲兵・火事・巡査	山崎今朝弥 森長英三郎編
懐旧九十年	石黒忠悳
武家の女性	山川菊栄
覚書 幕末の水戸藩	山川菊栄
忘れられた日本人	宮本常一
家郷の訓	宮本常一
大阪と堺	三浦周行 朝尾直弘編

岩波文庫の最新刊

ベティ・フリーダン著／荻野美穂訳

女らしさの神話 (上)(下)

女性の幸せは結婚と家庭にあるとする「女らしさの神話」を批判し、その解体を唱える。二〇世紀フェミニズムの記念碑的著作、初の全訳。（全二冊）〔白二三四-一、二〕 **定価(上)一五〇七、(下)一三五三円**

太宰 治作／安藤 宏編

富嶽百景・女生徒 他六篇

昭和一二―一五年発表の八篇。表題作他「華燭」「葉桜と魔笛」等、スランプを克服し〈再生〉へ向かうエネルギーを感じさせる。（注＝斎藤理生、解説＝安藤宏）〔緑九〇-九〕 **定価九三五円**

ヘルダー著／嶋田洋一郎訳

人類歴史哲学考 (五)

第四部第十八巻―第二十巻を収録。中世ヨーロッパを概観。キリスト教の影響やイスラム世界との関係から公共精神の発展を描く。（全五冊）〔青N六〇八-五〕 **定価一二七六円**

……今月の重版再開……

栗田 靖編

碧梧桐俳句集

定価一二七六円 〔緑一六六-二〕

穂積陳重著

法窓夜話

定価一四三〇円 〔青一四七-一〕

定価は消費税 10％ 込です　2024. 9

岩波文庫の最新刊

デリダ著／藤本一勇訳

アデュー
―エマニュエル・レヴィナスへ―

レヴィナスから受け継いだ「アーデュー」という言葉。デリダの応答は、その遺産を存在論や政治の彼方にある倫理、歓待の哲学へと導く。

〔青N六〇五-二〕 定価一二一〇円

ヘリオドロス作／下田立行訳

エティオピア物語（上）

ナイル河口の殺戮現場に横たわる、手負いの凜々しい若者と、女神の如き美貌の娘――映画さながらに波瀾万丈、古代ギリシアの恋愛冒険小説巨編。（全二冊）

〔赤一二七-一〕 定価一〇〇一円

永井荷風著／中島国彦・多田蔵人校注

断腸亭日乗（二） 大正十五―昭和三年

永井荷風（一八七九―一九五九）の四十一年間の日記。（二）は、大正十五年より昭和三年まで。大正から昭和の時代の変動を見つめる。（注解・解説＝中島国彦）（全九冊）

〔緑四二-一五〕 定価一一八八円

ゲルツェン著／金子幸彦・長縄光男訳

過去と思索（四）

一八四八年六月、臨時政府がパリ民衆に加えた大弾圧は、ゲルツェンの思想を新しい境位に導いた。専制支配はここにもある。西欧への幻想は消えた。（全七冊）

〔青N六一〇-五〕 定価一六五〇円

……今月の重版再開……

ディオゲネス・ラエルティオス著／加来彰俊訳

ギリシア哲学者列伝（上）（中）（下）

〔青六六三-一～三〕 定価各一二七六円

定価は消費税 10％ 込です

2024. 10